Jenny-Mai Nuyen

Rabenmond – Der magische Bund

Jenny-Mai Nuyen

RABEN MOND

Der magische Bund

cbj

cbt ist der Jugendbuchverlag
in der Verlagsgruppe Random House

FSC
Mix
Produktgruppe aus vorbildlich bewirtschafteten Wäldern und anderen kontrollierten Herkünften

Zert.-Nr. SGS-COC-1940
www.fsc.org
© 1996 Forest Stewardship Council

Verlagsgruppe Random House FSC-DEU-0100
Das für dieses Buch verwendete FSC-zertifizierte Papier *EOS*
liefert Salzer, St. Pölten.

Gesetzt nach den Regeln der Rechtschreibreform

1. Auflage 2008

Umschlaggestaltung: Hauptmann & Kompanie,
Werbeagentur, München – Zürich
SE · Herstellung: WM
Satz: Uhl + Massopust, Aalen
Druck: GGP Media GmbH, Pößneck
ISBN 978-3-570-16000-8
Printed in Germany

www.cbt-jugendbuch.de

Inhalt

DIE ZWEITE SONNENWENDE

Samt und Federn

DIE DRITTE SONNENWENDE

Schnee und Blut

Prolog

Sie sah ein Boot auf einem winterlichen Fluss fahren und ein Junge saß darin und hielt ein Mädchen in den Armen. Die ganze Welt war weiß vor Schnee. Nur das Blut, das über die Stirn des Mädchens kroch, leuchtete rot. Eiskrusten knarzten am Ufer. Lautlos fuhr das Boot mit der Strömung dahin. Bäume, kahl und dürr, beugten sich über ihre Spiegelbilder im Wasser, die das Boot mit Silberfäden zerschnitt. Der Junge hielt das Mädchen fester.

Und sie wusste, dass sie das Mädchen war.

DIE ERSTE SONNENWENDE

Kreide und Kohle

Der Fuchs

Mion wollte den Fuchs nicht töten.

Alles passierte so schnell: Im Handgemenge packte sie den Bogen, die Sehne schnellte ihr aus den Fingern und das Geschoss zischte los, bevor sie recht gezielt hatte. Pulverschnee stob von den Büschen auf, als der Fuchs fiel. Mion glaubte einen Schrei zu hören, der nicht nach einem Tier klang. Das Blut gefror ihr in den Adern. Dann war alles still.

Wie angewurzelt stand sie im Unterholz und starrte mit Saffa und Kajan auf die Stelle zwischen den mächtigen Zedern, wo der Fuchs zusammengebrochen war.

Saffa schlug ihr auf die Schulter und grinste bemüht. »Gut getroffen.«

»Ist er tot?« Zögernd trat Kajan einen Schritt vor. Schnee knirschte unter seinen Stiefeln, die er vorsorglich ein paar Größen zu groß geklaut hatte, wie fast alles, was er am Leib trug. Der Wald beobachtete die drei aus gefrorenen Tautropfenaugen.

Mion fasste sich, drückte Kajan den Bogen wieder in die Hand und ging auf die Bäume zu. Die beiden Jungen folgten ihr, bis sich Saffa vor sie drängte und die Führung übernahm. Das sah ihm ähnlich. Eben noch hatte er sich wie ein Kind mit Kajan gezankt, wer den Fuchs erschießen sollte, und jetzt, da Mion ihrem Herumdrucksen ein Ende gesetzt hatte, spielte Saffa wieder ganz den furchtlosen Anführer.

Grimmig stapfte sie hinter ihm her. Noch immer raste ihr

Herz und ein dumpfer Schreck lähmte ihre Gedanken. Sie hatte getötet. Sie hatte ein Leben ausgelöscht … Natürlich waren auch davor schon Tiere gestorben, damit sie Ritus spielen konnte – mochten die Drachen wissen, wie viele Schnecken, Käfer, Grashüpfer und Regenwürmer sie auf dem Gewissen hatte, seit sie zum ersten Mal in den Genuss von Ritus gekommen war. Aber ein großes Tier … nein, das hatte sie sich noch nie getraut.

Und wenn sie den Fuchs nur verletzt hatte? Die Vorstellung war noch furchtbarer. Sie würde kein zweites Mal auf ihn schießen können – nicht wenn er hechelnd und blutend vor ihr lag. Sie schluckte. Was auch immer unter den Zedern wartete, sie war nicht sonderlich erpicht darauf, es zu finden.

Saffa blieb stehen und schob die Büsche zur Seite. Als Mion es sah, senkte sich ein Schleier pulsierenden Grauens über sie.

Unter den Büschen lag kein Fuchs.

Es war kein Tier.

Starr vor Entsetzen blickten die drei auf einen Jungen hinab.

Er war nicht älter als sie. Hellbraunes Haar umgab das schmale, blasse Gesicht. Seine Züge waren entspannt und verrieten weder Schmerz noch Schreck, höchstens eine nachdenkliche Besorgnis, wie ein Träumender in einem unruhigen Schlaf.

Mion bemerkte, dass der Pfeil nirgendwo in seinem Körper steckte. Sein weißer Umhang lag glatt und unbeschädigt über ihm wie eine samtige Schneedecke.

Sie spürte, wie sich ihr Mund öffnete, doch kein Ton kam hervor. Panik überfiel sie. Nein, das … *das* war doch unmöglich …

Aber schon bestätigte sich die Befürchtung. Die Hand des

Jungen zuckte, die Finger schlossen sich zur Faust, er öffnete die Augen und sein Blick traf Mion. Für eine Sekunde sahen sie sich an. Die Welt verlor sich in Dunkelheit.

Seine Augen waren leuchtend wie Honig. Drei rotbraune Punkte tanzten im Gold der linken Iris wie winzige Blutstropfen.

Mit einem Schreckenslaut fuhr der Junge zurück und war plötzlich verschwunden. Ein riesiges, flatterndes Etwas ragte vor ihnen auf. Saffa und Kajan stießen Schreie aus, Mion taumelte zurück, ihre Knie gaben nach. Eine Schwalbe, größer als alle Vögel, die sie je gesehen hatte, erhob sich in die Luft. Das Tier schlug heftig mit den Flügeln, wirbelte Wolken von Schnee auf und verschwand im dämmrigen Himmel.

Sie rannten, so schnell sie konnten. Mions Herz überschlug sich vor Erleichterung, als sich der Wald lichtete und hinter den Hügeln die Umrisse ihrer Heimat auftauchten: Grau und schief wie Zahnstümpfe ragten die Ruinen aus dem Schnee. Hier und da schimmerte eine bunte Laterne, denn diese Nacht hatte das Fest der Wintersonnenwende stattgefunden. Jenseits der Armensiedlungen erhob sich majestätisch die Stadtmauer von Wynter, doch der Palast der Drachen war zu fern, um ihn zu erkennen. Mion achtete auch gar nicht auf die beeindruckende Landschaft. Sie brachen aus dem Unterholz und stolperten am Flussufer entlang, immer wieder über die Schultern zurückblickend. Aber die Wälder blieben finster und reglos hinter ihnen und spuckten keinen Verfolger aus.

In den Ruinen tanzten Menschen im Schein der Lampions. Zu ihren schmutzigen Gesichtern und ihren Flickenkleidern wollte die fröhliche Musik nicht recht passen, und auch das Lachen der Bettelkinder zeugte mehr von Elend als Freude, denn es war voller Zahnlücken.

Eine Kutsche ratterte durch die Gassen und Mion, Saffa und Kajan wichen schwer atmend zurück.

»Feiert, Menschen! Feiert!«, schrie der Kutscher. »Mutter Schicksal liebt die, die verstehen! Mutter Schicksal ist nachsichtig mit denen, die fühlen!«

Ein zweiter Mann saß daneben und spielte eine schnelle Melodie auf seiner Flöte, ein dritter schwenkte einen Schlauch, der an einem Fass hing. Gestalten kamen angelaufen und ließen sich Wein nachfüllen. Zum Fest der Wintersonnenwende wurde überall in den Ruinen verdünnter Wein ausgeschenkt, selbst die Ärmsten mussten diese Nacht keinen Durst und Hunger leiden. Dafür sorgten die Drachen einmal im Jahr, schließlich fand das Fest zu Ehren der Herrscher statt.

Saffa zog die Nase hoch, dann nahm er seinen Becher aus dem Gürtel und schritt gefasst zur Kutsche. Mion und Kajan folgten ihm zögernd. Als Mion sich ihren Becher füllen ließ, zitterten ihre Hände so stark, dass sie etwas verschüttete. Eilig ging sie Saffa und Kajan nach, die sich in eine dunkle Gasse zurückzogen. Zwischen Fässern und zerbröckelten Steinmauern ließen sie sich auf den Boden sinken.

Eine Weile saßen sie wie gelähmt da, jeder an seinen Becher geklammert, und lauschten dem Lärm des Festes. Mion konnte sich kaum vorstellen, dass alle unbekümmert weitergetanzt hatten, während doch im Wald … Schließlich sammelte sie ihren Mut und brach das Schweigen.

»Glaubt ihr … er hat uns erkannt?« In der Nähe grölte jemand und sie fuhr zusammen. Aber es war nur ein Betrunkener.

Kajan raufte sich das Haar. »Das war … wir haben … ich meine, es muss doch einer gewesen sein …«

Mion starrte auf den Boden und merkte, wie sich ihre Augen mit Tränen füllten. Erst ein Mal hatten ihre Freunde sie weinen gesehen, vorletzten Sommer, als sie einen Händler bestohlen und sich bei der Flucht das Knie aufgeschlagen hatte. Der Schmerz war so brennend gewesen, dass sie am liebsten lauthals geschluchzt hätte, aber die Angst, vor Saffa wie ein Schwächling dazustehen, hatte sie die Zähne zusammenbeißen lassen. Saffa bewunderte sie dafür, wie ein Junge einstecken zu können, und um das schmeichelnde Bild zu wahren, nahm Mion seit jeher große Mühen auf sich.

»Du warst es«, sagte Saffa plötzlich, doch seine Stimme zitterte. Verständnislos registrierte sie, wie er mit dem Finger auf sie zeigte. »Du … du hast den Drachen erschossen.«

»Was?« Sie brachte nur ein Flüstern zustande.

»Du hast ihn erschossen, das warst du, nicht wir … er hat dich gesehen.«

Mion traute ihren Ohren nicht. Sie wandte sich an Kajan, doch er wich ihrem Blick aus. Trotz der Kälte glänzte sein knochiges Gesicht vor Schweiß.

»Wir alle drei –« Sie schluckte, ihr Mund war ganz trocken. »Wir alle drei haben es getan. Kajan, du hast den Fuchs zuerst gesehen! Es war deine Idee, überhaupt in den Wald zu gehen, Saffa! Wir stecken alle zusammen drin, verstanden?« Ihre Stimme war so schrill, dass sie vor sich selbst erschrak; kurz spähte sie die Gasse hinab, ob jemand sie gehört hatte.

»Wir sind doch Freunde.« Mühevoll wischte sie sich über die Augen und trank ihren Becher in einem Zug leer. »Niemand hat was gesehen. Wir gehen jetzt heim und … nie wieder ein Wort darüber. Zu niemandem.«

Ohne auf Saffas oder Kajans Einverständnis zu warten, stand sie auf und verließ mit wackeligen Schritten die Gasse.

Das Ganze war Saffas Idee gewesen. Immer wieder ging Mion die Ereignisse der Nacht durch und das Unheil hatte mit Saffas Prahlerei angefangen.

»Ich wette, du traust dich nicht, ein größeres Tier zu benutzen«, hatte er zu Kajan gesagt, als sie über die Festplätze der Wintersonnenwende schlenderten. Die Nacht war schwarz und bitterkalt, doch die offenen Feuer wärmten wie der Wein, den die Drachen ausschenken ließen. Einmal im Jahr war es ganz leicht zu vergessen, dass man in den Ruinen lebte, die sich an Wynters Mauern klammerten wie ein verstoßener, verkrüppelter Bruder der glorreichen Hauptstadt.

»Klar trau ich mich.« Kajan versuchte, Saffas Blick gelassen zu erwidern, obwohl er bereits ahnen musste, worauf die Unterhaltung hinauslief. Saffa forderte ihn ständig zu irgendwelchen Mutproben heraus, damit sie sich vor Mion messen konnten, und in letzter Zeit wurden Saffas Einfälle immer häufiger und riskanter.

»Aber es ist gefährlich. Und wir könnten erwischt werden.« Kajan blickte nervös weg.

»Du traust dich nicht.«

»Und du?«

»Ich schon.«

»Du spinnst.« Das hatte Mion gesagt. Obwohl Saffas Freundschaft durchaus ihre Reize hatte, waren seine Streiche meistens erst im Nachhinein amüsant. Sehr spät im Nachhinein. Wenn die blauen Flecken geheilt und alle Strafpredigten längst wieder vergessen waren.

»Stellt euch mal vor, wir fangen eine Schlange oder so was. Was meint ihr, wie stark der Atem von einem Tier dieser Größe ist? Wir würden den Himmel und das Paradies sehen, ich sag's euch.« Nachdenklich nippte Saffa an seinem verdünnten Wein und schob ihn im Mund hin und her. »Wenn wir ein großes Tier fangen, könnten wir die ganze Nacht lang schweben. Weißt du noch, Kajan, der Atem der Kröte, die wir damals gefangen haben? Mann, das war der beste Ritus, den wir je erlebt haben. Wir haben Sachen gesehen –«

»Ja, hast du schon hundertmal erzählt«, erinnerte sie ihn ungeduldig. Die Krötengeschichte erwähnte er jedes Mal, wenn sie Ritus spielten oder darüber sprachen. Dass er und Kajan gewagt hatten, den Atem eines so großen Tieres in sich aufzunehmen, und dass es sie beide fast den Verstand gekostet hätte, darauf war er unheimlich stolz.

»Ich sage bloß«, fuhr er fort, »dass es längst mal Zeit wäre, was Größeres auszuprobieren. Diese öden Würmer sterben und schon ist ihr Atem verpufft. Wie lange sind wir eben geschwebt? Eine Minute?«

»Es war nur ein Wurm, geteilt durch drei«, murrte Mion. »War Glück, dass wir zu dieser Jahreszeit überhaupt einen gefunden haben.«

»Ich sage, wir jagen uns was Großes. Verdammt, seid nicht so langweilig! Oder willst du die ganze Nacht hier rumsitzen wie ein Bettelweib, Kajan?«

Bevor Kajan in die Verlegenheit kam, antworten zu müssen, entgegnete Mion: »Wieso fragst du nur ihn? Meinst du, ich langweile mich nicht?«

Saffa grinste sie durch seine wirren Zöpfe an. Er wusste, dass er sie überzeugt hatte.

Also stahl Kajan Bogen und Pfeile aus der Hütte seines Vaters. Das erste fahle Tageslicht schwamm im Himmel, als sie die Ruinen verließen und die Hügel am Fluss überquerten, die das Armenviertel von den Wäldern trennten.

Fast eine Stunde lang waren sie durch das Unterholz geschlichen, ohne auf Leben zu stoßen. Und dann hatten sie den Fuchs entdeckt. Das hieß, sie waren sich nicht einmal sicher gewesen, dass es wirklich ein Fuchs war: Im verschneiten Dickicht hatten sie nur das rötliche Fell ausmachen können. Aber jetzt spielte es sowieso keine Rolle mehr, in welcher Gestalt der Drache gewesen war.

Mion hatte noch nie davon gehört, dass jemand zufällig

einen Drachen um ein Leben brachte. Niemand war so verrückt, das Hohe Volk anzugreifen. Wer es doch tat, war ein Rebell und kämpfte für die feindlichen Menschenreiche, die an der südlichen Grenze von Wynter für Unruhen sorgten. Drachen waren mit mindestens neun Leben so gut wie unverwundbar. Kein Mensch konnte sich ihnen stellen, denn sie waren den Menschen überlegen, so wie den Tieren, dem Leben und sogar dem Tod.

Das lernte jedes Kind in Wynter: Die Drachen waren mächtig und sie waren nicht anzuzweifeln. Lange vor Mions Geburt, als die Länder in Krieg und Chaos zu versinken drohten, tauchte das Hohe Volk auf und brachte Wynter Frieden. Unter ihrer Führung musste niemand die Tyrannei eines Menschen fürchten. Denn schließlich lag es in der Natur des Menschen, zu lieben – und wer liebte, konnte nicht gerecht sein. Die Drachen aber hatten keine Gefühle, nur reinen Verstand, und der schloss jede Ungerechtigkeit aus.

Selten hatte Mion sich so gefreut, die Steinhütte ihrer Eltern zu sehen, die von den Ruinen ringsum halb erdrückt und halb zusammengehalten wurde. An den meisten Tagen kam sie ihr wie ein Kessel vor, in dessen brodelnde, atemlose Enge sie immer wieder zurückkehren musste. Jetzt konnte sie kaum erwarten, die Tür hinter sich zu schließen und sich in ihrem Bett zu verkriechen.

In der kleinen Stube, die als Küche und Werkstatt diente, herrschte friedliche Dunkelheit. Nur aus dem Ofen drang ein Glutschimmer und umschmiegte das Spinnrad ihrer Mutter und die Stiege, die hinauf zu den Betten führte. Mion wusste, wie man die Sprossen lautlos erklomm. Auf Zehenspitzen umging sie das Bett ihrer Eltern, schlüpfte unter dem Leinenvorhang hindurch und zog ihre beiden löchrigen Wollumhänge aus, die vor Frost ganz steif waren. Darunter trug sie nur eine Tunika und Beinlinge, deshalb schlüpfte sie rasch unter die Bettdecken zu ihrem Bruder, mit dem sie sich das Bett teilte. Im Liegen streifte sie die Schuhe ab, die ihre Mutter aus alten Lederlappen zusammengeflickt hatte.

Eine Weile lauschte sie dem Atem ihres schlafenden Bruders. Durch ein Loch in der Mauer fiel ein Lichtstrahl und ließ sie sein kindliches Gesicht erkennen: Wie friedlich er schlummerte, den Daumen im Mund und den Kopf voller Träume.

Vorsichtig, damit er nicht aufwachte, zog Mion sich die Decke bis zu den Ohren und rutschte an ihn heran. Die Wärme seines kleinen Körpers war weitaus schwächer als die des Ofenrohrs, das auf der anderen Seite entlangführte – aber vielleicht war es nicht Wärme, die Mion jetzt brauchte, sondern Nähe. Die Nähe eines unschuldigen Wesens.

Unschuldiger als du.

Sie presste die Augen zu. Es war ein Versehen gewesen. Nur ein Versehen.

Aber ist die Jagd nicht deshalb verboten, weil jedes Tier ein Drache sein kann? Wir haben nicht versehentlich ein Gesetz gebrochen!

Eine dumme Idee, ein Streich – es war nur der Streich von Kindern.

Kinder?

Mirim neben ihr, der war ein Kind, aber sie war fünfzehn, und Saffa rasierte sich schon das Kinn – wenn auch aus Großtuerei und nicht Notwendigkeit. Nein, sie waren keine Kinder mehr. Kinder begingen keinen Mord.

Es war kein Mord … er war ja nicht gestorben …

Aber Mord wäre ein geringeres Verbrechen gewesen, als einen Drachen anzugreifen. Einen Mord könnte man vertuschen, dachte Mion düster. Aber der Drache würde die

Ruinen nach ihnen durchkämmen und Gerechtigkeit walten lassen. Hatte er nicht sogar ihr Gesicht erkannt?

Seine Augen – Augen leuchtend wie Honig – hatten ihr Gesicht und die ganze schlimme Wahrheit hinter ihrem Blick erkundet; er kannte sie.

Mion wurde schlecht. Könnte sie doch alles ungeschehen machen! Sie hätte sich auf Saffas Vorschlag nie einlassen dürfen. Sie wusste doch, wie unüberlegt er immer handelte. Saffa war der Ideenreiche, sie steuerte die nötige Vernunft bei und Kajan verübte am geschicktesten Diebstähle und spürte kleine Tiere für Ritus auf. Zu dritt hatten sie immer eine gute Bande abgegeben, aber heute … vielleicht war wirklich alles ihre Schuld. Nur weil sie Saffa hatte beeindrucken wollen!

»Mion?«, nuschelte ihr Bruder.

»Schsch. Schlaf weiter. Es ist noch nicht Morgen.«

»Wintersonnenwende ist noch nicht vorbei?«

»Doch. Aber heute können wir ausschlafen. Jetzt schlaf.« Sie strich ihm über das dichte kupferbraune Haar, das ihrem so ähnelte. Als er sich an sie kuschelte, fühlte sie sich schwer wie Blei. Hoffentlich begegnete sie nie wieder einem Drachen.

Nach zwei quälenden Stunden gelang es Mion einzudösen. Sie schlief unruhig und wurde von Bildern zwischen Traum und Wirklichkeit verfolgt, bis ihre Eltern aufwachten. Von den Geräuschen fuhr sie hoch und unterdrückte erst im letzten Moment einen Schreckenslaut. Ihr Vater warf ihr einen missbilligenden Blick durch den Vorhang zu. Auch wenn er nie Sorge darüber erkennen ließ, wo sie sich herumtrieb, missfiel es ihm, dass sie Geheimnisse hatte. Dabei hatte Mion bis heute Morgen tatsächlich nie ein Geheimnis gehabt – dass sie mit Saffa und Kajan klaute wie die meisten Ruinenkinder, war schließlich allbekannt –, aber ihr Vater hielt alles für eine Verschwörung, was er nicht direkt kontrollierte.

Während ihre Mutter Linsen kochte, ließ sie sich zurück ins Bett sinken und blickte durch das Loch in der Mauer. Viel gab es nicht zu sehen außer der Gasse und ein paar schiefen Häuschen, die sich ringsum aus Schutt, Steinen und Schnee erhoben und Kaminrauch pafften.

Als Mirim aufwachte, stieg sie mit ihm in die Stube hinab. Schweigend aßen sie, bis ihr Vater zu sprechen begann.

»Wo warst du die ganze Nacht?«

»Auf den Festen.«

Er schob sich einen Löffel Linsensuppe in den Mund. »Mit diesen beiden Strolchen?«

»Hm.«

»Was sind Strolche?«, fragte Mirim.

»Das sind liebe Freunde«, erklärte Mion.

»Erzähl dem Jungen keine Lügen«, grollte ihr Vater. Dann wies er mit dem Löffel auf ihre Mutter. »Pass auf, was deine Tochter aus meinem Jungen macht! Wer weiß, wie der Junge erzogen wird, wenn ich nicht da bin …« Misstrauisch rührte er in seiner Schüssel und beäugte Mion. »Habt wieder dieses Teufelszeug gemacht, hm? Ritus.« Er grunzte. »So bleich, wie du wieder aussiehst … wenn ihr erwischt werdet, kommt ihr ins Gefängnis!«

Mion schloss die Augen. Vorträge über Ritus waren jetzt das Letzte, was sie hören wollte.

»Wildtiere töten ist ein Vergehen«, knurrte ihr Vater. »Egal ob Hirsch oder Schnecke! Wenn die Sphinxe das erfahren … du bringst uns alle in Gefahr. Lass diesen Unsinn, hast du verstanden?«

Mion blickte zu ihm auf. Sein Gesicht hatte immer einen unberechenbaren Ausdruck. Das lag nicht nur an der Sorgenfalte zwischen den Augen, die Mion so unergründlich waren, sondern auch an einer Narbe, die von seiner Schläfe bis zum Mund reichte. Die Verletzung hatte er sich beim Holzfällen zugezogen. Fast jeden Morgen brach er in den Wald auf und schlug Holz, um es in Wynter zu verkaufen, denn wie die meisten Ruinenbewohner lebten sie von dem, was in den Wäldern wuchs. Ihre Mutter verdiente durch Näharbeiten dazu, und wenn etwas mehr Geld zusammenkam, kochten sie einen großen Kessel Suppe, die Mion auf der Straße verkaufte. Ansonsten war Mion für Mirim verantwortlich. Wenn er schlief (und zum Glück tat er das oft – zu oft, wie ihre Mutter manchmal beklagte, die abergläubisch war und Schlafgeister fürchtete), half sie beim Spindelnwickeln, Kochen und anderen Hausarbeiten.

Abends hatte sie Zeit für sich und konnte mit Saffa und Kajan durch die Gassen schlendern. Hin und wieder spielten sie Ritus. Dass es streng verboten war, hielt sie nicht davon ab. In den Ruinen war sowieso nur eins gewiss, nämlich der Verfall von allem, Häusern und Hütten, Träumen und Menschen. Und dann ging das Leben trotzdem weiter.

Als sie ihr Frühstück beendet hatten und ihr Vater aufstand, sammelte Mion die Schüsseln ein. Sie wartete, bis ihr Vater mit seiner Axt und dem Schulterkorb gegangen war, dann wandte sie sich an ihre Mutter und sagte: »Ich glaube, ich werde krank. Könnte ich vielleicht im Haus bleiben?«

Am Nachmittag sah sie ein Rudel Sphinxe.

»Mion, was machst du da?«

Sie fuhr herum, als ihr Bruder hinter ihr erschien. Seufzend zog sie ihn auf den Schoß und deutete durch das Loch in der Wand.

»Siehst du die?« Sie spürte, wie Mirim den Atem anhielt. Ein Dutzend Löwen lief durch die schmale Gasse. Ihre mächtigen Pranken zertraten den Schnee zu Matsch. Unruhig schwenkten ihre Köpfe hin und her, auf der Suche nach Geruchsspuren. In ihren Augen glühte der Scharfsinn von Wesenheiten, die keine Tiere waren.

Mion merkte, dass sie die Finger in Mirims Arm gekrallt hatte, denn er gab ein Quieken von sich.

»Was wollen die?«, flüsterte er.

Sie versuchte, eine gelassene Miene aufzusetzen. »Die Sphinxe sind von den Drachen ausgesandt, um uns zu beschützen, das weißt du doch. Sie passen auf, dass keine Feinde kommen.«

Er nickte langsam. Das Rudel war inzwischen außer Sicht. Mion spähte noch einmal hinaus, um sicherzugehen, dann lächelte sie Mirim an und zog ihm vorsichtig den Daumen aus dem Mund.

»Erzählst du mir eine Geschichte?«, nuschelte er, und sie legte die Arme um ihn. So war das immer, wenn ihm etwas Angst machte, dann konnte ihn nur ein Märchen beruhigen. Sie schmiegten sich eng aneinander und sprachen ganz leise, als müssten sie sich vor der Welt verstecken.

»Was willst du denn hören? Die vom ersten Kaiser, der Wynter vor dem bösen Mann gerettet hat?«

»Nee… erzähl mir die, wo der Junge den Drachen besiegt.«

Mion hielt inne. Das war nicht gerade eine von den Geschichten, die in den großen Schulen am Rand der Ruinen gelehrt wurden. Aufrührerische Fabeln wie diese gingen heimlich im Volk um, waren irgendwann von zynischen Gegnern der Herrscher erfunden und bei den Kindern verbreitet worden wie vergiftete Süßigkeiten. Mion war die politische Botschaft einerlei. Wenn ihr kleiner Bruder die Geschichte hören wollte, bekam er sie.

»Also, es war einmal ein Junge, der war so schlau wie du.«

Mirim steckte sich den Daumen wieder in den Mund, spähte noch einmal angstvoll aus dem Wandloch und zog beruhigt den Kopf ein, als er keine Sphinxe mehr entdeckte.

»Eines Tages kam einer vom Hohen Volk daher, in Gestalt eines prächtigen Panthers mit Adlerschwingen. Als er den Jungen sah, dachte er: Ach, ein Sohn der Menschen! Dumm sind sie alle, und selbst die wenigen mit Verstand werden so von ihren Gefühlen genarrt, dass es kaum einen Unterschied macht. Und weil ein Drache keine Gefühle kennt, weder Reue noch Mitleid, beschloss er, den Menschenjungen zu fressen.«

Mirim verkrampfte sich kaum merklich.

»In seiner Not rief der Junge: ›Du und ich, wir sind gar nicht so verschieden! Du solltest mich lieber nicht fressen.‹ Da verwandelte sich der Drache in einen riesigen Wolf mit einem Schlangenkopf und den Hörnern eines Stiers und erwiderte: ›Wie wagst du es, dich mit mir zu vergleichen! Sieh mich an, ich bin fünfmal größer als du, ich kann fliegen und schwimmen und rennen wie jedes Tier, das mir gefällt.‹ Da sagte der Junge: ›Ja, das stimmt. Aber du hast keine Gefühle. Wer keine Gefühle hat, mag stark und mächtig sein. Aber er weiß nicht, was Schönheit ist.‹ ›Was?‹, schrie da der Drache. ›Ich kann wunderschön sein, sieh mich an!‹ Und er verwandelte sich in einen prächtigen Hirsch mit goldenem Geweih und den dunklen Flügeln eines Raben. Danach wurde er ein Pferd, das weiße Taubenflügel hatte und die Schuppen eines silbernen Fischs. Immer wieder verwandelte er sich, eine Gestalt fantastischer als die andere, und der Junge sah beeindruckt zu, bis dem Drachen nichts mehr einfiel. Dann sagte der Junge: ›Das war alles ganz prächtig. Aber du siehst nie und nimmer schöner aus als meine allerliebste Schwester mit den kupferbraunen Haaren.‹«

Mirim sah mit leuchtenden Augen zu ihr auf. »So wie du?«

Sie grinste. »Natürlich, so wie ich! Jedenfalls knurrte der Drache da: ›Langsam habe ich genug. Ich werde dir zeigen, dass du falschliegst und ich tausendmal schöner bin als deine Menschenschwester. Das sollst du noch einsehen, bevor ich dich fresse.‹ Also nahm der Drache endlich seine wahre Gestalt an und wurde zu einer sehr hübschen Frau. Darauf hatte der schlaue Junge nur gewartet. Denn wie alle wissen, können Drachen nur getötet werden, wenn sie ihre wahre, menschengleiche Erscheinung annehmen. Der Junge packte Pfeil und Bogen und erschoss den Drachen.« Ohne es zu merken, hielt sie den Atem an.

Mirim blickte erwartungsvoll auf. »Und er war der Einzige, der das je gemacht hat. Ende.«

»Ja. Ja, und zum Glück war er der Einzige, denn die Drachen sind unsere Beschützer, nicht wahr? Wir sind froh, dass es sie gibt.«

»Hmhm«, machte Mirim und klang dabei so skeptisch, dass sie lächelte und ihn fest an sich drückte.

Die Sphinxe blieben in den Ruinen. Vor Nachtanbruch hörte Mion einen nahen Schreckensschrei, und als sie ans Fenster hastete, jagten fünf große Löwen am Ende der Gasse vorbei. Ihre Eingeweide fühlten sich wie verknotet an.

Am nächsten Morgen war eine Ausgangssperre über das gesamte Viertel verhängt worden. Beunruhigt saß die Familie am Ofen, nur Mion hatte sich ins Bett gelegt. Fiebrig und zitternd vor Furcht, war es ihr nicht schwergefallen, Kranksein vorzuheucheln.

»Was da wohl los ist?«, hörte sie ihre Mutter unten murmeln.

Ihr Vater stellte seinen Becher auf den Tisch. »Vielleicht

haben sich Rebellen aus Albathuris eingeschlichen. Wär nicht das erste Mal.«

»Aber nur deswegen eine Ausgangssperre? Wissen die Drachen denn nicht, dass wir unsere Arbeit brauchen …«

»Vielleicht sind es besonders gefährliche Rebellen.«

»Aber dann würden sie doch nicht in den Ruinen bleiben, dann wären sie doch schon oben in Wynter?«

»Die Drachen wissen, was sie tun.«

»Natürlich«, murmelte ihre Mutter. Mion wusste, dass auch sie Angst hatten. Angst davor, was dort draußen vor sich ging, und Angst vor dem, was drinnen gesagt wurde.

Sie schloss die Augen. Wenn sie nur wüssten!

Am Abend kamen sie.

Die Wolken ließen nur einen metallischen Schimmer durch, kaum stark genug, um der Dunkelheit zu trotzen. Kerzenschein drang bald aus den Hütten und schwamm wie Eidotter in der grauen Dämmerung.

Mion hörte die Schritte im Schnee, bevor sie die Tür erreichten. Vorsichtig spähte sie durch das Wandloch und stieß die Luft aus: Im schwachen Licht, das durchs Fenster nach draußen fiel, schmolzen die Löwenkörper fort und verwandelten sich in Männer. Gelbe Umhänge fielen ihnen über die gepanzerten Schultern. In ihrer Mitte stolperte ein Junge mit struppigen schwarzen Zöpfen. Der Sphinx, der ihn zuvor mit dem Maul gepackt hatte, hielt ihn nun mit der Hand am Wollschal fest.

»Nein …!« Tränen schossen ihr in die Augen, als sie Saffa erkannte. Schon hämmerte jemand an die Tür, drei kräftige Hiebe gegen das Holz, die Mion direkt im Magen zu treffen schienen.

Unten öffnete ihr Vater. Sie wollte ihn warnen, wollte ihn aufhalten – aber sie brachte keinen Ton heraus.

Die Tür wurde aufgestoßen. Ein eisiger Windhauch fegte durch die Hütte und ließ den Vorhang an Mions Bett flattern. Plötzlich war die Stube von Lärm erfüllt. Mirim schrie auf, Schritte donnerten, Metall klirrte und jemand schluchzte. Saffa.

»Wohnt hier eine Mion?« Die tiefe Stimme vibrierte in der Luft wie das Knurren eines Löwen.

Mion lehnte sich gegen die Wand. Alles drehte sich. Eine Flucht war unmöglich, unmöglich, es gab keinen Ausweg.

»Ja«, murmelte ihr Vater verwirrt. »Das ist meine Tochter. Sie hat doch nichts –«

Ihre Familie stieß entsetzte Schreie aus. Im nächsten Augenblick war ein Löwe auf die Stiege gesprungen, die Sprossen zersplitterten wie Streichhölzer unter seinem Gewicht.

Langsam trat er durch den Vorhang und blieb direkt über ihr stehen. Seine Mähne berührte die Decke. Kalt und gelb starrten die Augen auf sie herab, Augen, fast so groß wie ihre Handflächen. Als er sie um die Seite packte und hochhob, verlor Mion kurzfristig die Besinnung. Alles wurde von samtiger Finsternis umwölkt, dann spürte sie einen Luftzug, als der Löwe mit ihr in die Stube hinabsprang. Das riesige Maul ließ von ihr ab und sie prallte hart auf den Boden. Der Schmerz holte sie ins Bewusstsein zurück.

»Ist sie das?«, fragte die dunkle Stimme des Sphinx. Benommen blickte Mion auf und sah alles durch einen Tränenschleier. Links standen ihre Eltern, seltsam klein und hilflos in ihrem eigenen Haus. Mirim hing wie eine Stoffpuppe in den Armen seiner Mutter und starrte Mion an, als wäre sie bereits tot. Sieben oder acht Sphinxe umzingelten sie.

Und direkt vor ihr stand Saffa. Seine Augen waren rot und geschwollen vom Weinen und vielleicht noch etwas anderem. Auf seiner Stirn waren Abdrücke, als hätte ihn eine Pranke getroffen.

»Ist sie das?«, wiederholte der Sphinx hinter ihr dröhnend.

»Ja«, schluchzte Saffa.

Schon wurde sie hochgezerrt. Die Hände der Sphinxe hielten sie wie Schraubstöcke und schleiften sie aus der Hütte.

Die Nacht war angebrochen. Als sie Saffa in den Schnee schleuderten, verschmolz seine Gestalt mit den Schatten.

»Wo bringt ihr sie hin?«, rief Mions Vater. »Was hat sie denn getan?«

»Deine Tochter ist eine Verbrecherin.« Das Fauchen streifte Mion heiß; es klang tief wie die Dunkelheit selbst.

Endlich fand sie ihre Stimme wieder. Sie drehte den Kopf und streckte die Hände aus. »Papa!«

Er wagte nicht zurückzurufen. Dann wurde sie fortgezerrt. Finger, vielleicht auch Fangzähne, bohrten sich schmerzhaft in ihren Arm. Ein letztes Mal konnte sie zu ihrer Familie zurückblicken. Ihr Vater stolperte zwei Schritte hinter den Sphinxen her, ehe er das Gleichgewicht verlor und in den Schnee sank.

Lyrian

Ein Junge schritt die Große Brücke von der Mauer zum Palast entlang und zwölf Löwen folgten ihm auf beiden Seiten. Weit unter ihnen, so weit, dass die Bäume klein wie Nadeln aussahen, erstreckten sich die Gärten der Drachen. Da waren Hügel, auf denen im Sommer blutroter Klatschmohn blühte, und Tannenwälder, in denen versteckte Weiher schlummerten und Quellen sprudelten; es gab weitläufige Heckenlabyrinthe und Obstwiesen mit allen erdenklichen Früchten, verwunschene Paradiese mit efeuumrankten Statuen und Brunnen voller Zierfische und verlassenen Pagoden. Doch jetzt lag der Schnee darüber wie ein Leichentuch. Von der Großen Brücke aus, den Wolken näher als der Erde, waren die Gärten nicht mehr als eine weiße Wüste, ein Spiegelbild des Himmels.

Der Junge blickte nicht hinab und hätte es auch nicht getan, wenn es mehr zu sehen gegeben hätte. Seine goldenen Augen waren geradeaus gerichtet, zum Palast hin, der selbst hier oben noch aufragte wie ein Gebirge aus weißem Stein. Über dem Torbogen am Ende der Brücke war eine Inschrift in die Mauern gehauen, jeder Buchstabe zwei Meter lang:

DRACHEN, BESCHÜTZT DEN MENSCHEN VOR DER WELT!
DRACHEN, BESCHÜTZT DIE WELT VOR DEM MENSCHEN!

Dieser Befehl sprach mit der erdrückenden Gewaltigkeit des Palasts, so als stellten die Türme selbst die Forderung an jene, die sie betreten wollten. Der Junge aber schien die Inschrift nicht zu sehen.

Der Wind strich ihm seine hellbraunen Haare in die Stirn. Schneekörner stoben ihm entgegen und setzten sich in den Mähnen der Löwen fest, die jeden seiner Schritte bewachten. Weder der Wind noch die Kälte noch der Anblick des Palasts konnte seinem Gesicht eine Regung abgewinnen.

Diener huschten um ihn her, Höflinge verneigten sich, Kleiderrauschen, trippelnde Füße. Niemand sah ihm ins Gesicht und er sah niemanden. Die hohen Türflügel seines Schlafgemachs wurden ihm von Dienern geöffnet, die fast auf dem Boden kauerten. Daneben saß ein geflügelter Panther, größer als jeder Mann, der gewagt hätte, sich aufzurichten.

Der Panther verwandelte sich in seine Mutter.

Ihr herzförmiges Gesicht saß in dem Meer aus schwarzer Seide und Spitze wie das helle Innere einer geheimnisvollen Blüte. Für ihn machte es keinen Unterschied, ob der Panther ihn ansah oder die Frau; wortlos schritt er an ihr vorbei in sein Gemach.

Diener entkleideten ihn, die für ihn unsichtbar waren. Auch er war für sie unsichtbar. Sie sahen nur einen Umhang, ein besticktes Wams, ein Hemd, Beinlinge, Schuhe… Die Bettdecken wurden zurückgeschlagen und die Kohlepfannen zum Wärmen herausgezogen. Er ließ sich in die Kissen sinken. Mit leisem Rauschen schlossen sich die Vorhänge um ihn. Als nur noch der Vorhang am Bettende offen war, sodass er durch die Fenster den Winterhimmel sehen konnte, sagte er mit leiser Stimme: »Ich wurde umgebracht.«

Ein Priester und ein Leibarzt kamen in Begleitung ihrer Diener und umringten sein Bett. Auch die Kaiserin war da und warf ihrem Sohn Seitenblicke zu, wenn sie nicht gerade aus dem Fenster sah.

Als der Heiler seine Untersuchung beendet hatte und bestätigte, dass der Prinz wohlauf war, trat der Priester vor. Während seine Hände Zeichen in die Luft schrieben, murmelte er unverständliche Zauberformeln. Nach den Beschwörungen drehte sich die Kaiserin um.

»Geht jetzt, alle.«

Rückwärts entfernten sich die Untergebenen und schlossen die Türen. Lyrian war mit seiner Mutter alleine.

Fast eine Minute sahen sie sich schweigend an. Lyrian fragte sich, ob die Kaiserin überhaupt noch atmete, so reglos stand sie da. Schließlich wandte sie sich wieder dem Fenster zu und beobachtete die Raben, die durch den Himmel jagten.

»Die Raben von Wynter!«, sagte sie feierlich, und obwohl der hohe Kragen ihr Gesicht vor Lyrian verbarg, wusste er, dass sie lächelte. »Vor Hunderten von Jahren wählte der Kaiser von Wynter sich den Raben als Luftwesen aus. Aber die Vögel waren schlauer als alle anderen Tiere. Sie fanden einen Weg, aus ihren Gehegen auszubrechen, und seitdem bewohnen sie den Himmel um den Palast. Nur ein paar unter ihnen sind unsere Spione.«

Lyrian schloss schaudernd die Augen. Bilder der letzten Nacht durchzuckten ihn … aber er drängte sie mühsam zurück. Nicht jetzt.

»Die Geschichte der Raben hast du früher besonders gemocht. Fast hättest du den Raben statt der Schwalbe als dein erstes Luftwesen gewählt.« Die Kaiserin drehte sich zu ihm um und kam ans Bett. Ihr Kleid glitt über den Boden wie dunkles Quecksilber. Ihr würdevolles Gesicht war so versteinert, dass Lyrian sich fragte, wie die Falte zwischen ihren Augenbrauen entstanden sein konnte. Oder die zarten

Lachfalten um den Mund. Vielleicht während sie schlief, in ihren Träumen. Aber allein die Vorstellung, dass seine Mutter Träume hatte, schien ihm abwegig.

»Wer hat dich umgebracht, Lyrian? Rebellen aus Albathuris?«

Er drehte den Kopf in die andere Richtung. »Ich … wurde von einem Pfeil getroffen. Dann war ein Mädchen über mir. Ihr Gesicht …« Er schloss die Augen und beschwor die Erinnerung an sie herauf. Dass sie schon fast verblasst war, machte sie nur noch engelhafter. »Sie war in Lumpen gehüllt, ihr Gesicht war schmutzig und schön.«

»Hat sie dich umgebracht?«

Lyrian öffnete die Augen. »Nein. Nein, sie wollte mich retten. Zwei Jungen waren es. Der eine hatte schwarze Zöpfe und Sommersprossen. Der andere war dünn und hatte ein langes Gesicht.«

Die Kaiserin wartete ab, ob er noch mehr sagen würde. Etwas Unausgesprochenes lag in ihrem Schweigen; Lyrian spürte den Vorwurf in ihrem ausdruckslosen Blick. Wieso, schien sie zu fragen, hatte er die beiden nicht bestraft? Aber vielleicht blieb sie stumm, weil sie die Antwort schon kannte. Ein kaum wahrnehmbares Zucken ging um ihren Mund.

»Die Sphinxe werden die Verbrecher finden«, sagte sie und verließ den Raum.

Lyrian lief den hohen Korridor entlang, der zu den Gehegen der Wildtiere führte.

»Tibb!«, rief er. »Baltibb!«

Als er die Käfige erreichte, blieb er nach Luft ringend stehen. Ein paar erschrockene Hyänen keiften ihn an, ehe sie in den Winkeln ihrer Gehege verschwanden. Vögel flatterten durch die Bäume, über denen feine Netze aufgespannt waren. Irgendwo sprudelte Wasser.

»Tibb … bist du hier?«

Am Ende der Halle tauchte ein drahtiges Mädchen auf. Ihr Haar war schwarz wie Kohle und kräuselte sich in den Spitzen. Wie es Brauch war, trug sie es in einem langen, mit Stoff umwickelten Zopf. Als Tierhüterin durfte sie statt der üblichen weißen Dienerkleider Beinlinge und einen dunklen Wollkittel tragen, der ihr abgewetzt bis zu den Knien reichte.

Lyrian rannte auf sie zu. Baltibb hielt zwei Windhunde an den Halsbändern, die den heraneilenden Prinzen dumpf anknurrten, und befahl ihnen, still zu sein. Dann machte sie einen Knicks vor Lyrian.

»Wieso lauft Ihr in Eurer natürlichen Gestalt, Hoheit? Seit gestern Nacht könnt Ihr doch fliegen oder als Fuchs …« Baltibb verstummte.

»Du musst etwas für mich tun, Tibb, schnell, jetzt gleich!«

»Was ist los?«

»Heute früh hat man mich erschossen. Die Sphinxe suchen die Mörder. Ein Mädchen ist dabei, das nicht getötet werden soll! Ich habe der Kaiserin gesagt, dass sie unschuldig ist, aber das wird ihr egal sein. Wenn die Sphinxe das Mädchen gefunden haben, musst du sie zu mir bringen.«

Baltibb starrte ihn an. Sie beobachtete ihn oft, und Lyrian hatte nichts dagegen, denn ihre Blicke waren wie seltene, verbotene Berührungen auf seinem Gesicht. Aber jetzt hatten sie keine Zeit zu verlieren.

»Verstehst du«, schnaufte er. »Du musst zum Gefängnis gehen, zeig dort diesen Brief.«

Er zog ein Papier aus dem Bund der knielangen Hose, außer der er nichts trug – die vier Stockwerke und zwei Dutzend Korridore von seinem Schlafgemach bis hierher war er barfuß gelaufen.

Zögernd nahm Baltibb den Brief entgegen. Inzwischen kannte Lyrian sie gut, jedenfalls besser als jeden anderen Menschen, und im Verlauf der Jahre war sie Zeugin seiner wechselnden Launen geworden. Sie hatte nie versucht, ihn zu verstehen, schließlich war er ein Drache. Die Gedanken eines Drachen überstiegen ihren Menschenverstand. Aber jetzt fragte sie: »Wieso?«

»Tu es einfach.«

Zögernd schob Baltibb sich den Brief in den Kittel, dann führte sie die beiden Hunde in ihre Gehege zurück. Als sie abgeschlossen hatte, folgte sie Lyrian in den Falkenturm.

»Wollt Ihr nicht lieber drinnen bleiben?«, fragte sie zaghaft, denn es war kalt im Turm. Trotzdem trat er an die mit Draht vergitterten Fenster und blickte hinaus ins weiße Nichts.

»Das Mädchen hat mich wirklich erschossen.« Ein verwirrtes Lächeln stieg ihm ins Gesicht. Seltsam, dass es ihm in Baltibbs Nähe so leichtfiel, zu lächeln; selbst wenn er gar nicht wollte, passierte es. Bei ihr konnte er Dinge sagen, an die er sonst nicht einmal dachte.

Er sah sie an, betrachtete den Schreck in ihren dunklen, klugen Augen. »Gestern nach dem Ritual … habe ich den Palast verlassen. Ich wollte für immer weg.« Seine Finger glitten am Netz entlang. »Ich habe über den Tod nachgedacht. Und dann wurde ich getötet.«

»Aber wenn dieses Mädchen Euch umgebracht hat, dann verdient es Eure Gnade nicht!«

»Ob sie erkannt hat, dass ich ein Drache bin? Dann muss sie unglaublich mutig sein.«

»Töricht ist das richtige Wort«, entgegnete Baltibb. »Und sie ist offenbar eine Rebellin.«

Er schüttelte den Kopf. »Nein, sie sah nicht töricht aus. Sie war wunderschön.«

Er merkte, wie sich Baltibb verkrampfte. »Trotzdem hat sie Euch erschossen, Hoheit. Das ist ein unverzeihliches Vergehen.«

»Ich will sie fragen, warum sie es getan hat.«

»Aber sie ist ein Mensch! Menschen tun Dinge, ohne darüber nachzudenken. Zeitverschwendung, ihre Taten nachvollziehen zu wollen.«

Er sah sie lächelnd an, bis sie errötete. »Bring sie mir, Tibb. Bitte.«

Sie kaute auf ihrer Unterlippe, als würden ihr die unausgesprochenen Widerworte gleich aus dem Mund springen. Dann verneigte sie sich und murmelte: »Wie Ihr wünscht… Lyrian.«

Im Falkenturm hatte er Baltibb zum ersten Mal getroffen. Er erinnerte sich sehr gut daran: Aus einer Ecke hatte er beobachtet, wie ein Welpe hereingelaufen war, denn er hatte vergessen, die Tür des Turms zu schließen. Und hinterher kam ein Mädchen, wie er damals nicht älter als sieben oder acht. Schützend nahm sie den Welpen in die Arme, damit die Falken sich nicht auf ihn stürzten. Und dann war Lyrian aus den Schatten getreten, und sie hatte ihn erschrocken angesehen, ohne daran zu denken, dass man einem Drachen nicht ins Gesicht blicken durfte. Seitdem hatte sie es noch viele Male vergessen.

Acht Jahre waren inzwischen verstrichen. Baltibb war ein Mensch und eine Dienerin obendrein, aber das änderte nichts daran, dass Lyrian ihr mehr vertraute als irgendjemandem sonst. Im Gegenteil, manchmal fragte er sich, ob er ihr vielleicht so viel von sich verriet, weil sie eben ganz anders war als die Drachen.

Baltibbs Vater war der Hauptpfleger der Wildtiere, ein kleiner Mann, kaum größer als seine Tochter. Wie sie hatte er eine große, schmale Nase und schmale Lippen; das Gesicht wurde von den Augen dominiert, die unter dicht wachsenden Brauen lagen und so hart und schwarz waren wie Marmor.

Weil ihre Mutter kurz nach ihrer Geburt gestorben war, begleitete Baltibb ihren Vater in Löwengehege und Bärenkäfige, seit sie laufen konnte. Ihre Lieblingstiere waren Hunde, mit denen sie eine innige, fast übersinnliche Zuneigung verband. Lyrian hatte sie Hunde streicheln sehen, die alle außer ihr nur anknurrten.

»Sie lieben dich, weil du ihnen ähnelst«, hatte Lyrian einmal bemerkt. Baltibb hatte ihn angesehen, grüblerisch und undurchschaubar wie immer, und dann genickt.

Auch er konnte den lieben langen Tag bei den Gehegen verbringen. Unzählige Male hatte er Baltibb bei der Arbeit begleitet, Tiere gefüttert und Ställe ausgemistet wie ein Diener, und Baltibbs Vater hatte nervös weggesehen. Anfangs drohte er seiner Tochter mit Prügel, aber es war ja Lyrian, der bei ihr und den Tieren sein wollte.

Er kam so oft, dass Baltibb morgens nach ihm Ausschau hielt. Wenn er auftauchte – mal ein paar Stunden früher, mal ein paar später –, strahlte sie, und obwohl kein Lächeln sie hübsch machen konnte, erschien sie doch mit einem Mal liebenswert.

Hatte Lyrian von der Arbeit genug, ordnete er an, dass sie ihn auf seinen Spaziergängen begleitete. Dagegen konnte nicht einmal ihr Vater etwas einwenden. Viele Sommertage verbrachten sie auf den Hügeln im Klatschmohn, beobachteten Pferde und Pfauen, Füchse und Rehe. In den Wäldern der Gärten zeigte Lyrian auf Eulen und Schlangen und rief: »In die werde ich mich später verwandeln!«

Stundenlang saßen sie auf den Felsen beim Wasserfall und malten sich aus, das eine oder andere Tier zu sein. Lyrian hatte die Gabe noch nicht, erst im fünfzehnten Lebensjahr durfte ein Drache das Ritual vollziehen, das ihm fortan erlaubte, die Gestalt von Tieren der Luft, des Landes und des Wassers anzunehmen. Zuerst bekam ein junger Drache drei Gestalten, im darauffolgenden Jahr konnte er je nach Begabung, Ehrgeiz und Rang mehr wählen.

»Ich glaube, ich werde den Fuchs, die Schwalbe und den Otter nehmen«, verriet er Baltibb. Dass keines der drei Tiere besonders kampftauglich war und dass die Kaiserin alles andere als zufrieden mit seiner Wahl sein würde, änderte nichts an Lyrians Beschluss. »Der Fuchs ist flink und unscheinbar. Die Schwalbe kann am schönsten fliegen. Und der Otter ist der beste Schwimmer. Wenn ich endlich fünfzehn bin, sage ich dir, wie es ist, ein Tier zu sein!«

Baltibb sah ihn sehnsüchtig an, und er bedauerte sie ein wenig, weil sie sich nie würde verwandeln können. Aber bestimmt hatte sie sich mit ihrem Schicksal abgefunden, so wie die Falken und Hunde mit sich selbst zufrieden waren und nichts Höheres begehrten.

Sie besprachen auch die Geheimnisse der Drachen. Was wohl beim Ritual der Wintersonnenwende geschah? Ob man eine besondere Verbindung zu seinen gewählten Tieren haben musste, die auf einem Verständnis beruhte, das für Menschen unerreichbar war? Wie kam es dann bloß, dass Lyrian als Einziger je die Gehege der Wildtiere besuchte …

Ahnungslos besprach er das größte Mysterium seines Volkes mit einer Außenstehenden. Hätte er die Wahrheit damals gekannt, hätte er geschwiegen.

Alles war verändert, seit Lyrian das Ritual kannte. Er war nicht mehr derselbe – die Welt war nicht mehr dieselbe.

Am Leben zu sein, stieß ihn ab.

Nachdem er Baltibb mit dem Brief und dem geheimen

Auftrag betraut hatte, schlich er durch Korridore und Hallen zurück zu seinen Gemächern. Hier, in den höchsten Türmen des Palasts, residierte nur die Kaiserfamilie. Je nach Rang und Ansehen bewohnten die übrigen Drachen die unteren Stockwerke.

Der Palast war eine Stadt. Ihre Straßen waren mit Gold, Marmor und Teppichen geschmückt. Bewohner gab es wenige – insgesamt nicht mehr als siebenhundert –, aber dafür huschten ständig Dienerinnen in ihren weißen Leinenkleidern und großen Hauben umher wie Geister. Ja, es war eine Geisterstadt, dachte Lyrian. Der Wind war ihre Stimme, dessen Heulen durch meterdicke Steinwälle schwach klang wie ein Wimmern vom anderen Ende der Welt.

Lyrian ließ sich fallen. *Korpus Schwalbe!*, flüsterte er in Gedanken. Im nächsten Augenblick schwebte er durch die Gänge. Seine blauen Schwingen glitten durch die Luft, er war wie schwerelos ... das Körpergefühl einer Schwalbe war atemberaubend. Man war so leicht ... aber die Vogelgestalt konnte nichts daran ändern, wie schwer seine Gedanken waren. Er schloss die Augen und glitt immer tiefer. Schließlich stürzte er auf den glatten Steinboden, überschlug sich und blieb liegen. *Korpus mein!*

Ihm entfuhr ein schmerzliches Stöhnen, nun, da er wieder stöhnen konnte. Langsam drehte er sich auf den Rücken und blickte zur Decke auf, die sich weit oben zu einem Halbkreis wölbte. In der Mitte war ein Glasfenster gleich einem milchweißen Auge, durch das ein schräger Lichtstrahl fiel. Tief liegende Wolken schnitten sich lautlos an den Türmen.

War das Ritual wirklich erst zwölf Stunden her? Der Lyrian, der erwartungsvoll dem Fest der Wintersonnenwende entgegengefiebert hatte, der am Tag davor seinen drei Füchsen das Fell gebürstet und verträumt zu seinen Schwalben aufgesehen hatte – dieser Lyrian war gestorben.

Bei allen Drachen, er hatte seinen Ottern Namen gegeben.

Gequält kniff er die Augen zu, aber das konnte die Bilder nicht vertreiben.

Erst Jiru, dann Mondgesicht, dann Bäckchen.

Die Füchse hatten gefaucht und gewinselt, und die Schwalben hatten mit den Flügeln geschlagen, gebrochenes Entsetzen in den großen Otteraugen, sie wussten, was geschehen würde –

Ganz still blieb er auf dem Boden liegen, während in ihm die vergangene Nacht erneut aufstieg, bitter und Übelkeit erregend wie Galle. Er konnte es nicht verdrängen, nicht wieder hinunterwürgen.

Die Welt war fremder denn je, nun, da er sie kennengelernt hatte. War ihm vorher überhaupt jemals der Tod in den Sinn gekommen? Er wusste es nicht. Die letzte Nacht hing wie ein schwarzer Nebel zwischen dem Jetzt und der Vergangenheit.

Er trieb seine Gedanken zu dem Mädchen. Über sie nachzudenken beruhigte ihn sonderbarerweise. Ihr Pfeil hatte ihn aus dem Entsetzen gerissen, mit dem er das Ritual verlassen hatte, und das erste Mal im Leben hatte er Schmerz als etwas Erlösendes empfunden. Auch wenn er ja nicht wirklich gestorben war, sondern nur seinen ersten Fuchskörper verloren hatte, war er für einen Augenblick von allem befreit gewesen, Bewusstsein, Gegenwart, Schuld.

Ob das Mädchen wirklich eine Rebellin war? Warum hatte sie ihn dann nicht umgebracht, als er in seiner verletzlichen Jungengestalt im Schnee lag?

Er seufzte tief. Er musste sie wiedersehen und all das fragen. Sie würde sein Geheimnis sein und seine Mutter durfte nie von ihr erfahren.

Die Nacht kroch unerträglich langsam dahin. Lyrian hatte zuletzt vor zwei Tagen geschlafen, doch er konnte kein Auge zutun. Selbst wenn, würde er wahrscheinlich so schlimme Albträume haben, dass Wachbleiben erholsamer war.

Stunde um Stunde schlich er durch den Palast, rollte sich als Fuchs auf weichen Diwanen ein und konzentrierte sich auf die Gerüche, die er nun viel intensiver wahrnahm als sonst: Da war der trockene, körnige Duft der staubigen Samtkissen und die muffig-kalte Aura, die die Stuckwände umwaberte, den Marmor des Fußbodens und die morschen Wandteppiche. Aus der Sicht des Fuchses sahen die Räume ungewöhnlich riesig aus – alles wirkte übermächtig, unerschütterlich und kalt. Was er als Junge verschwommen erlebt und mehr intuitiv als bewusst mit seiner Umgebung verbunden hatte, entfaltete sich jetzt ganz deutlich vor ihm. Ihm war, als sähe er seine Heimat zum ersten Mal. Sein ganzes bisheriges Leben war er so unwissend gewesen.

Lange stand er am Fenster und beobachtete die kohleschwarze Welt. Irgendwo da draußen musste Baltibb sein, um das Mädchen aufzuspüren ... Auf sie konnte er sich verlassen, sie liebte ihn mit ihrem ganzen, gefühlvollen Menschenherz. Und auch wenn er wusste, dass nichts schlechter und gefährlicher war als Liebe, war er doch froh darüber.

Am nächsten Morgen betrat sie den Falkenturm und vergaß ihren Knicks, als Lyrian aus den Schatten auf sie zugelaufen kam.

»Und?«, fragte er atemlos. »Wo ist sie?«

»Ihr seht blass aus. Geht es Euch gut?«

Er winkte ungeduldig ab. »Was ist, haben die Sphinxe sie nun?«

Baltibb nickte zögernd. »Ich war gestern Nacht im Gefängnis, Hoheit, wie Ihr befohlen habt.«

»War sie da?«

Sie sah ihm forschend in die Augen. »Als ich kam, hatte man sie schon in die Gruben geworfen. Sie wurde hingerichtet, Hoheit.«

Ihre Worte trafen ihn wie Faustschläge.

Tot.

Ihm wurde schlecht. Als Baltibb ihn am Arm berührte, machte er sich los und stützte sich gegen das Gitter. Die Luft biss ihm in die Lungen, er atmete tief und langsam, konzentrierte sich nur noch auf die süße, schneidende Kälte.

»Es ist wohl besser so«, murmelte Baltibb.

Jagu

Als Mion klein gewesen war, hatte sie im Sommer oft auf dem Dach von Saffas Hütte geschlafen, in der er mit seinen Eltern und vier Schwestern wohnte. Sie bauten sich ein Lager aus alten Decken und Stroh, kauten gestohlene Mandeln und fühlten sich wie Königskinder. Warm wogte der Wind über sie hinweg und trug die Düfte der Wälder durch die Ruinen – Farn und Zedernholz, Harz und süße Wildblumen –, eine geisterhafte Hoffnung in einer Welt aus Stein. In diesen Nächten war niemand glücklicher als sie.

»Saffa?«

»Hm?«

»Was willst du eigentlich sein, wenn du groß bist?«

»Weiß nicht… wahrscheinlich geh ich auch in den Wald und verkauf Holz.«

Sie schwiegen. Töpfe schepperten, und irgendwo jaulten wilde Hunde, die niemand zu töten oder aus den Ruinen zu vertreiben wagte. Saffas kleine Schwester hustete unter ihnen im Haus, sie war schon lange krank.

»Willst du nicht wissen, was ich mal werde?«

Saffa lachte. »Du wirst eine Frau!«

Mion schob die Arme unter den Kopf. Wie viele Sterne es am Himmel gab! Ob da oben so viele waren wie hier unten Menschen?

»Nein, ich werde mehr. Wenn ich groß bin, werde ich ein Bürger von Wynter. Dann werde ich Geld haben und mir einen Palast bauen, der aussieht wie von den Drachen.«

»Wie willst du denn ein Bürger werden ... das geht gar nicht.«

»Du wirst schon sehen.«

»Und du gehst dann für immer von hier weg?«

»Für immer.«

»Was ist mit deinen Eltern?«

»Die wollen bestimmt nicht mit.«

»Und ich?«

Mion sah ihn an. Er warf sich drei Mandeln in den Mund und kaute laut.

»Du kannst ja mitkommen, wenn du willst. Aber dann kannst du kein Holzfäller werden. In Wynter sind alle Leute fein.«

»Ist gut ...«

»Kajan kann auch mitkommen. Aber er darf dann nicht mehr klauen. – Außer Mandeln vielleicht!«

Sie drehte den Kopf und blickte in die endlose Finsternis über ihnen. Eines Tages würde sie in einem Palast stehen, ein ganz neuer Mensch, fein und elegant und erhaben, und doch zu denselben Sternen aufsehen wie jetzt. Ganz bestimmt ...

Die Gefängnisgebäude wuchsen an der nördlichen Stadtmauer von Wynter empor wie Pilze an einem Baumstumpf. Hier warteten Sträflinge aus den Ruinen und der Stadt auf Freiheit oder Tod – es war der einzige Ort, so hieß es, an dem Bürger und Ruinenleute gleich behandelt wurden. Mion konnte es nicht beurteilen, denn sie wurde in eine verlassene, feuchte Zelle gebracht, in der nichts war außer dem dünnen Geruch von Angstschweiß. Und noch etwas hing in der abgestandenen Luft, der Hauch von etwas Entsetzlichem. Mion roch Blut. Menschen waren hier gestorben.

Sie kroch in eine Ecke und zog die Knie an. Wiegte sich ganz langsam. Die Panik war zurückgetreten, jetzt fehlte ihr die Kraft, um zu weinen. Nur flüchtige Erinnerungen durchschossen die Dunkelheit in ihr, Bilderfetzen und zusammenhangslose Worte wie vom Schwarm getrennte Fische.

Sollte das alles gewesen sein?

All die unerfüllten Sehnsüchte nach einem anderen Leben, all diese süßen, bitteren Träume starben.

Sonderbar, dass sie immer so fest an das Glück geglaubt hatte, das sie eines Tages holen und aus den Ruinen bringen würde. Ihre ganze unbegründete Zuversicht, an die sie sich so oft geklammert hatte, war jetzt endgültig und unwiderruflich verloren. Das Schicksal hielt nichts Großes, Wundervolles für sie bereit. Wenn es überhaupt so etwas wie Schicksal gab, dann hatte es für Mion nur einen Kerker und den Tod vorgesehen.

Jetzt kamen ihr doch wieder Tränen und sie zu spüren war beinahe tröstlich.

Weil ich bald gar nichts mehr fühle.

Aber davor noch der Schmerz –

Zittern ergriff sie. Sie wollte nicht sterben! Sie hatte Angst … Es war niemandes Recht, ihr das Leben zu nehmen, es war ihres, es gehörte ihr!

Vor zwei Jahren hatte sie gesehen, wie eine alte Frau von einer Räuberbande erstochen wurde. Mit Saffa und Kajan war sie auf einem Hausdach gewesen, gebannt von dem furchtbaren Schauspiel und zu ängstlich, um einzugreifen. Ein beunruhigender Gedanke war ihr durch den Kopf gegangen: Wenn sie überfallen worden wäre, hätten ihre Freunde ebenso tatenlos zugesehen? Das Leben in den Ruinen hatte ihnen beigebracht, zuerst an sich zu denken, aber wenn Freundschaft nicht bedeutete, sich um andere zu kümmern wie um sich selbst, dann war sie doch bedeutungslos.

Sie kniff die Augen zu. Saffas Gesicht, hundertmal. Saffa, den sie schon so lange kannte wie sich selbst. Saffa, mit dem sie sich geprügelt hatte und dem sie ihre erste blutige Lippe und ihren ersten Kuss verdankte. Saffa, der siebenmal um ihre Hand angehalten hatte, seit sie neun waren, und dem sie sich genauso oft versprochen hatte wie Kajan. Saffa, der ihr Birnen schenkte und sie um ihren Anteil an der gestohlenen Beute betrog – Saffa, der sie in einen Misthaufen schubste und sich auf einen älteren Jungen stürzte, weil er Mion beleidigt hatte – Saffa, der sie liebte und dem sie egal war, der niemanden außer ihr gern hatte und der sie an die Sphinxe verraten hatte.

Saffa, der ihr Leben für seins geopfert hatte. Ihr bester Freund, der an sich selbst gedacht hatte und nicht an sie.

Hätte sie ihn doch hassen können! Aber sie war nur niedergeschmettert. So furchtbar niedergeschmettert, weil neben all ihren großen, dummen Träumen ihr größter – der Traum von Freundschaft in einer schlechten Welt – ebenfalls zerfallen war.

War sie eingeschlafen? Mit klammen Fingern rieb Mion sich die Augen, verwundert, dass sie auf dem Boden lag. Als die Sphinxe gekommen waren, hatte sie weder ihren Wollumhang noch ihre Schuhe getragen, und sie fror erbärmlich. Ihre nackten Zehen waren taub vor Kälte.

Erst jetzt wurde ihr bewusst, was sie geweckt hatte: Eisen quietschte, eine Tür fiel ins Schloss. Irgendwo näherten sich Schritte. Hastig kroch sie auf die Wand zu und zog sich hoch. Den Rücken an die kalten Steine gelehnt, fixierte sie die Kerkertür. Die Schritte waren jetzt ganz nah. Wenigstens klang es nicht nach Löwentatzen.

Das spärliche Licht, das zuvor durch das Gitterfenster in der Tür gefallen war, verschwand mit einem Mal. Jemand stand vor ihrer Zelle. Sah sie an.

»Heißt du Mion?«

Für eine Weile versuchte sie, anhand der Stimme zu erahnen, wer ihr Besucher sein könnte. Aber auf mehr, als dass es ein Mann zwischen zwanzig und fünfzig sein musste, kam sie nicht.

»Antworte«, befahl er ruhig.

Mion fand endlich ihre Stimme. »J-ja.«

»Du hast den Drachen erschossen?«

»Ich habe nicht –«

»Wieso hast du es getan?«

Wenn es der Henker war, wieso fragte er sie so etwas? Es musste ein Diener der Drachen sein …

Sie sammelte noch einmal ihren Mut. »Es war ein Versehen. Der Pfeil ging einfach los.«

Irrte sie sich oder war da ein Lachen?

»Lügen kannst du ja. Das gefällt mir. Wie denkst du von den Drachen?«

Sie spitzte die Ohren. »Die Drachen?«, wiederholte sie heiser. »Ähm … mögen ihre Wege uns auch unergründlich scheinen, ihr Wort soll nicht angezweifelt, ihre Handlungen immer gutgeheißen werden. Mutter Schicksal hat Nachsicht mit den Menschen, weil sie fühlen, und Mutter Schicksal liebt die Drachen, weil sie verstehen –«

»Ich habe dich nicht gebeten, mir die Sprüche aufzusagen, die sie euch eintrichtern. Ich will wissen, wie du von den Drachen denkst.«

Ihre Unterlippe zitterte. Sie schluckte schwer. Jetzt durfte sie keinen Fehler machen. Wenn sie doch bloß wüsste, was er hören wollte!

»Herr … ich denke gar nichts über die Drachen. Ich weiß, das Denken ist die Tugend der Drachen. Die Tugend der Menschen … ist das Fühlen. Und ich fühle Dankbarkeit und Zuversicht, weil ich weiß, die Gerechtigkeit der Drachen ist unfehlbar. Selbst, selbst wenn wir Menschen sie nicht immer verstehen …« Ihre Worte faserten in Schweigen aus. Eine lange Stille trat ein, und Mion hatte das Gefühl, die Luft weiche aus dem Kerker.

»Komm näher.«

Sie gehorchte nicht gleich. Doch schließlich erlaubte ihre Lage es kaum, starrköpfig zu sein. Ihre Füße glitten über den Steinboden. Eine Armeslänge vor der Tür blieb sie stehen. Eisen rasselte. Dann wurde der Riegel zurückgeschoben. Mit einem Knirschen schwang die Tür auf und ein Schleier zittrigen Lichts fiel über sie.

Der Mann schob sich in den Kerker, um keinen Schatten auf sie zu werfen. Sie konnte sein Gesicht noch immer nicht erkennen, doch der Fackelschein aus dem Gang umzeichnete seine aufrechte Gestalt. Er war groß. Bestimmt überragte er Mion um einen ganzen Kopf, obwohl sie nicht klein war. Ein Umhang lag ihm über den Schultern und ein graues Schaltuch war um seinen Hals gewickelt. Wirre dunkelblonde Haare glänzten im Licht.

»Wie alt bist du?«

»Ich bin fün ... erst fünfzehn, Herr. Ein halbes Kind.« Sie versuchte, gewinnend zu lächeln.

»Ich hoffe, deine andere Hälfte ist dafür umso erwachsener«, sagte er, und eine Spur Belustigung lag in seiner Stimme. »Bist du gesund? Zeig deine Zähne.«

Das ging zu weit. Mion wich zurück, obwohl er so unbewegt dastand, als wäre er mit den Schatten verwachsen. Sie spürte seinen Blick auf sich und hob fröstelnd die Arme vor die Brust.

»Ich werde ehrlich zu dir sein«, sagte er gedehnt, in einem sanften, lauernden Ton, der fast so beängstigend war wie die schrecklichen Stimmen der Sphinxe. »Mein Name ist Jagu. Ich gehöre zur Gilde der Künstler von Wynter, hast du schon einmal davon gehört? Ich bin ein Maler im Dienst der Drachen. Ich bin der beste«, fügte er leise, jetzt deutlich amüsiert hinzu. »Folge mir nach Wynter und werde meine Schülerin, erlerne meine Kunst.«

»Was?«, hauchte sie.

»Willige ein, ehe ich es mir anders überlege.«

»Ich … ich hab nie was gemalt!« Kurz erhaschte sie einen Blick auf sein Gesicht, als er den Kopf schüttelte – ein Gesicht mit einer schmalen Nase und spitzen Lippen und Augen in Schatten –

»Dieses Risiko werde ich wohl eingehen.«

Mion starrte ihn an. »Wieso?«

Er antwortete nicht.

»Ich verstehe nicht, was Malerei damit zu tun hätte, dass ich einen Drachen –«

»Du musst aufpassen, was du sagst«, fuhr er dazwischen. »Du bist nicht langsam von Begriff, das ist gut. Aber du musst noch lernen, wann du diesen Vorzug zu zeigen hast … und wann du ihn besser für dich behältst. Das sei die erste Lektion, die ich dir als Meister erteile. Nimmst du an?«

Mion blickte auf die behandschuhte Hand hinab, die er ihr hinhielt. Schließlich sagte sie kleinlaut: »Die werden mich doch nicht einfach gehen lassen.«

»Natürlich nicht. Der Befehl lautet, dass du noch heute Nacht hingerichtet wirst. Dezent und unauffällig – niemand soll erfahren, dass es einem einfachen Ruinenmädchen gelungen ist, einem Drachen ein Leben zu nehmen.«

Mion spürte die Kälte von ihren Füßen durch die Knie bis in die Wirbelsäule schießen. Heute Nacht noch … und dieser Jagu sprach über ihre Hinrichtung, als sei es nichts weiter! Für ihn war es das wahrscheinlich auch nicht. Er hatte ja selbst gesagt, sie war nur ein einfaches Ruinenmädchen … Aber wieso wollte er sie dann als Lehrling?

»Das heißt, wenn ich bleibe, sterbe ich.«

Sie fuhr zusammen, als der Fremde sie am Handgelenk

fasste. Das Leder des Handschuhs fühlte sich weich an, doch der Griff war fest. Er zog sie zu sich heran, bis sie einen schwachen Tabakgeruch wahrnahm. »Die Drachen wollen deinen Tod. Und du wirst heute Nacht sterben. Aber ich kann dir ermöglichen, ein neuer Mensch zu werden … lass das Ruinenmädchen zurück. Ihre Leiche liegt bereits in den Gräben, ihr Name wurde schon von der Liste gestrichen; das hat mich ein kleines Vermögen gekostet.« Sie sah eine gerade Zahnreihe aufglänzen, nur die Eckzähne standen vor und verliehen ihm etwas Wölfisches. »Sei nicht töricht. Vielleicht bin ich es gerade, aber das soll meine Sorge sein.«

Er hielt ihr Handgelenk noch immer umschlossen. Stockend trat sie zur Seite, bis sie sich im Türrahmen gegenüberstanden. Das Licht fiel nun auf sein Profil und sie konnte ihn erkennen.

Er musste knapp über dreißig sein. Sein Gesicht wirkte auf eine verwirrende Art jung und alt, tragisch und spöttisch zugleich. Da war etwas Jungenhaftes, das den dunklen Schatten und den Sorgenfalten widersprach. Der Blick, der auf Mion ruhte, lag wie in Eis gefroren, still und messerscharf. Ein Lächeln malte ihm Grübchen um die Mundwinkel, dann ließ er sie los, sein Umhang streifte ihre Schulter und er ging den Kerkergang hinunter.

Panik kribbelte in ihrer Brust. »Wartet«, japste sie. Einen Augenblick stand sie wie versteinert da – dann lief sie dem Fremden hinterher. Fast glaubte sie, unsichtbare Fesseln würden sie zurückhalten, jeder Schritt schien wie ein Wunder.

Die Tür am Ende des Ganges wurde geöffnet, als sie näher kamen. Mions Eingeweide verkrampften sich beim Gedanken, einem Sphinx gegenübertreten zu müssen. Doch nur ein schmerbäuchiger Gefängniswärter hatte ihnen geöffnet, und als Mion mit gesenktem Kopf an ihm vorbeihastete, schaute er absichtlich in die andere Richtung.

Wie im Traum folgte sie Jagu die runden Treppen hinab, die sie Stunden vorher hinaufgeschleift worden war. Ein Wärter und ein Henker standen am Tor, das aus der zugigen Eingangshalle auf die Straße führte. Als sie Jagu und Mion aus der Dunkelheit schreiten sahen, zogen sie das Tor auf und blickten sich aufmerksam um.

Klirrend fiel das Gittertor hinter ihnen zu. Die Nacht war schwarz bis auf tropfengroße Lichter, die aus Hütten oder von den Stadtmauern glommen. Es schneite. Flocken landeten auf Mions Nasenrücken. Doch das war nichts im Vergleich zu der Kälte in ihren Füßen.

Jagu ging schnell. Sein Umhang wehte hinter ihm her wie ein Stück Nacht. Am Ende der Straße sahen sie ein mächtiges, von Wachtürmen flankiertes Stadttor aufragen. Links und rechts der Straße standen Feuerschalen, die gierig nach den Flocken schnappten. Als sie den Fackelschein erreichten, blieb Jagu stehen, zog Mion an den Straßenrand und drückte ihr einen Gehstock in die Hand, den sie zuvor unter dem Umhang nicht gesehen hatte. Entgeistert blickte sie auf den silbernen Griff. Er stellte einen Rabenkopf dar. Jagu schloss ihre Finger darum.

»Du hast gesagt, du hast noch nie etwas gemalt – dann kannst du jetzt anfangen. Der Stock soll dein Stift sein, der Schnee die Leinwand. Fang an!« Trotz der Dunkelheit sah Mion ihm die Unsicherheit deutlich an. Bereute er *jetzt* schon, sie gerettet zu haben?

Schluckend streckte sie den Stock nach dem Schnee aus … machte einen Strich … Aber was sollte sie denn malen, in der Dunkelheit, einfach so? Sie wich vor Jagu zurück und umklammerte den Stock.

»Also, so schnell werdet Ihr mich nicht los! Und wenn mir in diesem Augenblick beide Hände abfallen, zurückschicken könnt Ihr mich nicht!«

Er grinste und nahm ihr den Stock wieder ab. »Also gut ... du hast dein Talent bewiesen. Jetzt komm!«

Fünf Schritte weiter blieb er abermals stehen und Mion erwartete fast schon eine neue Probe, doch diesmal zog er sich nur den Schal vom Hals und wickelte ihr den weichen Stoff um die bibbernden Schultern. Ehe sie ein Danke murmeln konnte, war er weitergestapft.

Man ließ sie ohne Zögern in die Stadt ein, als Jagu sich als Mitglied einer Gilde zu erkennen gab: Der Sphinx warf einen kurzen Blick auf seinen goldenen Siegelring und schon durften sie passieren. Um Mion scherte sich niemand – als wäre sie ein Besitzstück des Malers, das er nach Belieben mitnehmen konnte.

Sobald die Löwenwachen hinter ihnen waren, hob Mion den Kopf. Zum ersten Mal in ihrem Leben war sie in Wynter, der Stadt, die wie ein Traumgespinst über ihrer Kindheit geschwebt hatte, lockend nah und unerreichbar.

Die Straßen waren ordentlich gepflastert, es gab keine Schlammgruben und Mion entdeckte keine einzige Ruine. Nichts, das an Zerfall und Vergangenheit erinnerte.

Sie hatte kaum die Häuser bestaunt, da hatte Jagu schon einen Wagenjungen herbeigepfiffen. Aus einer Seitenstraße kam er angelaufen, einen überdachten Wagen auf zwei Rädern hinter sich herziehend. Wie benommen ließ Mion sich hineinhelfen, dann nahm Jagu neben ihr Platz, steckte dem Jungen eine Münze zu und befahl ihm, loszufahren.

Der Wagen ratterte durch die Nacht. Mion versuchte hinauszuspähen, sah Gassen und Alleen, Marktplätze, Häuser und gelegentlich Gestalten. Die Straßen wurden immer breiter. Mächtige Eisentore glänzten im Schein der Laternen und Mauern schützten die Anwesen vor neugierigen Blicken.

»Leben hier die Drachen?«, flüsterte Mion ehrfürchtig.

Jagu lächelte. »Fast. Hier leben ihre Diener: Das ist das Viertel der Gilden. Die Häuser in der Straße dort gehören Mitgliedern der Handelsgilde ... Und da, hinter diesen Mauern, lebt Icastoba, der Meister der Schneidergilde. Warte ... jetzt kommen wir in die Straße der Spielleute.« Mion spürte, wie er ihr eine Hand auf den Rücken legte und sich vorbeugte. Leiser Stolz hatte sich in seine Stimme geschlichen, als gelte ihre Bewunderung nicht nur den prachtvollen Häusern, sondern auch ihm.

»Spielleute leben *so*?«, fragte sie verwundert. Ein riesiges Tor zog an ihnen vorbei, das von zwei Marmorstatuen flankiert wurde. Trotz des Schnees konnte sie erkennen, dass die Statuen musizierende Frauen darstellten, und zu ihren Füßen hockte eine Ratte aus Stein.

»Es sind alte Familien von Musikern, Bühnenspielern und Geschichtenschreibern. Die meisten von ihnen unterhalten die Drachen schon seit Generationen. Die nächste Straße ist die der Maler. Wir sind gleich da.«

Vor einem großen, dunklen Anwesen hielt der Junge an. Hecken überdachten das Tor. Sie stiegen aus, und Jagu steckte den Rabenkopf seines Gehstocks in das große Schlüsselloch, um aufzusperren. Mehrere Stufen führten zu einer imposanten Haustür hinauf. Eine Laterne hing über dem Eingang und beleuchtete die kunstvolle Schnitzerei in der Tür: Links blickte ihnen das Gesicht einer anmutigen Frau entgegen, rechts bleckte ein schauderhafter Dämon seine Zähne. Jagu schloss wieder mit dem silbernen Knauf auf und sie betraten eine Eingangshalle.

Mion schlug ein Geruch entgegen, der sich in all ihren künftigen Gedanken an das Haus verankern sollte. Es war seine Aura, sein zweites Gesicht: der eindringliche, knetige Geruch von Ölfarben. Jagu nahm eine Lampe von der Wand und führte Mion in einen Korridor.

Im Vorbeigehen glitt der Lichtschein über große, von schweren Rahmen eingefasste Gemälde. Gesichter unbekannter Menschen tauchten aus der Finsternis auf und verschwanden wieder. Mion schauderte und wusste nicht, ob vor Faszination oder Unbehagen. Hatte Jagu all diese Bilder gemalt? Sie sahen so echt aus, als wären irgendwann Menschen in der Zeit stecken geblieben. Ihr schoss eine Gänsehaut über die Arme. Rasch lief sie dem Meister nach.

Der Korridor mündete in einen Pavillon, dessen Stirnseite von Fenstern durchzogen war. Ein riesiger Kronleuchter hing von der Decke wie ein Seeungeheuer aus Messing und warf einen langen Schatten.

Sie erklommen eine Spiraltreppe. Das Holz knarzte laut unter ihren Schritten. Im oberen Stockwerk war alles aus demselben Holz gezimmert, Wände und Fußboden schimmerten rötlich im Licht der Öllampe. Hier wirkte alles schlicht im Vergleich zum imposanten Erdgeschoss – wahrscheinlich weil Gäste nur unten empfangen wurden.

Durch gewölbte Fenster blickte man auf den Innenhof und das Gebäude auf der anderen Seite, das, wie Mion jetzt erkannte, kein zweites Haus war; es war alles ein Gebäude, das den Hof umschloss wie ein riesiges Viereck.

Endlich machte Jagu vor einer Tür Halt.

»Das wird dein Schlafzimmer sein.« Er ließ Mion eintreten. Als er die drei Lampen angezündet hatte, drehte sie sich langsam im Kreis und betrachtete den Raum.

Die Wände und der Fußboden waren mit Teppichen bedeckt. Ein Bett mit einem Samtbaldachin beherrschte das Zimmer, das sich einem großzügigen Kamin entgegenstreckte. Auf den ersten Blick schätzte Mion, dass das Bett größer war als die ganze Schlafkammer ihrer Eltern, der Kamin war höher als ihre Haustür. Drei Fenster ließen die Sicht auf den Hof zu. Neben der Tür standen ein

Schrank, eine Kommode mit einer Waschschüssel und ein Spiegel.

»Den Kamin kannst du anmachen, hier ist Holz und Feuer hast du ja von den Lampen. Morgen wird dir jemand frische Kleider bringen. Nun schlaf ein wenig. In ein paar Stunden wird es hell.«

Mion drehte sich zu Jagu um. Ihr wurde bewusst, dass sie einem vollkommen Fremden gegenüberstand. Wer war er bloß? Was hatte sich in den letzten Stunden zugetragen, dass sie hier gelandet war? Es schien ihr wie eine aberwitzige Reise fort aus der Wirklichkeit.

»Ich dachte, eine Dachkammer oder eine Küche …«

»Willst du lieber beim Gesinde schlafen?«

»Nein«, sagte Mion schnell – nicht weil sie ernsthaft glaubte, dass er seine Entscheidung jetzt noch ändern würde, aber sie wollte nicht undankbar wirken. »Ich hätte nicht mal eine Küche erwarten dürfen.« Sie wollte Danke sagen. Sagen, dass sie ihm das Leben schuldete. Aber wie hätten die einfachen Worte ausdrücken können, was sie empfand.

Jagu sah sie schweigend an. Dann deutete er ein Nicken an und zog die Tür hinter sich zu. Mion blieb allein im Zimmer stehen, barfuß und schmutzig, den wollenen Schal um die Schultern, der kaum wahrnehmbar nach Tabak duftete.

Als die Lampen gelöscht waren, trat Mion an die Fenster und legte beide Hände ans unebene Glas. Mit den Augen folgte sie dem Lichtfleck, der sich durch die Dunkelheit bewegte, für eine Weile verschwand und auf der anderen Seite des Hauses wieder auftauchte.

Lange stand sie am Fenster und beobachtete den Schatten jenseits der Vorhänge, der unermüdlich auf und ab ging.

Das Atelier

Als Mion erwachte, blieb sie eine Weile mit geschlossenen Augen liegen, aus Angst, alles könnte nur ein Traum gewesen sein.

Doch die Decken unter ihrem Gesicht fühlten sich wundervoll weich und echt an … sie zog die Schultern hoch und kuschelte sich tiefer hinein. Auch wenn sie nicht mehr als vier Stunden geschlafen haben konnte, war es die beste Nacht ihres Lebens gewesen.

Schließlich blinzelte sie, und beim Anblick der lichtdurchfluteten Fenster bekam sie solches Kribbeln, dass sie ihr Aufjauchzen mit den Kissen dämpfen musste. War das wirklich, wirklich wahr? Sie stieß einen Segen für die Drachen aus.

Dann schwang sie die Füße aus dem Bett und ließ die Finger über die Matratze, den Samtbaldachin und das dunkle Holzgestell gleiten. Wer hätte gedacht, dass sie einmal von so wundervollen Dingen umgeben sein würde? Sie kniff mit den Zehen in den Teppich, den ein verschnörkeltes Efeumuster zierte. Als sie um das Bett herumgegangen war, bemerkte sie mehrere Kleider, die unachtsam auf den Boden geworfen worden waren. Gestern Nacht hatten sie noch nicht da gelegen.

Mion nahm den Wollschal ab und hob die Kleider auf. Es waren Unterwäsche aus Leinen, Strümpfe und Samtpantoffeln, eine lange gelbe Tunika und eine Art dünner Mantel ohne Knöpfe und Ärmel, der mit goldenem Garn bestickt war und unter der Brust mit einem Samtband geschnürt wurde.

Gerade hatte Mion das Überkleid hochgehoben, da klopfte es an ihre Tür. Sie fuhr herum, als Jagu den Raum betrat.

»Wieso bist du nicht zum Frühstück gekommen?«, fragte er streng. Dann wanderte sein Blick zu den Kleidern hinab und seine Miene wurde mit einem Mal weicher. »Faunia hat dich nicht geweckt. Oder?«

Bevor Mion antworten konnte, schloss Jagu die Tür und ging zu den Fenstern. »Zieh dich an.«

Mion spähte über die Schulter, um sich zu vergewissern, dass er ihr den Rücken zugekehrt hatte. Dabei kam sie sich ein wenig albern vor. Natürlich beobachtete er sie nicht. Rasch zog sie sich um und schlüpfte in das Überkleid. Hinten war es ausgestellt und länger, sodass es über den Boden schleifte. Bestimmt hatte es mehr gekostet, als ihr Vater zwischen zwei Sonnenwenden verdiente. Ihre Finger zitterten, als sie über den edlen Stoff strich.

Jagu drehte sich um und betrachtete sie. Ein zufriedenes Lächeln lag auf seinen Lippen, bei dem Mion zu glühen begann. Plötzlich hatte sie das Gefühl, dass er sie verspottete. Als wäre sie ein Tier, das man zur Belustigung in Menschenkleider gesteckt hatte. Sie biss die Zähne zusammen.

»Sieh dich an«, murmelte Jagu.

Sie wusste nicht, was er meinte. Erst als er ihre Hand nahm und sie vor den Spiegel führte, verstand sie.

Es war das erste Mal, dass sie sich in einem richtigen Spiegel sah, und sie fühlte sich, als sei ihr jemand Fremdes vorgestellt worden. Nachdenklich erwiderte sie den Blick des Mädchens, das ihr da gegenüberstand. Wildes Haar fiel auf die Schultern. Das Gesicht war rund, mit einem spitzen Kinn und hohen Wangenknochen. Auf der linken Wange saß ein kleines Muttermal, das sie von ihrem Vater geerbt hatte. Erstaunlich, dass sie sonst gar nicht wie ihre Eltern oder ihr Bruder aussah. Ihre Augen waren von einem überraschenden, kräftigen Dunkelblau. Die Nase stand ein wenig zu weit hervor; gut, dass der Mund groß genug war, um davon abzulenken. Zahnabdrücke prangten auf der trockenen Unterlippe.

»Was denkst du?«, fragte Jagu.

Sie riss sich von ihrem Spiegelbild los und befühlte die Ärmel ihrer Tunika. »Die Kleider sind wunderschön. Das war unnötig.«

Er lächelte. Plötzlich erinnerte er sie an den Winter, so als trüge er das Gesicht einer Jahreszeit. Im Vergleich zu ihr wirkte alles an ihm bleich und still und klar wie ein Frostmorgen. Seine Augen, grau wie alter Schnee und schattenumwölkt, ließen sie schaudern. Sie konnte immer noch nicht sagen, ob sein Ausdruck furchtbar traurig oder bloß verschmitzt war.

»Ich fürchte leider, Faunia hat dir einige ihrer schlechteren Stücke gegeben. Das lange Überkleid ist aus der Mode. Aber das macht vorerst nichts; ich habe eigentlich nicht die Kleider gemeint, sondern dich.« Vorsichtig nahm er ihre Haare und hielt sie zurück, den Blick auf ihr Spiegelbild gerichtet. »Deine Augen sind sehr hübsch, so dunkelblau ... Ich habe selten jemanden gesehen, der deine Haarfarbe hatte. Mehr Kupfer als Braun, oder nicht?« Sie fühlte seine Finger auf der Kopfhaut. »Aber deine Haare sind zu kurz. Du wirst sie dir ab jetzt wachsen lassen müssen. Und täglich kämmen. Was ist denn das, du hast ja hier ein paar Zöpfe!«

Hitze wallte über ihr Gesicht. Sie trat einen hastigen Schritt von ihm zurück – seine Hände glitten widerstandslos aus ihren Haaren. Mit einem Knoten im Magen hob sie die Fäuste. Also das war der Grund, warum er sie ...

Mion atmete schwer. Alle Freude fiel in sich zusammen und wich herber Enttäuschung. Und Angst. »Nur weil Ihr mir das Leben gerettet habt, heißt das nicht, dass ich Euch jetzt gehöre. Ich bin vielleicht arm … aber kaufen lass ich mich nicht!«

Jagu schenkte ihr ein kleines, herablassendes Lächeln. »Das, woran du denkst, wäre mir den ganzen Aufwand nicht wert. Dafür müsste ich dir nicht ein Zuhause und Kleidung geben.« Er schlenderte zur Tür und hielt noch einmal inne. »Du bist halb so alt wie ich. Und ich will dich als Lehrling. Ich meine, was ich sage.« Einen Moment ließ er seinen Worten Stille folgen. Dann wies er den Korridor hinunter. »Willst du frühstücken?«

Sie zwang sich, die Fäuste zu senken. So gleichgültig, wie er sie nun ansah, kam es ihr fast lächerlich vor, was sie einen Moment lang befürchtet hatte. Mit einem tiefen Atemzug schüttelte sie ihre Gedanken ab. »Sagt mir endlich, wieso Ihr mich hergeholt habt. Ich habe mir die halbe Nacht lang den Kopf darüber zerbrochen und versteh es immer noch nicht.«

Ohne Antwort zu geben, verließ er die offene Tür. Mion blieb nichts anderes übrig, als ihm nachzulaufen.

Das Esszimmer war ein großer, achteckiger Raum im Erdgeschoss, der ganz aus dunklem Stein bestand. Auf dem Tisch stand eine Schüssel mit Brotsuppe, dazu Wasser und Milch. Mion trank zuerst die Milch – wie lange war es her, dass sie welche gekostet hatte! Obwohl die Brotsuppe nicht mehr ganz warm war, schmeckte sie vorzüglich.

Jagu hatte sich am Tischende niedergelassen und beobachtete sie, das Kinn in die Hand gestützt. Sie entschied, ihn zu ignorieren, aber schließlich hob sie doch den Blick und sah ihn forschend an.

»Wieso hast du den Drachen erschossen?«, fragte er.

Sie schluckte und senkte den Löffel. Konnte sie ihm die Wahrheit sagen? Ihr blieb wohl nichts anderes übrig … Hätte es eine andere plausible Erklärung gegeben, hätte sie sofort gelogen.

»Ritus«, sagte sie kurz und aß weiter.

»Was?«

»Ihr wisst schon … Ritus.« Sie schwenkte vage den Löffel. »Man braucht ein kleines Tier und …«

»Ein kleines Tier, du sagst es. Wie groß war der Drache? Bestimmt war er keine Kaulquappe.«

»Es war eine Mutprobe«, sagte Mion gepresst.

Er beugte sich vor. »Hast du überhaupt eine Ahnung, was mit dir passieren könnte, wenn du den Atem eines großen Tieres in dich aufnimmst?«

Sie erwiderte nichts – natürlich hatte sie keine Ahnung gehabt. Deshalb hatte sie es ja ausprobieren wollen.

»Der Atem, der beim Tod eines Wesens ins Jenseits entschwindet, ist unterschiedlich stark, je nachdem wie komplex das Wesen körperlich und geistig war. Wenn man sich bei Ritus den Atem eines Regenwurms aneignet und sich von ihm ein Stück ins Jenseits mitnehmen lässt, empfinden die meisten Menschen das als berauschend. Ein kurzer Blick auf das, was nach dem Tod kommt. Nun rate mal, was passiert, wenn du ein großes Tier tötest. Der Atem oder die Seele, wie manche behaupten, nimmt dich direkt ins Jenseits mit.« Er lehnte sich wieder zurück. »Der Drache hat dich vor dem Tod bewahrt, ist dir das bewusst?«

Mion starrte ihn an, ohne zu merken, dass Suppe von ihrem Löffel tropfte.

»Um ehrlich zu sein …« Er klimperte mit den Fingern auf die Armlehne. »Ich hatte erwartet, dass du einen besseren Beweggrund hättest. Eine politische Einstellung. Gesellschaftliche Unterdrückung. Persönliche Rache, wer weiß – irgendeine der niedrigen Gefühlsregungen, die uns Menschen beherrschen, wie die Drachen sagen.«

»Wenn Ihr die Wahrheit gekannt hättet, wärt Ihr nicht gekommen, um mich zu retten, oder?«

»Doch, vielleicht. Aus Sympathie.«

»Mein Beweggrund … reicht der trotzdem aus, um Euer Lehrling zu sein?«

Er lächelte. »Du möchtest also hierbleiben?«, fragte er leise.

Mion nickte.

»Du wirst deine Familie nicht sehen. Vielleicht nie wieder. Das hier ist ab jetzt dein Zuhause.«

Ein kurzes Stechen durchfuhr sie, als sie an Mirim dachte, der nun ganz allein im Bett schlief. Und ihre Eltern … jetzt, wo sie sie für tot hielten, vielleicht liebten sie Mion da mehr als früher?

»Ich will hierbleiben. Und eine Künstlerin werden.«

Jagu nickte. »Iss auf. Sonst wird alles kalt.«

Sie gehorchte und schaufelte sich die Suppe hastig in den Mund.

»Und, Mion?«

»Hmf?«

Er hatte das Gesicht wieder in die Hand gestützt und sah sie nachdenklich an. »Versuche mal, mit geschlossenem Mund zu kauen. Sitz gerade da. Und stütz die Arme nicht so auf, als müsstest du deinen Teller vor feindlichen Angriffen schützen.«

Mion fand das nicht halb so vergnüglich wie offenbar ihr Meister. Doch als sie sich Suppe von der Unterlippe wischte, musste sie verstohlen grinsen. Gerade da entdeckte sie eine Gestalt, die am fernen Ende des Flurs stand und herübersah.

Es war ein blondes Mädchen mit einem herrischen Gesicht, vielleicht ein paar Jahre älter als sie. Sobald Mion ihren Blick erwiderte, fuhr sie herum und verschwand durch eine Tür.

»Wer war das?«

»Wer?«, fragte Jagu, ohne sich umzudrehen.

»Da war ein Mädchen, das uns beobachtet hat.«

»Hm. Faunia…«

Jagu ließ sie ein Bad nehmen, bevor er ihr das Atelier und ihre Aufgaben als Lehrling zeigen wollte.

Gleich neben der Küche lag das Waschzimmer mit einem hölzernen Badekasten und einer Pumpe, die warmes Wasser spie. Mion hatte noch nie so heiß gebadet und ihre Erfahrungen mit Duftöl hielten sich in Grenzen. Alles war sauber und kostbar. Was es doch für schöne, schöne Dinge gab! Mit einem Kichern platschte sie ins wohlriechende Wasser und tauchte unter.

Gestern Nacht hatte sie noch fest mit ihrem Tod gerechnet und jetzt, keine zwölf Stunden später, schäumte sie im wahrsten Sinne des Wortes vor Freude. Ihr Leben, nein, die ganze Welt hatte sich verändert. Egal was für Gründe Jagu auch haben mochte, sie zu retten, jetzt war sie hier und fest entschlossen, zu bleiben.

Als sie mit einem wohligen Seufzer wieder auftauchte, stand das blonde Mädchen über ihr.

Mion stieß einen Schreckenslaut aus. Das Mädchen sah sie ungerührt an. Ihr Haar war zu einem Kranz aufgesteckt und Perlen baumelten an ihren Ohren. Das prächtige blauschwarze Kleid musste ihr die Luft abschnüren, denn sie war nicht nur erschreckend schmal um die Taille, sondern sah auch so schlecht gelaunt aus, als hätte sie seit geraumer Zeit nicht mehr geatmet.

»Komm raus«, befahl sie mit heller, unangenehmer Stimme.

Mion zog die Beine an. Offenbar hatte das Mädchen nicht vor, sich umzudrehen oder wegzusehen, während sie aus dem Wasser stieg. Nun, Mion hatte nicht vor, den Befehlen einer Fremden zu gehorchen.

»Bist du Faunia?«

Das Mädchen verzog den hübschen Mund, antwortete aber nicht. Ganz schamlos ließ sie den Blick über Mion wandern. Lange Wimpern warfen Schatten auf ihre gepuderten Wangen. »Wo hat er dich aufgegabelt?«

»Was?«

»Du hast mich schon verstanden. Ich frage mich, wo es in Wynter so dreckige Menschen gibt.«

Mion war sprachlos. Normalerweise konnten Beleidigungen sie nicht so schnell aus der Fassung bringen, sie war derbe Sprüche gewohnt und hatte keine Scheu, sie zu erwidern. Aber auf so spinnwebenfeine Verachtung war sie nicht vorbereitet.

Ein herablassendes Lächeln zuckte über Faunias Gesicht. Dann glitt sie aus dem Raum, ohne die Tür zu schließen.

Als Mion angezogen war und mit ausgeschüttelten Haaren in die Küche schlich, saß Faunia auf dem Holztisch am Fenster und aß geschälte Äpfel. Unbekümmert ließ sie die Beine baumeln, die in schwarzen Strümpfen unter dem Kleid hervorlugten. Als sie Mion sah, stand sie auf und spazierte aus der Küche. Im Türrahmen warf sie einen giftigen Blick zurück.

»Du sollst mitkommen!«

»Jagu wollte mir das Atelier zeigen. Ich warte auf ihn.«

Faunia zog eine helle Augenbraue hoch. »Glaubst du, dein Meister hat nichts Besseres zu tun, als zu warten, bis du dir den Dreck abgewaschen hast? *Ich* werde dir deine Aufgaben zuweisen.«

Und ich wette, du freust dich unheimlich, dachte Mion zähneknirschend.

Rasch holte sie Faunia ein, die bereits die Hälfte des Korridors zurückgelegt hatte. Sie musste das lange Überkleid anheben, um nicht darüber zu stolpern, und verfluchte das umständliche Ding. Faunias Kleid hörte weit über den Knöcheln auf.

Ohne sich nach Mion umzusehen, stieg sie eine breite Wendeltreppe empor. Im Obergeschoss konnte Mion erstmals den Hof im Tageslicht erkennen. Es war ein Garten voller Buchen und Birken und etwas, was unter den Schneedecken wie ein Teich aussah. Jedenfalls führte eine kleine Brücke darüber.

Nachdenklich betrachtete sie Faunia. Eine Haushälterin konnte sie nicht sein, dafür war sie zu jung und zu vornehm. Mion hegte schon den dunklen Verdacht, dass sie Jagus Tochter war… allerdings müsste er sehr jung Vater geworden sein, jünger als Faunia jetzt. Und wo steckte dann die Herrin des Hauses?

Faunia blieb am Ende des Ganges vor einer Doppeltür stehen und drehte sich zu Mion um. »Dies ist sein Atelier. Es ist dir verboten, herzukommen, es sei denn, es ist der ausdrückliche Wunsch deines Meisters.« Damit öffnete sie schwungvoll die Türflügel.

Helles Tageslicht strömte ihnen entgegen. Mion sah einen angrenzenden Raum, der über drei Stufen zu erreichen war und von einer hohen Fensterfront erleuchtet wurde. Holzleisten, Leinstoffrollen und allerlei Werkzeug lagen über den Boden verstreut und in der Mitte stand ein Tisch mit einer Schale voller halb verfaulter Früchte. Der Schatten einer Staffelei streckte sich über einen prunkvollen grünen Samtsessel, auf dem sich Kleider häuften.

Rechts des Raumes gab es mit Holzläden verschlossene Fenster. In den dunstigen Lichtstreifen, die hindurchfielen, erkannte Mion eine Regalreihe und zwei Werkbänke. Aus jeder freien Fläche sprossen Gläser, Ampullen, Flaschen,

Messbecher und Schälchen, die über das restliche Chaos hinauswachsen zu wollen schienen wie in einem wilden Wald aus Glas und Ton. Nachlässig waren Kerzen an die Tischkanten geklebt worden und das Wachs hing in langen weißen Tränen herab. Wo sich regelrechte Pfützen auf dem Tisch gebildet hatten, steckten Messer, Spachtel und Pinsel, als hätte hier ein Kind gespielt.

Auf der anderen Seite des Ateliers befand sich eine Gerümpelkammer. Jedenfalls sah es auf den ersten Blick so aus. Truhen, Stühle, Kronleuchter und Kommoden türmten sich übereinander. Dicke Samtvorhänge hingen an einem kunstvoll dekorierten Paravent und auf dem Boden lagen noch mehr Gewänder. Daneben stand eine kleine Kiste, mit glitzerndem und funkelndem Schmuck.

»Nichts wird aus dem Atelier entwendet«, sagte Faunia schneidend, als sie Mions Interesse an dem Schmuckkästchen wahrnahm. Mion sah sie so kühl wie möglich an. In stillschweigender Feindseligkeit war sie allerdings nicht allzu geübt.

»Du darfst nichts anfassen und bleibst nur im Atelier, bis deine Arbeit getan ist. Für gewöhnlich wird diese«, sie wies nicht ohne Zufriedenheit auf die Regale und Arbeitstische, »sich genau hier abspielen.«

»Was soll ich tun?«

Faunias Nasenflügel blähten sich leicht. Offenbar hatte sie nicht erwartet, dass Mion sich so fügsam zeigen würde. Dann schlenderte sie an den Tischen vorbei und inspizierte die dreckigen Gläser, als hätte sie Mion gar nicht gehört. »Der Besen ist dort, Wischlappen und der Eimer hier. Wasser musst du aus der Küche holen. Wenn dort keines mehr ist, gehst du in den Hof, beim Dienstboteneingang ist der Brunnen. Wenn du den Boden gefegt und geschrubbt hast, reinigst du hier die Tische und wäschst alle schmutzigen

Gläser. Dann entstaubst du die Gläser in den Regalen. Aber sei vorsichtig! Die Essenzen sind sehr kostbar; kostbarer wahrscheinlich als alles, was du je in die Hände gekriegt hast. Wenn etwas zu Bruch geht, wirst du selbst dafür aufkommen müssen.«

Mion ging gelassen an Faunia vorbei und ergriff den verstaubten Wassereimer. »Sonst noch was?«

Faunia hatte sich so hoch gereckt, wie sie konnte, aber trotzdem überragte Mion sie um einige Zentimeter, und sie war über jeden einzelnen froh.

»Du kannst anfangen«, sagte Faunia schlicht, und Mion verlor keine Sekunde mehr in ihrer Nähe. Als sie den Korridor zurücklief und die Treppe hinunterstieg, atmete sie tief durch. Was hatte das Mädchen bloß gegen sie? Oder war sie vielleicht immer so herablassend?

Jetzt durfte sie sich bloß nicht verlaufen! Kurz überlegte sie, ob die Küche links oder rechts von der Treppe lag. Schließlich lief sie nach rechts und erkannte zum Glück das Porträt einer alten, griesgrämigen Dame wieder.

Die Küche kam schon in Sicht. Mion sprang die Stufen hinab – und stieß gegen jemanden.

»Ah!« Sie stolperte über die letzte Stufe und ließ beinahe den Eimer fallen.

»Was ist denn hier los?«, rief eine kräftige Frau und spreizte entsetzt die Finger über der fülligen Brust.

»Entschuldigung«, stammelte Mion. »Ich habe Euch nicht gesehen.«

»Euch?« Die Frau musterte sie von oben bis unten, wie sie so dastand, in einer Hand den Eimer, in der anderen den Saum ihres Kleides. Langsam stützte die Frau die Arme in die Seiten. »Wer bist du denn?«

»Mion. Jagus neuer Lehrling.«

Die Augenbrauen der Frau rutschten ihrem Haaransatz

deutlich näher. »Na so was. Schon wieder. Dann hast du hier gebadet?«

Mion nickte.

Die Frau stieß ein leises Schnauben aus. »Und ich dache, das wäre Faunia gewesen. Badet jeden Tag und manchmal zweimal. Wie dreckig kann einer denn in ein paar Stunden beim Nichtstun werden?«

Mion lächelte. »Seid Ihr vom Gesinde?«

»Hmmmhm.« Die Frau musterte sie abermals sorgfältig. »Ich weiß nicht, wo du herkommst. Aber eine Köchin spricht niemand mit ›Ihr‹ an, der solche Sachen trägt wie du. – Ich meine nicht den Eimer, sondern das Kleid!« Die Köchin stieß ein schnaubendes Lachen aus. »Du bist mir vielleicht eine. Na komm, was brauchst du denn?«

Die Köchin füllte Mions Eimer mit Wasser und Mion dankte.

»Aber nicht, dass du denkst, du könntest ab jetzt reinspazieren und Essen stibitzen, wie's dir gefällt! Ein Quälgeist reicht mir …«

Mion versprach es und kehrte etwas fröhlicher zum Atelier zurück. Wenigstens einen halbwegs wohlgesinnten Menschen gab es hier also. Dass die Köchin nicht so einschüchternd vornehm war, erleichterte sie.

Als sie im Atelier ankam, stand Faunia im angrenzenden Raum und betrachtete nachdenklich das unfertige Gemälde auf der Staffel. Mion machte sich an die Arbeit.

Knatternd ließen sich die Fensterläden öffnen. Licht flutete herein. Die dicken, welligen Glasscheiben waren nicht sauberer als die Gläser auf den Tischen und Mion seufzte leise. Damit würde sie anfangen.

Sie stellte sich auf einen Holzschemel, tauchte den Lappen ins Wasser und machte sich ans Werk. Je mehr Fensterfläche sie geputzt hatte, umso deutlicher konnte sie den Garten unten sehen. Im Sommer, wenn die Schneedecken fort waren, musste es dort wie in einer versteckten Oase aussehen. Mion schwor sich, mindestens bis dahin hierzubleiben, selbst wenn noch drei Faunias im Haus wohnten.

Als die Fenster geputzt waren, widmete Mion sich dem Fußboden. Sie fegte die ganze Fläche und warf den Staub aus dem Fenster, dann ging es mit frischem Wasser ans Schrubben. Die Wachsreste ließen sich nur mühevoll wegkratzen. Kopfschüttelnd sammelte sie verstaubte Scherben auf, die irgendwann achtlos in eine dunkle Ecke gefegt worden waren.

So verstrich der Vormittag. Als die Tische sauber und alle Schalen und Töpfchen ordentlich gestapelt waren, setzte Mion sich auf den Schemel und begann, die Gläser in den Regalen abzustauben.

Verwundert hielt sie die Behälter gegen das Sonnenlicht. In manchen waren Pulver von unbeschreiblich leuchtenden Farben, in anderen lagen große goldene Baumharzstücke und Wachs. Längliche Flaschen enthielten farblose Öle.

In der obersten Regalreihe, halb verborgen hinter anderen Fläschchen und Gefäßen, entdeckte Mion noch andere Glasbehälter. Stockend nahm sie einen heraus. Ein toter Frosch schwebte geisterhaft und mit gespreizten Beinen in bräunlichem Alkohol. Im nächsten Glas lag eine zusammengerollte Klapperschlange. Daneben große schwarze Käfer, Grashüpfer, Spinnen und Eidechsen – es war, als hätte jemand versucht, eine Sammlung von Kleintieren zu erstellen.

Nachdenklich wischte Mion die Gläser ab. Ohne dass sie es verhindern konnte, kam ihr Ritus in den Sinn. Fast alle Tiere wären dafür geeignet gewesen … und hatte Jagu nicht sofort gewusst, was Ritus war? Sie hatte immer gedacht, dass der geheime Kult nur ein Laster der Ruinen war, eine schmutzige, sündhafte Sucht der ärmsten Leute, von der die Bürger nicht einmal wussten.

Nun schienen die Tiere sie aus ihren toten Augen anzustarren, entsetzt und anklagend wegen all der Artgenossen, die Mion auf dem Gewissen hatte … Nervös wischte sie die letzten Gläser ab und drehte sich um. Unsinn. Die Tiere waren tot, in den Gläsern nur noch ihre haltbar gemachten Körper. Ihr Atem war wahrscheinlich schon vor Jahren ins Jenseits verschwunden.

Als sie zurücktrat, um ihre getane Arbeit zu betrachten, sah sie aus den Augenwinkeln Faunia, die vor einem großen, staubigen Spiegel stand. Sie hatte sich ein besticktes Schaltuch umgeworfen und war gerade dabei, verschiedene Schmuckstücke anzuprobieren: Perlenketten hingen um ihren Hals und ein mit Edelsteinen besetzter Samtreif steckte in ihrem Haar. War sie die ganze Zeit hier gewesen und hatte sich verkleidet?

Irgendwo im Haus erklang lautes Klingeln. Faunia zuckte zusammen. Im nächsten Moment flogen Schaltuch und Reif auf den Sessel und sie stopfte sich den Schmuck in ihre Rocktasche. Zügigen Schrittes ging sie auf die Tür zu.

»Ich bin fertig«, sagte Mion.

Faunia sah sie nicht einmal an. Offenbar hatte das Läuten sie vergessen lassen, dass Mion existierte.

»Was soll ich jetzt tun?«, versuchte sie es noch einmal.

»Fass nichts an.« Damit war Faunia aus dem Atelier geschwebt.

Mion lauschte, bis sich ihre leichten Schritte entfernten. Eine halbe Minute später verstummte das Glockenläuten abrupt. Dann war alles still.

Sicherheitshalber trat sie an die Tür und spähte in den Korridor hinaus, aber niemand war zu sehen. Sie hätte die einzige Person im ganzen Haus sein können.

Mit einem Seufzen sah sie sich um. Der Arbeitsbereich bei den Tischen war kaum mehr mit dem Chaos von vorher zu vergleichen – sie konnte wirklich zufrieden mit sich sein, wenn schon niemand anderes ihre Arbeit lobte.

Sie trat vor die Gerümpelkammer und stützte die Hände in die Seiten. Was für schöne Möbel hier vor sich hinstaubten! Samtbezogene Liegen und zierliche Kaffeetische, Anrichten mit Schnitzereien und dazwischen eingerollte Teppiche… Mion nahm die Kleidungsstücke auf dem Boden in Augenschein, legte sie aber wieder zurück, als der Staub sie niesen ließ. Die Kammer hätte einen ordentlichen Putz mindestens so nötig gehabt wie alles andere, aber allein konnte sie die Möbel nicht verschieben, und sie hatte auch keine Lust, sich unaufgefordert anzustrengen.

Sie ging in den höher gelegenen Raum. Jetzt sah sie, dass es hinter der rechten Wand eine Tür gab. Ein Schwarm Fliegen stob auf, als Mion am Tisch mit der Obstschale vorbeitrat. Bei der Staffelei blieb sie stehen und betrachtete das unfertige Gemälde.

Eine Gestalt auf einem Sessel – offenbar der Sessel vor der Staffelei – war ganz in Grüntönen gemalt worden, ohne Gesichtszüge und Augen, nur von Schattierungen definiert. Mion legte den Kopf schief und überlegte, ob es sich bei der Figur um Faunia handelte. Jedenfalls trug sie denselben Schmuck…

Abermals fragte sie sich, wer das blonde Mädchen sein konnte, und ein unangenehmer neuer Gedanke kam ihr: Hatten Künstler nicht Musen, die sie bei der Arbeit inspirierten? Mion versuchte, sich vorzustellen, dass Faunias Gegenwart jemanden inspirierte. Magenschmerzen schienen ihr beflügelnder.

Schließlich verließ sie die Staffelei und ging vor einem Regal in die Knie, in dem fertige Gemälde aufgereiht waren. Sie wagte sie nicht herauszuziehen, spähte aber, so gut es ging, hinein. Dunkle Landschaften … dunkle Porträts …

Neben den Bildern lagen Skizzen. Mion betrachtete die Kohlezeichnungen. Nicht nur Entwürfe für Bilder, sondern auch genaue Studien des menschlichen Körpers und verschiedener Tiere waren darunter. Staunend hielt sie den Atem an. Obwohl die Striche so schwungvoll waren, als hätte der Zeichner keine Minute dafür gebraucht, sah alles so echt aus, dass Mion fast erwartete, die Figuren würden anfangen, sich auf dem Papier zu bewegen. Vorsichtig berührte sie die Zeichnungen mit den Fingerspitzen. Es schien ihr geradezu unmöglich, dass Jagu all das mit eigenen Händen geschaffen hatte. Ob sie eines Tages auch so wunderschöne Dinge würde zeichnen können? Ein warmes Rieseln durchlief sie.

Nachdem sie den ganzen Raum begutachtet hatte, blieb sie vor der Tür stehen. Natürlich hatte Faunia ihr gesagt, dass sie das Atelier verlassen sollte. Aber sie hatte nicht gesagt, wie.

Mion öffnete die Tür einen Spalt. Augenblicklich drang ihr das süße Aroma von Tabak in die Nase – so intensiv, dass sie sich für einen Moment ertappt fühlte, als wäre Jagu aufgetaucht.

Der Raum war verdunkelt. Nur ein schmaler Streifen Tageslicht schmuggelte sich zwischen den Vorhängen hindurch und fiel wie eine weiße Narbe auf das zerwühlte Bett. Gegenstände türmten sich in den Schatten des Zimmers auf. Vermutlich mehr Gemälde.

Hier schlief Jagu also. Dann hatte sie ihn gestern Nacht durch dieses Fenster hindurch auf und ab gehen sehen. Was ihn wohl wach gehalten hatte? Vielleicht war ihre Befreiung doch riskanter für ihn gewesen, als er sich hatte anmerken lassen. Mion war sich nicht ganz sicher, ob der Gedanke ihr missfiel oder nicht – denn dass eine Bestechung und die Mitgliedschaft in einer Gilde sie so ganz einfach retten konnten, während ihre Eltern mit all ihrer Verzweiflung hilflos gewesen waren, verbitterte sie. Auch wenn es ihr das Leben gerettet hatte.

Sie schob die Tür weiter auf. Kein Knarren mahnte sie, noch einmal zu überdenken, in das Zimmer ihres Meisters einzudringen.

Sie trat ein und stolperte über eine Weinkaraffe auf dem Boden. Zum Glück war sie leer – rasch stellte sie sie wieder auf und ging vorsichtig weiter.

Ein paar Bilder waren umgeworfen worden und lagen mit der Vorderseite auf dem Boden. Sie hob eins hoch. Eine Frau mit einem herzförmigen Gesicht, der Kragen ihres Kleides umrahmte ihren Kopf wie ein Blütenblatt. Mit einem strengen, fast hochmütigen Blick sah sie Mion an. Sie legte das Gemälde wieder zurück, weil die gelben Augen sie beunruhigten, auch wenn sie bloß gemalt waren.

Das nächste Bild war nur halb fertig. Erstaunt erkannte sie die Frau vom vorherigen Gemälde wieder – hier loderte wildes rabenschwarzes Haar um ihr Gesicht, das einen sehr viel leidenschaftlicheren Ausdruck hatte als zuvor, obwohl Nase und Mund nur mit dünnen Kohlestrichen vorgezeichnet waren.

Mion streckte die Hand nach einer weiteren Leinwand aus und zog sie näher, da fiel ihr Blick auf etwas, was vorher vom Gemälde verdeckt gewesen war.

Eine Markierung.

Eine lange Kreidemarkierung auf dem Holzboden.

Sie führte aus den Schatten des Raumes bis zu einem Stapel Leinwände und verschwand darunter. Mions Herz pumpte schwer. Sie ließ das Gemälde los, folgte dem Kreidestrich und schob die zugedeckten Leinwände weg. Konnte es wirklich *das* sein …

In der Ferne erklang ein zorniger Schrei, dann zerbrach

Geschirr. Mion sprang hoch. Zwei Sekunden später war sie aus dem Zimmer gehastet und schloss eilig die Tür hinter sich.

Als sie im Atelier ankam, sah sie Faunia, die am Ende des Korridors vorbeilief und wieder verschwand.

Sie atmete auf. Eine Weile erwog sie, noch einmal in Jagus Zimmer zurückzugehen, doch der Mut hatte sie verlassen. Nicht auszudenken, wenn man sie erwischte. Aber die Kreidemarkierung ... Sie schüttelte den Kopf. Bestimmt hatte sie sich geirrt – bestimmt war es etwas ganz anderes und hatte nichts mit Ritus zu tun. Schließlich verließ sie das Atelier und beschloss, den Rest ihres neuen Zuhauses zu erkunden.

Sie schlich durch das große, stille Haus, öffnete Türen und fand leere Kaminzimmer, verlassene Salons und Schlafkammern, deren Boden eine Staubschicht überzog. Die meisten Räume waren schlicht möbliert und wirkten so, als hätte schon lange niemand mehr darin gewohnt. Mion umrundete den gesamten Hof einmal, ging das ganze Viereck entlang und kam wieder vor dem Atelier an. Viel Zeit schien vergangen zu sein – jedenfalls hoffte sie das. Wenn sie mit ihrer Hausbesichtigung fertig war, hatte sie wirklich nichts mehr zu tun. Wo war Jagu bloß? Irgendjemand musste sich doch um sie kümmern.

Eine Weile überlegte sie, doch noch einmal in Jagus Zimmer zurückzukehren und sich die Kreidemarkierung genauer anzusehen. Aber sie widerstand dem Drang, Verdacht zu Gewissheit zu machen. Vielleicht weil sie die Wahrheit nicht wissen wollte ...

Grüblerisch lief sie eine Treppe hinab und stieß prompt ein zweites Mal auf die Köchin, die mit einer großen, dampfenden Schüssel vorbeieilte.

»Mittagessen!«, flötete sie.

Mion lächelte erleichtert. Jetzt, wo sie daran erinnert wurde, bemerkte sie ihren Hunger.

Im Esszimmer, in dem sie schon gefrühstückt hatte, saßen Faunia und ein verdrießlich dreinblickender alter Mann. Er trug die schwarzen Roben eines Gelehrten und ein enges weißes Halstuch, durch das sich der Adamsapfel abzeichnete. Das zerknitterte Gesicht hätte gut zu einer Kräuterfrau gepasst, die zu viel Bittertee getrunken hatte, fand Mion. Faunia schenkte ihr keine Beachtung, als sie sich ihr gegenüber hinsetzte. Der alte Mann aber beobachtete sie unangenehm überrascht.

»Und wer bist *du*?«, fragte er unfreundlich.

»Ich bin Jagus neuer Lehrling. Mein Name is–«

»Für dich heißt er immer noch Meister«, fiel Faunia ihr mit zarter Stimme ins Wort. Ohne sie anzusehen, legte sie sich die Serviette auf den Schoß.

Mion schluckte. »Ich heiße Mion.«

Der Alte grunzte, seine Augen huschten zwischen ihr und Faunia hin und her. »Was soll man dazu sagen. Jetzt sind's schon zwei. Lauter Weibsbilder.«

Endlich begriff Mion. Groß sah sie Faunia an. »Du bist auch Jagus Lehrling?«

Faunias hellgrüne Augen richteten sich eisig auf sie. Bevor sie antworten konnte, erschien eine stämmige junge Magd und stellte Brot und eine Wasserkaraffe zwischen die beiden.

Dann schöpfte sie jedem von ihnen Suppe auf den Teller, setzte sich neben die Köchin und alle fingen zu essen an.

Zögernd tauchte Mion ihren Löffel in die Suppe. Wo war Jagu? Und wieso aß das Gesinde an der Tafel? Alle hielten ihre Blicke gesenkt, es war offensichtlich, dass niemand vorhatte, sie aufzuklären.

»Wer seid Ihr?«, fragte Mion rundheraus. Der Alte verschluckte sich an seiner Suppe und griff nach der Serviette. Aus den Augenwinkeln nahm Mion wahr, wie die Köchin sie amüsiert anblitzte.

»Was?«

»Ihr hattet Euch nicht vorgestellt, Herr.«

»Morizius«, knurrte er. »Hausverwalter. *Hocherfreut*.« Mit einem bösen Funkeln in alle Richtungen widmete er sich wieder seinem Essen.

Mion probierte die Suppe. Sie schmeckte köstlich. Sie nahm sich ein Brotstück und tauchte es hinein. Zu Hause hatte es fast nie Brot gegeben, jedenfalls keines, das nicht mit Erde und Wasser gestreckt war. Sie kaute langsam und genoss im Stillen. Dann fragte sie in die Runde: »Wo ist eigentlich Jag … der Meister? Isst er nicht mit uns?«

»Der Herr hat seine eigenen Gewohnheiten«, sagte die Köchin kurz.

»Wohnt sonst noch jemand im Haus?«, bohrte Mion nach einer Weile nach.

Morizius ließ klirrend seinen Löffel in die Schüssel fallen und wischte sich den Mund ab. »Bei Tisch herrscht Ruhe!«, grunzte er, erhob sich, legte die Hände auf den Rücken und schlurfte davon.

Die Magd und die Köchin räumten ab. Mion sprang auf – sie wollte nicht schon wieder allein gelassen werden.

»Ach … wann ist denn Abendessen?«

»Wenn es dunkel wird«, sagte die Köchin.

Mion nahm ihren Teller und ihren Becher, um sie in die Küche zu tragen, doch die Köchin nahm ihr das Geschirr ab.

»Ich kann mithelfen«, versuchte Mion es noch einmal.

»Danke, aber das würde dem Herrn nicht gefallen.« Damit verschwand die Köchin Richtung Küche.

Nun erhob sich auch Faunia und verließ das Esszimmer.

Mion wandte sich verzagt zu ihr um. »Du bist also auch seine Schülerin?«

Faunia blieb stehen. Einen Moment schien sie zu überlegen, ob die Frage eine Antwort verdiente. Dann beließ sie es bei einem verächtlichen Blick und schlenderte davon.

Mion blieb allein zurück, ihrem neuen, fremden Zuhause und sich selbst überlassen.

Drachen

Wie jeden zweiten Vormittag erwartete Magister Accalaion den Prinzen in der kaiserlichen Bibliothek zum Unterricht. Eine Hand auf dem Rücken, die andere unter seine silberne Robe geschoben, stand er am Fenster und genoss die Aussicht, als Lyrian ins kühle Tageslicht der Halle trat. Sein Lehrer drehte sich um. Das breite, bedeutungslose Lächeln lag auf Accalaions Gesicht, das er so konsequent trug wie seine Silberroben und wahrscheinlich auch nur zum Schlafen ablegte. Accalaion war ein großer Mann mit spinnenhaften Armen und Beinen und einem kugelrunden Bauch. Das weiße Haar trug er, seit Lyrian ihn kannte, in einem Zopf, der so lang und dick war wie ein dritter Arm.

»Majestät«, grüßte er mit einer Verneigung und streckte den Kopf vor, um ihn eingehend zu mustern. »In Eurer natürlichen Gestalt, wie ich sehe? Wie lautet das oberste Gebot der Drachen?«

Er holte leise Luft. »Ein Drache zeigt sich nur in seiner natürlichen Gestalt, wenn es einen expliziten Grund dafür gibt und keine Gefahr droht. Ansonsten schreibt es die Sicherheit vor, einen Tierkorpus zu tragen.«

»Nun, Euer Erscheinen lässt darauf schließen, dass es einen expliziten Grund gibt? Vergesslichkeit, Faulheit, Gewohnheit?« Er grunzte amüsiert. »Wollen wir uns setzen?« Accalaion wies auf den breiten Schreibtisch in der Mitte des Raumes.

Korpus Fuchs, flüsterte Lyrian in Gedanken. Mit prüfendem Blick beobachtete Accalaion, wie der Fuchs durch die Halle lief, auf den Stuhl und von dort auf den Tisch sprang. Dabei fiel ein Tintenfass auf den Boden und der Fuchs spitzte erschrocken die Ohren.

Sein Lehrer zog die Mundwinkel zu einem noch breiteren Lächeln hinauf. »Ach, haha! Nun. Dann lasst Euch mal ansehen! Ah, sehr schön, sehr schön!« Er umrundete den Fuchs und betrachtete ihn. »Und nun versucht, die Größe des Korpus zu erweitern.«

Lyrian beschwor den zweiten Fuchskorpus herbei und ließ ihn mit dem ersten verschmelzen. Ein merkwürdiges Gefühl durchlief sein Rückgrat, so als würde ein zweites Ich aus ihm herauswachsen. Alles wackelte für einen Augenblick und schwerer Schwindel ergriff ihn – dann saß er mit einem Mal viel höher. Der Fuchs sah sich um. Er hatte nun die Größe eines stattlichen Löwen.

Sein Lehrer wartete. Als Lyrian sich nicht mehr vergrößerte, zog er die Augenbrauen hoch. »Und geht es noch weiter? Los, los!«

Der Fuchs saß unbewegt da und blickte auf den Mann hinab.

»Größe ist ein Gedanke. Lasst den Gedanken von Größe zu ... je mehr Ihr Euch konzentriert, umso mehr kann Euer Korpus wachsen. Die Größe bestimmt seine Stärke. Korpusse derselben Art zu rufen ist nur der erste Schritt; bedenkt, dass in einem echten Kampf erheblich mehr dazugehört.« Er schob sich die Hand wieder unter die Robe und reckte sich. »Wollen wir das nun ausprobieren, Hoheit? Lasst uns ein wenig experimentieren: Ruft euch die Schwalbenflügel dazu, der Größe entsprechend.«

Lyrian gehorchte. Er war nie ein herausragender Schüler gewesen, weder in Theorie der Gestaltenwandlung noch Menschenlehre oder Regierungsgeschick. Wie es aussah, würde er auch in praktischer Verwandlung nicht glänzen. Doch während er die anderen Lehren mit pflichtgemäßer Gleichgültigkeit aufgenommen hatte, lag ihm nicht das Geringste daran, die Kampfkunst zu erlernen. Ob er ein mächtiger Drache wurde oder ob Accalaion an ihm verzweifelte, war ihm egal.

Trotzdem folgte er dem Befehl seines Lehrers und rief den Korpus der Schwalbe auf. Dabei konzentrierte er sich ausschließlich auf die Flügel.

Er spürte das kühle, schwindelerregende Kribbeln in den Schulterblättern, an das er sich schon fast gewöhnt hatte. In irgendeinem Buch hatte er einmal gelesen, Wechsel werden möglicherweise von einem unangenehmen Prickeln oder Stechen begleitet, das sogar zu Ohnmacht führen konnte, wenn unerfahrene Drachen ihr Können überschätzten. Damals hatte das Ganze beängstigend und faszinierend geklungen, und Lyrian hatte inständig gehofft, dass er sich wenigstens hier als talentiert genug erweisen würde, um den Erwartungen der Kaiserin und seinem Titel gerecht zu werden.

Sein Lehrer nickte gefällig, als der Fuchs Schwalbenflügel bekam. Dann hob Accalaion die Hände und bedeutete ihm, sie wachsen zu lassen. Lyrian rief alle drei Schwalbenkorpusse auf, bis seine Flügel eine mehr als stolze Länge betrugen. Accalaion schien zufrieden. Sein Lächeln war breit und emotionslos, so wie immer.

Korpus mein. Lyrian glitt vom Tisch, ließ sich in den Stuhl sinken und stützte seufzend den Kopf in die Hände, ohne seinen Lehrer anzusehen. Accalaion ließ sich neben ihm nieder, schlug die Beine übereinander und faltete die Hände.

»Bitte sagt sieben Weisheiten auf, die in der Deklaration des Kaisertums aufgezählt werden.«

»Wer nicht sichtbar ist, der sieht. Wer nicht Teil des Chaos ist, erkennt das Muster. Verstand ist Gerechtigkeit. Gefühl ist Ungerechtigkeit …« Er schloss kurz die Augen und versuchte, sich an die Formulierung von drei anderen Weisheiten zu erinnern. »Die zerstörerischste Gewalt auf Erden, die Menschenliebe, ist Ursache für Krieg, Elend und Chaos. Drachen müssen die Welt vor den Auswirkungen der Liebe schützen; Drachen müssen die Menschen vor den Verführungen der Welt schützen.«

Accalaion tippte die Fingerspitzen aneinander. »Wollt Ihr … über das Ritual sprechen, Hoheit?«

Lyrian hätte sich gerne der Illusion hingegeben, dass der Lehrer aus echtem Interesse fragte. Aber er wusste, dass Accalaion nur seine Pflicht erfüllte. Alle erfüllten sie nur ihre Pflicht.

»Beim ersten Mal kann das Ritual … durchaus heftige Reaktionen hervorrufen«, versuchte Accalaion es weiter. »Lasst Euch davon nicht aus der Fassung bringen, Majestät. Alles hat seine Richtigkeit. Sonst würden wir es ja nicht tun, nicht wahr?« Er lachte blechern und verstummte, als Lyrian sich nicht regte. Mühevoll räusperte sich Accalaion. »Nun, wollt Ihr Eure Eindrücke mit mir teilen?«

»Nein.« Lyrian lehnte den Kopf zurück. Heuchlern musste er nicht erklären, wie sich Heuchelei anfühlte.

Er war immer gehorsam gewesen. Was er nicht hätte sehen sollen, hatte er gewissenhaft verdrängt. Jetzt, wo ihm gewaltsam die Augen geöffnet worden waren, kehrten die Erinnerungen zurück wie Bilder aus Träumen, die er tief in seinem Unterbewusstsein begraben hatte.

Als Accalaion ihm zum ersten Mal Unterricht in der Bibliothek gegeben hatte, war Lyrian fünf gewesen. Sehr deutlich sah er Accalaions langes Gesicht mit der gebogenen Nase und den spitzen Augenbrauen vor sich – seitdem schien er sich kaum verändert zu haben –, und er wusste noch, was seine ersten Worte gewesen waren.

»Mein Prinz«, hatte Accalaion mit einem lauernden, gespannten Lächeln angehoben, »Ihr wisst, Ihr seid ein Drache, nicht wahr?«

Lyrian nickte, obwohl die merkwürdige Frage ihn verdutzte. Dass man wusste, wer man war, schien ihm so selbstverständlich wie das Gespür für Hunger und Müdigkeit.

»Dann könnt Ihr mir also sagen, was ein Drache ist, mein Prinz?«

Lyrian wurde nervös. Obwohl er wusste, dass er ein Drache war, konnte er nicht sagen, was das hieß. Der Gedanke war ihm noch nie gekommen und er war beunruhigend.

Accalaion nickte, als hätte er Lyrians Reaktion erwartet. Auch die Kaiserin schien immer zu wissen, wie er sich fühlen würde, bevor Lyrian es selbst wusste, und er blickte ehrfürchtig zu dem alten Mann auf.

»Ein Drache«, erklärte Accalaion feierlich, »ist die höchste Form der Schöpfung, das mächtigste und weiseste Wesen auf Erden. Und wisst Ihr, mein Prinz, warum das so ist?«

Scheu schüttelte er den Kopf.

»Nun. Das ist so, weil wir denken können. Weil die Gedanken hier drinnen –«, er tippte mit seinem langen Zeigefinger an Lyrians Schläfe und anschließend an seine eigene –, »schlauer und reiner sind als alle Gedanken der Menschen und Tiere. Und wisst Ihr, wieso Menschen und Tiere nicht so schlaue Gedanken haben können wie Ihr und ich, mein Prinz?«

Lyrian dachte nach. Er wollte seinen Lehrer mit einer Antwort beeindrucken – schließlich sollte es ihm als Drache ja nicht allzu schwerfallen. »Menschen haben nicht so schlaue Gedanken, weil … weil die Menschen alle Diener sind, und sie gucken immer nur auf den Boden! Aber wenn man ganz fest nachdenkt, dann muss man in den Himmel gucken oder in die Luft.«

Accalaion grinste so breit, dass seine Augen schmale Halbmonde wurden. Lyrian wusste nicht, ob das ein gutes Zeichen war.

»Da habt Ihr recht, mein Prinz. Alle Menschen sind Diener, obwohl es natürlich auch welche außerhalb des Schlosses gibt – das wisst Ihr, nicht wahr?«

Lyrian nickte verzagt. Sich vorzustellen, dass die Welt außerhalb des Palasts größer war (viel größer, hatte die Kaiserin einmal gesagt!), fiel ihm schwer. Er konnte sich auch nicht vorstellen, dass da draußen Diener lebten, obwohl es gar keine Drachen zu bedienen gab. Das Ganze kam ihm merkwürdig vor, ein Rätsel, über das er sich nicht gerne den Kopf zerbrach.

»Menschen müssen Diener sein und die Drachen ihre Herrn und Schützer, weil die Menschen Liebe empfinden, genau hier.« Der lange Zeigefinger tippte gegen Lyrians Brust. »Hattet Ihr je ein Stechen im Herzen, mein Prinz? Einen plötzlichen Schmerz und dann das Verlangen, etwas ganz und gar Unsinniges zu tun?«

Er dachte nach, doch er konnte sich nicht daran erinnern und verneinte. Accalaion lächelte wieder. »Seht Ihr: Deshalb seid Ihr ein Drache, mein Prinz. Die Menschen aber fühlen ständig etwas mit dem Herzen. Alles, was bei uns hier oben im Kopf vor sich geht, geschieht bei den Menschen im Herzen, wortlos und unverständlich. Das kann gefährlich sein, nicht wahr?«

Das schien Lyrian einleuchtend.

»Wenn man nicht weiß, was man tut, kann man auch nicht wissen, ob man gut ist oder schlecht. Stimmt Ihr mir zu, mein Prinz?«

»Ja…«

»Deshalb müssen die Drachen den Menschen helfen. Wir müssen ihnen sagen, was sie tun sollen, weil nur wir wissen, was gut ist und was schlecht.«

»In Ordnung«, sagte Lyrian ernst. Accalaion faltete zufrieden die Hände. Lyrian war, als hätte er einen Pakt geschlossen. Nicht mit seinem Lehrer, sondern mit den Menschen.

»In der Zukunft wirst du der Kaiser von Wynter sein«, hatte seine Mutter ihm verraten, lange bevor er Accalaion das erste Mal sah. »Du wirst mächtig sein, Lyrian… mein schöner, wunderschöner Lyrian! So mächtig wie ich. Und so schön, so wunderschön wie dein Vater…«

Diese Dinge sagte sie nur flüsternd, wenn sie zusammen in ihrem Bett lagen, unter pfirsichfarbenen Baldachinen abgeschirmt vom Rest der Welt. Dann hielt die Kaiserin ihn in den Armen, so fest, dass er manchmal nicht mehr atmen konnte, und rieb ihren Kopf an seinem, als wollte sie ihr wildes schwarzes Haar mit seinem goldenen verknoten.

Lyrian verkroch sich in ihren Armen und fürchtete dabei oft, sich nur in größere Gefahr zu bringen. Trotzdem sehnte er stets den Augenblick herbei, wenn eine Dienerin ihm verkündete, dass die Kaiserin ihn bei sich haben wollte. Manchmal vergingen Tage, bis das geschah; und jeder Tag wurde zu einer Wüste hilfloser Ungewissheit.

Wenn er die Kaiserin besuchte, lag sie in ihrem Bett und er durfte zu ihr klettern und sich stundenlang an sie kuscheln und den Worten lauschen, die sie wiederholte, immer wieder, leise, eindringlich, wie zauberhafte Beschwörungen: »Du bist mein Lyrian, mein einziger, wunderschöner Sohn, mein Ein und Alles… du bist mein, ganz mein! Mein schöner, schöner Sohn. Du hast meine Augen, sie sind aus purem Gold… und du hast goldenes Haar, so wie dein Vater…«

Ob sein Vater wirklich goldene Haare hatte, wusste er

nicht; wann immer er ihn sah, trug er festliche Hüte und Kronen oder hatte Gestalt von Monstern angenommen. Überhaupt bekam er ihn selten zu Gesicht. Sein Vater war für Lyrian ein noch größeres Mysterium als seine Mutter.

Auch die Kaiserin verwandelte sich manchmal in Tiere, und dann fing Lyrians Herz an zu rasen, als wollte es ihm aus der Brust fliehen, während der Rest seines Körpers erstarrte. Einmal wurde sie zu dem großen schwarzen Panther, während sie Lyrian umarmte; als die Frauenarme zu Raubtiertatzen schmolzen, stieß Lyrian einen schrillen Schrei aus. Seine Mutter verwandelte sich zurück und lachte laut und atemlos. Lyrian biss sich auf die Unterlippe, um nicht zu schluchzen. Er kam sich verletzt und dumm vor.

Seine Mutter hatte recht: Er gehörte ihr, ganz und gar. Sein Glück und Unglück lagen in ihren Händen. Er war für immer ihren Launen ausgeliefert, während seine für sie ganz bedeutungslos waren.

Als Lyrian fünf wurde und seine Ausbildung begann, verschwand seine Mutter aus seinem Leben. Immer seltener lag er in ihrem Bett, der süße Duft der Seidenbaldachine und die geflüsterten Liebesschwüre zogen sich in seine Erinnerungen zurück. Wenn er sie nun sah, trug sie ihre unberührbar wirkenden Kleider oder gar eine Tiergestalt. Es war, als sei die Frau fortgegangen, die er kaum gekannt und doch mehr angebetet hatte als je eine andere Seele auf der Welt.

Dann kam der Tag, an dem sie ihn endgültig verbannte.

Lyrian war zehn, und am Vormittag ließ Accalaion ihn in der Bibliothek allein, wo er einen Aufsatz über die Künste der Menschen schreiben sollte. Aufgeschlagene Bücher umgaben ihn, in denen berühmte Frauen und Männer erwähnt wurden, die den Drachen mit ihrer Arbeit große Dienste erwiesen hatten. Menschenkunde gefiel Lyrian am besten, vor allem wenn es um die Künstler ging: Die Theaterstücke zur Lobpreisung der Drachen weckten eine Begeisterung in ihm, die Accalaion sich in so manch anderem, wichtigerem Fach vergeblich wünschte.

Nun hatte Lyrian sich in ein staubiges Kunstbuch vertieft. Abbildungen wundervoller Gemälde füllten die Seiten. Ohne recht nachzudenken, begann Lyrian, eines der Bilder aus dem Buch auf das leere Pergament zu kopieren.

Er brauchte den ganzen Vormittag und einen großen Stapel Pergament, ehe er mit einem Bild zufrieden war. Glücklich betrachtete er sein Werk: Er hatte das Gesicht eines Mädchens abgemalt, das irgendwann die Tochter eines angesehenen Drachen gewesen war. In seiner Zeichnung sah sie zwar ein wenig breiter aus – und unerklärlicherweise wirkte sie nicht annähernd so echt wie im Buch –, aber Lyrian war stolz auf sich. Das kam nicht oft vor, seit Accalaion ihn unterrichtete.

Er glitt vom Stuhl, faltete die Zeichnung vorsichtig und lief zu den Gemächern der Kaiserin. Eigentlich war es niemandem gestattet, die Kaiserin unaufgefordert zu besuchen. Aber wo er doch ein so schönes Geschenk hatte, würde sie ihm nicht böse sein können. Als er die hohe Zimmertür am Ende des Korridors erspähte, überkam ihn fieberhafte Aufregung. Was sie wohl dazu sagen würde? Er musste lächeln.

Zwei Dienerinnen, die die Tür der Kaiserin bewachten, eilten erschrocken ins Zimmer, um die Ankunft des Prinzen anzukündigen. Lyrian verlangsamte ärgerlich seinen Schritt. Als er die Tür erreichte, öffnete ihm schon eine Dienerin.

Die Kaiserin saß am Fenster und starrte geistesabwesend hinaus. Ihre Nachtgewänder ergossen sich um sie wie Lachen aus Perlmutt. Im kalten Licht des Himmels wirkte sie sehr blass und unwirklich.

»Mutter?«

Als würde die Zeit für sie langsamer vergehen, wandte sie sich zu ihm um. Dann dauerte es einen Moment, bis sie ihn wahrzunehmen schien; ihre Augen glommen auf, als hätte jemand in weiter Ferne eine Kerze angezündet. Das war ihre einzige Reaktion.

Lyrian faltete seine Zeichnung auseinander. »Ich habe etwas für Euch. Wollt Ihr es sehen? Es ist ein Geschenk.«

Behutsam schob Lyrian das Pergament zwischen ihre reglosen Finger. Nach einem Moment hob sie die Zeichnung hoch. Ihr Blick irrte darüber, immer wieder, als wäre da eine Sprache, die sie nicht verstand. Plötzlich zerknüllte sie das Papier, beugte sich über die Stuhllehne und stieß ein hohes, schreckliches Schluchzen aus.

Augenblicklich eilten Dienerinnen herbei.

»Aber –« Lyrian wagte, weder ihr näher zu kommen noch zurückzutreten. »Aber …«

Sie ließ die Zeichnung fallen, um ihr Gesicht in den Händen zu vergraben. Tränen tropften zwischen den Fingern hindurch. Lyrian konnte gerade noch das Pergament aufheben, da zogen die Dienerinnen ihn fort. Verwirrt wurde er in den Flur geschleift, die Türen fielen zu und dämpften das Wimmern seiner Mutter. Eiliges Trappeln erklang hinter ihm. Ein silberner Dachs flitzte den Korridor hinauf und verwandelte sich in seinen Lehrer. Accalaion entriss ihm das Pergament und starrte entsetzt auf die Zeichnung.

»Was … was ist das?«, schnaufte er.

Lyrian konnte nicht antworten. Er verstand nicht, was passierte.

»Da- das ist Menschenzeug!« Accalaions Stimme klang unnatürlich hoch. Dann holte er aus und schlug Lyrian zweimal ins Gesicht.

Die Schläge waren nicht fest, aber Dolchstöße hätten Lyrian nicht tiefer verletzen können. Vollends schockiert taumelte er zurück und fiel auf den Steinboden. Er war noch nie geschlagen worden. Nie hatte jemand ihm wehgetan. Accalaion ging vor ihm auf die Knie und zerrte ihn wieder auf die Beine, sodass er auf seinen Lehrer hinabblickte. Schweiß oder Spucke zitterte auf der dünnen Oberlippe des Mannes, der plötzlich fremd wirkte, alt.

»Was habt Ihr getan? Versteht Ihr denn immer noch nicht, dass Ihr ein Drache seid!« Seine Worte stolperten übereinander. Er zerknüllte die Zeichnung und zerriss sie eifrig. »Das ist Menschenkunst! Das Werk von Leidenschaft und Gefühlen, versteht Ihr das, mein Prinz, das geht nicht, das könnt Ihr nicht machen! Drachen haben keine Gefühle!« Noch immer drang das Schluchzen seiner Mutter durch die geschlossene Tür, lauter und schmerzvoller als zuvor. »Die Kaiserin könnt Ihr doch nicht so erschrecken! Habt Ihr keinen Respekt?«

Lyrian zitterte am ganzen Leib. Er wusste nicht, wo er hinsehen sollte, in das bleiche Gesicht seines Lehrers, auf die vielen Papierschnipsel oder zur Tür hin.

»Ich wollte nicht …«

Accalaion richtete sich auf, ohne zuzuhören, packte ihn am Handgelenk und zog ihn fort. Lyrian blickte noch einmal zurück: Die Papierfetzen bedeckten den Boden wie Blütenblätter, die man rings um Gräber ausstreut.

Ein paar Wochen später zeichnete Lyrian noch einmal. Er zeichnete Accalaion, der in Gestalt des silbernen Dachses neben ihm lag und döste. Danach faltete er das Bild zusammen und trug es versteckt unter seinem Wams, spürte es mit jedem Herzschlag, bis er abends doch den Mut verlor und es ins Kaminfeuer warf.

Eine ganze Weile zeichnete er heimlich Bilder und studierte Bücher über Menschenkünste, wenn niemand ihn bewachte. Zahllose Gesichter und schlummernde Dachse verglühten ungesehen in den Flammen seines Kamins.

Nach fast einem Jahr wurden seine Zeichnungen seltener, und schließlich hörte er damit ebenso grundlos wieder auf, wie er begonnen hatte.

Geheimnisse

Die Tage zogen sich immer länger hin, während Mion mit ihrer neuen Heimat allein gelassen wurde wie mit einem schweigsamen Fremden, den ihr niemand vorgestellt hatte und dem sie in der langen Stille nichts zu sagen wusste. Abgesehen von den Mahlzeiten – die zwar üppiger und köstlicher als je zuvor in ihrem Leben ausfielen – bekam sie keinerlei Zuwendung. Niemand kümmerte sich um sie und, viel schlimmer, es gab nichts, worum sie sich hätte kümmern können.

Jagu hatte sie zuletzt am Morgen nach ihrer Rettung gesehen und seitdem waren nun schon sechs Tage vergangen. Er hatte nicht einmal angedeutet, dass er verreisen würde. Weder die Köchin noch Faunia oder der griesgrämige Morizius konnten oder wollten ihr sagen, wo der Meister steckte. Überhaupt wurde im Haus wenig gesprochen. Mion erfuhr allein durch große Aufmerksamkeit, dass das Dienstmädchen die Tochter der Köchin war. Sie hieß Herone und war stumm, vielleicht auch taub. Jedenfalls öffnete sie nie den Mund und reagierte nicht, wenn man sie ansprach.

Morizius hingegen murmelte ständig vor sich hin, wenn er durch die Flure schlurfte wie ein unliebsamer Hausgeist. Er mochte weder Faunia noch das Dienstmädchen noch sonst einen Menschen, wie es schien; mit der Köchin verband ihn regelrechte Feindschaft. Beide glaubten, für den Haushalt verantwortlich zu sein, und schossen während der Mahlzeiten giftige Worte aneinander vorbei, was anfangs noch recht amüsant sein konnte, spätestens nach der Suppe nervtötend wurde und beim Dessert den Erträglichkeitsgrad überschritt. Vor allem weil ihre Sprüche sich regelmäßig wiederholten.

Das Einzige, worin die zwei sich einig schienen, war ihre Meinung von Faunia: Sie hielten sie für eingebildet und faul und trauten sich nicht, es ihr offen zu sagen. Die Köchin begnügte sich mit heimlichem Augenrollen und verstohlenen Blicken, während Morizius seinem Teller etwas von »nichtsnutzigen Narren« und »eitlen Gören« zumurrte – wobei Mion stark vermutete, mitgemeint zu sein. Fast bewunderte sie Faunia dann um ihre erhabene Gleichgültigkeit. Sie ignorierte die Köchin, Morizius und Mion bei Tisch so standhaft wie eine Königin das unwürdige Gesinde.

Faunia wies ihr auch keine Aufgaben mehr zu. Offenbar war ihr klar geworden, dass die Langeweile Mion noch mehr zusetzte als schmachvolle Putzarbeiten. Einmal, als Mion den verschneiten Garten zum dritten Mal umrundete, entdeckte sie in einem Fenster Faunia, die sie mit gerümpfter Nase beobachtete. Wieso spionierte sie ihr nach, wenn sie sie sonst wie Luft behandelte? Faunia war ein einziges Rätsel.

Eines Morgens nach dem Frühstück sagte sie, ohne Mion anzusehen: »Komm mit.«

Schweigend gingen sie die Wendeltreppe hinauf zum Atelier. Faunia krempelte die Ärmel ihrer Tunika hoch, die so gar nicht zu ihrer Vorliebe für extravagante Kleidung passen wollte. Jetzt wurde Mion auch klar, warum Faunia das schlichte Stück trug: Als sie im Atelier ankamen, wählte sie mit kundigem Blick ein Dutzend langer Holzleisten aus einem Regal und hob sie auf die Schulter. Die Leichtigkeit, mit der sie sich das schwere Holz auflud, überraschte Mion.

»Wir brauchen Leinwände und du hilfst mir bei der Herstellung«, erklärte sie knapp und unfreundlich wie immer.

Mion folgte ihr ins höher gelegene Zimmer. Die Luft schwelgte im Geruch frischer Ölfarbe, der sich förmlich auf der Haut niederzulassen schien. Faunia nahm eine Säge aus einer Truhe, lief zurück und wuchtete die Bretter auf einen Arbeitstisch. Mit einem roten Faden begann sie, Maß zu nehmen, und setzte die Säge an.

Mion hockte sich auf die Sessellehne und verschränkte wartend die Arme, bis sie gerufen wurde. Faunia zersägte geübt das erste Brett. Handwerkliche Geschicklichkeit war nicht gerade etwas, was Mion ihr zugetraut hätte. Aber schließlich war sie ja schon geraume Zeit länger Jagus Lehrling. Lange genug offenbar, um wenigstens etwas gelernt zu haben, dachte Mion mürrisch.

Ihr Blick fiel auf das unfertige Gemälde, das noch immer an der Staffel klemmte. Jemand hatte daran weitergearbeitet. Inzwischen waren mehrere Farben dazugekommen und das Gesicht der Figur hatte erkennbare Züge erhalten. Es war eine ältere Dame mit einem Fächer in der Hand – also doch nicht Faunia.

Jagu musste hier gewesen und daran gearbeitet haben. Die Farbe war noch ganz frisch. Mion warf einen Blick zur verschlossenen Tür, hinter der das Schlafzimmer lag. War Jagu vielleicht dort?

Nachdem Faunia vier Leisten zurechtgeschnitten hatte, winkte sie Mion herbei und überreichte ihr einen Sack voll Nägel und einen Hammer, um die Leisten zu einem Rahmen zusammenzubauen. Obwohl es keine künstlerische Herausforderung war, freute Mion sich, endlich richtige Lehrlingsarbeit zu verrichten.

Sie gingen schweigend ans Werk. Nach einer Weile merkte Mion, dass sie zum ersten Mal zusammen waren, ohne dass ihr vor Unwohlsein das Atmen schwerfiel. Hätte ein Außenstehender beobachtet, wie sie in den hellen Lichtstreifen beieinander standen, sich Gegenstände reichten, arbeiteten, hätte man sie glatt für alte Kameradinnen halten können.

Nachdem sie den ersten Rahmen zusammengesetzt hatte und am zweiten saß, fragte sie beiläufig: »Woher weißt du denn, wie viele Leinwände wir bauen sollen? Hat Jagu dir das gesagt?«

Um Faunias helle Stimme trotz der Sägerei zu verstehen, spitzte Mion die Ohren: »Er hat neue Aufträge. Deshalb neue Leinwände.«

»Ist er also wieder… zurück?«

Faunia legte die Säge weg, wischte sich eine Haarsträhne zurück und prüfte, ob die Leisten gleich lang waren. »Wieder zurück! Ist er denn jemals da?« Sie drehte sich um und holte eine große Stoffrolle. Ohne unnötige Worte zu verlieren, erklärte sie Mion, wie man die Rahmen mit dem Leinen bespannte. Sie selbst fing sofort mit dem fertigen Rahmen an. Mion beobachtete erstaunt ihre Geschicklichkeit. Dann machte sie den zweiten Rahmen fertig und versuchte, ihn zu bespannen wie Faunia.

Es war schwieriger, als sie gedacht hatte. Der Stoff musste richtig gestrafft werden und die Nägel sauber eingehämmert. Mion hatte zu Hause nur gelernt, wie man mit Nadel und Faden umging, aber von jeder Bauarbeit war sie ferngehalten worden. Ihr Vater hatte sie nicht einmal zum Holzfällen mitgenommen, obwohl sie so oft darum gebettelt hatte, ihn aus den Ruinen hinausbegleiten zu dürfen.

Während sie die Leinwände bauten, wanderten Mions Gedanken zu ihrer Familie zurück. Ob ihr Vater immer noch jeden Morgen in den Wald aufbrach? Und ihre Mutter wie gewohnt am Spinnrad saß? Natürlich, sie mussten ja weiterleben… nur weil Mion nicht mehr da war, stand nicht die Zeit still. Trotzdem, dass in den Ruinen auch ohne sie ein Tag wie der andere verstrich, blieb eine befremdende Vorstellung.

Irgendwo im Haus klingelte eine Glocke. Faunia war bereits auf den Beinen und verließ das Atelier.

»Wohin gehst du?« Im Grunde erwartete Mion keine Antwort. Schon war Faunia verschwunden. Wer da wohl klingelte? Es konnte doch nur einen geben, für den Faunia alles stehen und liegen lassen musste: Jagu.

Kurzerhand stand Mion auf und lief den Gang hinunter. Als Faunia die Treppe mit einem Tablett hochkam, konnte sie sich gerade noch rechtzeitig in einem Zimmer verstecken. Eilig lief Faunia vorbei, ohne Mion zu entdecken, und verschwand an der Ecke.

Mion seufzte. War sie ernsthaft schon so gelangweilt, dass sie Faunia bespitzelte? Kopfschüttelnd schlich sie ihr nach.

Am Ende des Flurs lagen zwei Türen. Hinter der ersten fand sie eine Besenkammer, hinter der zweiten eine schmale Treppe nach oben. Licht fiel auf sie herab, denn direkt über den Stufen war ein rundes Dachfenster. Geschirr klirrte. Stoffrascheln. Jemand hustete, ein scharfes, rasselndes Keuchen, gefolgt vom wehleidigen Stöhnen einer alten Frau.

Jetzt hörte Mion Faunia sprechen, doch sie war viel zu leise. Mion wagte einen Schritt nach oben und hielt inne, alle Muskeln gespannt, als die Stufe knarrte. Verdammt.

»Vorsicht!«, befahl eine zittrige, schrille Stimme. »Das ist zu heiß, zu heiß, zu heiß!«

Wieder klapperte Geschirr. »Willst du mich umbringen? Du Taugenichts!«

»Habe ich die Suppe gekocht?«, gab Faunia erstaunlich wütend zurück. Mion hätte kaum für möglich gehalten, dass sie so leidenschaftlich sein konnte. Das zweite Mal an diesem Morgen, dass Faunia sie überraschte.

»Was?«, fauchte die Unbekannte. Sie schien noch mehr sagen zu wollen, doch das nächste Wort ging in einem üblen Hustenanfall unter. »Sofort«, japste die Alte. »Raus hier –«

Mion drehte sich um und lief eilig zurück. Schnaufend erreichte sie das Atelier und schaffte es gerade noch, wieder zu Atem zu kommen, bis Faunia eintrat.

Ohne sie anzusehen, kehrte Faunia zu ihrer Leinwand zurück und fuhr mit der Arbeit fort. Ihr Mund schien verkniffener und ihre Nasenspitze blasser, doch sonst verbarg sie ihre Gefühle so meisterhaft hinter ihrem schönen Gesicht wie immer.

Vielleicht war ihre Stimme verräterischer – denn für den Rest des Tages sagte sie kein Wort mehr.

Mion lag wach im Bett und konnte nicht einschlafen. Immer wieder wanderten ihre Gedanken zu den Ruinen zurück. Wie Mirim wohl mit ihrem Tod umging? Dass ihr kleiner Bruder traurig sein könnte, brach ihr das Herz. Wenn sie ihm doch eine Nachricht zukommen lassen könnte, dass sie am Leben war und es ihr gut ging … aber dann müsste sie auch erklären, wieso sie nicht zurückkommen konnte – nicht wollte –, und das war wahrscheinlich noch schlimmer für Mirim, als sie für tot zu halten. Schuldgefühle durchsickerten sie, so als betröge sie ihre Familie absichtlich.

Und Kajan … hatten die Sphinxe ihn auch festgenommen, war er vielleicht längst tot? Was war mit Saffa? Hatten die Sphinxe ihn im Gegenzug für seinen Verrat verschont? So oder so, wiedersehen würde sie ihre Freunde wahrscheinlich nie mehr. Jetzt, wo sie in der Dunkelheit lag und der Vergangenheit näher zu sein schien als tagsüber, konnte sie es kaum fassen.

Um sich abzulenken, erinnerte sie sich an die unbekannte Frau, die sie heute mit Faunia belauscht hatte. So wie die Alte Faunia behandelt hatte, konnte sie keine Angestellte sein. Nein, es musste sich um jemanden Bedeutsames handeln, eine Verwandte Jagus vielleicht ... Aber irgendwie konnte Mion sich nicht vorstellen, dass er eine Familie hatte. Oder überhaupt jemanden, der ihm nahestand und der ihn kannte.

Unruhig wälzte sie sich auf die andere Seite. Sie wusste doch nichts von ihrem Meister! Sinnlos, sich über ihn den Kopf zu zerbrechen, er war kaum mehr als ein Fremder. Alles, was sie von ihm wusste, war, dass er sie gerettet hatte und Ritus kannte. Ritus ... es war lange her, dass sie es zuletzt gespielt hatte. Das Verlangen danach, noch einmal zu schweben, überkam sie wie in so vielen Momenten in den vergangenen Tagen.

Ein schwacher Lichthauch fiel durch die Fenster. Mion richtete sich auf. Irgendwo unten im Haus musste eine Lampe angezündet worden sein.

Sie richtete sich auf, zögerte einen Moment – dann zog sie sich eine Tunika über das Nachthemd, schlüpfte in ihre Schuhe und öffnete die Zimmertür.

Der Flur lag in samtiger Nacht. Doch da, kaum auszumachende Helligkeit kroch die Treppe herauf. Mion blieb im Türrahmen stehen. Schritte waren auf den Stufen zu hören. Und dann erschien eine große Gestalt, die Schultern gesenkt und ein dickes Schaltuch um den Hals geworfen. Mit langsamen Schritten ging Jagu den Flur hinunter.

Mion trat aus ihrem Zimmer und öffnete den Mund; doch bevor sie etwas sagen konnte, schwang am Ende des Flurs eine Tür auf und Faunia stolperte in das Licht seiner Lampe. Automatisch wich Mion zurück, obwohl man sie in der Dunkelheit nicht sehen konnte.

»Jagu ...« Faunia brachte kaum mehr als ein Flüstern zustande. Sie schluckte. Mion fiel auf, dass sie ein Kleid und funkelnde Ohrringe trug. Das Haar war aufgesteckt, offenbar hatte sie noch nicht geschlafen. »Wo warst du?«

Jagu ging an ihr vorüber, ohne Antwort zu geben. Faunia lief ihm hinterher. Ihre Hand glitt in die Tasche ihres Kleides und zog etwas Kleines, Weißes hervor. Mion spürte, wie es ihr die Kehle zuschnürte: Es sah aus wie ein Stück Kreide. »Ich habe gedacht, wir könnten endlich wieder –«

»Verschwinde.«

Mion zuckte zusammen, als hätte der ruppige Befehl ihr und nicht Faunia gegolten. Auch Faunia hielt erschrocken inne. Mit hochgezogenen Schultern stand sie da, bis Jagu am Ende des Flurs verschwand und die Finsternis sie schluckte.

Mion zog sich in ihr Zimmer zurück und schloss lautlos die Tür.

Verwirrt ließ sie sich auf die Bettkante sinken. Hatte sie wirklich ein Kreidestück in Faunias Hand gesehen? Sie erinnerte sich an die weißen Markierungen auf dem Fußboden, die sie in Jagus Schlafzimmer entdeckt hatte … Bildete sie sich die Zusammenhänge nur ein? Wieso – *worauf* – hatte Faunia heute Nacht so lange gewartet? Und aus welchem Grund war Jagu so unfreundlich gewesen?

Seufzend ließ sie sich auf den Rücken fallen. Je mehr sie über Faunia, Jagu und ihr neues Zuhause erfuhr, umso geheimnisvoller schien alles zu werden.

Als Mion zum Frühstück erschien, saßen nur die Köchin, das Dienstmädchen und Morizius am Tisch. Enttäuscht verlangsamte sie ihren Schritt und blieb vor ihrem Stuhl stehen.

»Wo ist der Meister?«, fragte sie.

Morizius warf ihr einen säuerlichen Blick zu, als wäre es schon eine Frechheit, ihn überhaupt anzusprechen. Die Köchin öffnete ihr gekochtes Ei, ohne den Blick zu heben.

Mion setzte sich hin. »Also? Hat er schon gegessen?«

»Nein«, sagte die Köchin geduldig. Und mehr sagte sie nicht. Wartend beobachtete Mion die Anwesenden.

»Was ist denn los?! Jetzt sagt mir schon, wo Jagu ist, verdammt!«

»Hüte deine Zunge!«, bellte Morizius. Mion rollte die Augen. Den Satz loszuwerden, darauf hatte er bestimmt monatelang gewartet. »Diese Gossensprache dulde ich nicht! Auf dein Zimmer! Ich verlange, dass dieses vorlaute Gör den Tisch verlässt!«

»Wo ist er?«, fragte Mion ruhig und sah die Köchin an. Sie wusste, dass die Köchin ihr diesmal antworten würde – allein um Morizius' Autorität zu untergraben.

»Der Herr kommt und geht, wie ihm beliebt«, erwiderte sie und widmete sich mit einem langen Atemzug wieder ihrem Teller.

Nachdenklich nahm Mion sich ein gekochtes Ei und schälte es. Auch Faunia fehlte. Nach einer Weile fragte sie nach ihr.

»Jedenfalls hat sie heute noch nicht gebadet«, war alles, was die Köchin dazu sagte.

Mion beschloss, zum Atelier zu gehen. Vielleicht, dachte sie grimmig, hatte Jagu ja über all seiner Arbeit vergessen, dass es eine neue Schülerin gab, die bis jetzt in ihrem Zimmer gehockt hatte wie ein Besen in seinem Schrank.

Als sie die Türklinke herunterdrückte, war das Atelier verschlossen. Verwundert starrte sie das Holz an. Es war nie abgeschlossen gewesen. Forsch klopfte sie an.

»Jagu? Seid Ihr da?«

Hinter der Tür blieb alles ruhig. Wenn er wirklich im Atelier war, hätte er längst reagiert, oder aber er hatte keine Lust, sie zu sehen. Die Begegnung zwischen Jagu und Faunia letzte Nacht kam ihr in den Sinn, und sie schauderte, als sie an seinen groben Tonfall dachte. Sollte er je mit ihr so sprechen, würde sie im Erdboden versinken vor Schreck und Beschämung.

Seltsam, dachte Mion, als sie zu ihrem Zimmer zurückschlich. Wie konnte die bloße Vorstellung, von Jagu angefahren zu werden, ihr Herz zum Rasen bringen?

Griesgrämig verpasste sie der Wand einen Tritt, schlug ihre Zimmertür zu und ließ sich aufs Bett fallen. Für einen Augenblick konnte sie nur allzu gut verstehen, warum die Hausbewohner so verdrießlich geworden waren.

Sie verschränkte die Arme hinter dem Kopf und ließ den Blick von einem Ende des Bettvorhangs zum anderen schweifen. Das war mittlerweile eine Beschäftigung geworden, der sie sich täglich mehrere Stunden widmete.

Auf jeden Fall war etwas zwischen Jagu und Faunia vorgefallen, und vielleicht war das auch der Grund, wieso er so lange fort gewesen war. Mion wälzte sich herum und stieß ein Seufzen aus. Sie hatte es satt, immer dieselben Gedanken zu wiederholen. Sie hatte es satt, ihre eigene Stimme im Kopf zu hören! Sie brauchte endlich eine Beschäftigung. Diese entsetzliche Langweile trieb sie noch in den Wahnsinn … all die schönen Kleider und das gute Essen verhöhnten sie geradezu.

Eine Vorstellung streifte sie, mehr Tagtraum als Idee, während sie die Spitze ihrer Ärmel befühlte. Mit all den kostbaren Dingen könnte sie zu ihrer Familie zurückkehren und ihnen ein neues, sorgenfreies Leben fernab der Ruinen bieten … Sie sah sich in einem kleinen Haus in Wynter wohnen, mit Fenstern, die Vorhänge hatten, und mit einem großen Kamin in der Stube – der Duft von frischem Brot würde in der Luft hängen –, bequemen Betten und richtigen Federkissen. Aber noch während Mion es sich vorstellte, wusste sie, dass das glückliche Bild trügerisch war. Was würde ihr Vater sagen, wenn sie ganz plötzlich von den Toten auferstand, die Arme voller Kostbarkeiten? Er würde glauben, sie hätte alles gestohlen – was ja stimmen würde –, und die Sachen nicht annehmen.

»Ein schlechter Mensch, das bist du«, hatte er oft zu ihr gesagt, und das war noch vor jenem unglückseligen Morgen gewesen, als sie den Drachen erschossen hatte. »Ein Herz voll Tücke und böser Streiche, aber Rücksicht auf andere, das ist dir fremd!«

Wahrscheinlich hatte ihr Vater sogar recht. Sie konnte nicht behaupten, je das Wohl ihrer Familie über ihr eigenes gestellt zu haben. Selbst jetzt zog sie es vor, ihre Eltern und Mirim im Glauben zu lassen, sie sei tot, obwohl ihr Leben durch ihren Verlust bestimmt schwerer geworden war. Mion konnte selbst nicht genau sagen, warum sie es tat. Natürlich hatte sie ein schlechtes Gewissen, aber es fiel ihr nicht schwer, es zu verdrängen. Die Last, an Armut und Hoffnungslosigkeit gebunden zu sein, wog schwerer als die Schuld. Wenn sie ganz ehrlich mit sich war, hatte sie nicht die geringste Lust, zurückzukehren. Sie gehörte nun nach Wynter.

Eigentlich wusste sie fast gar nichts über die Stadt. War das nicht verrückt? Sie wohnte nun schon fast zwei Wochen hier, und alles, was sie gesehen hatte, waren die dunklen Straßen in jener Nacht gewesen, als sie mit Jagu angekommen war. Sie hatte das Haus seitdem nicht verlassen.

Mion stand auf und lehnte sich gegen eines der Fenster. Ihr Atem beschlug das Glas und der Garten unter ihr verschwamm hinter einer Nebelschicht. So fühlte sie sich auch: hinter einer Nebelschicht. In den Ruinen hatte sie mehr von Wynter zu sehen bekommen als jetzt. Vielleicht sollte sie einen Spaziergang unternehmen. Ja, das war eine gute Idee. Niemand würde sie davon abhalten; das war der Vorteil daran, dass sich keiner um sie scherte.

Sie ging zu ihrer Kleidertruhe und prüfte die Stücke, die Faunia ihr vor ein paar Tagen wortlos vor der Tür hinterlassen hatte. Sie nahm ein dunkelblaues Überkleid aus Samt und einen schwarzen, etwas abgetragenen Wollumhang heraus. Ein leichtes Stechen durchfuhr sie, als ihr bewusst wurde, wie selbstverständlich all das schon für sie geworden war. Vor ein paar Tagen hätte sie die Silberknöpfe noch angestarrt wie ein hungriges Kind einen Apfelkorb.

Stiefel hatte sie nicht, nur die Samtpantoffeln. Dann würde sie eben aufpassen, nicht in zu tiefen Schnee zu steigen. Als sie fertig angezogen war, warf sie einen Blick in den Spiegel. Das war inzwischen auch eine Angewohnheit geworden: Sie hatte ihr Gesicht in langsam verstreichenden Stunden eingehend studiert, Grimassen gezogen, sich angelächelt und die Stirn gerunzelt. Ihr eigenes Verhalten erinnerte sie schon so sehr daran, wie sie sich Faunia in ihrem Zimmer vorstellte, dass sie sich mit einem raschen Augenrollen von ihrem Spiegelbild abwandte.

Beschwingten Schrittes lief sie die Stufen der Spiraltreppe hinab, die ins Zimmer mit dem großen Kronleuchter und dem Kamin führte. Als sie den Flur zur Haustür entlangging, versuchte sie, leiser aufzutreten – nur für den Fall, dass Morizius oder die Köchin in der Nähe waren und Einwände gegen ihren spontanen Ausflug hatten.

Im Vorbeigehen flog ihr Blick über die düsteren Gemälde an der Wand, und sie freute sich, noch immer so beeindruckt zu sein wie in der Nacht, als sie sie zum ersten Mal gesehen hatte.

Zuerst würde sie das Viertel der Künstler durchstreifen. Und dann vielleicht einen Markt. Die Menschen beobachten, die alle richtige Bürger und bestimmt furchtbar fein und hübsch anzusehen waren.

Ein spitzer Schrei drang durchs Haus und Mion fuhr zusammen.

»JAGU! JAGUUU!«

Die Stimme musste der alten Frau gehören. Mion lief zurück und blieb unter dem Kronleuchter im Kaminraum stehen. Eine krumme, gebrechliche Gestalt kam die Stufen hinabgehumpelt. Mit der linken Hand stützte sie sich auf ihren Gehstock, mit der rechten klammerte sie sich am Geländer fest. Eine Decke hing über ihren gebeugten Schultern und darunter schleifte ein langes Nachthemd über die Treppe. Graues, dichtes Haar fiel ihr bis zu den Ellbogen. Mit einem lang gezogenen Stöhnen schlurfte sie zwei weitere Stufen hinab und entdeckte Mion.

Ihr runzliges Schildkrötengesicht schien sich für einen Moment vor Überraschung zu glätten, ehe es sich nur noch enger zusammenzog wie eine schrumpelige Frucht im Sonnenlicht.

»Wer ist das?«, zeterte sie. Ihr Gehstock verfing sich im Geländer, als sie auf Mion zeigte, und fiel mit einem lauten Klappern auf den Steinboden.

Über ihnen erklang Gepolter und einen Augenblick später war Faunia hinter der Alten erschienen. Mit verkniffenem Gesicht packte sie sie unter den Armen, um sie am Stürzen zu hindern. Die Alte aber wehrte sich und schlug nach Faunia wie nach einer lästigen Fliege.

»Lass – mich – du – Hände weg!«

Faunia ließ von ihr ab, als sie Mion bemerkte; wie ertappt wich sie eine Stufe zurück und schien ihre Reaktion gleich wieder zu bereuen.

»Dann brich dir eben die Knochen!«, fauchte sie, während ihr Blick flackernd an Mion hing.

»Ich werde dich rauswerfen, du undankbares, unnützes Balg!« Ein heftiger Hustenanfall stoppte die Schimpftirade der Frau. Elend klammerte sie sich ans Geländer. Mion hätte beinahe Mitleid bekommen, hätte sie sich nicht erstaunlich schnell wieder erholt: »JAAAAGUUU!«

»Er ist nicht da! Schrei nach ihm, wie du willst, er wird dich nicht hören, er ist nicht da!«

»JAAAGUUU!«

Mion trat instinktiv zurück. Das Geschrei der Alten und Faunias Kreischen waren zu viel.

»Du! Wer bist du?«, bellte die Frau plötzlich und richtete einen steifen Finger auf Mion. Die Stille, die dem Lärm folgte, war noch unangenehmer.

»Ich … ich heiße Mion«, erwiderte sie kleinlaut. »Jagus neue Schülerin.«

»Was?«, spuckte die Alte. Dann drehte sie sich umständlich zu Faunia um, betrachtete sie und wieder Mion. Abermals zeigte der gichtige Finger auf sie. »Dann wirst du mich ab jetzt bedienen!«

Mion verstand nicht. Auch Faunia wirkte perplex.

»Ich – bedienen?«

»Bist du schwer von Begriff? Noch ein Schmarotzer in meinem Haus! JAGU!«

Die Worte der Alten glommen in Mion auf wie kleine Lichter … *in meinem Haus* … Sie trat vor und machte einen Knicks. »Ich würde sehr gerne in Eure Dienste treten, Herrin. Egal, was Ihr mir aufgebt.« Die Alte und Faunia starrten sie gleichermaßen verdutzt an. »Ich bin nicht schwer von Begriff«, fügte sie leise hinzu.

Die Frau verzog das Gesicht. Erst nach einem Moment wurde Mion klar, dass sie zufrieden lächelte: Offenbar hatte sie genau das hören wollen.

»Aha«, grunzte sie und nestelte an ihrem Überwurf. »Soso. Und wo hat Jagu dich aufgelesen?«

»In …« Mion konnte den Blick nicht vom Boden heben. Faunias Gesichtsausdruck zu sehen, würde sie nicht ertragen. »In den Ruinen, Herrin.«

Eine entsetzliche, atemlose Stille folgte. Nur zu gut konnte Mion sich Faunias verächtliches Naserümpfen vorstellen.

»Meine, meine Güte«, murmelte die Alte. »Dieser vermaledeite … was der mir ins Haus bringt … – Guck mich an, Mädchen!«

Sie gehorchte. Die trüben Augen musterten sie mit kalter Schärfe. »Na. Gefährlich sieht sie nicht aus. Ein wenig … simpel. Kein Wunder. Aus den Ruinen, meine Güte! Sein Lehrling sollst du sein?«

»Das hat er mir versprochen. Aber … ich weiß nicht, ob er seine Meinung inzwischen geändert hat.«

»Das habe ich nicht.«

Mion fuhr herum. Im Eingang stand Jagu.

Mit verschränkten Armen lehnte er im Türrahmen, als würde er ein Theaterstück beobachten. Er wirkte älter als der Mann, der in den letzten Tagen in ihre Gedanken eingezogen war. Überhaupt machte er keinen sehr schmeichelhaften Eindruck. Die Schatten in seinem Gesicht schienen dunkler geworden zu sein, und das Leinenhemd war voller schwarzer Spuren, so als hätte er versucht, in einen Kamin zu klettern. Seine Haare standen in einer wirren Sturmwelle ab.

Mion spürte, wie sie rot wurde. Wie lange hatte er sie schon belauscht?

Die Alte grunzte missbilligend. »Dummkopf … Dummkopf! Nach welchen Kriterien hast du deinen Lehrling diesmal ausgewählt, hä? Was hast du in den Ruinen zu schaffen, Jagu? Bei allen Drachen, wirklich … Du, komm her!«

Mion gehorchte und trat vor die Treppe. Dabei hob sie den Gehstock vom Boden auf und überreichte ihn der Alten, was die offenbar für selbstverständlich hielt und kaum registrierte. Mit zusammengekniffenen Augen musterte sie Mion. Dann stieß sie wieder scharf die Luft aus.

»Und das soll eine Künstlerin sein! Künstler schaffen Schönes, aber niemals – *niemals* – kann ein Künstler wie eine Muse aussehen. Schöne Menschen sind nicht begabt!«

Ehe Mion überlegen konnte, ob das ein Kompliment oder eine Beleidigung sein sollte, wandte die Alte sich um. »Jagu, ich erwarte dich in meinem Zimmer! Und du, Mola, hilf mir.«

Jagu kam Mion rasch zuvor und stützte die Alte beim Treppensteigen. Faunia war unbemerkt verschwunden.

»Pass auf, wo du deine schmutzigen Finger hintust, mach das nicht dreckig!«, murrte die Alte, während Jagu sie nach oben bugsierte. Kurz bevor sie außer Sicht waren, sagte Jagu zu Mion: »Warte hier.«

Eine halbe Stunde später erklangen Schritte auf der Treppe, und Mion fuhr aus dem Ohrensessel hoch, in dem sie bis jetzt unruhig herumgelümmelt hatte. Jagu kam die Stufen herab und blieb stehen, eine Hand am Geländer. Als er Mion ansah, kräuselte ein kleines Lächeln seinen Mund. Dann wies er auf die beiden Sessel beim Kamin.

Erschöpft ließ er sich in die Polster sinken und lehnte den Kopf zurück. Mehrere Momente der Stille verstrichen, während sie sich ansahen. Dann bemerkte Jagu den Umhang, den sie über der Lehne abgelegt hatte.

»Wo wolltest du hin?« Es klang nicht nach einer Frage, sondern nach einer Feststellung.

Mion zuckte die Achseln. »Wo wart Ihr die ganze Zeit?«

»Das geht dich nichts an.«

Schweigen. Mion wusste nicht, wo sie hinsehen sollte; sie wagte nicht, ihren Blick von seinem zu lösen, und kam sich gleichzeitig unhöflich dabei vor, ihn anzustarren.

»Du hast Osiril ja ganz schön beeindruckt«, bemerkte er schließlich und zog eine versilberte Pfeife aus seinem aufgeknüpften Wams.

»Ich hatte eher das Gefühl, dass sie mich nicht mag.«

Er stopfte die Pfeife. »Kann schon sein. Sie mag fast niemanden.«

»Ist sie … Eure Mutter?«

Jagu lachte auf, die spitzen Eckzähne erschienen in den Winkeln seines Mundes, und sein Gesicht verwandelte sich in ein so perfektes Oval, dass Mion die Möglichkeit einer Verwandtschaft mit der alten Frau ausschloss. »Nein, das ist sie nicht, zum Glück – auch wenn sie in vielerlei Hinsicht so viel für mich getan hat wie eine Mutter. Vielleicht sogar noch mehr. Osiril ist meine Meisterin gewesen. Sie hat mir all das hier vermacht, so wie einst Osirils Vater und Meister ihr. Sie war die Herrin des Hauses. Im Grunde ist sie es noch«, fügte er in amüsiertem Ton hinzu, als spräche er über einen freundlichen Poltergeist. »Sie hat mich als Lehrling angenommen, obwohl ich nicht ihr Sohn bin, und damit eine lange Gildentradition gebrochen. Ich glaube allerdings nicht, dass sie diesen Bruch von mir fortgesetzt sehen möchte. Solange … Faunia meine Nachfolgerin ist.«

Für Sekunden war Mion wie erstarrt. Die Vorstellung, dass eines Tages *sie* dieses Haus besitzen könnte – als Jagus rechtmäßige Nachfolgerin, Erbin seines Reichtums, seines Könnens –, durchschoss sie wie ein jähes Bildgewitter. Und plötzlich schien es vollkommen klar, weshalb Faunia sie so hasste und welche Bedrohung sie in ihr sah.

»Wie gesagt«, fuhr Jagu langsam fort, »Osiril will, dass du dich fortan um sie kümmerst. Das bedeutet bei ihr sehr viel.«

Sie versuchte zu schlucken, damit ihre Stimme nicht zu sehr schwankte, aber ihr Mund war viel zu trocken. »Vielleicht bedeutet es nur, dass sie Faunia noch weniger mag als mich.«

»Oh, davon gehe ich aus. Sie hassen sich.« Jagu lächelte wieder. »Was denkst du über Faunia?«

Mion kaute unsicher auf ihrer Lippe und Jagu las ihre Gedanken: »Keine Sorge, sie kann uns nicht belauschen – ich habe sie ins Atelier geschickt. Du scheinst sie ja schon recht gut kennengelernt zu haben!«

»Das kann man nicht gerade sagen. Ich habe die ganze Zeit bloß Löcher in die Luft gestarrt. Wo wart Ihr? Ich dachte, Ihr wollt mir was beibringen!«

Jagu sah sie aufmerksam an. »Um deine Ausbildung musst du nicht bangen. Ich werde dir viel beibringen.«

»Wann?«, fragte sie ungeduldig.

»Was möchtest du denn zuerst lernen?«

Mion sah ihn hilflos an. »Ihr seid doch der Meister! Woher zum Henker soll ich denn …«

»Also schön.« Er beugte sich vor, legte die Pfeife beiseite und faltete die Hände. »Fangen wir an: deine Sprache. Heute bei Osiril hast du mich zum zweiten Mal mit deinem Gespür dafür überrascht, die richtigen Worte zu finden. Du besitzt ein äußerstes Geschick dafür, passende Antworten im rechten Moment zu finden und Leuten zu gefallen. Aber dann wieder …« Er schüttelte leicht den Kopf und Mion fühlte sich schrecklich dabei. »Es gibt bestimmte Worte, die du einfach nicht mehr benutzen darfst. In solchen Augenblicken wie heute, als du mit Osiril gesprochen hast, klingst du perfekt. Du musst diesen Instinkt oder was auch immer es ist zur Gewohnheit machen. Du bist ab jetzt kein Ruinenmädchen mehr. Du bist die Schülerin eines Künstlers. Du trägst die Kleider einer Dame. Du bist jetzt ein Teil dieser Welt, kein Fremdling mehr. Auch deine Sprache sollte sich anpassen.«

Sie furchte die Stirn. »Was sage ich denn Falsches? Ihr habt mich noch kein einziges Mal fluchen gehört –«

»Und das soll auch nie vorkommen«, unterbrach er sie. »Ich meine dein Vokabular, deinen Ton, alles. Erst einmal bist du zu laut.«

»Zu *laut*?« Sie sah ihn verständnislos an. Vieles hatte man ihr schon vorgeworfen, aber nie, zu laut zu sein. Bis jetzt war ihr nicht einmal in den Sinn gekommen, dass das überhaupt etwas Schlechtes sein könnte.

»Du redest, als würdest du auf einem Markt feilschen«, erläuterte er gelassen. »Aber wir sind hier in einem hübschen, stillen Salon. Du kannst fast den Schnee draußen fallen hören. Lass deine Worte nicht lauter sein … nicht lauter als fallende Schneeflocken.«

»Fallende Schneeflocken. Aha.« Mion verfluchte sich dafür, rot zu werden, und verschränkte die Arme. »Ich bin nicht lauter als Ihr, Meister.«

Jagu nickte. »Das mag sein. Aber ich bin auch keine Schülerin. Es gibt gewisse Unterschiede. Ein wenig Schüchternheit – natürlich gespielte, keine echte – würde dir gut stehen. Man muss nicht immer zeigen, wie man in Wahrheit ist. Kleider verhüllen den Körper, Worte den Charakter.«

Eine Weile dachte sie nach. Obwohl sie verstand, was er meinte, kam sie nicht dahinter, wieso er mit ihr darüber sprach. »Aber Ihr wisst, wer ich in Wahrheit bin. Warum soll ich mich da verstellen?«

»Nicht vor mir sollst du dich verstellen. Vor den anderen. Vor denen, die du noch kennenlernen wirst … Du kannst nicht lesen, oder?«

»Lesen?« Sie schüttelte den Kopf, verwirrt darüber, wie er plötzlich darauf kam. »Es ist verboten, in den Ruinen zu lesen.«

»Ja, stimmt, das Leseverbot … aber jetzt bist du ja kein Ruinenbewohner mehr. Als Gildenmitglied von Wynter darfst du lesen und das wirst du auch. Und dann versuch, so zu sprechen, als wäre jeder Satz, den du von dir gibst, aus einem Buch.«

Das Ganze kam Mion immer merkwürdiger vor. »Von welchen ›anderen‹, die ich kennenlernen soll, sprecht Ihr?

Warum muss ich lesen können? Ich versteh nicht, was das alles mit Kunst zu tun haben soll!«

»Sehr viel.« Jagu beugte sich zu ihr vor wie zu einem Kind, dem man etwas sehr Einfaches langsam erklären muss. »Du wirst mehr über Kunst lernen als jeder andere Lehrling in ganz Wynter, Mion. Schönheit und die Macht der Gefühle, das ist Kunst. Du wirst die Kunst verkörpern. Du wirst die Geheimnisse des Schönen ergründen und das Spiel der Gefühle beherrschen. Du wirst in die Herzen der Menschen blicken und das verstehen, was nicht in Worte zu fassen ist. Du wirst wissen, und dieses Wissen wird dich mächtig genug machen, um die beste Künstlerin zu werden, die Wynter je gesehen hat.« Das Grau seiner Augen war schimmerndes Silber, sein Blick leuchtete, als sähe er viel mehr als nur Mion vor sich, die mit leicht geöffnetem Mund zurückstarrte. Er hob die Augenbrauen und wurde wieder sachlich. »Aber zuerst musst du lesen lernen.«

Ausgestoßen

Aus dem Nichts stürzte sich der weiße Tiger auf Lyrian.

Korpus Schwalbe! Das mächtige Tigergebiss schnappte in die Luft. Er hörte das Krachen der Zähne, die aufeinanderschlugen, dann fegte die Schwalbe unter dem Tiger hindurch und schoss steil in die Höhe. Im Rausch des Fluges verzerrten sich die erstaunten Ausrufe ringsum.

Von massiven Marmortürmen umschlossen, bildeten die Turnierplätze das Herz des Palasts. Der Grund war mit schwarzem Stein ausgelegt, doch je nach Gestaltenwahl konnten die antretenden Drachen bis hinauf in den winterlichen Himmel fliegen. Die Schiedsrichter – Drachen, die schon zu alt waren, um selbst anzutreten – konnten ihnen in Gestalt von Spatzen überallhin folgen, und die Zuschauer, die sich auf den zahlreichen Balkonen tummelten, besaßen gute Ferngläser. Vor allem jetzt, da der Prinz antrat, war jeder Platz besetzt.

Der Tiger war inzwischen verschwunden. Stattdessen nahm ein schneidiger Sturmfalke die Verfolgung auf und holte die Schwalbe ein. Lyrian drehte ab und rief die Füchse herbei. Für eine Sekunde vergaß er, die Flügel zu behalten – dann hatte er sich gefangen. Gerade rechtzeitig. Erbarmungslos schoss der Sturmfalke auf ihn zu und bohrte ihm seinen Schnabel in den Nacken. Kämpfend stürzten sie in die Tiefe. Noch im Fall spürte Lyrian, wie der Schnabel des Falken verschwand. Messerscharfe Tigerfänge gruben sich ins Fuchsfell.

Die großen Kampfturniere der Drachen fanden alljährlich nach der Wintersonnenwende statt und bestimmten die strenge Rangordnung der herrschenden Klasse. Hier wurden Talent und Können bewiesen, wurde die Gunst der Mächtigen gewonnen und das Schicksal von Familien bestimmt. Offiziell fanden die Turniere natürlich nur noch statt, um einer alten Tradition zu huldigen – die Sportkämpfe wurden wie Feste gefeiert, nicht wie politische Ereignisse. Doch unter der Oberfläche waren die Turniere noch so bedeutend wie eh und je. Dass die engsten und einflussreichsten Berater der Kaiserfamilie zumeist auch die Sieger der Turnierkämpfe waren, verstand sich von selbst.

Auch die Kaiserin hatte sich zu ihrer Zeit gegen mehr als vierhundert Drachen in den Turnieren behauptet – es war kein Geheimnis, dass ihr bewundernswertes Talent und ihr großes Kampfgeschick zu der Vermählung mit dem Kaiser geführt hatten. Nur die mächtigsten Drachen heirateten in die Kaiserfamilie ein. Es galt im echten Leben wie in den Spielen das Gesetz des Stärkeren.

Die Turniere wurden in Altersgruppen unterteilt, wobei die jüngsten Teilnehmer sechzehn sein mussten. Für die Drachen, die zum ersten Mal das Ritual der Wintersonnenwende erlebt hatten, gab es Juniorenkämpfe, die von den älteren Drachen belächelt und von den Eltern nervös verfolgt wurden. Auch wenn die Jungdrachen nur zwei Wochen Zeit gehabt hatten, um sich mit ihren neuen Kräften vertraut zu machen, war es ein Kampf um Ruhm und Ehre, auf Leben oder Tod.

Inzwischen verursachte der Biss des Tigers glühenden Schmerz. Lyrian blieb nichts anderes übrig, als sich zurück in die Schwalbe zu verwandeln, um den Fängen zu entgehen. Ein zweites Mal entkam er dem Tiger und floh in die Höhe.

Gleich darauf rief er wieder den Fuchs und warf sich von oben auf den geflügelten Tiger. Er bekam ihn an der Kehle zu packen.

Sein Gegner wechselte augenblicklich die Gestalt. Ehe Lyrian sichs versah, wand sich eine schwarze Wasserschlange um seinen Leib. Er konnte nicht mehr mit den Flügeln schlagen. Der Erdboden kam mit rasender Geschwindigkeit näher.

Im letzten Augenblick bremste sein Gegner ihren Fall ab. Der Fuchs prallte hart mit dem Rücken auf. Schlange und Falkenflügel verschwanden, stattdessen drückten ihn mächtige Tigerpranken zu Boden.

Es wurde gekämpft, bis ein Korpus tot war oder ein Kämpfer sich ergab. Lyrian entschied, dass dies ein guter Zeitpunkt zum Aufgeben war. Er leistete keinen Widerstand mehr und nahm die Gestalt seines schwächsten Tieres an, des Otters, als Zeichen dafür, dass der Kampf beendet war.

Der Tiger wich zurück. In sicherem Abstand wechselte er in ein Mädchen mit wilden honigfarbenen Locken. Anmutig verneigte sie sich, wobei Lyrian sehen konnte, dass sie im Eifer des Gefechts noch immer den Tigerschwanz und Ansätze der Falkenflügel trug.

Er nahm menschliche Gestalt an. Spuren von Fuchs- und Schwalbenkorpus blieben auch ihm und er verbeugte sich höflich vor seiner Gegnerin. Von den Zuschauerbalkonen erscholl Beifall. Dumpf, gleichgültig, lobend und verhöhnend zugleich.

Lyrian atmete schwer. Sein ganzes Leben lang war er hierfür ausgebildet worden: um sich unter seinesgleichen zu behaupten. Denn was einen künftigen Kaiser am meisten bedrohte, mehr noch als der Krieg gegen die Menschenreiche, waren die anderen Drachen. Nur wenn er sich als talentierter und mächtiger Drache erwies, würde man ihn als Thronfolger akzeptieren. Nicht selten waren in der Vergangenheit Kaiser gestürzt worden.

Bis jetzt hatte Lyrian mittelmäßig abgeschnitten, was hauptsächlich daran lag, dass die Schiedsrichter ihn gewinnen ließen. Man versuchte, ihm Siege unterzujubeln und Vorteile zu schaffen, die ihm nicht zustanden, aber Lyrian hatte nichts anderes erwartet. Die Kaiserin wollte einen Sohn mit ihren Stärken, und was die Kaiserin wollte, bekam sie.

Am Ende des Tages ging der Siegertitel an Scarabah, die Tochter des kaiserlichen Beraters für innere Sicherheit: Gegen ihren weißen Tiger, den Sturmfalken und die Seeschlange verloren dreiunddreißig gleichaltrige Gegner. Zur Ehrung durfte Scarabah beim Festmahl an der kaiserlichen Tafel speisen, die auf einer Empore über den Tischen der gewöhnlichen Drachen stand. Ihr goldener Siegeskranz glänzte fast so königlich wie die Krone von Lyrian, der zu ihrer Linken saß. Die Kaiserin und der Kaiser warfen ihnen gelegentlich Seitenblicke zu, und auch die versammelten Drachen unter ihnen reckten sich die Hälse, um den Prinzen und die Siegerin zu sehen. Lyrian wusste, was alle dachten. Beinahe jeder Drache mit einer Tochter hoffte insgeheim auf eine Vermählung. Die Kaiserin würde entscheiden, welche Kandidatin ihre Nachfolge antrat, so schrieb es die Tradition vor.

Am anderen Ende der Speisehalle wurden Theaterstücke aufgeführt und Spielleute begleiteten das Festmahl mit Musik und Tanz. Lyrian beobachtete gedankenverloren eine Tänzerin. Ihre Finger glitten über die lange Querflöte und entlockten dem Instrument fröhliche Klänge, ihre Füße folgten dem Takt leicht wie Herbstlaub im Wind. Er spürte, wie ein Lächeln über seine Lippen huschte. War Musik nicht herrlich? Jeder mochte sie und sie tat niemandem weh. Sonst hatte alles seinen Preis, aber die Menschenkünste bereiteten nur Freude. Gewiss genoss die Tänzerin es ebenso, ihr Instrument zu spielen, wie der Klang Lyrian erfreute.

»Mein Prinz?«

Lyrian erwachte aus seinen Gedanken und wandte sich dem Mädchen an seiner Seite zu. Ein Lächeln flackerte auf Scarabahs länglichem Gesicht. Dort, wo ihr hellviolettes Kleid die Schultern freilegte, wuchsen seidige Falkenfedern aus ihrer Haut, und auch ihre Stirn wies eine feine Federmusterung auf. Dass sie ihre Tierkorpusse schon so gut beherrschte, um derart präzise Akzente zu setzen, bewies einmal mehr ihr Naturtalent – und ihren Ehrgeiz. Normalerweise konnten nur ältere Drachen ihre wahre Gestalt mit solchen Details schmücken. Gewiss hatte ihr Vater so manche Stunde nach dem üblichen Unterricht mit ihr trainiert. Auch er war ein exzellenter Formwandler.

»Scarabah?« Lyrian neigte leicht den Kopf.

»Ich hoffe, ich habe Euren Fuchs im Kampf heute nicht zu sehr verletzt, Euer Majestät.« Sie deutete eine Verneigung an, wobei ihr üppiges Haar auf den Tisch fiel.

»Danke, ich habe keine großen Schäden zu beklagen. Ihr habt sehr gut gekämpft.«

Sie sah ihn durch klimpernde Wimpern hindurch an, doch ihr Lächeln blieb ernst, beinahe versteinert. »Mir ist beim Kampf etwas aufgefallen, wie zweifelsohne einigen anderen Teilnehmern auch. Wäre es zu anmaßend, eine Bemerkung zu äußern, Euer Majestät?«

Lyrian gab ihr mit einem Handwink zu verstehen, dass sie fortfahren durfte.

»Mir schien es, als umfasse Euer Fuchs … nicht alle drei Korpusse, Euer Majestät.«

Im goldenen Schein der Kerzenständer und Feuerschalen

war Lyrian nicht sicher, ob das Mädchen errötete. Er nickte freundlich. »Ihr habt einen scharfen Blick, Scarabah. Es stimmt, einer meiner Fuchskorpusse ist mir bereits abhandengekommen.«

Ihre Augen glommen auf. Kurz glaubte Lyrian, den Blick des Falken darin zu erkennen. Dass die Tiergestalten eines Drachen seine menschlichen Züge veränderten, war nicht ungewöhnlich. Er musterte ihr längliches Gesicht mit der dünnen, unebenen Nase und den großen, runden Augen. Bis zu diesem Tag hatte er ihr nie mehr Aufmerksamkeit geschenkt als anderen Drachen seines Alters. Nun, da sie die Juniorenturniere gewonnen hatte, würden ihr Vater und die Kaiserin dafür sorgen, dass sie sich öfter sahen, so viel stand fest.

»Ihr habt einen Fuchs schon verloren?«, flüsterte sie ehrfürchtig. »Wie ist das geschehen?«

Lyrian drehte seinen silbernen Kelch. Das Gesicht des Menschenmädchens durchzuckte ihn, hell erleuchtet und schon fast verblasst … Scarabah musste bewusst sein, wie unerhört es war, ihm eine so offene Frage zu stellen. Aber ihre Neugier war stärker als ihr Anstand.

Er lächelte unbestimmt, ohne Antwort zu geben. Bald nahm die Tänzerin auf der Bühne seine Aufmerksamkeit wieder gefangen. Über der hellen Melodie schwebten das Rauschen Hunderter leiser Stimmen und das hauchfeine Klirren von Silberbesteck. »Wisst Ihr, welches Instrument das ist?« Lyrian wies auf die Flöte der Tänzerin. Etwas irritiert folgte Scarabah seinem Blick.

»… Nein, Euer Majestät?«

»Die Flöte nennt man Tandare. Sie wird nur aus einem bestimmten Holz hergestellt und ist ausschließlich für unser Gehör bestimmt. Andere Instrumente, wie die Trommeln und Zupfinstrumente der Musiker dort im Hintergrund, werden auch von den Menschen im Land draußen gehört.«

Scarabah nickte höflich. Dann entfuhr ihr ein Auflachen. »Ich habe noch nie über diese Dinge nachgedacht! Eine – wie? – eine Flöte?«

»Ja, eine Flöte. Man spielt sie, indem man in das Mundstück bläst und mit den Fingern verschiedene Löcher verschließt.«

»Woher wisst Ihr das, Euer Majestät?«, fragte Scarabah, und nun lag nicht nur Neugier in ihrer Stimme, sondern auch Misstrauen. Lyrian konnte sich schon vorstellen, wie sie den anderen Drachen von ihm erzählte: Sie würde ihnen verraten, dass alles stimmte, was man über den wunderlichen Prinzen sagte, dass er jetzt schon einen Korpus verloren hatte, tatsächlich getötet worden war, und sich dafür nicht halb so sehr interessierte wie für die primitiven Apparaturen der Menschen. Lyrian spürte, wie er innerlich versteifte. Sein Lehrer Accalaion hatte ihn gewarnt, vor anderen Drachen nie zu offen zu sein. Er war der Prinz, Sohn und Erbe des Herrschers. Wer konnte in ihm schon den künftigen Kaiser sehen, der den verträumten, unentschlossenen Jungen kennenlernte?

»Ich als künftiger Kaiser muss für all meine Untertanen Verständnis aufbringen – für Drachen und für Menschen. Auch über die Zunft der Gilden, die uns schließlich dienen, will ich genau unterrichtet sein.«

Scarabah deutete eine Verneigung an. »Ihr seid sehr weise, Euer Majestät.«

Lyrian wich ihrem Blick aus.

Diener kamen, räumten die Speiseplatten ab und brachten kunstvolle Gebilde aus süßem Gebäck und glasierten Früchten. Alles sah so wundervoll aus, dass es fast zu schade war, gegessen zu werden. Es waren kleine Kunstwerke, dachte Lyrian nachdenklich, hübsch und sinnlos …

Bevor die Drachen sich in ihrer wahren Gestalt in der

Halle eingefunden hatten, waren bereits Stärkungen für ihre Korpusse aufgetragen worden: Mächtige Fleischkeulen waren von Raubkatzen und Bären, Wölfen und Aasfressern zerrissen worden, ehe die eleganten Damen und Herren an den mit Silber gedeckten Tischen Platz genommen hatten. Auch der Fuchs hatte sich an rohem Fleisch gestärkt, hatte ein paar gierige, hastige Happen geschluckt … und Lyrian hatte sich geschämt, ob er wollte oder nicht. Und er empfand stechende Verachtung für die Drachen unter ihm, die ihr Besteck vornehm mit zwei Fingern hielten. Ihren Korpussen war eben noch das Blut von den Mäulern getropft, und hier saßen sie mit Handschuhen und Servietten, um sich an winzigen, sinnlosen Schönheiten zu erfreuen. Falls sie sich überhaupt an etwas erfreuen konnten.

Er schüttelte diese Gedanken ab. Immer wieder kam Bitterkeit in ihm hoch. Verstohlen schielte er zu Scarabah hinüber, die an ihrem Honigwein nippte und die Drachen an den unteren Tischen beobachtete. Auch sie hatte das Ritual der Wintersonnenwende dieses Jahr zum ersten Mal mitgemacht. Ob sie genauso schockiert gewesen war? Wenn sie Abscheu empfand, konnte sie sie viel besser verbergen.

Lyrian erhob sich und bemerkte erst, wie unüberlegt diese Entscheidung gewesen war, als sich sämtliche Augenpaare auf ihn richteten. Steif verneigte er sich vor seinem Vater und seiner Mutter. »Wenn Ihre Majestäten erlauben.« Er neigte auch vor den Beratern und Generälen und zuletzt Scarabah den Kopf. »Entschuldigt mich.«

Der Kaiser starrte ihn an, doch jegliche Empörung oder gar Zorn war zu tief in den kleinen, luchsartigen Augen versunken, um wahrnehmbar zu sein. Die Kaiserin sah abwesend ins Leere wie ein unbewegtes Gemälde.

Lyrian schritt davon. Die mächtigen Türflügel wurden ihm von knienden Dienern geöffnet, und wie die Sicherheit es vorschrieb, verwandelte er sich auf der Schwelle in den Fuchs. Er hörte, wie die Türen sich hinter ihm schlossen, und der neblige, süße Lärm der Festlichkeiten war mit einem Mal verschluckt. Der Fuchs begann zu laufen und erreichte das Ende des Korridors: Abrupt fiel der Boden in die Tiefe ab und war deshalb nur von Drachen begehbar. Er sprang hinab und beschwor die Schwalbenflügel herbei. Er landete etwas unbeholfen in der Mitte der großen Halle und wechselte aus Gewohnheit in den Jungen zurück. Ihm blieben die Schwalbenflügel und ein paar Federn an den Schläfen, als er durch die matt beleuchteten Gänge schlich.

Irgendwann kam er vor den Gehegen der Wildtiere an und fragte sich, ob seine Füße ihn vielleicht doch absichtlich hergetragen hatten. Geraschel und hin und wieder ein Knurren begleiteten Lyrian, während er die schmalen Kieswege entlangschritt. Es war kühl, die Luft roch nach Schnee und Frost und einem Wind, der lange durch Wolken gestrichen war.

Plötzlich hörte er leises Winseln und blieb stehen. Er war bei den Käfigen der Hunde angekommen. Ein Welpe lag auf dem nackten Steinboden, ausgestoßen von seiner Mutter, die kaum ein paar Schritte weiter mit ihren übrigen Jungen schlief.

Lyrian lief ans Ende der großen Halle. Eine kleine, runde Tür verbarg sich in den Schatten, selbst im Tageslicht kaum bemerkbar. Baltibb und ihr Vater wohnten dahinter in zwei Zimmern, die sich über den Abgrund beugten wie ein Schwalbennest. Lyrian klopfte heftig an die Tür, bis dahinter Geräusche erklangen.

Baltibb erschien mit einer runden Laterne. Im Licht verwandelte sich ihr verwirrter Ausdruck in Schrecken, als sie den Prinzen erkannte, und Röte stieg ihr ins Gesicht.

»Euer Majestät…«

»Baltibb, da ist ein verstoßener Welpe!«

Jahrelanges Hinnehmen seiner Launen hatte sie gelehrt, keine Fragen zu stellen. Also rief sie ohne Zögern in die Dunkelheit der Wohnung: »Ich bin gleich zurück!« Dann zog sie die Haustür hinter sich zu und folgte Lyrian im Eilschritt.

Die Hündin hob den Kopf, als der Lichtschein über sie fiel. Vier schwarze Welpen krochen dichter an sie heran. Der Blick des Tieres wanderte zwischen Baltibb und Lyrian hin und her, doch das Winseln des fünften Jungen schien sie gar nicht zu hören.

»Wieso kümmert sie sich nicht um ihr Kind?«, fragte Lyrian dumpf. Baltibb schloss das Tor auf und näherte sich dem Welpen.

»Heute früh sind sie zur Welt gekommen. Ich wusste nicht, dass sie eins verstoßen hat.«

Als Lyrian ihr ins Gehege folgen wollte, gab die Hündin ein Knurren von sich. Unentschlossen stieg er von einem Fuß auf den anderen und blieb im Tor stehen.

»Na«, murmelte Baltibb, stellte die Laterne ab und nahm das Junge behutsam auf den Schoß. Kurz zappelte es auf, ergab sich aber dann mutlos seinem Schicksal. Auf den Knien rutschte Baltibb zur Mutter und legte das Junge neben sie. Nur mäßig interessiert beobachtete die Hündin das kleine Lebewesen, dann rutschte sie dichter an ihre anderen Jungen und schob die Pfoten unter das Fell.

Als der Welpe wieder zu winseln begann und die Hündin den Kopf zum Schlafen sinken ließ, seufzte Baltibb. »Manchmal kommt es vor, dass Tiere eins ihrer Kinder nicht annehmen.«

»Wieso?« Er begriff nicht, warum die Hündin das Kleine nicht haben wollte. Es unterschied sich doch gar nicht von den anderen.

»Wer weiß. Sie wird ihre Gründe haben.«

»Ihre *Gründe*?«

»Ihr Instinkt sagt es ihr«, erklärte Baltibb geduldig und hob die Laterne hoch.

Lyrian schüttelte unwillkürlich den Kopf, während sie den Welpen an sich nahm und aus dem Gehege trat. Wie grausam Tiere waren, dachte er, und dabei konnten sie nicht einmal etwas dafür. Die Hündin war ebenso unschuldig wie das Junge, das sie verstoßen hatte, denn sie wusste ja nicht, was sie tat. Sie folgte ihren plötzlichen, unsinnigen Gefühlen …

Baltibb übergab Lyrian die Laterne und schloss ab.

»Was machen wir jetzt mit ihm?«, fragte er unsicher und beleuchtete das schwarze Etwas in ihrem Arm.

»Ich nehme ihn mit nach Hause und zieh ihn auf. Das habe ich schon ein paarmal gemacht. So schlimm ist das nicht für den Kleinen. In einem Jahr ist er so groß wie seine Geschwister und kann am Ritual der Wintersonnenwende teilnehmen.«

Lyrian ließ die Laterne fallen, fing sie aber kurz vor dem Boden wieder auf. Er verbrannte sich die Finger, fluchte laut und biss sich auf die Unterlippe.

»Alles in Ordnung?«

»Ja«, murmelte er. »Bringen wir den Welpen zu dir.«

Schweigend gingen sie zurück. Vor der Tür blieb Baltibb stehen und nahm Lyrian die Laterne ab. »Wollt Ihr mit reinkommen?« Kaum war ihr die Frage entschlüpft, senkte sie das Gesicht und wich seinem Blick aus.

»Ich bin müde.«

»Ja. Gute Nacht, Majestät.«

Lyrian ging zwei Schritte und drehte sich noch einmal um. »Aber morgen, soll ich morgen kommen?«

Baltibb hielt inne, die Tür schon fast geschlossen. Sie nickte flüchtig und lächelte, dann fiel die Tür mit einem leisen Knarren ins Schloss.

Später stieg Lyrian in einen der Türme und öffnete das Fenster. Die Welt unter ihm war ein Kreidebild aus Weiß und Grau. Eisig blies der Wind ihm entgegen, wollte ihn erst ins Zimmer zurückstoßen und zog ihn dann ungeduldig nach draußen. Lyrian öffnete zitternd die Hände und gab nach.

Wie ein Schneekorn flog er durch die Luft, nichts unter sich, nichts über sich als brüllenden Wind. Dann kam die Erde näher und mit ihr ein Tod, der wirklich endgültig wäre … Im letzten Augenblick verwandelte er sich in die Schwalbe und rettete den Jungen.

Sehr blass erschien er am nächsten Tag vor seinen Leibärzten, die ihn jeden siebten Tag zur Untersuchung erwarteten. Als er im Eingang vom Fuchs in den Jungen wechselte, erhoben und verbeugten sich die zwei Männer und die Frau tief. Der eine war klein und hatte ein jungenhaftes rundes Gesicht, zu dem sein Bart nicht recht passen wollte, der andere war alt und glatzköpfig. Die Frau hatte sich das Haar unter eine hohe Haube gesteckt und unterschied sich in ihren schwarzgrauen Roben kaum von den beiden Männern.

Lyrian ließ sich auf die Polsterliege sinken und zog ein Knie an. Die Leibärzte nahmen an einem Tisch Platz, auf dem ihre Unterlagen ausgebreitet waren.

»Euer Majestät«, hob die Frau an, den Kopf geneigt. »Habt Ihr besondere Vorkommnisse zu melden? Bitte unterrichtet uns über Eure seelische Verfassung. Dann lasst uns über die Turniere sprechen und die Korpusse untersuchen.«

Lyrian brauchte einen Moment, ehe er einen Anfang fand. Früher hatte er nie Probleme gehabt, über sich zu sprechen, erst seit dem Ritual der Wintersonnenwende fiel es ihm schwer. Die Leibärzte hatten das natürlich bemerkt. »Erwachungsschock eines Erstverwandelnden« nannten sie das, was er gerade erlebte – schöne, knappe Worte für Dinge, die in keiner Sprache der Welt hätten erklärt werden können.

»Es ist immer noch da, diese… diese Übelkeit«, begann Lyrian langsam. Federkratzen auf Papier. »Mir ist, als wäre da eine unsichtbare Mauer zwischen mir und allen anderen. Immerzu denke ich an das Ritual der Wintersonnenwende. Ich wünschte, ich könnte es vergessen wie die anderen, aber… es scheint mir auch falsch, dass sie es so leichtfertig vergessen.« Lyrian verstummte und hatte keine Lust mehr, weiterzureden.

Der Tisch knarrte, als der jüngere Mann sich vorlehnte. »Das ist sehr wichtig, Euer Majestät. Empfindet Ihr Veränderungen in der Art, wie Ihr denkt? Überkommen Euch plötzliche Gelüste nach rohem Fleisch?«

Mit einem Blinzeln sah Lyrian den Arzt an. »Nein. Meine Korpusse greifen nicht in meine Persönlichkeit ein.«

Sie wussten nicht, wovon er sprach. Und vorwerfen konnte er es ihnen schließlich auch nicht, sie hatten ja keine Ahnung, was beim Ritual der Wintersonnenwende geschah. Dieses Geheimnis durfte ein Drache niemandem verraten, auch nicht seinen Leibärzten.

»Ich empfehle mehr Schlaf, Euer Majestät«, schloss der ältere Leibarzt und notierte. »Ein Verlangen nach Distanz zur übrigen Gesellschaft, gemischt mit der Sehnsucht nach Nähe, ist für das Alter ganz normal. Die Persönlichkeit definiert sich neu durch Ablehnung alter Gewohnheiten, dabei ist die Phase der Abkapselung unumgänglich und führt ganz natürlich zu Einsamkeitsgedanken hin und wieder.«

Lyrian hatte keine Ahnung, wovon der Arzt schwafelte. Er bezweifelte, dass die anderen beiden Ärzte mehr verstanden, doch sie kritzelten verhalten ein paar Notizen.

»Mehr Schlaf«, wiederholte der ältere Arzt. »Mondblautee gegen Schlafstörungen eine Stunde nach dem Abendessen.«

»Drei Löffel Silberstaub gegen schlechte Träume«, fügte die Frau hinzu.

Der junge Arzt nickte eifrig. »Sehr gut. Dann lasst uns die Korpusse untersuchen. Euer Majestät –«

Lyrian richtete sich auf. »Das ist alles? Mehr Schlaf und dann vergesse ich das Ritual?«

Die Ärzte sahen ausdruckslos an ihm vorbei. Am liebsten hätte er geschrien, sie sollten ihm in die Augen sehen. Oder hätte ihnen offen gesagt, was beim Ritual geschah. Die ganze hässliche Wahrheit wollte er in ihre leeren Gesichter werfen.

Wütend und verwirrt stand er auf und lief aus dem Zimmer. Tee! Tee gegen seine Sorgen. Es war geradezu lächerlich.

Als er den weiten Korridor entlanglief, hörte er Geräusche hinter sich. Die Leibärzte folgten ihm stumm; als er zu ihnen herumfuhr, verbeugten sie sich. »Lasst mich in Ruhe!«

»Euer Majestät«, murmelte die Frau und hielt ihre Haube fest, damit sie ihr nicht vom gesenkten Kopf rutschte. »Wir müssen Eure Korpusse untersuchen, Majestät, so verlangt es die Vernunft.«

Lyrian lief weiter, aber die Leibärzte folgten ihm. »Ihr sollt weggehen!«

Die Ärzte blieben verbeugt stehen, aber sobald er losging, begleitete ihn wieder das Trippeln ihrer Füße. Schließlich rief er die Schwalbe herbei und flog davon. Eine Weile rannten die Leibärzte tatsächlich hinterher – erst als sie in einer großen Halle ankamen, gaben sie auf. Er segelte durch die Fensterbogen, tauchte in die offene, weite Winterwelt und spürte seine Fesseln schwerer denn je.

Zwei Stunden später, als er in sein Schlafgemach kam, erwarteten ihn die Ärzte. Stumm brachten sie die Untersuchung hinter sich.

Wahres Gesicht

Von allen Lehrern, die Jagu hätte aussuchen können, war seine Wahl ausgerechnet auf Morizius gefallen. Hätte er doch Faunia mit den Lektionen beauftragt!

Jeden Vormittag begann Mions Unterricht mit einem leidvollen Seufzen und damit hörte er auch auf. Morizius reagierte nicht viel erfreuter über die Zeit, die er mit ihr verbringen musste, aber im Vergleich zu Mion bemühte er sich nicht, sein Missfallen zu verbergen.

»Erniedrigend!«, schimpfte er. »Lesen beibringen! Ungebildetes Ruinenpack! Ich bin doch kein Hauslehrer, ich bin – ich bin – Lesen beibringen, einem Ruinenmädchen! Unerhört …«

Er war ein ungeduldiger und zänkischer Lehrer. Und er befeuchtete die Finger, bevor er die Seiten umblätterte. Vielleicht hatte Jagu ihn ja genau deshalb ausgesucht, damit Mion sich besonders beeilte – sie wollte so schnell wie möglich lesen können und dann nie wieder Morizius' Müffelatem riechen.

Die Bücher für ihren Unterricht suchte Jagu aus. Eines davon war ein dicker Wälzer voller langer, unverständlicher Gedichte und Balladen, die vornehmlich aus Wörtern bestanden, die Mion noch nie gehört hatte. Selbst wenn Morizius das schwierige Vokabular übersetzte, blieb ihr meist der Sinn der Gedichte verschlüsselt. Aber sie hatte ein gutes Gedächtnis und konnte die meisten Zeilen problemlos aufsagen, wenn Morizius sie auf die Probe stellte. Und das tat er oft.

»Wie fängt das Gedicht *Mein Abendlicht* an?«

»Flücht her in diese helle Runde, o Jenah, Kind der Mitternacht.«

»Wer ist Jenah?«

»Keine Ahnung… die Frau von dem Kerl, der das geschrieben hat.«

»Falsch! Erst einmal heißt das nicht ›keine Ahnung‹, sondern ›Ich weiß nicht, verzeiht.‹ Und der ›Kerl‹ ist der Erzähler! Und Jenah ist die geliebte, zum Tode verurteilte Heldin des Gedichts!«

»Ja, meinetwegen.«

»Murmle nicht so!«

»In Ordnung!«

»Schrei nicht so oder bist du eine Marktfrau! Wie endet das Gedicht?«

Ein anderes Buch, das Mion lesen musste, war eine Sammlung von Fabeln. Jede Geschichte beinhaltete eine kleine Weisheit oder ein Sprichwort, die Morizius sie aufschreiben und auswendig lernen ließ.

Hast nichts Gutes du zu sagen, sollst du lieber Schweigen wahren.

Ein schüchternes Lächeln ist schmeichelhafter als viel Gerede.

Mit guten Manieren wird man sich nie blamieren.

Das Alter verdient höchsten Respekt.

Und viele weitere Sprüche, die Mion schon bald im Schlaf wiederholen konnte.

Als ihr Lesen flüssiger wurde, nahmen sie sich ein drittes Buch vor. In schmerzhaft kleiner Schrift wurden die Traditionen und Gebote der Drachen erläutert. Der Text war so undurchschaubar und verworren wie ein garstiger Fichtenwald und genauso trocken. Mion quälte sich damit noch mehr als mit den Fabeln und Gedichten. Nur in manchen

Augenblicken, wenn etwas ihr Interesse wecken konnte – zum Beispiel, dass ein Bürger von Wynter nicht mehr als eine bestimmte Summe Geld besitzen durfte (dreißigtausend Dukaten, ein wahres Vermögen) oder dass die Leibärzte der Drachen Menschen waren, die im Palast leben durften –, dann erschien ihr der Unterricht beinahe sinnvoll.

Abgesehen von ihren Lesestunden hatte Mion sich noch um etwas ganz anderes zu kümmern, nämlich die Pflege von Osiril, Jagus alter Meisterin. Diese Aufgabe stellte sich als schwieriger heraus als angenommen und zehrte fast so sehr an ihrer Geduld wie die Lektionen bei Morizius.

Egal wie viele Märchen sie noch auswendig lernen würde, in ihren Augen verdienten alte Menschen überhaupt keinen Respekt.

Wenn Osiril nichts an dem Essen zu bemängeln hatte, das Mion ihr zu den unterschiedlichsten Tages- und Nachtzeiten bringen musste, klagte sie über das Wetter, ihre Knochen, die Kissen oder das Leben allgemein. Einmal weigerte sie sich, einen Becher anzunehmen, bloß weil Mion Tintenkleckse an den Fingern hatte.

»Dein Dreck infiziert mich!«, bellte sie. Ein anderes Mal taxierte sie Mion von oben bis unten mit scharfem Blick und fragte: »Was putzt du dich so heraus, heh? Bist du nun ein Lehrling oder eine kleine Prinzessin? Pah, und du sollst eine Künstlerin sein, lächerlich, lächerlich! Künstler leben für die Kunst, nichts anderes. So etwas Banales wie Reinlichkeit spielt für sie keine Rolle.«

Osiril machte es einem leicht, sie zu verabscheuen. Aber Mion hütete sich, in Faunias Fußstapfen zu treten und auf die Sticheleien der Alten einzugehen. Gewissenhaft überging sie Beschimpfungen und Beleidigungen und behandelte Osiril mit beständiger Sorgfalt. So gewöhnte sie sich ihr »Osiril-Lächeln« an, ein leichter Mundwinkelkrampf, der sich einstellte, sobald sie die schmale Treppe zum Zimmer der Meisterin erklomm. Osiril schien es tatsächlich für ein Zeichen guter Laune zu halten, wohl weil sie es als eine Ehre betrachtete, dass man sie bedienen durfte.

Mion ließ sie in diesem Glauben. Sie sprach Osiril nur mit »Herrin« an, sagte höflich »Danke« und »Bitte« und achtete darauf, Morizius' Sprechregeln einzuhalten: Jedes Wort, das ihr normal vorkam, wurde einfach durch ein lächerlich blumiges ersetzt. Zu ihrer großen Freude hatte Osiril viel für Sprichwörter übrig und schien Gefallen daran zu finden, dass Mion zu jeder Gelegenheit das passende herausplapperte wie ein Papagei.

Dass Osiril eine Quelle an Informationen war, hatte sie natürlich von Anfang an bedacht. Schon aus dem Grund bemühte sie sich um ihre Sympathie. In seltenen Augenblicken gelang es ihr, sie mit irgendeinem Spruch so wohlgesinnt zu stimmen, dass die Malerin gesprächig wurde.

»Natürlich erinnere ich mich daran, wie Jagu mein Lehrling wurde, ich bin doch nicht senil!«, murrte Osiril eines Nachmittags, als Mion ihr den dritten Kräutertee mit Butterbiskuit brachte. Mion schichtete das Holz im Kamin so gemächlich wie möglich auf, um Zeit zu schinden, und versuchte zugleich, nicht so langsam zu sein, dass sie Osiril Anlass zu einem Wutanfall gab. »Wann war das, wann war das ... ach, zwanzig, nein, neunzehn Jahre ist das her. Neunzehn Jahre! Ich war in der Blüte meiner Karriere. Alle sind sie zu mir gekommen, die größten Drachen der Zeit, alle haben sie sich von mir porträtieren lassen. Meine Bilder hängen noch heute in den Galerien und Sälen des Palasts und dort werden sie noch in hundert Jahren hängen! Die größten Drachen habe ich porträtiert. Die allergrößten, Mitglieder der Kaiserfamilie! Ich war in der Blüte meiner Karriere, die Beste, oh ja … besser als alle Männer, die beste Künstlerin und eine Frau, hah! Wie neidisch sie alle waren, die Männer …«

»Und dann habt Ihr Euch Jagu als Lehrling genommen?«, fragte Mion vorsichtig.

Osiril erwachte halb verärgert aus ihren Tagträumen. »Ich hätte eigene Kinder haben können, bei allen Drachen, das hätte ich! Heiratsanträge, dass mir der Kopf schwindelte, selbst als ich doppelt so alt war wie andere Bräute! Weil ich so talentiert war, deshalb haben sie mich geliebt. Ein Ausnahmetalent, die größte Künstlerin der Malergilde … bewundert und beneidet. Allen habe ich den Kopf verdreht. Heiratsanträge, dass einem schwindelig werden konnte.« Ein Hustenanfall unterbrach Osiril, und Mion ergriff das Wort, während sie wieder zu Atem kam: »Ihr wart sehr mutig, einen Fremden als Lehrling zu wählen, Herrin. Ich frage mich, woher Ihr die Zuversicht genommen habt, einen solchen Schritt zu wagen.«

»In der Tat … es war ein mutiger Schritt. Keiner hat vor mir gewagt, die Tradition zu brechen, bei allen Drachen, schon gar keine Frau in der Malergilde! Ich war eine Ausnahme, in jeder Hinsicht. Nun, Jagu aufzunehmen war natürlich ein geschickter Schachzug von mir.«

»Ach ja?«

»Natürlich, Mädchen! Arahil, dieser Hund, war doch Jagus Vater. Weißt du überhaupt, wer Arahil war? Nein, hab ich mir doch gedacht. Ungebildet, völlig ungebildet … ein Lehrling, pah, und von Kunst keinen Schimmer! Nun, dann werde ich dir mal sagen, was für ein elender Hund Arahil der Fünfzehnte war.« Osiril richtete sich ein wenig im Bett auf und glättete die Decke – ein Zeichen, dass sie vorhatte, länger zu sprechen. »Arahil war der Meister der Malergilde, jedenfalls für sieben Jahre, bevor er alles verlor – zu Recht übrigens, zu Recht. Die Künstler in seiner Familie gehörten seit

Generationen zu den besten von Wynter. Du weißt, dass es Gildenmitgliedern gestattet ist, Stammbäume zu führen und über ihre Ahnen Bescheid zu wissen?«, fragte Osiril scharf, als Mion sie überrascht ansah. In den Ruinen war die Vergangenheit ein Tabu. Über Tote sprach man nicht, schon gar nicht über jene, die man nicht einmal kennengelernt hatte.

»Jedenfalls«, fuhr Osiril ein wenig gereizt fort, »war Arahil ein angesehener Künstler, und schlecht war er auch nicht, das muss man sagen. Hat große Drachen porträtiert, Mitglieder der Kaiserfamilie. Nur sind leider allzu oft begnadete Künstler wahre Ekelpakete.« Mion sah die Alte schief an. Das glaubte sie ihr sofort. »Großes Talent kann einen großen Schatten werfen. Was Arahil betraf, so fiel sein Schatten auf die, die ihm am nächsten standen: seine Frau und seinen Sohn. Seine Frau, wie hieß sie noch, wie hieß sie … Lidea, Lidaia … ach, einerlei. Sie war irgendein ungebildetes Mädchen, die Tochter eines Handwerkers, halb so alt wie er und doppelt so hübsch. Das ist der Fehler, den alle talentierten Männer begehen«, fuhr sie in belehrendem Ton fort. »Sie suchen die Nähe von weiblichen Dummköpfen, damit sie selbst umso heller strahlen. Wenn sie erkennen, dass sie einen Besenstiel geheiratet haben, ist es für alle Beteiligten zu spät. Arahils Frau war nicht die Hellste und Arahil war leicht in Rage zu bringen. Er hat sie wohl ein paarmal schlimm zugerichtet, sodass sie ihm eines Tages weglief. Was aus ihr geworden ist, weiß ich nicht, und ich bezweifle auch, dass Jagu es weiß. Wahrscheinlich hat er seine Mutter nie wiedergesehen. Er war damals so in deinem Alter, ich glaube, vierzehn. Sobald Arahil die Frau verloren hatte, behauptete er, Jagu sei nicht sein leiblicher Sohn. Er warf ihn aus dem Haus, und der Junge war mit einem Schlag nicht nur elternlos, sondern auch ohne Obdach. Da kam er zu mir.«

Osiril lachte leise in sich hinein. Es war ein beunruhigendes Lachen voller Tücke, und Mion fühlte sich unwohl dabei, so als hätte sie einen Blick in Osirils Inneres erhascht, den sie gar nicht haben wollte.

»Ich war damals die beste und erfolgreichste Malerin von Wynter! Und natürlich war ich auch die größte Konkurrentin von Arahil, der überhaupt nicht damit umgehen konnte, dass es eine Frau gab, die ihn übertraf. Wir mochten uns nicht, das war allgemein bekannt. Umso erstaunter war ich also, als eines Tages Arahils Sohn vor meiner Tür stand und mich fragte, ob ich einen Lehrling bräuchte. Ich habe ihn vorzeichnen lassen und er kam ganz nach dem Vater. Er malte einen Jaguar … irgendwo muss ich das Bild noch haben. Das Tier sah so echt aus, dass man sich davor fürchten konnte. Jeder Drache hätte sich ein solches Porträt nur wünschen können. Nach dem Bild habe ich ihn schließlich Jaguar benannt, woraus Jagu wurde.«

Mion machte große Augen. »Er heißt eigentlich anders?«

»Ja, natürlich heißt er Arahil wie sein Vater! Scheußlicher Name. Es ist wohl verständlich, dass ich den Namen meines Erzfeindes nicht zehnmal am Tag durchs Haus rufen wollte. Jagu hatte auch nichts dagegen, umbenannt zu werden, im Gegenteil. Anfangs habe ich gezögert, einen jungen Arahil aufzunehmen, ich meine, wer hätte schon wissen können, wie viel vom Alten in dem Jungen steckte? Aber schließlich hat man ja auch Mitgefühl, der Junge brauchte ein Zuhause …« Sie merkte wohl selbst, wie wenig überzeugend sie klang, und räusperte sich laut. »Interessanterweise nahm Arahil alle Anschuldigungen zurück, als er erfuhr, dass ich Jagus Meisterin geworden war, und er bat seinen Sohn, wieder nach Hause zu kommen. Aber Jagu lehnte ab. Jetzt war er es, der behauptete, Arahil sei nicht sein Vater. Da wusste ich, dass ich den Jungen behalten würde. Natürlich war er Arahils Sohn, das war schwer zu übersehen, aber er hasste seinen Vater. Das genügte mir. Zudem war er wirklich ein herausragender Maler, und ich konnte ihn ganz nach meinem Willen formen, ohne mich mit den lästigen Jahren des Heranwachsens herumzuschlagen. Bei allen Drachen, es gibt nichts Schlimmeres als Kinder im Haus eines Künstlers! Wirklich, ich bin froh, keine Kinder zu haben. Ein Dutzend hätte ich haben können …«

»Was wurde aus Jagus Vater?«

»Ich weiß nicht«, sagte Osiril nachdenklich. »Er hat sich immer mehr zurückgezogen und irgendwann verließ er sein Haus nicht mehr. Seinen Rang als Gildenmeister hatte er schon verloren, aber ich glaube, zu dem Zeitpunkt scherte ihn das wenig. Niemand hatte noch Kontakt zu ihm, keiner wusste, was er trieb. Das Malen hatte er aufgegeben, so viel stand fest. Er starb ganz plötzlich. Manche sagen, er litt an einer geheimnisvollen Krankheit. Andere behaupten, er war schlichtweg ein Säufer und ist die Treppe runtergestürzt. Wer weiß, was davon stimmt, vielleicht alles. Jedenfalls ist er gestorben und hat kein Testament hinterlassen, also fiel sein Besitz in Jagus Hände. Er war damals siebzehn – ich weiß noch, in dem Jahr, in dem Arahil starb, hatte Jagu seinen Durchbruch. All die großen Drachen wollten sich plötzlich von ihm porträtieren lassen. Er hat diesen jungen, energischen Stil und seine Porträts, sie sehen so voller Leben aus! Das hat er alles von mir, natürlich.«

»Erst der Schliff bringt einen Diamanten zum Funkeln«, fiel Mion ein.

Osiril nickte erfreut. »Jagu wollte natürlich hier in meinem Haus bleiben, wie es sich für einen Lehrling gehört. Das Haus seines Vaters ließ er zu einem Theater umbauen und seitdem finden dort Bühnenspiele statt.«

»Warum ausgerechnet ein Theater?«

Die alte Meisterin zuckte die Schultern und seufzte. »Wer

weiß, wer weiß … so hat Jagu das eben beschlossen. Mach doch jetzt endlich den Kamin an, ich friere!«

In den folgenden Tagen ertappte Mion sich dabei, wie sie zwischen ihrem Unterricht und ihren Besuchen bei Osiril vor dem Atelier herumschlich und darauf wartete, Jagu zu begegnen. Doch er hätte tot sein können, so zurückgezogen blieb er. Faunia war die Einzige, die das Atelier regelmäßig betrat und verließ. Offenbar hatten die beiden viel zu tun. Einmal kam ein Junge vorbei, der eine ganze Kiste voller bunter Pülverchen lieferte. Daraus mischte man wohl Ölfarben, dachte Mion, und ein Stich der Eifersucht durchfuhr sie, weil Faunia in die Geheimnisse des Ateliers eingeweiht war, während sie sich mit staubigen Büchern und Greisen herumschlagen musste. Sie wollte endlich etwas Richtiges lernen, schließlich war sie die Schülerin eines Künstlers und keines Bibliothekars!

Dann, eines Abends, erschien Jagu überraschend zum Essen. Es war das vierte Mal in drei Wochen, dass sie zusammen speisten – wussten die Drachen, wann und wo er sonst aß –, und die Köchin schickte unauffällig Herone los, um das gute Silbergeschirr zu holen. Jagu bestand darauf, als Letzter bedient zu werden, aber trotz aller Gelassenheit wirkte er wie ein Gast in seinem eigenen Haus.

Mion beobachtete ihn unentwegt aus den Augenwinkeln und stellte sich den Jungen vor, der er einmal gewesen war. Wie sie hatte er seine Familie und seine Heimat von einem Tag auf den anderen verloren. Ob er sich genauso verloren gefühlt hatte, wenn das Haus in tiefer Stille lag und es nichts zu tun gab? Ob er nachts in die Dunkelheit gestarrt und die Gesichter seiner Eltern hatte verblassen sehen? In welchem Zimmer er wohl geschlafen hatte?

Jetzt verstand Mion die Sorgenfalten in seinem Gesicht.

Wer mit vierzehn von seiner Mutter verlassen und seinem Vater verstoßen worden war, hatte bestimmt viel Kummer erlitten. Ganz zu schweigen davon, dass er unter der Aufsicht von Osiril aufgewachsen war – eine furchtbare Vorstellung!

Und dann war er so einsam … Mion hatte nie erlebt, dass er irgendwelche Menschen einlud. Die meiste Zeit verbrachte er in seinem Atelier. Am liebsten hätte sie ihm gesagt, dass sie Bescheid wusste, und ihm mitfühlend auf die Schulter geklopft. Oder ihn umarmt.

Mit kribbelnden Ohren widmete sie sich wieder ihrem Abendbrot. Jemand sollte sich um ihn kümmern … Wie verrückt, dass sie das in Bezug auf ihren Meister dachte. Eigentlich sollte es doch andersherum sein.

»Ich habe große Fortschritte im Lesen gemacht«, sagte sie abrupt. Morizius sah sie tadelnd an, während Faunia mit einem verächtlichen Blick ihr Gemüse in immer kleinere Stücke schnitt.

»Wunderbar«, erwiderte Jagu. »Dann könnt ihr nächste Woche mit dem Geschichtsbuch anfangen. Du musst über die Vergangenheit der Malergilde Bescheid wissen.«

Mion bemühte sich, ihr Gesicht ausdruckslos zu lassen. *Noch* ein Buch, noch dazu ein Geschichtsbuch. Wen interessierte schon die Vergangenheit, das war doch alles längst vorbei! Eine Weile war nichts zu hören als leises Besteckklirren. Schließlich platzte sie heraus: »Also, wenn ich irgendwann alles weiß, was dann? Male ich mein erstes Bild, wenn ich so alt bin wie Faunia?«

Jagu wandte sich an Faunia, die fahl vor Zorn wurde. »Zeig Mion morgen deine Festgarderobe und hilf ihr, ein Kleid auszusuchen. Ich werde sie zu den Theaterspielen mitnehmen.«

Faunia starrte ihn entsetzt an. Ihre Unterlippe begann zu beben, als hielte sie nur mit Mühe einen Schrei zurück. Dann erhob sie sich, dass das Tafelsilber erzitterte, und lief mit steifen Schritten davon.

Niemand am Tisch wagte, sich nach ihr umzudrehen. In der Ferne schlugen Türen zu.

Ruhig aß Jagu weiter.

»Was für Theaterspiele?«, fragte Mion nach einer Weile scheinheilig, obwohl sie sich gut daran erinnerte, was Osiril ihr erzählt hatte.

»Einmal zwischen den Sonnenwenden veranstalte ich mit den Gilden eine Theaternacht, ganz ohne Drachen. Die wichtigsten Künstler von Wynter sind geladen, um zu plaudern, Geschäfte abzuschließen und sich zu amüsieren. Eine gute Gelegenheit, meine neue Schülerin vorzustellen«, schloss er aufmunternd.

Mion fühlte, wie ihre Hand plötzlich schwer wurde und sie den Löffel hinlegen musste. Endlich. Endlich würde sie ganz offiziell Jagus Lehrling werden. Dann musste er ihr auch die Malkunst beibringen!

»Wann?«, brachte sie hervor. »Ich meine, wann ist diese Theaternacht?«

Jagu wischte sich den Mund an der Serviette ab und zog seine silberne Pfeife und eine Tabakdose hervor. Bald umwölkte ihn der neblige, schwere Duft.

»In zwei, drei Wochen.« Er lächelte. »Bis dahin solltest du das Geschichtsbuch auswendig können.«

Mit einem Gefühl, als hätte sie ein Bienennest verschluckt, ging sie am nächsten Morgen zu Faunia. Höchstwahrscheinlich war sie noch immer beleidigt, aber was scherte Mion das? Es war nicht ihre Schuld, dass Jagu sie mitnehmen wollte. Als sein Lehrling hatte sie genauso ein Recht darauf wie Faunia.

Forsch klopfte sie an und drückte die Klinke hinunter, als sich drinnen nichts regte. Kaum hatte sie die Tür einen Spalt geöffnet, riss jemand sie von der anderen Seite auf: Faunia stand erschreckend dicht vor ihr.

Sie bot einen entsetzlichen Anblick. Traubengroße Diamanten baumelten an ihren Ohren. Das Haar war zu einem größenwahnsinnigen Turm geschlungen, der jedem Adlernest Konkurrenz gemacht hätte. Mit Augen, die Gift und Galle sprühten, fixierte sie Mion.

»Schön, dass du schon wach bist«, begann Mion so freundlich, wie die Glaubwürdigkeit es zuließ. »Ich störe doch nicht, oder? Dann würde ich jetzt gerne mein Kleid für die Theaternacht aussuchen, wenn du erlaubst.«

Sie schob sich an der starren Faunia vorbei und sah sich um. Es war das erste Mal, dass sie ihr Zimmer betrat.

Der Raum war größer als ihr Schlafzimmer, wirkte aber geradezu beengend – denn er war von oben bis unten mit Schätzen vollgestopft.

Truhen über Truhen voller Stoffe und Kleider drängten sich in den Lichtschein staubiger Fenster. Spiegel, wohin man sah. Kleine silberne Handspiegel auf überladenen Anrichten. Lange Wandspiegel hinter Hockern und Sesseln. Verzierte aufstellbare Spiegel zwischen Schränken und Schmuckkästchen. Sogar die Bettpfosten waren mit runden Spiegelstücken verziert.

Faunia knallte die Tür zu – Mion sah es in vielen kleinen Spiegelungen im ganzen Raum.

»Ich habe dir nicht gestattet herzukommen«, keifte sie.

»Entschuldige«, erwiderte Mion, ohne auch nur zu versuchen, dem Wort Bedeutung zu verleihen. »Darf ich mir deine Kleider mal ansehen?«

Sie ging zur nächsten Truhe und zog einen dunkelblauen Samtzipfel aus dem Haufen. Faunia schlug die Truhe zu und hätte Mion um ein Haar den Finger eingeklemmt.

»Fass – nichts – an.«

Sie sahen sich an. Faunias Wimpern zuckten, ihr Mund war verkniffen.

»Also schön«, sagte Mion ruhig. »Dann zeige mir deine Kleider.«

Kurz schien es, als wollte Faunia ihr eine Ohrfeige geben. Mion ballte in Erwartung die Faust. Für einen Moment wünschte sie sich, es käme dazu. In einem Kampf hatte sie ganz sicher die besseren Karten. Aber dann ging Faunia zurück, mit lauernd eingezogenem Kopf, und stieß eine Schranktür auf.

»Da«, spuckte sie. Ohne Mion aus den Augen zu lassen, fühlte sie in den Schrank, bekam das nächstbeste Stück zu fassen und warf es ihr zu. Sie fing es in der Luft auf und hielt es vor sich: Es war ein hübsches, zerknittertes Kleid in dunklem Violett. Früher hätte sie kaum gewagt, etwas so Feines anzufassen, aber sie wusste, dass Faunia Kleider wie dieses an normalen Tagen trug. Sie legte es beiseite. »Nein, ich brauche etwas, das für ein Fest angemessen ist.«

Sie schleuderte ihr ein neues Kleid zu, aber es gefiel Mion nicht: Inzwischen kannte sie Faunias Garderobe gut genug, um zu wissen, dass lange Kleider aus der Mode waren. Bleich vor Zorn warf Faunia ihr noch ein Kleid zu, und noch eines und noch eines. Mion begutachtete die Gewänder, ohne sich aus der Ruhe bringen zu lassen. Schließlich wählte sie eines, das aus mehreren Lagen hauchfeinen dunkelgrünen Tülls bestand und an Kragen und Taille mit schwarzen Samtbändern verziert war. Sie zog sich hinter den Bettvorhängen um und verzichtete darauf, Faunia beim Schließen der Knöpfe um Hilfe zu bitten, weshalb sie sich fast den Arm ausrenkte und eine Naht aufriss. Doch dann hatte sie es geschafft, trat vor einen großen, ovalen Spiegel und musterte sich. Das Kleid saß fast perfekt, nur die Ärmel waren ein bisschen zu kurz. Mion hielt sich die Haare hoch und klemmte sie mit einem perlenbesetzten Kamm fest. In einem offenen Schmuckkästchen lag auch eine prunkvolle Goldkette mit einem hellgrünen Anhänger. Zum Spaß legte Mion sie um – wie schwer sie war! Aber sie steht mir ganz gut, dachte Mion und lächelte.

Sie streifte sich auch noch einen Ring und zwei breite Armreifen über, bis sie merkte, dass Faunia verschwunden war. Überrascht sah sie sich im Zimmer um und begegnete nur den Blicken ihrer eigenen Spiegelbilder.

Mit einem Schulterzucken wollte sie sich wieder dem Schmuck widmen. Was ging es sie an, wenn ihre Mitschülerin eingeschnappt war? Aber dann klappte sie doch das Kästchen zu. Wer wusste schon, was Faunia gerade anstellen mochte.

Mion steuerte ihr Zimmer an. Fast erwartete sie, eine rasende Faunia mit einer Ölkanne vorzufinden, um ihre Habseligkeiten in Brand zu stecken. Doch ihr Zimmer war leer, nichts deutete darauf hin, dass jemand hier gewesen war.

Vielleicht war sie ja hinuntergegangen, um ein Bad zu nehmen. Mit dem vielen Puder im Gesicht hätte sie ausnahmsweise sogar Grund dazu gehabt. Gerade wollte Mion die Treppe hinunterlaufen, als sie sah, dass am fernen Ende des Flurs die Tür zum Atelier offen war.

Einen Augenblick stand sie nur da und starrte hinüber. Sie hätte sich denken können, dass Faunia zu Jagu lief und sich beschwerte. Bestimmt ließ Jagu das kalt … bestimmt … Bevor sie es recht merkte, schlich Mion schon auf die Tür zu. Sie hörte Faunia. Ihre Worte waren undeutlich. Mion blieb hinter dem Türflügel stehen und spähte hinein.

»… nichts zu bedeuten?« Faunia stand mit dem Rücken zu ihr. Jagu ging ins anliegende Zimmer und begann, Farben auf einer Holzpalette zu mischen. Die Pfeife klemmte ihm im Mund und verbarg sein Gesicht hinter waberndem Rauch. Eine Weile beobachtete Faunia ihn; dann trat sie langsam die

Stufen empor und blieb an die Wand gelehnt stehen. Jagus Schatten streckte sich über ihr Gesicht.

»Früher hast du mich geliebt.«

Ein kalter Schauder lief Mion über den Rücken. Ungläubig starrte sie Jagu an, der Rauch ausatmete und seine Pfeife beiseitelegte. »Ich habe dich nie geliebt. Da habe ich dir keine Zweifel gelassen.«

Faunia drehte den Kopf zur Seite, als würde sie eine unangenehme Frage verneinen. Ihre Stimme wurde noch dünner als sonst. »Wieso sonst hättest du dieses elende Gossenkind hergebracht, wenn nicht, weil du dich von mir abgewandt hast? Du willst mich demütigen, verletzen, das sehe ich. Nun, es ist dir gelungen.«

»Sie nimmt deinen Platz ein, weil du alles ruiniert hast mit deiner dummen kleinen Affäre mit Raracul. Ich habe Wichtigeres zu tun, als dich zu verletzen, wie du weißt.«

Faunia schlug die Faust gegen die Wand und machte einen schnellen Schritt nach vorne. »Das war nur, um dich eifersüchtig zu machen!«

Ihrem Schrei folgte lähmende Stille. Die zwei standen sich gegenüber wie im Nebel eines Traums.

»Wie dumm du bist.« Er erwiderte es leise und mit Abscheu.

Faunia fuhr langsam herum und für einen Moment glichen ihre Bewegungen einem Tanz. Halb schwebend, halb taumelnd kam sie auf den Tisch zu, ergriff die Obstschale und schleuderte sie auf den Boden. Pinsel folgten, dann ein halb leeres Glas. Scherben sprangen über den Boden. Ein gebrochener, heiserer Laut entfuhr ihr, der nicht nach Schmerz klang oder Zorn, sondern Wahnsinn. Sie stürzte sich auf die Staffel und riss das unfertige Gemälde herunter.

»Wer bezahlt dich, das zu malen?«, kreischte sie. »Niemand zahlt für diese Bilder! Für wen sind all die Bilder?«

Sie wankte durch den Raum, hob eine Leinwand nach der anderen auf und schmetterte sie gegen die Wand. Es waren Porträts, noch schimmernd vor frischer Farbe.

»Wer ist das? Wer bist du? Wer bist *du*?« Als Faunia auf eines der Bilder treten wollte, riss Jagu sie zurück. Faunia wehrte sich nicht, sondern starrte in seine kalten Augen.

»Du vergisst dich! Was muss ich noch tun, damit du mit dieser Gefühlsduselei aufhörst?« Er schüttelte sie grob, aber eine Antwort erhielt er dadurch nicht. »Den Arm würde ich dir brechen, wenn es nur einen Unterschied machte. Sieh mich an; das ist mein wahres Gesicht. Gefällt es dir immer noch?«

Tränen fielen ihr aus den Augen. »Du bist ein Monster!«

»Ja, das bin ich. Selbst als du mir noch nützlich warst, lag mir nichts an dir. Ich hätte dich mit einem Lächeln zum Henker geführt, wenn es mir dienlich gewesen wäre. Du kannst dich also glücklich schätzen, dass eine andere deinen Platz einnimmt.«

Etwas Schweres, Unbeschreibliches regte sich in Mion.

»Ich hasse dich …« Faunia wand sich in seinem Griff, doch sobald er sie losließ, sank sie schluchzend gegen ihn. Ihre Hände suchten Halt, klammerten sich an seine Schultern, seinen Kragen. Halb seufzend, halb knurrend stieß er sie fort. Sie stolperte und hörte auf zu weinen. Zitternd drehte sie sich weg, um ihr Gesicht zu trocknen, als schäme sie sich plötzlich.

Jagu fuhr sich durchs Haar und stellte das unfertige Gemälde wieder auf die Staffel. Es fiel herunter, er versuchte, es aufzufangen, verschmierte die Farbe und fluchte laut. Als er merkte, dass Faunia ihn aus den Augenwinkeln beobachtete, stieg ihm Blut ins kreideweiße Gesicht. »Hau endlich ab!«

Er schleuderte das Bild auf den Boden und eilte auf die Tür zu.

Mion war wie gelähmt. Selbst wenn ihre Beine ihr gehorcht hätten und sie auf der Stelle losgerannt wäre, wäre es zu spät gewesen. Jagu schlug die Tür auf und starrte sie an.

»Was …« Seine Stimme bebte. »Was hast du hier zu suchen?«

Mion wollte eine Entschuldigung stammeln, aber ihre Lippen waren wie zugeklebt.

»Verschwinde!«, brüllte er.

Sie wirbelte herum und rannte davon. Seine Stimme blieb ihr in den Ohren wie Donner. Die Treppe flog unter ihr davon, der Salon, der Korridor, die Halle – sie wusste nicht, wohin, nur weg musste sie, weg für immer. Ehe sie einen klaren Gedanken fassen konnte, schlitterten ihre Füße über dünnes Eis, und auf ihren Wangen schmolzen Schneeflocken.

Flucht

Er hatte die Schneeflocken entscheiden lassen. Die Knie angezogen, einen Arm weit ausgestreckt, saß er am offenen Fenster und zählte die winzigen Kristalle, die in seiner Handfläche landeten.

Zweiunddreißig. Zweiunddreißig, und nun blies der Wind ihm kalt und leer ins Gesicht, der Schneefall hatte nachgelassen.

Die erste Flocke sagte ihm, er solle bleiben. Die zweite, dass er gehen musste. Die letzte hatte seine Flucht besiegelt.

Lyrian würde fliehen.

Er schloss die Hand zur Faust und hauchte dagegen, um sie aufzuwärmen.

Flucht. Nun hatte der namenlose Drang ein Wort gefunden.

Er ging in sein Schlafgemach. Was würde er mitnehmen? Wie viel Essen brauchte man für einen Tag, für eine Woche? Und wie lange hielten Kleider, ehe sie schmutzig wurden und rissen? Er könnte alles mitnehmen, aber er wollte schließlich von allem davonlaufen. Proviant für eine Woche zögerte bloß seine Freiheit für eine Woche heraus.

Freiheit… Wie beängstigend das sein konnte! Ob man ihm diese Angst beigebracht hatte wie so viele andere schlechte Dinge? Oder war sie etwas Natürliches, eine Hürde, die die Mutigen überwinden mussten, um Freiheit zu erlangen? Er wusste es nicht, aber woher auch immer die Angst kam, Lyrian würde sie besiegen.

»Ihr wollt *was*?«

Baltibb ließ ihren Korb fallen und ein Dutzend Karotten kullerten über den Boden. Lyrian setzte seinen Fuß auf eine und rollte sie hin und her.

»Ich wollte mich nur verabschieden.«

»Verab–« Baltibb versagte die Stimme. Sie starrte ihn an, schüttelte den Kopf. »Das meint Ihr nicht … das könnt Ihr nicht … Aber bei allen Drachen, wohin denn?«

»Irgendwohin. Nur weg von hier.«

Baltibb presste die Lippen aufeinander, dann sah sie sich nach allen Seiten um und zog ihn kurz entschlossen hinter die Ställe der Pferde. Es drang kaum Licht in die Dunkelheit und sie hörten das Schnauben der Tiere ganz nah.

»Wisst Ihr, was Euch außerhalb des Palasts erwartet?«

»Ja, ich war schon einmal draußen. Ich wurde erschossen.«

»Ihr findet das lustig. Bei allen Drachen, Ihr findet das wirklich lustig.«

Er schob ihre Hand von seiner Schulter und drückte sie fest. »Was soll ich hier drinnen mit neun vergeudeten Leben, Baltibb … wenn ich draußen ein einziges haben kann, das sich lohnt? Ich fürchte mich nicht davor, meine Korpusse zu verlieren. Im Gegenteil, ich will sie loswerden und wie ein Mensch leben!«

Baltibb zog bei so viel Blasphemie scharf die Luft ein.

»Ich erwarte nicht, dass du mich verstehst. Wenn kein Drache mich versteht, wie sollst du es dann?«

»Lyrian«, hauchte sie, als er wieder ins Licht zurückkehrte. Langsam kam sie auf ihn zu. Ihr Gesicht war entsetzlich blass. »Ich ’me mit.«

»Was?«

Sie räusperte sich mühsam. »Ich komme mit.«

Nun war es an Lyrian, sie ungläubig anzustarren. »Nein,

das geht nicht. Ich kann nichts mitnehmen, das wäre… nein.«

»Warum?«

Er hatte sie noch nie so elend gesehen. Das machte ihm den Abschied nicht gerade leichter. »Versuch doch zu verstehen! Ich gehe weg, weil ich nichts mehr von hier haben will. Ich brauche keinen Palast und ich brauche keine Diener!«

»Dann nehmt mich nicht als Dienerin mit«, sagte sie sehr leise. »Sondern als Freund.«

Glühend wie am ersten Tag der Welt erhob sich die Sonne aus ihrem Gebirgsbett. Neubeginn und Ewigkeit teilten sich diesen Augenblick, als der winterliche Himmel in Feuer aufflackerte und schmolz, der Tag die Nacht mit brennenden Küssen verabschiedete. Und Lyrian nahm Abschied von seiner Heimat.

Aufrecht und schwermütig, mit Triumph und Furcht verließ er seine Gemächer, durchschritt Hallen und Flure zum letzten Mal. Das kühle Licht, das durch die Dachfenster schimmerte, der Geruch der steinernen Mauern – alles rief nach Heimat und seufzte Lebewohl.

Im Schatten der Pforte vor der Großen Brücke stand Baltibb. Als Lyrian auf sie zukam, huschte ein Lächeln über ihr Gesicht. Bestimmt hatte sie letzte Nacht kein Auge zugetan. Lyrian fühlte sich ihr so verbunden, als seien sie die letzten Überlebenden auf Erden.

»Hallo«, sagte sie unsicher. Neben ihr lag ein prall gefüllter Reisebeutel. Erst auf den zweiten Blick bemerkte Lyrian, dass außerdem ein kleiner schwarzer Hund dasaß.

»Er hat sich schon an mich gewöhnt…«

Lyrian kniete sich vor den Welpen. Er war schon größer geworden, seit ihn seine Mutter verstoßen hatte, und beobachtete Lyrian aus großen, traurigen Augen.

»Er soll mitkommen«, beschloss er. »Bei seiner Familie war er nicht willkommen. Wir lassen ihn nicht allein.«

»Ja, das habe ich auch gedacht!« Baltibb nahm ihn gleich auf den Arm und warf sich mit der anderen Hand den Beutel über die Schulter. »Wollt Ihr ihm einen Namen geben?«

Lyrian schüttelte den Kopf. »Ich finde, das solltest du tun.«

»Ich … ich habe eigentlich schon angefangen, ihn Mond zu nennen. Ich weiß nicht, wieso. Weil der Mond so hell geleuchtet hat, als Ihr gekommen seid und wir ihn gefunden haben. Es ist ein dummer Name, ich weiß. Deshalb dachte ich, Ihr wollt vielleicht …«

»Mond also.« Lyrian streckte die Hand aus und streichelte vorsichtig den kleinen, weichen Hundekopf. Ohne Baltibb anzusehen, murmelte er: »Danke.« Sie wusste, was er meinte, und schwieg.

Er rief die Korpusse der drei Schwalben auf. Baltibb kletterte mit Mond auf seinen Rücken und hielt sich scheu an seinem Gefieder fest. Mit schweren Flügelschlägen erhoben sie sich in die Luft, und dann segelten sie über die Große Brücke, über die Gärten und die Palastmauer, bis Wynter hinter Morgendunst und Wolken verschwand.

Lyrian musste landen, als sie die Wälder erreichten. Obwohl die vereinten Schwalbenkorpusse viel Kraft besaßen und Baltibb nicht schwer war, erschöpfte ihn das Fliegen bald. Etwas unbeholfen landete er auf einem lichten Hügel, der sich aus den Wäldern ringsum erhob. Lyrian wartete, bis Baltibb mit Mond abgestiegen war, dann verwandelte er sich zurück und sank in den Schnee.

»Geht es Euch gut?«, fragte sie verzagt. Er nickte und drehte sich mit geschlossenen Augen auf den Rücken, damit sie sehen konnte, dass er lächelte. Als er die Augen öffnete, war über ihm nichts als unendlicher Himmel. Wie schön die Dinge waren, wenn sie niemandem gehörten.

Wynter war ein schummriger Fleck im unberührten Weiß des Landes, ein Rauch atmendes, bedrohliches Dickicht aus Häusern, Mauern und Türmen. Alles wirkte klein und unbedeutend, was aus der Nähe doch so erstickend war. Wenn er daran dachte, dass der Palast fünfzehn Jahre lang seine ganze Welt bedeutet hatte …

»Jetzt sind wir also weg«, murmelte Baltibb.

Das erste Mal musste er daran denken, dass auch sie ihre Heimat aufgegeben hatte. Und zwar aus einem viel geringeren Grund als er … Etwas besorgt stützte er die Arme auf die Knie. Höchstwahrscheinlich hatte sie aus einem menschlichen Gefühlsimpuls heraus beschlossen, ihn zu begleiten. Er als Drache hätte das eigentlich erkennen und verhindern müssen – aber schließlich war er ja auch froh, dass sie bei ihm war. Dafür musste er nun die Verantwortung für sie tragen. In der Wildnis, wo die Gesetze der Drachen gewiss öfter gebrochen wurden und die Menschen ihren Emotionen freien Lauf ließen, konnte alles passieren.

»Weißt du, was ich vorhatte?« Er suchte nach der Landkarte, die er unter dem Wams trug. Baltibb sah ihn überrascht an; offenbar hatte sie nicht erwartetet, dass es irgendwelche Pläne gab.

Lyrian entfaltete das Papier. »Hier sind wir«, sagte er und wies auf die Tuschezeichnung eines löwenköpfigen Drachen im Norden, der den Schriftzug WYNTER bewachte. Dann ließ er den Finger hinabgleiten, über rote Grenzmarkierungen, die Mitternachtsgebirge und weite Wälder bis zum Meer. Über einem unförmigen Landstrich, der sich wie ein Haken ausstreckte, hing ein Wappen mit dem Namen WHALENTIDA.

»Das ist Whalentida, der letzte bewohnte Ort vor dem

Meer. Ein Königreich, beherrscht von Menschen. Täglich laufen von hier Schiffe in die unbekannte Welt jenseits der Meere aus. Nur die Bewohner Whalentidas wissen, wohin ihre Schiffe fahren, und wenn sie wiederkommen, sind sie beladen mit kostbaren Gütern, Seide, Silber, Gold und wilden Tieren, die hier noch niemand gesehen hat. Da, wo Whalentidas Schiffe hinfahren, da will ich hin.«

Baltibb kniff die Lippen zusammen. »Ihr wollt den Kontinent verlassen?«

»Der Kontinent! Das Wort ist größer als das, was es beschreibt.« Er faltete die Karte wieder zusammen und steckte sie ein. »Es gibt nur Wynter und barbarische Menschenreiche, dazwischen Wildnis und Eiswüsten, die jeder für sich beansprucht. Auf unserem Kontinent gibt es keine Freiheit.«

Nachdenklich betrachtete sie das Land. »Woher wisst Ihr, dass es sie jenseits der Meere gibt?«

»Ich weiß es nicht. Aber ich muss hin, um es herauszufinden. Wenn es am anderen Ende der Welt keine Freiheit gibt, dann … dann ist Freiheit eben ein Traum. Nur ein Traum.«

Schweigend saßen sie nebeneinander und betrachteten ihre Heimat im sanften Schneefall, eine blaue, schlaftrunkene Welt. Irgendwann stand Lyrian auf und verschränkte fröstelnd die Arme unter seinem Umhang. »Komm. Gehen wir.«

Die Wälder waren dicht und dunkel. Mächtige Tannen breiteten ihre Fächerzweige über sie wie schützende Hände. Meilenweit herrschte Stille. Nur das Knacken eines gefrorenen Asts, der unter Lyrians Fuß brach, oder ein verzagtes Wimmern von Mond hallte durch die schlummernde Wildnis. Einmal erspähten sie einen Hirsch im wässrigen Blaugrün, doch er setzte mit lautlosen Sprüngen davon.

»Sind wir denn auf dem richtigen Weg nach …«

»Nach Whalentida? Ja, immer nach Südosten.« Lyrian zog die Nase hoch und lächelte. »In Whalentida ist es wärmer als hier, das ist gut. Sie haben nur drei Monate Winter statt fünf, und manchmal schneit es im Winter gar nicht, stell dir vor.«

Plötzlich und ganz unvermittelt musste Lyrian an das Mädchen denken. Er hatte sie so oft in seiner Vorstellung heraufbeschworen, dass sie leuchtend und undeutlich geworden war wie ein Traumbild, das man nur noch spüren, nicht sehen kann. Ihr Gesicht, als sie sich über ihn beugte, schien gar nicht menschlich. Nein, sie war eine Lichtgestalt, die Verkörperung von etwas viel Größerem, das Furcht und Bewunderung verlangte – die Verkörperung von Todesmut und Weisheit, Güte und Gewalt. Wer war sie nur gewesen? Je öfter Lyrian sich ihre Begegnung ins Gedächtnis rief, umso sicherer war er, dass sie ihn mit einem zarten Lächeln begrüßt hatte, als er aus dem Tod erwacht war. Sie hatte einen Grund dafür gehabt, ihn zu töten und ihm das Leben zu lassen. Einen Grund, der ihm verschleiert blieb, trotz seines überlegenen Verstandes – denn es waren bestimmt nicht willkürliche Gefühlsregungen gewesen, die sie zu ihrer Tat veranlasst hatten. Nein, sie, dieses namenlose Menschenmädchen, hatte etwas gewusst, das er als Drache noch immer nicht begriff. Dass sie nun tot war und ihr Geheimnis für immer verloren, machte sie nur noch mystischer.

Es schien kälter zu werden, ob das nun an der schwindenden Sonne lag oder weil er schon so lange fror. Wenn er Handschuhe mitgenommen hätte … oder ein zweites Paar Stiefel, warme, trockene Stiefel! Doch er verbiss sich jegliches Gejammer und versuchte, sich auf den Weg zu konzentrieren.

Plötzlich stolperte er über einen spitzen Fels im Boden und fiel auf die Hände.

»Habt Ihr Euch verletzt?«, fragte Baltibb. Er schüttelte den Kopf und wischte den Schnee vom Boden. Pflasterstein kam zum Vorschein. Moos wucherte in den Ritzen, aber es war zweifellos Straßenpflaster, von Menschen gelegt.

»Hier ist eine Straße. Oder hier war eine.« Lyrian erhob sich und schob mit dem Fuß noch mehr Schnee weg. Tatsächlich war da ein alter Weg.

»Der ganze Kontinent ist von Ruinen bedeckt«, erklärte er, als sie ihren Weg fortsetzten. »Sie waren da, bevor Wälder und neue Städte darübergewachsen sind.«

»Wer hat sie gebaut?«

Er schüttelte den Kopf. »Das weiß heute niemand mehr. Es ist lange her, deshalb sind es ja jetzt Ruinen.«

Sie waren so auf ihr Vorankommen konzentriert, dass sie gar nicht merkten, wie der Wald sich lichtete. Plötzlich traten sie in die silbrige Abenddämmerung. Dort, wo sich das Dach der Bäume öffnete, erhoben sich mächtige Gebilde aus Stein, in ihrem eigenen Geröll versunken wie schläfrige Riesen.

Lyrian und Baltibb blieben stehen. Es war ein uraltes Gebäude.

»Was das wohl gewesen sein mag?«

»Ich weiß nicht«, murmelte Baltibb. Es war kaum zu überhören, dass das alte Gemäuer sie nicht halb so sehr anzog wie Lyrian. Scharf beäugte sie die große Ruine, als müsste sie einen Gegner abschätzen, der sich gleich auf sie stürzen konnte.

»Es wird bald dunkel«, bemerkte er mit einem Blick in den Himmel und kletterte über Gesteinsbrocken, um ins Innere zu gelangen.

»Wartet«, sagte Baltibb, als er zwischen Schutt und Schnee eine schiefe Spiraltreppe fand. Sie öffnete ihren Reisesack, um eine Fackel herauszuziehen. Widerwillen regte sich in Lyrian, da er nichts von zu Hause annehmen wollte, aber insgeheim war er froh über das Licht. Baltibb entzündete die Fackel und gab sie ihm, damit er mit dem Licht vorgehen konnte.

Ihm wäre lieber gewesen, es ginge hoch anstatt hinunter. Aber Hauptsache, sie hatten einen trockenen Platz zum Schlafen. Sein Magen knurrte. Vage hoffte er, dass Baltibb auch Proviant in ihrem Reisesack hatte – nur für heute, morgen konnten sie Menschen aufsuchen und sie um Essen bitten …

Die Treppe mündete in Finsternis. Er hielt die Fackel empor, doch keine Decke wurde sichtbar. Stattdessen zeichnete der Feuerschein die Umrisse mächtiger Marmorsäulen nach. Wurzeln, dick wie Baumstämme, brachen durch steinerne Bodenfliesen und füllten die Dunkelheit mit unheimlichem Geäst. In ihren Klauen lagerten Gegenstände … geheimnisvolle Schemen tanzten im Fackellicht. Lyrian drehte sich im Kreis. Sie waren in einer Halle.

»Mir gefällt das nicht«, sagte Baltibb. Fast hätte Lyrian über ihr Misstrauen gelächelt, wäre ihm selbst nicht auch mulmig zumute gewesen. Er streckte die Fackel aus und ging weiter. Truhen traten aus der Dunkelheit hervor … zerbrochene Gefäße … Statuen … er hob ein Trümmerstück vom Boden auf: Es war die Hälfte eines menschlichen Gesichts. Feuchtigkeit und Moos hatten dem edlen Marmor seine Blässe geraubt, doch die Gesichtszüge waren noch immer erkennbar. Ein leeres Auge blickte ihn an, kleine, knospenförmige Lippen, die Nase war schon verloren gegangen. Lyrian betrachtete seinen Fund lange. Was für eine Vergangenheit es wohl gewesen sein mochte, die solche Kunstwerke hervorgebracht hatte? Nach einem Augenblick ging er weiter, das kostbare Relikt fest in die Hand geschlossen.

Ein merkwürdiger, länglicher Schrank mit weißen und schwarzen Zähnen stand inmitten der Wurzeln. Lyrian trat näher und betrachtete das rätselhafte Ding. Ob es ein Schrein für »Götter« war, die die Menschen in dunklen Vorzeiten verehrt hatten? Er ließ die Finger darübergleiten und berührte die weißen Zähne. Sie ließen sich hinunterdrücken. Im nächsten Augenblick fuhr Lyrian erschrocken zusammen; ein greller, noch nie gehörter Laut erfüllte die Halle. Baltibb schnappte nach Luft.

Er wandte sich mit einem Strahlen zu ihr um. »Ein Musikinstrument!«

»Damals gab es so was schon?« Sie schien nicht gerade begeistert. Beunruhigt spähte sie in die Höhe, ob der Ton die Trümmer zu erschüttern vermochte.

»Sieht so aus.« Er drückte eine andere Taste und zu seinem Entzücken erklang ein neuer Ton. Er fuhr fort, Tasten zu drücken, bis ihm aufging, dass die Töne zu einer Richtung hin höher, zur anderen tiefer wurden. Welch ein Klang aus dem schwarzen Schrank kam! Kräftiger als jede Flöte, ergreifender als alle Zupfinstrumente, aber weicher, vielschichtiger als Trommeln.

»Baltibb, das ist unglaublich! Hör mal.«

Sie nickte bang, denn sie lauschte schon die ganze Zeit mit wachsender Unruhe. Lyrian klimperte auf ein paar Tasten und eine kleine Melodie entstand. »Das ist Musik! Klingt das nicht wunderschön?«

»Hmhm …«

»Wahrscheinlich hat seit Jahrhunderten niemand mehr diesen Klang gehört. Wir beide sind die Einzigen –«

Licht fiel auf Lyrian herab, doch es kam nicht von der Fackel. Überrascht wandte er sich um.

Auf der Treppe standen Krieger.

Dunkle Begegnungen

An einer Straßenecke kam Mion zum Stehen und lehnte sich keuchend gegen die Hausmauer. Beruhige dich, befahl sie sich selbst. Aber das war nicht so einfach. Ihre Gedanken wirbelten durcheinander wie Schneeflocken und ließen sich nicht greifen.

Jagu führte etwas Dunkles im Schilde, sie hatte es die ganze Zeit geahnt – keiner gab seine Hilfe umsonst. Natürlich hatte er ihr nur das Leben gerettet, um es anderswie zu verspielen. Nun, sie war ihm nichts schuldig. Sollte er doch weiter Faunia benutzen, die ja offensichtlich nichts dagegen hatte.

Schließlich stieß sie sich von der Mauer ab und sah sich in der verschneiten Straße um. Was nun? Am besten suchte sie sich erst einmal einen warmen Unterschlupf. Dann konnte sie weitersehen und den Schmuck verkaufen, den sie immer noch trug. Sie brauchte Geld.

Fröstelnd schlang sie die Arme um sich. Das Viertel der Gilden hatte sie bereits verlassen, doch die Häuser waren auch hier ordentlich und es gab sogar Straßenlaternen. Ziellos schlich sie durch die Alleen. Leute, die ihr entgegenkamen, warfen ihr verwunderte Blicke zu. Ein Herr in einem pelzbesetzten Umhang fragte, ob sie Hilfe bräuchte, doch als sie sich erkundigte, ob es in der Nähe eine Schänke gab, wandte er sich entrüstet ab. Ein Junge, der einen Wagen zog, rutschte im Schnee aus, als er Mion sah.

»Weißt du, wo eine Schänke ist?«, fragte sie missmutig.

Der Junge schenkte ihr ein Lächeln voller Zahnlücken.

»Einfach geradeaus und beim Marktplatz in die erste Gasse rechts, da findest du, was du suchst.«

Mion ging in die Richtung. Bald kam sie zu einem großen Marktplatz, auf dem sich wackelige Stände zusammendrängten. Bauern, die das Land jenseits der Ruinen bebauten, aber auch Heiler und Stoffhändler aus Wynter boten ihre Waren feil. Mägde mit Körben und feine Damen und Herren in Umhängen kamen Mion entgegen. Auch Kinder und Hunde liefen zwischen den Ständen herum, und Mion wunderte sich, dass sie beinahe so verwahrlost aussahen wie in den Ruinen. Sie hatte gedacht, in Wynter gäbe es keine Armut.

Sie suchte sich einen Weg über den Markt und bog in die erste Gasse rechts ein, wie der Junge gesagt hatte. Hier war es dunkel und eng. Ein Mann in schlechten Kleidern trottete auf sie zu, der große Bündel Reisig auf dem Rücken trug. Ein Holzfäller aus den Ruinen. Hier mochte auch ihr Vater entlanggelaufen sein … Mion sah in die andere Richtung und biss die Zähne zusammen. Hätte ihr Vater sie doch einmal mitgenommen. Dann hätte sie Wynter kennengelernt und wäre jetzt nicht so verloren. Wieso hatte er ihr nie etwas beigebracht? Tränen stiegen ihr in die Augen, aber sie schüttelte energisch den Kopf und schluckte sie hinunter. Es war nun wirklich nicht der rechte Augenblick, um an traurigen Erinnerungen zu hängen.

Wo war denn nun die Schänke? Die Gasse endete vor einer Steinmauer, Mion drehte sich unschlüssig um und ging zurück. Hauseingänge, verschlossene Türen, eine Magd, die ihr aus dem Fenster einen schnippischen Blick zuwarf … Und da, tief in den Schatten zweier Mauern, ein beleuchteter Eingang. Mion kniff die Augen zusammen. LICHTHAUS las sie von einem Holzschild ab, das über der Tür hing. Das musste es sein. Besonders einladend wirkte es aber nicht.

Sie trat in den schmalen Eingang und schob die Tür auf. Feuchte Wärme, Gelächter und die Melodie einer Flöte empfingen sie. Die einzigen Quellen von Helligkeit waren ein Kamin, in dem ein rotes Feuerchen hüpfte, und ein paar Talgkerzen in Wandnischen. Rechts waren Fässer zusammengestellt worden, auf denen breite Holzbretter lagen – das war die Theke. Links standen ein paar ungleiche Stühle und Tische.

Mion zuckte zusammen, als die Tür hinter ihr ins Schloss fiel. Die Schänke sah nicht so aus, wie sie sich ein Gasthaus in Wynter vorgestellt hatte. Sie sah eher aus wie ein Loch für Säufer und Dirnen, wie man es in den Ruinen fand. Wo hatte dieser dumme Wagenjunge sie bloß hingeschickt... Aber einfach auf dem Absatz umkehren wollte sie nicht. Es gab keinen Grund mehr, die feine Dame zu spielen – an Orten wie diesem war sie schließlich aufgewachsen. Und wenigstens war es hier warm.

Selbstsicher ging sie zur Theke und legte die Hände auf die Bretter. Männer, die an den Tischen saßen und würfelten, folgten ihr mit dunklen Blicken.

Hinter der Theke stand ein Junge und putzte Messer. Er war bestimmt nicht älter als Mion, doch er stand auf einer Kiste, um größer zu sein, und hatte sich die Mütze tief ins kindliche Gesicht gezogen. Aufmerksam betrachtete er Mion, ohne sie zu grüßen.

»Ich such jemanden, der mir was abkaufen kann.«

Der Junge musterte sie schweigend. Irgendwo im Dämmerlicht der Schänke begann eine weibliche Stimme, die Flötenmusik mit Gesang zu begleiten. Helles Kichern und Männerrufe mischten sich.

»Kennst du einen Hehler?«, fragte Mion ungeduldig.

»Wäre die Dame vielleicht so gnädig, ihre Frage zu wiederholen, vielleicht können wir sie beantworten?«, sagte plötzlich jemand hinter ihr. Sie fuhr herum. Zwei Männer waren aufgetaucht. Der eine war klein und hager und hatte ein unstetes Gesicht mit fiebrigen Augen, der andere war kräftiger und bestand ganz und gar aus schwarzem Bart und wildem Haar.

»Ist das eine von euren?«, fragte der Junge hinter dem Tresen jetzt. Die Augen des Hageren huschten kurz zum Jungen hinüber, dann wandte er sich mit schmeichelnder Stimme an Mion: »Gibt es ein Problem, meine Dame?«

»Nein. Ich suche nur jemanden, dem ich was verkaufen kann.«

Die beiden Männer tauschten Blicke. »Ihr meint …?«

Mion strömte alles Blut aus dem Gesicht, als sie begriff. »Mein Schmuck! Ich will bloß den Schmuck verkaufen.«

Der Hagere starrte sie eine Sekunde zu lange an. Mion spürte, dass es ein Fehler gewesen war, sich ansprechen zu lassen. Hätte sie doch ihre schäbigen Kleider getragen, wäre sie doch in den Ruinen! So war sie ganz fehl am Platz und damit auch verletzlich.

»Euren *Schmuck* wollt Ihr also verkaufen, soso«, erwiderte der Bärtige und klang scheußlich amüsiert. »Wir fragen uns, was eine so reizende Dame wohl dazu treibt, ihren Schmuck zu verkaufen? Er gefällt Euch doch, wo er Euch so gut steht?«

»Was soll das«, stammelte Mion dumpf. »Lasst mich in Ruhe.«

Der Hagere öffnete den Mund, doch ehe er ein Wort sagen konnte, war Mion an den beiden vorbeigeschlüpft und lief auf die Tür zu. Sie stieß sie auf und floh klopfenden Herzens ins Licht der Straßen zurück.

Sie war kaum zwei Schritte durch den Schnee gestapft, da hörte sie das Scheppern der Tür hinter sich. Schreckensbleich blickte sie über die Schulter zurück: Die beiden Männer folgten ihr.

Ohne eine Sekunde zu zögern, rannte sie los. Wo ging es zum Markt zurück? Vorhin war sie von rechts gekommen, aber nein, da war die Sackgasse. Jetzt rannte sie blindlings in eine neue Abzweigung, bog nach links ab, landete in einem winzigen, dampferfüllten Gässchen. Aus Fensterluken am Straßenrand drang Rauch und Geschirrklappern. Das Gässchen machte einen Bogen. Sie rutschte auf dem glatten Pflasterstein, hielt sich an den Hausmauern fest, keuchte – und landete genau da, wo das Gässchen angefangen hatte. Es war ein Rundweg. Zwei Hände packten sie von hinten und drückten sie gegen die Wand.

Ihr Aufschrei ging ungehört im Dampf verloren.

»Die Dame verhält sich nicht sehr fein«, keuchte der Hagere und grinste. Sein Atem schlug Mion säuerlich ins Gesicht. »Ich würde fast sagen, das ist gar keine Dame, was meinst du, Mabef?«

Der Bärtige griff noch fester in ihre Schulter. »Eine Dame rennt nicht wie ein Wiesel. Aber weißt du, wer so rennen kann, Lesann? Eine Diebin. So schnell rennt nur eine Diebin.«

»Ich bin keine Diebin! Lasst mich los, verdammt!«

»Ah, ganz bestimmt keine Dame. Wir wollen mal sehen, wie du heißt, kleines Wiesel. Bist du eins von Rumgols Mädchen?« Der Hagere hustete schwer und tastete ihren Rock nach Taschen ab. Als er nichts fand, verzerrte sich sein Grinsen. »Du, Mabef, die Kleine hat keinen Bürgerschein.«

Die beiden Männer starrten sie an wie einen Dukaten, der sich in einen Sack voll Gold verwandelt. Dann packte der Dünne plötzlich ihr Gesicht und drückte ihren Kopf gegen die Mauer. »Hah, eine kleine Ruinenlaus! Es ist doch immer dasselbe. Kriecht durch eure Schlupflöcher in die Stadt und meint, in geklauten Kleidern riecht ihr nicht mehr nach Ruinendreck!«

»Was macht man mit so einer«, schnaufte der Bärtige vergnügt. »Es wäre die Pflicht jeden ehrbaren Bürgers, die Diebesbeute dieser Ruinenlaus zu konfiszieren, oder nicht? Und dann …«

Zu Mions Überraschung ließen die beiden sie los. Lachend klopfte der Bärtige ihr auf die Schulter, als wäre ihr ein wenig Schnee aufs Kleid gerieselt.

»Weißt du, Lesann«, sagte er gedehnt, »ich hab doch immer Mitleid. Ob so eine kleine Laus nun draußen lebt oder hier drinnen, was macht das schon für einen Unterschied? Wir sollten ihr helfen hierzubleiben.«

»Du hast recht«, sagte der Hagere ernst und besah Mion von oben bis unten. »Na, wir helfen dir, Wiesel. Wir beschaffen dir einen Bürgerschein, damit du in Wynter bleiben kannst. Und weil wir außerdem das Herz am rechten Fleck haben, melden wir deinen kleinen Diebstahl nicht den Sphinxen. Wir heben den Schmuck sogar für dich auf, damit du ihn nicht verstecken musst.«

»Und du darfst von jetzt an für uns arbeiten«, fügte der Bärtige liebenswürdig hinzu.

Mion atmete schwer. »Gut«, murmelte sie heiser. »Ist gut.«

»Gib den Plunder her«, befahl der Hagere und griff nach ihren Fingern, um die Ringe abzuziehen. In dem Moment trat Mion ihm mit aller Kraft in den Unterleib. In einer Bewegung fuhr sie herum und traf den Bärtigen mit der Faust auf den Kehlkopf. Schreie gellten ihr in den Ohren. Eine Hand griff nach ihr – Mion duckte sich und rannte, so schnell sie konnte.

Die beiden verfolgten sie. Mion hörte ihr wütendes Schnaufen direkt hinter sich, gab ihre letzten Kräfte, rannte, bis es nur noch den nächsten Schritt gab, und den nächsten und den nächsten. Ihr Kleid riss vom Saum bis zum Knie. Im

Stolpern verlor sie einen Armreif. Dann, endlich, öffnete sich die Straße vor ihr und warf sie auf den Marktplatz.

Ein Händler schrie auf, als Mion eine Kiste voller Eier umriss. Überraschte Ausrufe folgten, doch Mion nahm nichts wahr und stürmte weiter. Schließlich landete sie in einer Nebenstraße. Ihre Seite stach so sehr, dass sie gekrümmt laufen musste. Hüstelnd kroch sie hinter ein Haus, kletterte von einer alten Kiste über ein Regenfass auf das flache Dach. Am ganzen Leib zitternd, brach sie zusammen. Irgendwo unter ihr waren aufgebrachte Stimmen … Marktfeilschen oder zornige Männerrufe? Sie konnte es nicht sagen. Die Erschöpfung holte sie ein, Dunkelheit kam und schluckte für eine Weile die Welt.

Stunden, Tage mochten vergangen sein, bis Mion die Kraft fand, sich wieder aufzurichten. In Wirklichkeit waren nur Minuten verstrichen. Zitternd umschlang sie die Knie mit den Armen. Die Stadt versank in vorabendlichem blauen Dämmer. So weit das Auge reichte, Hausdächer. Weiter unten war Wynter ein bis zur Unkenntlichkeit verschlungener Irrgarten aus Gassen und Siedlungen, weiter oben konnte man die majestätischen Villen der Gilden zwischen hohen Bäumen ausmachen. Dahinter, fern und unwirklich in einem Dunst aus Wolken, waren die höchsten Türme des Palasts in den Himmel gezeichnet.

Wynter war riesig. So riesig … man konnte von hier aus nicht einmal die Stadtmauern sehen, geschweige denn die Ruinen. Mion weinte leise, aber der Wind trug ihre Stimme davon. Wären alle Menschen in diesem Augenblick tot umgefallen, hätte sie sich nicht verlassener fühlen können.

Sie kletterte vom Haus und schrammte sich den Unterarm an der rauen Mauer auf. Blutstropfen sammelten sich an den Schrammen. Das hatte noch gefehlt.

»Ich hasse dich«, schluchzte sie und wusste nicht einmal, wen sie meinte. Wahrscheinlich alle.

Immer wieder sah sie über die Schulter zurück, spähte um Ecken und fuhr bei jedem Geräusch zusammen, als sie durch die Straßen schlich. Dann wurde es zunehmend dunkler und ihre Erschöpfung dämpfte die Ängstlichkeit. Gedankenlos taumelte sie auf Leute zu und versuchte, ihren Schmuck zu verkaufen. Man wich ihr aus und einmal wurde sie sogar beschimpft.

Irgendwann sah sie einen langen Menschentross vorbeilaufen. Mion schlich näher und blieb im Schutz der Hausmauern stehen.

Es waren Arbeiter, Holzfäller, Bauern und Lumpengestalten. Manche wimmerten oder klagten, doch die meisten blickten stumpf geradeaus. Gestalten mit hohen Laternen bewachten die Menge … Mions Herz zog sich zusammen. Sie erkannte die gelben Umhänge. Sphinxe. Die Tagelöhner der Stadt wurden zurück in die Ruinen getrieben.

»Bürgerscheine!«, riefen Sphinxe von nah und fern. »Bürgerscheine zeigen!«

Plötzlich schwappte trübes Licht über ihre Schultern. Nadeln der Angst durchbohrten sie.

»Dein Bürgerschein.«

Stockend drehte sie sich um. Obwohl sie wusste, dass sie einem Sphinx gegenüberstehen würde, entfuhr ihr bei seinem Anblick ein Schreckenslaut. Sein graues Gesicht wirkte in der Dunkelheit wie ein Totenkopf. Die Augen waren pechschwarz und blank wie Spiegel.

»Bürgerschein!«

»Ich … ich hab ihn verloren«, stammelte Mion, aber sie hörte sich selbst kaum. Schon fiel die Hand des Sphinx auf ihre Schulter und schob sie zwischen die Menschen.

Füße traten auf ihre. Ein Schulterkorb streifte sie. Die Menge drängte sie voran. Am Ende der Straße ragte ein beleuchtetes Stadttor auf, und noch mehr Sphinxe waren da, in Menschen- und Löwengestalt … Sie zählten die Ruinenbewohner ab, die Wynter verließen.

»Weiter, weiter«, riefen die Sphinxe gleichgültig. »Nicht stehen bleiben!«

Das Tor kam näher, ohne dass Mion ihre Schritte wahrnahm. Einzeln passierten die Ruinenbewohner das Tor, für jeden wurde ein Haken auf der Liste gemacht. Nur noch eine Handvoll Holzfäller trennte Mion von den wachsamen Augen der Sphinxe.

Und da entdeckte sie ihn, den Blick unbeirrt auf sie gerichtet, ohne Reue, ohne Vorwurf, leer.

»Das ist sie«, sagte Jagu zu den Sphinxen und wies mit einem müden Wink auf Mion. Sie war zu erstarrt, um Widerstand zu leisten, als die Sphinxe sie aus der Menge zogen. Dann stand sie Jagu gegenüber.

Er biss die Zähne zusammen, seine Augenbrauen bewegten sich kaum merklich nach oben. Offenbar fiel es ihm schwer, sie anzusehen.

»Sie?«, fragte einer der Sphinxe nach.

»Mein Lehrling«, bestätigte Jagu und reichte ihm eine beschriftete und mit einem Siegel versehene Karte aus hartem Leder: ein Bürgerschein. Der Sphinx reichte ihn wortlos zurück und wandte sich ab.

Jagu streifte seinen Umhang ab und legte ihn um Mion. Dann führte er sie von den Sphinxen fort zu einem wartenden Wagen. Sobald sie aus dem Licht getreten waren, schüttelte Mion seine Hand und den Umhang ab.

»Was willst du?«, fauchte sie. Sein Gesicht war im Schatten. So leise, dass Mion es sich fast einzubilden glaubte, sagte er: »Es tut mir leid.«

»Spar dir das.«

Immer noch hallten die Rufe der Sphinxe durch die dunklen Gassen: »Bürgerscheine! Bürgerscheine zeigen!« Und die Schritte der Ruinenleute verdichteten sich zu einem dumpfen Rauschen.

Mion irritierte es, dass Jagu nichts erwiderte und auch sie ihm nichts mehr zu sagen hatte. Schließlich gab sie sich einen Ruck und wandte sich zum Gehen.

»Wo gehst du hin? Mion … sei nicht albern.« Nun hob er den Umhang auf und lief ihr nach. Als sie nicht stehen blieb, fasste er nach ihrem Unterarm – sie stöhnte auf, als er die Schrammen berührte.

»Meine Güte, was hast du angestellt?«

»Ich bin abgehauen, das hab ich angestellt!«, schrie sie. Plötzlich war ihr heiß vor Zorn. Dachte er denn, er könnte sie einfach so zurückholen wie einen entlaufenen Hund? »Ich hab gehört, was du gesagt hast. Ich weiß nicht, was du vorhast, aber ich werde nicht mitmachen! Ich bin kein Püppchen, das Faunias Platz einnimmt, und ich bin auch kein Mittel, um sie eifersüchtig zu machen! Ebenso wenig bin ich eine Künstlerin oder ein Lehrling, also lass mich in Ruhe!«

»Mion …«

»Fass mich nicht an! Oder ich schreie.«

Er hielt inne, den Umhang halb ausgestreckt. Das Licht einer Laterne glitt durch seine grauen Augen. »Dann kommen die Sphinxe.«

»Na und? Du hast doch einen wunderbaren Gildenring und deine Bürgerscheine und dein Geld, was schert dich das?«

»Dich sollte es was scheren, verdammt!« Er atmete tief durch. »Ich habe mich entschuldigt. Ich bitte dich … noch einmal … komm zurück. Ich führe nichts Böses im Schilde, das schwöre ich. Es gibt Geheimnisse, du hast recht, ich wollte sie dir zu gegebener Zeit verraten.«

»Ja, natürlich.«

»Also schön… ich sage dir alles. Und danach kannst du entscheiden, ob du mein Lehrling bleiben willst oder nicht. Ich werde dich nicht aufhalten, wenn du beschließt zu gehen. Du hast mein Wort.«

Eine bissige Erwiderung lag ihr auf der Zunge, aber sie schaffte es nicht, sie auszusprechen. Ebenso wenig wie sie nicken konnte. Mit knirschenden Zähnen starrte sie auf seine Stiefel.

»Nun nimm schon«, murmelte er schließlich und drückte ihr den Umhang in die Hand. Ohne abzuwarten, ob sie ihn umlegte, kehrte er zum Wagen zurück.

Eine Weile wog Mion den Umhang in der Hand, als wäre er ihr Schicksal. Dann fluchte sie, wickelte sich in den warmen Stoff und ging zum Wagen. Ohne ein Wort setzte sie sich neben Jagu. Sie fuhren los.

Beide blickten in die andere Richtung. Straßen zogen vorüber, Brocken aus Finsternis, blass umhaucht von einsamen Laternen. Schneeflocken tanzten durch die Nacht und Mion bibberte – gerade jetzt, wo sie endlich etwas zum Anziehen hatte! Was ist nur mit mir los, dachte sie.

Das Erste, was er tat, war, seine Pfeife anzuzünden. Er ließ sich nicht anmerken, dass er nervös war, doch nachdem die Pfeife brannte, drehte er sie nur noch geistesabwesend in der Hand.

Sie saßen im Salon mit dem großen Kronleuchter und der Spiraltreppe. Weiter hatte Mion nicht ins Haus gehen wollen, als gelte es, sich nicht zu nah an einen Mahlstrom heranzuwagen. Vor ihnen brannte ein altes Feuer im Kamin, gerade stark genug, sie zu wärmen und ein wenig Licht zu spenden.

»Wo ist Faunia?«, fragte Mion zuerst.

Jagu zuckte die Schultern und blickte seine Pfeife um Rat an. »Wahrscheinlich in ihrem Zimmer, ich weiß es nicht …«

»Wer ist Faunia? Seit wann ist sie deine Schülerin? Und warum hast du gesagt, dass sie dir nicht mehr nützlich ist?«

Er lächelte. »Nun duzt du mich also?«

»Antworte«, sagte sie leise.

Er paffte seine Pfeife, als wollte er sich hinter dem Rauch verstecken. »Faunia ist ein Straßenkind. Das heißt, sie war eins. Es ist jetzt schon ein paar Jahre her … fünf Jahre. Sie war vierzehn, als ich sie gefunden habe.« Er schmunzelte, aber seine Augen waren freudlos. »Sie hat die Statuen der Drachen am Gardeplatz mit Kreide bemalt – besudelt, wie die Sphinxe meinten. Mit diesem Streich hat sie sich die Gnade verspielt, in einem Waisenhaus aufgenommen zu werden. Man wollte sie in die Ruinen bringen, um sie dort ihrem Schicksal zu überlassen. Übrigens eine interessante Strategie der Drachen, wenn man bedenkt, dass sie keine Gefühle haben: Das Elend halten sie sich so weit wie möglich vom Leib. Man könnte es fast für widersinnig halten, wo das Hohe Volk doch weder für Mitleid noch Bekümmerung anfällig sein soll … Jedenfalls habe ich Faunia vor den Ruinen bewahrt. Ich fand, sie hat die Statuen sehr reizend verziert.«

Mion sah ihn ungläubig an. »Das war der Grund, warum du sie aufgenommen hast? Du hast wohl was übrig für Notleidende, die mit den Drachen in Konflikt geraten.«

Jagu rauchte nachdenklich.

Sie verschränkte die Arme und fühlte, wie ihr ein hartes, verächtliches Lächeln um den Mund zuckte. »Also Faunia war vierzehn, als du ihr begegnet bist. Sie ist doch wirklich sehr hübsch; ich wette, mit vierzehn war sie es auch schon. Und mit den ganzen feinen Kleidern hat sie gleich eine richtige Dame abgegeben.«

Jagus Augen blitzten. »Denk, was du willst. Aber ganz so simpel sind meine Absichten nicht.«

»Willst du mir weismachen, du hättest dich auch um Faunia gekümmert, wenn sie einen Bart und einen Buckel gehabt hätte?« Sie lachte auf. Gleichzeitig musste sie daran denken, wie er ihr im Kerker die merkwürdigen Fragen gestellt hatte, ob sie krank sei und ob sie noch alle Zähne habe …

»Du hast recht«, sagte er mit jener stillen, lauernden Stimme, bei der ihr schon so oft flau geworden war. »Ich hätte Faunia nicht aufgenommen, wenn sie nicht schön gewesen wäre. So wie ich dich nicht gerettet hätte.«

Das Knistern des Feuers war eine Weile das einzige Geräusch. Mion sah in die grauen Augen, gelähmt und fasziniert von der kalten Berechnung darin, die sie noch nicht verstand, aber schon lange fürchtete.

»Was hast du vor?« Hatte sie geflüstert? Hatte sie die Frage überhaupt ausgesprochen? »Du willst uns doch gar nicht das Malerhandwerk beibringen.«

Er erwiderte ihren Blick und schüttelte langsam, undeutlich den Kopf. Bleierne Schwere sank über sie. Sie hatte es gewusst. Es war zu schön gewesen, um wahr zu sein.

»Es geht um die Drachen.«

Sie verengte verständnislos die Augen.

»Ich brauche Faunia … oder dich. Denn ich weiß etwas über die Drachen, was niemand sonst zu wissen wagt.«

»Was?«

»Dass sie Menschen sind.«

Die Rudel der Ruinen

Lyrian war wie versteinert. Baltibb wich zurück und Mond gab ein Winseln von sich.

Mehr als zwölf Gestalten waren auf der breiten Treppe erschienen. Im Schein ihrer Fackeln ließ sich erst erkennen, wie riesig die unterirdische Halle war: Die Treppe führte aus einem Portal heraus, das wie der Rachen eines Ungeheuers vor ihnen klaffte, und dahinter lauerten noch größere Gebilde. Lautlos lösten sich mehr Gestalten aus der Dunkelheit und schlossen sich den Fackelträgern an. Ihre Kleidung bestand aus wild zusammengewürfelten Stücken: Einer war in einen langen Umhang gehüllt, ein anderer in ein gepanzertes Lederwams. Manche hatten abgewetzte, breitkrempige Hüte auf, andere hatten sich gegen die Kälte Tücher um den Kopf geschlungen oder weite Kapuzen übergezogen. An ihrer Spitze stand eine Frau in Wolfsfellen. In der linken Hand hielt sie eine Fackel, in der rechten einen Lederknüppel. Ihre Haare, vor Dreck mehr grau als blond, waren nur fingerlang und standen wirr in alle Richtungen ab. Der Nase fehlte ein Stück; sie zeigte eine hässliche Narbe. Mit messerscharfen Augen beobachtete sie Lyrian und Baltibb und zog die Mundwinkel zu einem mechanischen Lächeln hoch.

»Wer seid ihr?«, rief sie, aber es klang nicht wie eine Frage – es war ein Bellen.

Lyrian wusste nicht, was er erwidern sollte. In diesem Moment wusste er nicht einmal, wie man den Mund öffnete.

Zum Glück war Baltibb schneller als er: »Wir haben nur einen Platz zum Übernachten gesucht. Wir wollten niemanden stören.«

Zischendes Lachen erhob sich. Dann kam die Frau im Wolfsfell auf sie zu und die Bande folgte ihr wie ein Dutzend grauer Schatten. Baltibb rückte näher an Lyrian.

»Ein Platz zum Übernachten, so ist das!«, keifte sie. »Wynterbürger seid ihr, was? Feine Gesellschaft! Auf der Flucht, he?« Sie beugte sich vor und beleuchtete Baltibb. »Der Tropf hat eine hässliche Braut entführt. Hah, und ein Balg hat sie auch!«

Die Bande lachte. Baltibb durchlief ein Zittern, doch ihr Gesicht blieb hart und ausdruckslos. Lyrian schob sich halb vor sie.

»Ihr seid in mein Territorium eingedrungen!«, schrie die Frau plötzlich und alles Gelächter erstarb. Ihre Augen glühten. »Dulde keine Diebe, die in meinen Ruinen schnüffeln, meine Schätze ausbuddeln.«

»Wir haben nicht …«

Die Frau schlich näher an ihn heran. »Was sagt der Tropf? Hat er geredet, der Dummkopf?«

»Ich habe … ich habe gesagt, wir wollten nichts stehlen, wir sind zufällig hergekommen.«

Die Frau legte den Kopf schief. Die Augen rollten in ihren Höhlen, als wolle sie mit grotesker Übertreibung zeigen, dass sie nachdachte. »Zufällig … zufällig da, ist zufällig gefunden. Das Gesetz der Ruinenbanden: Wer's findet, dem gehört's!«

Und dann, schneller, als man in der Dunkelheit sehen konnte, holte sie aus und schlug Lyrian mit dem Knüppel nieder.

Die Welt drehte sich … irgendwo Licht … Stimmen ohne Worte. Stöhnend blinzelte Lyrian, weder ohnmächtig noch recht bei Bewusstsein. Seine Arme waren unbeweglich. Feste Hanfseile schnürten ihm die Brust ein. Neben ihm saß Baltibb mit hängendem Kopf.

Verstört sah er auf. Augenblicklich fuhr ihm ein brennender Schmerz durch die Schläfen. Der Knüppelschlag, jetzt fiel ihm alles wieder ein. Die Bande hatte ihn und Baltibb an eine alte Säule gefesselt.

Von Räuberkarawanen, die durch die Wildnis zogen und Ruinen plünderten, hatte ihm Accalaion erzählt. Weil die Karawanen auch mit Wynters Feinden Handel trieben, hatten die Drachen jeglichen Ruinenraub verboten; die versunkenen Schätze gehörten dem Kaiser und durften nur bei offiziellen Bergungen gesammelt werden. Aber natürlich waren die Menschen in der Wildnis nicht leicht zu kontrollieren. Sie zogen durch die Wälder und lebten von den steinernen Riesen der Vergangenheit.

Ein großes Feuer brannte, wo die Räuberbande sich niedergelassen hatte. Alte Stühle, Tische und trockene Wurzeln waren den Flammen zum Fraß vorgeworfen worden und das Feuer verschlang sie mit gierigem Zischen und Peitschen. Darüber briet ein Wildschwein, das die Räuber erlegt haben mussten. Wer Ruinen ausraubte, scherte sich auch nicht um das Jagdverbot.

Vor die Flammen hatten sie einen großen Sessel geschoben. Die Polster mochten vor Jahrhunderten einmal rot gewesen sein – nun hätte der Sessel ebenso gut mit Wildschweinfell bezogen sein können. Darauf saß die Anführerin der Räuber wie eine Koboldkönigin und nagte an einem großen Fleischbrocken.

»Seht mal, das Bürgersöhnchen ist wach!«, rief ein Räuber.

»Blass wie ein Püppchen!«, grunzte ein anderer.

»Gebt ihm was vom Fleisch! Kräftige Sklaven bringen mehr Geld!«

»Hübsch hergerichtet hast du ihn, Maraud!«

Maraud, die Anführerin, hob die Hand und der Spott verstummte. Mehrere Sekunden war nichts zu hören als das fauchende Feuer und Marauds Schmatzen. »Woher?«, fragte sie.

Lyrian begriff nicht. Schließlich gab einer der Ruinenräuber ihm eine so kräftige Ohrschelle, dass er gegen Baltibb stieß. »Woher du kommst!«

Krampfhaft blinzelte er die Sterne vor seinen Augen weg. Baltibb kam mit einem leisen Keuchen zu sich.

»Aus, aus Wynter«, murmelte er. Dann versuchte er, Maraud fest in die Augen zu blicken, was nicht leicht war, weil er alles verschwommen wahrnahm. »Bindet uns los!«

Die Räuber brachen in schallendes Gelächter aus.

»Wir haben euch nichts getan! Ihr habt keinen Grund, uns festzuhalten, ihr – ihr Menschen!« Er presste die Lippen aufeinander. Die irrsinnige, scheußliche, grundlose Bosheit dieser Kreaturen brachte ihn fast um den Verstand. Sie waren Tiere, nein, viel schlimmer. Tieren fehlte die Tücke, um so gezielt auf die Gerechtigkeit zu treten.

»Keinen Grund, sagt er, das Kerlchen!«, kreischte Maraud. »Wir haben euch gefunden, so einfach ist das.« Sie rieb Daumen und Zeigefinger aneinander. »Ich sehe zwei Fleischhaufen vor mir, das seid ihr! Ich sehe zwei Geldsäcke. Fünfzig Dukaten für den bleichen Haussklaven, für das Mädchen …« Sie musterte Baltibb aus zusammengekniffenen Augen. »Gah! Die kauft nicht mal ein Blinder!«

Wieder Gelächter. Lyrian zitterte vor Abscheu. Hoffentlich war Baltibb noch nicht so weit zu sich gekommen, um die derbe Bemerkung gehört zu haben.

Doch sie hatte sie mitbekommen. Sie hielt bloß den Kopf gesenkt, um den Ruinenräubern nicht ins Gesicht sehen zu müssen. Nun beugte sie sich zu Lyrian und flüsterte verzweifelt: »Wo ist Mond?«

Erst jetzt fiel ihm auf, dass der Hund fehlte. Schaudernd starrte er zu Maraud hinüber.

»Lasst uns frei.«

Die Räuberin kaute mit offenem Mund. »Deine Kleine, die kann ich wirklich nicht gebrauchen. Mädchen verkaufen sich schlecht für den Krieg und zur Braut taugt die da nichts. – Holunder!« Sie schnipste einem ihrer Räuber zu. »Hab's mir anders überlegt. Mach die Vogelscheuche kalt.«

Mit einem gleißenden Geräusch wurde der Säbel gezogen. Dann kam der Räuber auf sie zu.

»Bleib stehen«, befahl Lyrian. Nur ein Grinsen zuckte um das Räubergesicht. Der Mann packte Baltibb am Zopf und riss sie zurück. Sie gab keinen Laut von sich, starrte nur in die dumpfen Augen.

Lyrian verschwand. Irgendein Räuber stieß einen Schrei aus, doch die anderen waren zu überrumpelt, um zu reagieren. Ein Fuchs, groß wie ein Löwe, stürzte sich auf den Mann und biss ihm in die Kehle.

Heilloser Tumult brach aus. Ehe jemand das Monster hätte angreifen können, war es fort.

Maraud sprang aus ihrem Sessel, einen Krummsäbel in jeder Hand. »Wo ist es?!«

Hinter ihr tauchte ein großer Vogel auf und riss sie in die Flammen. Die Räuberin schrie, taumelte durch das Feuer und stürzte zu Boden. Schon war der Vogel in der Dunkelheit untergetaucht.

In den Schatten der Säule verwandelte Lyrian sich zurück und riss fieberhaft an Baltibbs Fesseln. Als sie auf die Beine kam, trat er vor sie. Seine Finger hatten die Form von

Klauen. Lange Zähne schimmerten zwischen seinen Lippen.

Schwerfällig richtete sich Maraud auf. Ihr Haar war bis zum Ansatz versengt und in dem rußgeschwärzten Gesicht glühten die Augen wie Glassplitter. Mit einem Schrei hob sie ihre Krummsäbel.

Lyrian rief die Fuchsgestalt herbei und machte einen großen Satz auf sie zu. Die Räuber ergriffen die Flucht – auch Maraud stolperte zwei wankende Schritte zurück. Dann riss sie die Säbel hoch und rannte auf Lyrian zu.

Die Klingen zerschnitten die Luft, doch der Fuchs sprang zur Seite.

»Helft mir!«, brüllte Maraud in die Schatten der Halle. »FEIGLINGE! KÄMPFT!«

Mit unerschütterlichem Mut stürzte sie sich erneut auf den Fuchs, verfehlte ihn jedoch knapp. In dem Moment stürmten mehrere Räuber zurück. Der Fuchs wurde kleiner, Schwingen sprossen ihm aus den Schultern und er erhob sich in die Dunkelheit. Ein Pfeil zischte los. Der Fuchs stieß ein helles Fauchen aus und stürzte neben das Feuer: Er war in der Seite getroffen. Augenblicklich schmolzen die Flügel fort, nur ein paar blutige Federn schwebten in die Flammen.

Zwei Räuber warfen sich auf den Fuchs, einen schlug er mit der Tatze nieder, den anderen biss er in den Nacken. Schon eilten neue Angreifer herbei. Eine Eisenkeule sauste auf die Flanke des Tieres nieder und es gab ein schmerzerfülltes Jaulen von sich. Hinkend versuchte der Fuchs, sich seinen Gegnern zu stellen – begrub einen unter seinen Vorderpfoten, biss den anderen in die Seite, stieß den Letzten ins Feuer. Ein vierter warf sich von hinten auf ihn und bohrte ihm seinen Dolch zwischen die Rippen.

Das Tier wälzte sich auf den Rücken und erdrückte den Mann unter sich. Blut strömte aus der Dolchwunde. Ein letzter Räuber war übrig geblieben, grob und furchterregend wie die lange Axt, die er über dem Fuchs hob. Als die Klinge herabsauste, brüllte er auf. Doch es war kein Kampfschrei, sondern ein Schmerzenslaut: Jemand hatte ihm einen Säbel in den Rücken gerammt.

Es war Baltibb. Mit einem panischen Schnaufen zerrte sie Marauds Krummsäbel zurück. Der Mann fuhr zu ihr herum. Sie holte aus und schlug diesmal zu, anstatt zu stechen.

Der Räuber fing den Hieb mit seiner Axt auf. Obwohl er schwer verletzt war, taumelte er nur einen kleinen Schritt zurück. Baltibb hingegen wurde von der Wucht des Zusammenpralls von den Füßen gerissen und fiel hin. Mit einem wutentbrannten Grollen ließ er die Axt auf sie niederfahren. Baltibb rollte sich zur Seite und schlug den Krummsäbel in die nackten Kniekehlen des Räubers. Der Koloss stürzte brüllend vornüber. Schon war Baltibb über ihm, riss seinen Kopf zurück und schnitt ihm in einer hastigen Bewegung die Kehle durch.

Entsetzliche Stille folgte dem Kampflärm, nur Baltibbs Keuchen war zu hören. Zitternd stieg sie von dem Toten hinunter, den Säbel noch immer umklammernd. Mehrere Gestalten lagen reglos im unruhigen Flammenschein, die anderen Räuber waren geflohen. Baltibb rannte zum Fuchs und schnappte entsetzt nach Luft, als sie die Dolchwunde erkannte.

Lyrian verwandelte sich zurück. Er troff vor Schweiß und bebte am ganzen Körper, doch die Schmerzen waren wie weggewischt: Der Jungenkörper war unversehrt. Nur sein Herz raste.

»Der Fuchs ist schwer beschädigt«, stammelte Baltibb.

»Ich hätte ihn verloren, wenn du nicht dazwischengekommen wärst.« Lyrian sah sie an. »Das war dumm von dir! Du hättest sterben können.«

Ihre Wangen glühten. Sie öffnete den Mund und schloss

ihn wieder. Kaum hörbar murmelte sie: »Ihr habt mir das Leben gerettet …«

Lyrian war nicht sicher, welche Regung sich hinter ihrem Blick verbarg. Schließlich drückte er nur ihre Schulter und merkte dabei, dass er immer noch zitterte. Läge es doch an der Erschöpfung und nicht an …

Getötet.

… an diesen verdammten Gedanken. Verflucht, ja, er hatte die Männer getötet! Was war ihm anderes übrig geblieben? Sie hätten Baltibb sonst umgebracht.

Ihm war mit einem Mal entsetzlich übel.

Der zarte Menschenhals zwischen seinen Fängen.

Das Blut platzt hervor wie aus einer Frucht.

Ein Zittern, ein Krampf, dann der Tod.

Mit seinen eigenen Händen … die drei Otter hatten Namen gehabt … die drei Füchse, die Schwalben waren blind vor Panik gewesen, mit seinen eigenen Händen –

»O, Mond!«

Entfernt vernahm Lyrian leises Winseln. Baltibb kam auf die Füße und stürmte auf den Hund zu, der ängstlich in den Schatten einer umgestürzten Säule kauerte. Lyrian versuchte, das Grauen abzuschütteln. Sie alle drei waren am Leben, daran sollte er denken und nicht an den Blutpreis, den sie für ihre Freiheit gezahlt hatten.

Er stand auf. Er wollte Baltibb gelassen oder zumindest gefasst ansehen, aber an ihrer sorgenvollen Miene erkannte er, dass es ihm nicht gelang. »Lass uns gehen.«

Baltibb nickte, dann streifte ihr Blick durch die Halle. »Ich habe meinen Reisesack verloren.« Lyrian beobachtete, wie sie auf eine der Leichen zulief und begann, die Taschen zu durchwühlen. Nachdem sie einen kleinen Geldbeutel gefunden hatte, wandte sie sich dem nächsten Toten zu.

»Was machst du da?«, fragte er mit belegter Stimme.

»Wenn sie schon tot sind, können wir auch ihre Sachen nehmen.« Sie warf sich einen Beutel über die Schulter, als sie sich der Räuberanführerin zuwandte. Sie drehte sie auf den Rücken – und stieß einen Schrei aus. Maraud war nicht tot.

Blut und Ruß bedeckten ihr Gesicht. In der Faust hielt sie ein Messer.

Mit letzter Kraft stach sie nach Baltibb.

Baltibb wich gerade rechtzeitig zurück, schwang den Krummsäbel und schlug wieder und wieder auf die Räuberin ein.

»Hör auf! Hör doch auf!«, brüllte Lyrian.

Erschrocken senkte Baltibb den Säbel. Sie keuchte vor Schreck und Anstrengung und blinzelte sich Blut von den Wimpern. Die Räuberin war längst tot.

»Keine Sorge«, stammelte sie. »Mir ist nichts passiert.«

Lyrian starrte sie an. Natürlich war *ihr* nichts passiert. Unsicher erwiderte sie seinen Blick, in der einen Hand den blutigen Krummsäbel, in der anderen den Geldbeutel, und doch waren ihre Augen so unschuldig wie Monds.

Er gab sich einen Ruck und wandte sich zum Gehen. Baltibb folgte ihm stumm.

Sie tasteten sich die Treppe hinauf, die sie zuvor hinabgestiegen waren, und stolperten in die klirrend kalte Nacht. Hunderttausend Sterne glitzerten über ihnen gleich gefrorenen Tränen.

Ein Herz

Mion starrte Jagu verwirrt an und fragte sich, ob er das, was er gesagt hatte, ernsthaft meinte. Leider sah es ganz danach aus.

Es gab Rebellen, die gegen die Herrschaft der Drachen waren, aber noch nie hatte sie etwas so Ungeheuerliches gehört wie das: dass Drachen Menschen waren. Genauso gut hätte er behaupten können, Menschen seien Auerochsen.

»Aber ...« Sie schüttelte den Kopf.

Jagu drehte ungeduldig seine Pfeife in der Hand. »Was unterscheidet Menschen von Drachen, Mion? Dass Menschen Gefühle haben, Drachen aber Verstand. Sie sind vernünftige Wesen, wir emotionale. Sie haben eine Weitsicht, die der romantische Schleier unserer Gefühle uns verwehrt. Richtig?« Er beugte sich vor. »Wenn ich dir aber nun sage, dass ich die Drachen kenne ... Sie haben Gefühle. Sie sind nicht vollkommener als wir. Die Ordnung unserer Welt basiert auf einer Lüge.«

Mion fühlte sich, als müsste sie aufspringen. Als müsste sie empört sein über ... ja, was? Eine Beleidigung? Ihr war es doch egal, ob jemand die Drachen beschimpfte. Und doch war es ein großer Unterschied, sie zu beschimpfen oder etwas so Ungeheuerliches zu sagen, dass es die Welt infrage stellte.

»Ich weiß es«, wiederholte Jagu mit Nachdruck. »Ich kenne sie. Ich war auf ihren Festen. Ich war in ihrem Palast. Ich habe ihre Korpusse porträtiert, aber auch hier konnte ich mir ein Bild von ihnen machen.« Er tippte sich an die

Schläfe. »Sie halten sich in ihrem Palast versteckt, weil sie dort ein Leben der Verschwendung und Dekadenz führen. Dem Volk zeigen sie nur Gemälde und Statuen von sich, denn wenn die Menschen sie sähen, würden sie ihre wahre Natur erkennen.«

»Aber sie verwandeln sich in Tiere!«, wandte Mion ein. »Das kannst du wohl nicht bestreiten. Ich habe noch nie von einem Mensch gehört, der zu einem geflügelten Löwen wurde.«

Jagu sah sie mit einem so unheimlichen Blick an, dass sie schauderte. »Doch, das hast du. Das sind die Drachen – nichts anderes: Menschen, die sich in Ungeheuer verwandeln können.«

Mion breitete die Arme aus und verschränkte sie unschlüssig wieder. »Wieso, bitte schön, können wir es dann nicht?«

»Das ist ihr Geheimnis. Die Drachen hüten es streng. Aber ich werde es herausfinden.« Jagu sagte es so beiläufig, dass Mion kurz dachte, er sei nicht mehr ganz bei Trost. Vielleicht war er verrückt geworden, vielleicht hatte er zu lange die giftigen Ölfarben eingeatmet.

»Also schön. Du sagst, die Drachen sind in Wahrheit nur Menschen ...« Es auszusprechen, war so absurd, dass Mion gegen ihren Willen grinsen musste. Ihr war dabei todernst zumute. »Und du willst herausfinden, wie sie die Gestalt von Tieren annehmen. Also du willst ... ein Drache werden.«

Jagu zündete seine Pfeife neu an und lehnte sich rauchend im Sessel zurück. »Andere haben es schon vor mir getan. Einigen Drachen, die im Palast herrschen, hat man das Geheimnis erst später verraten.«

»Warum?«

Er zuckte die Achseln. »Geliebte.«

Auch das sagte er so nebenbei, als hätte er eine Bemerkung über das Wetter gemacht.

»Drachen haben keine Geliebte! Wie sollten sie…«

»Sie haben Nachkommen, oder?«

Mion wurde rot. In den Ruinen hatte man ihr beigebracht, Drachen würden viele Jahrhunderte alt und dann irgendwie so etwas wie Eier legen. Sie traute sich aber nicht, es Jagu zu sagen, aus Angst, er würde sie auslachen. Dabei war ja er derjenige mit den irrsinnigen Behauptungen. Er beobachtete, wie sie die Stirn kraus zog, und wippte unruhig mit dem Fuß. »Ich hätte es dir nicht sagen sollen, du bist noch nicht so weit.«

»Ich *bin* noch nicht so weit?«

»Du bist noch geblendet! Kein Wunder, die Drachen halten die ärmsten Leute so ungebildet, dass sie gar nicht darauf kommen, irgendetwas anzuzweifeln. Oder vielmehr, sie halten sie so arm wie möglich, denn wer arm ist, denkt ans Essen und nicht an Freiheit. Sicherheitshalber gibt es aber trotzdem das Leseverbot für die Ruinen, nicht wahr?« Er lachte bitter. »Ganz zu schweigen von der großartigen Arbeit, die die Drachen leisten, wenn es darum geht, die Vergangenheit unbeleuchtet zu lassen. Die Menschen dürfen auf keinen Fall ihrer eigenen Identität auf die Spur kommen, sonst fangen sie noch an, sich etwas zuzutrauen. Mit den Bürgern haben die Drachen es schwieriger als mit den Ruinenleuten, aber auch da sind sie einfallsreich. Wen sie nicht treten können, müssen sie sanft erziehen. Die Bürger von Wynter sind so stolz auf ihre besonderen Privilegien, auf das, was sie haben und die Ruinenleute nicht. Sie erkennen gar nicht, dass ebendiese Privilegien nichts als Verstümmelungen der Rechte sind, die sie eigentlich beanspruchen könnten. Ihnen wird so viel Angst gemacht – dass nur die Drachen sie schützen können vor all den bösen Menschen außerhalb der Stadtmauern. Und dann gibt es ja noch die Gilden, die gefährlichsten Gegner der Drachen! Am liebsten würden sie uns alle zerreißen, aber das geht nicht, denn sie brauchen uns. Wir kümmern uns um den Handelsfluss, schmeicheln ihnen mit Gemälden und Kleidern, Schmuck und Prunk und, am wichtigsten, wir unterhalten sie. Nicht weil sie uns wohlgesinnt sind, gewähren sie uns unseren Reichtum und unsere Sonderrechte. Sie wissen, dass sie uns genau dieses Maß an Luxus gestatten müssen, damit auch wir ausreichend geblendet sind, um nicht das Offensichtliche zu sehen: dass wir Diener sind, ja Sklaven, und zwar nicht von Natur aus, sondern weil die Drachen uns dazu gemacht haben!«

Mion beobachtete schweigend das Funkeln in seinem Blick. Das waren also die Gedanken, die Schuld an seinen umwölkten Augen, der besinnlichen Traurigkeit in seinem Gesicht trugen.

»Und dann willst du einer von ihnen werden?«, fragte sie leise.

»Ich will mein Recht. Ich will das Recht, werden zu können, wer auch immer ich werden will. Ich will über mein Leben selbst bestimmen. Ich verabscheue die Verlogenheit der Drachen, aber sie sind nur Menschen, so wie wir. An den menschlichen Schattenseiten lässt sich nichts ändern. Und doch will ich, dass die Gerechtigkeit siegt. Weißt du, wie ich mir Gerechtigkeit vorstelle?« Er lächelte, die Lippen formten ein Dreieck, dazwischen schimmerten die Zähne wölfischer denn je. »Dass ein Ruinenmädchen vor den Augen der Drachen eine von ihnen wird, das ist die himmlischste Gerechtigkeit, die ich mir vorstellen kann. Der Triumph der Wahrheit, an dem sie nicht vorbeisehen können.«

Blinzelnd löste sie sich von seinem Blick und merkte, dass ihr der Atem stockte. Die Vorstellung, sie könne eine Künstlerin werden, war schon wahnwitzig gewesen. Aber ein Drache – das war – nein, das war nicht vorstellbar. Darüber konnte sie nicht einmal lachen.

Sie räusperte sich und versuchte, sich nichts anmerken zu lassen. Natürlich beobachtete Jagu sie gerade jetzt wie ein Falke.

»Und, ähm … Faunia weiß darüber auch Bescheid.« Mion nickte bekräftigend, ohne die leiseste Ahnung zu haben, warum. »Also, Faunia sollte dieses Mädchen sein?«

»Ja, das dachte ich. Aber Faunia ist unberechenbar. Und vielleicht zu alt.« Er zupfte sich Tabak aus dem Mundwinkel und schenkte ihr wieder dieses Lächeln mit den hochgezogenen Augenbrauen, das er gerne als Entschuldigung vorausschickte, wenn er etwas Unverschämtes sagen wollte. »Du hast sie ja heute erlebt. Und ich möchte noch einmal betonen, dass ich ihr nie Anlass für diese kindische Schwärmerei gegeben habe. Wie gesagt, sie ist zu … leidenschaftlich. Sie kann niemals eine von ihnen werden, unmöglich.« Er zögerte einen Moment. »Du bist schön, Mion, das ist dein Trumpf. Siehst du, es gibt in unserer Welt drei Wege, um aufzusteigen und sich zu befreien. Der erste und offensichtlichste Weg ist Gewalt. Die Rebellen von Albathuris, die sich schon seit Jahren gegen die Drachen verschwören, rennen mit dem Kopf gegen die Wand. Die Welt lässt sich eben nicht so leicht ändern; da ist es einfacher, sich selbst zu verändern. Der zweite Weg ist der, den ich gegangen bin: Talent. Meiner Kunst verdanke ich nicht nur meinen Stand, meinen Reichtum. Ich verdanke ihr den Eintritt in die Welt der Drachen und all mein Wissen. Mit besonderer Begabung lassen sich so manche Türen öffnen, nur die letzte nicht. Die ins Hinterzimmer der Kaiser … diese Tür öffnet sich nur der Hand eines schönen Mädchens. Die Starken werden gefürchtet, die Talentvollen verehrt, aber die Schönen werden geliebt. Und welche Macht könnte größer sein als die alles zerstörende, alles rettende Macht der Liebe?«

»Was meinst du?«, fragte sie dumpf, obwohl sie es ganz genau wusste. Hitze, Kälte kribbelte auf ihrer Haut.

Jagu stützte das Gesicht in die Hand und sah sie nachdenklich an. »Ich glaube«, sagte er langsam, »du bist genau die Richtige, um das Herz eines Jungen zu brechen, der noch nicht weiß, dass er ein Herz besitzt. Ich sehe ... Leidenschaft in dir, aber viel stärker noch sehe ich, dass du dich unter Kontrolle hast. Das ist gut. Nur wer sich beherrscht, kann andere beherrschen. Die Frage ist, ob du es möchtest. Ich kann dich zu nichts zwingen. Ich kann dir nur alles anbieten. Macht. Einen Thron. Ich kann dir die Welt bieten, Mion ... aber du musst sie wollen. Willst du sie?« Er flüsterte beinahe.

Mion schwieg, wohlwissend, dass die nächsten Worte ihre Zukunft bestimmen würden. Dann begann sie, nervös zu stottern: »Soll ich vielleicht die – die Geliebte von irgendeinem ... was soll das? Was hast du vor?«

»Es gibt einen jungen Drachen, den ich schon lange beobachte. Ich bin mir sicher, dass es einem Mädchen wie dir gelingen kann, sein Herz zu gewinnen ... oder sagen wir, sein Vertrauen. – Schau mich nicht so an, du sollst ihn ja nicht gleich heiraten!«

»Na dann«, blaffte Mion. »Das wäre ja noch schöner!«

»Er wird dir das Geheimnis der Gestaltenwandlung verraten.«

Einerseits sagte Jagu da so unverschämte Dinge, dass sie am liebsten aufgestanden und auf Nimmerwiedersehen gegangen wäre. Andererseits konnte sie nicht aufhören, ihm zuzuhören. Tausend kleine Alarmglöckchen klingelten in ihrem Hinterkopf, aber das taten sie schon seit geraumer Zeit; sie hatte sich mittlerweile daran gewöhnt.

»Wieso sollte er ausgerechnet mir das Geheimnis verraten?«

»Weil er dich lieben wird«, erwiderte Jagu schlicht.

»Ach, Faunia wurde also schon abserviert«, schlussfolgerte Mion in einem kläglichen Versuch, sich darüber lustig zu machen.

»Nein, Faunia ist ihm noch nicht einmal begegnet. Sie weiß auch nicht, wer er ist, sonst hätte sie ihn wahrscheinlich schon alleine aufgesucht. Aber sie ist nicht die Richtige.«

»Warum?« Warum bin ich es dann?, dachte sie.

Jagu breitete die Hände aus. »Aus vielen Gründen. Vor allem ist sie nicht konzentriert genug. Sie freut sich über jede Bewunderung, egal von wem. Sie lebt davon, dass andere sie anhimmeln. Dabei guckt sie nach links und rechts und ist verzückt von den Spiegelbildern, die man ihr vorhält, anstatt geradeaus zu blicken.« Er schüttelte den Kopf. »Solange sie die Hauptrolle in ihrer Tragödie spielt, ist ihr ihr Gegenüber egal.«

»Du scheinst ihr aber nicht egal zu sein«, warf Mion ein.

»Können wir das lassen? Hier geht es nicht um kleine Liebeleien. Ich verfolge ein großes Ziel. Und ich brauche eine Partnerin, die dasselbe will wie ich, so sehr wie ich.« Noch einmal beugte er sich zu ihr vor und senkte verschwörerisch die Stimme. Seine Wimpern warfen lange Schatten über seine Wangen. »Willst du die Freiheit, das Höchste zu werden, zu dem du fähig bist? Dann ergreife sie!«

»Du brauchst mich doch gar nicht. Oder Faunia. Wieso versuchst du nicht selbst dein Glück? Es gibt ja auch Frauen.«

Ein Zucken ging um Jagus Mund. Zum ersten Mal schien es, als sei ihm das Gespräch unangenehm. »Ich fürchte, ich bin nicht besonders liebenswert.«

»Das ist doch Unsinn!« Mion errötete.

»Frauen teilen ihre Geheimnisse nicht, wenn sie lieben«, fuhr er fort, doch seine Stimme klang noch immer belegt. »Schon gar nicht, wenn es um Macht geht.«

»Ach, und das weißt du so genau, weil du eine Frau bist.«

Er lächelte müde. »Ich weiß mehr über Frauen als du, glaube ich.«

Gekränkt schob sie das Kinn vor. War sie denn nicht eine Frau? Nach all den Plänen, die er für sie geschmiedet hatte, sollte ihm das ja wohl aufgefallen sein.

»Also … ich bin hundemüde. Ich geh jetzt schlafen.« Sie stand auf und hielt noch einmal inne. »Morgen können wir weiterreden.«

Jagu sagte nichts. Nickte nur stumm. Sie nickte ebenfalls, murmelte Gute Nacht und stieg die Treppe hinauf. Er ließ sich tiefer in den Sessel sinken. Im Schein des sterbenden Feuers mochte sie sich irren, aber für einen Moment glaubte sie, er lächele.

Sie konnte die ganze Nacht nicht schlafen. Stunde um Stunde lag sie mit offenen Augen in der Dunkelheit, dachte an Jagu und das, was er gesagt hatte … Als sie endlich zu dösen begann, sah sie Faunia als Vierzehnjährige durch Wynter laufen, ärmlich und allein wie ein Straßenkind der Ruinen. Die Vorstellung verwischte mit ihren eigenen Erlebnissen des Tages und ihrer Vergangenheit, bis sie und Faunia zu einer Person verschmolzen. Schweißgebadet schrak sie auf und glaubte einen Herzschlag lang, *sie* hätte Jagu heute im Atelier ihre Liebe gestanden. Wie absurd! Mit dem Geschmack dieses bizarren Traums konnte sie unmöglich liegen bleiben, also stand sie auf, ging im Zimmer auf und ab und lehnte sich ans Fenster.

Überraschte es sie, dass auf der anderen Seite des Hauses Licht brannte? Nein … sie hatte gewusst, dass er wach sein würde. Welche Gedanken ihn auch immer beschäftigen mochten, es waren Gedanken der Nacht.

Die Stunde vor Morgengrauen kam ihr am längsten vor.

Ihr Bauch grummelte vor Hunger – sie hatte gestern gar nichts gegessen. Angezogen saß sie auf ihrem Bett und zählte die Minuten. Die Verwirrung vom Abend war verflogen, nun war sie ruhig. Sie hatte genug Zeit gehabt, um alles genau zu bedenken und einen Beschluss zu fassen. Nie war ihre Zukunft so klar und gleichzeitig so ungewiss gewesen. Aber zumindest war es ganz und gar ihre Entscheidung.

Sobald es hell wurde, ging sie hinunter ins Esszimmer. Zu ihrer Freude war Jagu schon da – und zwar alleine –, mit einem herrlichen Frühstück. Sie lief zu ihm und nahm am anderen Tischende Platz. Unbefangen belud sie ihren Teller. Nach zwei Fladenbroten und drei Bechern Milch ließ sie sich zurücksinken und fühlte sich bereit zu sprechen.

Jagu aß still für sich, ohne sie zu beachten.

»Ich werde es tun.« Sie stützte die Arme auf den Tisch und sah ihm in die Augen. Die Stille des Hauses wurde geradezu körperlich spürbar; alles schien auf Mion zu horchen. »Ich habe nie einen Drachen kennengelernt, aber ich kenne Jungen. Eigentlich ist es nicht so schwer, sich mit ihnen anzufreunden.«

Jagu runzelte fragend die Stirn. Mion zögerte. Sie hatte noch nie über diese Dinge gesprochen, schon gar nicht in einem so ernsten Ton. Schon gar nicht mit einem *Mann*.

»Na ja… ich weiß schon, wie man sie dazu bringt, einen zu mögen. Wenn sie fies sind, dann umarmt man sie und ist nett. Wenn sie nett sind, dann schubst man sie herum und ist ein bisschen unverschämt… ich glaube, das mögen sie. Jedenfalls mögen sie dich, wenn du sie so behandelst.«

Jetzt grinste er. »In deinem Alter verstehst du schon sehr viel von diesen Dingen.«

Sie lehnte sich zurück und erwiderte seinen Blick; in ihrer Stille lag vollkommene Einigkeit.

»Ich habe keine Angst. Aber wenn du mich belügst…«

Sie ballte die Faust. »Wenn du mich hintergehst, Jagu, dann werde ich mich rächen. Vergiss das nie.«

Lange blickte er in ihre Augen.

Die Grenze von Kossum

Als der Morgen endlich kam, schienen Jahre vergangen zu sein. Wieso kroch die Zeit so, wenn er litt?

Der Gedanke trieb ihm ein bitteres Lächeln ins Gesicht. Er hatte nicht gelitten, nein. Er hatte andere leiden lassen. Auch wenn das eine Mal die Tradition, das andere Mal die Angst um Baltibbs Leben ihn dazu getrieben hatte, kam es ihm falsch vor. Er hatte die einfachste Lösung seiner Probleme gewählt und dafür waren andere zu Tode gekommen … Diese Schuld würde ihn für den Rest seines Lebens verfolgen, ein Gewicht, das erst wog, wenn es einem bewusst wurde.

Sie hatten sich unter einem alten Steinbogen zur Rast gelegt, über dem Ranken und Schnee einen dicht gewebten Vorhang bildeten. Der Boden war darunter trocken geblieben und Baltibb hatte für ihr Lager ein paar Tannenzweige mit dem Säbel abgeschnitten. Jetzt noch, wo sie schlief, umschloss sie den Griff der Waffe.

Lyrian beobachtete sie im Schlaf. Still kehrten die Bilder zurück, wie sie die Räuberin erschlug. Der Schreck in ihrem verzerrten Gesicht hatte nicht der Tat gegolten, die sie beging. Auch später hatte sie kein Entsetzen über den Vorfall gezeigt. Wie viel leichter wäre sein Leben, wenn er so bedenkenlos sein könnte wie sie … In ihrer Unwissenheit war sie frei von Schuld, während er von seinen Vergehen erdrückt wurde.

Das Leben spielt mir einen Streich, dachte Lyrian. Ich habe meine Heimat verlassen, weil ich für sie morden musste, und heute hat meine Freiheit dasselbe von mir verlangt.

Er war eingeschlafen, ohne es zu merken. Als er blinzelnd die Augen öffnete, war Baltibb fort.

Sonnenstrahlen fädelten sich durch das Dach aus Ranken und füllten die alten Reliefs, die den Steinbogen bedeckten. Es musste schon Mittag sein.

»Baltibb?« Lyrian räusperte sich, seine Stimme war dünn. Baltibb saß an eine Fichte gelehnt in der Sonne und spielte mit Mond, indem sie Tannenzapfen und Stöcke warf. Als sie Lyrian sah, schluckte sie hastig das Brot hinunter, an dem sie geknabbert hatte, und machte Anstalten aufzustehen. Er gab ihr zu verstehen, dass sie sitzen bleiben konnte.

»Wollt Ihr essen? Wir haben Fladenbrot und auch Trockenfleisch und seht – ein ganzer Sack voll Nüsse!« Sie lächelte unsicher. Lyrian war hungrig, aber den Proviant der Räuber mochte er nicht anrühren.

»Wie lange bist du schon wach?«

»Seit ein paar Stunden.«

»Wieso hast du mich nicht geweckt?«

Baltibb schien bei seinem unfreundlichen Ton zusammenzuschrumpfen. »Ihr seid doch erst so spät eingeschlafen … ich dachte, ich lasse Euch ausschlafen.«

Lyrian drückte sich die Handballen auf die geschwollenen Augen und verschränkte dann die Arme. Er konnte Baltibb schlecht vorwerfen, dass sie sich um ihn sorgte, und doch reizte es ihn.

»Komm«, murmelte er. »Je schneller wir diesen Ort verlassen, umso besser.«

Sie machten sich schweigend auf den Weg. Überall zwitscherten Vögel, und auch wenn das Sonnenlicht nicht richtig wärmte, waren die goldenen Fächer zwischen den Bäumen ein wohltuender Anblick.

Sie hielten sich von weiteren Ruinen fern, die immer wieder auftauchten, schlummernd in der engen Umarmung der

Wildnis. Nachmittags ertrug Lyrian den Hunger nicht mehr und aß Baltibbs Brot. Inzwischen hatte sein Schweigen ihr eine zarte Sorgenfalte auf die Stirn gezeichnet, und sie beobachtete ihn nachdenklich, während sie aßen. Als er fertig war und weiterwollte, hielt Baltibb ihn überraschend zurück: Sie griff in ihren Beutel und zog eine Holzflöte hervor.

»Die habe ich gestern in den Ruinen gefunden. Ich dachte, wenn alte Musikinstrumente Euch interessieren …«

Erstaunt nahm Lyrian die Flöte entgegen und musterte sie. Versuchsweise blies er hinein und ein schiefer Ton echote durch den Wald. Sie schien zu funktionieren.

»Ach, Tibb … danke dir.«

Sie lächelte flüchtig, doch als er aufstand, sagte sie: »Lyrian? Was ist bei der Wintersonnenwende passiert?«

Ein heißer Stich regte sich irgendwo in ihm, aber nur noch sehr schwach, wie eine Nadel, die schon zu oft in dieselbe Stelle gestochen hatte.

»Seit der Wintersonnenwende habt Ihr Euch verändert … Ihr habt mir nie gesagt, was geschehen ist.«

Er drehte die Flöte in der Hand, ohne zu antworten. Sie schien auch keine Erklärung zu erwarten; mit gesenkten Augen erhob sie sich und schulterte den Beutel. »Ich weiß, dass es anmaßend ist, Euch so etwas zu fragen. Aber –«

Lyrian berührte ihre Schulter, und ohne darüber nachzudenken, schloss er sie in die Arme. Wie gut es tat, ihr so nahe zu sein. Das letzte Mal, dass er jemanden so gehalten hatte, musste Jahre zurückliegen … als er klein gewesen war, im Bett der Kaiserin … Er spürte, wie Baltibb die Umarmung zaghaft erwiderte und den Atem anhielt.

Er seufzte schwer. Er war so froh, dass Baltibb sich um ihn Gedanken machte, auch wenn gerade das ihm manchmal am meisten wehtat. »Ich werde es dir verraten, wenn wir am Ziel unserer Reise angekommen sind. Wenn wir Wynter endgültig verlassen, dann will ich alles sagen und im selben Moment für immer vergessen.«

Baltibb nickte stumm. Sie hielten sich fest, traurig und froh, einsam und zusammen, im Zwielicht der alten Wälder.

Abends fanden sie eine kleine Steinruine, die vor langer Zeit einmal eine Hütte gewesen sein musste. Das Dach war halb eingestürzt und bildete ein schmales, dreieckiges Schlupfloch, das Baltibb und Lyrian mit Tannenzweigen auslegten.

Die Nacht war stockfinster. Er verwandelte sich in den Fuchs und Baltibb schmiegte sich ins warme Fell. Nur Mond wollte sich dem Fuchs nicht nähern; er winselte dumpf nach Baltibb, traute sich aber nicht heran. In der Ferne jaulten Wölfe.

»Wenn wir weiter nach Südwesten wandern, wird es bald wärmer, nicht?«, murmelte Baltibb.

Die Tage verstrichen träge. Sonnenauf- und -untergang bestimmten ihre Reise. Als der Proviant zur Neige ging, mussten Baltibb und Lyrian sich zwei Tage mit gefrorenen Kräutern und Schnee zufriedengeben, bis sie eine kleine Siedlung fanden. Ruinen mit provisorischen Anbauten aus Zweigen und Baumstämmen dienten den Menschen als Heimat. Eine Weile beobachteten Lyrian und Baltibb die Siedlung aus einem Versteck im Dickicht. Wahrscheinlich waren die Leute Ruinenräuber, die hier einen großen Fund gemacht und beschlossen hatten, das Karawanenleben aufzugeben. Lyrian überzeugte Baltibb, dass er alleine eindringen wollte. Als Otter schlich er in die Behausungen und stahl zwei Laib Brot, einen Sack Körner, Schinken und getrockneten Fisch. Eilig machten sie sich mit der Beute davon.

Ein anderes Mal konnten sie sich gerade rechtzeitig vor einer Räuberbande verbergen, die durch die Wälder zog. Sie hatten schwer beladene, von Schneebüffeln gezogene Karren dabei. Manche der Räuber ritten auch auf den mächtigen weißen Tieren und jeder war bis an die Zähne bewaffnet. Baltibb umschloss den Griff ihres Krummsäbels fester, doch die Räuber entdeckten sie nicht. Bald hatte der Wald sie verschluckt und Baltibb und Lyrian waren wieder alleine in der Weite der Natur.

Nach einer Woche stießen sie auf einen großen Fluss. Anders als die Bäche, die wie bleiche dünne Adern durch die Wälder zogen, war die Strömung nicht zugefroren. Lyrian und Baltibb folgten dem Wasser, das wie sie auf dem Weg nach Süden war. Uralte Brücken aus Stein verbanden hier und da die entfernten Ufer; manche waren eingestürzt und bildeten schnee- und moosbedeckte Inseln. Sie gewöhnten sich daran, mit dem leisen Flüstern der Wellen einzuschlafen und vom Rauschen der Strömung zu erwachen.

Abends versuchte Lyrian, die Flöte zu spielen. Als er sich mit den verschiedenen Tönen vertraut gemacht hatte, erfand er kleine Melodien. Sie waren nichts Besonderes, aber er hatte Freude am Spielen, und Baltibb versicherte ihm, dass es hübsch klänge.

Der Wald veränderte sich. Die gigantischen Bäume wichen dünnen Birken. Der Himmel erschien grau und nackt zwischen den kahlen Zweigen. Lautlos tauchten die Schneeflocken ins Wasser. Lyrian nahm öfter die Gestalt seines Fuchses an oder begleitete Baltibb als Otter, damit sie währenddessen seinen Umhang nehmen konnte.

Als der Wald verschneiten Hügeln wich, legten sie weite Strecken im Flug zurück, und er gewöhnte sich an das Gewicht von Baltibb und Mond auf seinem Rücken. Mond sträubte sich noch immer dagegen, den Korpussen nahe zu kommen, sodass Lyrian sich zu einer Erklärung genötigt fühlte. Doch sie ließ sich keine Verwunderung über Monds

Verhalten anmerken und er war unendlich dankbar dafür. Nur nachts, wenn er wach in der Finsternis lag, wünschte er sich, sie würde ihn zur Rede stellen, ja ihn zwingen, die Dinge auszusprechen, zu denen ihm der Mut fehlte.

Hatten sie Wynter schon verlassen? Immer wieder erinnerte er sich an die großen Landkarten, die er mit Accalaion studiert hatte und auf denen sich die Provinzen des Reiches bis zum Meer erstreckten. Er wusste, dass die Grenzen in Wirklichkeit ganz anders verliefen. Alles zwischen Wynter und den Geschwisterstaaten Modos und Ghoroma war Niemandsland, von beiden Seiten für sich beansprucht und doch zu keinem gehörend. Er fragte sich, wie man um die kargen Hügel kämpfen konnte. Was bedeuteten sie den Drachen? Was wollten die Menschen von diesem Land, in dem doch niemand lebte? Wer hier gewesen war, wusste, dass es nichts gab, wofür ein Krieg sich lohnte.

Nach vielen Tagen sahen sie die ersten Dörfer. Felder und Hütten lagen zwischen den Hügeln verstreut, so wahllos wie Kieselsteine. Eine alte Frau, die am Flussufer Zweige sammelte, fragten sie, wo sie waren.

»In Jegäa«, erwiderte sie. »Alles hier ist Jegäa.« Und sie wies vage mit der Hand zum Horizont.

»Jegäa steht unter der Herrschaft der Drachen«, erklärte Lyrian Baltibb. Die Alte sah ihn zweifelnd an und kehrte ihnen ohne ein weiteres Wort den Rücken.

Später rollte Lyrian seine Landkarte auf, um sicherzugehen, dass er sich nicht geirrt hatte. Aber es stimmte, Jegäa war deutlich als Provinz von Wynter eingezeichnet. Doch schließlich musste das nichts heißen.

»Wir sind weiter nach Westen abgekommen, als ich dachte«, murmelte er und fuhr ihre Route mit dem Finger nach. »Nun müssen wir an der Grenze zu Libéa entlang.

Damit vermeiden wir Kossum, wo Krieg ist. Und dann kommen wir nach Whalentida.«

Baltibb hörte ihm schweigend zu. Es war wahrscheinlich das erste Mal, dass sie all die Namen hörte; kaum vorstellbar, wie verwirrend das Ganze für sie klingen musste. Selbst er war unsicher, obwohl er sein ganzes Leben über die Verhältnisse der Länder unterrichtet worden war.

Dann erschienen die Mitternachtsberge am Horizont. Von Tag zu Tag traten die spitzen Umrisse deutlicher hervor und wuchsen am wässrigen Himmel empor, bis Baltibb und Lyrian ihnen unmittelbar gegenüberstanden. Bedrohlich beugten die Felsgiganten sich zu ihnen herab, wie Wächter jener fremden Welt, die in ihren Schatten lag. Hinter die Gebirge, das wusste Lyrian, reichte die Macht Wynters kaum mehr.

Sie folgten weiter dem Wasser, das sich mal durch schmale Felspässe zwängte, mal mit anderen Strömen vereinte und als reißende Flut durch Täler spülte. Hätte Lyrian nicht die Korpusse der Schwalben gehabt, hätte ihr Weg an so mancher Schlucht oder unüberwindbaren Klippe geendet.

Die Nächte in den Gebirgen waren schwarz und unheimlich. Es gab kein Zeichen von Leben, nur der Wind heulte in den Falten des Gesteins, wimmerte und tobte und sang wehmütige Todeslieder. Die Mitternachtsberge hatten ihren Namen von einer alten Legende bekommen, die besagte, dass sie sich zur Geisterstunde in Bewegung setzten und Wanderer in die Irre führten. Wenn Lyrian in der Dunkelheit das Mahlen von Stein hörte und das markerschütternde Poltern ferner Felslawinen, glaubte er daran.

Endlich wurden die Berge zahmer, der Horizont kam wieder zwischen den Gipfeln in Sicht und ihr Fußweg wurde leichter. Auch die Kälte nahm ab. Der Schnee wich dünnen Moosteppichen und Wiesen. Lyrian und Baltibb übernachteten in zerfallenen Hütten, auf deren schiefen Dächern Maiglöckchen und Butterblumen blühten, und durchwanderten verlassene Dörfer, halb ertrunken in der Erde. Lyrian mochte das Land hier. Morgens erwachten sie vom kühlen Duft des Taus, abends hauchten die Frühlingsblumen ihre traurige Süße in die Dämmerung. Ihm war, als wäre Wynter mit dem Schnee endgültig hinter ihnen geblieben.

Als der Essensvorrat zur Neige ging, den sie aus verschiedenen Dörfern in Jegäa zusammengestohlen hatten, fing Lyrian in Gestalt der Otter Fische aus dem Fluss oder erlegte als Fuchs Wildhühner. Er gewöhnte sich daran zu jagen und empfand keine Gewissensbisse mehr, was auch an den animalischen Instinkten der Korpusse lag. Es war ein unumstößliches Gesetz der Natur: Man konnte nur überleben, indem man tötete. Oft, wenn er sich damit zu beruhigen versuchte, kehrten seine Gedanken zur Nacht der Wintersonnenwende zurück. Das Entsetzen von damals war nur noch eine verschwommene Erinnerung. Vielleicht war das, was er getan hatte, nicht viel schlimmer als das Erlegen von Fischen und Hühnern … Aber er schob diese Überlegungen absichtlich beiseite.

Auch der Gedanke an die Zukunft bereitete ihm immer mehr Beklemmung. Whalentida war ihr Ziel und danach die unbekannte Ferne – aber er konnte nur einen weiten, schönen Sommer der Unendlichkeit sehen. Er selbst fehlte in dem Bild. Würde er sich in einer Stadt niederlassen und unter Menschen leben, seine wahre Identität geheim haltend? Oder würde er sich irgendwo in der Wildnis verstecken, mit niemandem als Baltibb zur Hilfe? Ein Außenseiter wäre er in jedem Fall, egal wohin er ging … zu den Drachen konnte er nicht gehören, aber zu den Menschen? Wenn sie alle so vernunftwidrig, so grausam waren wie die Ruinenräuber …

Immer wieder versuchte Lyrian, die Sorgen auszublenden.

Er wollte die Vergangenheit vergessen und am liebsten die Zukunft dazu. Wichtig war nur das Jetzt. Die freundliche Landschaft. Das stille Glück, das er empfand, wenn er die Flöte spielte und an nichts dachte.

Eines Morgens erwachten sie in dichtem Nebel. Frost knirschte unter ihren Füßen, als sie ihren Weg fortsetzten. Mond, der inzwischen fast doppelt so groß geworden war, lief voraus und machte Jagd auf Mäuse, seine neue Lieblingsbeschäftigung.

Der Fluss machte eine Kurve und Mond verschwand hinter einem Hügel. Als Lyrian und Baltibb um die Biegung kamen, stand Mond am Ufer und schnüffelte an etwas, was halb aus den Fluten ragte. Im Sonnenlicht glänzte es hell.

»Mond! Was hast du da?« Baltibb lief auf ihn zu und blieb abrupt stehen. Automatisch zog sie ihren Krummsäbel. Lyrian schnappte erschrocken nach Luft: Im Uferschlamm lag ein Mensch.

Bläuliche Finger hatten sich ins Schilf gegraben. Auf dem Kopf saß ein schiefer Helm und unter Wasser schimmerte eine grüne Uniform. Dort, wo das Gesicht lag, schwärzte getrocknetes Blut das Gras. Der Mann musste schon länger tot sein.

»Lyrian!« Baltibb wies den Fluss hinab. Kaum einen Steinwurf entfernt lag ein weiterer Krieger. Tiefe Wunden bedeckten seinen Rücken, von dem das Wams in Fetzen hing. Stockend kam Lyrian näher. Eine riesige Pranke musste die Wunden gerissen haben … Langsam ließ er den Blick die Ufer entlangwandern. Überall lagen Leichen.

Wie im Traum schritten sie über das Schlachtfeld. Umgeknickte Fahnen hingen ins Wasser. Waffen steckten im Gras. Lyrian erkannte auf den Uniformen der Männer das Wappen der Geschwisterstaaten wieder: zwei Tauben, die um eine geöffnete Hand kreisen. Modos und Ghoroma hatten hier gekämpft, vermutlich gegen die Legionen von Wynter. Tatsächlich entdeckten sie hier und da einen Fußsoldaten, dessen steife Faust noch die weiße Flagge mit dem geflügelten Löwen umklammerte.

»Wir müssen an der Grenze von Kossum sein«, murmelte Lyrian.

»Kossum?«, echote Baltibb. »Ich dachte, wir kommen durch Libéa.«

»Wir müssen im Mitternachtsgebirge weiter nach Süden abgekommen sein. Kossum ist das größte Land des Kontinents, es liegt zwischen unseren Provinzen und den Geschwisterstaaten. Es ist ein einziges Schlachtfeld.«

»Sieht man«, murmelte Baltibb. Sogar der Wind, der durch die Wiesen strich, roch nach Fäulnis und Tod.

Im Vorbeigehen bemerkte Lyrian, dass viele Krieger von Drachen umgebracht worden sein mussten. Die Abdrücke mächtiger Wolfsgebisse prangten in nackten Schultern. Bärenpranken hatten andere niedergestreckt. Und überall waren die Spuren von Sphinxen.

»Was tust du?«, fragte Lyrian, als Baltibb sich neben einen Toten kniete und ihm ein Bündel vom Rücken zerrte. Sie schlug das Tuch auf, fand mehrere Stücke rundes Trockenbrot und schnupperte daran. »Ich glaube, es ist noch gut.« Sie biss hinein. »Wartet, ich durchsuche noch die anderen Soldaten.«

Angewidert machte Lyrian einen Schritt zurück. »Wie kannst du das essen?«

»Die brauchen es nicht mehr.« Unsicher wickelte Baltibb das Brot ein.

»Drachen haben diese Männer umgebracht! Wenn wir das Brot nehmen, ist es, als hätten wir sie getötet.« Er glaubte zu sehen, wie Baltibb die Augen verdrehte, als sie sich umwandte, aber sie widersprach nicht. Wortlos ließ sie das Bündel auf den Toten fallen.

In diesem Augenblick rollte ein tiefer Donner aus der Ferne heran. Die Erde erzitterte.

»Was ist das?«

»Bleib hier.« Lyrian rannte los und verwandelte sich in den Fuchs. Mit den geschärften Tiersinnen vernahm er die Kriegshörner noch deutlicher – wie ein unsichtbarer Strom wogten sie aus südwestlicher Richtung heran. Nun hörte er auch Waffenklirren und Stimmen. Und er roch Blut. Er rief die Schwalbenflügel auf und erhob sich in die Luft. Das Land riss unter ihm fort und wurde zu einer weiten Karte aus Wiesen und Berggipfeln. Unter sich konnte er Baltibb und Mond ausmachen, die nicht geblieben waren, wo er sie verlassen hatte, sondern hinter ihm herrannten. Ein, zwei Meilen vor ihnen, verborgen hinter sanften Hügeln, wütete eine gigantische Schlacht.

Bunte Fahnen wehten im Gewimmel der kämpfenden Menschen. Aber nicht nur Menschen waren auf dem Schlachtfeld … ganze Legionen von Sphinxen rissen Feinde. In ihrer Mitte kämpften Drachen in Gestalt von geflügelten Panthern, Riesenpferden mit Schlangenschädeln und weißen Stieren. In der Luft kreisten Scharen von Darauden: schwarze Schlangen mit Flügeln und Rabenklauen. Sie waren die meistgefürchteten Krieger von Wynter, mächtiger und in ihrer Zahl geringer als die Sphinxe. Eine Legende besagte, die Darauden hätten einst versucht, die Herrschaft den Drachen zu entreißen, woraufhin der damalige Kaiser ihre Adlerkorpusse gegen die von Raben austauschte. Dennoch waren sie Ungeheuer, die nur von Drachen besiegt werden konnten.

Immer wieder schossen die Darauden nieder, rissen einen

Mann aus dem Gefecht und ließen ihn aus hundert Metern Höhe tot oder lebendig wieder fallen. Lyrian wichen sie ehrfürchtig aus, obgleich seine wenig kriegstaugliche Gestalt sie verwundern musste.

Beißende Hitze schwappte über ihn. In einer endlosen Wüste der Zerstörung schimmerten Gerüste von Hütten und Dörfern skeletthaft aus den Flammen. Rauch hing am Horizont wie verwischte Tränen.

Plötzlich erklang ein boshaftes, schrilles Zischen. Ehe er begriff, was geschah, hagelte es Pfeile um ihn. Brennende Stiche durchfuhren seine Flügel, seine Brust, seine Kehle. Gerade gelang es ihm noch, den sterbenden Fuchskorpus zu entlassen und die beiden unverletzten Schwalben aufzurufen. Panisch schlug er mit den Flügeln. Wenn er jetzt getroffen wurde, war er verloren. Er hatte noch einen Fuchskorpus, aber der war von ihrer Begegnung mit den Ruinenräubern schwer verletzt. Wenn er die Schwalben verlor, hatte er nur noch die Otter, und mit denen war er hilflos, wenn er in die Schlacht abstürzte.

Neue Pfeile zischten durch die Rauchschwaden. Rings um ihn keiften Schlangen. Darauden fielen überall aus dem Himmel, nur um im letzten Moment neue, unversehrte Korpusse aufzurufen. Manche waren bereits so oft getötet worden, dass ihnen nur noch eine Rabengestalt blieb.

Lyrian gab all seine Kräfte, um höher zu steigen, wo die Pfeile ihn nicht erreichen konnten. In dem Moment traf ihn eine neue Salve. Die Schwalbe stieß ein Kreischen aus, als die Geschosse sie durchbohrten. Der Schmerz war unerträglich. Die Welt verwischte. Er stürzte und fühlte nicht einmal, wie die sterbende Schwalbe fortschmolz und ihn in seiner verletzlichen Menschengestalt zurückließ.

Sekundenlang fiel er.

Der Wind brüllte. Ein ohrenbetäubendes Rauschen. Feste

Klauen packten ihn, rissen ihn aus der geöffneten Hand des Todes.

Lyrian hatte nicht die Kraft, zu seinem Retter aufzusehen. Das Nächste, was er wahrnahm, war, wie die Klauen zu gebrechlichen Menschenarmen schmolzen und ihn in weiches Gras sinken ließen.

Nach Luft ringend, stützte er sich auf. Alles tat ihm weh, und auch wenn die Verletzungen der Korpusse nichts mehr mit ihm zu tun hatten, war der Geschmack des Schmerzes noch allzu deutlich. Als er seinen Körper betastete, merkte er, dass er doch verletzt war: Die Klauen seines Retters hatten sich in seine Rippen gebohrt. Blutige Flecken bildeten sich auf dem Hemd.

»Lyrian!« Einen Moment wusste er nicht, woher er die tiefe Stimme kannte. Ein Luchs mit angelegten Adlerschwingen stand ihm gegenüber. Das Gesicht jedoch gehörte einem Mann. Dem Kaiser.

»Vater«, stammelte Lyrian verblüfft.

Der Luchs richtete sich zu voller Größe auf. »Wieso bist du hier?«

Vater und Sohn

Der Kaiser befahl ihm, seine verbliebene Ottergestalt anzunehmen. Dann führte er ihn ins Lager, das im Schutz der nördlichen Hügel aufgeschlagen worden war. Bewacht von zwei Sphinxrudeln und drei Darauden, lag das kaiserliche Zelt im Zentrum des Lagers. Lyrian musste sich in seine verletzten Korpusse verwandeln und wurde verarztet. Dabei taten die Priester ihr Bestes, um die Schmerzen von ihm fernzuhalten.

Während der Operationen musste er an die brennenden Dörfer denken. Was er nicht gesehen hatte, zeigte ihm seine Vorstellungskraft. Brennende Häuser… brennende Menschen… Dabei fragte er sich, ob ihn die Sache an sich entsetzte oder vielleicht nur die Sinnlosigkeit, die er darin erkannte. Die furchtbare, unerträgliche Sinnlosigkeit all dieses Leidens.

»Die Verletzungen des Fuchses sind alt«, raunte einer der Leibärzte dem Kaiser zu. »Sie haben sich entzündet… wer weiß, ob der Fuchs je wieder kampftauglich sein wird. Von den Schwalben ist ein Korpus verloren, die anderen sind verwundet.«

Der Kaiser sagte nichts, denn er trug wieder seine Luchsgestalt. Als die Behandlung beendet war, traten die Heiler zurück und Lyrian wurde zum Jungen. Sein erster Gedanke galt Baltibb.

»Irgendwo hinter dem Lager ist ein Mädchen mit einem Hund. Sie haben mich bis hierher begleitet, ihnen soll nichts geschehen.«

Der Luchs neigte den Kopf und warf den drei Darauden, die am Eingang des Zelts Wache hielten, einen Blick zu. Die Darauden verstanden und zogen sich zurück.

Das Luchsmaul verzerrte sich zu einem menschlichen Mund. »Zeige dich niemals in deiner natürlichen Gestalt, wenn Untergebene anwesend sind«, knurrte die Stimme des Kaisers. »Schon gar nicht vor Darauden. – Folge mir. In Ottergestalt!«

Lyrian gehorchte und begleitete den Kaiser aus dem Zelt.

Ohne ein Wort führte der Kaiser ihn durch das Lager, bis sie einen Hügel erreichten. Der Wind trieb silbrige Wellen durch das Gras und ließ die wilden Frühlingsblumen tanzen. Doch die Luft schwelgte im Geruch des Todes und der Schlachtlärm drang bis hierher. Lyrian wünschte, er müsste die Welt nicht mit den feinen Sinnen seines Korpus wahrnehmen.

Als sie den Hügel erklommen hatten, sah der Kaiser sich sorgfältig um, ehe er menschliche Gestalt annahm. Lyrian tat es ihm gleich. Dann standen sie sich gegenüber und sahen sich in die Augen. Obwohl der Kaiser kein Monster mehr war, kam er Lyrian unnahbar vor. Der hohe, mit Rubinen und Gold verzierte Kopfschmuck und der imposante schwarze Umhang machten ihn zu einer beeindruckenden Erscheinung, die sich nicht in die Umgebung fügen wollte. Sein hageres, ausdrucksloses Gesicht war eine Maske, die Augen hatten ihre Menschenähnlichkeit längst an das katzenhafte Glänzen des Luchsblickes verloren.

Mehrere Sekunden maßen sie sich stumm. Lyrian wurde bewusst, dass er gar nicht nach Gedanken in den Augen seines Vaters forschte, sondern vielmehr seine vor ihm zu verschleiern versuchte. Schluckend wandte er sich ab und beobachtete den fernen Kampf. Das Schlachtgewimmel, das das Feld zuvor noch ganzflächig bedeckt hatte, war nun zu kleineren Lachen geschrumpft. Das Land wirkte aus der Ferne wie ein zerrupftes Fell, in dem überall kahle, zerkratzte Stellen sichtbar wurden.

»Nun erkläre«, hob der Kaiser langsam an, »was dich hergeführt hat. Die Schlacht war es nicht – du bist verschwunden, lange bevor ich entschied herzukommen.«

»Ich … wollte Wynter verlassen. Ich wollte den Kontinent verlassen.« Er sah den Kaiser an, doch der blickte an ihm vorbei ins verwüstete Land. Vielleicht fiel es ihm deshalb leichter, die Wahrheit zu sagen: »Ich *will* den Kontinent verlassen. Ich werde nach Whalentida weiterreisen und von dort aus in die Ferne. Und nicht mehr zurückkommen.«

Der Kaiser blickte noch immer an ihm vorbei. Dann sagte er endlich, als sei nun alles klar: »So.«

»Ich hatte nicht vor, mich in Euren Kampf einzumischen. Es tut mir leid, wenn Ihr dachtet –«

»Ich sollte dich töten, Sohn«, sagte der Kaiser sehr langsam und nachdenklich. Als er sich Lyrian zuwandte, wuchsen die Männerhände in den samtigen Falten des Umhangs zu Luchsklauen. »Ich ahne, dass es sinnlos ist, aber ich frage dich trotzdem: wieso?«

»Ich will Freiheit«, stammelte Lyrian. »Ich will ein Leben frei von Lügen und Sinnlosigkeit.«

Ein Zucken ging um den schmallippigen Mund des Kaisers; fast hätte man es für ein Lächeln halten können. Spitze Zähne schimmerten hervor. »So.« Er bedeutete Lyrian, ihm zu folgen, und schritt den Hügelkamm entlang. Als sie vor schweren Felsblöcken und Geröll ankamen, verwandelte der Kaiser sich in einen Adler und flog bis zur Spitze. Lyrian blieb mit seinen verwundeten Schwalben nichts übrig, als ihm nachzuklettern. Oben angekommen, erwartete der Kaiser ihn unbeweglich wie eine Statue in seiner natürlichen Gestalt. Der Wind war stärker geworden und zerrte an seinem

Umhang. Wortlos zeigte der Kaiser hinab. Eine riesige Menschenmasse war in einem Tal zusammengedrängt – vier- oder fünftausend Männer, Frauen und Kinder. Sphinxe bewachten sie, und ein paar Darauden kreisten in der Luft, um Angreifer – oder Flüchtlinge – rechtzeitig zu erspähen.

»Das sind Eingeborene Kossums«, erklärte der Kaiser tonlos. »Menschen von kleinem Wuchs, heller Haut und großer Emotionalität. Ihre Fähigkeit zu lieben ist besonders ausgeprägt, dementsprechend gering ist ihr Verstand. Die Geschwisterstaaten haben ihre Dörfer in Brand gesetzt und wollten die Einwohner versklaven. Die kräftigsten von ihnen machen sie zu ihren Soldaten, die schwächeren verschleppen sie nach Whalentida, um sie dort gegen Waffen und Gold einzutauschen. All dies tun die Geschwisterstaaten unter dem Vorwand, die Menschen von Kossum zu schützen – und zwar vor der Tyrannei der Drachen. Es ist so widersinnig, dass man es nicht glauben möchte.« Lyrian sah, wie der Kaiser die Zähne zusammenbiss. Starr beobachtete er die Menschen im Tal. »Hätte ich nicht rechtzeitig Verstärkung hergeschickt, wären all diese armen Kreaturen von ihren eigenen Brüdern verkauft worden. In Whalentida hätte die Hälfte dieser Menschen eine Reise ins Unbekannte erwartet. Sklaven aus Kossum verlassen die Häfen von Whalentida zu Tausenden. Und wohin werden sie geschickt? In jene unbekannten Länder, in die du reisen willst.« Der Kaiser richtete seinen Luchsblick auf ihn. Seine Stimme wurde tief und bedrohlich. »Ein Leben frei von Lügen und Sinnlosigkeit … einen schönen Traum hast du, den Traum eines Narren. Du folgst den Spuren der Sklaven und glaubst, dort Freiheit zu finden! Guck sie dir nur an, die verlorenen Seelen: Das ist alles, was du jenseits der Meere findest.«

Lyrian ballte die Fäuste. Natürlich hatte er im Unterricht

gelernt, dass die Menschen von Kossum von den Geschwisterstaaten versklavt wurden. Aber davon zu lesen war etwas anderes, als es tatsächlich zu sehen.

»Was wird jetzt aus den Leuten?«

»Sie werden eine neue Heimat in Wynter finden, wo sie Schutz vor den Geschwisterstaaten und vor sich selbst erhalten. Die Männer werden Fußsoldaten, die Frauen und Kinder kommen in die Obhut der Ruinen. Sie erwartet ein sicheres Leben. Ein gerechtes Leben.«

»Wirklich?«, flüsterte Lyrian.

Der Kaiser wandte ihm das Gesicht zu. »Das Leben unter unserer Führung ist das einzige gerechte Leben, das ein Mensch haben kann.«

»Aber es ist nicht frei. Kann Gerechtigkeit denn Freiheit ausschließen?«

Ein Blitzen lag in den Augen seines Vaters. »Du redest von Freiheit und weißt nicht im Geringsten, was das ist. Sie bedeutet Chaos für die, die nicht damit umgehen können – und wer kann das schon? Selbst wir Drachen brauchen Gebote, damit sie uns nicht in trügerische Fallen lockt. Und die Freiheit der Menschen bedeutet ihre Gefangenschaft.«

Lyrian erwiderte nichts.

»Vielleicht hast du Freiheit mit Verantwortungslosigkeit verwechselt. Vielleicht wolltest du vor deiner Pflicht als Drache fliehen. Vielleicht hattest du Angst zu herrschen. Ist es das? Ist dir das Schicksal dieser Menschen egal, die ohne uns verloren wären?«

»Nein«, sagte Lyrian energisch. »Ich will frei sein von Schuld!«

»Schuld … Wer Verstand hat, trägt die Bürde, Entscheidungen zu treffen. Wer Entscheidungen trifft, macht sich schuldig. Natürlich sind wir es. Wir schaffen Leid, um anderes Leid zu verhindern. Wir können das Schlechte nicht ausmerzen, denn es ist ein Teil der Welt. Wir können lediglich versuchen, das Gleichgewicht von Gut und Böse zu erhalten. Wenn du fliehst, um dich von deiner Schuld zu befreien, begehst du das allerschlimmste Verbrechen, das ein Drache nur begehen kann: Du rettest dich selbst statt deiner Untertanen. Du handelst eigennützig wie ein Mensch.«

Lyrian öffnete den Mund, aber er wusste nicht, was er erwidern sollte. Er wusste, dass er nicht aus Eigennutz geflohen war, wusste, dass die Macht der Drachen auf Lügen basierte, aber er fand keinen Weg, all das in Worte zu fassen. Und jetzt, wo er dem Kaiser nichts entgegenzustellen hatte, geriet sein Glaube ins Wanken. Was sein Vater sagte, ergab schließlich Sinn ... Lyrian versuchte, sich das Ritual der Wintersonnenwende in Erinnerung zu rufen – er wusste, dass nichts die Grausamkeit jener Nacht rechtfertigen konnte. Aber woher wusste er das? Mit Logik konnte er es nicht erklären. Sein Verstand sagte ihm, dass vielleicht die Grausamkeit dieser einen Nacht nötig war, um noch viel mehr Leid zu verhindern – das Leid, das die Menschen sich gegenseitig zufügen konnten ...

»Du hast nicht nachgedacht, als du geflohen bist«, fuhr der Kaiser eisig fort. »Dein Wissen um die Dinge war gering und doch hieltest du dich allen anderen Drachen überlegen. Nun hast du den Krieg gesehen und weißt, wozu die Menschen fähig sind. Wenn wir sie voreinander retten wollen, müssen wir dafür Opfer bringen.«

Schweigend standen sie nebeneinander und beobachteten die Schlacht. Das Heer von Modos und Ghoroma hatte gegen die Legionen der Drachen, Sphinxe und Darauden keine Chance, und doch kämpften sie bis zum letzten Mann – ein schmerzhafter Beweis für ihre zerstörerische Irrationalität. Mit zusammengebissenen Zähnen sah Lyrian zu, wie die

Krieger der Geschwisterstaaten Opfer ihres eigenen Stolzes wurden.

»Man muss die Menschen beherrschen«, murmelte der Kaiser. Lyrian glaubte, Bedauern in seiner Stimme zu hören; es war das erste Mal, dass etwas Persönliches durch die Maske seiner Ausdruckslosigkeit drang. Und für einen Augenblick erahnte Lyrian die Gedanken und Sorgen, die seinen Vater bewegten.

»Wieso habt Ihr nicht früher mit mir über diese Dinge gesprochen«, fragte er kaum hörbar. »Wieso habt Ihr nie …«

»Du bist ein Drache«, unterbrach der Kaiser ihn. »Ein Drache weiß diese Dinge. Du hast sie nur infrage gestellt.« Nachdenklich legte er den Kopf schief. »Mit deiner Flucht hast du eine falsche Entscheidung getroffen. Dein Verschwinden hätte eine Rebellion im Palast auslösen können. Andererseits … hast du bewiesen, dass du eigenständige Entscheidungen treffen kannst. Es mag als Beweis dafür gelten, dass du Kaiser werden kannst.«

»Ich weiß nicht, ob ich Kaiser werden will.« Beinahe erwartete er einen Hieb der Luchspranken oder eine Ohrfeige oder zumindest eine erzürnte Antwort. Doch der Kaiser sah ihn nur an, mit seinem tiefen, nichtssagenden Blick, der, wie Lyrian nun wusste, alles andere als leer war.

»Den Menschen steht es zu, zu wollen, zu begehren, zu hoffen, zu erträumen. Drachen sehen, erobern, verzichten – wir planen und wir denken. Du willst nichts, Sohn. Du wirst.«

»Vielleicht gehe ich nach Whalentida.«

»Kein Drache verlässt Wynter.«

»Du kannst mich nicht zwingen«, sagte Lyrian gepresst.

»Nein … Zwang ist etwas für Menschen. Dein Verstand wird dich aufhalten.« Der Kaiser reckte das Kinn. »Sobald diese Schlacht gewonnen ist, ziehen wir weiter in den Süden

Kossums, wo die Geschwisterstaaten Rebellion und Zerstörung gestiftet haben. Du wirst mitkommen. Ich bezwecke, dass du sie kennenlernst, die Freiheit. In ihrer ganzen Pracht. Du wirst in die Menschengesichter blicken, die der weinenden Kinder und die der verzweifelten Alten, und dann sagst du mir noch einmal, ob du sie im Stich lassen und Wynter den Rücken kehren willst, um am Ende der Welt bei den Sklaven zu leben.«

Damit verwandelte er sich in einen Adler und stieg mit mächtigen Flügelschlägen in den raucherfüllten Himmel.

Lyrian wandte sich der Schlacht zu, die vor dem Hintergrund des brennenden Horizonts ihr Ende fand.

Davor konnte er nicht fliehen. Das konnte niemand.

DIE ZWEITE SONNENWENDE

Samt und Federn

Theaternacht

Mit einem dramatischen Seufzen hob die schöne Tochter der Ruinenräuber den Dolch und richtete die Klinge an ihren Hals. Zwanzig Banditen, mit furchterregender Kriegsbemalung und voller Waffenausrüstung, sogen scharf die Luft ein.

»Lasst den Gefangenen ziehn oder ich sterbe mit ihm!«

Der Gefangene – ein junger Bürger von Wynter mit eindrucksvoller Lockenpracht – begehrte gegen seine Fesseln auf. »Rafalina, tu es nicht! Mein Leben entschuldigt keine Träne in deinem holden Gesicht. Welch Zauber wendet Tochter gegen Vater, Räuber gegen Räuber, um einen armen Narren zu retten? Oh Rafalina, Allerschönste, wenn wir uns doch nie getroffen hätten!«

Die Räubertochter trat ins seidig blaue Vollmondlicht, das zwischen den winterlichen Hügeln herabstrahlte, und erwiderte mit leiser, klangvoller Stimme: »Wir waren zwei Vögel so frei, ehe wir die Gabe der Menschen entdeckten. Und die Welt sprang entzwei, als uns flammende Blicke aus der Unschuld weckten. Mutter Schicksal liebt die, die verstehen, und hat Nachsicht mit denen, die fühlen, so steht es an den Toren des Drachenpalasts geschrieben. So verlange ich Nachsicht mit zwei armen Menschen, die sich lieben!«

Die Räuber stießen empörte und entsetzte Laute aus. Auch Jagu, der in der zweiten Reihe saß, gab ein Grunzen von sich. Mion warf ihm einen amüsierten Seitenblick zu und dachte dasselbe: Als könnten die Räuber ernsthaft von der Romanze überrascht sein, nachdem es seit zwei Stunden nichts als Schwüre und Schmachterei gegeben hatte.

»Sie ist das größte Unglück und das größte Glück des Menschen«, rief der gelockte Bürgerjüngling voller Rührung aus. »Die Liebe! Sie vereint Sklaven und Wilde, Bürger und Diebe! Die Gabe der Menschen mag alles zerstören, doch ohne die Liebe wär unser Leben verloren.«

»Mit oder ohne – dich wird mein Schwert durchbohren!«, brüllte der Räuberhauptmann.

Ein beeindruckendes Bühnengefecht setzte ein, bei dem jede Menge Tränen, rote Bluttücher und Seufzer fielen. Der Mond ging unter, der Himmel färbte sich rosig und violett im Sonnenaufgang. Dann tat der junge Held neben seiner toten Angebeteten die Erkenntnis kund, dass die Liebe ein Fluch sei, und warf sich der Klinge des Räuberhauptmannes entgegen. Der Vorhang fiel und heftiger Applaus erscholl. Auch Mion klatschte begeistert. Vor allem weil es jetzt zu Ende war.

Mit dem aufgeregten Kribbeln im Bauch, das schon den ganzen Abend andauerte und nur während des zweiten Akts in Schläfrigkeit umgeschlagen war, schielte sie über die Schulter zurück in die dunklen Reihen der Zuschauer. Hier saßen sie: die mächtigsten Mitglieder der Gilden. Die größten Künstler von Wynter. Die reichsten Menschen des Landes … die reichsten Menschen überhaupt, wahrscheinlich. Und sie, Mion, war mitten unter ihnen.

Das Kribbeln steigerte sich zu einem fast schwindelerregenden Ziepen. Aber immer noch angenehm, auf eine gewisse Art.

»Und«, raunte Jagu, »wie hat dir dein erstes Theaterstück gefallen?«

»Fantastisch«, flüsterte Mion.

Er grinste sie in der Dunkelheit an. »Schnulziger als

Schweineschmalz. Aber einer der Räuber hat wirklich Nasenbluten bekommen, hast du das gesehen?«

Sie runzelte überrascht die Stirn und kicherte hinter vorgehaltener Hand.

Große Doppeltüren wurden geöffnet und entließen das plaudernde Publikum in einen hell erleuchteten Festsaal voller Büfetts, Kronleuchter und Marmorstatuen. Mion wusste gar nicht, wohin sie zuerst sehen sollte, zu den beeindruckenden Kunstwerken an den Wänden, den herrlich angerichteten Speisen oder zu den anderen Gästen, die wie sie ins Licht strömten wie ein Schwarm bunter Schmetterlinge.

Alsbald sammelte sich eine kleine Menge um Jagu. Wie schon vor dem Theater bedankten sich prunkvoll gekleidete Damen und Herren für die Einladung, beglückwünschten ihn zu der gelungenen Feier und sprachen ihre Bewunderung für das Theaterstück aus.

»Das Lob gebührt Ziraphalon, der das Werk geschrieben und inszeniert hat«, erwiderte Jagu mit einem bescheidenen Lächeln. »Ich habe ihm freie Hand gelassen und wusste bis vorhin nicht einmal den Titel des Stückes.«

»Ich habe ihn Euch in den vergangenen Monaten einige Male genannt«, erwiderte ein großer, hagerer Mann, der sich eben in die Runde geschlichen hatte. Im Vergleich zu der Garderobe der anderen wirkte seine geradezu nachlässig: Ein zerknittertes Leinenhemd hing ihm aus dem Gürtel und die knielange Pluderhose schien ihm an mehreren Stellen zu weit zu sein. Offenbar war er einer der ersten am Büfett gewesen, denn er balancierte einen Berg aus süßen und salzigen Köstlichkeiten auf seinem Teller und klimperte mit den Fingern auf einer teigummantelten Kochschnecke, um sich nicht zu verbrennen. Mit einem Biss war die Hälfte verschwunden und der schlaksige Mann kaute hastig.

»Ihr wart einer der Ersten, denen ich den Titel verriet. Ich schickte ihn Euch mit einer Zusammenfassung per Briefbote nach Hause, gleich nachdem ich die Zulassung der Drachen erhielt.«

»Mein Lehrling muss ihn angenommen und vergessen haben«, sagte Jagu entschuldigend. »Da ist es ein Glück, dass ich einen neuen Lehrling habe: Wenn ich vorstellen darf, diese junge Dame ist Mion, ein vielversprechendes Talent.«

Nicht nur der Angesprochene, auch alle Umstehenden spitzten neugierig die Ohren. Mion lief ein Kribbeln den Rücken hinab. Schon seit ihrer Ankunft bedachte man sie mit neugierigen Blicken. Schließlich hatten die Gilden nicht gerade oft fremden Zuwachs.

»Mion, du stehst einem bedeutenden Herrn gegenüber«, murmelte Jagu gerade so laut, dass der bedeutende Herr es mitbekam. »Ziraphalon, Sohn des Zerustades, ist einer der größten Bühnenschreiber und Intendanten der Gegenwart. Er entstammt einer der ältesten Schreiberfamilien Wynters und unterhält die Drachen regelmäßig.«

Mion reichte dem Schreiber die Hand, wie Jagu es ihr zu Hause beigebracht hatte, und machte einen kleinen Knicks. Ziraphalon, der dafür sein angebissenes Hühnerbein ablegen musste, grinste knapp.

»Meine Tochter Agazemna ist in deinem Alter. Vielleicht siehst du sie später, sie läuft hier irgendwo herum. Sie hat die Hälfte des dritten Akts von ›Die Blüte der Wildnis‹ geschrieben und arbeitet zurzeit an ihrem ersten Werk.«

»Es gibt doch nichts Wundervolleres, als die eigenen Kinder bei ihrer Entwicklung zu beobachten«, meinte eine spitznasige Dame ganz in Schwarz. »Als mein Riadhan das erste Mal eine Bühnenaufführung im Palast der Drachen hatte, waren wir alle furchtbar aufgeregt. Aber er meisterte seinen Auftritt mit Bravour, obwohl er die Hauptrolle in einem dreistündigen Stück spielte. Seitdem ist er zahllose Male im Palast aufgetreten, sogar vor der Kaiserfamilie…« Während die Frau – offenbar eine Schauspielerin – erzählte, sah sie fast unentwegt Mion an. Mion bemühte sich, interessiert und freundlich zu wirken, obwohl der eisige Blick der Dame einer Messerklinge glich.

»Jedenfalls ist Riadhan ja schon vierundzwanzig, und es ist Zeit für ihn, eine Familie zu gründen. Er muss die Blutlinie weiterführen.« Sie setzte ein breites Lächeln auf und wurde ein wenig lauter, damit alle sie hörten: »Ich frage mich, wieso nicht jeder begabte Nachkomme einer altehrwürdigen Gildenfamilie diese Pflicht erkennt, sondern stattdessen seine Lehrlinge von der Straße aufsucht.«

Mion fühlte sich wie mit Eiswasser übergossen. Für einen Augenblick war sie wieder das Ruinenmädchen, barfuß, arm und ungebildet, als hätten die Worte der Schauspielerin ihr elegantes Äußeres einfach weggeschwemmt. Ein Diener kam mit einem Tablett silberner Weinkelche. Die meisten Umstehenden nahmen sich einen Kelch, auch Jagu, der der spitznasigen Frau damit zuprostete.

»Gewiss tut Ihr recht daran, Euch um das Aussterben der Gildenfamilien zu sorgen, teuerste Lydalas. Aber wie sich gezeigt hat, bringt nicht nur altes Künstlerblut Talente hervor: Eine leibliche Tochter könnte nicht begabter sein als Mion.«

»Aber es geht nicht nur um Begabung, nicht wahr?«, erwiderte Lydalas mit haarsträubender Liebenswürdigkeit. Ihre Stimme hatte etwas von einer Katze an sich, die mit schwenkendem Schwanz auf den richtigen Zeitpunkt wartet, die Krallen auszufahren. »Wir sind den Drachen verpflichtet und haben uns an Traditionen zu halten. Sonst könnte ja jeder Bauernsohn und jede Küchenmagd ein Gildenmitglied werden.«

»Dagegen gibt es kein Gesetz«, fiel eine Dame mit einem großen Fächer ein. »Doch wer will schon jemanden aus dem Volk adoptieren und ihm den alten Familienbesitz überschreiben? Es muss schon einen triftigen Grund geben.« Und als läge dieser in Mions Erscheinung verborgen, musterte die Dame sie vom Saum ihres Kleides bis zu ihren aufgesteckten Haaren mit schamloser Neugier.

»Wie gesagt«, wiederholte Jagu, »Mion ist ein Ausnahmetalent.«

»So wie Eure andere Schülerin, wie heißt sie doch – Faunia?«, schnurrte Lydalas beiläufig.

Wieder breitete sich Schweigen aus. Selbst Jagu hatte diesmal nichts als ein Lächeln zu erwidern. Mion holte tief Luft.

»Ich wage nicht, mich mit Faunia zu vergleichen. Sie ist ein Genie. Es ist mir eine Ehre, in einem Haus mit ihr zu lernen.« Und mit einem Strahlen an Jagu fügte sie hinzu: »Vor allem vom selben Meister.«

Ein junger Herr lachte laut. »Das nennt man Treue! Wer hat hier leibliche Kinder, die so respektvoll sind? Ich sollte mir auch ein paar Schülerinnen nehmen, wenn ich ins Alter komme …«

»So, Faunia ist also ein Genie?«, sagte Lydalas mit unbeirrbarer Sanftheit. »Wie kommt es, dass ihre Werke uns bis jetzt vorenthalten wurden?«

»Wie es so oft mit genialen Künstlern ist, fehlt ihr das Gespür für alles Weltliche. Sie ist – wenn mein Meister mir erlaubt – nicht sehr ehrgeizig. Doch es steht mir nicht zu, über die Schwächen eines Menschen zu urteilen. Ich bewundere und bedauere Faunia, wie man eine große, tragische Person nur bewundern und bedauern kann.«

Lydalas betrachtete Mion mit einem unbewegten Lächeln. »Vielleicht liegt ihre Unbekanntheit auch daran, dass kein

Drache sich von einer gewöhnlichen Bürgertochter porträtieren lassen will.«

Mion neigte den Kopf. Ihre Wangen glühten. »Ich vertraue auf die Weisheit der Drachen.«

Ziraphalon räusperte sich laut und hob den Kelch. »Auf die Drachen!«

Alle stimmten ein, und als getrunken wurde, wanderte mehr als nur ein Blick zu den dunklen Fenstern, wo gewiss ein paar Raben das Fest bewachten.

Als Mion und Jagu zum Büfett schritten, ballte sie die Fäuste. »Sie werden mich nicht akzeptieren.«

»Lass dich von Leuten wie Lydalas nicht einschüchtern. Du hast gut geantwortet. Sehr nett von dir, Faunia zum Genie zu küren.«

»Danke, dass du mich ein Ausnahmetalent genannt hast.«

»Das war kein Kompliment. Das ist eine Erwartung.« Jagu nahm sich einen neuen Becher Wein und leerte ihn in einem Schluck. »Erinnerst du dich an deine Aufgabe für heute Abend?«

Mion pikste ein Teigbällchen auf ihre Gabel und nickte. »Ich werde versuchen, jeden, mit dem ich heute Abend rede, dazu zu bringen, mich zu mögen. Schön wär's.«

Jagu nickte geistesabwesend und sah sich im Saal um. Irgendwo spielte ein kleines Orchester ein neu komponiertes Tanzlied. Ein Diener kam vorbei und Jagu ließ sich nachschenken. »Ich suche dir ein paar Herausforderungen. Komm.«

»Jagu?«

Er hielt inne.

»Stimmt es, dass die Drachen sich nicht von Faunia malen lassen wollen? Weil sie … adoptiert ist?«

Er lächelte. »Gildengeschwätz. Faunia ist einfach nicht besonders geschickt darin, freundlich zu sein.« Dann bot er ihr den Arm. »Wie du schon sagtest: Genialen Künstlern wie ihr fehlt oft das Gespür für alles Weltliche.«

Zögernd hakte Mion sich bei ihm unter. »Den Satz habe ich von Osiril.«

»Das habe ich mir gedacht.«

Jagu stellte Mion der halben Gildenschaft vor: Malern, die nach Jasminparfüm und Ölfarben rochen, prächtig gekleideten Mitgliedern der Handelsgilde, Schauspielern und Musikern mit haarsträubenden Frisuren, opulenten Sängern, zierlichen Tänzern und mürrischen Bildhauern. Auf die meiste Ablehnung stieß Mion bei den Malern, schließlich war es ihre Gilde, in die sie, ein Niemand aus dem Volk, eintreten wollte. Wie Lydalas drückten sie ihr Missfallen durch ihre Blicke, ihren Ton oder schlichtweg ihr Schweigen aus. Auch merkte Mion, wie man hinter vorgehaltener Hand über Jagu redete. Sie wurden scharf beobachtet. Eine Schülerin zu adoptieren war schon verwunderlich gewesen – aber eine zweite, das machte argwöhnisch.

Nur Mion wusste natürlich, dass Jagus Beweggründe selbstlos und nobel waren. Er wollte mehr als das Ansehen der Gilden … und sie wollte mehr, mehr als dieses Fest, die fröhliche Gesellschaft, den Luxus … Allein der Gedanke war so hochmütig, dass Mion nicht wusste, ob sie sich schämen sollte.

Aber auch wenn die Gilden nicht die Gesellschaft waren, in die Mion letzten Endes Eintritt suchte: Heute Abend wollte sie nichts sehnlicher, als dazuzugehören. Vorurteile würden sie nicht daran hindern, Jagus Aufgabe zu erfüllen.

Sie wusste, wann ihr Zurückhaltung am besten stand und wann sie eine interessierte Frage, wann ein Lachen von sich geben musste. Ihr Augenaufschlag kam nie zu spät, ihre Schüchternheit gefiel den Selbstbewussten und ihre Gelassenheit den Unsicheren. Und, bei allen Drachen, sie begann, ihre Auftritte zu genießen. Das Funkeln in den Augen eines griesgrämigen Glasbläsers und das geschmeichelte Lächeln einer verbitterten Händlerin waren jubelnder Applaus, der nur für sie zu hören war – und Jagu.

Schließlich stellte er sie einer alten Tandarespielerin namens Halimo vor, die ihre letzte Scheu vor den Gilden fortwischte. Halimo war eine kleine, kugelrunde Dame, die ihr Gesicht ununterbrochen mit einem Federfächer beschirmte, hinter dem sie ebenso ununterbrochen Trüffeltörtchen verschlang. Dabei huschten die dunkel geschminkten Augen hierhin und dorthin, um nichts zu verpassen.

»Ihr tragt ein wundervolles Kleid«, schmeichelte Mion. »Eine angemessene Garderobe für eine Legende wie Euch …«

Die Dame starrte sie so ungläubig an, dass sie vergaß, ihre Naschsucht mit dem Fächer zu verbergen. »Ja«, brachte sie hervor, »in der Tat, ich bin die große Halimo.«

Danach folgte ein so gewaltiger Redeschwall, dass Mion gar nicht mehr zu Wort kam. »Wer seid Ihr? Auch eine Tandarespielerin? Jung seid Ihr, sehr jung, gewiss noch in den Lehrjahren. In Eurem Alter war ich auch ein Lehrling, meine Mutter war ebenfalls eine Berühmtheit, sicher habt Ihr von der großen Hegemora gehört. Mit zweiundvierzig verschied sie, es war ein Unglücksfall im wahrsten Sinne des Wortes, ein tragischer Sturz von der Bühne, bei dem …«

Mion konnte höchstens ein Nicken oder Kopfschütteln zwischen zwei Sätze zwängen. Aber Halimo brauchte gar keine Reaktion, sie brauchte nur ein menschliches Gesicht, um ihre Lebensgeschichte zu erzählen. Und die Lebensgeschichte ihrer Mutter. Und ihrer vier Großcousins.

Verzweifelt sah Mion sich nach Jagu um. Eben hatte er doch noch hinter ihr gestanden. Ihr war, als würden auch alle übrigen Leute zurückweichen, bis sie allein und rettungslos mit Halimo in einer Ecke feststeckte.

Mion hörte nur noch halb hin. Die Gildendame erzählte gerade von einem Musikauftritt vor zweiundzwanzig Jahren und dem Pfauenkostüm, das sie damals getragen hatte. Dabei hielt sie Mion am Handgelenk und drückte sie zur Erinnerung, wenn ein erstauntes Stirnrunzeln oder Lächeln angebracht war. Wo war Jagu nur? Wenn man ihn mal brauchte …!

»… und dann brachen alle Drachen in Beifall aus, und ich verneigte mich, während mein Vater die Zulassung für sein Stück erhielt!« Eine Berührung an Mions Handgelenk. Sie lächelte reflexartig. »Ich habe ihn geliebt, meinen Vater. Er war ein ernster Mann, aber von Herzen gut. Mein Bruder hingegen …«

»Ja, ich habe auch einen Bruder! Er liebt Süßigkeiten, Ihr nicht auch? Und hier stehen ja wunderbare Trüffeltörtchen!«

Verdutzt blickte Halimo auf das Büfett. Dann holte sie tief Luft und nahm sich ein Törtchen, wobei Mions Handgelenk endlich freikam. »Oh ja, diese kleinen feinen Törtchen, sie sind köstlich, sehr köstlich. Mein Bruder jedenfalls …«

Mion hustete laut. »Verschluckt«, japste sie. »Brauche – Wasser.«

Röchelnd eilte sie davon. Sobald die Menge Halimo von ihr trennte, räusperte sie sich und verlangsamte ihren Schritt. Zugegeben kein besonders anmutiger Abgang, aber um von der Alten wegzukommen, hätte sie mittlerweile auch eine Schaufel und einen Sack benutzt. Wenigstens hatte sie erfahren, was für ein Instrument eine Tandare war: offenbar eine Flöte, die nur für die Drachen gespielt wurde.

Ihre wiedergewonnene Freiheit genießend, schlenderte Mion an den Büffets vorbei und nahm sich einen Weinkelch.

Bunte, lachende Menschentrauben erfüllten den Saal, dazwischen huschten Diener umher und weiter hinten hatte sich eine großzügige Tanzfläche vor dem Orchester gebildet. Vielleicht waren es gar nicht der Prunk und Überfluss, die Mion so beeindruckten, sondern die Selbstverständlichkeit, mit der die Gilden all dies hinnahmen. Es war ein erschreckender, aufregender Hochmut... und sie gehörte nun dazu.

»Ihr seid also die Neue.«

Sie drehte sich um und entdeckte einen Jungen, der an einem Weinbrunnen lehnte. Lässig nippte er an seinem Kelch. Er mochte in ihrem Alter sein und überspielte seine Schmächtigkeit gekonnt mit Schulterpolstern und einem gefütterten Umhang. Mion hätte schwören können, dass er auch Stiefel mit Absätzen trug, doch als sie hinuntersah, stellte er sich stramm hin und verbeugte sich. »Wenn ich mich vorstellen darf, Atlas, Sohn und Lehrling des Schneidermeisters Icastoba. Und Ihr seid also Jagus neuer Lehrling.«

Etwas verunsichert blickte Mion in das Gesicht unter dem dichten dunklen Haar, doch entdeckte keine Feindseligkeit. Die lange Nase und das spitze Kinn hatten etwas Nagetierhaftes an sich, doch die Augen waren lebhaft und verrieten einen aufmerksamen Geist. Er wies auf ihr Kleid. »Ihr tragt Faunias Kleid.«

»Woher...?«

»Ich habe es geschneidert. Daher nehme ich an, dass Euch die Ärmel ein wenig zu kurz sind; und die Tatsache, dass Ihr Handschuhe bis zu den Ellbogen tragt, bekräftigt meinen Verdacht. Übrigens müsste es Euch an der Taille ganz schön zwicken, es sei denn, Ihr tragt ein so fest geschnürtes Korsett wie Faunia. Ein Umfang von einundzwanzigeinhalb Zoll...« Er fuhr eine weibliche Silhouette in der Luft nach. »Medizinisch bedenklich, aber was interessiert das einen Künstler und Liebhaber des Schönen? Apropos Schönheit: Wo ist Faunia?«

»Ähm, sie ist zu Hause. Sie wollte nicht mit.«

»Sie wollte nicht mit?«, wiederholte der Schneiderlehrling kränklich. Mit einem theaterwürdigen Seufzen warf er seinen Kelch in den Brunnen. »Und wieder geht sie mir durch die Lappen.«

Mion musste lächeln. »Ich könnte ihr etwas von Euch ausrichten?«

»Dann richtet Ihr aus, dass sie mein kühler Nordstern ist, Herrin meines Himmels. Sagt Ihr, dass ich ihren kleinen Zeh vergöttere und für eine Locke ihres Engelhaares durch Flammen tanze und dabei ein Loblied auf ihre hübschen Schneidezähne singe. Sagt Ihr, es wäre ein vernünftiger Zug, meine Liebe zu erwidern, solange sie noch warm ist, denn ich bin intelligent, unterhaltsam, talentiert und treu. Ganz zu schweigen von meinen offensichtlichen äußeren Vorzügen.«

Mion lachte. »Vielleicht schreibt Ihr mir das alles besser auf.«

»Lieber nicht. Faunia neigt dazu, Briefe ungeöffnet zurückzuschicken. Aber wortlose Einigkeit ist sowieso am romantischsten. Übrigens, wie heißt Ihr?«

So lernte sie Atlas kennen. Wie sich herausstellte, war er als Sohn des Meisters der Schneidergilde fast schon eine kleine Berühmtheit: Er kannte jeden, der etwas von Mode hielt, und da Gildenmitglieder allgemein eine große Portion Eitelkeit besaßen, waren das nicht wenige.

Während sie über das Fest schlenderten, erzählte er ihr Anekdoten über die Gäste: Der eine Dichter besaß mehr als dreihundert Festtagsröcke, die wallende Haarmähne jener Alchemistin war bloß ein Haarteil, die Tochter des Handelsmeisters trug schlüpfrige Unterwäsche.

»Woher wisst Ihr *das* denn?«, empörte sich Mion.

Atlas lächelte breit. »Offenes Geheimnis unter Männern – äh, Schneidern.«

Dann bat er sie, etwas von Faunia zu erzählen. Wie es ihr ginge? Ob sie viel arbeite? Ob Mion ihr eine Locke abschneiden und ihm zuschmuggeln könnte?

»Nein!«

»Gut, gut. Dann vielleicht eine Nachtbluse oder ein Strumpf?«

»Ich bring dir einen Strumpf von der Köchin, du Pantoffelheld. Überhaupt, bist du nicht ein bisschen zu jung für sie?«

Atlas' schmales Gesicht färbte sich rot. Er richtete sich zu voller Größe auf, wobei er Mion kaum überragte. »Ich bin achtzehn!«

Das hätte sie nicht gedacht. Er wirkte höchstens wie sechzehn. Sehr schmächtige sechzehn. Sanftmütig meinte Mion: »Für die große Liebe ist das doch ein bisschen früh.«

»Liebe wartet auf kein Alter. Und wieso sollte sie auch? Faunia ist in der Blüte ihrer Schönheit.«

Mion entschied, darauf nichts zu antworten, und trank.

»Überhaupt, ich frage mich, wieso euer Meister zwei Schülerinnen braucht«, sagte Atlas nachdenklich. »Sie ist doch nicht … krank?«

Mion schüttelte den Kopf. »Sie erfreut sich bester Gesundheit.«

»Ein komischer Kerl, euer Meister«, murmelte er. »Der Einzige, der es gewagt hat, einen Lehrling zu adoptieren, und dann macht er es gleich zweimal.«

»Vielleicht hat er als Einziger den Mut zur Gerechtigkeit«, erwiderte Mion mit leisem Stolz. Atlas sah sie überrascht an.

»Bei allen Drachen, du klingst ja wie Faunia.«

Mion kniff die Lippen zusammen. »Du kennst sie doch überhaupt nicht.«

»Was? Ich –«

»Jemandem auf Banketten nachstellen ist was anderes, als ihn zu kennen, Atlas.« Jetzt musste sie doch wieder lächeln. »Ach, komm. Wenn Faunia nicht so eine Giftschlange wäre, würde ich sie dir von Herzen wünschen.«

»Giftschlange!«

Sie nickte. Atlas beruhigte sich und dachte nach. »Aber sie ist wunderschön ...«

Mion verdrehte die Augen. Trotzdem verbrachte sie den Rest des Abends mit dem Schneider und fühlte sich in seiner Gegenwart so wohl wie lange bei keinem mehr. Er war witzig und scharfsinnig, hatte zu allem etwas zu sagen und neigte zu einer Art von Besserwisserei, die Mion schmunzeln ließ, aber nicht störte. Er konnte sie sogar zum Tanzen überreden, obwohl Jagu ihr das nicht beigebracht hatte. Ehe sie sichs versah, wirbelten sie über die Tanzfläche, und Atlas schnatterte fröhlich über sich und die Welt.

Mion musste plötzlich an Saffa und Kajan denken. Das letzte Mal, dass sie getanzt hatte, war auf den Laternenfesten zur Wintersonnenwende gewesen. Sie hatte Saffa und Kajan stundenlang überreden müssen, und als sie endlich mit ihr tanzten, hatten sie sich immer wieder gegenseitig weggeschubst und ein Bein gestellt. Was war das für ein Leben gewesen. Mit anderen Menschen und einem anderen Wynter, ja sie selbst war eine andere gewesen. Hatte sie wirklich auf der Straße gesungen, in den Schatten der Ruinen verdünnten Wein getrunken, Ritus gespielt ... Ritus ...

Eine Hand legte sich auf Atlas' Schulter. Jagu stand vor ihnen. Mion fühlte sich ertappt, obwohl es ja keinen Grund dazu gab. Atlas strich sich das Wams zurecht. »Meister Jagu!«

»Hallo, Atlas. Darf ich?« Mit einem Lächeln nahm er Mions Hand, legte einen Arm um ihre Seite und tanzte mit ihr davon. Dabei fiel etwas von seiner Schulter. Verwundert blickte Mion einer kleinen braunen Feder nach, die in der Menge davonschwebte.

»Wo warst du?«

»Hattest du Spaß?«

Sie legte den Kopf schief. »Ich denke, ich habe die heutige Aufgabe ganz gut gemeistert.« Plötzlich durchzuckte sie ein Gedanke wie ein jäher Blitz: Eigentlich wäre ich jetzt tot.

Die Mion, die vor fast vier Monaten in den Ruinen getanzt hatte, war gestorben. Wer war bloß das Mädchen in den teuren Kleidern auf diesem himmlischen Fest, Hand in Hand mit dem größten Maler von Wynter?

»Danke«, sagte sie leise zu Jagu, und weil sie ihn jetzt unmöglich ansehen konnte, legte sie den Kopf an seine Brust. »Danke für alles.«

Große Augenpaare folgten ihnen, und alle Umstehenden schienen über sie zu tuscheln, doch das Orchester überspielte die Worte, und sie drehten sich schnell, viel zu schnell, bis alles in einem angenehmen Rausch aus Licht und Farbe verschwamm.

Spät nachts löste sich das Fest auf. Unter den Aufbrechenden fand Mion Atlas wieder, und sie versprachen sich, einander zu besuchen – »Staatsgeheimnisse austauschen«, wie er meinte –, dann stieg Mion zu Jagu in den Wagen, und der Fuhrjunge zog sie in die stille, friedliche Frühlingsnacht. Mion sah zurück, wo das große Theaterhaus hinter der Straßenecke verschwand.

»Ich weiß, dass es früher deinem Vater gehört hat.«

Im Dunkel sahen sie sich an. Das Licht vorbeiziehender Hauslaternen glitt für Sekunden über Jagus Gesicht und verwandelte es in eine ausdruckslose Maske.

»Osiril hat mir alles erzählt. Dass er dich verleugnet und

deine Mutter euch verlassen hat… und dass du in Wirklichkeit Arahil heißt.« Ihr war, als zucke er bei dem Klang zusammen. »Du teilst deine Geheimnisse ja nicht gerne. Aber sie sind bei mir sicher.«

Schweigend fuhren sie dahin. Mion erwartete eigentlich keine Antwort – sie war froh, ihm einfach gesagt zu haben, dass sie Bescheid wusste und er ihr vertrauen konnte wie sie ihm. Dann hörte sie ihn leise lachen.

»Osiril hat dir das gesagt, ja?«

»Ja…«

»Ich fasse es nicht. Osiril! Du verstehst es wirklich, den Menschen die Zunge zu lösen!«

Wiederkehr

Der Heerzug war beeindruckender als alles, was Baltibb je gesehen hatte.

Drachen in den fantastischsten Gestalten bildeten die Spitze. Geflügelte Hengste, doppelt so groß wie ein normales Schlachtross, in deren spitzen Mäulern Raubtierzähne blitzten, schritten neben Riesenkatzen, furchterregenden Schlangenwesen und anderen Ungeheuern, in denen so viele Korpusse gemischt waren, dass man die einzelnen Tiere kaum mehr erkannte. Über ihnen kreisten die unheimlichen Darauden mit ihren Schlangenleibern und Rabenklauen im Himmel.

Die Nachhut bildeten endlose Truppen von Menschensoldaten und Gefangene – oder Befreite, die Worte beschrieben dasselbe –, die eine neue Zukunft in Wynter erwartete. Baltibb durfte vorne bei den Drachen reisen, dafür hatte Lyrian gesorgt. So lief sie als einziger Mensch mit den Tieren und Monstern.

»Wohin werden wir ziehen?«, fragte sie Lyrian abends, als sie alleine in dem Zelt saßen, das für ihn aufgeschlagen worden war. Draußen hielten Darauden Wache, und Baltibb versuchte, ihre unheimlichen Schatten auf der Zeltwand zu ignorieren, so gut es ging.

»Nach Süden«, antwortete er tonlos. »In den Krieg.«

»Und danach?«

»Danach … wir werden sehen. Wir werden sehen, Tibb.«

Etwas hatte sich in ihm verändert; seit sie auf das Heer

gestoßen waren, schien Lyrian in Gedanken noch ferner als früher. Vielleicht war etwas vorgefallen, als er mit dem Kaiser gesprochen hatte. Aber es stand Baltibb nicht zu, ihn auszufragen. So schwieg sie und überließ ihm die Entscheidung über seine und ihre Zukunft. Denn dass diese beiden unwiderruflich miteinander verbunden waren, wusste Baltibb. Sie gehörten zusammen, oder besser gesagt, sie gehörte zu ihm.

Am nächsten Morgen setzten sie ihre Reise nach Süden fort, in die Tiefen dieses fremden, zerrissenen Landes, das Kossum hieß, das größte Reich des Kontinents war und von dem Baltibb noch nie gehört hatte. Aber sie hatte eine rasche Auffassungsgabe, und was man ihr einmal sagte, vergaß sie nicht. Wenn Lyrian ihr erklärte, dass die Geschwisterstaaten, zwei mächtige, von Menschen regierte Reiche, Kossum mit schädlicher Freiheit und Chaos überzogen, akzeptierte Baltibb diese Tatsache und stellte sie nicht infrage. Ebenso fand sie sich damit ab, dass diese Dinge Lyrians Drachenverstand weitaus mehr beschäftigten als ihren schlichten menschlichen. Alles war, wie es sein sollte. Sie vertraute auf eine Ordnung in der Welt, die sie als kleines Rad im Getriebe nicht sehen, aber in Lyrian vermuten konnte.

Sie reisten durch verbrannte Öden, wo nur verkohlte Baumstümpfe und Ruinen Schatten warfen. Halb tote Menschen, die das Feuer und die Klingen der Feinde überlebt hatten, wurden vom Heer aufgenommen und Teil der namenlosen Flüchtlingsmasse. Ob nun befreit oder nicht, sie blieben Eingekerkerte zwischen Vergangenheit und Zukunft, die beide gleichermaßen unabwendbar waren.

Auch darüber schien Lyrian sehr viel mehr nachzudenken als Baltibb. Wenn sie abends ihr Lager aufschlugen, beobachtete er die verlorenen oder vielleicht geretteten Menschen, und sein blass gewordenes Gesicht überschatteten Sorgen, die Baltibb nicht verstand. Sie versuchte es auch nicht.

Am dritten Tag erschien ein Heer am Horizont: Winzig wie Ascheflocken flimmerten die Gestalten in der Ferne. Baltibb bekam weiche Knie, als die Schlachthörner zu dröhnen begannen und der Boden bebte. Auch Mond jaulte laut, der ohnehin Angst vor den Drachen, Darauden und Sphinxen hatte und seit Tagen mit eingezogenem Schwanz neben ihr herschlich. Doch die Krieger von Wynter zeigten keine Furcht – sie zeigten gar nichts außer grimmiger Entschlossenheit. Die Sphinxe liefen den Feinden zuerst entgegen, in gut organisierten Rudeln. Fast lautlos wirbelten ihre Pranken die staubige Erde auf und zogen eine grau-dunstige Wolke mit sich. In den Lüften begleiteten sie die Darauden. Falls das die Feinde nicht in die Flucht schlug, würden die Drachen angreifen. Erst wenn es wirklich nötig war, würden auch die menschlichen Krieger in die Schlacht geschickt, sonst erfüllten sie die unwürdige Aufgabe, sich um die Flüchtlinge und andere Menschen zu kümmern.

Das feindliche Heer, das Baltibb aus der Entfernung noch so bedrohlich erschienen war, hielt den Mächten Wynters nicht lange stand. Am Abend waren die Krieger von Modos besiegt, ohne dass ein Drache mitkämpfen musste. Dennoch stärkten die Herrscher ihre Korpusse wie die Sphinxe und Darauden, indem sie die Toten des Schlachtfelds verschlangen. Manche Kämpfer hatten in der Schlacht aber auch all ihre Tierkörper verloren und huschten verletzlich durch das Lager: Die Sphinxe trugen gelbe Umhänge, die Darauden schwarze, die so lang waren, dass sie ihre menschliche Gestalt ganz verhüllten. Nur die Schwerter ragten hervor, die sie in Angst um ihr letztes, kostbarstes Leben stets griffbereit hatten.

Einmal glaubte Baltibb, eine weibliche Daraude zu erkennen. Nur ein paar schwarze Haarstoppeln ragten unter der Kapuze hervor, doch Kinn und Mund haftete etwas

Weibliches an. Zum ersten Mal dachte Baltibb bewusst über Sphinxe und Darauden nach. Offenbar hatten sie ähnliche Zauberkräfte wie die Drachen, aber nicht den Verstand, um frei darüber verfügen zu dürfen. Es mussten Wesen zwischen Mensch und Drache sein, den einen überlegen und den anderen untertänig, eine monsterhafte Zwischenstufe, die sich hervorragend für den Krieg eignete. Ob sie Familien hatten?

Nach der Begegnung mit dem feindlichen Heer stießen sie auf weitere verbrannte und geplünderte Städte, nahmen noch mehr Flüchtlinge auf, besiegten kleinere Truppen und brachten Ruinenräuber zur Strecke, die in großen Karawanen durch Kossum zogen und Sklaven und Kriegsbeute sammelten. Lyrian sprach kaum noch mit Baltibb. Tagsüber trug er die Gestalt des Otters, nachts durchlebte er unruhige Träume oder strich durch die langen Zeltreihen. Manchmal schlich sie ihm nach und sah, wie er die Menschen beobachtete. Immer wieder ging er durch die Lager der Flüchtlinge, die ihn in der Dunkelheit für einen von ihnen hielten. Aber auch mit ihnen sprach er nicht.

Eines Nachts merkte er, dass Baltibb ihm folgte. Beschämt blieb sie stehen und wäre am liebsten im Erdboden versunken. Er kam auf sie zu, weder überrascht noch vorwurfsvoll, und im matten Schein einer Fackel wirkte er plötzlich gar nicht mehr wie ein Junge, sondern wie ein erwachsener Mann. In den goldenen, einstmals verträumten Augen lag so unerschütterliches Verständnis, als sei er mit dem Aufblühen des Frühlings weise geworden, unbemerkt und plötzlich wie über Nacht.

»Du musst dir keine Sorgen um mich machen, Tibb. Zu viele Sorgen … Immerzu machen die Menschen sich Sorgen. Sie denken mehr, als ihr Herz verträgt. Gefühle und Gedanken, das ist eine schlimme, leidvolle Mischung. Könnten sie die Gedanken doch ganz uns Drachen überlassen.«

»Aber ich muss mir Sorgen um Euch machen. Und ich will«, flüsterte Baltibb kaum hörbar. Er sah sie an, und sie kannte sein Gesicht gut genug, um darin trotz aller Reglosigkeit Mitleid und Schmerz zu lesen. Ihre Brust kribbelte, denn egal, was in ihm vorging, es hatte mir ihr zu tun. Die Vorstellung, sie könne in seinen Gedanken leben wie er in ihrem Herzen, war mehr, als sie zu hoffen wagte.

»Bald kehren wir heim«, sagte er, seine Stimme schwebte geisterhaft über dem Schweigen der Nacht. Im ersten Moment war Baltibb von Erleichterung erfüllt, im nächsten war sie beunruhigt.

»Nach Wynter? Was ist mit Whalentida?«

Er schüttelte den Kopf. »Wegen mir bist du so weit gereist, ohne irgendwo anzukommen. Für dich sieht das Ganze völlig kopflos aus, aber glaube mir: Ich bin im Inneren weiter gekommen, als irgendein Schiff aus Whalentida mich je bringen könnte. Nur musste ich diese Reise alleine antreten, ja ich könnte dir nicht einmal davon erzählen. Es gibt keine Worte dafür. Du musst das nicht verstehen.«

Nun war es an Baltibb, den Kopf zu schütteln. Viel hätte sie ihm sagen können – dass nicht nur er, sondern auch sie weiter gekommen war, als ihre Füße sie getragen hatten; dass es die schönste, glücklichste Zeit in ihrem Leben gewesen war und sie für den Rest ihrer Tage mit ihm durch die Welt ziehen wollte, egal wohin, ob durch Gebirge, Eiswüsten oder brennende Steppen. Aber Baltibb sprach nichts davon aus, denn auch für diese Dinge gab es keine Worte.

Als sie nach Wynter zurückkehrten, empfing das Land sie mit bunten Bannern: Wiesen wogten leuchtend grün in der kühlen Maibrise und Rapsfelder bedeckten die Welt wie ein Goldteppich. In der Ferne leuchteten die Gebirge, die die Grenze zu den nördlichen Eiswüsten markierten, in tiefem

Blau. Fort waren die blinden Winternebel, fort das ewige Grau und Weiß – die Welt strahlte, und sie würde noch für drei Monate strahlen, ehe Frost und Kälte Wynter zurückeroberten.

Das letzte Stück vom Waldrand bis zur Großen Brücke des Palasts ritten Lyrian und Baltibb auf Darauden, da man die Brücke nur fliegend erreichte. Es gab einen langen, schwer bewachten Fußpfad für Sphinxe und menschliche Palastbesucher, doch Lyrian veranlasste, dass Baltibb an seiner Seite blieb. Auch Mond durfte den Luftweg nehmen, was er kein bisschen zu schätzen wusste: Erst mit Gewalt gelang es Baltibb, ihn auf den Rücken des Darauden zu bringen. Inzwischen war Mond fast ausgewachsen, und Baltibb hatte Schwierigkeiten, ihn zu beschwichtigen.

Der Flug war eine Tortur. Baltibb konnte Höhen nicht leiden, vor allem wenn sie auf dem Rücken eines schlangenköpfigen Ungeheuers saß und einen nervösen Jagdhund umklammerte. Die Stadt wischte unter ihnen davon, kaum mehr als ein undeutliches Labyrinth. Majestätisch ragten die Türme des Palasts vor ihnen auf, wie aus Wolken und Elfenbein geschmiedet.

Die Darauden und Drachen landeten auf der Großen Brücke. Mit weichen Knien stieg Baltibb ab und hielt Mond im Nacken fest; er knurrte schon die ganze Zeit, und die Daraude schien nur auf einen Grund zu warten, ihn mit einem schnellen Biss zu erledigen.

Die Prozession schritt die Brücke entlang. Tiefe, alles erschütternde Hörner erklangen, als grollten die Türme ihr Willkommen. Mit gerunzelter Stirn blickte Baltibb den weißen Steinriesen entgegen. Es war ihre Heimat, aber gleichzeitig wusste sie, dass sie keinen Anspruch darauf hatte. Sie war ein Gast, nein, eher ein Eindringling in dieser erhabenen Welt; ein Leben lang mit strengem Blick geduldet, aber nicht berechtigt, es ihr Zuhause zu nennen. Sie schielte zu Lyrian hinüber, der seine Ottergestalt trug. Wie es sich wohl anfühlte, zu wissen, dass man Herr der Türme war? Dass sie nur existierten, weil man selbst existierte? Es war ein zu großer Gedanke für Baltibb.

Im Näherkommen bemerkte sie eine gigantische Inschrift, die über dem Portal schwebte, als hätte der Schlund einen Befehl in den Stein gehaucht. Sie hätte gerne gewusst, was dort stand, aber sie konnte natürlich nicht lesen. Vielleicht, wenn sie alleine waren, würde sie Lyrian fragen … doch im Grunde ahnte sie, dass sie sich eine Weile nicht sehen würden. Bestimmt hatte Lyrian nach ihrem klammheimlichen Verschwinden einiges zu erklären. Ganz zu schweigen davon, was Baltibb bevorstand … Sie holte tief Luft, als der Schatten des Portals über sie glitt, und dann war sie zu Hause – oder zumindest da, wo sie hingehörte.

Er sagte gar nichts und vielleicht war das am allerschlimmsten.

Er öffnete die Tür, starrte sie an, ging zurück in die Stube, setzte sich und nahm den Löffel wieder in die Hand.

Unsicher blieb Baltibb im Eingang stehen, machte die Tür aber hinter sich zu. Ihr Vater saß reglos am Tisch und blickte seine halb leere Schüssel an, ohne weiterzuessen. Eine Minute verstrich in Stille.

»Ich hatte keine Wahl.« Wie fremd klang ihre Stimme in der kleinen Stube! Ihr war, als würde sie jemand anderen sprechen hören. Auch ihr Vater blinzelte, als wisse er nicht genau, ob da jemand mit ihm redete. »Der Prinz wollte, dass ich ihn begleite. Was hätte ich tun sollen?« Sie räusperte sich leise und kraulte Mond, der neben ihr saß und erleichtert war, dass keine Darauden, Sphinxe oder Drachen in der Nähe waren.

Endlich murmelte ihr Vater: »Setz dich.«

Baltibb gehorchte, Mond trottete hinter ihr her. Durch die Bullaugenfenster drang Licht und umrahmte das Profil ihres Vaters.

»Sie haben nach ihm gesucht, dem Prinzen«, begann er langsam. Die Worte kamen schwer und brockenhaft. »Ich musste dein Verschwinden melden. Sie werden …« Er biss die Zähne zusammen, ließ den Löffel fallen und hielt sich die Faust vor den Mund. Baltibb berührte seinen Arm, doch ihr Vater schüttelte sie ab und gab ihr eine schallende Ohrfeige.

Einen Moment drehte sich alles. Ihre linke Gesichtshälfte fühlte sich wie gespanntes Papier und weit entfernt vernahm sie Monds Bellen.

»Sie werden dich holen kommen, sie bringen dich um für diese Torheit, du wirst sehen, du wirst sehen!« Obwohl er brüllte, übertönte ihn Monds aufgebrachtes Gebell. Schließlich verstummte ihr Vater und versuchte, Mond abzuschütteln, der ihn ansprang.

»Mond, aus!« Baltibb zerrte ihn zurück. Mit einem dumpfen Jaulen schnappte er nach ihrer Hand und schlich anschließend mit wedelndem Schwanz hinter ihren Stuhl. Alle drei atmeten schwer und beruhigten sich.

»Es muss aufhören«, murmelte ihr Vater. Er wirkte alt und einsam im schonungslosen Licht. »Von Anfang an war klar, dass es nur Unheil bringen würde. Du kannst den Prinzen nicht mehr sehen! Sie sind … Baltibb, wir sind nicht wie sie!«

»Das weiß ich.«

Ihr Vater stieß scharf die Luft aus. »Er ist der Prinz. Wer bist du? Wer bist du, Baltibb? Niemand. Eine Laune, ein falsches Wort genügt … was ist schon dein Leben in ihren Augen? Sie werden dich holen, eines Tages. Pass nur auf. Meide ihn.«

»Wie soll ich ihn meiden?« Baltibb lächelte verzweifelt. »Es ist sein Palast. Er kommt hierher. *Er* besucht *mich*.« Ihr Vater hörte den gefährlichen Stolz in ihrer Stimme und seine Augen glommen auf. Zögernd streckte er die Hand nach ihr aus. Bei der Berührung zuckte Baltibb zusammen, doch er legte nur die Hand auf ihren Kopf, schwer und bleiern vor Sorge.

»Vergiss nicht. Sie haben kein Herz. Vergiss das nicht …«

Sie sah auf den Boden und nickte.

Held

Zurück.

Da stand er wieder in seinen Gemächern, wie er sie vor drei Monaten verlassen hatte: dasselbe Bett, dieselben leeren Fenster, dieselben fremden, gesichtslosen Diener. Stärkungen für ihn und seine Korpusse standen schon bereit, ein Bad war gerichtet und die Diener warteten mit frischer Kleidung. Als Lyrian sich satt und sauber aufs Bett fallen ließ, fühlte er sich wie neugeboren, aber nicht in einem neuen Leben, sondern einem uralten.

Seine Leibärzte kamen, erkundigten sich nach seinem Wohl und untersuchten seine Korpusse. Seine Schwalben waren verletzt und von den Füchsen war ihm nur der geblieben, den die Ruinenräuber beinahe getötet hatten. Die Leibärzte versicherten, dass die Schwalben genesen würden, doch kampftauglich war er bis zum nächsten Ritual der Wintersonnenwende, wenn er sich neue Korpusse aneignen konnte, nicht mehr.

Die Stunden bis zum Abend verbrachte Lyrian allein. Er schlich durch die endlosen Korridore, weil er nicht mehr in seinen Zimmern bleiben wollte, aber er wusste auch nicht, wohin er sonst gehen sollte. Auf ein Buch konnte er sich jetzt unmöglich konzentrieren, also war die Bibliothek ausgeschlossen. Nach der langen Reise hatte er auch keine Lust, einen Ausflug in die Gärten zu machen, zumal seine Schwalben sich noch erholen mussten.

Also versuchte er zu schlafen. Das warme Bad hatte ihn

müde gemacht. Aber er wälzte sich vergebens in den Kissen: Der kühle Geruch von Heimat, die meilenweite, zittrige Stille hielten ihn wach. Er konnte nicht fassen, dass er doch wieder zurück war, und andererseits … hatte er vielleicht die ganze Zeit geahnt, dass er nicht für immer fortgehen würde. Dass ihm dazu letztendlich der Mut fehlte. War es das oder tatsächlich Verstand und Verantwortung gewesen, die ihn heimgeführt hatten?

Seufzend drehte Lyrian sich auf den Rücken. Nein, er war hier, weil er keine Wahl hatte. Er war ein Drache. Er konnte ebenso wenig wählen, wer er war, wie er seinen Platz in der Welt wählen konnte.

Das Böse lässt sich nicht ausmerzen, doch das Gleichgewicht muss gehalten werden.

Ein Leben ohne Lügen und Sinnlosigkeit, das wollte er noch immer. Aber der Kaiser hatte recht: So ein Leben fand sich nicht am Ende der Welt, nicht in einer vagen Traumvorstellung, nicht im Reich der Menschen. Es lag in der Hand der Drachen, es zu formen.

Als es dämmerte, betrat eine Dienerin sein Gemach und kündigte an, dass es ein Bankett zu Ehren der heimgekehrten Krieger geben würde. Es fand in einer kleinen Halle unweit der kaiserlichen Gemächer statt. Nur die wichtigsten Drachen waren geladen: Unterhalb des Podiums, auf dem die kaiserliche Familie speiste, tummelten sich die ranghöchsten Feldherren und Regierungsberater an einer halbmondförmigen Tafel. Jenseits des Fackelscheins, unsichtbar in den Schatten, begleiteten Tandarespieler das Mahl mit leiser Musik.

Lyrian betrat den Saal in Ottergestalt und wechselte erst in den Jungen, als er auf dem Podium angekommen war. Seine Eltern waren noch nicht anwesend, dafür aber die übrigen Drachen, die sich erhoben und vor ihm verneigten.

Es dauerte nicht lange, da flogen ein Adler und eine Amsel durch die hohe Tür. Elegant verwandelten der Kaiser und die Kaiserin sich in ihre natürliche Gestalt und landeten auf dem Podest.

Die Kaiserin trug ein prächtiges Gewand, das so goldgelb war wie ihre Augen. Der Kaiser dagegen war mit einem einfachen Umhang schlicht gekleidet, doch der hohe, mit Juwelen besetzte Kopfschmuck verlieh ihm wie immer eine unnahbare Autorität. Als das Kaiserpaar Platz nahm, kam eine Reihe Diener herein, um das Mahl aufzutragen.

Die Kaiserin führte das Gespräch. Sie erkundigte sich nach der Kriegslage, den Schlachten, den Gewinnen und Verlusten, obwohl sie bestimmt schon alles mit ihrem Gemahl unter vier Augen besprochen hatte. Dann erklärte sie, ohne Lyrian anzusehen, dass sie die Heldentaten des Prinzen in Liedern besingen lassen werde. Ihr sei bereits zu Ohren gekommen, dass er sich in den Schlachten bewährt und Korpusse für Wynter geopfert habe.

»Auf den Thronfolger«, sagte sie zuletzt und hob ihren Kelch. In einer einheitlichen Bewegung hoben die Drachen die ihren, und man trank auf Lyrian, der den Blick auf seinen Teller gerichtet hielt.

Als das Essen beendet war, erhob die Kaiserin sich und dankte den Drachen für ihren Bericht. Zu Lyrian sagte sie im selben sanften Ton: »Folge mir.«

Die Kaiserfamilie verließ die Halle. Im Flur verwandelte sein Vater sich in den Adler und verschwand ohne Abschied. Die Kaiserin schien es nicht zu bemerken oder es kümmerte sie nicht; ohne sich umzudrehen, schritt sie den Korridor hinunter und führte Lyrian in ein dunkles Gemach. Eben war eine Dienerin dabei, die Lampen in den Wandnischen zu entzünden. Sie verneigte sich tief und ließ die Kaiserin und Lyrian alleine.

Außer einem wuchtigen Schreibtisch und einer riesigen Landkarte aus Leder, die eine Wand bedeckte, war das Gemach leer. Die Kaiserin trat vor die Karte und schien sie zu studieren. Schweigend wartete Lyrian darauf, dass seine Mutter zu sprechen begann.

Damit ließ sie sich Zeit. Lyrian glaubte schon, sie hätte ihn vergessen, und als ihre Stimme endlich erklang, schien sie mit sich selbst zu reden.

»Zwölf Tagesreisen bis Jegäa. Dann über die Mitternachtsberge, eine gefährliche Wanderung. Jenseits von Libéa schließlich liegt die Grenze von Kossum. Kossum … was für ein Schlangennest. Das Land ist fruchtbar, wenig Ruinen mit Bodenschätzen zwar, aber dichte Wälder, Sonne, goldene Felder. In letzter Zeit wohl eher Schlachtfelder. Und überall die verfluchten Krieger von Modos und Ghoroma. Ihre aufrührerischen Reden von Menschenfreiheit und Volksherrschaft sind giftiger als ihre Klingen.« Sie warf Lyrian über die Schulter einen Blick zu.

»Wollt Ihr mein geografisches Wissen prüfen?«, fragte er höflich.

»Ich bin nur neugierig, ob du mir zustimmen kannst, nun, da du alles mit eigenen Augen gesehen hast.«

Lyrian neigte leicht den Kopf, was so viel heißen mochte wie »Ja«, »Nein« oder »Wie Euch beliebt«.

Die Kaiserin drehte sich ganz zu ihm um. »Du glaubst mir nicht, aber ich weiß sehr wohl, was in dir vorgeht. Ich weiß es sehr wohl … Auch ich war einmal in deinem Alter.« Ihr Blick irrte über sein Gesicht, blieb an seinem Haar hängen, das er zu kämmen vergessen hatte. »Wie köstlich ist das Leid der Jugend!«, flüsterte sie. »Jede Enttäuschung ist vermählt mit einem edlen Triumph, denn man weiß, man kann sie verkraften. Hunger und Durst nähren den Stolz, jedes Hindernis lässt Mut gedeihen. Selbst die Kälte beißt lieblich, denn sie ist machtlos gegen den jugendlichen Widerstand. Fließen Tränen, sodann mit tausend warmen Schaudern … Nein, das Leid der Jugend ist nicht bitter. Sage mir, du hast Kummer, und ich beneide dich um deine süße Tragik.«

Lyrian starrte seine Mutter an und biss die Zähne zusammen. »Ihr verhöhnt mich.«

»Ich verstehe dich. Das gibt mir das Recht, dich zu verhöhnen oder zu beneiden, wie es mir beliebt.« Nachdenklich beobachtete die Kaiserin ihn. »Sag, das Menschenmädchen, das dich begleitet hat … ist sie dir teuer?«

»Was meint Ihr?«

»Das weißt du sehr wohl«, sagte sie gefährlich leise. Lyrian entschied, dass es keinen Grund gab zu lügen.

»Ihr habt wohl gehört, dass sie mir mehr bedeutet als eine Dienerin. Im Vergleich zu den Heldentaten, von denen Ihr außerdem gehört haben wollt, ist das wahr. Ich gebe es zu, denn es ist nichts Schändliches, einem Menschen nahezustehen. Sie mögen anders sein als wir, aber wenn wir sie regieren, dann sollten wir sie kennenlernen und …«

»Sie ist hässlich«, unterbrach ihn die Kaiserin. Verwirrt sah Lyrian sie an und versuchte zu begreifen, warum ihr bei allen Dingen ausgerechnet das eingefallen war.

Die Kaiserin trat noch näher an ihn heran. Er konnte die Fältchen um ihre Augen zählen, doch ihr Blick blieb so fern und unergründlich wie die Sterne am Himmel.

»Wollt Ihr nicht wissen, warum ich weggegangen bin?«, fragte Lyrian trocken. »Immer meint Ihr, alles über mich zu wissen, obwohl Ihr kein einziges Mal –«

»Du wirst sie nicht wiedersehen«, schnitt sie ihm ruhig das Wort ab. »Wenn doch, werde ich sie töten.« Amselfedern sprossen an ihren Schläfen und ihrem Hals. Die Kälte eines Raubtiers verfinsterte ihre Augen, doch noch war sie seine Mutter. Mit leisem Kleiderrauschen verließ sie das Gemach.

Die Gilden

Am Morgen nach der Theaternacht wachte Mion zum ersten Mal in ihrem Bett auf und hatte das Gefühl, dass es wirklich *ihr* Bett war. Als hätte der vergangene Abend ihr neues Leben eingeweiht, fühlte sie sich wie ein echter Lehrling. Egal, was manche Gildenmitglieder von ihr hielten – solange Jagu an sie glaubte, konnte sie alles erreichen und alles werden.

Dieses Gefühl wurde in den folgenden Tagen bestärkt, indem gleich ein Dutzend Einladungen eintrafen: Sie wurden zu Banketten, Gildentreffen und Bühnenspielen gebeten – nicht zu vergessen die Tee- und Trüffelrunde im engen Freundeskreis, die die alte Tandarespielerin Halimo geben wollte. In ihrer Einladung wurde Mion namentlich erwähnt.

»Bilde dir bloß nichts darauf ein«, sagte Faunia trocken, als sie endlich wieder zum Frühstück erschien. Bis jetzt hatte sie sich beharrlich in ihrem Zimmer eingeschlossen und nur nachts ihrem Hunger nachgegeben, weshalb heute Morgen die Kirschmarmelade leer war. »Im Frühjahr ist Festsaison. Selbst Leute wie Halimo bekommen Einladungen.«

Mion wandte sich an Jagu. »Ist das wahr?«

Er zuckte mit den Schultern und schluckte einen Bissen Brot hinunter. »Der Sommer ist die Zeit der großen Unterhaltung im Palast. Und bevor wir vor die Drachen treten, tauschen die Gilden sich untereinander aus. Jeder will wissen, wer welche Aufträge an Land gezogen hat und wer der neue Liebling der Drachen wird. Es ist ein Zirkus ...«

Und zwar ein sehr unterhaltsamer, wie Mion bald feststellte. Nur eine Woche nach der Theaternacht besuchte sie mit Jagu und Faunia ein kleines Konzert beim Meister der Musikgilde. Das umfangreiche Stück, von einem zwölfköpfigen Orchester umgesetzt, war vom ältesten Sohn des Gildenmeisters komponiert worden und sollte noch im selben Monat im Palast aufgeführt werden. Der Gedanke daran, dass sie Musik hörte, die bald die Drachen hören würden, verursachte ein heißes Kribbeln in Mions Magen. Nie war sie dem Hohen Volk so nahe gewesen. Außer natürlich – als sie einen von ihnen erschossen hatte.

Die Erinnerung daran erschien geradezu absurd, so wie fast alles, was zu ihrem alten Leben gehörte.

Nur wenige Tage später gingen sie zu einem Bankett für Mitglieder der Malergilde. Mion fiel auf, dass Faunia nicht gerade beliebt war. Während des Banketts öffnete sie nur zum Essen den Mund. Die Frauen beäugten sie mit einer Mischung aus Verachtung und Neid, während die Männer sie entweder anstarrten oder gänzlich ignorierten.

Mion bemühte sich, den Gesprächen zu folgen und gerade so viel beizusteuern, dass sie auffiel, ohne vorlaut zu wirken. Sie prägte sich die Namen der Maler ein und machte sich in Gedanken zu jedem einen kleinen Steckbrief: Der untersetzte Meister Urbain fand, nicht die Größe eines Porträts sage etwas über die Bedeutung eines Drachen aus, sondern die Detailarbeit an Kleidung und Korpus; Meisterin Anathelbis mit der wirren Lockenmähne war überzeugt, die Schönheit eines Bildes hänge allein von einer speziellen Kombination der Elementarfarben ab; und der hagere Malermeister Eurifad roch meterweit nach Ölfarben und Zypressenparfüm, das den Farbgeruch offenbar übertünchen sollte, tatsächlich aber unterstrich.

Als die Hausdiener den Nachtisch servierten – die köstlichsten gebackenen Pflaumen mit Sahne, die Mion je gegessen hatte –, fragte ein älterer, freundlicher Maler namens Hekilon sie unerwartet: »Nun, Ihr entstammt keiner Gildenfamilie, woher kommt Ihr also?«

Mion hatte sofort ein Dutzend Lügen parat. Doch sie bewahrte Schweigen, bis Jagu sich den Mund an der Serviette abtupfte.

»Ich habe Mion durch einen erstaunlichen Zufall entdeckt«, sagte er heiter. »Gewiss erinnert Ihr euch daran, dass Faunia mich vor einigen Jahren auf ihr Talent aufmerksam machte, indem sie Stadteigentum mit Kreide verzierte.«

Faunia bemühte sich, ihn anzulächeln, doch die Geschichte ihrer Herkunft war ihr offensichtlich unangenehm. Auch die Gildenmitglieder warfen ein paar unruhige Blicke umher. Man konnte nie wissen, ob ein Spion der Drachen in der Nähe war.

»Ich hielt Faunia für einen einmaligen Glücksfall, doch wie sich herausgestellt hat, besitze ich ein Geschick dafür, begabte Künstler aufzuspüren. Mion ist die Tochter eines Tischlers, der mir ein paar Möbel gezimmert hat. Eines Tages kam ich die Tischlerei besuchen und entdeckte Mion beim Schnitzen einer kunstvollen Holzfigur. Was war es noch, Mion?«

»Ein Jaguar«, sagte sie mit einem Lächeln. Jagus Augen verwandelten sich in Abgründe. Samtene Tiefe, die sie in die Arme schloss. Sie schluckte nervös.

»Genau. Ein Jaguar. Dann hast du mir erzählt, dass du noch besser zeichnen als schnitzen kannst –«

»– und ich habe Euren Gehstock genommen und ein Bild in den Schnee gemalt«, schloss Mion.

Sie sahen sich für eine Sekunde an, die nur ihnen zu gehören schien und die der Rest der Welt nicht wahrnahm. Dann wandte Jagu sich an die anderen und breitete die Arme aus. »Was soll ich sagen? Sie ist ein Naturtalent.«

»Und offenbar selbstbewusst«, rief Hekilon und schwenkte seinen Kelch anerkennend in Mions Richtung. »In deinem Alter hätte ich mich nicht getraut, vor jemand Fremden zu zeichnen. Ich war furchtbar schüchtern.«

»Wenn man arm ist, kann man sich Schüchternheit nicht leisten«, sagte Mion.

»Wahr gesprochen«, murmelte eine Künstlerin neben ihr. Wohlwollend sah man auf Mion. Sie fühlte, dass sie aufgenommen war.

Auf einem anderen Fest, bei dem die Gilde der Kunstschmiede ihre neuesten Schmuckstücke präsentierte, traf Mion den Schneiderlehrling Atlas wieder.

Zwischen funkelnden Diamantkolliers und Diademen schlich sie sich an ihn heran und hielt ihm die Augen zu.

»Zarte, weiche Hände«, rätselte er, »ein paar Tropfen Vanilleparfüm an den Gelenken. Das kann nur Rumus sein.«

Er drehte sich um und tat überrascht, als er Mion erkannte.

»Wer ist Rumus?«, fragte sie grinsend.

»Bildhauerlehrling. Männlicher Typ. Wie geht es dir?«

»Gut! Und dir?«

Die Frage schien überaus berechtigt, da Atlas von einer Sekunde zur anderen leichenblass wurde. »Sie trägt mein Kleid.«

Mion drehte sich um und entdeckte Faunia in der Menge. Gelangweilt ließ sie den Blick über die prunkvollen Schmuckstücke schweifen, während ihre Finger an den Pfauenfedern ihres dunkelgrünen Gewandes zupften.

»Ein hübsches Kleid«, meinte Mion.

»Natürlich ist es hübsch«, murmelte Atlas wie verzaubert. »Ich habe es geschneidert. Ich meine, sie trägt es. Das ist ein Zeichen, sie hat es meinetwegen an! Ich sollte sie ansprechen. Nein, erst den Blickkontakt abwarten. Oder hat sie mich schon gesehen? Ich habe sie ja jetzt erst entdeckt, vielleicht hat sie mich also schon bemerkt, bevor ich sie gesehen habe, und sieht deshalb jetzt weg… Es gibt nur einen Weg, das rauszufinden. Mion, entschuldige mich.« Er klopfte ihr militärisch auf die Schulter und bahnte sich einen Weg zu Faunia vor.

Irgendwie konnte Mion nicht beobachten, wie er sie ansprach – vielleicht weil sie ahnte, wie es ausgehen würde –, darum drehte sie sich um und widmete sich wieder dem ausgestellten Schmuck.

Kaum eine halbe Minute später kehrte Atlas zurück. Wortlos wischte er sich mit einem Taschentuch Wein aus dem Gesicht. Mion beschloss, nicht nachzufragen.

»Ähm. Ich glaube, sie ist in jemand anderen verliebt«, versuchte sie.

Atlas machte eine Miene, als hätte er in eine verfaulte Kartoffel gebissen. »Großartig. Fast hätte ich mich damit abgefunden, dass sie herzlos ist.« Griesgrämig wrang er das Taschentuch aus. »Und wer ist der strahlende Sonnenkönig?«

Mion überlegte, ob sie Atlas davon erzählen sollte, schließlich kannte sie ihn kaum. Aber andererseits sehnte sie sich schon viel zu lange danach, jemandem alles anzuvertrauen. Und sie war Faunia nichts schuldig.

Als sie verriet, in wen Faunia verliebt war, riss Atlas die Augen auf.

»Ihr Meister!«

»Schsch, nicht so laut!«

»Verzeihung, ich… na ja. Ich vergaß, dass ihr Meister ja nicht ihr Vater ist. Trotzdem…«

»Du sagst es aber niemandem!«

Atlas lächelte schief. »Es sind schon so viele böse Gerüchte über Meister Jagu im Umlauf, ich glaube, ich hätte nichts Neues beizusteuern.«

»Wieso, was für Gerüchte?«

»Wo soll ich anfangen? Er macht ein großes Geheimnis aus sich, weil er ein Spion der Drachen ist, heißt es. Er wurde nicht von seinem Vater ausgebildet, weil er ihm nicht den nötigen Respekt zollen wollte. Er missachtet die Gesetze der Gilden, indem er Lehrlinge aus dem Volk nimmt. – Entschuldige, ich wollte nicht …«

Mion winkte ab. »Schon in Ordnung.«

Atlas fuhr sich über die Lippen. »Nun ja, und dass sich Jagu ausgerechnet zwei Mädchen ins Haus geholt hat und ihr nicht gerade wie Stachelschweine ausseht, müsste dir aufgefallen sein. Da kann man sich leicht denken, was seine Gründe sind.«

Natürlich war Mion klar, dass die Gildenmitglieder etwas Derartiges vermuteten. Sie hatte es ja selbst lange genug befürchtet. Aber trotzdem machte es sie wütend. »So, das ist also Jagus Ruf.«

Atlas musterte sie aufmerksam, ob sie noch mehr sagen würde. »Und, stimmt es?«

»Natürlich nicht!« Sie verschränkte die Arme. Am liebsten hätte sie Atlas erklärt, was Jagu vorhatte, aber das konnte sie wirklich nicht.

»Manche sagen, Jagu trage böses Blut in sich. Seine Mutter war schon eine einfache Frau aus dem Volk. Viele Gildenmitglieder meinen, er bringt Schmach und Schande über sie – wegen seiner Herkunft und allem anderen. Wäre er kein so begabter Maler …«

Sie atmete tief durch. »Jagu ist edler, als ihr alle denkt. Ich kenne keinen Menschen, dem Gerechtigkeit so wichtig ist.«

Atlas zuckte die Schultern. »Aber er hat Faunias Herz gestohlen.«

Mion verdrehte die Augen. »Er hat *nicht* Faunias Herz gestohlen. Sie hat ihn damit beworfen.«

Atlas begann zu kichern.

»Es stimmt!«

»Beworfen mit einem Herz … das geht noch ins Auge!«

Schweigend aßen Mion, Jagu und Faunia zu Abend. Morizius lag mit Fieber in seiner Kammer – »Immer im Frühling!«, zeterte er, »Ich hasse den Frühling!« – und die Köchin und ihre Tochter hatten bereits gegessen, sodass der Meister und seine Lehrlinge heute unter sich blieben.

Der lange Tag in Gesellschaft, das viele Lächeln hatte sie ermüdet, und so saß jeder mit einer Miene über dem Suppenteller, als hätten sie sich für ihr Leben ausgelächelt. Wobei dieser Zustand bei Faunia ja eigentlich die Regel war. Seit Jagu Mion in den Kreis der Gilden eingeführt hatte, schien sie noch schnippischer geworden zu sein. Und ob Mion wollte oder nicht, steckte sie mitten in einem Konkurrenzkampf um Jagus Gunst. Es schien ihr unwürdig und lächerlich, sich auf Faunias Spielchen einzulassen, aber andererseits hatte sie kaum eine Wahl. Schließlich konnte Faunia alles Mögliche gegen sie sagen, wenn sie sie mit Jagu alleine ließ … da war es besser, so langsam wie möglich zu essen und zu warten, bis Jagu sich ins Atelier zurückzog.

Mion las vor dem Schlafen noch ein Buch. Inzwischen war sie so weit fortgeschritten, dass sie Morizius nicht mehr brauchte. Und nicht nur das – sie hatte sogar Freude am Lesen. Welche Geheimnisse die Schriften mit ihr teilten! Durch sie erfuhr sie Dinge über die Drachen, die ihr früher nie in den Sinn gekommen wären.

Zum Beispiel, dass die Gilde der Heilkundigen im Palast lebte und diesen nur mit besonderer Erlaubnis verlassen durfte. Da die Leibärzte der Drachen so viel über die Herrscher wussten, wurden sie streng von anderen Menschen ferngehalten – ein Opfer, für das die Drachen sie mit Reichtum und großzügigen Privilegien entschädigten.

Als die Buchstaben vor ihren Augen mehr und mehr zu schrumpfen begannen, klappte sie den schweren Folianten zu und rieb sich über das Gesicht. Gedanken durchschwirrten sie, Gedanken an die Gilden, den Palast und die Drachen und vor allem *einen* Drachen. Den einen, den sie für sich gewinnen sollte. Der sie und Jagu zu Herrschern machen würde.

Er war irgendwo dort oben im weißen Palast, nur ein paar Meilen entfernt. Sie konnte es kaum erwarten, ihm endlich zu begegnen. Sie würde alles tun, ja alles, damit sie das Spiel um dieses unbekannte Herz gewann. Und um die Gerechtigkeit. Und Jagu …

Sie stützte sich auf und tippelte eine Weile grüblerisch mit dem Fuß auf den Boden. So wie Jagu sich immer mit allem Zeit ließ, würde sie wahrscheinlich graue Haare haben, bis er ihr endlich mehr von seinen Plänen verriet. Gedankenvoll und listig mochte er ja sein, aber er schien nicht besonders gut darin, etwas in Gang zu setzen.

Kurzerhand stand sie auf und machte sich auf den Weg zum Atelier. Sie hatte sich genug bewährt, um zu erfahren, wie es jetzt weiterging.

Die Türen waren nicht verschlossen. Mion drückte die Klinke hinunter, ohne anzuklopfen – gewiss war Jagu in seinem Schlafzimmer und hörte sie sowieso nicht. Leise durchquerte sie das Atelier. Durch die Fenster fiel Mondlicht, kaum stark genug, um der Dunkelheit Umrisse zu entlocken.

Mion blieb stehen. Jagus Schlafzimmertür stand einen Spalt offen. Verwundert kam sie näher und schob sie ganz auf.

Jagu lag auf dem Bett, ein Bein angewinkelt und die Arme hinter dem Kopf verschränkt, ein schmales Lächeln auf dem

Gesicht. Und er war nicht allein. Faunia strich zwischen den Leinwänden umher, die Hände leicht gespreizt, als wiederhole sie ganz langsam die Schritte eines Kindertanzes. Sie trug einen seidenen Hausmantel und ihr Haar fiel ungeordnet zu ihren Hüften herab. In ihrem Mund klemmte Jagus Pfeife.

Als sie Mion bemerkte, senkte sie die Arme und nahm die Pfeife heraus. Ausdruckslos ließ sie den Rauch zwischen den Lippen hervorwabern.

Jagu stützte sich träge auf und sah Mion an, offenbar eine Erklärung erwartend.

Sie versuchte, ihre Stimme zu finden. Die beiden empfanden es offenbar als ganz normal, dass Faunia durch das Zimmer ihres Meisters tanzte.

»Ja?«, fragte Jagu.

Faunia gab ein kurzes, albernes Kichern von sich.

Mion schluckte alle Fragen hinunter. »Ich wollte … Wir müssen was bereden.«

Er blinzelte als Zeichen, dass sie fortfahren sollte. Irgendwas stimmte nicht mit ihm. Vielleicht hatte er getrunken …

»Wann treffen wir die Drachen, Jagu?«

Faunia brach in helles Gelächter aus. Dann lief sie auf das Bett zu und warf sich regelrecht neben Jagu, legte eine Hand auf seine Schulter und paffte die dämliche Pfeife. Auch sie wirkte eigenartig – noch eigenartiger als im Normalzustand.

»Du wirst … die Drachen treffen«, sagte Jagu gedehnt. »Du wirst ihren Sohn … treffen.«

Faunia beobachtete Mion wie eine lauernde Katze. Dann schwenkte sie den Kopf zu Jagu herum und rückte so nah an ihn heran, dass ihre Nasenspitze fast seine Wange berührte. »Wen? Jagu, wen wird das Ruinenkind treffen? Ach, sag mir doch, wer es ist! Ich tu auch nichts Falsches.«

Jagu schüttelte ärgerlich den Kopf, aber um seine Mundwinkel spielte noch immer ein Lächeln. »Nein, Faunia, diese Maus wirst du nicht zum Spielen bekommen. Es ist ein ganz besonderes Mäuschen.« Er lachte leise in sich hinein.

Mion wurde bang. Was hatten die beiden getan? Stärker als die Sorge aber war ihre Verärgerung darüber, dass Jagu und Faunia ein Geheimnis hatten und sie nicht eingeweiht war. Nachdem er so schlecht über Faunia geredet hatte, war Mion davon ausgegangen, dass er sie nur aus Mitleid im Haus behielt.

»Was ist mit dir?«, fragte sie dumpf.

Jagu erhob sich. Faunia sah ihm beleidigt nach, dann ließ sie sich in die Kissen sinken und widmete sich wieder der Pfeife. Unentschlossen ging Jagu durch den Raum, ehe er schließlich zu seinem Schreibtisch tapste und nach einer Weinkaraffe griff. Großzügig schenkte er sich ein und leerte den silbernen Krug in einem Zug.

»Bist du betrunken?«, fragte Mion abweisend. Ihr Vater hatte manchmal mit den anderen Holzfällern selbst gebrannten Schnaps getrunken, und wenn er abends heimkam, stank er und schnarchte die ganze Nacht so laut, dass niemand außer ihm schlafen konnte.

Jagu würdigte diese Frage keiner Antwort und kam ein paar Schritte auf sie zu. Gedankenverloren sah er sie an, und Mion fröstelte unter seinem Blick. Hinter seiner spöttischen Versonnenheit lag Dunkelheit … Sie ging einen Schritt zurück. Wie damals, als sie den Streit zwischen Jagu und Faunia beobachtet hatte, kam er ihr vollkommen verändert vor.

Er schien sich zu sammeln und kippte die letzten Tropfen Wein in den Mund. »Du wirst die Drachen sehen. Viele wirst du sehen. Beim großen Fest der Sommersonnenwende im Palast.«

Faunia fuhr auf. »Was? Du darfst nicht zwei Lehrlinge mitnehmen!«

»Ich weiß.« Jagu hielt sich mit einer Hand an dem Bettpfosten fest und blickte zwischen ihr und Mion hin und her. »Eine von euch … wird mitkommen. Ihr wisst beide, um was es geht, also … keine Geheimnisse mehr.«

Faunia richtete sich auf dem Bett auf, mit ihrem wirren Haar und ihrem verrutschten Seidenmantel doch so herrisch wie eine Königin. »Ich verlange, dass du mich mitnimmst.«

»Wieso?« Sein Lächeln konnte nicht trügen, er war ganz ernst.

Faunia blähte die Nasenflügel. »Weil ich besser geeignet bin«, sagte sie leise. »Ich bin schön. Schöner als sie.«

»Sie ist wortgewandt«, warf Jagu ein, als sei Mion gar nicht mehr da.

Faunia holte zitternd Luft. »Eine Chance. Die bist du mir schuldig. Ich kann dir beweisen, dass ich besser bin!«

Mion hielt es nicht mehr aus. »Also – ihr seid ja beide übergeschnappt!«

Jagu grinste. »Und sie hat Verstand. Wie es aussieht, spricht mehr für Mion als für dich. Aber gut, eine Chance … die sollt ihr bekommen. In zwölf Tagen ist die Sommersonnenwende. Sagen wir, diejenige, die das schönere Kleid trägt, werde ich zum Fest im Palast mitnehmen.«

Alles in Mion sträubte sich dagegen, sich auf einen so ungeheuerlich blöden Wettkampf einzulassen.

»Abgemacht«, sagte Faunia sofort.

»Gut«, sagte Jagu. »Jedem von euch stehen zweitausend Gulden zur Verfügung. Lasst euch was Hübsches schneidern.« Er sah Mion an. »Beantwortet das deine Frage, wann du die Drachen zu sehen bekommst?«

Sie schwieg. Sie war zu enttäuscht und verwirrt, um irgendetwas zu sagen, und wünschte, sie wäre nie hergekommen.

Faunia kletterte vom Bett und stellte sich direkt vor Mion.

Herausfordernd blies sie ihr Rauch ins Gesicht, aber Mion zwang sich, ihr unverwandt in die Augen zu sehen.

»Also ist es abgemacht«, sagte Faunia leise und schüttelte ihre Hand. Ihr Griff war kühl und erstaunlich kräftig – die zarten, knochigen Finger drückten Mions unangenehm fest. Dabei entdeckte Mion, dass an Faunias Daumen und Zeigefinger weiße Kreide haftete. Und in der Kuppe ihres Ringfingers war ein winziger roter Stich.

Prügelei

Ein paar Tage verstrichen, ohne dass Faunia und Mion ein Wort wechselten. Während der Mahlzeiten bedachte Faunia sie mit halb hämischen, halb angriffslustigen Blicken und sonst sahen sie sich nicht.

Jagu hatte sich wieder einmal zurückgezogen. Da das Atelier verschlossen war und auch nachts das Zimmer gegenüber dunkel blieb, vermutete Mion, dass er verreist war. Wohin ging er bloß immer? Jedes Mal wenn sie glaubte, sich ihm einigermaßen genähert zu haben, entglitt er ihr wieder und offenbarte neue Rätsel.

In manchen Momenten hing sie Tagträumen nach, in denen sie und Jagu in die Welt der Drachen eintraten, in anderen war sie davon überzeugt, dass ihm niemals zu trauen war und er ihr nur die Hälfte seiner Pläne verraten hatte. Vor allem was Faunia betraf, schien er alles andere als ehrlich zu sein.

Mion beobachtete, wie Faunia das Haus verließ und geheimnisvolle, in Seidenpapier gehüllte Päckchen geliefert bekam. Anfangs dachte sie mit Belustigung und Spott daran, wie Faunia sich für die Sommersonnenwende vorbereitete. Dann wurde sie unruhig. Wenn die Drachen wirklich die Gilden in den Palast einluden, wollte sie das um keinen Preis verpassen. Da musste Jagu sie doch mitnehmen.

Was für ein Kleid Faunia sich wohl schneidern ließ? Zweitausend Gulden standen ihnen beiden zur Verfügung, das war ein wahnwitziger Betrag. Für so viel Geld hätte Mion die halben Ruinen kaufen können.

Am vierten Tag fasste sie einen Entschluss und ging noch vor dem Frühstück in die Küche, damit das Dienstmädchen ihr einen Wagen bestellte. Herone lief los. Bald kam ein Fuhrjunge und holte Mion ab.

»Zu Icastoba«, sagte sie.

Es war ein riesiges Haus, noch viel prunkvoller als Jagus. Mächtige Marmorsäulen flankierten die Haustür und in der Eingangshalle gluckerte ein Brunnen mit blauen und goldenen Zierfischen. Eine Dienerin ließ Mion warten, während sie den Sohn des Hausherrn holen ging.

Wenig später erschien Atlas auf der Wendeltreppe. Anders als auf den Festen, bei denen sie ihn sonst gesehen hatte, trug er nur ein einfaches Hemd und ausgebeulte Hosen, in denen er noch schmächtiger aussah.

»Mion! Schön, dich zu sehen, was verschlägt dich hierher?«

Sie lächelte, einfach weil sie sich freute, ihn zu sehen. »Ich brauche ein Kleid.«

»Soso, du bist also als Kunde hier. Das Einzige, was besser ist als Besuch von Freunden, ist Besuch von Kunden, sagt Meister Icastoba. Leider hat mein Vater alle Hände voll zu tun, das Palastfest steht bevor.«

Mion schluckte. »Du meinst die Sommersonnenwende?«

»Natürlich. Kommst du denn auch?«

Sie holte tief Luft und erzählte ihm von dem Wettbewerb. Atlas hörte mit gerunzelter Stirn zu, dann verschränkte er die Arme und musterte Mion mit einem Blick, bei dem ihr ganz und gar nicht wohl war. Er schien sie zu durchschauen, obwohl es eigentlich ja nichts zu durchschauen gab – aber es missfiel ihr, dass er aus ihrem Bericht einen Schluss zog.

»Ich weiß, dass du Faunia magst«, fuhr sie rasch fort.

»Aber sie war doch schon mehrmals zur Sommersonnenwende im Palast und ich noch nie. Ich würde die Drachen so gerne mal sehen … Ich kann dich auch bezahlen: zweitausend Gulden.«

Er grinste breit. »Für Freunde mit zweitausend Gulden tut man doch alles.« Er wies die Treppe hinauf und sie gingen in seine Arbeitsräume. Es waren schlichte Zimmer mit großen Fenstern. Hohe Regale bedeckten die Wände, in denen Stoffballen über Stoffballen lagerten. Holzpuppen standen überall; an manchen waren Stoffe angesteckt, die die Kleiderkunstwerke erahnen ließen, die sie einmal werden würden. Auf einem wuchtigen Arbeitstisch lagen Skizzen, Kreide, Maßbänder und Nähzeug.

»Das meiste hier sind Aufträge von Meister Icastoba, die ich zu Ende bringen soll«, erklärte Atlas nachlässig. »Aber die Entwürfe da, die habe ich gemacht …«

Mion hatte die Blätter schon zur Hand genommen. Wagemutige Roben waren abgebildet, riesige bauschige Ärmel und Röcke, in denen Mion sich unmöglich einen atmenden Menschen vorstellen konnte.

»Und, was sagt der Lehrling eines Malers dazu?«

»Das ist richtig gut«, sagte Mion ehrlich. »Wie … wie Traumbilder.«

Zufrieden nahm Atlas das Maßband vom Tisch und begann, sie abzumessen, ohne um Erlaubnis zu bitten. »Das wollen die Drachen ja: die Wirklichkeit wie einen Traum erscheinen lassen.«

Nachdenklich blätterte Mion durch die Skizzen. »Hast du denn schon mal einen Drachen … nun …«

»Abgemessen wie dich?«

»Ausgeforscht wäre wohl die bessere Bezeichnung – wozu brauchst du denn den Umfang von meinem Hals, um Himmels willen? Für den Henker?«

Atlas ließ das Maßband sinken und sah sie an. Wieder war da dieser Blick, der tiefer zu dringen schien, als Mion lieb war.

»Das ist das erste Mal, dass dir ein Kleid geschneidert wird, oder?«

»Das geht dich nichts an«, erwiderte Mion kühl, lächelte aber dann und wandte sich wieder den Zeichnungen zu. »Also, das hier finde ich schön.« Sie hielt die Skizze eines karmesinroten Kleides empor, so raffiniert und elegant wie die Flügel eines Schmetterlings.

Aber Atlas schüttelte entschieden den Kopf. »Das steht dir nicht. Du solltest etwas in zartem Grün tragen, bei deinen Haaren. Außerdem denke ich an einen Schnitt, der deine Schultern schmaler macht und den Hals betont. Und keine zu hoch gesetzte Taille, sonst wirkst du noch größer.«

Sie verzog die Augenbrauen. »Danke, ich fühle mich wie ein Gorilla.«

Er kicherte. »Als Schneider muss man sich immer vornehmen, aus einem Gorilla einen Schwan zu zaubern.« Er fuhr fort mit seinen Messungen und Mion streckte gehorsam die Arme aus. »Das klingt, als würden wir versuchen, jemanden hinters Licht zu führen.«

»Natürlich«, sagte Atlas leichthin. »Kunst ist nichts als wunderschöne Lügen über die gräuliche Wahrheit.«

Nachdem Atlas sämtliche Details ihres Körpers erforscht und fein säuberlich in ein Büchlein notiert hatte, prüften sie verschiedene Stoffe. Mion hätte nie für möglich gehalten, wie viele es gab und wie entscheidend die Auswahl für ein Kleid sein konnte. Von schwerem Brokat und wolkenweichem Samt bis hin zu hauchfeinem Tüll zeigte Atlas ihr alles, was es gab, und erzählte ihr, welcher Stoff wie benutzt wurde. Zuletzt entschieden sie sich für einen leichten Seidenstoff in leuchtendem Smaragdgrün, den Mion gar nicht aus der Hand geben wollte, so weich fühlte er sich an. Dazu wählte Atlas feine schwarze Spitze für die Ärmel und den Ausschnitt.

»Macht ihr die Stoffe denn auch selbst, dein Meister und du?«, fragte Mion, die sich noch immer nicht von der Seide losreißen konnte. Atlas warf ihr einen befremdeten Blick zu.

»Selber machen? Wir sind Künstler. Die Stoffe werden teuer gekauft. Die Seide zum Beispiel kommt den weiten Weg aus Whalentida.«

Mion nickte langsam. Atlas starrte sie an. »Bei allen Drachen. Du weißt gar nicht, wo Whalentida ist.«

Genau genommen kannte Mion noch nicht einmal den Namen. Sie zuckte unsicher die Schultern. Kurzerhand packte Atlas sie am Arm und zog sie aus dem Zimmer, hinaus in den lichtdurchfluteten Korridor und vor eine fein gezeichnete Landkarte, die an der Wand hing.

»Hier ist Wynter«, sagte er und deutete auf einen unförmigen Umriss im Norden. »Da liegen die Provinzen, hier Kossum, da die Geschwisterstaaten … und hier, an der Küste, das ist Whalentida, Königreich der Menschen und des Handels.«

Mion kam gar nicht richtig mit. Zuerst war sie verwirrt, weil da so viele Länder verzeichnet waren. Und noch dazu waren alle so groß oder gar größer als Wynter! In den Ruinen hatte man ihr beigebracht, Wynter sei der Mittelpunkt der Welt, das größte, das einzige bedeutende Reich überhaupt. Natürlich hatte sie von den Geschwisterstaaten gehört, jenen furchtbaren Ländern des Chaos und des Krieges … aber sonst? Ihr wurde klar, dass sie nie wirklich darüber nachgedacht hatte, wie die Welt aussah. Alles außerhalb von Wynter war für sie Wildnis gewesen.

»Ja, aber … wenn Whalentida ein Königreich der Menschen ist … gehört es denn dann nicht zu den Feinden?«

»Zu Modos und Ghoroma, meinst du?« Atlas winkte ab und bemerkte zum Glück nicht, dass auch diese beiden Namen Mion unvertraut waren. »Blödsinn. Es gibt ein paar Menschenreiche, gegen die haben die Drachen gar nichts. Und zwar weil sie dort hübsche Waren haben, und Geld und wichtige Handelswege…«

Ungläubig starrte sie die Landkarte an. Sie musste unbedingt mehr Bücher lesen.

In den folgenden Tagen besuchte Mion Atlas immer wieder, um mit ihm das neue Kleid zu besprechen, Anproben zu machen und Änderungen vorzunehmen. So wie das feine Gewand sich entwickelte, reifte ihre Freundschaft. Atlas war der gebildetste Mensch, den Mion kannte, und er behielt sein Wissen nicht für sich: Wenn er merkte, dass sie etwas nicht wusste, streute er wie beiläufig Erklärungen ein, ohne sie in ihrer Unkenntnis bloßzustellen. Mion achtete ihn dafür umso mehr. Vielleicht war er kein Abenteurer und vielleicht hätte sie mit ihm keinen Obsthändler ausrauben können wie damals mit Saffa und Kajan, aber schließlich hatte auch Mion sich verändert und war jetzt an anderen Dingen interessiert.

Wenn sie ihre Anproben hinter sich hatten, saßen sie zwischen Entwürfen und Stoffen zusammen, sprachen über die Welt, die Kunst und Faunias Wutanfälle, alles durcheinander, und alles war gleich wichtig, wie es nur bei echten Freunden ist.

Der Tag der Sonnenwende war sommerlich schwül. Am späten Nachmittag ging Mion durch den Garten im Hof, sog tief den Duft der dunkelgrünen Gräser und der Seerosen ein und lauschte dem friedlichen Zirpen der Grillen. In ihrem Bauch tobte ein Kribbeln, als hätte sich eine Ameisenkolonie eingenistet, aber nach außen hin war sie ruhig. Hoffentlich nahm Jagu sie mit zum Fest – hoffentlich, hoffentlich. Gestern Nacht hatte sie, schlaflos und unruhig, gesehen, dass in seinem Zimmer wieder Licht brannte. In der Früh war er beim Essen gewesen, aber sie hatten nicht gesprochen. Mion und Faunia waren so aufgeregt und verbissen gewesen, dass sie kein Wort herausgebracht hatten. Hätte Mion den Mund aufgemacht, wäre wahrscheinlich nur ein Schrei herausgekommen, oder ein ganz hohes Quietschen. Sie konnte sich immer noch nicht entscheiden, ob sie gespannt war oder schlichtweg wütend, dass Jagu so ein demütigendes Spiel mit ihnen spielte. Hin und wieder siegte ihr Eifer über das beklemmende Gefühl der Hilflosigkeit.

Dann sah sie ihn am anderen Ende des Gartens, wie er zwischen den Federgräsern am Teich stand. Das Abendlicht fädelte sich durch die Blätter, und Mücken tanzten über dem glitzernden Wasser, in das Jagu Brotkrumen für die Zierfische streute. Er wirkte verlassen und allein auf der Welt und in diesem Moment hätte er ein Mörder sein können und Mion wäre ihm nicht einmal böse gewesen. Er hob den Blick und bemerkte sie. Mit einem Lächeln winkte er ihr zu. Im trügerischen Licht, das viel zu warm, viel zu satt war für die Jahreszeit, kam er ihr wie ein Junge vor. Wie ein Junge, dem die Vergangenheit auf den Schultern lastet und dem die Zukunft dafür umso strahlender erscheint, ein Junge zwischen Schatten und Licht, Verzweiflung und Triumph, für immer jung und dabei älter, müder, gebrochener als die schlaftrunkenen Bäume.

Lange stand sie vor ihrem Kleid und konnte es nur ansehen, zu ehrfürchtig, um es tatsächlich zu berühren. Atlas hatte es ihr heute geschickt, in einen parfümierten Seidenkarton gebettet. Heute würde sie es anziehen, um sich zu verwandeln, so wie die Drachen mit ihren Tiergestalten …

Sie flocht sich die Haare zu einem kleinen Turm auf, wie Faunia ihn oft trug. Sie hatte sich auch eine Halskette von ihr stibitzt, ein schwarzes Samtband mit einem runden Mondstein als Anhänger – das hieß, sie hatte das Dienstmädchen Herone damit beauftragt, die unbehelligt in Faunias Zimmer gelangen konnte.

Als sie fertig war, betrachtete sie ihr Spiegelbild. Kurz erkannte sie das Mädchen darin, das vor langer Zeit zum ersten Mal in einen Spiegel blickte. Wie sehr hatte sie sich verändert.

Klopfenden Herzens ging sie hinunter in die Eingangshalle. Sie konnte nicht aufhören, ihren Rock zu befühlen, die feine Spitze, ihre Frisur.

Bei der Haustür wartete bereits Faunia. Sie war in ein blassblaues Kleid gehüllt, das vor Perlen nur so strotzte. Auch in ihrem Haar glänzten Perlen, und an ihren Ohren und an ihrem Hals – selbst ihre Schuhe, aus perlmuttfarbener Seide, waren damit verziert. Sie sah aus wie einer Riesenmuschel entschlüpft, wie eine größenwahnsinnige Nymphe. Ihr Gesicht, gepudert und von kleinen blonden Löckchen umspielt, wirkte zwischen dem Geglänze trotz allem schöner denn je.

Stumm maßen sie einander wie zwei Fata Morganas, die am gleichen Fleck in Erscheinung treten wollen. Dann entdeckte Faunia das Halsband.

»Das gehört mir«, hisste sie und kam näher.

Mion wich zurück. »Meinetwegen, wenn Jagu mich nicht mitnimmt, kannst du es wiederhab–« Mion stieß einen Schrei aus. Völlig unerwartet hatte Faunia ein schmuddeliges Glas hinter dem Rücken vorgeholt und über sie geschüttet: Stinkendes braunes Terpentin besudelte den Spitzenstoff ihres Ausschnitts. Fassungslos starrte sie an sich hinab. Das Kleid. Das Werk, in das Atlas so viel Mühe gesteckt hatte. Ruiniert.

Ohne viel Zögern schlug sie Faunia die Faust ins Gesicht.

Faunia taumelte zurück, doch sie unterdrückte jeden Schmerzenslaut. Das Glas fiel ihr aus der Hand und zerbrach auf dem Fußboden. Eine Sekunde später hatte sie sich auf Mion gestürzt.

Problemlos wich sie ihrem Fausthieb aus, der, selbst wenn er gut gezielt gewesen wäre, recht schwächlich aussah. Aber Faunia war nicht zu unterschätzen. Mit verkrampften Fingern warf sie sich erneut auf Mion und diesmal bekam sie ihr Kleid zu fassen. Erbarmungslos riss sie die Spitze vom Oberteil.

Mion setzte sich zur Wehr. Irgendetwas zerriss und fiel unter ihrem Griff, dann versuchte sie, Faunia wegzustoßen, verpasste ihr erneut einen Kinnhaken, wand sich und trat. Stöhnend fielen beide zu Boden und nun kratzten, schlugen und boxten sie ohne Rücksicht.

Es war der härteste Kampf in Mions Leben. Sie hatte schon einige Prügeleien erlebt, gegen Jungen, zu mehreren manchmal, aber das alles war nichts gegen diesen Kampf. Faunia riss ihr ein Büschel Haare aus, kratzte ihre Schulter blutig und stieß ihr eine Faust in den Magen. Der Schmerz machte sie blind. Sie wollte sie töten, eine von ihnen musste sterben!

Dann traf ihre Faust etwas anderes als Faunias zähen Körper, etwas Größeres, Weiches. Im selben Moment zerrte jemand sie am rechten Arm. Es war die Köchin.

»Aufhören! Seid ihr verrückt?! Hört auf!«

Keuchend ließ Mion sich zurückziehen. Jagu war aufgetaucht und hielt Faunia fest. Die ganze Eingangshalle schien plötzlich von Menschen erfüllt, dabei waren nur die Köchin, Jagu und das Dienstmädchen da.

»Zum Henker!«, schrie die Köchin. »Rauswerfen sollte man euch!«

Mion erwiderte Faunias glühenden Blick. Erst jetzt merkte sie, dass sie ihr eindeutig schwerer zugesetzt hatte als Faunia ihr; sie blutete aus Nase und Mund und zitterte stark. Hätte Jagu sie nicht gepackt, wäre sie wohl zu Boden gesunken – oder hätte Mion erneut angegriffen. Ihr prachtvolles Kleid war an mehreren Stellen zerfetzt. Auch ihre Frisur, für die sie bestimmt Stunden gebraucht hatte, war dahin.

Mion sah nur wenig besser aus. Die gesamte Spitze, die ihr Oberteil und die Ärmel so fein bedeckt hatte, hing in Stücken herab. Faunia hatte ihr die Halskette abgerissen und Mion fühlte warmes Blut den Nacken hinabrinnen.

»Was ist passiert?«, fragte Jagu kalt.

»Sie hat angefangen!«, schrie Mion. »Ist ja kein Geheimnis, dass sie spinnt!«

Faunia brach in rasselndes Lachen aus. »Miststück! *Miststück*!« Sie wand sich in Jagus Griff und klammerte sich plötzlich an ihn. »Wirf sie raus, Jagu! Nimm mich mit … Ist es nicht schön, das Kleid … sie hat es ruiniert, aber es ist immer noch schön, nicht wahr? Sag doch, dass es dir gefällt!« Sie lachte und weinte und schnappte nach Luft.

»Beruhige dich.« Er zog ein Taschentuch aus seinem Wams und tupfte ihr das Blut von der Nase. Mion machte sich von der Köchin los und strich sich wütend die Haare aus dem Gesicht.

»… Nein, gebrochen ist sie nicht, zum Glück. Ist sonst noch etwas?« Vorsichtig nahm er die Kratzspuren an ihrem Hals in Augenschein. »Herone soll das mit Wasser waschen. Geh in die Küche mit ihr.«

Gehorsam ging Faunia zwei Schritte, doch dann blieb sie stehen. »Wartest du auf mich? Damit wir gleich gehen?«

Jagu sah sie lange an. Dann schüttelte er den Kopf.

»Wieso?« Ihre Stimme zitterte.

»Du solltest dich ausruhen.«

Ihr Blick glitt zu Mion, so verschwommen und glühend, als hinge ein Hitzeflimmern über ihren Pupillen. »Sie ... Du nimmst sie mit.«

Mion wandte sich an Jagu. Schluckend richtete sie sich auf und hoffte, einen nicht allzu furchtbaren Eindruck zu machen. Gleichzeitig schämte sie sich, überhaupt noch daran zu denken. Eigentlich hatte sie jetzt nicht übel Lust, auch ihm einen Kinnhaken zu verpassen, wo er doch an allem schuld war.

»Mion kommt mit«, sagte er ruhig.

Faunia wankte. Dann fing sie wieder an zu lachen, es war ein stotterndes, halb schluchzendes Lachen. Sie fiel aus einem ihrer Schuhe und machte einen ungeschickten Schritt auf Jagu zu. Die Köchin schnappte nach Luft, als Faunia barfuß in die Scherben stieg. Ihr Gesicht zuckte; sonst schien sie den Schmerz gar nicht wahrzunehmen.

»Du hast mich gerettet ...« Ihre Stimme war die eines Kindes. Eine ferne, leichte Fröhlichkeit schwang darin, die weder zum Augenblick noch zu Faunia passen wollte. »Weißt du noch, Jagu? Ich hab nur dich. Du hast mich gerettet. Also rette mich.« Sie schluchzte. »Lass mich nicht allein ... ich hab nichts, gar nichts, ich bin nichts ...«

Die Köchin und Jagu fingen sie gleichzeitig auf. Sie war nicht ohnmächtig, denn sie wimmerte noch.

»Wir bringen sie in ihr Zimmer«, murmelte Jagu, nahm sie in die Arme und trug sie den Gang hinunter. Die Köchin folgte ihm.

»Versuch, dich herzurichten, wenn du kannst«, sagte er zu Mion zurück.

Herrichten. Das war leicht gesagt.

Eine Weile stand Mion in der Halle, die plötzlich ganz still war, und versuchte, sich zu sammeln. Herone kam und wischte ihr die Blutspuren von Hals und Wangen. Schließlich gingen sie in einen nahen Raum, wo ein Spiegel an der Wand hing, um zu retten, was zu retten war.

Die restliche Spitze an Oberteil, Ausschnitt und Ärmeln musste entfernt werden. Das Geräusch des reißenden Stoffes brach Mion das Herz. Dann musterte sie sich selbst. Ohne die Spitze war das Kleid viel zu freizügig. Mit den zerrupften Haaren sah sie aus, als wäre sie einer Bande Ruinenräubern in die Hände gefallen. Oder als wäre sie selbst einer. Herone half ihr, einen Kranz zu flechten.

Als dann alles in ihrer Macht Stehende getan war und Mion sich das Kleid so weit nach oben gezogen hatte wie möglich, fragte sie sich, ob sie überhaupt noch gehen wollte.

Ihre linke Wange pochte ganz schön von einem Schlag, aber es würde noch bis morgen dauern, bis der Bluterguss sichtbar wurde. Die Kratzer an ihrem Hals konnte sie unter dem Samtband verstecken. Dann holte Herone eine goldene Puderdose von Faunia, die sie offenbar neben der Badewanne gelassen hatte. Damit ließen sich die roten Abdrücke an Armen, Gesicht und Schultern kaschieren.

Mion dankte dem Dienstmädchen und kehrte in die Eingangshalle zurück. Erst jetzt wurde ihr bewusst, dass sie sich richtig mit Faunia geprügelt hatte. In Gewändern für viertausend Gulden.

Ein dummes Grinsen stieg in ihr auf; sie fuhr sich über das Gesicht, wie um es zu vertreiben. Gerade da kam Jagu zurück. Am Rand der Halle blieb er stehen und stützte die Arme in die Seite.

Sein graues Wams war mit Silberfäden durchwirkt, der Umhang außen schwarz und innen rot wie dunkler Wein. Ausnahmsweise sah er sogar gekämmt aus.

»Sie ist wirklich verrückt, oder?«, sagte Mion.

Jagu antwortete nicht.

Sie seufzte. »Es ist deine Schuld.«

»Schlimmer, als du sie zugerichtet hast, kann es dir kaum gehen.«

»Ich rede nicht von mir, ich rede von Faunia! Wenn sie wirklich verrückt ist, dann ist das deine Schuld. Du spielst dich auf wie ihr großer Retter und dann fällst du ihr in den Rücken.«

»Du weißt nichts von Faunia und mir.«

Schweigend berührte Mion ihre Unterlippe. Sie hatte vorhin Blut geschmeckt, aber sie sah nichts.

Jagu räusperte sich. »Also, kannst du noch gehen?«

»Wieso musstest du diesen blöden Wettbewerb veranstalten? Du wusstest doch, dass du sie nur verletzen würdest.«

Er sah ihr in die Augen. »Sie wollte eine Chance. Die hat sie bekommen.«

»Du bist ein Feigling. Weißt du das?«

»Und du bist übermütig … ich bin immer noch dein Meister!«

»Ein schöner Meister. Lässt seine Lehrlinge gegeneinander antreten, wer den anderen zuerst glatzköpfig rupft, darf tanzen gehen.«

In die Stille hinein begann er zu kichern. Und ob sie wollte oder nicht – verdammt, sie musste mitlachen. Jetzt sind wir wohl alle wahnsinnig, dachte Mion. Und dass sie das nicht einmal schlimm fand, war wohl der beste Beweis dafür.

Das Fest

Der Himmel wölbte sich lila und veilchenblau über den Palastgärten. Maidüfte schwangen in der Luft, von süßem Harz und Gräsern und dem letzten schwachen Hauch des Winters. Libellen schwirrten über verwunschenen Weihern und Bächen.

Lyrian und Accalaion hatten den heutigen Unterricht an die frische Luft verlegt und gingen spazieren. Accalaion trug seine lange silberne Robe über den Arm gelegt, damit sie nicht schmutzig wurde. Lyrian schnippte gedankenverloren Kieselsteine auf den Weg oder zupfte Halme und Blätter ab. Ein Marienkäfer ließ sich auf seinem Handrücken nieder – der erste Marienkäfer in diesem Jahr –, und er beobachtete das kleine Geschöpf, das die Landschaften seiner Hände erkundete.

»Wie vielfältig die Natur ist, nicht wahr?«, meinte Accalaion. Er atmete tief ein und blickte zu den müden Kastanienbäumen auf, die den Kiesweg säumten. Lyrian wusste, dass sein Lehrer den Spaziergang nicht halb so sehr genoss, wie er vorgab. Immer wieder spähte er aufmerksam um sich, was keineswegs am Anblick des blühenden Frühlings lag, sondern weil ihm »draußen« zu sein, noch dazu in seiner natürlichen Gestalt, unangenehm war.

»Vielfältig, höchst vielfältig… und es gibt immer neue Tiere, die man entdecken und als Korpus wählen kann.«

Der Marienkäfer spreizte die Flügel und flog davon. Besser so, dachte Lyrian und konnte sich ein bitteres Lächeln nicht verkneifen. Accalaion beobachtete ihn aufmerksam. Das tat er schon, seit Lyrian wieder da war: Er analysierte ihn, prüfte, wie er sich verändert hatte, was in ihm vorging. Offen fragte er Lyrian natürlich nicht, aus welchen Gründen er geflohen und wieder zurückgekehrt war. Man sprach den künftigen Kaiser nicht so direkt an. Man horchte ihn nur aus.

Lyrian merkte, dass sein Lehrer ihn mit mehr Respekt behandelte. Ob es an den Heldenmärchen lag, die die Kaiserin verbreiten ließ, oder an der Unberechenbarkeit, die man in ihm entdeckt zu haben glaubte, konnte Lyrian nicht sagen. Im Grunde spielte es auch keine Rolle, weil er ebenso wenig ein Held war wie unberechenbar.

»Nun dauert es noch sechs Monate«, seufzte Accalaion. »Dann haben wir endlich wieder die Wintersonnenwende, nicht wahr? Ihr habt sie ja bitter nötig.« Er lachte bedacht. »Im ersten Jahr so mit seinen Korpussen umzugehen … da seid Ihr wirklich eine Ausnahme, Majestät.«

Sie erreichten einen Hügel. Die Bäume lichteten sich und sie konnten auf einen hell beleuchteten gläsernen Pavillon hinabblicken, der in der Umarmung eines Flusses lag. Fackeln umsäumten die Ufer und hohe Banner bewegten sich in der Abendbrise. Diener, klein wie weiße Insekten von hier aus, trafen die letzten Vorbereitungen für das heutige Gildenfest.

Lyrian zerfranste einen Grashalm. Die Kaiserin hatte vor, ein Dutzend Kunstwerke zu seinen Ehren in Auftrag zu geben.

Wieder seufzte Accalaion. »Heute werdet Ihr ihnen zum ersten Mal gegenübertreten. Habt Ihr noch Fragen, wie Ihr mit ihnen umgehen sollt?«

Lyrian schüttelte den Kopf. Er war den Menschengilden bis jetzt vielleicht nie offiziell begegnet, aber er hatte sie schon lange beobachtet. Seit er klein war, hatte er die Menschen gesehen, die die Drachen unterhielten und Kleider und Schmuck fertigten – manchmal hatte er sogar das Gefühl, dass er der einzige Drache war, der sie sah. Jedenfalls kannte er niemanden sonst, der ernsthaftes Interesse an ihnen zeigte.

Zur Sicherheit wiederholte Accalaion: »Wählt Eure Worte mit Bedacht und bewahrt im Zweifelsfall Schweigen. Vergesst nicht, die Menschen sind uns unterlegen, aber sie sind von Natur aus tückisch. Ihr verkörpert die höchste Macht der Welt, mein Prinz, gerade vor den Menschen müsst Ihr Euch dessen bewusst sein. Sie sind auch misstrauisch. Ihr Misstrauen ist die Kehrseite ihrer natürlichen Sehnsucht nach Schutz und Führung.«

Er klopfte Lyrian vertraulich auf die Schulter und wirkte dabei selbst höchst angespannt. »Denkt immer daran, dass sie unsere Kinder sind, aber sie sind auch unberechenbar. Und ruft Euch die Schwalbenflügel auf, und ein paar Akzente der Fuchskorpusse.«

»Wieso?«, fragte Lyrian und warf den Grashalm weg, obwohl er die Antwort ahnte.

Accalaion brach in humorloses Lachen aus. »Sonst halten sie Euch noch für einen von ihnen!«

Die prachtvollen Villen der Gilden blieben zurück. Eine Weile sah Mion vom Wagen aus nichts als dunkle Bäume und hohe Hecken, hinter denen sich prächtige Anwesen oder auch nur unbewohnte Wildnis verbergen mochte. Dann kamen Mauern und Tore. Bei jedem Durchgang musste Jagu seinen Ring zeigen, damit sie passieren durften. Vor dem letzten Tor stiegen Jagu und Mion aus. Zwei Rudel Sphinxe in Menschen- und Löwengestalt bewachten den hohen, blattförmigen Eingang, vor dem eine kleine Menge versammelt war. In einer Reihe wartete man darauf, eingelassen zu werden. Auch Mion und Jagu mussten sich anstellen. Graugesichtige Sphinxe tasteten sie nach Waffen ab und so manche unschuldige Haarnadel landete in einer schweren Eisenkiste.

Hinter dem Tor führten die Sphinxe sie zu einem Flussufer, wo lange, mit bunten Laternen behängte Barken warteten. Mion und Jagu teilten sich mit weiteren Künstlern eine Barke und wurden von schweigsamen Dienern den Fluss hinaufgerudert.

In der lilafarbenen Dämmerung sah Mion den Palast aufragen. Wie riesig die weißen Türme waren! Wie Säulen aus fest gewordenen Wolken, wie Brücken zwischen Himmel und Erde. An manchen klaren Tagen hatte sie den Palast von den Dächern der Ruinen aus erkennen können, aber immer nur verschwommen und fern, wie an den Horizont gepinselt. Das Verwirrende war, dass der Palast aus der Nähe noch unwirklicher schien als von weit weg – als würde der Verstand sich weigern, etwas so Gigantisches als Teil der Realität zu akzeptieren.

Die Barke glitt unter tief hängenden Weiden hindurch. Laternen glommen ringsum im Wäldchen, und nicht nur das, auch Löwenaugen leuchteten aus dem bläulichen Dickicht. Man ließ den Besuchern keinen Zweifel daran, dass sie bewacht wurden.

Während die anderen Fahrgäste ausgelassen miteinander plauderten, saß Mion schweigend neben Jagu und hielt Ausschau, ohne recht zu wissen, wonach. Aus den Augenwinkeln sah sie, wie Jagu nervös mit dem Griff seines Gehstocks spielte, ihn in den Händen drehte und mit den Fingern darauf trommelte.

Dann lichteten sich die Weiden und offenbarten einen gläsernen Pavillon, wie eine vergrößerte Laterne, die alles in ihrer Umgebung, den Fluss und die Weiden und die Wiesen mit glitzerndem Gold übergoss. Mion hatte nie etwas Schöneres gesehen.

Als die Fährmänner die Barke ans Ufer steuerten, wo bereits andere Gäste an Land gingen, richteten sich alle auf und zupften verstohlen an ihren Umhängen, Roben und Frisuren. Am Ufer wurde die Barke vertäut und einer nach dem anderen ging an Land. Jagu ließ Mion den Vortritt, und sie hakte sich bei ihm unter, als sie einen der breiten Kieswege zum Pavillon hinaufschritten. Plätschernde Musik und fröhlicher Lärm wogten heran. Von überall aus der Dunkelheit strömten schillernde Gestalten herbei. Und hier und da war Mion sicher, dass das glänzende Fell, die prächtigen Federn nicht zum Gewand gehörten…

»Bleib ganz ruhig«, murmelte Jagu ihr zu, und zwar mit einer solchen Grabesstimme, dass er eher den gegenteiligen Effekt erzielte. Mion sah zu ihm auf: Er wirkte ganz ausdruckslos und bleich. Sie gluckste.

»Wenn du ohnmächtig wirst, fang ich dich nicht auf. In dem Kleid kann ich mich nicht bücken.«

Er schien sie gar nicht gehört zu haben, sah sie aber an und blieb stehen, kurz bevor sie die Stufen erreichten, die zum Pavillon hinaufführten. Er nahm ihre Hand. »Du siehst wunderschön aus.«

Ein zittriges Glühen schoss durch ihren Körper bis in ihre Stirn. Sie hatte das Gefühl, etwas sagen zu wollen und es vergessen zu haben. Jagu lächelte unsicher, die Lichter des Pavillons schwebten geisterhaft in seinen Augen.

»Er muss dich einfach bemerken. Und er wird in die Falle tappen, das weiß ich.«

Das Glühen sank so schnell ab, wie es gekommen war.

Mion zwang sich zu einem ernsten Nicken. »Verdammt, du solltest mir endlich sagen, wer es überhaupt ist.«

»Er wird zu dir kommen. Ganz bestimmt.«

Alles andere als überzeugt folgte sie ihm in den Pavillon. Sobald sie eintraten, vergaß Mion ihre Skepsis – sie vergaß alles.

Lichter, Glanz, Prunk, wohin man sah. Und Menschen. Nein, Drachen.

Drachen in allen Gestalten.

Tigeraugen in einem schneeweißen Gesicht, blau gefiederte Wangen, silbrige, spitze Ohren, Elfenbeinzähne zwischen rosigen Lippen – Klauen, eine einzige Klaue, wo ein Daumen hätte sein sollen, und Flügel! Prächtige weiße Flügel und schwarze Federfluten wie imposante Umhänge. Pfauenfedern und Rabenschnäbel, dazu die zartesten Fellmuster wie ein Schimmer über milchiger Haut, Schmetterlingsmasken, die gar keine Masken waren – und immer wieder, überall, blitzende Raubtierfänge, umrahmt von samtenen Menschenmündern. Ja, vielleicht waren nicht einmal die vielen Tiere das Verwunderliche, sondern das, was an Menschen erinnerte. Zarte weibliche Unterarme zwischen Fingern mit Katzenklauen und glänzendem Bärenfell – der Hals eines Mannes, mit feinen Falkenfedern im Nacken. Mion, die allem Anstand zum Trotz mit großen Augen starrte und sich nicht sattsehen konnte, fühlte sich wie in einer gläsernen, vor Duft, Musik, Gold und Smaragd, Karmesin und Tiefblau überquellenden Märchenwelt.

In der Menge schwammen Gesichter von Gildenmitgliedern, die sie kannte und die ihr und Jagu zunickten. Mion wusste nicht, ob sie die Grüße erwiderte. Sie spürte nur, wie Jagu sie immer wieder am Arm zog, und dann verneigte sie sich tief, weil ein Drache an ihnen vorüberschwebte, und alle Gespräche verstummten im Rauschen der Kleider.

Die Musik endete und ein Beben schien durch die Menge zu gehen. Ein gemeinsames Luftanhalten, das für einen kurzen Augenblick im ganzen Pavillon zu spüren war.

Durch eines der hohen Portale schwebte ein Adler, mindestens doppelt so groß wie ein gewöhnliches Tier. Die majestätischen Flügel schienen einen Schweif Licht hinter sich herzuziehen, wohl wegen des erleuchteten Kuppeldaches. Geschmeidig landete er auf der erhöhten Tanzfläche in der Mitte des Pavillons, die zwei Meter vom Boden getrennt und über keine Treppe zu erreichen war. Als der Adler landete, schmolz der Tierkörper fort, und ein großer, hagerer Mann in einer imposanten Robe voller Diamanten und Rubine erschien wie aus dem Nichts. Mion unterdrückte einen überraschten Ausruf. Offenbar sah nicht nur sie eine Drachenverwandlung zum ersten Mal, denn im ganzen Saal erklangen Laute des Erstaunens.

»Der Kaiser«, flüsterte es überall, wie ein Vibrieren lief es durch das Publikum.

Träge breitete er die Arme aus. »Meine treuen Menschen! Seid willkommen zu den Festlichkeiten der Sommersonnenwende. Heute Nacht wollen wir euch für eure Dienste danken. Speist und tanzt mit uns. Wie immer wird sich die Kaiserin eure Wünsche und Bittgesuche anhören.«

Heftiger Jubel erscholl, den die monotone Rede kaum rechtfertigte. Dann gingen alle auf die Knie. Auch Jagu kniete nieder, doch er klatschte nicht und senkte nicht das Haupt. Niemand schien es zu bemerken außer Mion.

In den Jubel hinein mischte sich die Musik des Orchesters und nun flogen von überall Vögel zum Kaiser – rote und goldene Singvögel, schwarze Elstern und braune Falken, Tauben und Schneeeulen in allen erdenklichen Größen. Oben wurden sie zu menschenähnlichen Wesen und begannen zu tanzen.

Die Gildenmitglieder taten es ihnen gleich. Bald war alles erfüllt von sich drehenden Paaren, die über den spiegelglatten Boden schwebten. Mion erwartete, dass Jagu mit ihr tanzen würde, aber er stand unbeweglich in der Menge und starrte hinaus.

Sie zupfte ihn am Ärmel. »Ist irgendwas?«

Er schüttelte den Kopf, drehte sich um und drängte sich an den Rand der Halle, wo Diener mit Wein bereitstanden. Doch er trank nichts, legte bloß die Hände auf den Gehstock und beobachtete den Pavillon. Dass Mion ihm gefolgt war, schien er kaum zu registrieren.

Er hielt wahrscheinlich nach dem einen Drachen Ausschau. Stumm nahm sie neben ihm Stellung und folgte seinem Blick. Aber sie entdeckte nichts, sie wusste ja nicht, wonach sie suchen sollte.

»Wie sieht er aus?«, versuchte sie so beiläufig wie möglich zu fragen. Im Gegensatz zu Jagu hatte sie Durst und ließ sich Wein geben.

»Du musst ihn nicht erkennen. Er muss nur dich sehen. Er wird den ersten Schritt tun.«

Ungeduldig atmete Mion aus. Jetzt war es genug mit der Geheimniskrämerei. »Wieso sagst du mir nicht einfach, wer es ist? Kann ja sein, dass mir ein anderer über den Weg läuft, und dann halte ich den für ihn.«

Jagu hörte nur halb hin. Mion entdeckte nicht weit entfernt Atlas und seinen Vater, umringt von einer Gruppe Gildenmitglieder. Atlas blickte zu ihr herüber und winkte. Mion lächelte, so gut die Prellungen es zuließen. Er verabschiedete sich von den Umstehenden und kam auf sie zu.

In dem Moment flog eine Amsel herein. Abermals verstummte die Musik, und alle Drachen hielten inne, um sich tief zu verbeugen. Natürlich taten die Menschen sofort dasselbe.

Der Vogel schwebte zum Thron, der am Rand des Pavillons auf einem Sockel stand, und verwandelte sich in die Kaiserin. Viel war von ihr nicht zu erkennen, da ihre Gewänder sie fast ganz verschluckten: Ein weiter Rock aus schwarzem Tüll und Diamanten ergoss sich über den Boden, aufgebauschte Ärmel und aus den Schultern ragende Federn umrahmten ihr Gesicht. Ein Diadem saß wie ein aufgehender Stern zwischen schwarzen Haarkränzen. Das kleine Frauengesicht verlor sich darin wie ein Vollmond im Nachthimmel.

»Willkommen«, sagte sie, als ihre Arme auf den Lehnen ruhten. Obwohl man sie im ganzen Pavillon vernahm, klang ihre Stimme leise. Vielleicht weil es so mucksmäuschenstill war. »Tretet vor, Menschen, die ihr eine Bitte habt, und ich will eure Wünsche erfüllen.«

Geduldig wartete die Kaiserin den Beifall ab. Dann kamen die ersten Menschen auf die Empore zu. Auch Jagu ging hin. Verwirrt folgte Mion ihm, während die Musik einsetzte und die Tänze und Gespräche wieder aufgenommen wurden.

»Jagu … was hast du vor?«

Er drehte sich halb zu ihr um, sodass sie sein nervöses Lächeln sah. »Tanz mit jemandem oder irgendwas, aber pass auf, dass du für die Drachen dort oben sichtbar bleibst.«

»Ich habe gefragt, was *du* vorhast.«

»Warte hier.«

Sprachlos blieb Mion stehen und sah ihm nach. Er konnte sie doch nicht … einfach so … Ohne noch einmal zu ihr zurückzublicken, stellte er sich in der Reihe an, die sich vor der Thronempore bildete. Um was wollte er die Kaiserin bitten? Um ihren Segen bei dem Plan, das Geheimnis der Drachen zu stehlen?

»Mion! Herzlichen Glückwunsch zum Sieg, obwohl ich mich schon in einer moralischen Zwickmühle befinde wegen Faunias Nieder …« Atlas verstummte, als er sie erreichte, und starrte sie entsetzt an. »Was – bei allen – haben die Sphinxe dich gekaut und ausgespuckt?«

Mion seufzte tief. Dann erzählte sie Atlas von ihrem Kampf mit Faunia. »Tut mir leid, was aus dem Kleid geworden ist«, schloss sie und ließ unmutig die Arme hängen.

»Das Kleid ist doch egal …« Kurz irrte Atlas' Blick darüber, und Mion spürte, wie viel Mühe es ihn kostete, das zu sagen. »Viel wichtiger ist, wie es Faunia geht. Wo ist sie jetzt?«

»Im Bett, schätze ich.«

Er zog die Stirn kraus. »Sie ist ohnmächtig geworden und ihr habt sie einfach ins Bett gesteckt und seid weggefahren?«

»Sie war ja nicht ohnmächtig. Nicht direkt.«

»Was ist, wenn sie stirbt?!«

»Sterben – Atlas! So schlimm war es auch wieder nicht.«

»Sie ist umgekippt«, knurrte er. »Und ihr vergnügt euch auf dem Fest.«

Mion starrte ihn an. »Sehe ich vergnügt aus? Außerdem ist Faunia nicht das Opfer, sie hat angefangen. Schön, dass du so rührend um mich besorgt bist.«

»Ich mache mir Sorgen um dich. Weil euer Meister euch gegeneinander aufhetzt«, sagte Atlas dunkel. »Es ist seine Schuld. Wie kann er Faunia in so einem Zustand alleine lassen? Auch wenn er nicht euer Vater ist, als Meister hat er Verpflichtungen.«

Mion war so ärgerlich, dass sie keine Worte fand. Dabei war sie sich nicht einmal sicher, wer an ihrer schlechten Laune Schuld trug, Atlas oder Faunia oder gar Jagu.

»Hör auf, so abfällig über ihn zu reden. Du kennst ihn nicht.«

»Das muss ich nicht. Ich sehe seine Lehrlinge und weiß mehr über ihn, als ich möchte.«

»Vielleicht weißt du nicht immer so viel, wie du denkst!« Verwirrt stapfte sie davon und zerrte sich im Gehen das Kleid höher. Atlas hielt sie nicht zurück. Vielleicht machte sie das noch wütender und trauriger als seine schlechte Meinung von Jagu.

Am Fluss

Jagu stand noch immer in der Schlange vor der Thronempore an, drehte nervös seinen Gehstock und schien vergessen zu haben, dass Mion existierte. Weil sie sich von Atlas beobachtet fühlte, strich sie mit heiterer Miene zwischen Büfetts und Tanzfläche umher, doch als sie ihn in der Menge erspähte, unterhielt er sich mit Bekannten. Es wäre ihr lieber gewesen, wenn er einsam im Schatten einer Säule herumgelungert und zu ihr herübergeschielt hätte.

Halbherzig grüßte sie Gildenmitglieder, die ihr über den Weg liefen, aber im Grunde hatte sie keine Lust, mit ihnen zu reden. Vor allem hatte sie keine Lust, brav Jagus Anweisungen zu befolgen. Sich sehen lassen …

Sie würde sich von niemandem sehen lassen, solange Jagu sie nicht sah.

Missmutig blieb sie am Rand des Pavillons stehen und blickte in die Nacht hinaus. Der Palast funkelte aus tausend weißen Fenstern, und die Gärten waren von bunten Laternen durchsetzt, wie verstreute Edelsteine auf Samt. Der Mond wirkte dagegen geradezu unscheinbar.

Mion betrachtete den Palast und die Lichter und dachte daran, dass Jagu ihr all das versprochen hatte. Er musste größenwahnsinnig sein.

Sie trank ihren Wein und schlenderte die Treppen hinab. Was wäre wohl, wenn sie einfach auf den Palast zulaufen würde und schnurstracks hineinging? Sie musste lächeln. Davor würde sie wahrscheinlich ein paar Sphinxe beseitigen müssen. Nach dem Kampf gegen Faunia war sie wenigstens abgehärtet.

Sie kippte den Rest des Weins hinunter und ließ den Kelch ins Gras kullern. Aus der Dunkelheit glitzerten ihr die trägen Wellen des Flusses entgegen. Mion schritt unter den Weiden hindurch, die das Ufer säumten. Im Laternenschein der Barken hockten die Fährmänner und beobachteten den Pavillon aus der Ferne.

Jeder bewundert, was gerade außerhalb seiner Reichweite liegt, dachte Mion. Als müsste man immer zu etwas aufsehen, von dem man weiß, dass es nie zu erreichen ist.

Auch sie blickte zum Pavillon hinüber und verschränkte die Arme. Wie lange es wohl dauern würde, bis Jagu auffiel, dass sie verschwunden war? Hoffentlich erschreckte er sich schön – das würde ihn daran erinnern, wie wichtig sie für ihn war.

Der Wind brauste durch die Weiden und kitzelte Mion im Nacken. Irgendwo erscholl Musik. Erst dachte sie, es müsse vom Pavillon kommen, aber die Töne waren schief.

Sie ging ein paar Schritte am Ufer entlang. Im blassen Leuchten, das durch die Zweige fiel, entdeckte sie jemanden auf einem niedrigen Ast, der die Füße über dem Wasser baumeln ließ und Flöte spielte.

Wobei *spielen* nicht ganz zutraf. Eher nötigte er dem Instrument Töne ab, die arg nach einem leidenden Tier klangen. Immer wieder hielt er inne und betrachtete die Flöte, als sei alles ihre Schuld. Schließlich seufzte er tief und wog sie in der Hand, offenbar kurz davor, sie in den Fluss zu werfen.

Mion beschloss, sich nicht länger im Verborgenen zu halten. Als sie ans Ufer trat, fuhr er auf und wäre um ein Haar ins Wasser gefallen.

»Vielleicht keine schlechte Idee«, sagte sie lächelnd. »Die Flöte in den Fluss werfen, meine ich.«

Sie konnte sein Gesicht nicht erkennen, doch sie spürte, dass er sie anstarrte. Womöglich war sie zu unhöflich gewesen.

»Bei wem seid Ihr Lehrling?«, lenkte sie taktvoll ab.

Er gab keine Antwort. Dann kletterte er den Ast zurück auf festen Boden.

»Geh nicht«, sagte er leise, obwohl sie sich keinen Zentimeter gerührt hatte. Etwas an der Art, wie er dastand, kam Mion merkwürdig vertraut vor.

»Komm ins Licht«, sagte er stockend und ging rückwärts vom Ufer weg, dorthin, wo die Weiden nicht den Laternenschein schluckten. Mion versuchte, eine amüsierte Miene aufzusetzen, und folgte dem Fremden zögernd auf die Wiese.

»Kennen wir uns? Gehört habe ich dich bestimmt noch nicht, daran würde ich mich erinn...« Sie trat ins Licht und sah nun endlich auch sein Gesicht.

Für eine Sekunde erkannte sie ihn, ohne zu wissen, woher. Dann kam es wie ein Blitz – das schmale, fuchshafte Gesicht im Schnee, die geraden Brauen mit den schrägen Augen darunter, die sich öffneten, öffneten und leuchteten wie Honig, drei Punkte gleich Blutstropfen in der linken Iris –

Und der Schreck in diesen Augen. Derselbe Schreck wie jetzt.

Zitternd holte er Luft. »Du!«

Sie konnte nichts sagen. Dann riss sie den Blick von ihm los und eilte Richtung Pavillon. Ihre Füße gehorchten ihr nicht mehr. Sie begann zu rennen.

»Warte!«

Eine Schwalbe schoss an ihr vorbei und landete flatternd im Gras, wo sich einen Augenblick später der Junge aufrichtete. Der Schrei blieb ihr im Hals stecken, presste ihr aufs Herz. Sofort fiel sie auf die Knie. »Euer Hoheit …«

»Du bist es, das Mädchen aus dem Wald!«

»Ihr verwechselt mich, Hoheit«, hauchte Mion. Ihr gesamtes Gewicht schien sich aus ihrem Körper in den Kopf zu bewegen. Hitze pulste durch die Schläfen.

»Sieh mich an.«

Widerwillig hob sie den Blick. Die goldenen Augen ruhten auf ihren, suchend, erkennend. *Er erkennt mich. Er erkennt mich.* Fort waren die vergangenen Monate, fort war das neue Leben, das sie schon für selbstverständlich gehalten hatte. Sie war wieder das Ruinenmädchen, das dem Tod gegenüberstand. Ja, sie war nie etwas anderes gewesen.

»Wie heißt du?«, fragte er leise, als gäbe es noch jemanden, der sie hier draußen hören könnte.

»Igh … Faunia«, krächzte sie.

»Faunia.« Plötzlich huschte ein Lächeln über sein regloses Gesicht. Oder war es ein Zähnefletschen? »Doch, du bist es! Du bist das Mädchen aus dem Wald!«

Am liebsten hätte sie geschluchzt. Jedes Wort verließ ihren Mund unerträglich langsam und klang in ihren Ohren wie lärmender Hohn. »Hoheit, ich bin ein Malerlehrling bei Meister Jagu. Ich war nie in einem Wald.«

Lange sah er sie an, ohne etwas zu sagen. Der warme Nachtwind strich ihm hellbraune Haare ins Gesicht. »Du kennst mich nicht?«, fragte er in einem veränderten Ton.

»Nein, Hoheit.«

»Du weißt nicht, wer ich bin.«

»Hoheit … nein.«

Wieder verfiel er in nachdenkliches Schweigen. Dann entsann er sich der Flöte, die er noch immer in der Hand hielt, und schob sie unter sein Wams. »Dass ich gespielt habe, vergisst du lieber«, murmelte er und ging ein paar Schritte zurück. Mion wusste nicht, was sie tun sollte – doch schließlich erhob sie sich und merkte aus den Augenwinkeln, dass er sie immer noch beobachtete. Steif verneigte sie sich in seine Richtung, dann wandte sie sich um und ging, nein taumelte auf den Pavillon zu. Mit jedem Schritt erwartete sie, dass ihr ein wildes Biest von hinten an den Hals sprang. Doch nur die Grillen zirpten und der fröhliche Lärm wogte aus dem Pavillon in die Dunkelheit.

Als sie die Stufen erklommen hatte, spähte sie zurück. Die Weiden am Ufer lagen verlassen da, keine Spur mehr von dem Drachen. Mion musste sich zusammenreißen, dass ihr vor Übelkeit nicht die Beine einsackten. Starr drängte sie sich durch die Menge, sah nichts und niemanden, hörte nur das schwere, entsetzliche Pochen ihres Herzens.

Endlich entdeckte sie in dem Meer aus Gesichtern Jagu. Sie streckte die Hände nach ihm aus und zerrte ihn wortlos von der Gildendame fort, mit der er sich unterhielt.

»Mion – wo warst du?«

Entschlossen schob sie ihn durch die Menge, ohne den Mund zu öffnen. Erst als sie die äußeren Treppen erreichten, blieb er stehen und drehte sie zu sich um. »Was ist passiert?«

»Er ist hier.« Sie verschluckte sich an den Worten und gab ein trockenes Würgen von sich. Verwirrt sah Jagu auf ihre Hände herab, die sich zitternd an ihn klammerten. »Er, er, er, der Drache, er ist hier! Der –« Ein paar dicke, unbeholfene Tränen fielen ihr aus den Augen. »Ach verdammt! Der Drache, der – den – ich –«

Nun war es Jagu, der sie die Stufen hinunterzog, weg vom Fest. »Du meinst der …?«

»Ja«, wimmerte sie. »Ja!«

Er packte sie. »Hat er dich gesehen?«

Mion konnte nur nicken.

»Hast du mit ihm gesprochen?«

»Ja.«

»Was hat er gesagt?«

Sie wusste es nicht mehr. Sie hatte alles vergessen, alles lag begraben unter einer dicken Schicht Panik.

»Was hat er gesagt?«

»Er … hatte diese Flöte, und am Ufer … klang furchtbar. Ich hab gesagt, ich heiß Faunia.«

Jagu starrte ihr so fest in die Augen, als versteckten sich dort die hinuntergeschluckten Worte. »Er hat dich erkannt. Du hast gesagt, du bist mein Lehrling. Und dann hat er dich gehen lassen?«

Mion dachte nach, ob es so gewesen war. Schließlich nickte sie. »Wir müssen verschwinden, sofort. Wir müssen sofort weg hier!«

»In Ordnung.« Wie er so ruhig bleiben konnte, war ihr ein Rätsel. Ohne ihn loszulassen – oder vielleicht war auch er es, der sie hielt –, liefen sie zu den Barken, und Jagu wies einen der Fährmänner an, sie zurück zum Palasttor zu bringen.

Die Minuten, die sie durch die finsteren Gärten fuhren, gehörten zu den schlimmsten in Mions Leben.

Als sie endlich zu Hause waren, setzte Jagu sich mit ihr an den Kamin im Salon und ließ die Köchin Tee bringen. Weder er noch Mion rührten die Tassen an. Immer wieder musste sie die Begegnung mit dem Drachen beschreiben, bis sie sich allmählich beruhigte und begriff, dass die Gefahr nicht ganz so groß gewesen war, wie sie sie empfunden hatte. Zwar hatte der Drache sie erkannt, dann aber seine Überzeugung verloren. Trotzdem – es war gut möglich, dass er im Nachhinein bereute, sie laufen gelassen zu haben.

»Ich bin so dumm«, stöhnte Mion und vergrub das Gesicht in den Händen. »Wieso habe ich ihm gesagt, dass ich

Faunia heiße? Verdammt, von allen Namen ausgerechnet der! Jetzt kann er mich ja doch finden.«

Jagu nahm seine Tasse, obwohl der Tee inzwischen längst kalt geworden sein musste. »Du hast wie immer das Richtige getan. Auch wenn unabsichtlich.«

Verwirrt sah sie auf. »Ich schwebe in Lebensgefahr! Daran kann ich nichts Richtiges finden. Und auch nichts Amüsantes, Jagu!«

Er lächelte zufrieden. »Ich habe mich nicht geirrt.«

Sie fühlte, wie ihr ein Kloß in den Hals stieg. Natürlich, Jagu verschwieg ihr noch irgendetwas. Wie sollte es auch anders sein? Ehrlichsein bedeutete bei ihm ein rätselhaftes Lächeln, allenfalls ein Schulterzucken.

»Du wusstest also wirklich nicht, wer er ist, als er dich fragte«, stellte er fest.

»Hin und wieder bin ich nicht am Lügen, stell dir vor.«

»Er ist der Prinz«, sagte er vergnügt, »der einzige Sohn des Kaiserpaars, Thronfolger und künftiger Kaiser von Wynter.«

Sie starrte Jagu an. In diesem Moment war ihr Kopf wie leer gefegt. Was fühlt man, wenn man erfährt, den Prinz höchstpersönlich umgebracht zu haben? Nichts, stellte Mion fest. Außer Ungläubigkeit.

»Es ist fast zu einfach. Damals, als ich erfuhr, dass der Prinz erschossen worden war und seine Angreifer nicht bestraft hatte, wurde ich neugierig. Wie kann ein Drache so nachlässig sein? Als ich dich im Kerker sah, wurde es mir klar.« Er beugte sich vor. »Er hat dich verschont, weil es eine Schande wäre, ein so hübsches Mädchen an den Tod zu verlieren. Das ist der einzige plausible Grund. Und seit heute Nacht haben wir Gewissheit. Er hat dich erkannt und ein zweites Mal laufen lassen. Es ist, wie ich gehofft habe: Du gefällst ihm.«

Mion rang um Fassung. Eine Erkenntnis schwappte nach der anderen über sie hinweg wie heiße und kalte Fluten. Schließlich erhob sie sich langsam aus ihrem Sessel, holte ruhig aus und schlug Jagu ins Gesicht.

Mit einem dumpfen Laut fiel er in den Sessel zurück.

»Du elender, selbstsüchtiger, rücksichtsloser –!« Sie packte ihre Teetasse und schüttete den Inhalt über ihn. Schade, dass er nicht mehr heiß war. »Der Prinz ist der Drache, auf den du es abgesehen hast! Du hast mich heute Abend mitgenommen, damit er mich sieht! Es war ein Test! Er hätte mich töten können!«

Er wehrte ihre Fäuste ab und versuchte, sie an den Gelenken festzuhalten. Aber er irrte sich, wenn er dachte, der Kampf gegen Faunia hätte sie erschöpft. Verbissen schlug sie auf ihn ein, während er sich mehr schlecht als recht verteidigte. Als sie ihm die Hand ins Gesicht drückte, stieß er ein wütendes Knurren aus und schaffte es endlich, ihre Arme festzuhalten.

»Ich hasse dich!«, schrie sie.

Obwohl ihm Tee aus den Haaren troff und sein Auge von ihrem Schlag rot war, brachte er ein Lachen zustande. »Aber er hat dir nichts getan! Wenn er deinen Tod wollte, hätte er dich schon damals im Wald umgebracht!«

Nun schrien beide durcheinander. »Du wolltest testen, ob er mich ein zweites Mal laufen lässt! Hätte er mich heute Nacht zerfleischt, hättest du bloß die Schultern gezuckt und dir eine andere gesucht, du niederträchtiger –!«

»Das ist nicht wahr, eine Gelegenheit wie mit dir bietet sich kein zweites Mal. Ich hätte dich nicht zum Fest mitgenommen, wenn ich mir nicht sicher gewesen wäre, dass er dir nichts tut!«

»Ach ja?! Und deshalb warst du so nervös wie ein Schwein vor der Schlachtbank, du – du verdammtes Schwein!«

Seufzend ließ er sie los und lehnte sich zurück. »Bist du fertig?«

»Nein!« Sie hob die Fäuste und Jagu zuckte kaum merklich zusammen. Aber sie griff ihn nicht wieder an. Nichts war ihr jetzt mehr zuwider, als ihn anzufassen. »Für dich ist alles ganz leicht. Ich bin eine niederträchtige Ritusspielerin, ach, und der Prinz der Drachen hat mich verschont, ist das nicht amüsant? Zum Schreien komisch! Mal sehen, ob er noch einmal so töricht ist! Wenn nicht, geht auch bloß ein Ruinenmädchen drauf!«

Er schüttelte den Kopf. »Nein, Mion –«

»Ich verachte dich.« Sie drehte sich um, damit er nicht sah, wie ihr Tränen in die Augen stiegen. Verflucht, dabei war sie nicht traurig! Nein, ihr wurde nur wieder bewusst, dass sie alleine war. Jagu scherte sich so wenig um sie wie um Faunia oder sonst einen Menschen. Aber nicht einmal das war der Grund für ihre Tränen. Es war, weil sie ihn am liebsten verflucht und für immer verlassen hätte, aber es gab niemanden, zu dem sie sonst gehen konnte. Zurück in die Ruinen, zu ihrem alten Leben? Das war unmöglich. Jagu wusste das. Sie war von ihm abhängig und erstickte fast an ihrer Hilflosigkeit.

»Ich riskiere ebenso meinen Kragen wie du«, sagte er hinter ihr. »Was meinst du, was mit mir geschieht, wenn die Mörderin des Prinzen mein Lehrling ist? Mein Leben wäre ebenso verwirkt wie deins.«

Sie atmete tief ein und aus, um sich zu beherrschen. »Aber du wusstest, worauf du dich einlässt. Mich hast du nicht gefragt.«

»Weil du nicht zum Fest gegangen wärst.«

»Eben!«, schrie sie und fuhr wieder zu ihm herum. »Ich wäre ja verrückt, mich dem Drachen freiwillig zu präsentieren, den ich erschossen habe!«

»Hast du denn nie daran gedacht, dass du ihm früher oder später sowieso begegnen würdest? Du kennst doch unseren Plan.« Die Grübchen zuckten auf seinen Wangen. »Aber das spielt jetzt keine Rolle mehr. Du hast ihn schon gewonnen, bevor du es überhaupt wusstest. Irgendetwas an dir gefällt ihm, weißt du, wie mächtig dich das macht?«

Es machte sie krank, ihn zu hören. Aber gleichzeitig konnte sie sich nicht gegen dieses Gefühl wehren – ein Gefühl, als bräuchte sie nichts so sehr wie seine Versicherungen. Alles war so widersprüchlich, dass sie gar nicht mehr wusste, ob sie Jagu hasste oder vielleicht sich selbst, weil sie ihm und seinen dunklen Machenschaften nicht ein für alle Mal den Rücken kehrte.

Sie verschränkte die Arme und blickte auf ihn herab, wie er in seinem Sessel saß, mit nassen Haaren und kalter, glühender Freude in den Augen. In diesem Moment beschloss sie, ihm niemals zu verzeihen. Egal was auch geschehen mochte. Ihm war nicht zu trauen, nicht wirklich. Wann immer sie davor war, sich von seinen freundlichen Masken narren zu lassen, würde sie sich an diese Nacht erinnern.

»Eines Tages wirst du dafür büßen. Das verspreche ich.« Damit wandte sie sich ab und stieg die Treppe hinauf. Jagu rief ihr lachend hinterher.

»Eines Tages? Hoffentlich nachdem unser Prinz dir das Geheimnis des Gestaltenwandels verraten hat!«

Als sie den Korridor erreichte, holte sie tief und zitternd Luft und ließ ihre Tränen endlich zu.

Wiedersehen

Der Frühling brachte warme, sonnige Tage und sternenklare Nächte. Alles blühte und duftete und hauchte Leben, doch Baltibb nahm davon nichts wahr. Sie mistete Ställe aus, fütterte die Tiere, hackte Fleisch, schnitt Gemüse und Obst, schleppte Heu, putzte, wusch … es gab nur Arbeit, von morgens bis abends, im ewig gleichen Rhythmus.

Mond begleitete sie bei ihren täglichen Pflichten wie ein Schatten, und er spürte wohl, was sie bedrückte. Abends stieß er leises, winselndes Gesäusel aus, wenn er neben Baltibbs Bett lag und wie sie nicht einschlafen konnte. Den Schmetterlingen und Libellen jagte er nicht mehr nach, fast als müsse er Baltibb auch in ihrer Trauer treu bleiben. So guckte er sich nur den Frühling an, mit einer Wehmut, die weder zu seiner Jugend noch zu einem Hund passen wollte.

Baltibbs Vater war schweigsam wie immer und ließ sich nicht anmerken, was vorgefallen war. Nur schien es ihr, als sähe er sie weniger an als früher und weiche ihrem Blick schneller aus. Aber solange sie im Alltag miteinander auskamen, kümmerte es Baltibb wenig, was in ihm vorging. Sie lebten schon so lange in Schweigen miteinander, dass ein Abgrund mehr zwischen ihnen keinen großen Unterschied machte.

Lyrian war, wie sie erwartet hatte, nicht mehr gekommen. In den ersten zwei Wochen hatte sie sich immer aufmerksam umgesehen und war noch jeden Morgen mit einem Kribbeln aufgewacht, für das sie sich schämte und das ihr lächerlich vorkam. Als er nicht auftauchte, zwang sie sich, den Blick auf den Boden gerichtet zu halten, und das Gefühl von siedender Erwartung wich Gleichgültigkeit. Nachts träumte sie von Whalentida und einer Welt jenseits dieser Welt, getrennt durch ein Meer der Unmöglichkeit. Sie besuchte Städte voller Wunder, die bunt und verwirrend und vollkommen unsinnig waren, weil es dort niemanden gab, der arbeitete. Manchmal begleitete der Geschmack solcher Träume sie durch den Tag und sie genoss und fürchtete ihn wie giftigen Zucker. Immer wieder malte sie sich aus, wo sie wären, wenn sie nicht das Heer getroffen hätten. Wenn Wynter sie doch nicht eingeholt hätte … jetzt verhöhnte es sie mit seinen süßen Maidüften. Sie fühlte, wie sich etwas in ihr zusammenballte – war es Hass? –, das danach schrie, ausgelebt zu werden, aber nicht wusste, wogegen es sich richten sollte.

Dann, Baltibb hatte längst nicht mehr damit gerechnet, landete eine Schwalbe am efeuumrankten Fenster des Turms, wo die Tauben gefüttert wurden. Sie hielt inne, als sie den Vogel mit dem blauen Gefieder zwischen all den weißen sah, und die Körner rieselten ihr aus der Hand.

Lyrian verwandelte sich und saß im Fenster, ein Bein auf dem Sims, das andere draußen. Sonnenlicht flutete an ihm vorbei in den Turm, und Baltibb fiel plötzlich auf, dass es Sommer geworden war.

»Lyrian!«

»Ich kann nicht lange bleiben. Wenn jemand erfährt, dass ich dich getroffen habe, ist dein Leben in Gefahr.«

Sie musste lächeln. »Das schert mich nicht. Die Kaiserin, hat sie Euch … bestraft?«

»Es war nicht so schlimm, wie ich erwartet hatte. Aber ich werde öfter beobachtet als früher.« Er blickte nach draußen und genoss eine Weile die Sonne. Nach kurzem Zögern trat Baltibb neben ihn. Tauben, die rings um sie auf dem Boden saßen und Körner pickten, flatterten in alle Richtungen. Sie streckte die Hand hinaus und spürte, wie warm es im Licht war. Als sie Lyrian einen Blick zuwarf, sah sie, dass er lächelte. Sie erwiderte es.

»Ich muss dir etwas sagen«, gestand er und runzelte die Stirn, als sei er nicht sicher, ob es zum Lachen war oder Grund zur Sorge. »Ich glaube… ich glaube, sie ist nicht tot.«

Baltibb begriff nicht. Er schwang beide Beine nach drinnen und beugte sich vor. »Das Mädchen, Tibb! Sie ist nicht tot. Ich habe sie gesehen.«

»Die – die Mörderin?«

Er seufzte. »Sie ist die Tochter eines Malers. Ihr Name ist Faunia. Beim Fest der Sommersonnenwende habe ich sie gesehen.« Er schwieg, versunken in der Erinnerung. »Damals im Wald war sie wie eine Bettlerin gekleidet, dabei gehört sie zu den Gilden. Sie hat gesagt, dass ich sie verwechsle. Aber es war dasselbe Gesicht, Tibb. Ich bin mir sicher. Wieso streitet sie es ab?«

»Wenn sie es wirklich ist«, sagte Baltibb bebend, »dann ist das wohl klar. Welcher Verbrecher gibt seine Tat schon zu?«

»Ich weiß nicht einmal, warum sie mich erschossen hat. Sie… sie hatte einen Grund.«

Baltibb schüttelte den Kopf. Wie konnte er sich nur so faszinieren lassen?

»Ich muss sie kennenlernen. Tibb, du musst mir beibringen, wie man mit Menschen umgeht. Wie soll ich bloß mit ihr sprechen?«

»Aber Ihr wisst doch, wie man mit Menschen umgeht. Mich versteht Ihr schon seit Jahren sehr gut«, sagte sie kleinlaut.

»Das ist etwas anderes.«

Eine Weile dachte sie darüber nach, was denn anders zwischen ihr und diesem Menschenmädchen war. Außer dass sie mit Lyrian aufgewachsen war, ihn durch die halbe Welt begleitet hatte, seine Geheimnisse kannte … und eine Dienerin war.

»Wenn Ihr wollt, dass ich Euch beibringe, wie Ihr mit ihr umgehen sollt«, sagte sie bedacht, »dann müsst Ihr mir genau sagen, was für ein Mensch sie ist.«

»Eben das weiß ich ja nicht.« Nachdenklich kaute er auf seiner Lippe, dann fasste er offenbar einen Entschluss. »Ich glaube, ich werde ihr einen Brief schreiben. Was meinst du?«

»Kann sie denn lesen?«

»Natürlich, sie gehört doch zu den Gilden.«

Baltibb spürte, wie sich Trotz in ihr regte. Natürlich war ihr klar, dass es Schreiber unter den Gilden gab, aber sie hatte nie daran gedacht, dass Bücher und Briefe für andere als Drachen bestimmt sein könnten.

»Ich habe einen Vorschlag«, sagte sie. »Ich erkläre Euch, wie ein Mensch denkt und fühlt, aber dafür muss ich Eure Briefe lesen können. Wie lange dauert es, bis ich das lerne?«

Verdutzt sah er sie an und zuckte die Schultern. »Eine Weile bestimmt. Vielleicht erzähle ich dir lieber, worum es geht.«

»Nein. Ich möchte lesen können. Wie die Gildenmitglieder. Außerdem«, fügte sie rasch hinzu, »kann das nur von Vorteil für uns beide sein; wenn Ihr mich mal nicht besuchen kommt, könnt Ihr mir einen Brief schreiben.«

Lyrian lächelte. »Also schön. Dann müssen wir aber Unterrichtsstunden festlegen.«

Sie machten eine verlassene Pagode in den Gärten als Treffpunkt aus, bei der sie als Kinder wilde Erdbeeren gepflückt hatten. Hier würden sie kurz vor Sonnenuntergang ihren Unterricht abhalten.

Mitten in der Nacht schrak Baltibb auf. Mond winselte im Schlaf, und durch die Wand hörte sie das Schnarchen ihres Vaters, doch sonst war alles still.

Faunia. Der Name ging ihr nicht aus dem Kopf. Faunia. Der Lehrling eines Malers also.

Baltibb schob die Decke weg und stand eine Weile reglos in der halbdunklen Kammer. Der Grund, warum sie aufgewacht und aus dem Bett gestiegen war, bewegte sich in ihrem Unterbewusstsein und hatte sie noch nicht ganz erreicht. Schließlich kniete sie an der Wand unter dem Fenster nieder und fühlte nach einer Stelle, wo die Steine nicht richtig aufeinandersaßen. Hinter einem herausnehmbaren Splitter war ein enger Hohlraum, in dem sie getrocknete Blumen versteckte, die sie irgendwann mit Lyrian gepflückt hatte. Ein zusammengefaltetes Papier lag dazwischen. Vorsichtig nahm sie es heraus, setzte sich auf ihr Bett und wog es in der Hand. Schließlich rollte sie es auf.

Geschwungene Tintenzeichen und das kaiserliche Siegel. Sie fuhr die Buchstaben nach, die sie nicht verstand. Es war Lyrians Schrift. Die Zeichen sahen aus wie er, dachte sie. Striche wie sein Mund, wenn er lächelte.

Wie oft hatte sie überlegt, was dort stand – obwohl sie sich den Inhalt ja im Grunde denken konnte.

Verschont das Mädchen, das… Auf kaiserlichen Befehl wird die Verbrecherin freigesprochen, die… Bringt sie nicht um… bringt sie in den Palast. Bringt sie zu Prinz Lyrian, den sie erschossen hat.

Baltibb atmete tief und lautlos durch. Manchmal stellte sie sich vor, wie die Unbekannte umgebracht worden war. Vielleicht hatten die Sphinxe sie gefressen. Vielleicht war sie geköpft worden.

Und vielleicht war sie gar nicht tot, sondern trieb sich auf Palastfesten herum.

Baltibb presste die Augen zu und das Papier knisterte leise in ihrem Griff. In jener Nacht war sie nicht ins Gefängnis gegangen, wie Lyrian ihr befohlen hatte. Sie hatte genau hier gesessen, die ganze Nacht lang, und das Papier in den Händen gehalten wie jetzt. Und jede Minute hatte sie gedacht, vielleicht stirbt sie gerade.

Sie wusste, dass es ein furchtbares Vergehen war. Wie konnte sie ihre Entscheidung über die eines Drachen stellen? Noch dazu die des künftigen Kaisers? Sie hatte den Tod einer Unbekannten abgewartet, deren Rettung sie aus eigenem Beschluss ablehnte.

Und jetzt war diese Unbekannte vielleicht gar nicht tot. Das brachte ungeahnte Gefahren. Was, wenn Lyrian erfuhr, dass sie ihn belogen hatte? Dass sie sich seinem Willen widersetzt, dass er ihr vertraut und sie ihn hintergangen hatte? Ein Schauder lief ihr über den Rücken.

Ritus

Mion saß auf der kleinen Brücke im Hofgarten und tauchte ihre Zehen in den Teich. Zierfische glitten unter ihr dahin wie Farbflecken und Wasserläufer geisterten von einem Seerosenblatt zum anderen. Dann hörte sie, dass jemand näher kam, und hob den Kopf.

Es war Jagu. Wortlos stützte er die Arme auf das Brückengeländer, und weil Mion nicht als Erste grüßen wollte, beobachteten sie beide die Wasserläufer. Jetzt, wo Mion nicht mehr alleine war, fiel ihr auf, wie unerträglich langweilig die Tiere waren.

Jagu räusperte sich. »Ich glaube, es ist an der Zeit, dir etwas übers Malen beizubringen.«

Sie warf ihm einen scheelen Blick zu. »Was soll das?«

»Ich finde nur, es wird langsam Zeit. Immerhin bin ich dein Meister. Ein paar Pflichten habe ich zu erfüllen.«

Forschend beobachtete sie ihn. »Meinst du das ernst?«

»Ja, Mion.«

»Warum?«

Er seufzte. »Du denkst wirklich, dass ich alles aus Berechnung tue.«

»Man lernt aus Erfahrung.«

Schweigend widmeten sie sich wieder den Wasserläufern.

Jagu zog eine Schriftrolle unter seinem Wams hervor. Das rote Wachssiegel war aufgebrochen.

»Heute ist ein Brief für Faunia gekommen. Aber ich glaube, der Absender hat sich im Namen geirrt …« Behutsam schob er ihr die Rolle zu. Mion starrte darauf. Das Siegel zeigte Wynters Wappen. Ihre Kehle war wie zugeschnürt.

»Der Prinz will ein Porträt. Von dir, Mion. Glückwunsch. Du bist die jüngste Malerin aller Zeiten, die ein Mitglied der Kaiserfamilie porträtieren darf.«

Als sie sich endlich wieder bewegen konnte, stand sie auf und stapfte davon.

»Mion!« Jagu lief ihr nach und drückte ihr den Brief in die Hand. »Verstehst du denn nicht – das hier, das ist dein Eintritt in ihre Welt! Du hast es geschafft. Begreif doch.« Er lächelte.

So viel wollte Mion ihm sagen, dass sie kein einziges Wort über die Lippen brachte. Er kam ihr auch zuvor.

»Es ist keine Falle. Wenn der Prinz deinen Tod wollte, hätte er längst Sphinxe geschickt. Und er hätte sich nie drei Tage Zeit gelassen. Du hättest ja längst über alle Berge verschwinden können.«

»Vielleicht mache ich das auch.«

Jagu ging nicht einmal darauf ein; er wusste wie sie, dass es eine leere Drohung war. Am liebsten wäre sie abgehauen, nur um ihm das Gegenteil zu beweisen.

»Es geht ihm nicht einmal um ein Porträt. Es gibt genug Maler, die sich bereits bewährt haben und mehr davon verstehen als ein Lehrling. Es ist nur ein Vorwand, um dich wiederzutreffen.«

Kopfschüttelnd sah sie ihm in die Augen, die so zärtlich und still waren wie ein Winterhimmel. »Du siehst mich an, als wärst du stolz auf mich. Aber du freust dich nur über deinen eigenen Sieg.«

Er nahm ihre Hände in seine. Sie waren rau und trocken vom jahrelangen Umgang mit Ölfarben. »Ich freue mich über unseren gemeinsamen Erfolg, Mion. Und ich bin stolz auf dich. So stolz, wie ein Meister auf seinen Lehrling nur sein kann.«

Sie wollte sich abwenden, aber er ließ sie nicht los.

»Es stimmt, ich war dir gegenüber nicht immer ehrlich, und es war falsch von mir, dich im Palast nicht vorzuwarnen. Ich kann verstehen, dass dein Vertrauen ein wenig ins Wanken geraten ist.«

Sie sah ihn schräg an.

»Gut«, murmelte er, »du traust den Sphinxen wahrscheinlich mehr als mir. Ich akzeptiere das. Aber bitte … hebe dir deine Rache für später auf, wenn wir beide im Palast leben.« Er hatte sich dicht zu ihr hinabgebeugt und flüsterte: »Wenn die Welt uns gehört und niemand mehr über uns steht. Wenn wir Wynter die Gerechtigkeit gebracht haben. Wenn du mächtig genug bist, um mir wirklich etwas anzutun, verdammt! Überleg mal, statt jetzt so eine Miene zu ziehen, könntest du mir vergiftete Trüffeltörtchen schicken … Wenn man alle Möglichkeiten hat, macht Rache viel mehr Spaß.«

Ob sie wollte oder nicht, sie musste grinsen. Sie biss sich auf die Unterlippe, um es zu unterdrücken. »Das mache ich wirklich – die vergifteten Trüffeltörtchen. Glaub mir lieber.«

»Ich rühre nie wieder ein Trüffeltörtchen an!«

Am Abend stand sie das erste Mal vor einer weißen Leinwand.

»Das hier ist Terpentin, um Farbe zu verdünnen und zu entfernen.« Jagu hob ein schmuddeliges graues Glas vom Tisch. »Und das sind die Farbpigmente.« Er wies auf eine Sammlung verschiedener Pulver und wachsartiger Stücke in leuchtenden Farben. »Eigentlich solltest du zuerst lernen, wie man die Farben herstellt, aber … gut, überspringen wir das. Hier sind Farben, die ich vorgemischt habe.« Er wies auf die große Holzpalette, auf der mehrere Farbpasten waren. »Die Farben werden Schicht für Schicht aufgetragen.

Menschliche Haut zum Beispiel besteht aus roten, grünen und gelben Pigmenten. Wenn man Rot aufträgt, dazu einen Hauch Grün oder Blau mit Weiß und Gelb darüber, erzeugt man die Illusion von einem lebendigen Leuchten.«

Mion nickte konzentriert. »Rot, so wie Blut, dann Grün und Blau wie die Adern, darüber Gelb und Weiß.«

Jagu nickte ebenfalls. Er nahm ein Stück Kohle vom Tisch, das er zuvor mit einem Messer leicht angespitzt hatte. »Bevor man ein Porträt beginnt, wird immer vorgezeichnet.« Er machte ein paar rasche feine Striche auf die Leinwand. Staunend sah Mion zu – innerhalb weniger Minuten hatte er eine Gestalt gezaubert, die eine Hand in die Seite stemmte, die andere wie zu einem Befehl ausstreckte. Große, majestätische Schwingen standen ihr aus den Schultern.

»Versuch du es mal«, sagte Jagu, zog ein Pergament heran und reichte Mion die Kohle. Unschlüssig wog sie sie in der Hand und starrte von Jagus Leinwand zum leeren Pergament, nicht sicher, wo sie anfangen sollte. Jagu war so schnell gewesen, dass sie gar nicht gesehen hatte, wie er eigentlich gezeichnet hatte – irgendwie hatten seine Striche sich einfach zusammengefügt.

Mion fasste sich ein Herz und fing an. Sonderbarerweise waren ihre Striche viel fester und stärker als Jagus. Der Kopf entartete zu einer unförmigen Zwiebel, den Hals vergaß sie ganz, dafür war der Oberkörper doppelt so lang wie die Beine, die Füße sahen aus wie Hufe. Jagu murmelte ihr hin und wieder etwas zu und leitete ihre Hand. Trotzdem war das Resultat grässlich. Als sie ihr Gemüsemännchen neben Jagus Zeichnung sah, kam ihr sein Können noch viel unbegreiflicher vor.

»Für einen ersten Versuch ist das gar nicht schlecht«, munterte er sie auf. »Komm, versuch es noch einmal.« Er drehte das Papier um.

Verbissen zeichnete Mion weiter. Immer wieder lobte Jagu sie und ließ sie von vorne beginnen.

»Die Arme reichen bis zum Schritt«, erklärte er währenddessen. »Die Hüfte ist der Mittelpunkt des Körpers. Alles darunter und alles darüber ist ungefähr gleich lang. Jede Pose wird von der Hüfte bestimmt, schau … und die Schultern sind dreimal so breit wie der Kopf. Konzentriere dich auf die Orientierungspunkte, damit du die Proportionen hinbekommst. Und drück nicht so fest auf.«

Draußen wurde es dunkel, ohne dass Mion oder Jagu darauf achteten. Erst als Jagu eine Kerze anzündete, merkte sie, dass es fast finster im Atelier geworden war. Im trüben Flammenschein übten sie weiter.

Irgendwann bedeckten vollgeschmierte Papiere den Boden ringsum und Mions Unterarme waren mit Kohlespuren übersät. Mutlos ließ sie die Hand sinken und massierte ihr schmerzendes Gelenk. »Ich kann es einfach nicht!«

Jagu paffte seine Pfeife und betrachtete ihr momentanes Werk. »Weißt du, was wir machen?«

Erwartungsvoll zog sie die Brauen hoch. Er wischte ihr Kohle von der Stirn. »Morgen weiterüben.«

Selten hatte sie so tief geschlafen wie in dieser Nacht. Als sie bei Sonnenaufgang erwachte, viel früher als sonst, empfand sie eine vage Vorfreude, die sich erst legte, als sie an ihre missglückten Versuche von gestern dachte.

Sie lief in die Küche und stibitzte ein Stück Brot und Käse aus der Vorratskammer. Das Frühstück aß sie auf dem Weg zum Atelier. Auch wenn Jagu noch nicht wach war, würde sie mit den Übungen weitermachen. Sie war fest entschlossen – nicht zuletzt, weil womöglich ihr Leben davon abhing. Aber daran, dass sie tatsächlich den Drachenprinz porträtieren sollte, versuchte sie lieber noch nicht zu denken.

Als sie die Tür zum Atelier öffnete, fand sie auf dem Boden ein Stück Pergament. Sie hob es auf und drehte es um – eine düstere Szene breitete sich vor ihr aus. In den oberen Ecken drängten sich Raben, Hunde und Dämonen, die weiter unten mit dem Körper einer Frau verschmolzen. Die Frau schien zu tanzen, ja ihre Füße schwebten frei in der Luft, und doch war ihr Rücken wie unter einer schweren Last gebeugt. Kräftige Schatten beherrschten ihre Gestalt.

Mion hatte Jagus Arbeiten gut genug studiert, um zu erkennen, dass diese nicht von ihm stammte. Die Striche waren runder und zarter, weniger schwungvoll, weniger deutlich. Es konnte nur ein Bild von Faunia sein.

Und ob Mion sie nun verabscheute oder nicht, dieses Werk verlangte Bewunderung.

Umso erbärmlicher kamen ihre Stümpereien ihr jetzt vor. Behutsam legte sie Faunias Zeichnung neben sich und nahm sich vor, die Frauenfigur abzumalen.

Das Ergebnis war geradezu peinlich. Mion zerknüllte das Papier und stopfte es in die Tasche ihres Kleides, obwohl Jagu ihr verboten hatte, je eine Zeichnung wegzuwerfen, egal wie schlecht. Mion seufzte. Dann probierte sie es noch einmal.

Als sich die Tür zu Jagus Schlafzimmer öffnete, schien die Sonne bereits durch alle Fenster. Überrascht blieb Jagu stehen und Mion musste beim Anblick seiner ungekämmten Verschlafenheit grinsen. Er zog sich das Wams über dem Hemd zu und verschränkte die Arme. »Seit wann bist du hier?«

»Seit Sonnenaufgang. Ich habe dich schnarchen gehört.«

»Ich schnarche nicht.«

»Woher willst du das wissen?«

»Ich schlafe nicht.«

Ein Punkt für ihn. Gähnend ging er an ihr vorbei. »Frühstücken wir erst einmal.«

»Ich übe lieber weiter.«

Er blieb in der Tür stehen und lächelte. »Die Antwort einer wahren Künstlerin. Ich sehe mir gleich an, wie du vorankommst.«

Mion hob Faunias Zeichnung hoch. »Du hast ein Geschenk bekommen.«

Das Lächeln war noch nicht ganz von Jagus Gesicht gewichen, als er die Zeichnung sah. Auch nicht, als er wortlos verschwand.

Als Jagu wiederkam, ließ er sie ein Dutzend Kreise malen und schattieren, dann sollte sie Bilder abzeichnen. Die meisten waren einfache Posen von Menschen und Tieren, aber Mion hatte trotzdem Mühe, eine einigermaßen erkennbare Kopie anzufertigen. Gegen Mittag schmerzte ihre Hand wieder, und sie war froh, als sie die Glocke der Köchin läuten hörte.

Nach dem Mittagessen ging es gleich weiter. Jagu malte an einem eigenen Bild – ein Auftrag, wie er sagte –, und wann immer Mion nicht in ihre eigene Arbeit vertieft war, beobachtete sie ihn beim Farbenmischen und Malen. Sie beneidete ihn um die Mühelosigkeit, mit der er die schönsten Dinge auf die Leinwand bannte. Es sah ganz einfach aus.

Sie seufzte. »Selbst wenn ich den Prinzen in einem Jahr und nicht in vier Tagen porträtieren sollte, wäre ich verloren.«

Jagu klopfte ihr auf die Schulter. »Mach dir keine Sorgen. Übe weiter. Komm – ich zeige dir, wie man mit Farben malt.«

Er führte sie vor die Leinwand, auf die er gestern die Figur gezeichnet hatte. Inzwischen war der Umhang der Figur leuchtend blau geworden. Jagu drückte Mion einen Pinsel und die Farbpalette in die Hand und ließ sie die Beinlinge blau anmalen. Sie stellte sich nicht besonders geschickt an, doch als Jagu ihre Hand ein paarmal führte, fühlte sie sich sicherer. Es machte Spaß. Wenn sie doch nur so begabt wäre wie Jagu! Oder Faunia …

Abends hörten sie draußen Schritte im Flur. Im nächsten Augenblick wurde ein Papier unter der Tür hindurchgeschoben. Jagu kam Mion zuvor, hob es auf, sah es eine Weile an und steckte es schließlich in einen großen Umschlag in einem Regal, wo ganze Stapel von Zeichnungen lagerten.

Mion verstand nicht, wie Faunia ihm die Bilder schenken konnte. Wenn er sie sitzen gelassen und Faunia zum Fest mitgenommen hätte, wäre sie wütend gewesen. Oder …? Wenn sie bedachte, dass Jagu ihr Leben aufs Spiel gesetzt hatte und sie dennoch hier in einem Raum mit ihm war und sich von ihm das Malen beibringen ließ … Bewusst schüttelte sie diese Gedanken ab.

An den folgenden Abenden glitt immer eine Zeichnung unter der Tür hindurch, manchmal sogar mehrere. Es waren düstere Kohlebilder, von Ungeheuern, die in Schatten lauerten, sich windenden Gestalten und nur halb erkennbaren Gesichtern. Es waren Bilder des Wahnsinns, dachte Mion, mit all der faszinierenden, schrecklichen Schönheit, die der Wahnsinn mit sich brachte.

Eines Nachts, als Jagu schon zu Bett gegangen war und Mion gerade die Kerzen ausblies, öffneten sich die Türflügel. In der Dunkelheit dauerte es einen Augenblick, ehe Mion Faunia erkannte. Sie trug ihren seidenen Hausmantel, das Haar ergoss sich ungekämmt über ihre Schultern. Mion wich instinktiv zurück, als sie näher kam, doch Faunia schien sie gar nicht zu bemerken. Lautlos schritt sie durch die bleichen Lichtvierecke, die der Mondschein durch die Fenster warf, direkt auf Jagus Zimmer zu.

Es brannte noch Licht bei ihm. Lampenschein schwappte

ins Atelier, als Faunia die Tür aufschob, und Mion sah, wie er sich überrascht umdrehte.

Einen Moment stand sie reglos auf der Schwelle. Dann griff sie in die Tasche ihres Hausmantels und schloss die Tür hinter sich.

Mion lief auf die Tür zu, nicht sicher, ob sie sie aufreißen oder erst lauschen sollte. Drinnen war nichts zu hören. Nur Schritte. Dann erklang ein Rumpeln, als würden schwere Gegenstände verrückt.

Mion machte die Tür auf.

Jagu hatte einen Stapel Leinwände verschoben. Faunia stand in der Mitte des Raumes, ließ sich auf Hände und Knie sinken und machte eine weite Bewegung mit dem Arm … Ein kaum hörbares Geräusch erfüllte den Raum, ein Geräusch, das Mion bis ins Mark fuhr: das winzige, stockende, kratzende Geräusch von Kreide, die einen Kreis auf den Boden zieht.

»Was macht ihr?« Die Frage blieb Mion in der Kehle stecken. Natürlich wusste sie, was sie taten. Aber sie traute ihren Augen nicht.

Wie im Traum tapste sie auf Faunia zu. Sie hatte den Kreis fast fertig gezogen – es war ein großzügiger Kreis, gewiss zwei Meter im Durchmesser. Der Boden darunter wies alte, halb verwischte Kreidespuren auf. Geübt zeichnete Faunia die vier Runen in jede Himmelsrichtung.

Og
Siah Gho
Nyx

Sie hallten wie ein Lied in Mion nach, diese vier Runen, ein Lied aus ihrer Kindheit, ein Lied der Sehnsucht … wie lange, wie lange hatte sie schon in ihren Träumen den Klang der Runen gekostet, wie sehr hatte sie sich danach gesehnt!

»Geh lieber«, sagte Jagu leise, aber seine Worte ergaben gar keinen Sinn mehr.

»Ich will mitmachen«, flüsterte sie. Die Sehnsucht war stärker als das Entsetzen darüber, dass Jagu und Faunia Ritus spielten. Ach was, Mion hatte es doch die ganze Zeit vermutet, so abwegig es auch sein mochte – sie hatte die offensichtlichen Zeichen bloß als Einbildung abgetan. Dabei war es von Anfang an klar gewesen: Das Kreidestück, das sie in jener Nacht in Faunias Hand gesehen hatte – der Abend, an dem Faunia und Jagu hier im Zimmer gewesen und sich so seltsam verhalten hatten – der Stich in Faunias Ringfinger … Und nun sah Mion endlich wieder einen Kreidekreis, perfekt gezogen und einladend wie ein Bett aus Wolken, und sie hätte alles getan, alles, um hineinzusteigen.

Jagu gab nicht sein Einverständnis, aber er hielt Mion auch nicht davon ab. Mit erschreckender Ruhe öffnete er einen schwarzen Tonkrug und holte eine lebendige Schlange heraus, kaum so breit wie ein Finger, nicht länger als Mions Unterarm. Sein Gesicht war ausdruckslos, seine Lippen dünn wie Striche, als er die Schlange betrachtete. Seine Hände bebten vor Widerwille. Und Gier. Faunia wich zurück und richtete sich auf, als Jagu mit der Schlange in den Kreis trat.

Og – Siah – Gho – Nyx.

Hatte Jagu die Runenworte geflüstert, war es Mion gewesen, oder alle gemeinsam? Hatte überhaupt jemand gesprochen? Die magischen Silben vibrierten in der Luft, die Schatten hauchten sie, die Flamme zischte sie. Jagu hielt einen schlanken Dolch in der Hand, an der Spitze so scharf und dünn wie eine Nadel. Mion hoffte und fürchtete zugleich, dass er es tun würde.

Og – Siah – Gho – Nyx.

Und Jagu hob die Schlange, die sich träge um seine Hand wand, und den Dolch –

Og – Siah – Gho – Nyx –
Und er schlitzte die Schlange von links nach rechts auf.

Das Elend, die Scham, die Bosheit, alles wühlte in Mion auf. Sie ließ die Gefühle zu und genoss sie vollkommen gewissenlos. Jagu hielt das Tier vor Faunia. Sie beugte sich darüber und legte die Lippen an die Wunde, die den ganzen kleinen Leib teilte. Alles ging rasch. Nach Faunia war Mion an der Reihe. Sie neigte den Kopf und fühlte die zitternde Hitze des Lebens, das dem Tod erliegt. Ihr Mund berührte die glatte Haut. Ihr Magen verkrampfte sich, als sie das Blut schluckte. Doch nicht das Blut brachte die Übelkeit. Es war das aufgesaugte Leben, das sich in ihr wand und krümmte.

Jagu beuge sich über die sterbende Schlange, und sie war tot, kaum dass seine Lippen sich von ihr lösten.

Mit einem leisen Keuchen ließ er den Kopf zurücksinken. Das tote Tier glitt ihm aus den Fingern und blieb im Kreidekreis liegen.

Benebelt gingen sie die Schritte.

Dreiundzwanzig Schritte musste man rückwärts um den Kreis gehen. Faunia schwebte sie in ihrem langen Mantel entlang, die Arme ausgestreckt, den Kopf rotierend wie in einem rätselhaften Tanz. Mion setzte einen Fuß hinter den anderen, die Augen halb geschlossen. Das geschluckte Blut glühte in ihrem Hals, nein in ihrem Herzen. Der Geist der toten Schlange verbrannte ihr Inneres, denn er war gefangen, solange sie die Schritte um die Runen ging, und sein Zorn vermählte sich mit all dem Hass und aller Liebe, die sie in sich trug.

Og
Siah Gho
Nyx

Nun war sie sich fast sicher, dass sie die Runenworte murmelte, und auch Faunia sang sie leise vor sich hin, und Jagu flüsterte sie, und ihre Stimmen einten sich mit dem Zischen der Kerze und dem Hauchen der Schatten zu einem fieberhaften Chor.

Sie sanken auf die Knie, als die dreiundzwanzig Schritte getan waren, blickten auf den Tierkadaver hinab, der im Takt ihrer Herzen pulsierte. Faunia hielt den Dolch in der rechten Hand. Über der toten Schlange stach sie sich in den linken Ringfinger, bis ein Dutzend Blutstropfen hervorquollen und sich mit dem Blut der Schlange mischten. Mion war als Nächste dran. In den Ruinen hatten sie meistens Käfer und Insekten benutzt, deren Blut man nicht mit eigenem bezahlte, sondern die man ganz hinunterschluckte und nach den Schritten auswürgte. Aber sie fürchtete sich nicht, in ihren Finger zu stechen. Der Atem der Schlange wollte aus ihr heraus, er musste, er würde einen Weg finden … Schon tröpfelte ihr Blut aus dem Finger und landete in der dunklen Lache unter dem Schlangenleib. Wortlos gab sie den Dolch an Jagu weiter und nun zerrann das letzte bisschen Wirklichkeit.

Mion schwebte. Sie fühlte nicht mehr das Gewicht ihres Körpers. Sie fühlte gar nichts. Existierte nicht mehr, war nur noch ein Gedanke.

Schwebte durch unendliches, unbeschreibliches Weiß, vom Atem der Schlange ins Jenseits getragen. Irgendwo in der Ferne sank ihr Körper kraftlos im Kreidekreis zusammen.

Dann öffnete sich das Weiß, wie es sich – ja, eine ferne Erinnerung war da – schon oft geöffnet hatte, und nun kamen die Bilder des Todes. Die Spiegel, in die nur die Sterbenden sehen konnten. Und sie sah …

Sie sah ein Boot auf einem winterlichen Fluss fahren und ein Junge saß darin und hielt ein Mädchen in den Armen. Die ganze Welt war weiß vor Schnee. Nur das Blut, das über die

Stirn des Mädchens kroch, leuchtete rot. Eiskrusten knarzten am Ufer. Lautlos fuhr das Boot mit der leichten Strömung dahin. Bäume, kahl und dürr, beugten sich über ihre Spiegelbilder im Wasser, die das Boot mit Silberfäden zerschnitt. Der Junge hielt das Mädchen fester.

Und sie wusste, dass sie das Mädchen war.

»Jetzt sind wir gestorben.«

Der Junge hielt sie in den Armen und das Blut kroch kalt über ihr entstelltes Gesicht.

Sie sah ein Mädchen in einem weißen Kreis stehen. Drei Gestalten umzingelten sie.

Einer hatte ein rundes, liebenswertes Gesicht und, wo das Herz sein sollte, ein Loch, das die Armut hineingefressen hatte. Der Verräter.

Einer hatte eine Narbe, die ihm schräg über das Gesicht ging, die Narbe eines Holzfällers. Der Vater.

Einer war groß und hatte zärtliche Augen voller Kälte. Der Jaguar.

Das Mädchen im Kreidekreis drehte sich von einem zum anderen, sah jeden an und konnte ihren Blicken nicht lange widerstehen.

»Wieso hast du mich verraten?«, rief Mion, aber Saffa antwortete nicht. »Waren wir nicht Freunde? Du hast mich doch geliebt!« Stumm sah er sie an. Sie floh vor seinem leeren Blick und begegnete dem ihres Vaters.

»Wieso hast du mich nicht gerettet? Du hättest mich doch retten können. Du hast es nicht mal versucht… du hast es nicht gewollt. Wieso hattest du mich nie lieb? Antworte doch!«

Aber er starrte sie nur stumm an und verwehrte ihr eine Antwort, wie er ihr alles verwehrt hatte.

Sie floh vor seinen Augen und fand die des Jaguars.

»Wieso…« Sie wollte weiterfragen, aber sie konnte nicht. Er hatte ihr Dinge angetan, die unaussprechlich waren.

Seine Augen, schön und grausam wie der Winter, schwammen in Hass. Er würde nicht blind über sie herfallen wie ein Raubtier. Ihn trieb kein Hunger. Er würde mit erschreckender Ruhe auf sie zuschreiten, ihren Kopf zurückschieben und sie mit grauen Himmelaugen töten.

Mion schluchzte und drehte sich wieder im Kreis, und alle drei starrten sie an und verweigerten ihr doch das, worum sie sie am sehnlichsten bat.

»Was muss ich tun? Wieso bin ich nie genug? Wieso liebt ihr mich nicht?«

Sie drehte und drehte und drehte sich im Kreidekreis.

»Der Fluss«, sagte der Junge. »Der Fluss wird uns fortbringen. Alles beginnt und endet mit ihm.«

»Am Fluss hat es begonnen«, sagte das Mädchen. »Mit dem Fluss wird es enden. Und dann neu anfangen.«

Und sie wusste, dass sie das Mädchen war, denn das Mädchen liebte.

Unendlicher Frieden. Wacher Schlaf. Träumende Wirklichkeit. Schweben.

Irgendwo war strahlendes, unbeflecktes Weiß, und dahinter, in einer anderen Welt, ein Mädchen, das ohnmächtig in einem Kreidekreis lag und noch nicht ins Jenseits gehörte.

Die Künstlerin

Lyrian fand kaum Schlaf. Lange vor Sonnenaufgang wälzte er sich im Bett und stand schließlich auf, um sich zu bekleiden. In dem steinernen Baderaum neben seinem Schlafzimmer zündete er eine Lampe an und trat vor den großen Spiegel. Erst jetzt fiel ihm auf, wie sehr er sich verändert hatte. Überrascht musterte er sein Gesicht: Seine Augen wirkten mandelförmiger, sein Kinn spitzer. Der Fuchs hatte ihm deutliche Spuren in die Züge gemalt. Auch seine Haare kamen ihm jetzt ein wenig rötlicher vor.

Er musste grinsen. Wenn er sich statt des Fuchses nun ein anderes Tier ausgesucht hätte … einen Elch etwa …

Er trat zurück und atmete tief ein. Er rief die Schwalbenflügel herbei, verwandelte sich in den Otter und den Fuchs und kombinierte eine Weile. Dann versuchte er, Züge seines Menschengesichts in die Tiergestalten einfließen zu lassen, aber ihm fehlten das Geschick und der Einfallsreichtum, mit dem andere Drachen sich ihre kunstvollen Gestalten zusammenstellten. Er seufzte. Was würde die Künstlerin von ihm, dem künftigen Kaiser, denken, wenn er nicht wie ein mächtiger Drache aussah, sondern wie ein blasser Junge mit Augenringen? Und schlecht sitzenden Haaren … An seinem Scheitel herumzupfend, verließ er den Baderaum, um zu frühstücken.

Das Porträt sollte hoch oben in einem Turm entstehen. Durch die Bogenfenster konnte man die Zinnen des Palasts und die nördlichen Gebirge sehen. Ein kunstvoller Teppich war hergeschafft worden, von einer Marmorsäule hing ein dicker Samtvorhang und auf einem niedrigen Tisch lagen ein goldenes Schwert, ein Zepter und Schreibutensilien – Requisiten für das Gemälde.

Nachdem Lyrian sich die Halle angesehen hatte, rief er die Schwalbe herbei und flog über die Gärten in Richtung Palastmauer. Es war ein nebliger Morgen und die Sonne funkelte kalt und scharf zwischen dunstigen Wolkenschleiern. Als er das Tor erreichte, durch das alle menschlichen Besucher kamen, ließ er sich auf der Mauer nieder, rief den Fuchs und wartete.

Wagen kamen und fuhren fort. Gildenmitglieder betraten das Reich der Drachen mit Truhen, in denen Stoffe, Schmuck, Musikinstrumente und andere Güter ruhten; Lehrlinge folgten ehrfürchtig ihren Meistern, Diener trugen schwere Lasten hinter ihnen her. Die Sphinxe lagen in Löwengestalt in der Sonne und schlichen vor dem Tor auf und ab. Erst wenn sie mit jemandem sprechen mussten, verwandelten sich in Männer, sonst zogen sie ihre mächtigen Korpusse vor.

Schließlich traf ein Wagen ein, aus dem ein Mädchen stieg. Der Fuchs richtete sich auf: Sie war es.

Sie hatte eine große, verpackte Leinwand und eine Kiste unter dem Arm. Nervös überreichte sie den Sphinxen ihre Sachen, damit sie sie überprüfen konnten, und zeigte ihren Bürgerschein.

Die Sphinxe ließen sie passieren. Der Fuchs drehte sich um und beobachtete, wie sie auf der anderen Seite des Tores wieder ins Sonnenlicht trat, auf eine Barke stieg und den Fluss hinaufgefahren wurde.

Lyrian flog hinterher. Als sich die Bäume lichteten und der Fluss sie an wilden Wiesen, Hügeln und Pagoden vorbeitrug, drehte sie neugierig den Kopf und sah sich um. Was sie wohl dachte?

Schließlich legte die Barke an den breiten Stegen an, von denen aus eine riesige Treppe ins Innere des Palasts führte. Abermals musste das Mädchen den Bürgerschein vorzeigen. Dann führten zwei Löwen sie in den Palast.

Lyrian flog zurück in die Turmhalle, verwandelte sich und ordnete seine Haare. An den Schläfen und am Nacken ließ er sich ein paar Federn wachsen. Zuletzt konzentrierte er sich auf ein zartes Fellmuster auf Stirn und Handrücken und hoffte, dass es nicht zu übertrieben wirkte.

Dann dauerte es eine halbe Stunde, bis die Malerin kam. Erst als er Schritte auf der Treppe hörte, fiel ihm ein, dass er hier nicht so stehen und auf sie warten konnte. In Schwalbengestalt versteckte er sich am Fenstersims. Kaum einen Augenblick später betrat sie mit zwei Sphinxen die Halle.

Einer der Löwen verwandelte sich. »Seine Majestät der Prinz wird bald erscheinen.«

Sie nickte und machte sich daran, die Leinwand an der Staffel zu befestigen und ihre Malutensilien auszubreiten. Dann verschob sie die Staffel so, dass die Sphinxe nicht über ihre Schulter blicken konnten.

Lyrian beschloss, aus seinem Versteck zu kommen. Er landete auf dem Teppich und stieß gegen den Tisch, sodass das Zepter herunterfiel. Erst durch das Scheppern wurde das Mädchen auf ihn aufmerksam.

Lyrian räusperte sich. Dann merkte er, dass er seine Akzente völlig vergessen hatte und in seiner reinen Menschengestalt vor ihr stand. Zum Glück verbeugten die Künstlerin und die Sphinxe sich, sodass ihm ein paar Sekunden blieben, um den Fehler zu korrigieren. Als sie sich wieder aufrichteten, spürte Lyrian entsetzt, dass ihm Schnurrbarthaare wuchsen. Mit einem unwirschen Händezappeln wünschte er sie fort.

»Euer Majestät«, sagte die Künstlerin steif.

»Guten Tag«, erwiderte er. Dann wandte er sich an die Sphinxe. »Ihr könnt gehen.«

Die Sphinxe hielten inne. »Majestät. Ihre Hoheit die Kaiserin hat angeordnet …«

Lyrian sah sie mit glühendem Blick an. Wie wagten sie es, ihn so bloßzustellen … Die Sphinxe verneigten sich wieder und zogen sich zurück.

»Erhebe dich«, sagte er, als sie alleine waren. Eine Weile betrachtete er alles an ihr: die aufgesteckten Haare und das leuchtend blaue Kleid, die gefalteten Hände und die Füße, die sie zögerlich zusammenschob. War sie tatsächlich seine Mörderin, Lichtgestalt so vieler Tagträume? Jetzt wirkte sie jedenfalls eher verschüchtert, ganz wie ein gewöhnlicher Mensch. »Sieh mich an.«

Widerwillig hob sie den Blick. Lyrian packte das heftige Verlangen, sein Gesicht nach Schnurrbarthaaren abzutasten, doch er widerstand.

»Wir können mit dem Porträt beginnen. Wenn du so weit bist«, sagte er rasch. Dann stellte er sich neben dem Vorhang in Position, verschränkte die Arme und senkte sie wieder. Ihm war nie aufgefallen, wie überflüssig Arme sein konnten – sie hingen ja wie leblose Fische an ihm herunter.

Die Künstlerin verschob die Staffel und bereitete alles sehr bedächtig vor. Dann begann sie zu malen. Hin und wieder flatterten ihre Wimpern hoch und ihre Augen trafen sich für Sekundenbruchteile. Sie ist das Mädchen aus dem Wald, dachte Lyrian, nur um im nächsten Moment fest davon überzeugt zu sein, dass er sich irrte. Ein Dutzend Mal war er kurz davor, etwas zu sagen, und ebenso oft überlegte er es sich anders.

Allmählich taten Lyrian die Füße weh. Er verlagerte sein Gewicht und musste immer wieder die Schultern straffen.

Schließlich beschloss er, dass es genug war. Er wartete, bis er sicher war, dass seine Stimme ihm gehorchen würde. »Für heute reicht es. Wir werden morgen weitermachen.«

Das Mädchen trat von der Leinwand zurück, als hätte es sich daran verbrannt, und machte einen hastigen Knicks. »Wie Ihr wünscht, Euer Majestät.«

»Wie sieht es denn aus?«, fragte er und kam neugierig zu ihr. Lyrian betrachtete die Leinwand. Verwundert runzelte er die Stirn.

»Ähm.« Das Mädchen räusperte sich. »Ich habe mir gedacht … also …«

Sie hatte weder die Dekoration gemalt noch hatte sie Lyrian so eingefangen, wie er posiert hatte. Stattdessen stand er andersherum und hatte einen Arm gebieterisch vor sich ausgestreckt, den anderen in die Seite gestützt. Auch seine Kleider waren völlig anders, in einheitlichem Blau gehalten. Sein Gesicht war ein weißer Fleck.

Was ihn aber am meisten überraschte, waren die mächtigen Schwalbenflügel, die ihn umrahmten.

»Ich … die Fantasie ist mit mir durchgegangen«, murmelte das Mädchen. Lyrian spürte das erste Mal seit langer Zeit, dass er lachen musste.

»Wie bist du darauf gekommen?«

»… Ich fand … Ihr saht eher so … aus.«

»So siehst du mich?«

Zögerlich nickte sie.

»Na schön. Es gefällt mir. Nächstes Mal sag Bescheid, wenn die Fantasie mit dir durchgeht, dann setze ich mich nämlich hin.«

Irrte er sich oder huschte ein Lächeln über ihr Gesicht? Heftiger denn je wollte er die Wahrheit aussprechen, wollte sie zur Rede stellen, sie war es *doch* – aber er brachte kein Wort hervor.

Er trat einen Schritt zurück und murmelte: »Du darfst gehen.«

Als er Baltibb an diesem Nachmittag traf, konnte er kaum stillhalten. Er musste durch das wuchernde Unterholz stapfen und sich an den Ästen der Bäume hochziehen und sich in den Fuchs und den Otter verwandeln und als Schwalbe herumflattern. Baltibb erduldete seine Unruhe, das schwere Buch auf dem Schoß, das er ihr aus einer der Bibliotheken gebracht hatte, und las halblaut vor. Lyrian war erstaunt, wie schnell sie lernte. Was er einmal erklärte, behielt sie im Kopf.

»Lyrian …« Baltibb senkte verzweifelt das Buch, als er anfing, Flöte zu spielen. Sofort steckte er die Flöte wieder ein – er hatte gar nicht gemerkt, was er tat.

»Entschuldige, lies weiter. Ich habe … ach, weißt du, woran ich schon die ganze Zeit denken muss?«

Baltibb schlug das Buch zu.

»Ich habe sie doch heute gesehen. Faunia.«

Ihr Gesicht blieb ausdruckslos.

»Ich weiß immer noch nicht, ob sie es ist. Entweder sie ist es oder …« Er seufzte. »Oder ich hatte eine Vision von ihr, als ich erschossen wurde. Ich weiß nicht, was mehr zu bedeuten hätte.«

Baltibb rutschte von der alten Mauer und ballte die Fäuste. »Ihr solltet die Sphinxe auf sie ansetzen! So lässt sich feststellen, ob sie die Attentäterin ist oder nur ein Hirngespinst.«

Er ging gar nicht darauf ein. Baltibb verstand nicht, dass er kein Interesse daran hatte, seine Mörderin zu bestrafen.

»Weißt du was?«, murmelte er. »Sie hat mich so gemalt, wie ich in ihren Augen war. Ein Mensch, der seinen eigenen Gedanken folgt, ja der frei entscheidet … und dabei etwas Schönes macht, kein Chaos, sondern Kunst.« Er zog sich an einer Buche hoch und setzte sich auf einen breiten Ast. Die Rinde war noch warm von der Sonne. Plötzlich musste er an früher denken, an Tage, als er und Baltibb nichts anderes gemacht hatten, als auf Bäume zu klettern und Laubhöhlen zu bauen. Die träge Langeweile, die hinter allen Spielen lauerte, das taube Gefühl von Frieden … Vogelgesang und Grillenzirpen, der Duft von Wasserlilien und Moos – Rehe am schattigen Flussufer und die Hosentaschen voller klebriger wilder Erdbeeren …

Er fühlte sich all dem so nah. Und dabei wusste er, dass die Erinnerung nur ein letztes Aufleuchten war, weil es nun endgültig hinter ihm lag. Die Sommer versanken vor seinen Augen im Treibsand der Vergangenheit. Dieses Jahr würde alles anders sein.

Mit anderen Augen

Mit einem Luftschnappen richtete Mion sich auf. Ganz allmählich spürte sie ihren Körper wieder, als sickerte die Wirklichkeit zurück in ihre Gedanken. Der Geschmack der Visionen überlagerte alle Sinne, ein klebriger schwarzer Sirup.

Faunia lag bewusstlos neben ihr im Kreidekreis. Jagu saß versunken an ihrer Seite, sein Kopf hing schwer und seine Augen waren nur halb geöffnet.

»Jagu.« Ihre Stimme war rau. Sie versuchte zu schlucken, aber ihr Mund war zu trocken. Mit wackeligen Beinen stand sie auf und trat aus dem Kreis. Hinter ihren Augen blieb der wabernde Schleier des Schwebens. »Wir müssen ihn malen.«

Blitzartig durchschoss sie die Vision, die sie wieder gehabt hatte … der Fluss … Augen, schön und grausam wie der Winter … Es hieß, im Jenseits könne man die Dinge sehen, die nach dem Tod kamen. Oder die Dinge, für die man im Leben blind gewesen war.

»Ihn malen, den Rabenprinzen … den blinden Rabenprinzen«, murmelte Jagu. Mion nickte. Im Gegensatz zu ihr und Faunia wurde er bei Ritus nicht bewusstlos, dafür redete er konfus. Wie in jener Nacht, als sie ihn für betrunken gehalten hatte.

Er erhob sich wie eine Puppe an Fäden und schlurfte hinter ihr her. Sie gingen ins Atelier und Mion zündete die Kerzen an. Das Porträt des Prinzen stand auf der Staffel. Jagu hatte die Farbkatastrophen einigermaßen wiedergutgemacht, die Mion während des Porträtierens veranstaltet hatte.

»Also.« Sie schenkte sich mit wackeligen Händen Wasser in einen Kelch und trank. Noch immer fühlte sie sich ein wenig zittrig. »Er hat ein spitzes Gesicht.«

»Warte«, sagte Jagu leise. Er suchte ein Kohlestück aus der Unordnung, die auf dem Tisch herrschte, und stellte sich vor die Leinwand. »Beschreibe ihn genau.«

Sie erklärte, so gut sie konnte, welche Form seine Stirn hatte und wo ihm Federn gesprossen waren. Sie fand keine anderen Worte für seine Nase als »kurz, nein, länger als so ... nicht gerade von der Stirn runter, hier tiefer. Wie ein Dreieck«. Im nächsten Moment lachten sie und Jagu atemlos über etwas, was sie noch im gleichen Atemzug vergaß. Alles war so absurd. Dass sie den Prinzen der Drachen porträtieren sollte und vor fünf Tagen zum ersten Mal einen Pinsel in der Hand gehalten hatte. Dass sie wieder Ritus spielte. Mit Jagu.

Schwer zu sagen, ob es sie freute oder entsetzte, dass er dieselbe Sucht hatte wie sie. Es änderte sich von Augenblick zu Augenblick. Jetzt gerade war sie unsagbar froh darüber.

Er hielt sie an den Schultern und stützte sich halb auf sie. Einen Moment später umarmten sie sich fest. Mion lächelte noch, als sie plötzlich erdrückende Schuldgefühle überkamen. Sie ekelte sich vor dem, was sie getan hatten.

»Die armen Schlangen«, flüsterte sie. »Die ... die armen Schlangen! Verdammt, wir müssen aufhören.«

»Der arme Prinz«, murmelte er.

Sie schwiegen und hielten sich. Mion hatte interessante Gedanken, die gleich wieder zerrieselten wie Sand. Dann wurde Jagu immer schwerer auf ihren Schultern. Mion ging in die Knie. Lachend drückte sie ihn hoch und Jagu schlurfte zum Samtsessel. Er sank hinein und deckte sich gedankenverloren mit den darin liegenden Schleiern, Umhängen und Perlenketten zu.

Mion kicherte. »Siehst wunderschön aus.«

»Spiegelbild, begleitest mich, bist echter als mein Blut. Bist du fort, dann bin ich nicht und ist böse gleich wie gut.«

Dann war er eingeschlafen.

Mion erwachte in ihrem Bett, ohne sich erinnern zu können, wie sie letzte Nacht hergekommen war. Sie fühlte sich so erholt, als hätte sie vier Tage durchgeschlafen, was ihr schlechtes Gewissen umso schlimmer machte.

Sie stützte den Kopf in die Hände und blieb eine Weile so sitzen. Nachdem sie zurückgekommen und Jagu ihren Palastbesuch geschildert hatte, war Faunia im Atelier erschienen. Mit einer Selbstverständlichkeit, als hätten sie seit Jahren nichts anderes getan, waren sie in Jagus Zimmer gegangen und hatten Ritus gespielt. Dabei hatten sie kein Wort gewechselt.

Warum hatte sie es getan?

Was Mion wirklich beunruhigte, waren nicht ihre eigenen Gründe, sondern Jagus. Dass sie selbst schwach war, sich ihrer Vergangenheit nicht entledigen konnte, das war leichter hinzunehmen als Jagus Schwäche. Schließlich stammte er nicht aus den Ruinen, er war ein großer Maler. Mion wollte nicht sehen, wie er ein wehrloses Tier opferte. Gleichzeitig fühlte sie sich ihm verbundener denn je, wenn sie Ritus spielten. Weil sie dann ganz ehrlich waren, ihre Geheimnisse teilten.

Mion seufzte, stand auf und ging in Faunias Zimmer, um sich für den heutigen Palastbesuch vorzubereiten. Nachdem sie erst vorsichtig die Tür einen Spalt aufgeschoben hatte, merkte sie, dass Faunia nicht da war.

Sie öffnete ihren Schrank und suchte sich ein Gewand aus,

dann ging sie ins Atelier. Jagu war bereits wach und arbeitete an dem Porträt. Pfeifenrauch verbarg sein mitgenommen wirkendes Gesicht. Mion erwähnte die letzte Nacht nicht. Auch er ließ sich nichts anmerken.

Sie betrachtete die Züge, die Jagu dem Prinzen gegeben hatte, und war erstaunt, wie perfekt er ihn getroffen hatte. Sie pfiff leise. »Ich habe ihn ja ganz schön gut beschrieben, was?«

Er grinste. »Ohne deine Beschreibung hätte ich natürlich nie wissen können, dass seine Nase *dreieckig* ist.«

»Frühstück?«

»Jetzt nicht.«

Mion aß mit der Köchin, Herone und Morizius, der eine lange Erkältung hinter sich hatte und Mion düster beäugte. Sie fragte sich, ob er vielleicht wusste ... aber nein, er konnte nichts davon ahnen. Trotzdem hielt sie die linke Hand während des Essens zur Faust geballt, damit er nicht die zwei Einstiche in ihrem Ringfinger sah.

Sie hatte kaum ihren Teller geleert, als ein bekanntes Klingeln durchs Haus hallte. Osiril! In letzter Zeit war die alte Meisterin erstaunlich unkompliziert gewesen und hatte höchstens sechs Mal am Tag nach Mion verlangt. Halb so oft wie zu schlimmeren Zeiten.

Mion brachte ihr weich gekochte Eier, Brotsuppe, Tee und geschälte Apfelstücke, ohne mehr Zeit als nötig bei ihr zu verbringen. Osiril musterte sie haarscharf, sagte aber nichts, was Mion nur recht war.

Als sie ins Atelier zurückkehrte, packte Jagu gerade das Porträt in braunes Papier.

»Sei vorsichtig, dass die Farbe nicht verschmiert. Damit es nicht so aussieht, als würdest du nichts tun, kannst du den Boden mit schwarzer Farbe ausmalen, ich habe ihn dir freigelassen. Und vergiss nicht, ihm in die Augen zu blicken.«

Mit einem Lächeln reichte Jagu ihr die Leinwand. »Schließlich ›malst‹ du heute sein Gesicht.« Er begleitete sie bis zur Haustür. »Wenn er dich heute auf eure Begegnung im Wald anspricht …«

»Ich streite es ab.«

»Du musst ja nicht zu direkt sein. Frag ihn lieber, was damals im Wald geschehen ist. Vergiss nicht, wir wollen sein Vertrauen gewinnen. Lass ihn erzählen, aber gib dich weiterhin geheimnisvoll.«

Als sie die Eingangshalle erreichten, wandte Mion sich noch einmal an Jagu. »Ich versuche mein Bestes. Nur …«

Er drückte ihre Hand. »Ich weiß.« Dann öffnete er die Tür und kniff die Augen zusammen, als Sonnenlicht hereinflutete. »Viel Glück, *Faunia*.«

»Danke, *Meister*.«

Wie gestern wurde Mion von zwei Sphinxen in den Turm geführt. Ein wenig außer Atem betrat sie die Halle und bereitete alles vor. Der Prinz kam in Gestalt der Schwalbe durch das Fenster geflogen und bedeutete den Sphinxen zu gehen. Er sah anders aus – da waren weder Federn noch Klauen noch Fellmuster. Seine wahre Gestalt. Sie musste daran denken, dass er in diesem Moment sterblich war. Ob er sich unwohl fühlte?

Andererseits bot sie mit ihren Pinseln und seidenen Haarbändern wohl kaum einen bedrohlichen Anblick.

»Guten Morgen, Faunia.« Seine Stimme war sanft und tonlos, als würde er seine eigenen Worte verstehen, aber nicht fühlen.

»Euer Majestät«, erwiderte sie mit einer tiefen Verneigung.

Er breitete die Hände aus. »Also dann … sage mir, wie ich mich hinstellen soll.«

Mion spürte, wie ein albernes, ungläubiges Lächeln in ihrem Hals kitzelte, während sie dem Prinz Anweisungen gab.

Dann begann sie zu malen. Wie gestern tat sie nichts anderes, als den Hintergrund mit Schwarz auszufüllen, und das so langsam wie möglich. Dabei gab sie acht, dem Prinzen immer wieder prüfende Blicke zuzuwerfen. Heute fiel es ihr schon leichter als gestern – vielleicht weil er weniger wie ein Drache und mehr wie ein Junge aussah.

Während sie den unteren Teil des Gemäldes ausmalte, betrachtete sie immer wieder das Gesicht, das Jagu heute früh gezaubert hatte. Es sah dem Prinzen wirklich verblüffend ähnlich. Nur die Augen wirkten ein wenig strenger und herrischer als in Wirklichkeit und sie waren dunkel. Sie hatte vergessen, Jagu seine Augenfarbe zu nennen.

Gedankenverloren strich sie mit dem Pinsel über die Leinwand. Der Prinz erwiderte ihren Blick.

»Was fühlst du, wenn du malst?«

Verblüfft sah sie ihn an. Sofort begannen sich hundert Rädchen in ihrem Kopf zu drehen. »Das ist schwer in Worte zu fassen, Majestät«, sagte sie langsam. »Also, man fühlt … man vergisst die Zeit. Man geht ganz nah an die Dinge heran. Eine einzige Falte in Eurem Umhang wird für eine Weile das Wichtigste auf der Welt. Und ohne nachdenken zu müssen, versteht man plötzlich alles. – Jedenfalls hat man das Gefühl, es wäre so.« Sie lächelte verwundert. Tatsächlich hatte sie sich so gefühlt, als sie gezeichnet hatte. Abgesehen von der Frustration über ihre Talentlosigkeit – die behielt sie lieber für sich. »Es ist Unsinn, Euer Majestät. Es sind nur Gefühle.«

»Ich glaube«, sagte er nach einer Weile, »man kann Schönheit und Kunst nicht nur fühlen, sondern auch verstehen. So erfreuen wir Drachen uns an der Schönheit wie ihr Menschen – eben nur auf eine höhere … auf eine andere Art.«

Bis jetzt hatte sie nie darüber nachgedacht, wie man auf Kunst reagierte. Aber was der Prinz sagte, gefiel ihr.

Er schien noch weitersprechen zu wollen, schloss aber dann den Mund und schwieg.

Bevor Mion ging, betrachtete er lange das Gemälde.

»Dann wirst du morgen wiederkommen?«, fragte er.

Sie verneigte sich.

Als sie den Palast verließ und mit der Barke zum Tor gebracht wurde, war ihr, als nehme sie ein Stück der Drachenwelt mit sich; die sanfte Tonlosigkeit seiner Stimme ging ihr nicht aus dem Kopf.

»Er ist … ich weiß nicht, ich kann ihn nicht einschätzen«, seufzte Mion, als sie zurück im Atelier war. Sie saß zwischen Farbpaletten, Töpfen und Pinseln auf dem Tisch und hielt eine Schale mit Zuckermandeln auf dem Schoß. Ihr war schon ein bisschen schlecht von dem süßen Zeug, aber sie war zu nervös, um aufzuhören.

»Er hat mich gefragt, was ich beim Malen fühle. Wie er nur auf so was kommt?« Nachdenklich beobachtete sie, wie das Gemälde Pinselstrich um Pinselstrich lebendiger wurde. »Jagu? Also … du bist wirklich sicher, dass die Drachen nur … «

»Nur Menschen sind? Ja.« Mit farbverschmierten Fingern pickte er sich ein paar Zuckermandeln aus der Schale. »Hab bloß keine Ehrfurcht vor ihm. Er ist nur ein Junge.«

»Ich hab keine Ehrfurcht«, murmelte sie.

»Über was habt ihr noch geredet?«

»Nicht viel … nur das, was ich dir schon gesagt habe.«

»Hm. Nicht sehr gesprächig, unser Prinz. Er war nicht gelangweilt von dir?«

»Weiß nicht. Ich glaube nicht. Ich weiß nicht.«

»Wir müssen uns etwas für morgen überlegen.«

Nervös nagte Mion an einer Mandel. Am liebsten hätte sie gesagt, dass sie das für keine gute Idee hielt. Sie wusste überhaupt nicht, wie sie dem Prinzen das Geheimnis der Gestaltenwandlung entlocken sollte – wie sollte sie ihm jemals so nahekommen? Andererseits war sie ihm schon viel nähergekommen, als sie sich je hätte träumen lassen.

Sie verbrachte den Abend im Atelier, insgeheim darauf wartend, dass sie Ritus spielen würden. Aber Faunia, die bis jetzt immer den Anfang gemacht hatte, tauchte nicht auf. Mehrmals wollte Mion nach ihr fragen, doch sie traute sich nicht, weil Jagu genau wissen würde, woran sie dachte.

Als das Gemälde spätnachts fertig war, ging sie ins Bett und beobachtete von ihrem Zimmer aus noch eine Weile das Fenster gegenüber. Bei Jagu brannte kein Licht mehr.

Mit einem Kribbeln im Bauch fuhr Mion am nächsten Tag in den Palast. Sie war neugierig, wie das Treffen mit dem Prinzen diesmal verlaufen würde und ob sie vielleicht den Mut fanden, mehr miteinander zu reden. Gleichzeitig wünschte sie sich, sie könnte sich irgendwo verkriechen und nie wieder herauskommen.

Als sie in der Halle erschien, war der Prinz schon da. Die Sphinxe zogen sich diesmal von allein zurück.

Gerade wollte sie ihren Pinsel nehmen, da trat der Prinz neben sie und betrachtete das fertige Porträt.

»Ja, ähm, ich habe gestern Abend noch daran gearbeitet«, stammelte Mion. Und fügte überflüssigerweise hinzu: »Es ist fertig.«

Er lächelte verwundert. »Du bist die schnellste Malerin, die ich je getroffen habe. Aber es ist wunderschön. Als … als könnte ich mich mit deinen Augen sehen.«

Sie schluckte laut.

»Ich lasse den Lohn an deinen Meister schicken. Aber wenn du noch einen Wunsch hast, nenne ihn mir. Ich will ihn dir erfüllen.«

Fast fürchtete sie, er könnte hören, wie die Ideen durch ihren Kopf wirbelten. Doch dann entschied sie sich.

»Ich würde nur gerne eins wissen, Majestät. Wieso habt Ihr ausgerechnet mich mit dem Gemälde beauftragt?«

Etwas in seinen Augen veränderte sich. Sie hatte das Gefühl, ganz langsam in etwas zu versinken, das warm und golden war wie Spätsommerlicht. »Das weißt du«, erwiderte er so leise, dass sie es sich hätte einbilden können. Die Stille knisterte in ihren Ohren. Mühevoll flüsterte er: »Wer bist du?«

Sie konnte sich nicht von seinem Blick losreißen. Viel zu spät trat sie einen Schritt zurück und brach den Bann – viel zu spät, um noch abzustreiten, wer sie wirklich war. Mit einem schweren Atemzug betrachtete sie das Gemälde und zum Glück tat der Prinz dasselbe. So standen sie eine Weile nebeneinander, ohne sich zu beachten.

Dann wandte er sich plötzlich wieder zu ihr um. »Ich will, dass du es mir beibringst.« Scheinbar war er über diese Offenbarung ebenso erstaunt wie sie. Er räusperte sich. »Bring mir bei … so zu …«

»… zu malen?«

Er nickte. »Zeig mir, wie ein Künstler die Welt sieht. Wie ein Mensch die Welt sieht.«

Sie starrte ihn ungläubig an.

»Es muss ein Geheimnis bleiben«, fügte er mit einem besorgten Lächeln hinzu. Wieder schluckte sie, und diesmal klang es, als hätte sie einen Brunnen im Hals. Ihre Zunge fühlte sich schwer an. »Dann müsst Ihr mir zeigen, wie ein Drache die Welt sieht.«

Er hätte sie sofort erschlagen müssen für diese maßlose

Forderung. Er hätte sich hier und jetzt in ein Ungetüm verwandeln und ihr den Kopf abreißen müssen.

Stattdessen lächelte er und es sah fast aus wie das Lächeln eines gewöhnlichen Jungen. Sein Mund war geformt wie ein Halbmond.

»In Ordnung«, flüsterte er, als könnte sie in der einsamen Halle jemand belauschen.

Pflichten

Jagu lachte laut. Es war das erste Mal, dass Mion ihn so lachen hörte. In seinen Augen blitzte eine trockene Freude – Schadenfreude nicht unähnlich. »Das hat er wirklich so gesagt? Zeig mir, wie ein Mensch die Welt sieht?«

Mion nickte unsicher.

»Die dümmste Ausrede, die ich je gehört habe! Als würde sich ein Drache darum scheren, was ein Mensch fühlt und denkt und wahrnimmt. Der Prinz will dich nur wiedersehen. O Mion, wir haben es geschafft!« Er kam auf sie zu und nahm ihr Gesicht in die Hände. Als er ihr in die Augen sah, verblasste sein Lächeln. »Und du hast gesagt, im Gegenzug möchtest du wissen, wie ein Drache die Welt betrachtet. Das war die perfekte Erwiderung. Praktisch hat er schon eingewilligt, dir das Geheimnis der Gestaltenwandlung zu verraten, damit er …«

Mion spürte, wie ihr eigenes Grinsen nachließ. Ihr war, als würden Jagus Hände an ihren Wangen erzittern.

»Damit er was?« Die Frage war naiv und kindisch. Natürlich wussten sie beide, um was es ging. Aber Mion wollte es nicht so unausgesprochen hinnehmen – sie wollte, dass Jagu ehrlich war, zu ihr und zu sich selbst, und es sagte: Wie viel würde sie für ihre Zukunft geben müssen?

»Damit er deine Gegenwart genießen darf«, antwortete er und gewann seine Fröhlichkeit zurück. »Deine Stimme hören und sich mit dir unterhalten. Und dein hübsches Gesicht so lange anstarren, wie er will!« Er ließ sie los und setzte sich auf die Tischkante. »Du brauchst unbedingt eine eigene Garderobe.«

»Ich könnte gleich zu Atlas fahren und sie bei ihm in Auftrag geben. Ich wollte ihn sowieso besuchen«, erinnerte Mion sich. Seit der Sommersonnenwende hatten sie sich nicht mehr gesehen. Ein neuer Auftrag würde Atlas versöhnen – noch dazu, wenn er erfuhr, dass sie seine Kleider im Palast tragen würde, wo der Prinz sie sehen konnte.

Jagu nickte. »Am besten, er fängt gleich an. Geld spielt keine Rolle.«

Mion trat vor eines der Fenster, die das Atelier mit warmem Abendrot füllten. Wieder hörte sie die Stimme des Prinzen, monoton und dabei doch irgendwie zärtlich, mit einer hoffnungsvollen Helligkeit unter all dem Ernst. Sie lächelte in sich hinein. Wie leicht hatte sie sein Interesse geweckt.

»Mal angenommen, unser Plan geht auf, der Prinz gibt mir alles, worum ich ihn bitte, und ich werde ein Drache – und dann verschwinde ich für immer aus deinem Leben. Was tust du dann? Wenn ich erst so mächtig bin, kannst du mich schließlich nicht zwingen, dich nachzuholen.«

Jagu lächelte, als hätte er genau das von ihr hören wollen. »Mir bleibt nichts anderes übrig, als zu hoffen, dass du deinen armen Meister nicht vergisst.«

»Wie kannst du mir vertrauen«, murmelte Mion, noch immer halb lächelnd. »Vielleicht nutze ich dich ja genauso aus wie den Prinzen.«

»Vielleicht«, erwiderte Jagu.

Die Stille machte Mion mit einem Mal unruhig. Zum ersten Mal wurde ihr bewusst, dass es gar nicht darum ging, wie sehr sie ihm trauen konnte, sondern umgekehrt. Sie hatte die Macht. Von ihr hing alles ab. Doch als sie das begriff, fühlte sie sich nicht stärker, sondern im Gegenteil noch unsicherer.

Mit einem Seufzen erhob sie sich. »Ich mache mich auf den Weg zu Atlas.«

Jagu stopfte seine Pfeife, streckte sich auf dem Sessel aus und nickte. »Lass dir ruhig ein paar Kleider mehr machen. Mindestens fünf bei Atlas, und dann suchen wir uns noch andere Schneider.«

Plötzlich hörten sie ein Kichern. Faunia taumelte durch die Tür. Ihr seidener Hausmantel klebte an den nassen Schultern. Auch ihre Haare waren feucht. Einen Augenblick sah sie sich verwirrt um, dann torkelte sie durch das Atelier und hinterließ nasse Fußspuren. Mion sah, dass sie zitterte.

»Ich hab die ganze Nacht in der Badewanne gelegen«, lachte sie, als sei das ein unglaublicher Witz. »Ist es Morgen oder Abend? Ich war die ganze Zeit in der Badewanne! Ist es früh oder schon spät? Zeit für … Jagu … ich brauche eine Schlange …«

Ohne auf ihn zu warten, verschwand sie in das Schlafzimmer.

Für eine Sekunde streifte sein Blick Mions. Keiner wollte sich zuerst bewegen. Dann atmete er tief aus und sie folgten Faunia in den Kreidekreis.

Am nächsten Morgen wies Mion den Wagenjungen an, sie vor ihrem Palastbesuch zum Meister der Schneidergilde zu bringen. Es war ein warmer, sonniger Tag, und sie fühlte sich unbeschwerter, als ihr Gewissen hätte zulassen dürfen.

Atlas ließ sie heute lange in der Eingangshalle warten, sodass sie schon befürchtete, er sei ernsthaft eingeschnappt. Nach einer Viertelstunde erschien er endlich, blass und besorgt, aber mit einem Lächeln.

»Ich wollte dich schon längst besuchen«, gestand er. »Schön, dass du da bist.«

Mion wartete darauf, dass er erklärte, was ihn gerade so

lange aufgehalten hatte, aber ausnahmsweise sparte Atlas an Worten.

»Hast du viel zu tun?«, erkundigte sie sich, als sie in sein Arbeitszimmer gingen.

Er nickte bedächtig.

»Na, was auch immer du gerade machst. Ich habe neue Aufträge für dich.« Sie erzählte ihm, dass sie den Prinzen porträtierte. »Dabei will ich deine Kleider tragen«, schloss sie feierlich.

Atlas lächelte. »Meinen Glückwunsch, Mion. Gleich den Prinzen malen zu dürfen – da brichst du bestimmt ein Dutzend Rekorde.«

Er war nicht halb so überwältigt, wie Mion erwartet hatte. »Und, kannst du mir neue Kleider machen? Fünf Stück für den Anfang, hat mein Meister gesagt. So schnell wie möglich. Geld spielt keine Rolle.«

Er pfiff anerkennend, aber auch jetzt hielt seine Begeisterung sich in Grenzen.

»Was ist, kannst du den Auftrag nicht annehmen?«, fragte Mion ungeduldig.

Nachdenklich schob Atlas ein paar Stoffballen zurecht und ließ sich gegen den Tisch sinken. »Doch, doch … das heißt, das kann ich nicht entscheiden.«

Mion runzelte die Stirn. So kannte sie Atlas gar nicht – sonst ließ er sich doch nicht alles aus der Nase ziehen.

»Ich würde dir liebend gerne Kleider schneidern …«

»Atlas, was ist los?«

»Die Drachen bezahlen dich, damit du für sie malst. Mit dem Geld kaufst du dir eine Garderobe bei mir. Ich wiederum muss damit die Stoffe bezahlen, die aus Aradur, Whalentida und Parsepa kommen … aber die Handelsstraßen führen durch Kossum. Und Kossum steht kurz davor, von den Geschwisterstaaten erobert zu werden. Wenn die Drachen den Krieg verlieren, verlieren sie auch die Handelsstraßen. Dann gibt es keine Stoffe mehr, keine Kleider, also auch keine Bilder mehr … keine Gilden.«

Mion schüttelte den Kopf. »Also fehlen dir Stoffe?«

»Jetzt noch nicht. Aber wenn die Drachen es nicht schaffen, ihre Pflicht zu erfüllen …«

Ihr gefiel es gar nicht, wie er seine Sätze so offen ließ. »Du weißt, dass ich von Politik nichts verstehe. Sag mir einfach, ob du meine Kleider schneidern willst oder nicht.«

»Denk doch nach, Mion«, sagte er leise. »Es ist keine Frage des Wollens.«

Eine Weile tat sie ihm den Gefallen und dachte nach. Vor allem darüber, warum er sich heute so eigenartig verhielt. Dass Wynter gegen die Menschenstaaten Krieg führte, war schließlich nichts Neues, und die Situation konnte jetzt wohl nicht viel schlimmer sein als vor einer Woche.

»Atlas, ich muss gleich wieder gehen. Der Prinz erwartet mich.« Aber selbst das machte keinen Eindruck auf ihn. Mürrisch dachte Mion daran, wie aufgekratzt er war, wenn sie Faunia erwähnte. »Vielleicht sehen wir uns morgen? Denk noch mal über die Kleider nach, ja?«

Sie war schon im Flur, als Atlas ihr nachlief. Er öffnete den Mund und hielt unsicher inne.

»Ich kann ehrlich zu dir sein, oder?«, fragte er.

»Natürlich«, sagte Mion überrascht.

Er trat noch näher und senkte vertraulich die Stimme. »Ich weiß, dass du noch nicht lange zu den Gilden gehörst und nicht damit aufgewachsen bist, aber … glaub mir, es wird nicht ewig so weitergehen wie jetzt. Die Dinge verändern sich, Mion.«

Sie verzog die Brauen. »Ist das der Grund, warum du so besorgt bist?«

Er nickte. »Komm heute Abend wieder. Ein paar Freunde

treffen sich … Freunde, die denken wie wir. Dann wirst du mehr erfahren.« Er drückte ihr Handgelenk. »Aber bring nicht deinen Meister mit!«

»Warum?«

»Ich weiß, dass du ihm vertraust, aber in dieser Angelegenheit ist er nicht verlässlich. Das meine ich nicht beleidigend! Versprich mir nur, dass du ihm nichts erzählst. Niemandem.«

Mion erwiderte seinen Händedruck. »In Ordnung, ich sage niemandem etwas.«

Er wirkte erleichtert. »Dann also bis heute Abend.«

Als Mion den Palast erreichte und in die Barke stieg, waren ihre Gedanken noch immer bei Atlas. Was meinte er damit, dass Jagu nicht »verlässlich« war? Grüblerisch tauchte sie die Finger ins vorbeiziehende Wasser. Wenn Atlas und die Gilden nur wüssten, was Jagu in Wahrheit von den Drachen hielt, würden sie ganz anders über ihn denken …

Plötzlich landete ein Vogel in der Barke und verwandelte sich in den Prinzen. Mion blieb der Schrei im Hals stecken. Der Fährmann ließ das Ruder fallen und verbeugte sich.

»Komm«, sagte der Prinz zu ihr, nahm ihre Hand und zog sie aus dem Boot. Sie schnappte nach Luft, als sie ins Flusswasser stiegen. Hastig wateten sie ans Ufer, dann führte der Prinz sie ins Dickicht, bis der Fluss und die Barke mit dem verdutzten Fährmann verschwunden waren.

In den Schatten hoher Buchen blieben sie stehen. »Du bist nicht offiziell hier. Deshalb darfst du nicht gesehen werden.«

Ihr entfuhr ein verblüfftes Lachen. »Ach so.«

»Komm …« Wieder nahm er ihre Hand und führte sie durch den Wald. Sie kletterten über verschlungenes Wurzelgeflecht und krochen unter den Zweigen dunkler Tannen hindurch, hasteten über eine Lichtung voller weißer Blumen und erreichten schließlich eine verlassene Pagode. Das gewölbte Dach glich einem löchrigen Pilzkopf, durch den die Bäume ihre Zweige drängten. In der Mitte stand eine Vogeltränke und reflektierte zitternde Lichtadern. Als Mion und der Prinz näher kamen, flog eine Schar aufgeregt pfeifender Spatzen davon. Er blieb zögernd stehen und sah den Vögeln nach, dann atmete er erleichtert auf.

»Es waren nur Tiere. Normalerweise kommt niemand her.«

Mion betrat die Pagode und ging um den Brunnen herum. Das Licht glitt in silbrigen Wellen über ihre Hände und ihr Kleid. Sie spürte, dass der Prinz sie beobachtete. »Kommt Ihr oft her?«

»Wenn ich Zeit habe.«

»Warum?«

»Weil … nun ja, weil man hier ungestört ist. Weil den Spatzen und Käfern egal ist, wer ich bin, schätze ich.« Er schwieg und sie lauschten in den Wald. Blätter knisterten im Wind. Libellen sirrten durch das Licht und irgendwo knarrte altes Holz.

»Ich habe etwas mitgebracht«, sagte der Prinz schließlich und holte eine Rolle Pergament und mehrere Kohlestifte unter den Sträuchern hervor. »Zum Zeichnen. Ach ja, und ich habe ein paar Bilder …« Er suchte in den Innentaschen seiner blauen Jacke und zog mehrere zusammengefaltete Papiere heraus. Mion kam um die Vogeltränke herum und sie setzten sich auf den Steinboden. Behutsam faltete sie die Papiere auf. Es waren Zeichnungen.

Die erste zeigte einen schlafenden Dachs. Obwohl Schatten und Licht nicht ganz passten, ließ sich sofort erkennen, um was es sich handelte. Die Striche waren vorsichtig, aber mit Schwung gezogen worden.

Das nächste Bild war das eines Baumes, die Blätter waren nur in dünnem Gekritzel angedeutet. Vögel versteckten sich im Laub. Die letzte Zeichnung stellte einen Mann dar, der statt Mund und Nase einen Schnabel hatte. Hörner wuchsen ihm aus der Stirn.

»Das habe ich auf einem alten Gemälde gefunden und kopiert«, erklärte der Prinz. »Nur die Hörner, die sind dazuerfunden.«

Mion grinste. »Stehen ihm gut.« Sie senkte die Papiere und sah ihn an. »Diese Zeichnungen sind beeindruckend, Majestät. Hattet Ihr Unterricht?«

Er schien zu erröten. »Ich glaube nicht, dass das angemessen wäre. Ich habe nie jemandem die Bilder gezeigt. Außer dir.«

Mion ließ sich diese Offenbarung eine Weile im Kopf zergehen. »Das ehrt mich. Aber es gibt keinen Grund, Eure Werke zu verstecken. Ihr habt Talent, Majestät.«

Mit einem Mal wirkte er unruhig. Er faltete die Zeichnungen wieder und stopfte sie in seine Jacke zurück. »Du darfst niemandem davon erzählen. Weder von den Bildern noch von unserem Treffen.«

»Warum? Ihr könnt doch tun, was Ihr wollt. Ihr seid der Prinz.«

Ein nachsichtiges Lächeln huschte über seine Lippen. »Als Prinz bin ich nicht freier als die Menschen.«

Mion beobachtete ihn schweigend. Obwohl sie stark bezweifelte, dass die Drachen weniger Freiheit genossen als das Volk, wirkte der Prinz in diesem Moment alles andere als beneidenswert. Irgendetwas bedrückte ihn.

»Ich werde nichts sagen«, versprach sie. Dann zog sie ihre Schuhe und Strümpfe aus und legte sie zum Trocknen in die Sonne. »Wisst Ihr was? Ihr habt recht damit, dass es hier so schön ist, weil den Bäumen und Tieren egal ist, wer Ihr seid.

Mir ist es auch egal. Ich werde einfach hier sitzen und mich trocknen lassen. Wie ein Käfer.«

Er starrte sie an. Dann grinste er. »Käfer sind meine Lieblingstiere. Man muss sie einfach respektieren! Sie wissen immer genau, wohin sie krabbeln, der Rest ist ihnen egal.«

»Dann bin ich wirklich ein Käfer. Guten Tag.« Feierlich streckte sie ihm die Hand hin, und der Prinz, der noch nie jemandem die Hand gegeben hatte, erwiderte zögerlich den Druck.

Mit einem Gefühl, als würde jemand Streichhölzer in ihrem Bauch anzünden, verließ Mion den Palast bei Sonnenuntergang. Der Prinz hatte sie in Gestalt eines Fuchses bis zum Tor begleitet, um unerkannt zu bleiben. Als sie in einen Wagen gestiegen war und noch einmal zurückgeblickt hatte, war der Fuchs auf der Mauer gewesen und hatte ihr nachgesehen.

Sie hatten miteinander geredet, für Stunden, und dabei konnte Mion beim besten Willen nicht sagen, über was. Über alles. Sie hörte noch sein leises, unauffälliges Lachen – und die Art, wie er die Arme auf die Knie stützte und seine Hände bewegte, immer ruhig und bestimmt. Selbst wenn er an den Gräsern herumzupfte, wirkte es bedacht. Ob er wirklich nur ein Mensch war?

Sie lehnte sich im Wagen zurück und merkte, dass sie lange nicht mehr richtig geatmet hatte. Sie holte tief und langsam Luft. Was sollte sie Jagu bloß erzählen?

Der Prinz wollte sie wiedersehen. In drei Tagen konnte er sich noch einmal davonschleichen, zur selben Zeit.

Und Atlas! Sie wollte ihn ja noch treffen. Aber jetzt irgendwen zu sehen und noch mehr zu reden, schien ihr unmöglich. In ihrem Kopf wirbelten Momentaufnahmen und Gesprächsschnipsel durcheinander – was sie brauchte, war der Abstand, der reinigende Frieden des Jenseits.

Zum Henker mit dem Gildentreffen. Sosehr sie Atlas auch mochte, jetzt, wo sie den Prinzen hatte, musste sie sich nie wieder bei den Gilden blicken lassen. Er wäre ihr bestimmt nicht böse, wenn sie heute Abend fehlte. Wenn sie ihn morgen besuchen kam, mit einer guten Erklärung …

Sie ließ sich zurücksinken und schloss die Augen. In Gedanken war sie bereits zu Hause, ging die Treppe hinauf, ließ ihren Umhang im Atelier liegen, zog den Kreidekreis … schweben … Sie seufzte. Das Leben war schön. Und die Flucht davor noch schöner.

Wilde Erdbeeren

»Eure Majestäten: Schlechte Nachrichten. Der Süden Kossums ist in die Hände der Geschwisterstaaten gefallen.« Der General hielt inne, noch immer kniend, und ein gespanntes Beben lief durch seine mächtigen Falkenschwingen. Schweigen herrschte in den Sitzreihen, die die Mitte des Saales stufenförmig umschlossen. Durch die Fenster im Kuppeldach drang bleiches Licht und zog ein Gitter durch die düstere Halle.

Lyrian ließ die Fuchsschnauze mit seiner Gestalt verschmelzen. Den Umhängen der Krieger, die aus Kossum zurückgekehrt waren, haftete der Geruch des Krieges an: Feuer, frisches und altes Blut. Metall, an dem Schweiß und Schlamm in glühender Hitze trocknen… Er fühlte sich auf die Schlachtfelder zurückversetzt und Erinnerungen durchzuckten ihn wie rote Blitze.

»Eine Stadt nach der anderen ist… gefallen«, fuhr der General mit trockener Stimme fort. »Vor zwölf Tagen gab es in Ailyon einen Aufstand. Wir vermuten, dass Spione aus Modos in die Hauptstadt eingedrungen sind, um eine geheime Widerstandsgruppe zu gründen. Wir wissen nicht, wie sie an unseren Kontrollen vorbeikamen. Hin und wieder gab es Festnahmen von aufrührerischen Rednern, doch die Situation wurde unterschätzt. Die Aufständischen waren bewaffnet. Sie hatten einen Plan. Zahlenmäßig waren sie uns überlegen, plötzlich kämpften alle Menschen mit, die Bürger von Ailyon waren über Nacht Rebellen geworden. Die Menschen steckten einander mit ihrer Zerstörungswut an, bis kein einziger mehr bei Verstand war …« In der Halle war es plötzlich still. Kurz warf der Drache einen hilflosen Blick zur kaiserlichen Tribüne, als bäte er den Kaiser, ihm Einhalt zu gebieten. Doch der sah stumm auf den General herab.

»Nachdem Ailyon die Volksherrschaft ausgerufen hat, kam es zu Unruhen in den umliegenden Provinzen. Die ersten zwei Dörfer mussten wir ausrotten – Männer, Frauen und Kinder waren dem Wahnsinn verfallen. Wir konnten sie nicht mehr retten. Danach geriet alles außer Kontrolle. Die Bauern taten sich zusammen, Dörfer vereinten sich und wurden von der neuen Freiheitsfront Ailyons unterstützt. Die Menschen verlangten die Volksherrscha –«

»Das reicht«, sagte der Kaiser laut, und der General verneigte sich. Alle Blicke richteten sich erwartungsvoll auf den Herrscher, der vor wenigen Augenblicken noch in seiner Luchsgestalt gewesen war. »Ihr sagt, Spione aus Modos stifteten die Rebellion in Kossum an. Haben auch Krieger der Geschwisterstaaten um Ailyon gekämpft?«

»Nein, Euer Majestät«, gestand der General. »Doch wir wissen, dass Modos und Ghoroma ihre Freiheitsprediger und aufwieglerischen Schriften in die Hauptstadt geschmuggelt haben. Erst nachdem wir Ailyon verloren hatten, kamen Truppen aus Modos, um die Stadt zu besetzen.«

Eine Weile dachte der Kaiser darüber nach. »Der östliche Süden Kossums ist also verloren.«

»Werden wir ihn wieder retten können?«, fragte die Kaiserin den General.

»Mit genug Truppen. Sehr vielen Truppen. Die Menschen dort … die meisten werden sich nicht mehr bändigen lassen. Viele werden sterben müssen.«

Die Kaiserin nickte ernst. Lyrian wusste, dass sie und alle anderen Drachen in der Halle an die wichtigen Handelswege dachten, die durch Kossum führten und Wynter wie eine Nabelschnur versorgten. Es ging nicht nur darum, die Menschen in Kossum zu retten, sondern auch Wynter.

Lyrian ließ den Blick über die Reihen schweifen und las an den besorgten und verhärteten Mienen ab, wie viel man zu opfern bereit war. Wie viele Leben.

In der Menge entdeckte er Augen, die seinen Blick direkt erwiderten: Scarabah saß auf der anderen Seite der Halle und beobachtete ihn ganz unverhohlen. Dass sie nicht an irgendwelche Aufstände in Kossum dachte, versuchte sie jedenfalls nicht zu verbergen.

Von allen Teilnehmern der Versammlung waren sie und Lyrian die jüngsten. Diese Ehre hatte man ihr nicht nur erwiesen, weil ihr Vater ein bedeutsamer Drache war, sondern auch weil ihr Sieg bei den Juniorenturnieren der Kaiserin imponiert hatte. Scarabahs Talent in Kampf und Verwandlung hatte sich herumgesprochen.

Nachdem sich die Versammlung aufgelöst hatte – es war beschlossen worden, Kossums Hauptstadt Ailyon von den Geschwisterstaaten zu isolieren –, schickte die Kaiserin Lyrian auf einen Spaziergang in die Gärten, was sie noch nie getan hatte. Scarabah sollte ihn begleiten.

Als sie den Palast verließen, wählte sie eine anmutige Kombination aus ihrer Menschengestalt und dem Sturmfalken, während Lyrian sich mit seiner Schwalbe begnügte. Auf den Wiesen verwandelte er sich in den Fuchs, Scarabah in ihren weißen Tiger. Eine Weile liefen sie durch die rauschenden Gräser. Die Sonne brannte auf ihrem Fell. In den vergangenen zwei Tagen hatte er die Hallen und Beratungszimmer nicht verlassen – neuerdings bezogen seine Eltern ihn in alle Regierungsgeschäfte mit ein, sodass ihm wenig Zeit für sich blieb. Ob er nun als erwachsen galt, weil er in Kossum den

Krieg gesehen hatte, oder ob seine Eltern ihn im Gegenteil stärker bewachen wollten, war ihm noch nicht ganz klar.

In den Schatten einer alten Eiche, die auf einem Hügel stand, hielt Lyrian an und beobachtete den Fluss weiter unten, der sich glitzernd durch die Gärten schlängelte. An der Südseite des Palasts führte er hinaus und zog als Abwasserkanal durch Wynter. In der Wildnis erholte er sich vom Dreck der Stadt, wuchs mit mehreren anderen Strömen zusammen, teilte sich wieder und wuchs erneut zusammen … als befänden seine Mächte sich in einem ewigen Wechsel von Streit und Versöhnung.

Scarabah nahm ihre natürliche Gestalt an. Die durchsichtigen Ärmel ihres Gewandes streiften ihn, als der Wind den Stoff bewegte.

»Ich habe so viel von Euren Abenteuern in Kossum gehört, Majestät.« Ihre Stimme klang nach der Hitze eines späten Sommertages, flimmernd, schwer. »Dass Ihr Euch aus der Gewalt einer ganzen Räuberkarawane befreien musstet und fünfzig Krieger aus Ghoroma besiegt habt, ohne einen Korpus zu verlieren.«

Lyrian verwandelte sich in den Jungen, um ihr sein müdes Lächeln zu zeigen, und ließ sich ins Gras sinken. »Wie Ihr seht, habe ich meinen Fuchskorpus verloren.«

Sie kniete nieder, sodass sie mit ihm auf gleicher Höhe war. »Weil Ihr Eure Dienerin vor einer Meute wilder Menschen gerettet habt. Das war unendlich edel von Euch, Majestät. Kaiserlich. Euch zu opfern für einen Menschen …«

»Ich habe mich nicht geopfert.« Er blinzelte in die Eiche hinauf, in der die Mittagssonne funkelte, und hoffte, dass er Scarabahs Blick nicht zu offensichtlich auswich. Aber im Grunde war ihm egal, was sie über ihn dachte. Heute wollte Faunia wiederkommen. Kribbelnde Unruhe überkam ihn.

»Wollt Ihr kämpfen?«, fragte Scarabah plötzlich. Tigerzüge hatten sich in ihr Gesicht geschlichen und Federmuster bedeckten ihre Haut. »Ich verspreche, von jedem Tier nur einen Korpus zu benutzen, damit es gerecht ist. Kämpfen wir!«

Sie sprang auf und umflatterte ihn in Falkengestalt. Mehr aus Reflex denn Einverständnis rief Lyrian den Otter. Halbherzig wich er dem Falkenschnabel aus, bis Scarabah ihn schmerzhaft ins Ohr hackte. Er holte aus und schlug sie mit einer Fuchspranke ins Gras. Wildes Auflachen erklang, bevor der weiße Tiger sich auf ihn stürzte. Lyrian war längst in den Schwalbenkorpus geschlüpft und schoss den Hügel hinab, auf die Wälder zu.

In den Schatten der knarrenden Bäume verwandelte er sich in den Otter zurück, sprang in den Fluss und schwamm davon. Bei der nächsten Biegung versteckte er sich im dichten Ufergras und wartete geschlagene zehn Minuten, bis der Falke endlich verschwand.

Sollte sie ihn doch für einen Feigling und Spielverderber halten. Sie würde ihn trotzdem weiterhin mit Respekt behandeln, einfach nur weil er der Prinz war.

Der Otter kletterte aus dem Wasser und huschte durch das Unterholz, bis er die Palastmauer erreichte. Hier wartete er auf Faunia.

Viele Boote kamen, brachten Gildenmitglieder hinein und hinaus. Lyrians Gedanken wanderten zu Scarabah und er lächelte in sich hinein. Was er hier tat, war einfach unmöglich. Wenn seine Mutter davon erfuhr … Er musste aufpassen, dass niemand etwas von den heimlichen Treffen mitbekam – nicht um seinetwillen, sondern wegen Faunia. Wenn die Kaiserin drohen konnte, Baltibb zu töten, würde sie auch bei Faunia nicht zögern.

In dem Moment kam sie um die Flussbiegung. Das Sonnenlicht umriss ihre Gestalt und schien sie vom Rest der Welt abzuheben. Unwillkürlich hielt Lyrian die Luft an. Als könnte sie beim leichtesten Atemhauch in eine Lichtwoge zerfallen und fortwehen. Ein zögerliches Lächeln huschte über ihren Mund, als sie den Fuchs sah. Dann stand sie kurzerhand auf, zog sich Schuhe und Strümpfe aus, nahm ihren Rock in die Arme und sprang von der Barke.

»He!« Der Fährmann machte Anstalten, ihr zu folgen, doch hielt inne, als eine Schwalbe auf Faunias ausgestrecktem Arm landete. Stutzend verbeugte er sich. Langsam glitt die Barke mit der Strömung vorüber, während Faunia an Land watete.

Im Wald verwandelte Lyrian sich zurück und sie lachten.

»Fast hätte er die Sphinxe gerufen!«

»Ich werde von einem Tiger verfolgt.«

»Was?«, kicherte sie.

»Und ich fürchte, die Kaiserin will mich mit ihr verkuppeln.« Er fuhr sich durchs Haar. »Meine Güte – wir müssen uns wirklich sofort verstecken!«

Sie liefen los, als wäre eine Horde mordlustiger Darauden hinter ihnen her. Die Gefahren waren echt, aber Lyrian konnte nicht aufhören, sie unendlich komisch zu finden. Sein Herz raste vor Angst oder Freude … oder vielleicht weil er durch das Gestrüpp rannte wie ein Idiot.

Endlich kamen sie bei der Pagode an, ließen sich ins Moos fallen und rangen prustend nach Atem. Faunia drehte sich auf den Bauch und stützte das Gesicht in die Hände. Obwohl er sie nur aus den Augenwinkeln sah, entging ihm keine ihrer Bewegungen: wie sie die Finger gegen ihre Wange klimperte, mit einem Bein wippte, den nackten Fuß streckte. Hinter all diesen Kleinigkeiten verbarg sich eine Melodie, die nur er hören konnte. Ob sie sich dessen bewusst war?

»Ich wusste nicht, dass Drachen …« Sie ließ den Satz offen und wurde rot. »Mögt Ihr sie denn?«

»Wir heiraten aus politischen Gründen«, erklärte Lyrian. »Bei euch Menschen ist das anders, ich weiß: Ihr heiratet aus Liebe.«

Nachdenklich schüttelte sie den Kopf. »Menschen heiraten auch nicht immer aus Liebe. Ich schätze, bei uns gibt es ebenfalls … politische Gründe.«

Er erwiderte ihren Blick und staunte – über das, was sie sagte und was sie noch verbarg, und vor allem über das unglaubliche dunkle Blau ihrer Augen. »Erzähl mir, was du gestern gemacht hast.«

Kurz schien ihr Lächeln zu brechen, doch dann wirkte sie wieder so fröhlich wie immer. »Ich habe gemalt. Bilder von Drachen und von Wäldern und riesigen Bäumen, solche wie hier. Und Ihr?«

Er erzählte ihr von der Versammlung heute und von den Aufständen, die sich in Kossum ereignet hatten. Sie hörte ihm mit ernster Miene zu, und Lyrian versuchte, so verständlich wie möglich zu erklären, da sie wenig von diesen Dingen wissen konnte und auch nicht den Verstand eines Drachen besaß, um alles zu begreifen. Als er geendet hatte, schwieg sie.

»Habe ich dich verwirrt?«, fragte er vorsichtig.

»Vielleicht.« Sie zögerte. »Die Menschen in Kossum haben sich gegen das Drachentum erhoben und wollen sich fortan selbst regieren. Weil die Menschenherrschaft aber das Schlimmste ist, was Menschen zustoßen kann, tun die Drachen alles in ihrer Macht Stehende, um das zu verhindern.«

Lyrian nickte. »Siehst du, du hast es begriffen. Das ist außergewöhnlich.«

Ihr Lächeln wirkte mühevoll. »Ich bin mir nicht sicher. Die Freiheit der Menschen führt zu Zerstörung und Tod … aber wieso sollte ein Tod, den die Drachen ihnen bringen, besser sein? Ihr sagtet, zwei Dörfer wurden ausgerottet.«

»Es war notwendig. Sonst hätte sich das Chaos von dort aus weiter verbreitet und noch mehr Dörfer und noch mehr Menschen ins Verderben gestürzt. Der Drang zu herrschen ist wie eine ansteckende Krankheit bei den Menschen, verstehst du? Sobald sie sehen, dass einer von ihnen Macht hat, wollen alle anderen sie auch. Anfangs mögen sie noch auf der gleichen Seite kämpfen, aber sobald sie keinen gemeinsamen Feind mehr haben, bekriegen sie einander. Es liegt in ihrer Natur. Ihre Gefühle machen sie zu neidisch, zu eifersüchtig, um vernünftig zu handeln. Jemand, der liebt, kann nie gerecht sein. Er wird sich und seine Liebsten immer über andere stellen.«

Sie schwieg, und Lyrian fragte sich, ob er sie überfordert hatte. Fahrig zupfte er eine Erdbeere aus den Sträuchern. Ohne ihn anzusehen, begann sie zu sprechen.

»Aber hier in Wynter … hier verlangen die Menschen keine Freiheit. Hier herrscht die Ordnung der Drachen, nicht wahr?«

»Natürlich gibt es in der Wildnis Ausnahmen«, erwiderte Lyrian und dachte an die Ruinenräuber.

»Wart Ihr oft in der Stadt?«, fragte sie unvermittelt.

»Natürlich nicht.« Er wurde nervös. »Spione sind Drachen von niederem Rang.«

»Und in den Ruinen, wart ihr da?«

Er schüttelte den Kopf.

»Woher wisst Ihr dann, wie es dort zugeht?«

Überrascht betrachtete er die Kälte in ihrem Ausdruck. »Ich … bin der Prinz. Ich höre alle Berichte.«

»Und Ihr zweifelt nie daran, dass man Euch die Wahrheit sagt?«

»Unsere Informanten sind Drachen. Sie hätten keinen Grund zu lügen.«

»Ich weiß aber, dass es in den Ruinen nicht gerecht zugeht.«

Er starrte sie an. Nie hätte jemand gewagt, ihm so fest in die Augen zu blicken und dabei etwas Derartiges zu sagen. Er wusste nicht, wie er reagieren sollte. Wie konnte sie sich trauen, so zu reden?

»Als Mensch kannst du Recht und Unrecht nicht immer erkennen«, erwiderte er ruhig. Sie verschränkte die Arme, und ihr Mund wurde schmal, als hätte *er* etwas Unmögliches gesagt.

Er lehnte den Arm aufs Knie. »Du bist also in den Ruinen gewesen.«

Sie gab keine Antwort.

»Aber Gildenmitglieder müssen doch nicht in die Ruinen.«

»Nein. Wir *müssen* nicht.« Ihre Stimme ließ ihn schaudern. »Aber ich will nicht an der Wirklichkeit vorbeiblicken wie andere.«

»Du ...« Er versuchte, Worte zu finden für das, was er dachte. »Entweder es sind grundlose Gefühle, die dich dazu bringen, so zu sein, oder ...« Wie sie ihn nun ansah – so hatte sie ihn angesehen, als er erschossen worden war. Wenn er sie damals nicht erträumt hatte. »Oder ... du denkst dabei. Du denkst dabei etwas, das ich nicht ... verstehe.«

Sie antwortete nicht. Lyrian zupfte noch mehr Erdbeeren von den Sträuchern. »Vielleicht ist beides gleich bemerkenswert.«

Ein Gesicht

Es war schon das siebte Mal, dass Lyrian nicht zum Lesen kam, und diesmal lag es nicht an seinen kaiserlichen Pflichten.

Baltibb wartete eine Stunde bei der Pagode. Sie sah, dass jemand die Erdbeeren von den Sträuchern gepflückt hatte. Das Moos war platt gedrückt. Das Wasser in der Vogeltränke war still und trügerisch wie ein Spiegel, doch es atmete einen tückischen Duft aus, den Duft zarter Hände, die hindurchgeglitten waren. Baltibb sank in der Pagode auf den Boden, aber sie musste kein Haar von dem Mädchen finden, um zu wissen, dass Lyrian sie hergebracht hatte. Das Mädchen hatte keine so offensichtlichen Spuren für sie hinterlassen. Nur ihr Lächeln im stillen Wasser.

Zwei Tage später sah sie die beiden mit eigenen Augen. Obwohl sie heute nicht mit Lyrian zum Lesen verabredet war, trieb Baltibb sich in der Nähe der Pagode im hohen Federgras herum, schlug mit einer Haselnussrute nach den wuchernden Brennnesseln und wollte sich nicht eingestehen, dass sie insgeheim wartete – nein lauerte. Immer wieder hielt sie in ihrem gedankenlosen Zerstörungseifer inne und lauschte. Der Wind murmelte in den weißen Gräsern und trug Geräusche aus der Ferne heran. So hörte Baltibb das Lachen, lange bevor Lyrian und das Mädchen auftauchten. Sie warf die Rute weg und zog sich in die Schatten einer alten Zeder zurück. Schließlich lösten sie sich aus dem raschen Muster von Licht und Schatten. Baltibb spürte, wie sich in dem Moment, in dem sie ihr Gesicht sah, eine eiserne Faust um ihr Herz schloss: Das Mädchen war bestürzend schön.

Die beiden betraten die Pagode, streiften um die Vogeltränke und umeinander. Die Hände des Mädchens, weiße Hände, die gewiss nie gearbeitet, nur Pinsel gehalten, Briefe durchblättert hatten, glitten durch das Wasser und brachten die Lichtadern zum Erzittern. Sie sah ihm direkt in die Augen. Und sie lachte und bewegte sich mit einer Respektlosigkeit, die man ihr mit der Peitsche austreiben sollte. Nicht einmal ein ranghoher Drache hätte sich vor Lyrian wie ein Ebenbürtiger verhalten dürfen, ganz zu schweigen von einem niedrigen Menschenmädchen.

Die beiden verließen die Pagode, ohne Baltibb zu entdecken, und gingen durch die Gärten. Sie folgte ihnen. Der Wind, das Zirpen, Zwitschern und Knarren übertönte ihre Schritte. Im flackernden Dunkel des Waldes war sie unsichtbar.

Das Mädchen schwenkte ein langes Federgras durch die Luft wie ein Zepter, während sie sprachen, zupfte daran – schlug es Lyrian gegen die Brust! Baltibb sackten fast die Knie ein, als sie beobachtete, wie er ihr den Grashalm in die Haare steckte. Das Mädchen neigte den Kopf nach links und rechts und sagte etwas, und sie lachten, und sie drehte sich im Kreis, dass ihr blasses gelbes Kleid um ihre Beine wehte.

Sie liefen unter alten Steinbogen hindurch, die über und über mit wilden Rosen bewachsen waren. Kurz verlor Baltibb sie in den tiefgrünen Schatten aus den Augen, doch dann tauchten sie am Ende des Rosentunnels wieder auf, überquerten eine Steinbrücke, die über einen kleinen Wasserfall führte, und kletterten von Stein zu Stein über den Fluss. Auf einem Felsblock mitten im Wasser blieben sie sitzen. Hinter ihnen fiel ein breiter Lichtstrahl durch das Laub und trennte sie von Baltibb wie ein Vorhang aus Gold. Auf dem

Felsblock hatte sie einst mit Lyrian gesessen, vor Jahren, als sie Kinder gewesen waren und er sie fast jeden Tag besucht hatte. Sie hatten über den Fluss geredet und sich gefürchtet hineinzufallen, weil unter der Oberfläche Schlingpflanzen waren, die einen fesselten und hinunterzogen. Er und das Mädchen sprachen über andere Dinge, das konnte sie sehen. An den Blicken, die sie sich zuwarfen, aber vor allem an den Blicken, die aneinander vorbeigingen: Wenn Lyrian auf den Fluss sah oder zu den Bäumen hoch oder zu den Wasserlilien, dann nahmen seine Augen gar nichts wahr. Erst wenn sie das Mädchen streiften, erwachte er. Sekundenbruchteile, die Baltibb in Zeitlupe erlebte. Wenn sein Blick die Lippen des Mädchens berührte ... und er musste dabei dasselbe denken wie Baltibb, nämlich dass diese Lippen und Wangen und diese Stirn blass und zart waren wie Blüten.

Baltibb blieb zwischen den Lilien stehen, die das Ufer schulterhoch umwucherten, und starrte durch den Lichtschleier, der die beiden von dem Rest der Welt und ihr trennte.

Am nächsten Tag kam er zum Leseunterricht. Baltibb spürte, wie sich ihr Magen verkrampfte, als sie den Fuchs aus den Gräsern auftauchen sah und er Menschengestalt annahm. So lange hatte sie gehofft, er möge wiederkommen, aber jetzt wünschte sie ihn mit nie erlebter Heftigkeit fort.

»Hallo, Tibb. Entschuldige, dass ich so lange nicht gekommen bin. Ich hatte viel zu tun.«

Baltibb konnte nichts sagen. Sosehr sie wollte, ihre Zähne gingen nicht auseinander.

»Was ist?«

»Ihr hattet viel zu tun, Majestät?« Jedes Wort fühlte sich wie ein Stein an, der sich seinen Weg über die Zunge kämpfen musste.

Er lächelte. »Also schön, ich erzähle es dir: Ich habe sie wiedergetroffen. Mehrmals in den letzten zwei Wochen.«

Warum? Warum? Die Frage schrie aus Baltibb heraus, aber sie konnte sie nicht aussprechen.

»Sie ist… Tibb, sie ist anders als jeder Mensch, den ich je getroffen habe. Von ihr lerne ich viel mehr über die Menschen als aus den Büchern und Berichten. Bei niemand anderem geht es mir so wie bei ihr.«

Baltibb sah ihn noch immer wortlos an. Dann machte sie einen Schritt auf ihn zu, nur um zwei zurückzutreten, als sie merkte, was sie tat. »Erinnert Ihr Euch, dass Ihr mich gefragt habt, wie Ihr mit ihr umgehen sollt? Ihr müsst mir alles über sie erzählen. Dann kann ich es Euch sagen.«

»Deshalb bin ich gekommen. Ich glaube nicht, dass ich ihr einen Brief schreiben werde über… du weißt schon, den Mord. Wenn, dann spreche ich sie darauf an. Deshalb musst du nicht mehr Lesen lernen.«

»Ich muss nicht mehr?« Sie hätte sich ohrfeigen können dafür, so einfältig zu klingen.

Er lachte. »Ich weiß, dass du dich damit gequält hast. Du wolltest mir nur helfen. Wenn ich je etwas für dich tun kann, sag es mir.«

Ungläubig starrte sie ihn an. So etwas hätte er früher nie gesagt. Dasselbe schien er zu denken und er lächelte versonnen. »Ich habe viel von Faunia gelernt.«

Baltibb ging durch die Wiesen, als die Sonne am Horizont versank. Nur ein glühender violetter Streifen am Horizont wehrte sich noch tapfer gegen die steigende Dunkelheit. In den Fenstern des Palasts flammten Lichter auf, heller als die Glühwürmchen, die den Waldrand umschwebten.

Baltibb weinte. Sie hatte so lange nicht geweint, sie konnte sich gar nicht mehr an das letzte Mal erinnern. Es hatte nie einen richtigen Grund dazu gegeben. Auch jetzt gab es keinen, und dass ihre Tränen in gewisser Weise unberechtigt waren, schmerzte sie vielleicht am meisten.

Sie hatte lesen gelernt. Ganz alleine. Stunden, Nächte hatte sie das Buch studiert, das er ihr gegeben hatte. Sie konnte es fast auswendig – Berichte über den Bau neuer Brücken an der Ostseite des Palasts, die sie noch nie betreten oder gesehen hatte.

»Unsinnig«, sagte sie, während ihr die Tränen aus den Augen liefen und sie durch die Gräser stapfte, den Blick zum Horizont gerichtet, wo der violette Streifen in der Nacht ertrank. »Vollkommen unsinnig.«

Der Mond ging auf. Er war weder halb noch voll, wie ein unförmiger Lichtklecks. Die Bäume verwischten in der Dunkelheit, und bald war alles schwarz außer dem schwachen silbrigen Hauch, mit dem der Mond die Gräser belegte. Baltibb erreichte einen Weiher, über den sich eine einsame Eiche beugte. Sie lehnte sich dagegen und beruhigte sich vom Weinen. Dann fiel ihr Blick auf das Wasser: Es zeigte ihr Spiegelbild. Das Elend, das sie fühlte, fand Worte.

Sie betrachtete das Wesen, das ihr aus der Dunkelheit entgegenblickte, die kleinen Augen und die lange Nase. Den Mund, dem die Lippen zu fehlen schienen. Das krause schwarze Haar. Sie hätte nicht einmal sagen können, ob sie wie ein Mädchen aussah. Wie eine Frau bestimmt nicht. Sie war einfach … reizlos. Sie biss fest die Zähne zusammen, aus Angst, wieder schluchzen zu müssen. Aber Tränen können nur bis zu einem gewissen Punkt Linderung bringen. Was Baltibb fühlte, war unabwendbare, überrollende Verzweiflung, die verstummen lässt: das Schweigen der Hoffnungslosen.

Nun begriff sie, dass sich der Hass, der schon so lange in ihr siedete, gegen sie selbst richtete.

Gegen das Gesicht im Wasser, das sie verhöhnte. Egal wie zart die Gefühle sein mochten, die sie empfand, dieses Gesicht würde sie immer ins Lächerliche ziehen, zu etwas Groteskem, Bedauerlichem machen. Mit zitternden Fingern berührte sie ihre knochigen Wangen. Sie fühlte ihr hartes Kinn und den Schlitz eines Mundes. Sie hasste sich. Sie hasste sich und verabscheute sich. Ganz langsam fuhr sie mit den Fingernägeln über ihre Wangen, immer wieder, bis das heiße Brennen dem inneren Schmerz glich und Blut ihren Hals hinablief.

Ihr Vater war noch wach, als Baltibb zurückkehrte. Stur saß er am Tisch und wartete. Mond kam auf Baltibb zu und sprang sie mit wedelndem Schwanz an.

»Wo warst du den ganzen Tag?«, fragte ihr Vater.

»Bei den Pferdekoppeln.«

»Und gestern?« Seine Stimme bebte. »Und vorgestern? Und den Tag davor? Lüge mich nicht an.«

Sie stand reglos da, blickte weder ihn noch Mond an. Sie wollte etwas sagen, aber ihr war einfach alles egal. Ihr Vater schnellte hoch.

»Was ist mit deinem Gesicht passiert?«

Sie zuckte zusammen. Selbst das, was sie da getan hatte, war lächerlich. Ein einziger Witz.

»Wo kommen diese Kratzer her? Wo warst du?«

Stockend ging sie in ihr Zimmer und schloss die Tür. Mond setzte sich erwartungsvoll neben ihr Bett, als würde sie ihm gleich ihr Herz ausschütten. Sie ließ sich auf die Bettkante sinken und er legte den Kopf in ihren Schoß. Nachdenklich streichelte sie sein weiches schwarzes Fell.

Du weißt nicht, dass ich hässlich bin, sagte sie ihm im Stillen. Du liebst mich, weil du nicht verstehst. Weil du nicht verstehst.

DIE DRITTE SONNENWENDE

Schnee und Blut

Faunia

Die Sommerwochen verstrichen wie ein zeitloser, fiebriger Tagtraum. Morgens wachte Mion auf und hatte noch den Geschmack von Schlangenblut auf den Lippen. Wenn sie nicht den Prinzen besuchen ging, wanderte sie zwischen Atelier, Küche und Hofgarten umher und schlug die Zeit tot. Hätte sie nicht Osiril bedienen müssen, wäre sie wie Faunia den lieben langen Tag im Nachthemd herumgelaufen.

Als Osiril sie fragte, ob sie schon daran gedacht hätte, am jährlichen Malwettbewerb der Lehrlinge teilzunehmen, fühlte Mion sich wie in eine andere Welt gerissen. Es schien Ewigkeiten her, dass sie selbst geglaubt hatte, ein Malerlehrling zu werden. Dass sie nicht die war, die alle anderen in ihr sahen, war beängstigend. Ihr ganzes Leben bestand aus Geheimnissen, Fassaden und Lügen. Und sie trug nicht nur eine Maske, sondern gleich mehrere, je nachdem in wessen Gegenwart sie sich befand. Offiziell und vor den Gilden war sie ein Malerlehrling, in den Ruinen galt sie als tot, vor dem Prinzen war sie Faunia, eine große Künstlerin und ein guter Mensch. Einzig Jagu kannte sie wirklich … wenigstens konnten sie voreinander zugeben, Masken zu tragen.

Eines Abends verschwand er und blieb vier Tage fort, in denen Mion kein einziges Mal Ritus spielte. Einmal war sie kurz davor, an Faunias Tür zu klopfen, weil sie sicher war, dass sie nichts anderes mehr tat, als zu spielen. Ohne den reinigenden Frieden des Jenseits war Mion nervös und bekam bei dem Gedanken an den Prinzen Angstanfälle. Zum

Glück erhielt sie in den vier Tagen keine Einladung – Mion wusste nicht, ob sie es durchgestanden hätte, ihn in dieser Verfassung zu sehen. Nur wenn sie Ritus gespielt hatte, konnte sie das Leben mit der nötigen Gelassenheit betrachten und sich trauen, ihn wie einen Jungen zu behandeln.

Als Jagu endlich zurückkam, war sie wütend.

»Wo warst du?«, fragte sie so bissig, dass Jagu überrascht stehen blieb.

»Ich habe mir Sorgen gemacht«, fügte sie hinzu, woraufhin er lachte. »Nicht um dich, um *mich*. Keine Angst, du bist mir stinkegal.«

»Gab es denn Grund zur Sorge? Hast du unseren kleinen Prinzen wiedergetroffen?«

Mion antwortete nicht. Sie mochte es nicht, wenn Jagu ihn so nannte – ›unser kleiner Prinz‹. Manchmal hatte sie das Gefühl, dass er sich dabei nicht nur über ihn, sondern auch über sie lustig machte.

Jagu verriet ihr nicht, wo er gewesen war. Sie fragte ihn bestimmt zwanzig Mal abwechselnd freundlich, zornig und flehend, aber Jagu hatte nur ein müdes Lächeln für sie übrig. Als Mion ihn noch einmal mit einem anzüglichen Grinsen fragte, verließ er wortlos das Zimmer.

»Ich erzähle dir auch nie wieder etwas!«, brüllte sie ihm nach.

Abends kam sie in sein Schlafzimmer und blieb, mit verschränkten Armen an den Bettpfosten gelehnt, stehen. Eine Weile ignorierte er sie, dann schob er die Leinwände beiseite und holte den schwarzen Tonkrug. Mion zog den Kreidekreis.

Sie verriet ihm nicht alles über den Prinzen. Obwohl sie erzählte, was sie getan, besprochen und gesehen hatten, verschwieg sie das eigentlich Wichtige. Nicht aus Absicht, sondern weil es sich nicht beschreiben ließ: ihre Blicke und die Stimme des Prinzen und die Art, wie er sich die Haare zurückstrich. Wie sollte sie diese Dinge erklären, wenn sie sie selbst nicht recht deuten konnte? Vielleicht traute sie sich auch nicht, sie auszusprechen.

Jagu hakte zwar immer nach, was der Prinz gesagt hatte, aber er fragte Mion nie, was sie von dem Drachen hielt. Vielleicht weil es nichts von ihm zu halten gab – er war der Prinz und das war alles. Er war der Schlüssel zu ihrem Aufstieg, nicht mehr und nicht weniger.

Oft schwankten ihre Gefühle zwischen Freude und Angst. Wenn sie den Prinzen verließ und nach Hause fuhr, fühlte sie brennende Sehnsucht nach Ritus, nach dem dämmrigen Atelier und danach, mit Jagu zu sprechen, zugleich erdrückten sie Schuldgefühle. Genauso ging es ihr, wenn sie den Prinzen besuchte: Ihr Bauch kribbelte vor Aufregung, weil sie sich freute und wusste, dass sie sich nicht freuen sollte. Sie tat etwas Hinterhältiges, es sollte sie abstoßen. Erst wenn sie ihm gegenüberstand, vergaß sie alles.

Der Prinz meldete sich nicht mehr. Nachdem Jagu zurückgekehrt war, beunruhigte sie diese Tatsache. Fünf, sechs Tage vergingen, schließlich eine Woche. Mion wusste, dass Jagu jeden Morgen nach einem Briefboten Ausschau hielt und dass sie der Grund für seine sorgenvoll gerunzelte Stirn war, auch wenn er nichts sagte.

Wieso verlangte der Prinz kein weiteres Treffen? Hatte er das Interesse an ihr verloren? Immer wieder ging Mion ihre Erinnerungen durch, überlegte nervös, ob sie etwas falsch gemacht haben könnte … Mit jedem Tag wurde sie unsicherer und spielte noch mehr Ritus.

Manchmal kam Faunia schon mittags, wenn sie gerade aufgewacht war, in Jagus Schlafzimmer und spielte. Irgendwann machte Mion mit, was Faunia stillschweigend hinnahm. Abends zog auch Jagu einen Kreidekreis. An einem Tag spielte sie ganze vier Mal – dafür war sie noch am nächsten Abend wackelig auf den Beinen und hatte einen Kopf wie Watte.

Faunia konnte sie trotzdem nicht übertreffen. Wenn sie aufwachte, griff sie sofort zur Kreide. Danach spielte sie so lange Ritus, bis sie beim Schweben ohnmächtig wurde und einschlief. Die Zeichnungen, die sie Jagu sonst täglich ins Atelier oder auf sein Bett gelegt hatte, blieben aus. Ihre Augen richteten sich mit jedem Ritusspiel tiefer nach innen, verloren sich im Stillen. Wenn sie schwebte, bedachte sie Mion mit demselben bewusstlosen Blick wie Jagu oder die geopferte Schlange.

Es war dieser Blick, der Mion eines Abends davon abhielt, Ritus zu spielen. Die Fenster des Schlafzimmers standen offen, denn es war heiß; das laute Zirpen der Grillen vibrierte in der Luft und die Gräser rochen trocken wie Stroh. Den ganzen Tag hatte Mion in den Schatten im Hofgarten gelegen, sich matt geschwitzt und die Füße ins Teichwasser getaucht. Und nun, wo sie Ritus spielen wollten, wirkten der träge Frieden, das gleichgültige Grillenzirpen, der Sommerduft wie eine stille Drohung.

Faunia und Jagu hatten bereits den Atem der Schlange in sich aufgenommen. Mion hielt das sterbende Wesen in der Hand und brachte es plötzlich nicht über sich, mitzumachen. Starr beobachtete sie Faunia, die mit ihrem unheimlichen Lächeln aufstand, um die Schritte zu gehen. Mion legte die Schlange, die inzwischen tot war, auf den Boden und trat aus dem Kreidekreis. Die Arme um ihre Beine geschlungen, setzte sie sich gegen die Wand und beobachtete die beiden.

Als sie die Schritte gegangen waren, zahlten sie ihr Blut

zurück. Mion schauderte, als sie Faunias linke Hand sah: Ihr Ringfinger war geschwollen und von unzähligen Stichen übersät. Nur ein paar dunkle Tropfen Blut sickerten hervor, als sie hineinstach. Dann erschlafften sie und Jagu, als hätte jemand Marionetten fallen gelassen.

Fast eine halbe Stunde verstrich, ohne dass sie sich rührten. Mion wusste, wenn sie zu sich kamen, würden sie sich fühlen, als hätten sie hundert Leben in einem einzigen Traum durchflogen.

Schließlich regte Faunia sich. Ihr rechter Arm hob sich wie von Geisterhand, ihr Oberkörper folgte und sie drehte langsam den Kopf.

»Jagu … was ich sehe! Siehst du dasselbe?« Ihre Augen waren geschlossen, sodass Mion nicht sicher war, ob sie wirklich mit Jagu sprach oder fantasierte. Wankend kroch sie auf ihn zu, legte die Hände um seinen Nacken und lehnte die Stirn an seine Schulter. »Da sind zwei flammende Dolche, sie durchbohren mich«, flüsterte sie. »Deine Liebe fragt mich, ob ich Faunia bin, und ich sage Ja, und deine Liebe durchbohrt mich mit zwei flammenden Dolchen. Ich sterbe … wenn ich sterbe, ist der Himmel rot, überall sind Federn und Staub. Es ist kalt und heiß in meinem Herzen. Es tut so weh.«

Vorsichtig berührte Jagu ihre Wange. Seine Augen öffneten sich, doch sein Blick blieb trüb. »Ich …« Er schluckte trocken. »Ich beweise es dir! Wenn du es nicht zugibst, bringe ich dich dazu, mich zu hassen. Dann weißt du, dass du mich geliebt hast. Man kann nur hassen, wenn man einmal geliebt hat, Holypta!«

Blitzartig wich Faunia zurück. Ihre Augen flackerten, doch der Schleier des Schwebens hing noch immer über ihrem Blick wie dicke Spinnweben. »Was?«

Jagus Schultern bebten. Schockiert erkannte Mion, dass er weinte. Tränen tropften auf den Boden.

»Holypta«, wiederholte Faunia schrill. »Das ist gar nicht gut, Jagu, das ... das ist böse, das wird mich umbringen!«

Sein Kopf sank in den Nacken, und da sah Mion, dass er nicht mehr weinte, sondern lachte.

Faunia sank vor ihn und streichelte sein Haar, als müsste sie ihn erst jetzt trösten. »Ich habe gesehen, dass wir Drachen werden! Es war Winter, die ganze Welt war weiß vor Schnee ... aus dem Weiß löste sich der Palast, er war so riesig ... Wir waren auf dem Weg dorthin. Du und ich, wir werden es gemeinsam schaffen. Du brauchst mich, nicht wahr?«

»Ja. Es ist wahr. Ach, Holpyta ...«

Faunia ließ ihn los. »Hör auf, das zu sagen!«

Er packte ihre Schultern und sah ihr fest in die Augen. »Es ist wahr. Es ist wirklich gewesen. Holypta, Holypta, Holypta, Holy–«

Faunia gab ihm eine schallende Ohrfeige. »Lügner!«, kreischte sie. »Du bist ein Lügner, ein ... ein böser Geist. Ein böser Geist. Du willst gar kein Drache werden. Du willst nicht in den Palast. Du willst nichts erschaffen, du willst etwas *zerstören.*« Schwer atmend ging sie auf und ab, rieb sich die Stirn, ohne ihn aus den Augen zu lassen. Der Hausmantel schleifte hinter ihr her und verwischte den Kreidekreis. »Du willst nur zerstören ...«

Verwirrt beobachtete Mion die beiden. Eine Weile war nur Faunias Atmen zu hören und das Rauschen ihres Seidenmantels.

»Sag doch was!«, schrie sie. »Du willst uns alle ins Verderben stürzen, ja? Das kannst du haben!« Mit einem Schluchzen ergriff sie den Ritusdolch und setzte ihn an ihre Pulsadern. Mion fuhr hoch und schlug die Klinge aus ihrer Hand – gerade rechtzeitig. Eine Sekunde später, und sie hätte sich das Gelenk aufgeschlitzt. Zitternd starrte Faunia auf den Kratzer, an dem sich sofort hellrote Tropfen sammelten. Dann sah sie Jagu an, der noch immer reglos dasaß – Mion schien sie gar nicht zu bemerken. Mit einem Wimmern stürzte sie sich erneut auf den Dolch – und griff Jagu an.

Mion schrie auf. Faunia stieß auf ihn ein, doch Jagu konnte sie festhalten. Mion kam ihm zu Hilfe und versuchte, die Waffe aus ihrem Griff zu winden. Eine Weile kämpften sie zu dritt im Kreidekreis. Endlich hatte Mion den Dolch. Sie taumelte zurück und versteckte ihn hinter dem Rücken, während Faunia ihre Hände um Jagus Hals schlang. Er schob ihre Arme zurück und lachte.

»Willst du mich umbringen?«, fragte er fröhlich. »Komm, versuch, mich umzubringen. Bring uns beide um. Du vergeudest dein halbes Leben ohnehin im Jenseits, wieso nicht einen Schlussstrich ziehen. Na los, tu es!«

Faunia ohrfeigte ihn wieder, dann fiel sie ihm in die Arme. Jagus Lächeln verblasste; er stieß sie so heftig weg, dass Faunia auf den Boden fiel.

Schluchzend kam sie wieder auf die Beine. Mion wich zurück, weil sie fürchtete, Faunia würde ihr den Dolch entreißen wollen, aber sie nahm nur die Kerze vom Tisch und lief aus dem Zimmer.

»Was … was hat sie vor?«, stammelte Mion.

Jagu schwankte leicht, ohne Antwort zu geben. Sein Blick war noch immer verschwommen.

»Ach, zum Henker mit euch!« Fluchend schleuderte sie den Dolch weg und lief Faunia hinterher. Hätte sie doch bloß mitgespielt, dann müsste sie diese lächerliche Tragödie jetzt nicht bei Verstand erleben.

Kaum dass sie das Atelier betreten hatte, erklang lautes Klirren. Faunia stand bei den Werkbänken und warf Gläser auf den Boden. Fasziniert wie ein Kind beobachtete sie, wie die Scherben durch den Raum sprangen. Dann ließ sie die Kerze fallen.

Für eine Sekunde sah Mion Faunia im aufstrahlenden Feuer, die Augen weit aufgerissen, das Gesicht eine wächserne Maske. Dann blendete sie eine Stichflamme und alles war in gleißendes Licht getaucht. Was auch immer in den Gläsern gewesen war, es brannte lichterloh. Innerhalb von Augenblicken hatte das Feuer sich bei den Werkbänken ausgebreitet und leckte an den Wänden. Faunia taumelte zurück, die Arme voller Gläser; dann schleuderte sie sie in alle Richtungen. Das Feuer folgte ihr durch das Atelier. Schränke flammten auf. Die Luft füllte sich mit dem beißenden Geruch brennenden Papiers.

Mion war wie erstarrt. Erst dachte sie an die Bilder – ganze Stapel von Zeichnungen verglühten in Sekunden. Sie rannte auf Faunia zu, wollte ihr die restlichen Gläser wegreißen, doch Faunia war schneller. Sie zerbarsten auf dem Boden und grellrote Flammen spritzten auf. Mion warf sich zur Seite und riss Faunia mit. Sie hörte, wie Funken in ihren Haaren landeten und knisternd verglühten. Der Rauch biss ihr in die Lungen. Faunia kroch zurück und klammerte sich schwer atmend an einen Stapel Leinwände. Im Flimmern der Hitze konnte Mion nicht erkennen, ob sie lachte oder weinte.

Hustend richtete sie sich auf und zerrte sich das Kleid vom Leib, um auf die Flammen einzuschlagen.

»Jagu!«, brüllte sie. Im Fauchen und Zischen hörte sie sich selbst kaum. Verzweifelt versuchte sie, die Flammen zu ersticken, sich einen Weg zum Schlafzimmer zu bahnen. Der Rauch machte sie blind.

»Jagu!« Er schwebte noch. In seinem Zustand konnte er nicht klar denken!

Ihr Kleid hatte Feuer gefangen. Sie ließ es los und rang nur noch nach Atem. Der Gestank brennender Haare stach ihr in der Nase. Bildete sie sich die aufgeregten Stimmen ein? Sie wusste es nicht, wusste gar nichts mehr. In ihrem Kopf war nur eins: Jagu.

Er war verloren ohne sie.

Dann versank auch der Gedanke an ihn in tiefe Stille.

Grillenzirpen. Angenehmer, kühler Wind in den Vorhängen. Der Geruch von Gräsern, trocken wie Stroh.

Verwirrt richtete Mion sich in ihrem Bett auf. Mondlicht fiel durch das Fenster. Alles war wie immer ... dann wurde ihr bewusst, dass sie kein Nachthemd trug, sondern Unterwäsche, und dass sie nach Rauch roch. Ihre Haare waren angesengt.

Sie versuchte zu schlucken und merkte, wie ausgedörrt ihr Hals war. Mit klammen Händen befreite sie sich aus ihrer Decke und stand auf.

Das Haus war ruhig, aber der Geruch von verbranntem Papier durchdrang den scheinbaren Frieden. Tapsig lief Mion zum Atelier.

Die Türen waren halb offen und das Licht einer Öllampe schwappte in den Flur. Als sie eintrat, spürte sie, dass der Boden nass war. Im einsamen Licht ließen sich rußgeschwärzte Wände und verkohlte Werkbänke erkennen; ein langes Regal war zusammengebrochen.

Auf den Stufen zum angrenzenden Raum saß Jagu. Vor Erleichterung vergaß Mion alles andere. Eine große Decke lag über seinen Schultern, doch er schien unverletzt. Als sie neben ihn trat, zuckte er zusammen. Mit großen Augen sah er zu ihr auf, und Mion konnte nicht anders, als in ihm den Jungen zu sehen, der er einmal gewesen war.

Sie kniete sich hin. »Wo ist Faunia?«

Er zog die Nase hoch und blickte zu den Fenstern, durch die der Vollmond mitleidlos strahlte.

»Sie darf nicht mehr Ritus spielen. Wir alle drei dürfen es nicht mehr«, murmelte Mion.

Irgendwo in den Tiefen seiner Augen zuckte etwas, doch sein Gesicht blieb ausdruckslos.

»Als ich hierhergekommen bin, dachte ich, ich werde nie wieder spielen. Und … ich wollte es wirklich nicht.« Nachdenklich erinnerte Mion sich an die Ruinen. Alles hatte überhaupt erst mit Ritus angefangen. Nur dafür hatte sie den Prinzen erschossen. Hatte sie überhaupt ein Recht auf Glück, wenn alles mit so bösen Absichten begonnen hatte?

»Wie bist du auf Ritus gekommen?«, fragte sie.

Jagu zuckte langsam die Schultern. »Bei meinen Nachforschungen.« Er sprach so leise, dass sie sich vorbeugen musste.

»Eine Weile … habe ich versucht, das Geheimnis des Gestaltenwandels allein zu ergründen. Das ist lange her. Ich bin so weit gekommen, zu verstehen, dass Atem und Korpus mit bestimmten Zauberformeln gestohlen werden können, jedenfalls zeitweise. So entdeckte ich Ritus.« Wieder zuckte er die Schultern. »Weiter habe ich es nicht gebracht.«

Sie wusste, dass die Ruinenleute es spielten, weil das Leben schlichtweg nichts Besseres zu bieten hatte. Es war eine Flucht vor der Wirklichkeit. Aber wovor wollte ein berühmter Maler fliehen, der alles hatte?

»Ich verstehe dich nicht.« Sie wollte sein Gesicht in die Hände nehmen und ihm in die Augen blicken und ihn am liebsten schütteln. »Nach was suchst du?«

Er drückte sich Daumen und Zeigefinger gegen die Nasenwurzel und atmete flach aus.

»Jetzt sind es nur noch wir beide«, flüsterte er. »Du und ich gegen den Rest der Welt.«

»Aber *warum* gegen den Rest der Welt? Welchen Grund hast *du*?«

Lange schwieg er, versunken in seiner eigenen Welt. Mion wusste, dass ihre Worte ihn nicht erreichten, wenn er sich so in sich selbst zurückzog. Wie so oft hatte sie das Gefühl, er sei das Kind und sie die Erwachsene, die sich um ihn kümmern musste.

»Alle denken, meine Mutter wäre fortgegangen, als ich vierzehn war«, sagte er plötzlich. »Aber das stimmt nicht. Sie war eine einfache Frau, das ist wahr ... sie war nur eine Tischlertochter. Doch sie hat mich geliebt. Sie ... war einunddreißig, als sie gestorben ist. Zwei Jahre jünger als ich heute.« Er lächelte und seine Augen schimmerten. »Sie ist nicht weggelaufen ... er hat sie umgebracht. Er hat einfach ihren Kopf ... und ich wollte ihr helfen, aber ich konnte nicht. Ich konnte nicht.« Er schluckte. »Er hat sie im Keller begraben. Er hat gesagt, wenn ich ihm nicht helfe, begräbt er mich gleich mit ihr. Wir haben die ganze Nacht geschaufelt.

Als alle dachten, dass meine Mutter davongelaufen ist, behauptete er, ich sei nicht sein Sohn. Ich war es auch nicht mehr. Jedes Mal wenn ich in den Spiegel sah, fürchtete ich, eine Ähnlichkeit zu erkennen. Ich habe ihn nicht gehasst, weil ich ihn auch nie geliebt habe. Er war einfach so ... böse ... ich wollte, dass er leidet, aber gefühlt habe ich nichts für ihn.

Dann wollte er mich zurückhaben. Nicht weil ihm etwas an mir lag, sondern um sein Gesicht zu wahren. Ihm ging es immer nur um sein Ansehen. Das ganze Leben war für ihn Theater, das Verbergen von Geheimnissen hinter einer hübschen Larve.«

Mion hatte Tränen in den Augen. »Wie ist er gestorben?«

»Ich glaube, er ist die Treppe hinuntergestürzt. Eine ganze Nacht lang lag er da und ist gestorben, erst am nächsten Tag hat ihn die Dienerschaft gefunden. Ich hoffe, er hatte Schmerzen.« Jagu schniefte. »Jetzt weißt du es. Alle Menschen sind Lügner und Heuchler. Die Welt ist eine Bühne,

Mion, vergiss das nie. Nichts ist, wie es scheint. Du darfst niemandem trauen.«

Sie sahen sich an. »Was ist mit dir?«, flüsterte sie.

Er lächelte mit trauriger Ironie – es war das ehrlichste Lächeln, das er ihr je geschenkt hatte.

Scherben

Faunia war verschwunden. Sie schlief nicht, wie Mion angenommen hatte, sondern war noch in der Nacht des Feuers fortgegangen.

Wohin, das wusste niemand. Die Köchin wollte sie im Morgengrauen gesehen haben, als sie barfuß und im Seidenmantel die Straße hinuntergegangen war. Sie hatte das Haus verlassen, wie sie es vor Jahren betreten hatte, still und geisterhaft, ein flüchtiger Schatten im Dämmerlicht der Stadt.

Osiril erlag vor Aufregung fast einem Fieber, als sie von den Ereignissen erfuhr. Sie war die Einzige, die auf Faunia schimpfte. Sonst herrschte Stille im Haus. Schweigend halfen alle mit, die Spuren des Feuers zu beseitigen, selbst Morizius schleppte verkohlte Bretter, ohne sich zu beklagen.

Sie waren mitten in der Aufräumarbeit, als zwei Sphinxe eine Einladung des Prinzen brachten. Lange hielt Mion den kaiserlichen Brief in den Händen, ohne ihn zu lesen. Sie dachte an Faunia, an Ritus und den Wahnsinn, an Jagu und ihr Gespräch letzte Nacht. Er hatte recht, die Welt bestand aus Fassaden, aber sie beide würden die Wahrheit offenlegen. Sie würden Drachen werden, um den Drachen ihren eigenen Betrug vorzuhalten. Und wenn sie auf dem Weg dorthin hundert Masken tragen und dabei vergessen würde, wer sie in Wirklichkeit war – alles, alles würde sie tun, um Jagu von seinen bösen Geistern zu befreien.

Als Mion sich am nächsten Morgen für den Palast fertigmachte, kam Atlas zu Besuch. Überrascht legte Mion die

Bürste beiseite. Atlas wirkte noch erschöpfter als letztes Mal, hatte dunkle Schatten unter den Augen und einen sonderbaren Ernst im Blick.

»Ich habe gehört, dass es einen Brand gab«, sagte er.

Mion nickte. »Ausgerechnet im Atelier. Ein paar Bilder sind verbrannt. Aber wenigstens ist niemand zu Schaden gekommen.«

Er hakte die Daumen im Gürtel ein und durchquerte ihr Zimmer. »Du bist an dem Abend nicht gekommen. Ich habe gar nichts mehr von dir gehört.«

»Du hättest ja auch mal mich besuchen können.«

Atlas nickte nachdenklich. »Ich hatte keine Zeit. Es ist viel passiert.«

»Kann man wohl sagen«, murmelte sie.

»Ich habe gehört, du warst in letzter Zeit oft im Palast?«

»Ich habe dir doch erzählt, dass ich den Prinzen porträtiere. Danke übrigens für die Kleider, die du mir nie geschneidert hast.«

»Wie lange dauert so ein Porträt denn? Monate?«

Mion machte die Augen schmal. Er benahm sich, als hätte sie ihm etwas getan. »Wenn du mir etwas mitzuteilen hast, spuck's aus, Atlas.«

»Ich dachte, vielleicht hättest du mir was mitzuteilen«, erwiderte er. »Leute haben dich gesehen, als du in den Palast gefahren bist. Du warst ziemlich oft da. Ohne deine Malsachen.«

Mion traute ihren Ohren nicht. Jetzt spionierten die Gilden ihr schon nach!

»Manche denken, du wärst ein Spion«, fuhr Atlas ruhig fort. »Ist das wahr?«

»*Was*? Glaubst du das wirklich?«

Er zuckte die Schultern. »Nein. Es ist nur so, dass du Jagus Schülerin bist. Und dem trauen wir alles zu.«

»Wer ›wir‹? Sag doch endlich, was los ist!«

Atlas sah ihr tief in die Augen. »Also gut. Es ist kein Geheimnis, und auch wenn es verboten ist, darüber zu sprechen, wir haben ein Recht auf unsere Stimme! Viele in den Gilden sind schon lange unzufrieden. Die Geschwisterstaaten stehen an unserer Grenze und werden hier einfallen, sobald sich ihnen die anderen Provinzen angeschlossen haben. Manche von uns haben nichts dagegen. Die Länder, denen die Geschwisterstaaten die Volksherrschaft gebracht haben, sind frei und unabhängig.«

»Was meinst du?«, fragte Mion ungeduldig.

»Volksherrschaft, Mion. Das bedeutet, keine Drachen. Die Menschen regieren sich selbst. Den Gilden würde es besser gehen, wenn sie und nicht die Drachen die Handelsbeziehungen zu den anderen Reichen bestimmen würden.«

Mion schwieg. Im Grunde war ihr herzlich egal, was die Gilden wollten. Es beklagten sich immer die Menschen am lautesten, denen es am besten ging.

»Jetzt erzählst du mir schon wieder von Politik. Ich verstehe nicht, was das mit mir zu tun hat.«

»Es betrifft uns alle«, stöhnte er verärgert. »Die Dinge verändern sich. Die helleren Köpfe unter den Gilden wissen es ebenso wie die Drachen. Deshalb heuern sie Spitzel an. Es gab in letzter Zeit Festnahmen – mehr als sonst. Künstler aus angesehenen Familien werden verhaftet, weil sie das eine oder andere gesagt haben. Aber lange lassen wir uns das nicht mehr gefallen. Wenn du wirklich für die Drachen spionierst, wie manche glauben, oder wenn dein Meister ein Verräter ist, könnt ihr das den Drachen ruhig ausrichten.«

Mion verschränkte die Arme. Es war geradezu lächerlich, was Atlas da von sich gab. Vor zwei Tagen wäre sie fast verbrannt, Jagu hatte endlich angefangen, seine Geheimnisse mit ihr zu teilen, und der Prinz wollte sie wiedersehen. Kindische Verschwörungstheorien waren jetzt das Letzte, wofür sie Zeit hatte.

»Also bist du hergekommen, um mich zu fragen, ob ich ein Spion der Drachen bin.«

Atlas schüttelte den Kopf. »Ich bin hier, weil ich mir Sorgen um dich mache und dich warnen will.«

»Mir ist stinkegal, was irgendwelche verstaubten Gildenmeister über mich denken!«

»Nicht vor den Gilden, vor deinem Meister warne ich dich!«

Verdutzt hielt sie inne.

»Wir sind doch Freunde, Freunde *reden* miteinander. Und dass irgendwas mit dir nicht stimmt, sieht man schon auf hundert Meter! Was es auch ist, ich bin für dich da, und vielleicht kann ich dir helfen.«

»Mir geht es gut«, sagte sie angespannt.

Er lächelte. »Immer noch die Schauspielerin. Hast du mal in den Spiegel geschaut? Du siehst aus wie eine Leiche. Ganz zu schweigen davon, dass euer Haus fast abgefackelt wäre. Sag mir nicht, dass dein Meister dich nicht in Gefahr bringt.« Er wandte sich resigniert zum Fenster um und schwieg eine Weile. »Ich kenne Mädchen wie dich. Ihr gebt euch hart wie Stein. Aufmerksamkeit erwidert ihr mit Verachtung. Eroberte Herzen sind für euch nur … nur Spiegel, die euch ein schmeichelndes Bild von euch selbst zeigen. Respekt habt ihr vor denen, die sich nicht um euch scheren. Ja, je schlechter jemand zu euch ist, umso mehr bewundert ihr ihn. Und zwar weil ihr in eurem tiefsten Inneren nicht glauben könnt, dass ihr liebenswert seid – das ist das Problem. Ihr seid leer … deshalb die Maskerade. Um die Leere in euch zu füllen, wollt ihr von allen geliebt werden. Aber das funktioniert nicht.« Atlas drehte sich um und lächelte trocken. »Und dann kommt jemand, der sich keinen Deut für euch interessiert, der euch benutzt und so schlecht behandelt, wie ihr es insgeheim zu verdienen glaubt. Und ihr denkt, wenn ihr ihn gewinnt, dann kann dieser Sieg auch euch selbst überzeugen. Die Eroberung eines unerreichbaren Herzens würde euch selbst ein Herz geben. So ist es mit Meister Jagu. Ihm ist nichts und niemand wichtig. Darum willst gerade du die Eine sein, die Einzige, die seine dunkle Seele ergründet. Aber du suchst Zuneigung in einem Brunnen, wo es nichts gibt als Finsternis und Kälte, und du weißt noch nicht, dass du da unten gefangen bist.«

Mion sagte nichts. Ihre Kehle war wie zugeschnürt und die Stille machte es nicht besser.

Atlas erwiderte ihren Blick ohne Mitleid. »Ich weiß nicht, was er dir und Faunia versprochen hat, aber was es auch ist – das ist es nicht wert. *Er* ist es nicht wert, Mion.«

Als er auf sie zukam, wich sie zurück. Atlas hielt inne. Der Raum zwischen ihnen wurde zu einem klaffenden Abgrund, der mit jeder Sekunde wuchs.

»Geh.« Sie wusste nicht, wo sie ihre Beherrschung hernahm, denn innerlich brodelte sie wie ein Vulkan.

Seine Lippen waren weiße Striche. »Muss es mit dir erst so weit kommen wie mit Faunia, bis du begreifst?«

»Was weißt du schon von Faunia. Du weißt nichts von ihr oder von mir und am wenigsten von Jagu! Du und deine Gildenfreunde … ihr glaubt, alles zu durchschauen. Ihr beschwert euch wegen Zahlen und kämpft für eure Eitelkeit, aber was Mut ist und Elend, das wisst ihr nicht! Raus! Verschwinde.«

Atlas schluckte, riss seinen Blick von ihr los und verließ das Zimmer. Mion stand steif und unbeweglich da. Allein mit dem Echo von Worten, die nie hätten gesagt werden dürfen.

Und in einer Stunde musste sie im Palast sein.

Ein Name

Ihr letztes Treffen lag so lange zurück, dass Lyrian nicht sicher gewesen war, wie es sein würde, Faunia wiederzusehen. Doch als sie an der Flussbiegung erschien, winkte und lächelte, spürte Lyrian, dass die vergangenen Tage zu Minuten zusammenschrumpften.

Der Fährmann wunderte sich nicht, als sie einfach ins Wasser sprang und davonwatete; er hatte sie schon ein paarmal hergefahren und steuerte die Barke unbeirrbar weiter, als habe er nichts bemerkt. Nur aus den Augenwinkeln schielte er zu Mion zurück, und Lyrian wartete sorgfältig, bis das Boot hinter den Bäumen verschwunden war, ehe er sich in seine natürliche Gestalt verwandelte.

Im Näherkommen fiel ihm auf, dass ihr Gesicht von Sorge überschattet war.

»Was ist mit dir?«, fragte er und half ihr ans Ufer.

Sie gewann ihr Lächeln zurück. »Warum habt Ihr so lange nichts mehr von Euch hören lassen? Ich dachte schon, Ihr mögt mich nicht mehr.«

Lyrian fühlte, dass er rot wurde. »Wie kommst du nur auf so etwas Unsinniges? Ich … Es ist viel passiert. Es gab endlose Versammlungen und Besprechungen, es war wirklich … ach, egal.«

Sie gingen zur geheimen Pagode und sie ließ den Blick durch die Bäume schweifen und atmete tief den Duft der Wälder ein wie jemand, der nach langer Zeit heimkehrt. Lyrian beobachtete sie aufmerksam. Mehr als eine Woche hatten sie sich nicht gesehen, aber es war kein Tag verstrichen, an dem er nicht an sie gedacht hätte. Er dachte in den unmöglichsten Situationen an sie: Wenn er in einer wichtigen Versammlung saß und sich eigentlich auf etwas ganz anderes konzentrieren sollte, kam ihm die Sommersprosse auf ihrer Wange in den Sinn, oder die Art, wie sie den Mund verzog, wenn sie grinste.

»Politik…«, murmelte sie. »Scheint, als würde niemand mehr von etwas anderem reden.«

Er runzelte die Stirn. »Triffst du dich etwa noch mit anderen Drachen?«

»Würde Euch das stören…?«

»Und ob! Ich will gefälligst der Einzige sein, der Staatsgeheimnisse verrät.« Sie lachte, während sie sich einen Weg durch schulterhohes Federgras bahnten. Der Himmel musste bewölkt sein, denn alles lag in sanftem grünen Dämmer, als sie die Pagode erreichten.

Faunia blieb stehen und wirkte plötzlich nachdenklich. »Tut Ihr das denn?«

»Eigentlich dürfte kein Mensch mich so kennenlernen, wie du mich kennengelernt hast. Allein das ist schon Verrat, schätze ich.«

Sie sah ihm in die Augen. »Wieso vertraut Ihr mir?«

Lyrian dachte an jenen Morgen im Wald vor fast einem Jahr, dachte an den Tod, an das engelhafte Gesicht… Sag es ihr, befahl eine Stimme in ihm. Aber er brachte es nicht über sich.

Ein kühler Hauch strich durch die Bäume und sie zog fröstelnd die Schultern hoch. »Ich weiß nicht, wieso Ihr mir vertraut. Ihr kennt mich kaum.«

Er nahm ihre Hände. »Aber *du* kennst *mich*. Darauf kommt es an.«

Sie wich seinem Blick aus. Für einen Moment glaubte Lyrian, Tränen in ihren Augen zu sehen, doch sie hatte sich sofort wieder unter Kontrolle. Als sie sich ihm zuwandte, schien ihr Gesicht verschlossen. »Ich kenne Euch nicht gut genug, Majestät. Ich weiß nicht einmal … wie Ihr lebt.« Sie biss sich auf die Unterlippe. »Wie verwandelt Ihr Euch in Tiere?«

Instinktiv ließ er sie los. »Was?«

Faunia wurde leichenblass. »Verzeiht, das ist mir bloß so herausgerutscht, ich …« Sie wichen dem Blick des anderen aus. Als ihre Augen sich doch wieder trafen, lächelte Faunia entschuldigend. Sie war ganz zitterig und nervös. »Ich … ich habe Euch vermisst.« Damit lief sie an ihm vorbei und blieb vor der Pagode stehen. Lyrian folgte ihr verwirrt.

»Ihr kennt mich doch! Ich meine, die Treffen hier, die waren doch echt, oder?« Ihre Stimme bebte. »Ich bin nicht leer.«

Und auf einmal, ohne dass er begriff, wie, lag sie in seinen Armen, und er drückte sie fest an sich.

Ihre Schultern zuckten, doch er hörte sie nicht weinen. Ihm fiel auf, wie zerbrechlich sie war. Hilflos hielt er sie.

»Ich wusste nicht, dass Drachen sich umarmen«, flüsterte sie irgendwann.

»Tun sie nicht.« Idiot. Er war ein Idiot.

Sie regte sich in seinen Armen und blickte zu ihm auf. »Aber Ihr umarmt mich.«

Er öffnete den Mund, besann sich jedoch eines Besseren und schwieg.

»Lasst mich nicht los.«

Er ließ sie nicht los. Der Wind rauschte in den Zweigen. Alles war plötzlich in Bewegung, nur Lyrian und das Menschenmädchen nicht. Sie standen da, unberührt von der Zeit.

Dann löste Lyrian sich vorsichtig von ihr und hob ihr Gesicht. Erstaunt stellte er fest, dass sie doch weinte – und sie hatte es ganz für sich behalten und er hatte es nicht bemerkt. Schweigend betrachtete er die Rätsel, die sich in ihrem Gesicht spiegelten.

»Wollt Ihr nicht wissen, warum?«, fragte sie leise.

Er sammelte seinen ganzen Mut und versuchte, sich zu konzentrieren. Was nicht leichtfiel, während sie ihm so nahe war. »Ich weiß, dass du Geheimnisse hast. Ich weiß, dass wir uns schon einmal gesehen haben. Du hast mich im schlimmsten Moment meines Lebens getroffen.« Er musste auflachen. »Du hast mich im wahrsten Sinne des Wortes getroffen … mit einem Pfeil.«

Sie erstarrte. Der Wind brauste durch die Baumkronen. Kalte Tropfen landeten auf Lyrians Haut.

»Ich wünschte, ich könnte alles sagen«, erwiderte sie kaum hörbar. »Ich will Euch alles sagen … es ist Schicksal, nicht wahr, dass wir uns begegnet sind … niemand hätte das planen können. Es war der letzte Tag meines Lebens und der erste. Ich bin gestorben … und jemand anderes geworden. Aber ob ich jetzt besser bin …«

Er nahm ihr Gesicht in die Hände, hielt es wie ein Wunder, das aus dem Himmel zu ihm gefallen war. Weit über ihnen und in der Erde grollte es. Von einem Augenblick zum nächsten wurde alles schwarz und grau, als würde mit dem Licht die Farbe aus der Welt weichen.

»Ich weiß nicht, wer du warst. Aber jetzt bist du der beste Mensch, den ich kenne, Faunia.«

Sie schüttelte verzweifelt den Kopf, machte sich los und taumelte davon. Lyrian lief hinterher. Er bekam ihre Hand zu fassen und zog sie in die Pagode. Der Wind heulte durch den Wald und bog die Bäume. Zitternd standen sie sich gegenüber. So vieles hatten sie sich in diesem Moment zu sagen, dass keiner ein Wort hervorbrachte.

»Haben Drachen Namen?«, fragte sie plötzlich. Sie musste rufen, damit er sie hörte.

»Ja«, rief er zurück, »ja, haben sie. Ich … heiße Lyrian.«

»Lyrian.« Sie starrte ihn an.

Er nickte. Dann machten sie gleichzeitig einen Schritt aufeinander zu, fielen, verschmolzen und küssten sich, während das Gewitter den Himmel aufbrach.

Zusammen

Durchnässt bis auf die Knochen, kam Mion zu Hause an. Das Dienstmädchen öffnete ihr die Tür und lief los, um ihr ein Handtuch zu bringen, aber Mion wartete nicht auf sie. Sie stieg die Treppe hinauf und ging ins Atelier.

Es roch noch nach Feuer. Die Fenster standen offen, weil die Köchin versucht hatte zu lüften – offenbar hatte man vergessen, sie vor dem Gewitter zu schließen, denn es regnete hinein und große Pfützen eroberten den Boden im höher gelegenen Raum. Jagu saß davor und starrte hinaus. Seine Schuhe standen im Wasser, waren schon ganz vollgesogen. In seiner Hand hing die ausgebrannte Pfeife, und der Duft von Tabak schwebte in der feuchten Sommerluft, süßlich, fast wie ein Leichengeruch.

Mion wartete darauf, dass er auf sie aufmerksam wurde, sie ansah und an ihrem Gesicht ablas, was geschehen war – doch er regte sich nicht.

»Wir haben …« Sie spürte, dass sie ihm nichts von dem Kuss erzählen konnte.

Sie hatten sich geküsst. Der Prinz der Drachen.

Lyrian.

»Er wollte, dass ich bleibe. Für immer.«

Der Wind fegte ins Atelier und blies einen feinen Sprühregen gegen ihre Beine.

»Warum bist du nicht geblieben?«

Mion atmete zitternd aus. Sie hatte alles erwartet, nur nicht dass er so gleichgültig sein würde. Das konnte sie nicht ertragen. Mit tapsigen Schritten ging sie ans Fenster, um es zu schließen – aber eigentlich machte es nun auch keinen Unterschied mehr.

»Er liebt mich«, sagte sie und musste lächeln. Sie wusste nicht, ob im Triumph oder aus Verzweiflung.

Endlich sah er sie an. Ein Zucken ging um seinen Mund – schwer zu sagen, ob es ein Lächeln war. »Hat er das gesagt?«

»Nein. Aber …«

»Er liebt dich nicht. Er ist in dich verliebt, das ist etwas anderes. Er mag dich nur wegen deines Aussehens.«

Mion schwieg. Sie fühlte seine Lippen noch auf ihrem Mund und seine Hände an ihren Wangen und seinen Atem auf der Stirn und … alles war noch so nah. Sie wusste nicht, ob sie gar nichts empfand oder alles zusammen, es war so verwirrend.

Aber Jagu hatte recht. Der Prinz war verliebt in die Maske, die sie für ihn trug. Es war alles nicht echt.

»Verstehst du nicht, wir haben es geschafft! Sag doch was, verdammt …« Sie sank auf die Knie und packte seine Hand. »Ist es wegen Faunia? Bist du traurig wegen ihr? Ich wette, sie kommt bald zurück! Sie hat doch sonst niemanden.«

Er schüttelte den Kopf. Dann zog er die Hand zurück und bedeckte sein Gesicht. »Eine Schlange«, murmelte er und stand auf.

»Nein!« Sie hielt ihn fest und drückte ihn in den Sessel zurück. »Nein, Jagu, kein Ritus! Bitte! Kein Ritus mehr.«

Er versuchte halbherzig, sie beiseitezuschieben, doch dann ließ er nur den Kopf hängen und seufzte tief.

»Bitte«, schluchzte sie.

Das, was Atlas heute Morgen gesagt hatte, schoss ihr durch den Kopf wie scharfe Pfeile. Es war ihr egal. Alles war egal, sie wusste nichts mehr, nur eins: dass sie es nicht ertrug, Jagu so zu sehen. Sie umarmte ihn und konnte nicht einmal sagen, ob sie ihn halten wollte oder sich an ihm festhielt. Er war der Einzige, der sie kannte. Er wusste, wer sie war. »Wir haben nur einander, wir gegen den Rest der Welt! Ich weiß nicht mehr, was ich denken soll. Bitte sag mir, dass ich das Richtige tue!«

Lyrian … Und er hielt sie noch immer für Faunia. Bei ihm hatte sich alles so richtig angefühlt. Sie hatte einfach vergessen, dass er sie nur mochte, weil sie ihn dazu gebracht hatte. Die Vorstellung, sie könne wirklich ein Malerlehrling sein und er könne sie tatsächlich … es war zu schön gewesen. Sie durfte sich von ihrem eigenen Spiel nicht narren lassen.

»Verflucht«, murmelte sie und zwang sich zu einem Lächeln. »Der Drachenprinz mag mich, und bald wird er verraten, wie man sich verwandelt. Bald haben wir es, Jagu.« Sie stand auf und zog die Nase hoch. Erst jetzt merkte sie, dass sie vor Kälte am ganzen Leib zitterte. Mühevoll knüpfte sie ihr Kleid auf und ließ es zu Boden sinken. Auch ihr Unterrock und das Hemd waren feucht und klebten ihr auf der Haut.

Vorsichtig nahm sie Jagus Hand. Er ließ sich von ihr ins Schlafzimmer führen. Sie fand ein Kreidestück und zog den Kreis. Jagu holte den Dolch und eine Schlange. Irgendwo hoffte Mion, Jagu möge zur Vernunft kommen und sie davon abhalten, Ritus zu spielen. Und sie war sicher, dass er dasselbe von ihr hoffte. Aber sie konnte nicht … nicht heute.

Heute würden sie sich den Atem der Schlange teilen und gemeinsam die Schritte gehen, gemeinsam sterben, gemeinsam neu leben.

Als sie schwebten, legte sie den Kopf an seine Schulter und fühlte seine Hand, die sie sachte hielt. So lagen sie im Kreidekreis, zusammen in Leben und Tod.

Es hörte nicht auf zu regnen. Mächtige Wolken zogen über Wynter wie dickbäuchige Wale. Der Himmel schien ein Ozean geworden zu sein, aus dem das Wasser unermüdlich fiel. Selbst als die Gewitter verstummten, regnete es weiter. Mion musste schon morgens eine Öllampe anzünden, weil es so dunkel war. Alles Licht und die Farben waren aus der Welt gewaschen.

Sie erinnerte sich an Regentage in den Ruinen, die ihr endlos vorgekommen waren, Tage, an denen sie in der kleinen Steinhütte herumgesessen und darauf gewartet hatte, dass das Leben endlich weiterging. Ihr Vater saß jetzt noch dort, schliff vielleicht gerade seine Axt. Ihre Mutter webte. Und Mirim panschte in den Wasserbottichen herum, die das hereintröpfelnde Wasser auffingen. Ihre Familie war so nah, dass sie dasselbe Regenprasseln hörten. Und doch gehörten sie einer anderen Welt an.

Sie könnte sie besuchen, nur was würde sie sagen? Wie sollte sie alles erklären? Sie war eine Fremde geworden.

Wenn sie erst ein Drache war, würde sie in die Ruinen gehen und ihre Familie abholen und … sie ebenfalls zu Drachen machen? Nein, das war unmöglich. Allein der Gedanke daran, ihre Eltern könnten fein werden, war abwegig. Aber Mion würde ihnen ein Haus in der Stadt besorgen und Mirim würde zu ihr in den Palast kommen und ein Drache werden. Er war noch jung und konnte lernen, jemand zu sein.

Während der langen grauen Stunden wanderten Mions Sorgen immer wieder zu ihrer Familie zurück. Sie dachte auch an Atlas und an das, was er gesagt hatte. Die Wut auf ihn war wie weggeblasen; ihr Streit hatte neben den anderen Ereignissen seine Bedeutung verloren.

Jeden Gedanken an Lyrian verdrängte sie. Doch wohin sie auch sah, flackerte für Sekundenbruchteile sein Gesicht vor ihr auf. Im Regen hörte sie seine Stimme, jeder Luftzug fühlte sich wie sein Atem auf ihrer Haut an, und wenn sie die Augen schloss, spürte sie seine Berührung wieder wie tausend aufflatternde Schmetterlinge.

Jagu ging es immer schlechter. Er saß oft lange vor dem Fenster, und wenn Mion ihn ansprach, reagierte er nicht. Manchmal redeten sie miteinander und plötzlich verschleierte sich sein Blick und er versank in seiner eigenen Welt. Mion glaubte nicht, dass er traurig war – in ihm war eine Stille, die nach der Traurigkeit kam, wenn keine Regung mehr übrig blieb.

Dass sie ihm nicht helfen konnte, ertrug sie nicht. Sie *würde* ihn retten. Sie würde den Prinzen überreden, sie beide zu Drachen zu machen. Und dann … sie konnte sich nicht vorstellen, wie, aber dann würden sie glücklich sein.

Ein Befehl

Die Versammlung war heute in einen kleinen, fensterlosen Raum verlegt worden, der nach dem Staub von Jahrhunderten roch. Als Lyrian neben seine Eltern auf die kaiserliche Empore trat, fiel ihm auf, dass es keinen Platz für Tandarespieler gab: Es war kein einziger Mensch anwesend, abgesehen von den Dienerinnen in ihren weißen Hauben, die die Türen für die hereinströmenden Drachen aufhielten.

Als alle Sitze belegt waren, erhob sich die Kaiserin, und die hohen Türflügel wurden unauffällig von den Dienerinnen geschlossen.

»Liebe Brüder und Schwestern, ich habe euch heute zusammengerufen, um über die Gilden der Menschen zu sprechen.«

Das tranige gelbe Licht des Kronleuchters bestrich die Gesichter ringsum und verwandelte sie in griesgrämige Fratzen. Irgendwo ächzte ein Sessel, gedämpftes Hüsteln.

»Wie ihr wisst, gab es in letzter Zeit unliebsame Überraschungen. Die Schriften der Feinde sind nun auch in der gehobenen Schicht in Umlauf geraten. Erst gestern konnten wir das hier sicherstellen.« Sie gab den zwei Dienerinnen ein Zeichen, woraufhin sie eine eisenbeschlagene Kiste in die Mitte der Halle trugen. Holz knarrte, als die Drachen sich vorbeugten. Die Kiste wurde geöffnet und ein paar zerfledderte Bücher, Schriftrollen und Briefe kamen zum Vorschein. Eine der Dienerinnen nahm einen Stapel zusammengebundener Papiere heraus und brachte ihn der Kaiserin, dann verließen die Menschenfrauen leise den Saal.

»Hier haben wir unterzeichnete Kontrakte, die in den Gilden herumgereicht wurden.« Die Kaiserin zog die roten Bänder auf und ließ sie zu Boden fallen. Nüchtern las sie vor: »Brüderlichkeit. Verstand. Freiheit. Wer diesen Pakt mit seinem Namen unterzeichnet, gehört zur Neuen Volksfront Wynter. Die Neue Volksfront Wynter steht für Gerechtigkeit und Menschenfreiheit. Ihre Anhänger haben Anspruch auf Asyl in Albathuris und bei allen Verbündeten der Geschwisterstaaten. Im Gegenzug versprechen sie jedem Rebell, der sein Leben für die Volksfreiheit riskiert, Unterkunft, Schutz und Geheimhaltung.« Sie senkte das Papier und blickte in die Runde kreidebleicher Gesichter. Plötzlich sprang ein älterer Drache auf. »Das müssen Spione der Geschwisterstaaten verfasst haben! Unsere Gilden würden nicht von allein auf solche Hirngespinste kommen!«

»Das mag sein. Aber woher dieser Wahn auch kommen mag, er hat erste Wurzeln geschlagen.« Sie blätterte durch den Papierstapel.

»Wie viele von diesen Kontrakten gibt es?«, fragte eine Frau aus der hintersten Reihe.

»Wir konnten gestern bei einer verschwörerischen Versammlung zwölf sicherstellen … zusammen mit den jeweiligen Unterzeichnern. Möglicherweise sind das alle, vielleicht nicht einmal die Hälfte. Das lässt sich erst feststellen, wenn die Verräter ihre Geständnisse abgelegt haben.«

»Aus welcher Gilde kommen die Verräter?«, fragte ein anderer Drache.

»Das ist der springende Punkt«, antwortete die Kaiserin. »Die Verschwörer gehören unterschiedlichen Gilden an. Es droht eine übergreifende Sinneswandlung unter den Menschen.«

Nun brach Tumult aus. Niemand hatte geahnt, dass die Propaganda der Feinde so weit nach Wynter vorgedrungen war. Auch Lyrian war überrascht. Es war etwas anderes, die Stimme des Protests aus den fernen, vom Krieg erschütterten Provinzen zu hören. Aber eine so radikale Sprache innerhalb der Stadtmauern? Er musste an Faunia denken und sah die Gilden plötzlich in einem ganz anderen Licht. Ihre Intelligenz war ebenso groß wie ihre emotionale Unvernunft.

Unvernunft … alles in ihm zog sich zusammen und wurde heiß und kalt, als er sich an den Augenblick erinnerte, als ihre Lippen sich berührt hatten. Ihm war, als seien Faunias menschliche Gefühle in dem Moment zu ihm übergesprungen. Ob das möglich war? Nein, natürlich nicht. Aber er wusste auch nicht, wie er sonst das schwindelerregende Flattern erklären sollte, wenn er an sie dachte. »Was sollen wir nun tun?«, rief ein junger, nervös wirkender Drache.

Die Kaiserin wandte sich an den Berater für innere Sicherheit, der sich gemächlich erhob. Scarabah saß neben ihm und reckte sich, als ihr Vater zu sprechen begann.

»Die gestrigen Festnahmen haben uns alle erschüttert«, begann er mit ernster Miene. »Offenbar haben wir den Gilden zu viel Freiheit gelassen; nun erfahren wir auf diese unerfreuliche Art, dass selbst die besten Menschen vom rechten Weg abkommen können.« Er holte tief Luft und verneigte sich vor der kaiserlichen Tribüne. »Um die Unschuld der Menschen zu wahren, sind strengere Kontrollen unumgänglich. Ich weiß, dass unsere Aufmerksamkeit in diesen Tagen vor allem der äußeren Sicherheit und den Menschen in Kossum gilt, doch jene, die uns am nächsten sind, können uns auch den größten Schaden zufügen.

Die Gilden sind gebildet und genießen großzügige Vorrechte. Daran können und sollten wir nichts ändern. Worauf wir allerdings achten müssen, ist, dass die Gilden weiterhin unter keinen Umständen Kontakt zum Ausland aufnehmen. Bis jetzt waren die Gründe für solche Verbrechen hauptsächlich finanzielle; immer wieder gab es den einen oder anderen Handelsmeister, der unangemeldete Geschäfte betrieb. Doch jetzt scheinen die unerlaubten Beziehungen immer öfter politischen Zwecken zu dienen. Statt Rohstoffen werden verbotene Schriften geschmuggelt. Wenn wir die Lage jetzt nicht in den Griff bekommen, werden es vielleicht bald Waffen sein.«

Wieder brach Lärm aus. Die Vorstellung, Rebellionen wie in Kossum könnten im Herzen des Reiches ausbrechen, war mehr als beunruhigend.

»Wir müssen hart durchgreifen!«, rief jemand.

Eine grauhaarige Frau aus der ersten Reihe, in der Lyrian eine hohe Generalin erkannte, erhob sich. »Als die Verschwörer gestern festgenommen wurden, konnte eine Verbindung zu Albathuris festgestellt werden?«

Ein Raunen ging durch die Menge. Auch Lyrian war nicht ganz wohl, als er den Namen hörte. Es hieß, vor Jahren hätten sich Verräter aus allen Teilen des Kontinents in der Wildnis zusammengetan und die Rebellenstadt gegründet, um die Herrschaft der Drachen zu beenden. Was als Schlupfwinkel für Spione aus den Geschwisterstaaten begonnen hatte, war heute das Zentrum einer ernst zu nehmenden Verbrecherorganisation, die nicht nur Truppen überfiel, sondern auch Bauern aufwiegelte und Waffen schmuggelte. Dank der weiten Ruinenlandschaften war Albathuris bis jetzt unauffindbar geblieben, ein Phantom, das allzu spürbare Schäden verursachte.

»Es waren nur Gildenmitglieder bei der Versammlung«, erwiderte Scarabahs Vater. »Allerdings zweifeln wir nicht daran, dass Albathuris hier die Finger im Spiel hatte. Wir konnten Bücher sicherstellen, die aus Modos oder Ghoroma stammen. Höchstwahrscheinlich haben sie ihren Weg über Albathuris in die Gilden gefunden.«

Nun erhob sich die Kaiserin. »Danke, Saradeon.«

Der Berater verneigte sich und nahm wieder Platz.

»Wir haben beschlossen, die Gilden schärfer zu beobachten«, fuhr die Kaiserin fort. »Wir erhöhen den Einsatz von fünfzig Raben auf einhundert pro Tag, mit besonderer Konzentration auf das Gildenviertel, das bis jetzt vergleichsweise vernachlässigt wurde.«

Lyrian runzelte unwillkürlich die Stirn. Dass man die Zahl der Spione gleich verdoppelte, zeigte den Ernst der Lage.

»Außerdem werden die Kontrollen innerhalb des Palasts verstärkt. Möglicherweise gab es nicht nur Verbindungen zwischen Gildenmitgliedern und Albathuris. Wir können nicht ausschließen, dass die Aufrührer ihre Informationen auch direkt aus dem Palast bezogen haben. So waren sie beispielsweise über gewisse Situationen in Kossum und anderen Provinzen unterrichtet, die streng geheim sind. Es besteht also Grund zur Annahme, dass menschliche Palastbesucher als Spione agieren und während ihrer Arbeit bei uns unbehelligt Erkundungen anstellen.«

Er starrte seine Mutter an. Aber dass Faunia … nein, nein, das war ausgeschlossen. Er vertraute ihr.

Aber wenn die Drachen wüssten, was er ihr alles erzählt hatte. Er hatte ihr *alles* erzählt.

»Das heißt, von heute an darf in Anwesenheit von Menschen nichts mehr besprochen werden, was der Geheimhaltung unterliegt! Gebt darauf acht, Brüder und Schwestern. Das betrifft auch die Dienerschaft. Wir dürfen uns keine Nachlässigkeit erlauben. Es mag abwegig klingen, dass ungebildete Menschen ihre Herren auf so tückische Art betrügen, doch es sind schwierige Zeiten. Es geht um die Sicherheit von Wynter.«

Die Drachen klopften in missmutiger Zustimmung auf die Tische.

»Sollte der Verdacht entstehen, dass ein Dienstbote untreu ist, darf nicht gezögert werden. Was Mitglieder der Gilden betrifft, so wollen wir milder sein: Bei Verdacht auf Verschwörung erfolgt die Festnahme.«

Lyrian hielt die Fäuste geballt. Verdacht allein sollte ab jetzt den Tod von Dienern rechtfertigen? Bis jetzt hatte er noch nie gehört, dass ein Palastangestellter für Albathuris oder die Geschwisterstaaten gearbeitet hätte, und es kam ihm reichlich abwegig vor. Die Dienerschaft wusste kaum etwas über die Welt jenseits der Palastmauern.

»Außerdem sollten wir ein Straßenfest für die Bürger veranstalten«, fuhr die Kaiserin fort. »Schlechte Nachrichten von der Front finden immer einen Weg ins Volk. Um die allgemeine Stimmung aufrechtzuerhalten, werden Wein, Musik und Tänze geboten, sobald der Regen aufhört.« Einen Moment blickte die Kaiserin forschend durch die Reihen, ob jemand Zweifel vorzubringen hatte. Schließlich nickte sie. »Gut. Dann ist die Versammlung hiermit beendet.«

Lyrian war so unruhig, dass er sich gleich nach der Beratung in die Schwalbe verwandelte und in den Regen hinausflog, bevor seine Eltern ihn mit neuen Verpflichtungen zurückhalten konnten.

Der Wind war stark und warf ihn in der Luft herum wie ein Herbstblatt. Bald war sein Gefieder durchnässt. Aber er genoss die Wildheit, die keine Rücksicht auf ihn nahm … die mit ihm spielte.

Er hatte Faunia gebeten, im Palast zu bleiben, aber sie hatte abgelehnt. Dass ihm etwas verwehrt wurde, war eine neue Erfahrung für Lyrian; aber sie hatte recht, es war unmöglich, dass er sie heimlich im Palast wohnen ließ. Früher oder später würde jemand von ihr erfahren, er konnte ihr Leben nicht seinetwegen aufs Spiel setzen.

Außerdem hatte sie gesagt, dass sie ihren Meister nicht verlassen konnte. Anscheinend hatte er niemanden außer ihr; er war ein guter Mann, hatte sie adoptiert, und ihm lag nichts mehr am Herzen als ihr Wohlergehen. Lyrian konnte das gut nachvollziehen. Bei keinem Menschen zuvor hatte er seine Pflicht als Drache so intensiv empfunden wie bei ihr. Die Ironie war nur, dass er selbst die größte Gefahr für sie darstellte. Unmöglich konnte er sie weiterhin bitten, ihn heimlich zu besuchen, nachdem die Gilden ins Visier der Drachen geraten waren. Früher oder später würde jemand auf sie aufmerksam werden, und wenn die Kaiserin erst erfuhr, wie viel Lyrian ihr anvertraut hatte … Er hätte sich selbst ohrfeigen können dafür, so offen gewesen zu sein. Wissen war für einen Menschen immer gefährlich.

Er flog tiefer und der Wind stieß ihn unbarmherzig durch die Zweige. Er verwandelte sich in den Fuchs und rannte durch das tropfende Unterholz. Überall hatten sich Pfützen gebildet und sterbende Pflanzen hingen in Schlammgruben. Es war kaum vorstellbar, dass vor wenigen Tagen die Luft vor Hitze geflimmert hatte.

Lyrian lief durch das Dickicht, bis er die Pagode erreichte. Wie trostlos es hier nun aussah. Wie ein Friedhof glücklicher Erinnerungen.

Langsam strich er den Hang hinunter und wurde zum Jungen. Der Regen fiel in dicken Tränen durch das Blätterdach und Lyrian streckte ihnen das Gesicht entgegen. Er stellte sich vor, die Tropfen auf seiner Haut wären Faunias Finger, kühl und weich und flüchtig. Als er die Augen wieder öffnete, blieb er stehen: In der Pagode war jemand. Für einen flirrenden Moment glaubte er, es sei sie – aber das war natürlich unmöglich. Er kam näher und erkannte die Gestalt.

»Tibb!« Er musste rufen, damit sie ihn hörte. Erschrocken fuhr sie herum und starrte ihn an. Sie war bis auf die Knochen durchnässt. Ihre Augen wirkten verquollen.

»Geht es dir gut?«

Sie blickte zu Boden und nickte knapp. »Habt Ihr ein Treffen? Dann gehe ich jetzt.«

»Aber nein.« Er stellte sich ihr in den Weg. »Ich treffe niemanden. Was machst du denn ganz alleine hier draußen?«

Ohne ihn anzusehen, erwiderte sie: »Dasselbe könnte ich Euch fragen.«

Lyrian war verdutzt. Normalerweise redete Baltibb nicht so mit ihm.

Sie trat an die Vogeltränke, die vor Wasser überlief und den Boden überschwemmte, und fing einzelne Tropfen mit den Händen auf. »Sie ist schön, dieses Gildenmädchen. Das war das Erste, was Ihr über sie gesagt habt. Am Morgen nachdem Ihr Euren Fuchs verloren habt.«

Ihn durchfuhr die Erinnerung daran, wie sie sich über ihn gebeugt hatte und er zurück ins Leben gekommen war. Es war der Inbegriff eines Rätsels geworden, das er nicht einmal benennen konnte. Wie der Schlüssel zu einem Zimmer, von dem er nicht mehr wusste, wo es lag.

»Liebt sie Euch?« Baltibb fing einen Tropfen und schloss die Faust darum.

Lyrian seufzte. »Ich weiß nicht, was sie fühlt. Aber sie versteht mich.«

Als Baltibb sich umdrehte, sah er, dass ihr Gesicht kreideweiß war. »Was Ihr sagt, ist Hochverrat. Menschen können Drachen nicht verstehen.«

Er fuhr sich durchs Haar. Natürlich wusste er das selbst.

»Aber wie kann die Wahrheit Hochverrat sein? Seit ich Faunia kenne, ist alles anders … ich bin glücklich. Und zugleich verzweifelter. Ach, ich weiß nicht, ich weiß gar nichts mehr. Wenn ich an sie denke, bin ich nicht mehr bei Verstand! Es ist … als würde ich wie ein Mensch fühlen.«

Sie schüttelte den Kopf, schüttelte ihn immer wieder. »Drachen können nicht fühlen. Ihr könnt nicht … das ist eine Lüge.«

Er stützte sich gegen eine der Säulen. Was sagte er bloß? Er traute sich nicht einmal, diese Dinge zu denken, und nun sprach er sie aus! Aber war es nicht immer so gewesen, dass er vor Baltibb ehrlicher sein konnte als vor sich selbst? »Ich weiß, dass sie ein Geheimnis vor mir verbirgt … und auch dass sie mich erschossen hat. Aber das spielt keine Rolle, weil meine Gedanken an sie vollkommen frei von Vernunft sind.« Er lachte hilflos. »Hörst du, wie ich rede? Ich klinge wie ein Mensch, der –«

»Hört auf!«, unterbrach Baltibb ihn schrill. Er sah sie an und merkte, dass sie am ganzen Leib zitterte. »Menschen sind Euch egal, Ihr seid ein Drache und Menschen sind Euch egal. Ihr wisst nichts von Gefühlen, Ihr könnt niemals etwas für einen Menschen fühlen.«

Lyrian öffnete den Mund, konnte aber nichts erwidern. Plötzlich nahm er eine Bewegung hinter Baltibb wahr: Im Regen tauchte eine Gestalt auf.

Statt Armen hatte sie große braune Falkenschwingen. Federn bedeckten den Körper, die Füße waren Klauen. Nur das Gesicht war menschlich und gehörte Scarabah.

Als Baltibb Lyrians Blick bemerkte, wollte sie sich umdrehen, doch er hielt sie fest. »Dreh dich nicht um.«

»Warum?«

»Ein Drache. Sie darf dich nicht erkennen. Wir sehen uns

später.« Er ließ sie los und kam auf Scarabah zu. Der Regen perlte von ihrem Gefieder. Ihr Mund war zu einem starren Lächeln verzerrt.

»Wer ist das?« Sie nickte in Baltibbs Richtung.

»Seid Ihr mir gefolgt?«, fragte Lyrian streng, während sein Herz raste. Wie lange war Scarabah schon hier?

»Ihre Majestät die Kaiserin sucht Euch. Alle suchen Euch.«

»Wieso?«

»Das sollte die Kaiserin Euch sagen.«

Lyrian zwang sich zu einem Nicken; mehr Freundlichkeit konnte er für Scarabah nicht aufbringen. Wenigstens schien sie ihn nicht belauscht zu haben, sonst würde sie kaum noch ihr süßliches Lächeln tragen.

Er atmete tief ein und trat näher. »Ihr behaltet für Euch, dass ich hier war. Und kein Wort über das Mädchen.«

Ein Zucken ging um ihren Mund. »Ist das ein *Mensch*?«

»Kein Wort, Scarabah!«

Sie machte einen Knicks, ohne ihn aus den Augen zu lassen. »Mein Prinz …«

Er verwandelte sich in die Schwalbe und Scarabah folgte ihm. Der Regen fiel schwer wie Tropfen aus Blei, doch der Wind war schwächer geworden. Lyrian steuerte einen der höchsten Türme an und landete auf einer offenen Plattform. Eine Treppe führte ins Innere des Palasts.

Scarabah wusste, wo die Kaiserin wartete, und übernahm die Führung. Im Gehen tauschte sie die Vogelgestalt gegen ihre menschliche, was angesichts ihres Kleides kaum einen Unterschied machte: Es bestand ganz und gar aus lilafarbenen Federn, die bei jedem Schritt schimmerten.

Sie erreichten die kaiserlichen Gemächer und betraten ein geräumiges Zimmer. Die Kaiserin stand, umringt von mehreren Beratern – auch Scarabahs Vater –, bei den Fenstern.

Scarabah verneigte sich tief. »Ich habe ihn gefunden, Euer Majestät.«

Lyrian sah seine Mutter an. Ihr Blick durchbohrte ihn.

»Geht«, befahl sie den Beratern. Die Drachen zogen sich zurück; Scarabah blieb mit gefalteten Händen neben Lyrian stehen. Die Türen schlossen sich. Der Regen prasselte dumpf gegen die Fenster.

»Du wirst nach Kossum gehen«, sagte die Kaiserin. »Genauer in die Oststadt Iwyndell. Wir dürfen Iwyndell nicht auch noch an die Revolution verlieren, sonst sind die Handelswege endgültig abgeschnitten. Die Bürger müssen an die Allgegenwart des Kaisertums erinnert werden. Du wirst nicht kämpfen müssen, deine Anwesenheit hat einen repräsentativen Zweck. Dir stehen ausreichend Leibdiener und die Hochburg Iwyndells zur Verfügung. Nächste Woche brecht ihr auf, zwei Monate bleibt ihr. Hast du Fragen?«

Lyrian starrte seine Mutter an. Faunia. Zwei Monate … und die Hin- und Rückreise allein würde schon einen Monat dauern. Ein Vierteljahr getrennt von ihr? Er biss die Zähne zusammen.

»Also ist das geklärt«, schloss die Kaiserin und wandte sich an Scarabah. Lyrian spürte, wie sie sich neben ihm reckte.

»Scarabah hat sich freiwillig für die Front gemeldet. Wäre sie keine so überaus begabte Kämpferin, würde ich ihren Mut für Torheit halten. Ein Drache in seinem ersten Verwandlungsjahr, das ist wirklich eine Seltenheit.« Eine Weile musterte sie sie zufrieden. »Wenn Scarabah sich im Krieg beweist, wird sie deine Gemahlin.«

Lyrian erstarrte. Die Augen seiner Mutter waren tief und leer.

»Du kannst gehen«, sagte sie schließlich. Lyrian wusste nicht, ob sie ihn oder Scarabah meinte, aber er rührte sich nicht vom Fleck.

Scarabahs Stimme bebte. »Euer Majestät ... danke. Danke! Ich schwöre, dass ich Euch nicht enttäuschen werde!« Sie fiel vor ihr auf die Knie und küsste ihre Hand.

Die Kaiserin sah Lyrian an. Endlich stand Scarabah auf und zog sich zurück.

Lyrian spürte, wie ein hartes Lächeln in ihm aufstieg. Seine Mutter drehte sich um und trat vor die Fenster. Erst jetzt sah er, dass sie tief durchatmete. »Ihr seid beide noch sehr jung. Sechzehn. Du bist jetzt sechzehn ...«

Er hörte sie langsam und zittrig Luft holen, trotz des Regentrommelns. Doch als sie sich nach einer Weile wieder umwandte, war ihr Ausdruck so versteinert wie eh und je.

»Aber ich denke, Scarabah wird einen guten Einfluss auf dich haben. Sie ist ein außerordentlich starker Drache.« Sie blickte beinahe hilfesuchend durch den Raum. »Wenn du nur ... du bist so verträumt. Du musst begreifen, was es bedeutet, Kaiser zu sein, Lyrian! Du bist kein Kind mehr.«

Steif kam Lyrian näher. Das prachtvolle Kleid und all der Schmuck hatten in diesem Moment ihre Wirkung verloren. Er war größer als sie, überragte sie um ein ganzes Stück.

»Ihr habt recht«, sagte er leise. »Ich bin kein Kind mehr. Ich treffe meine eigenen Entscheidungen.« Seine Mutter starrte ihm in die Augen. Dann drehte er sich um und verließ das Zimmer, den Gang, den Palastteil. Erst als er bereits mehrere Minuten gegangen war, begann er zu rennen.

Ende

Baltibb ließ sich auf den Boden sinken und zog die Knie eng an den Körper. Schwere Tropfen fielen auf sie herab und drückten ihre Haare platt.

Erinnerungen durchschwebten sie … Lyrian. Überall Lyrian. Er war ihr Leben.

Natürlich hatte sie die eine oder andere Nacht wach gelegen und im Stillen geseufzt und sich gefragt, *was wäre, wenn* … aber wie hätte sie unzufrieden sein können? Sie hatte alles gehabt, was sie haben konnte. Ja, mehr sogar. Sie war ihm näher gewesen als eine Dienerin.

Und jetzt war dieses Gildenmädchen gekommen, entweihte alles und trat durch die unsichtbare Mauer, an die Baltibb so fest geglaubt hatte. Nun stellte sich heraus, dass diese Mauer vielleicht nie existiert hatte … oder nur für Baltibb existierte.

Sie saß ganz reglos im Wasser, während diese Gedanken vorüberglitten, heftig und wortlos.

Plötzlich sah sie ein Rudel Sphinxe durch den Wald preschen. Sie blinzelte sich den Regen aus den Augen. Was machten Sphinxe mitten in den Gärten? Schniefend wischte sie sich das Gesicht ab und kroch aus der Pagode. Die Arme um den Leib geschlungen, stapfte sie durch das Dickicht. Sie stolperte über Brombeersträucher und fiel geradewegs in eine tiefe Pfütze. Als sie sich wieder aufrichtete, sah sie in der Ferne noch mehr Löwen vorbeijagen. Sicherheitshalber schlug sie die andere Richtung ein. Niemand begegnete den

Sphinxen gerne, erst recht nicht, wenn man nicht bei der Arbeit war.

Bald erreichte sie den Waldrand und blieb stehen, um den Palast zu betrachten. Er war so riesig … Was war sie schon wert in so einer gigantischen Welt aus Stein?

Schließlich überquerte sie die Wiesen. Durch ein dunkles Portal und lange, dämmrige Treppen ging sie nach Hause. Niemand kreuzte ihren Weg. Nur bei einem Fenster hockte ein Rabe, und Baltibb verneigte sich, bevor sie weiterlief. Der Vogel starrte ihr aus kohleschwarzen Augen nach, ohne zu verraten, ob er ein Drache oder doch nur ein Tier war.

Als Baltibb die Gehege erreichte, hörte sie ein Jaulen, und Mond kam ihr entgegengerannt. Verdutzt nahm sie ihn in die Arme. Wieso hatte ihr Vater ihn aus dem Zimmer gelassen? Es sah ihm nicht ähnlich, dass er die Tür versehentlich offen ließ.

»Vater?«, rief sie. Keine Antwort. Nur ein Quieken und Zischen aus den Gehegen. Baltibb ging nach Hause, Mond trottete leise winselnd neben ihr her. Als ihre Wohnung hinter den Gehegen erschien, blieb sie erschrocken stehen.

Die Tür war eingetreten.

Sie starrte in das verwüstete Zimmer. Der Tisch war umgeworfen. Töpfe und zerbrochenes Geschirr bedeckten den Boden. Die Gardinen, die ihre Mutter vor ihrem Tod bestickt hatte, lagen zerrissen unter dem Fenster.

Sie taumelte in ihre Kammer, die Bettdecke war von Krallen zerfetzt, das Kissen aufgerissen. Strohfüllung quoll aus der Matratze.

Ihre Gedanken überschlugen sich. Was hatte das zu bedeuten?

Dann hörte sie das Klirren von Metall und zuschlagende Tore, und Baltibb begriff, dass die Sphinxe nach ihr suchten.

Der Drache, der bei der Pagode erschienen war. Die Drohung der Kaiserin, wenn Lyrian sie wiedersah … Die Sphinxe waren hier, um sie zu holen. Und sie hatten ihren Vater.

Baltibb stand wie gelähmt in ihrem verwüsteten Zimmer und lauschte nach dem Lärm. Mond strich jaulend um sie herum, bis sie sich endlich fasste. Stockend verließ sie die Wohnung. Begann zu rennen. Rechts flatterten Singvögel in ihrem Gehege auf – dort mussten die Sphinxe sein. Sie bog nach links ab. Am Ende des Wegs lag ein Gang, der fort von den Gehegen führte. Unbemerkt rannten Baltibb und Mond hinein.

Ein Labyrinth aus Gängen und Korridoren empfing sie. Bei jeder Abzweigung blieb sie eine Sekunde stehen und lauschte; manchmal hörte sie das Schaben und Schleifen von Krallen und lief in die andere Richtung. Schweiß brannte auf ihrer Stirn. Endlich fand sie eine schmale Treppe für Dienstboten und hetzte in die oberen Stockwerke. Herzschläge später war sie bei den kaiserlichen Gemächern angekommen. Sie wusste, wo Lyrians Zimmer lagen. Und sie wusste, dass sie sich auf dem Weg dorthin vor einem Dutzend Dienerinnen, Sphinxen und womöglich Drachen würde verstecken müssen.

Sie holte zitternd Luft und lief los. Schon hörte sie heraneilende Schritte. Sie drückte sich in die Wandnische eines angrenzenden Korridors und presste Mond an sich. Keine Sekunde später rauschten drei Dienerinnen an ihr vorbei. Ein Vogel schoss ihnen nach und verwandelte sich in einen großen weißhaarigen Mann in silbernen Roben.

»Hoheit!« Die drei Dienerinnen fuhren herum und verneigten sich tief.

»Habt ihr ihn gefunden?«

»Seine Majestät der Prinz ist in keinem seiner Gemächer, Hoheit«, antwortete eine von ihnen.

»Sucht weiter. Sobald er auftaucht, gebt ihr der Kaiserin

Bescheid!« Der Drache wurde ein grauer Dachs und lief in die andere Richtung davon.

Baltibb drängte sich tiefer in die Wandnische. Lyrian! Wo war er nur? Sie brauchte ihn, einmal in ihrem Leben brauchte sie seine Hilfe!

Sie rang ihre Panik nieder und versuchte nachzudenken. Die Kaiserin wollte sie höchstwahrscheinlich töten. Die Frage war, was Lyrian tun würde, um sie zu retten. Damals bei den Ruinenräubern hatte er sich um ihretwillen in Gefahr gebracht und unvernünftig gehandelt, um sie zu schützen. Aber konnte er sich dem Willen der Kaiserin widersetzen?

Wo war er nur? Er musste doch wissen, dass die Kaiserin sie suchen ließ! Vielleicht war er ja auch auf der Suche nach ihr, um sie vor den Sphinxen zu finden? Baltibb schüttelte diese Hoffnung energisch ab. Wenn er wollte, hätte er verhindert, dass die Sphinxe ihren Vater holten. Wahrscheinlich war er irgendwo in den Gärten und träumte von seinem Gildenmädchen.

Sie blendete all diese Gedanken aus, so gut es ging. Auf Lyrian konnte sie sich nicht verlassen. Auf niemanden, nur auf sich selbst. Diese Erkenntnis war so erschütternd, dass sie sich auf die Lippe beißen musste, um ein Wimmern zu unterdrücken.

Die Nacht war angebrochen. Noch immer fiel Regen, überall plätscherte es. So hörte niemand Baltibbs Schritte im Gras, als sie sich den Palastmauern näherte.

Oben gingen Sphinxe auf und ab, doch im Schutz der Bäume war Baltibb unsichtbar. Neben ihr rauschte der Fluss durch ein mächtiges Tor hinaus in die Dunkelheit. Ein Gitter versperrte den Weg für jeden Eindringling – oder Flüchtling.

Lange kniete Baltibb im Ufergras und überlegte, ob sie und Mond sich durch die Gitterstäbe zwängen konnten. Aber außer dem Fluss gab es nur noch den Eingang für menschliche Besucher und der wurde Tag und Nacht von Sphinxen bewacht. Einen anderen Weg aus dem Palast gab es für einen Menschen nicht.

Sie wartete, bis die Sphinxe auf der Mauer weit genug entfernt waren, dann ließ sie sich ins Wasser gleiten. Vor Kälte blieb ihr die Luft weg. Dann zog sie Mond zu sich.

»Komm. Keine Angst …«

Er winselte und stieß ein klägliches Jaulen aus, als er ins kalte Nass platschte. Einen Moment wartete Baltibb, ob jemand auf sie aufmerksam geworden war. Doch bis auf das Prasseln des Regens blieb es still. Die Lichter auf der Mauer bewegten sich träge in der Ferne.

Dicht am Ufer ließen sie sich auf das Tor zutreiben. Baltibb hielt sich am Gras fest, weil die Strömung stark war. Auch Mond strampelte mühselig; sie versuchte, ihn mit einem Arm zu halten, damit wenigstens sein Kopf über Wasser blieb.

Schließlich erreichten sie das Gitter. Die Strömung presste sie gegen das glitschige, kalte Eisen, und Baltibb klammerte sich eine Weile daran fest, um wieder zu Atem zu kommen. Dann packte sie Mond und hievte ihn hindurch. Es war nicht gerade einfach. Er weigerte sich, seine Pfoten zuerst durchzustrecken, und als sie es endlich geschafft hatten, trat er ihr versehentlich mit dem Hinterfuß ins Gesicht. Baltibb spürte, wie seine Krallen einen Kratzer über ihre Wange zogen, dann platschte Mond auf der anderen Seite in den Fluss. Er bellte panisch, als er forttrieb.

»Still!« Sie hustete und klammerte sich ans Gitter. Mond war fast in der Dunkelheit verschwunden, doch sein Bellen schien die halbe Welt aufzuwecken. Über Baltibb irrten Lichter heran. Sie holte tief Luft und tauchte unter.

Instinktiv riss sie die Augen auf, aber es blieb so stockfinster, als wäre sie erblindet. Sie streckte die Füße aus, um den Boden zu finden. Da war nichts. Am Gitter schob sie sich tiefer, Stück für Stück. Dicke, schwammige Algen schmiegten sich zwischen ihre Finger. Endlich spürte sie den Grund unter sich. Er war schlammig, ihre Füße versanken fast ganz darin. Sie ging in die Hocke und tastete nach dem Ende des Gitters. Der Wasserdruck presste von allen Seiten auf sie ein.

In der Höhe ihrer Knie waren dicke Eisenspitzen. Darunter Leere. Mit letzter Kraft schob sie sich tiefer, bis sie fast auf dem Boden lag. Der Druck wollte ihr den Kopf zerquetschen. Luft drang ihr aus dem Mund. Nun steckte sie unter dem Gitter, die Spitzen bohrten sich zwischen ihre Rippen. Dann zwängte sie sich ganz hindurch. Ihr Hinterkopf berührte den Grund. Das letzte bisschen Luft entwich ihren Lungen. Unbeholfen stieß sie mit der Schulter gegen eine der Eisenspitzen und riss sich den Kittel und die Haut auf. Aber sie spürte den Schmerz kaum – er war nichts im Vergleich zu ihren brennenden Lungen und dem kreischenden Ton in ihren Ohren. So schnell sie konnte, strampelte sie durch die Schwärze. Dann, endlich, stieß sie mit dem Kopf aus dem Wasser und rang nach Luft. Ihr war, als würde sie vor Erleichterung explodieren.

Wellen klatschten ihr an den Hinterkopf, die Strömung trieb sie eilig fort. Wo war Mond? Sie warf noch einen Blick zurück und sah das hohe Tor schwindelerregend schnell verschwinden. Das war das Letzte, was sie von ihrer Heimat sah. Eine neue Welle schlug ihr entgegen, drückte sie unter Wasser und zerrte sie davon. Als sie noch einmal zurückschaute, war vom Palast und ihrem Zuhause nicht mehr übrig als ein paar rasch verglühende Lichtpunkte in der tiefen Nacht.

Auf dem Weg durch die Mauerringe musste Baltibb sich und Mond durch ganze fünf Gittertore bringen. Jedes Mal fand sie Mond am nächsten Tor angespült, halb ertrunken und zitternd vor Todesangst. Wenigstens bellte er nicht mehr. Als sie endlich die letzte Mauer hinter sich hatten und dunkle Anwesen die Ufer säumten, war Baltibb so erschöpft, dass der Gedanke ans Sterben sie nicht mehr beängstigte. Was auch immer jetzt passierte, sie würde es hinnehmen.

Irgendwann schafften sie es ans Ufer. Kraftlos kroch Baltibb auf die Steine und blieb reglos liegen. Sie spürte keinen Regen, denn sie waren unter einer Brücke gelandet. Mond brach hechelnd neben ihr zusammen.

Sie schlief ein oder verlor das Bewusstsein. Als sie aufschrak, wusste sie nicht, wie viel Zeit vergangen war, doch ihre Kleider und Haare waren noch nass, es konnte nicht lange gewesen sein. Wankend stand sie auf und Mond folgte ihr mit tapsigen Schritten.

Der Regen spülte von allen Dächern und überflutete manche Viertel so stark, dass das Wasser über Baltibbs Knöchel reichte. Sie war schon so lange nass, dass sie es kaum mehr wahrnahm. Alles war von dumpfem Schmerz überschattet.

Stur setzte sie einen Fuß vor den anderen, bis sie ein großes Stadttor erblickte. Sphinxe hielten Wache. Einer von ihnen nahm Menschengestalt an.

»Bürgerschein!«, rief er.

Steif kam Baltibb näher. »Was?«

»Ruinenbewohner?« Es war eher eine Feststellung als eine Frage. Knurrend packte der Sphinx sie am Kittel und stieß sie durch das Tor. Mit einem Aufschrei stürzte Baltibb auf den Boden. Ihr Knie schlug hart auf dem Pflaster auf.

Sie drehte sich ängstlich um. »Mond, aus!«

Bevor Mond den Sphinx hätte anspringen können, war einer der Löwen dazwischengegangen und packte Mond mit dem Maul um die Seite. Baltibb sank das Herz vor Schreck – doch der Sphinx zerbiss Mond nicht, sondern schleuderte ihn neben sie. Jaulend fiel er auf den Boden.

»Nächstes Mal verlässt du Wynter rechtzeitig. Und lass deinen Köter in den Ruinen!«

Schluchzend zog sie Mond auf die Beine und schlich mit ihm davon.

Baltibb war noch nie in den Armenvierteln gewesen. Die Straßen – sofern man die engen Hohlräume zwischen den Ruinen so nennen konnte – waren ungepflastert und vom Regen in tiefe Schlammgruben verwandelt worden. Immer wieder landete sie in Sackgassen und musste über Geröll und halb zerfallene Mauern klettern. Einmal kam sie an einer Hütte vorbei, der eine Mauer fehlte, und konnte geradewegs in die Schlafkammer von fünf abgemagerten Kindern blicken, die sich um eine ranzige Öllampe drängten. Abgesehen davon begegnete Baltibb kaum Menschen.

Schließlich kroch sie in eine Kuhle zwischen zwei zerbröckelten Steinwänden und schob ein triefendes Brett darüber, damit sie und Mond einigermaßen vor dem Regen geschützt waren. Auf dem nackten Boden rollte sie sich zusammen und schlief augenblicklich ein.

Der nächste Morgen war grau. Als sie aufwachte, war ihr, als sei die ganze Welt unter einem Bleiregen verschüttet. Im Palast waren manche Tage düster gewesen, aber nie hatte Baltibb einen Morgen erlebt wie diesen.

Mond lag nicht mehr neben ihr, sondern hockte etwas abseits im Schutz einer schiefen Überdachung und betrachtete die trostlose Umgebung. Baltibb wusste, dass er dasselbe empfand wie sie.

Wo waren sie nur gelandet?

Im dämmrigen Licht sah Baltibb die Wunde, die sie sich an der Eisenspitze unter Wasser geholt hatte: eine tiefe, verkrustete Schramme in ihrer Schulter. Aber sie sah schlimmer aus, als sie sich anfühlte. Wahrscheinlich weil der Rest ihres Körpers kaum weniger schmerzte. Die blauen Flecken und kleineren Kratzer, die sie sich bei ihrer Flucht zugezogen hatte, konnte sie gar nicht zählen.

Schließlich stand sie auf und ging. Wohin, wusste sie nicht.

Als sie die Ruinen verließ, sah sie eine Gruppe Holzfäller durch den Regen stapfen. Sie folgte den Männern in die Wälder. Inzwischen rumorte der Hunger in ihrem Bauch – wenn sie nicht bald etwas aß, würde sie vor Erschöpfung zusammenbrechen. Die Holzfäller ließen ihren Proviant in einem hohlen Baum, bevor sie sich in der Nähe an die Arbeit machten. Als die Männer beschäftigt waren, schlich Baltibb heran und stahl zwei Bündel, in denen feuchtes dunkles Brot eingewickelt war. Sie hatte nie Schlechteres probiert; offenbar war es mit Erde gestreckt worden und schmeckte nur entfernt nach Getreide. Mond verzichtete auf den Anteil, den Baltibb ihm hinhielt, und ging stattdessen auf Mäusejagd.

Baltibb erinnerte sich an ihre Reise mit Lyrian vor mehr als einem halben Jahr. An meilenweite Stille und Schneelandschaften, die sich bis in die Unendlichkeit zu erstrecken schienen. Unberührtes Weiß, in das sie ihre Fußspuren gesetzt hatten, Lyrian seine und Baltibb daneben ihre, zwei Fährten, die sich nie trennten. Sie dachte an den Fuchs, in dessen weichem Fell sie eingeschlafen war, zitternd vor Kälte und Glück. Sie dachte an den traurigen Klang der Flöte und wie Lyrians Melodien die Welt erfüllt hatten, die mit angehaltenem Atem lauschte.

Und nun regnete es, überall platschte das kalte Wasser

durch die Bäume und der Wind fauchte im Geäst. Baltibb zog die Schultern hoch. Insgeheim hielt sie nach jener Ruine Ausschau, in der Lyrian ihr einst das Leben gerettet hatte. Dort wollte sie sich verstecken, bis sie sich über ihre Zukunft klar geworden war.

Aber im Grunde spürte Baltibb, dass die Ruine ihr Endziel sein würde. Es gab keine Zukunft. Ihr Leben lang war sie eine Dienerin gewesen, ohne die Drachen, ohne Lyrian war sie nichts. Sie würde zum alten Gebäude zurückkehren, weil es das Denkmal einer Erinnerung geworden war, der schönsten Erinnerung überhaupt. Dann würde sie sterben.

Dieser Gedanke streifte ihr Bewusstsein mehr, als dass er es erreichte, und beunruhigte Baltibb nicht. Sie fühlte eine stille, niedergeschlagene Erleichterung.

Den ganzen Tag stapfte sie durch die Wälder. Sie fand Ruinen, im Dickicht verborgen oder hoch aufragend wie die Bäume, aber das alte Gebäude, das sie suchte, war nicht dabei. Schließlich wurde es dunkel. Sie stieß auf eine Ruine, die halb von den Wurzeln der Bäume in den Boden gedrückt und halb herausgehoben worden war. Erschöpft kroch sie hinein, aß den Rest des gestohlenen Brotes und fiel in einen ohnmachtsgleichen Schlaf.

Die Welt lag in dichtem Nebel, als sie wieder zu sich kam. Farbloses Dämmerlicht glomm von irgendwo, zu hell für die Nacht und zu dunkel für den Tag. Der Regen war einem feinen Nieseln gewichen. Baltibb setzte ihren Weg fort, riss Blätter ab und versuchte, ihren Hunger zu stillen, aber sie bekam nur Bauchschmerzen. Die Kälte, die Nässe, die Erschöpfung, alles wurde zu viel … zitternd taumelte sie voran, zog sich von Baum zu Baum und schloss die Augen. Dann fand sie die Ruine eben nicht, und wenn schon … was machte es für einen Unterschied, ob sie ihre Grabkammer erreichte oder hier auf der Erde liegen blieb. Es war sowieso alles eine Ruine, die ganze verdammte Welt.

Erinnerungen an ihren Vater überkamen sie und Baltibb schluchzte auf. Bestimmt hatten die Drachen ihn umgebracht. Es war ihre Schuld. Sie wollte um Vergebung bitten, aber sie schaffte es nicht, nicht einmal in Gedanken. Denn wie könnte sie sich dafür entschuldigen, dem Prinzen gehorcht zu haben? Sie war nur treu gewesen – sie war mehr als eine Dienerin geworden, weil man es von ihr verlangt hatte, und dafür war ihr Vater jetzt tot. Es war ihre Schuld und doch hätte sie nichts dagegen tun können …

Ohne dass sie es richtig gemerkt hatte, war sie einen Geröllhaufen emporgeklettert. Plötzlich stand sie über dem Dickicht und konnte den Wald bis in die Ferne überblicken. Und alles sah gleich aus.

Graue Stämme im Nebel, Striche im Weiß, nichts, nichts. Keine Tränen trübten ihren Blick, damit die Welt verschwamm – dieser Trost blieb ihr verwehrt. Mond strich winselnd um sie herum. Als sie schluchzte, bellte er. Baltibb senkte das Gesicht und verstummte schließlich vor Schwäche.

Mond bellte immer noch. Sie reagierte nicht, bis sich noch ein anderes Geräusch vom Wasserplätschern abhob: das leise Klirren von Metall.

Langsam drehte sie sich um. Unterhalb des Geröllbergs standen mehr als dreißig Gestalten.

Sie waren bewaffnet, trugen dicke Umhänge, Mäntel und Rüstzeug und führten Packpferde mit sich.

Baltibb zog die Nase hoch. Ruinenräuber. Auch gut. Dann ging es schneller.

»Wer bist du?«, rief einer der Männer.

Eine Frau neben ihm zog einen Pfeil aus ihrem Köcher und

legte ihn an ihren Bogen. »Antworte! Du trägst das Wappen der Drachen auf deinem Kittel!«

»Sie ist ein Spion«, sagte jemand.

»Schießt erst auf den Drachen!«

Baltibb zog Mond hinter sich. »Er ist kein Drache. Er ist nur ein Hund.« Sie sammelte ihre letzte Kraft und rief: »Bitte lasst ihn am Leben. Mit ihm könnt ihr ja sowieso nichts anfangen.«

Hier und da lachte jemand. Baltibb stellte sich so gut wie möglich vor Mond, um ihn zu schützen, doch plötzlich rutschte sie auf dem nassen Stein aus und fiel unbeholfen auf die Knie. Sie blieb sitzen und schlang die Arme um Mond, der die Ruinenräuber anbellte. Wie lange sollte sie noch um ihr Leben kämpfen? Sie wollte nicht mehr, es war ihr gleich.

»Worauf wartet ihr? Bringt mich um. Aber er ist kein Drache.«

Sie hörte nichts. Als sie endlich das Gesicht aus Monds Fell nahm und die Augen aufschlug, stand die Frau mit dem Bogen vor ihr. Sie hatte sich das Schaltuch vom Kopf geschoben, sodass man die vielen schwarzen Zöpfe sehen konnte, die ihr um das kantige Gesicht standen. »Warum sollten wir dich umbringen?«

»Ihr seid doch Ruinenräuber.«

Die Frau senkte den Bogen. »Bist du ein Diener der Drachen?«

Baltibb schluckte. »Ich bin ein Flüchtling.«

»Wovor flüchtest du?«

»Was schert euch das? Was schert das irgendwen?«

Die Frau musterte sie von oben bis unten. Dann steckte sie ihren Pfeil ein. »Hast du Hunger?«

Albathuris

Die Reisenden gaben Baltibb Brot und trockene Kleider. Wortlos nahm sie ihre Hilfe an, sah weder auf noch dankte sie; dass ausgerechnet jetzt jemand gut zu ihr war, konnte sie gar nicht begreifen. Es musste eine Falle sein.

»Wohin bist du unterwegs?«, fragte die Frau mit den schwarzen Zöpfen. Baltibb zuckte die Schultern.

»Du weißt nicht, wo du hinwillst?« Die Bogenschützin beobachtete sie eine Weile scharf, dann runzelte sie die Stirn. »Nun. Wir müssen jedenfalls weiter.«

Baltibb schluckte den Bissen Brot hinunter. Bewaffnete, die einer Fremden in der Wildnis einfach so Kleidung und Essen gaben, da stimmte doch etwas nicht. Irgendetwas wollten sie im Gegenzug, aber Baltibb hatte ganz offensichtlich nichts.

Schließlich seufzte die Frau und wandte sich ab. »Dann viel Glück auf der Flucht, Mädchen. Mögen die Drachen dich nicht finden.«

Als die Frau zu den anderen Leuten zurücklief, stand Baltibb auf. »Seid ihr nun Ruinenräuber oder nicht?«

Die Frau blieb stehen. »Nein.«

Verzagt nahm Baltibb das Brot von einer Hand in die andere. »Was dann?«

»Nicht«, murmelte ein Mann der Bogenschützin zu, als sie den Mund öffnete. Doch sie hörte nicht auf ihn. »Kennst du Albathuris?«

Baltibb blickte von Gesicht zu Gesicht. Sie hatte davon

gehört, ja – es war die Rebellenstadt in der Wildnis. Lyrian hatte ihr irgendwann davon erzählt. Die Frau lächelte sie auf eine Art an, dass sie nicht sicher war, ob sie ein Geheimnis vor ihr verbarg oder offenbarte.

»Also seid ihr Rebellen?«

»Manche Fragen sind gefährlich«, sagte der Mann neben der Bogenschützin finster. Er war nicht sehr groß, sah aber kräftig aus und hatte ein strenges, ernstes Gesicht. Als er sah, wie Mond mit dem Schwanz wedelte, schien er etwas gelassener.

»Wie heißt dein Hund?«

»Mond.«

Einen Moment schweifte sein Blick durch die Runde, als ob jemand Einwände dagegen erheben könnte.

Die Bogenschützin flüsterte ihm etwas zu und sie sahen einander skeptisch an. Schließlich nickte er langsam. »Jeder, der vor den Drachen auf der Flucht ist, kann von uns Hilfe erwarten. Na los … du kannst mit uns kommen. Dein Hund auch.«

»Die meisten von uns kommen aus Modos, kennst du das? Es liegt an der Grenze zu Kossum. Die zwei da vorne, der weißbärtige Pferdeführer und der junge Mann neben ihm, sind Gesandte der Regierung von Ghoroma. Und unser Wildführer Sethur und ich sind in Wynter geboren.« Die Bogenschützin sprach in leisem Ton, während sie durch die Wälder gingen. Sethur, der Mann, der ihr angeboten hatte mitzukommen, drehte sich beim Klang seines Namens um und nickte ihr zu.

»Und dein Name?«, fragte Baltibb die Frau.

»Kasamé.«

Schweigend setzten sie ihren Weg fort, nur das Klirren des Pferdegeschirrs und das Rascheln der Blätter waren zu hören. Baltibb hatte sich einer Gruppe von Rebellen angeschlossen. Es war so absurd, dass sie es einfach nicht ernst nehmen konnte.

Der Tag blieb nebelig. Ein dunstiger Schimmer versilberte die Regentropfen, sonst war von der Sonne nichts zu sehen. Doch Sethur schien zu wissen, wohin er sie führte. Auf leisen Sohlen lief er der Gruppe voran, eine Hand stets am Schwertgriff.

Abends machten sie in einer Ruine Rast, die versteckt in einem Fichtental lag. Vier Krieger hielten Nachtwache, kein Feuer wurde entfacht. Es gab Dörrfleisch und Brot, und Baltibb bekam nicht weniger als die anderen, doch sie überließ ihre Fleischration Mond. Dann verkroch sie sich mit ihm in einem trockenen Winkel zwischen den moosbewachsenen Steinen. Während sie einschlief, lauschte sie den Gesprächen der Bande. Ihre Stimmen hoben sich kaum vom Regentröpfeln ab, Baltibb verstand gar nichts …

Nur einen Atemzug später, so schien es, spürte sie eine Hand auf dem Arm und fuhr auf. Kasamé stand über ihr, Bogen und Köcher geschultert. Es war Tag geworden. Baltibb fühlte sich, als hätten sie die Nacht übersprungen.

»Wir brechen auf«, sagte Kasamé, und Baltibb folgte ihr nach draußen. Die Packpferde waren beladen, die Krieger trugen ihr Rüstzeug und alle warteten auf den Aufbruch. Baltibb ging mit Kasamé vor zu Sethur, der sie mit einem Nicken grüßte. Als er Mond sah, holte er ein paar Fleischstreifen aus seinem Beutel und fütterte ihn. Baltibb beschloss, dass sie den Fährtensucher mochte.

Noch immer fiel leichter Nieselregen. Der Geruch von altem Laub und schwarzer Erde machte die Luft schwer. Baltibb fühlte sich an Tod und Fäulnis erinnert, zugleich strotzte alles vor rohem, dunklem Leben.

Im Verlauf des Tages tuschelten die Krieger immer wieder

über sie und warfen vor allem Mond argwöhnische Blicke zu. Baltibb konnte es ihnen nicht verübeln. Wieso Kasamé und Sethur ihr vertrauten, war ihr mindestens ebenso schleierhaft wie den Mitreisenden.

Am Nachmittag – jedenfalls vermutete Baltibb im eintönigen Dämmerlicht der Wälder, dass es schon so spät war – verließ Kasamé die Spitze des Zuges und gesellte sich zu ihr. Eine Weile gingen sie schweigend nebeneinanderher.

»Wie lange sind wir noch unterwegs?«, fragte Baltibb, mehr weil sie das Gefühl hatte, etwas sagen zu müssen, als dass es sie wirklich interessierte.

Kasamé schien erfreut, dass sie endlich Neugier zeigte. »Noch heute kommen wir an, wenn Sethur recht behält. Aber bis jetzt hat er sein Wort nicht gebrochen.« Sie lachte leise. »Wir sind schon lange unterwegs. Zu lange. Unsere Freunde aus Modos sind nun fast drei Monate gereist.«

Baltibb dachte an ihre Reise mit Lyrian. »Sie müssen den Weg gut gekannt haben, wenn sie so schnell waren.«

Kasamé zog eine Augenbraue hoch. »Woher weißt du das?«

»Ich bin nicht das erste Mal auf der Flucht.«

Die Rebellin beobachtete sie aufmerksam und schüttete das Regenwasser aus ihrem Köcher. »Ich habe auch einmal den Drachen gedient.«

Überrascht sah Baltibb auf. Als Dienerin konnte sie sich Kasamé mit ihrem Kraushaar und den gefährlich funkelnden Augen nicht gut vorstellen. Sie schien mit einem Bogen in der Hand geboren worden zu sein, nicht mit einer weißen Haube auf dem Kopf.

»Meine Eltern und Geschwister und ich, wir haben in den Ruinen gegraben, solange ich mich erinnern kann. Ich bin in einer Gräberkarawane aufgewachsen. Wir waren zwischen zwei Dutzend und zweihundert Arbeitern, je nachdem wohin die Drachen uns schickten. Bei den kleineren Ruinen haben uns nur ein paar Sphinxe bewacht. Aber bei den großen … da waren auch Darauden.«

Baltibb dachte mit Unbehagen an die Bestien und sah Kasamé an, dass sie ähnlich fühlte. »Was habt ihr ausgegraben?«

»Alles Mögliche. Hauptsächlich alte Sachen aus Metall … Sachen, von denen niemand wusste, wozu sie einst gedient haben. Und natürlich Gold, Silber, Waffen und Bücher! Auf die haben die Drachen es besonders abgesehen. Ich weiß noch, dass ich furchtbar Angst hatte, Bücher zu finden.«

»Warum?«, fragte Baltibb überrascht.

»Wenn du ein *gefährliches* gefunden hast, wurdest du gleich mit dem Buch verbrannt. Für den Fall, dass du es gelesen hattest.« Kasamé grinste bitter. »Die Drachen suchen die Schätze der Vergangenheit nicht nur, weil sie ihnen heute dienlich sind. Vor allem sind sie gefährlich. In Büchern und manchen anderen Gegenständen sind Gedanken und Ideen von früher erhalten, die die Lügen der Drachen aufdecken könnten. Das ist der Hauptgrund, warum die Drachen die Ruinen durchsuchen lassen. Sie vernichten mehr, als sie bergen.«

Baltibb schwieg. Nun erinnerte sie sich, dass viele Ruinen, die sie mit Lyrian gesehen hatte, niedergebrannt gewesen waren. Ob dort wirklich Schätze aus früheren Zeiten im Feuer geendet waren – zusammen mit Menschen?

Allmählich wurde es dunkel, doch niemand entfachte eine Fackel. Baltibb erwartete, dass sie ihren Weg fortsetzen würden, bis die Finsternis sie zur Rast zwang. Aber dann leuchtete etwas vor ihr auf – und kam rasch näher. Rings um sie wurden Schwerter gezogen, auch Kasamé nahm Pfeil und Bogen von der Schulter.

»Heil Albathuris!«, rief jemand, und der Gruß wurde von

nah und fern erwidert. Nun senkten alle die Waffen und liefen dem Licht entgegen.

Der Träger war ein bis an die Zähne bewaffneter Krieger. Er schloss Sethur und den alten Gesandten aus Ghoroma in die Arme und begrüßte auch die anderen herzlich. Baltibb behandelte er nicht anders, weshalb sie vermutete, dass er die meisten wie sie zum ersten Mal sah.

»Kommt, wir haben seit vorgestern eure Ankunft erwartet«, sagte der Krieger mit der Fackel und führte sie an. »Die Posten fünf Tagesreisen südlich haben gesagt, ihr würdet früher kommen. Was hat euch aufgehalten?«

»Zum Glück nur das Wetter«, sagte der alte Gesandte mit einem milden Lächeln. »Wir mussten früh am Abend rasten und konnten erst spät am Morgen aufbrechen, weil die Sonne sich geziert hat.«

Noch mehr Lichter stiegen aus der Dunkelheit, kleine Flammen in der Weite der Nacht. Im Näherkommen erkannte Baltibb mächtige Wälle aus Steinbrocken, Schutt, umgestürzten Türmen und Holzpflöcken. Ein kleines Tor wurde ihnen geöffnet.

Der Krieger mit der Fackel blieb stehen und schob sich feierlich die durchnässte Kapuze aus der Stirn. »Willkommen in Albathuris.«

Baltibb wusste nicht genau, was sie von der Rebellenstadt erwartet hatte. Vielleicht ein paar dunkle Höhlen und Räuberverstecke. Erst als sie durch das Tor trat und die hoch aufragenden Türme mit den Brücken erblickte, wurde ihr klar, dass *das* nicht ihren Vorstellungen entsprach.

»Für die, die zum ersten Mal hier sind«, erklärte ihr Führer, »werden wir morgen eine kleine Führung machen. In den Häusern dort leben Familien, aber die meisten von uns wohnen in den beiden Türmen hier.«

Baltibbs Blick schwenkte von den Steinhütten zu den Türmen, die aus vielen Fensternischen leuchteten. Obwohl es zweifellos Ruinen waren, wirkten sie erstaunlich gut erhalten. Wo der kalkige Stein eingestürzt war, hatte man Stützpfeiler und Holzwände eingebaut.

»Das hier ist der Übungsplatz«, fuhr der Krieger fort und wies zu einer weiten Holzumzäunung. »Die Männer … das heißt, wer will, erlernt Schwertkampf, Bogenschießen und alles Weitere, was einem das Leben retten kann. Und das hier ist unser Heiligtum. Die Bücherei.«

Sie verlangsamten ihren Schritt, als sie an einem dritten Turm vorbeikamen, neben dem ein rundes Wachhaus stand. Die beiden Krieger darin nickten ihnen zu.

»Hier ist unser Versammlungshaus.« Sie erreichten eine riesige Ruine, die an einer Seite vollständig zerfallen war. Ein paar dürre Fichten wuchsen auf dem Schutt. Die bogenförmige Eingangstür wurde geöffnet, als sie näher kamen, und Gestalten in wild zusammengewürfelter Kriegskleidung erschienen.

»Seid willkommen!« Ein Mann trat vor und umarmte einen nach dem anderen. Das Schwert an seinem Gürtel glänzte silbern wie sein Haar. »Mein Name ist Beron, ich habe das Kommando über die Kampfausbildung. Seid willkommen, Herr.« Vor dem alten Gesandten verneigte er sich. Sethur und Kasamé nickte er zu – offenbar kannten sie sich. »Kommt herein. Unsere Späher haben eure Ankunft schon gemeldet, das Essen steht bereit.«

»Es freut mich, dass eure Sicherheitskräfte und eure Küche so gut aufeinander abgestimmt sind«, kicherte der alte Gesandte. Die versammelten Menschen nahmen sich der Tiere an und luden die Kisten und Taschen ab, um sie eine breite Steintreppe emporzutragen. Baltibb und die Gruppe folgten, während die Pferde in Ställe geführt wurden.

Die Treppe mündete in eine Steinhalle, in der ein riesiges Kaminfeuer prasselte. Eine hufeisenförmige Tafel stand davor, um die sich eine wilde Sammlung unterschiedlichster Stühle aus Holz, Fellen, Polstern und Leder drängte. In der Mitte saß auf einem hölzernen Thron ein alter Mann.

Sein Kopf war kahl, dafür zierte ein grauer Spitzbart sein Gesicht. Baltibb erschrak, als sie erkannte, dass er keine Augen hatte: Da waren nur zwei rote, narbige Höhlen. Anders als die Krieger trug er die schwarzen Roben eines Gelehrten. Links und rechts von ihm saßen ein Dutzend Männer und Frauen in ähnlicher Kleidung. Als sie sich von ihren Sitzen erhoben, stützte sich auch der Blinde hoch und breitete die Arme aus.

Der alte Gesandte verneigte sich. Alle Übrigen taten es ihm gleich, auch Baltibb, obwohl sie keinen rechten Sinn darin sah, sich vor einem Blinden zu verbeugen.

»Nethustra, Führer von Albathuris! Es ist mir eine Ehre, Euch endlich zu begegnen. Von allen Männern, die unter der Sonne wandeln, gibt es keinen, dessen Kameradschaft ich so ersehne wie Eure.« Der Gesandte schien ehrlich ergriffen und hielt sich am Arm seines jungen Gehilfen fest. »Wie man Euch gewiss angekündigt hat, ist mein Name Peramon, Abgeordneter der Freien Volksregierung Ghoroma. Ich bin den weiten Weg gereist, um Euch und Albathuris den Segen meines Landes zu bringen und über die gemeinsame Zukunft von Ghoroma, Albathuris und Wynter zu sprechen. Als Zeichen der Verbundenheit schenkt Ghoroma Albathuris fünfundzwanzig Kisten Schießpulver und zehn Kisten Literatur. Zudem befinden sich zwanzig tapfere Offiziere unserer Armee in meiner Begleitung, die Euren Kriegern alles beibringen werden, was ihnen im Kampf von Nutzen ist.« Peramon ging die Luft aus.

Der Blinde hielt noch immer die Arme erhoben. Ein Lächeln kräuselte seinen schmalen Mund. »Mein lieber Peramon, wie kann ich meinen Dank in Worte fassen? Albathuris würde nicht existieren ohne die Großzügigkeit der freien Menschenreiche und den selbstlosen Mut ihrer Vertreter. Bitte, setzt Euch. Speist mit uns, ruht nach Eurer langen, gefahrvollen Reise. Ihr seid bei Freunden angekommen.«

Alle klatschten. Ein tiefes Gefühl der Geborgenheit ergriff Baltibb, das nicht nur an der Wärme und dem köstlichen Essensduft lag. Die Stimme des Rebellenführers hatte etwas so Gütiges an sich, dass man gar nicht anders konnte, als ihm zu glauben.

Sie folgte Kasamé an die Tafel und nahm neben ihr Platz. Spürten die Rebellen nicht, dass sich ein Eindringling in ihrer Runde befand? Zum Glück trug sie nicht mehr ihren Kittel mit dem Wappen Wynters – den hatte Kasamé im Wald vergraben.

Die Krieger Albathuris' brachten große Platten mit dunklem Brot, Ochsenfleisch, gekochtem Gemüse und Dörrobst herein. Dazu gab es verdünnten Wein und Ziegenmilch in dicken Tonkrügen.

»Verzeiht die Bescheidenheit unseres Mahls«, seufzte Nethustra, der das Essen entweder am Geruch erkannt hatte oder sehr gut über die Nahrungsvorräte seiner Stadt Bescheid wusste. »Wir sind und bleiben ein Flüchtlingslager, doch was uns an irdischem Wohlstand fehlt, versuchen Geist und Herz wettzumachen.«

Peramon, dem man direkt neben Nethustra Platz gemacht hatte, lächelte. »Und ist es nicht dieser Reichtum, der als Einziger von echtem Wert und Dauer ist?«

Darauf wurde angestoßen. Unauffällig führte ein Junge neben Nethustra die Hand des Alten zum Krug. Dann begann das Mahl.

Als Baltibb merkte, dass niemand sie beachtete, griff sie

sich hastig ein paar Fleischstücke, eine Brotkante und Gemüse. Nachdem sie in den vergangenen Tagen kaum etwas zu sich genommen hatte, war das hier ein Festmahl. Sie konnte sich vorstellen, wie es den anderen Rebellen ging, die seit ihrem Aufbruch aus Modos und Ghoroma wahrscheinlich nichts anderes als Trockenbrot und Dörrfleisch gehabt hatten.

Peramon erzählte von ihrer langen Reise, angefangen vom Wetter, den Landschaften, Tieren und Pflanzen, dann den Dörfern der Menschen, den verlassenen Schlachtfeldern in Kossum und den großen Bränden, die die Drachen gelegt hatten.

»Wir wollten in Kossums Hauptstadt Ailyon haltmachen, unsere Vorräte auffüllen und Nachrichten mit unseren Verbündeten dort austauschen. Es war unmöglich. Die Stadt wird seit dem erfolgreichen Aufstand vom Heer der Drachen belagert. Darauden kreisen Tag und Nacht über den Dächern Ailyons. Es gibt keinen Weg hinein oder hinaus.«

Nethustra setzte behutsam seinen Kelch ab. »Was ist mit dem Rest von Kossum, der Nordstadt Lorgon und den Siedlungen im Westen? Ich hörte, die Revolution hätte sich auch dort ausgebreitet, sodass die Heere der Drachen sich aufgeteilt haben und besiegbar geworden sind?«

Peramon nickte und beeilte sich zu sagen: »Ja, das ist wahr. Einige Dörfer wurden ganz von den Drachen ausgelöscht, dafür hatten die größeren Städte wie Ailyon Zeit, sich zu rüsten und die Truppen der Drachen zu schlagen. Aber nun haben die Drachen ihre Taktik geändert. Sie sind aus dem Hochland Kossums abgezogen und an die Grenze zwischen Kossum und Modos marschiert, um unsere Unterstützung abzuschneiden.«

»Aber die Geschwisterstaaten haben einen großen Sieg errungen«, erinnerte Nethustra ihn, »indem sie die Kontrolle über die Handelswege erlangt haben. Seitdem ist Wynter so gut wie getrennt vom Rest der Welt. Whalentida wird bald keinen Handel mehr mit den Drachen treiben, weil die Transportkosten zu hoch werden. Dann ist Wynter ruiniert.«

»Davor muss die letzte Stadt Kossums fallen: Iwyndell. Dort herrscht noch das Drachentum und der Handel fließt weiter«, erwiderte Peramon. »Aber so viel ist gewiss: Wenn die Menschen von Kossum – und Wynter – sich nicht gemeinsam gegen die Drachen erheben, können wir den Krieg nicht gewinnen.«

Nethustra nickte ernst. Im Flackern des Kaminfeuers sah es fast aus, als hätte er die Augen bloß in Andacht geschlossen. »Wir tun unser Bestes, die Gedanken der Menschen zu befreien. Unsere Anhänger riskieren ihr Leben, um die Wahrheit über die Drachen im Land zu verkünden, der Kampf gegen ihre Herrschaft ist zugleich ein Kampf gegen die Unwissenheit. Nicht jeder gute Bauer versteht den Sinn des Kampfes, zu tief sitzt der Glaube an die Drachen, zu mächtig ist die Selbstunterschätzung.« Nethustra seufzte schwer. »Aber genug der Worte. Ihr müsst erschöpft sein. Lasst uns schlafen und zu Kräften kommen, damit wir morgen die Welt verändern können.«

Peramon neigte ehrerbietig das Haupt. Als er aufstehen wollte, kam ihm Kasamé zuvor.

»Entschuldigt, dass ich euch aufhalten muss, Freunde. Es gibt noch etwas, das wir heute Abend beschließen müssen.«

Nethustra neigte den Kopf. »Kasamé? Ich freue mich, dich zu hören. Was gibt es?«

»Es geht um dieses Mädchen«, sagte Kasamé laut und zog Baltibb am Arm hoch. Baltibb erstarrte, als alle Blicke sich auf sie richteten. Nethustra runzelte die Stirn, regte sich aber sonst nicht.

»Wir haben sie im Wald gefunden, zwei Tagesreisen von

hier. Sie behauptet, eine Dienerin der Drachen gewesen zu sein und eine Entflohene. Sie hat einen schwarzen Hund dabei. Wir haben ihn lange beobachtet, er ist kein Drache.« Sie hielt inne. Sorge, ja, Schreck stand in die Gesichter ringsum geschrieben, nur Nethustras Miene blieb ausdruckslos.

»Ich brachte es nicht über mich, sie zu töten«, fuhr Kasamé leise fort. »Laufen lassen konnten wir sie natürlich auch nicht. Darum haben wir sie mitgenommen, damit Ihr über ihr Schicksal bestimmt, Nethustra. Sie weiß nun, wo Albathuris liegt, und hat unser Gespräch mit angehört. Ihr sollt entscheiden, ob sie sterben oder aufgenommen werden soll.«

Stille folgte. Im Feuer krachte ein Holzscheit.

»Du bist kühn mit dem Bogen«, hob Nethustra an und faltete die Hände. »Was hat dich also bei dem Mädchen zögern lassen zu schießen?«

Kasamés Ausdruck blieb ruhig, ihr Griff an Baltibbs Arm unverändert. »Sie hat geweint, als wir sie fanden. Ich glaube nicht, dass sie uns auflauerte.«

Leises Murmeln lief durch die Menge. Lieber wäre Baltibb erschossen worden, als jetzt so vor Gericht gestellt zu werden. Sie presste die Lippen aufeinander.

Nethustra nickte, als habe er einen Entschluss gefasst. »Das Mädchen soll vortreten und seine Geschichte erzählen.«

Kasamé zog Baltibb in die Mitte der Tafel und ließ sie dort stehen. Mond trottete neben Baltibb und blickte fragend zu ihr auf. Schwerter wurden gezogen, ein junger Krieger am Rand der Tafel griff nach dem Bogen an seiner Stuhllehne.

»Wie heißt du, Mädchen?«, fragte Nethustra. Seine vernarbten Augenhöhlen schienen Baltibb anzustarren und tiefer zu dringen als jeder Blick.

»Baltibb«, sagte sie.

»Erkläre, wie du den Drachen gedient hast und wieso du flüchten musstest.«

Ihr Blick schweifte durch die Menge. »Ich war Wildhüterin. Im Palast. Ich war … Der Prinz mochte mich. Deshalb haben sie meinen Vater umgebracht.«

»Der Prinz?«, wiederholte ein fein gekleideter Junge und beugte sich vor, die Stirn in Falten gelegt.

»Ja.«

»Du kanntest ihn?«

»Wir … wir waren Freunde.«

»Dann weißt du sicher, wie er heißt?«, fragte er listig.

Baltibb nickte zögerlich. Seinen Namen hier auszusprechen, schien ihr wie ein Verrat. Die Rebellen beugten sich erwartungsvoll vor. »Er … er heißt Lyrian.«

Der Junge blickte um sich. »Sie sagt die Wahrheit. So heißt er.«

»Woher weißt du das?«, erwiderte Baltibb.

Der Junge sah ihr ernst in die Augen. »Ich war ein Gildenmitglied. Ich habe den Palast der Drachen oft besucht und weiß einiges über sie.«

Baltibb bekam ein unruhiges Gefühl. Obwohl sie den Drachen keine Treue mehr schuldete, bereitete ihr der Gedanke, dass diese Leute in die Geheimnisse des Palasts eingeweiht waren, eine Gänsehaut.

Nethustra legte den Kopf schief. »Was weißt du über den Prinzen? Wie oft hast du ihn gesehen?«

Baltibb erzählte. Die Rebellen hatten immer mehr Fragen und sie beantwortete alle. Besorgte, erstaunte, verbitterte Blicke hingen an ihren Lippen, während sie das Heiligste preisgab, das sie besaß. Zugleich fühlte sie sich so erleichtert, endlich alles, alles sagen zu können – jedes ausgesprochene Wort hob einen Stein von ihrem Herzen wie von einem Grab, und darunter kam sie hervor.

Als sie geendet hatte, schwiegen die Rebellen. Schließlich fragte Nethustra: »Was hältst du also davon?«

»Ich?« Sie stockte. »Ich … weiß nicht.«

»Aber du weißt doch, dass die Drachen behaupten, keine Gefühle zu haben. Nicht wahr?«

»Ja.«

»Glaubst du, der Prinz hat sich aus Vernunft mit dir angefreundet?«, fragte Nethustra leise. Als er keine Antwort vernahm, brummte er zustimmend. »Du hast ihn nicht infrage gestellt, denn so hat man es dir beigebracht. Die meisten Menschen sind blind für die Dinge, die ihrem Glauben widersprechen.« Er deutete auf seine leeren Augenhöhlen und seine Stimme bekam einen schärferen Ton. »Auch mich haben die Drachen lange blind gehalten. Erst als sie mir das Augenlicht nahmen, begann ich, klar zu sehen. Im Tausch gegen meine Sicht erhielt ich Erkenntnis.« Eine Weile schwieg er, die Lippen fest aufeinandergepresst. Dann erhob er sich und streckte die Arme aus. »Komm näher.«

Gehorsam trat Baltibb vor ihn, bis seine Hände ihre Schultern berührten. Er drückte sie sanft und nickte. »Sei willkommen, Baltibb. Ab heute bist du nicht mehr blind.«

Gefühl und Verstand

Während der langen Regentage wartete Mion nur darauf, von Lyrian zu hören, doch keine Nachricht kam. Sie begann, sich Sorgen zu machen – nicht dass er sie womöglich nicht wiedersehen wollte, sondern um *ihn*. Irgendwas hielt ihn auf, sonst hätte er ihr längst geschrieben.

Dann kam endlich ein kaiserlicher Brief – doch von Lyrian war er nicht. Das Schreiben richtete sich an »alle Gildenmitglieder des Hauses« und verkündete, dass von nun an Treffen, bei denen mehr als sieben Menschen anwesend waren, den Drachen gemeldet werden mussten und eine Genehmigung brauchten. Jagu las Mion den Brief vor, eher er ihn zerknüllte und ins Feuer warf.

»Dann werde ich die kommende Theaternacht wohl melden müssen«, meinte er schlicht.

Zwei Tage später kam ein Rudel Sphinxe. Mion, die gerade mit Jagu Ritus spielen wollte, blieb fast das Herz stehen, als die Köchin ins Atelier stürzte und mit zittriger Stimme verkündete, dass die Eingangshalle voller Löwen sei. Jagu sagte, dass sie hier warten sollte, und ging hinunter.

Als er nach fünf Minuten nicht zurückkam, schlich Mion zur Treppe und blieb lauschend stehen. Sie hörte einen der Sphinxe über Lehrlinge sprechen. Für einen kurzen Augenblick erwog sie davonzurennen, solange sie noch konnte. Aber schließlich verschwanden die Sphinxe wieder und Jagu kam zurück.

»Sie wollten nur sehen, ob ich noch hier bin.« Weil sie

ihn verständnislos anstarrte, fuhr er fort: »Offenbar sind ein paar Gildenmitglieder zu den Rebellen übergelaufen. Jetzt prüfen die Sphinxe in jedem Haus, ob jemand verschwunden ist.«

In der folgenden Nacht erwachte sie durch furchtbare Schreie.

»Freiheit! Freiheit! Frei–«

Die Stille, die dem abgerissenen Ruf folgte, war beinahe noch unheimlicher. Sie rannte zu Jagu, weckte ihn auf und erzählte ihm, was passiert war.

»Diese Narren«, murmelte er.

Mion kroch mit angezogenen Beinen neben ihn. Sie hatte Angst. Irgendetwas passierte mit den Gilden und Drachen, und sie konnte das Gefühl nicht loswerden, dass sie und Jagu in Gefahr waren … oder Lyrian …

Jagu ließ zu, dass sie neben ihm einschlief, und zog die Bettdecke über sie.

Mion verbrachte lange Stunden am Fenster und blickte auf die Straße hinaus in den Regen. Sie hielt Ausschau nach einem Briefboten oder nach Sphinxen, aber vor allem schlug sie die Zeit tot und versuchte, an nichts zu denken.

Dann sah sie, dass sich draußen vor dem Tor etwas bewegte. Sie kniff die Augen zusammen. Im Regen war sie sich nicht sicher, ob es ein –

Sie stieß einen erschrockenen Schrei aus, als ein Vogel an ihr Fenster flog. Eine Schwalbe. Fiebrig riss sie das Fenster auf. Im nächsten Augenblick taumelte Lyrian ins Zimmer.

Er troff vor Nässe und atmete schwer. Für Sekunden starrten sie sich nur an.

»Wie … woher wisst Ihr –« Tausend Gedanken fegten ihr durch den Kopf. Woher wusste er, wo sie wohnte? Was hatte sie überhaupt an? Ihre Haare waren ungekämmt. Sie fühlte sich bloßgestellt, ertappt – und entwaffnet. Ihr war, als stünde die Wahrheit auf ihrer Stirn geschrieben.

»Ich konnte dir nicht mehr schreiben. Weißt du, wie lange ich durch die Straßen gelaufen bin, bevor ich sicher war, dass mir niemand folgt?« Er lächelte verzweifelt.

Mion sog scharf die Luft ein, dann nahm sie ihn bei der Hand und führte ihn in ihr Zimmer. Hoffentlich, hoffentlich kam Jagu nicht. Oder sonst jemand.

»Was ist passiert?«, flüsterte sie, als sie die Tür geschlossen hatte. Ihn hier zu sehen war vollkommen absurd.

»Ich wollte mich verabschieden.«

»*Was?*«

»Ich werde Wynter verlassen.«

Sie schüttelte verständnislos den Kopf. Einen Moment lang erwartete sie, er würde auf sie zukommen und sie umarmen und … aber er blieb bloß mit hängenden Schultern stehen.

»Erinnerst du dich, wie ich dir erzählt habe, dass ich letzten Winter in Kossum war?«

Sie nickte.

»Ich bin damals nicht gegangen, um den Krieg zu sehen. Ich bin geflohen. Ich wollte fort aus Wynter und wie ein Mensch leben. Es war Zufall, dass ich in die Schlacht geraten bin.«

Mion versuchte zu verstehen. »Aber … warum?«

Er öffnete den Mund, brachte aber kein Wort hervor. Er stützte sich gegen den Bettpfosten. »Die Kaiserin schickt mich nach Iwyndell, nach Kossum. Zwei Monate soll ich dort bleiben, damit keine Rebellion ausbricht. Wenn ich wiederkomme, soll ich Scarabah heiraten.«

Etwas Schweres regte sich irgendwo in Mion und verwandelte ihre Eingeweide in Felsbrocken. »Könnt Ihr als Prinz denn nicht entscheiden …«

»Nein, nein, nein.« Er vergrub das Gesicht im Arm und fuhr sich durch die Haare. »Aber es geht nicht nur darum. Sie haben … meine Mutter hat ein Mädchen festnehmen lassen, eine Dienerin, nur weil ich sie mochte. Sie wurde einfach … wegen mir –« Nach einer Weile drehte er sich wieder zu ihr um, seine Augen waren still und unergründlich, aber ohne Tränen. »Wegen meiner Unvorsichtigkeit musste ein Mensch sterben. Dasselbe darf nicht noch einmal passieren.«

Sie starrte ihn an. »Es weiß doch niemand, dass wir uns kennen«, flüsterte sie.

»Ach, Faunia, du … wenn du nur wüsstest! Es gab Verschwörer in den Gilden. Von jetzt an werdet ihr strenger bewacht als die Grenze von Kossum selbst, verstehst du? Und ich werde bewacht. Früher oder später wird jemand von dir erfahren, die Kaiserin ist schon misstrauisch. Du bist sicherer, wenn ich nicht mehr da bin.«

Ein Schauder kribbelte Mion unter der Haut. Zitternd schloss sie die Finger um seine. »Ich habe nichts zu befürchten. Ich habe nichts Falsches getan.«

Er lächelte traurig. »Egal was du getan hast, die Drachen können alles ein Verbrechen nennen. Sie haben kein Gewissen, kein Mitleid, nichts von den Menschendingen.«

»Aber Ihr seid doch auch ein Drache!«

Er antwortete nicht. Mion drückte seine Hand. »Ihr seid ein Drache. Und ich kenne niemanden, der gerechter denkt als Ihr.«

Er sprach so leise, dass sie ihn kaum hörte. »Sie sind gerecht, aber nicht *so*. Für sie ist ein Mensch die Opferung für zwei wert, zwei Menschen sind die Opferung für einen Mehlsack wert, der fünf Menschen am Leben hält. Sie sehen die Menschen anders … als ich *dich* gesehen habe. Wie könnte ich gerecht sein, wenn du für mich mehr wert bist als zehn, als hundert andere … ich kann nicht Kaiser werden.«

Sie war sprachlos. Er nahm auch ihre andere Hand und schloss sie in seine. »Ich verliere meinen Verstand. Und ich bereue es nicht einmal.«

Alles drehte sich. Er gab auf, gab alles auf, den Thron, seinen Glauben, sich selbst. Für sie. Mühsam trat er von ihr zurück.

»Geht nicht«, japste sie. Dabei meinte sie eigentlich das Gegenteil. Panik kochte in ihr auf. Panik vor sich selbst und dem, was sie ihm angetan hatte.

Er schüttelte ruhig den Kopf. »Ein Kaiser, der für Gefühle anfällig ist wie ein Mensch, riskiert den Frieden von Wynter. Das kann ich nicht verantworten.«

Er lag so falsch, aber wie hätte sie ihm das erklären können, wo doch alles, was er sagte, voller Großmut war? »Wo wollt Ihr denn überhaupt hin?«

Er zuckte die Schultern. »Ich glaube, nach Whalentida. Von dort aus nehme ich ein Schiff in die Fernlanden.« Ein merkwürdiges Lächeln glitt über sein Gesicht. »Damals bin ich umgekehrt, weil ich an meine Pflicht geglaubt habe. Nun sehe ich, dass es meine Pflicht ist zu gehen.«

Sie schüttelte den Kopf. Tränen stiegen in ihr auf. Es waren Tränen der Abscheu. Sie verabscheute sich dafür, selbst in diesem Moment noch an Jagu zu denken und daran, dass sie das Geheimnis des Gestaltenwandels für ihn – für sich – erfahren musste. Und am meisten verabscheute sie sich dafür, Lyrian glauben zu machen, dass die Tränen ihm galten.

»Ich kann nichts von dir verlangen«, stammelte er. »Aber … aber wenn du nur wolltest … dann würde ich dich bis ans Ende der Welt mitnehmen.«

Lyrian ließ sie ohne Widerstand los, als sie zurückwich.

Seine Augen waren so ruhig, als hätte er ihre Reaktion schon lange vorausgesehen und hingenommen.

»Du –« Sie schaffte es nicht weiterzusprechen. Sie konnte doch nicht … Wynter verlassen? Das hieß, alles aufzugeben. »Jenseits von Wynter gibt es nichts!«

»Aber doch, die Welt! Die ganze Welt. Und du wärst da … und ich.«

»Ich bin doch, ich bin doch eine Malerin. Ich kann das nicht einfach aufgeben, einfach so.« Sie biss sich auf die Unterlippe. »Ich glaube nicht, dass Ihr ein schlechter Kaiser wärt. Vielleicht ist es gerade Euer besonderes Verständnis für die Menschen, das Euch zum besten Kaiser machen würde.«

»Du verstehst nicht. Ich habe es versucht, glaub mir. Ich kann nicht. Vor der Wintersonnenwende muss ich das Reich verlassen.«

»Wieso vor der Wintersonnenwende?«

Er ging unschlüssig durch das Zimmer. Für einen kurzen Moment erinnerten seine Bewegungen Mion an etwas – an jemanden – und ein kalter Schreck durchfuhr sie. Aber dann war der merkwürdige Gedanke ebenso schnell fort, wie er gekommen war, ohne eine Spur zu hinterlassen.

»Auch zur letzten Wintersonnenwende seid Ihr aus dem Palast geflohen«, sagte sie leise. Er ging noch immer auf und ab. »Lyrian … was verschweigt Ihr mir?«

»Das fragst gerade du?! Ich weiß immer noch nicht, warum du mich erschossen hast!«

Sie schwieg. Genau genommen hatte sie noch nicht zugegeben, es getan zu haben – jedenfalls nicht direkt. Lyrian hatte sie auch nie gefragt, warum sie den Fuchs getötet hatte. Nun wurde Mion klar, warum: Jemand, der selbst etwas zu verbergen hatte, ließ anderen ihre Geheimnisse.

»Wenn Ihr wollt, sage ich es Euch«, murmelte sie. Dabei hatte sie keine Ahnung, welche Lüge sie ihm erzählen konnte. Oder ob sie allen Ernstes vorhatte, ihm die Wahrheit zu verraten … Sie presste die Augen zu. Was dachte sie bloß!

»Du musst dich nicht rechtfertigen. Bestimmt hattest du ehrliche Gründe dafür, es zu tun, ebenso wie du Gründe hast, es zu verschweigen. Aber ich … ich verstehe, was böse ist und was gut. Und trotzdem …« Er hatte ihr den Rücken gekehrt und stützte sich wieder gegen den Bettpfosten. Behutsam legte sie ihm eine Hand auf die Schulter.

»Bitte. Ihr vertraut mir doch. Was es auch ist, so schlimm kann es nicht sein.«

Er nahm ihre Hand von seinem Rücken und hielt sie, ohne zu antworten. Lange standen sie so da, während der Regen gegen die Fensterscheiben klopfte und das trübe Tageslicht erlosch. Er öffnete den Mund und schloss ihn wieder, seufzte. Dann begann Lyrian zu sprechen.

Es war nicht nur der kürzeste Tag im Jahr, sondern auch der ruhigste im Palast: der Tag der Wintersonnenwende. Selbst das gelegentliche Röckerauschen der Dienerinnen verlor sich in den endlosen Gängen. Hallen, in denen sonst Versammlungen und Bankette stattfanden, lagen leer im grauen Winterlicht. Kein Drache zeigte sich. Auch die Sphinxe und Darauden suchte man vergebens. Der Palast war wie ausgestorben, ein gigantisches Denkmal an die Stille und die Ewigkeit.

Im Norden ragten drei Türme in den Himmel, die nirgends mit dem Rest des Palasts verbunden waren. Sie standen auf massigen Felssäulen, jede so breit, dass zwanzig Mann sie nicht hätten umfassen können, und hatten weder Treppen noch Leitern, um ins Innere zu gelangen. Es gab nur einen vorübergehenden Weg in die Türme, eine aufrollbare Hängebrücke in luftiger Höhe, über die zur Wintersonnenwende unzählige Tiere in Käfigen transportiert wurden. Danach wurde die Brücke eingezogen und blieb in den Türmen.

Hier warteten die Drachen, Sphinxe und Darauden den Tag der Wintersonnenwende ab. Heute verloren sie ihre Korpusse und mussten sich bis zur Nacht, wenn das Ritual vollzogen wurde, mit ihren menschlichen Gestalten begnügen. Aus Angst, zu Tode zu kommen, schloss sich jeder in seinem eigenen Raum ein.

Es war das erste Mal, dass Lyrian am Ritual teilnahm. Aufgeregt saß er neben seinen neun Tieren, redete ihnen gut zu und nahm eines nach dem anderen heraus, um es zu streicheln. In den vielen Räumen ringsum, die den Turm wie Bienenwaben füllten, befanden sich andere Drachen mit ihren Tieren. Manche hatten – mit kaiserlicher Erlaubnis – mehr als zwanzig.

Die Räume sahen, soweit Lyrian wusste, alle gleich aus: Ein runder Steintisch bildete die Mitte, darum war ein weiter Kreis in den Boden graviert, Fenster gab es nicht. Feuerschalen spendeten Licht und ein wenig Wärme.

Als die Sonne am wässrigen Himmel versunken war und die Nacht anbrach, begann die Zeremonie. Die Priester blieben eine Weile für sich. Dann strömten sie in Gestalt silberner Schlangen den Spiralweg hinab, der sich durch den Turm schraubte. Die Räume des Kaisers und der Kaiserin besuchten sie zuerst, und es dauerte lange, bis die Rituale mit ihnen abgeschlossen waren, denn das Kaiserpaar hatte sich jeweils über vierzig Tiere erwählt.

Klopfenden Herzens erwartete Lyrian den Besuch der Priester. Dann glitten die silbernen Schlangen lautlos in sein Zimmer und verwandelten sich auf der Schwelle in menschliche Gestalten. Ihre Köpfe waren kahl. Die Umhänge schleiften über den Boden wie glänzende Pfützen.

Lyrian erhob sich und erwiderte die Verbeugung, mit der die Priester ihn begrüßten. Sein Lehrer Accalaion hatte ihm gesagt, wie er sich verhalten sollte – vor niemandem außer den Priestern hatte ein künftiger Kaiser sich zu verneigen.

Wie auf ein unsichtbares Zeichen hin hoben alle die linke Hand und malten vier Zeichen in die Luft, so schnell, dass Lyrian sie nicht erkannte. Ein Hauchen schwebte durch den Raum. Hatten die Priester etwas geflüstert? Vier leise Laute zitterten in der Luft. Die Schwalben flatterten mit den Flügeln.

Die Priester zogen ihm Wams und Hemd aus. Er fröstelte. Niemand hatte ihm gesagt, was beim Ritual passieren würde. Auch die Priester erklärten es ihm nicht.

Einer von ihnen nahm einen Otter aus dem Käfig. Die anderen Priester stellten sich rings um den Kreis auf.

Es war Jiru – so hatte er den Otter mit Baltibb benannt, als er ihn auswählte. Jiru wurde auf den Steintisch gedrückt, zwei Priester hielten ihn fest. Vier große Zeichen wurden mit Kohle, dann mit weißer Kreide auf den Boden gemalt. Die Priester wiederholten vier Silben, das Echo blieb in der Luft hängen wie ein dumpfes Vibrieren. Lyrian schauderte. Ihm war, als würden die Kreide- und Kohlezeichen mit dem Klang pulsieren – wahrscheinlich spielte ihm das unruhige Licht der Feuerschalen einen Streich …

Einer der Priester führte Lyrian vor den Steintisch. Der Otter wand sich in den Griffen der beiden Männer und ihre Hände wurden zu schwarzen Rabenklauen.

»Sprecht mir nach«, befahl der Priester mit leiser, dunkler Stimme und legte Lyrian beide Hände auf die Schultern. »*Og … Siah … Gho … Nyx …*«

»*Og Siah Gho Nyx.*«

»Dein *Atem* ist mein.«

»Dein *Atem* … ist mein.«

»*So sei der Bund, so sei es!*«, zischten die Priester ringsum. Nun war Lyrian sich sicher, dass die Zeichen auf dem Boden erbebten. Und der eingravierte Kreis.

»Dein *Atem* ist mein.«

»Dein … *Atem* ist mein«, wiederholte Lyrian.

»*So sei der Bund, so sei es!*«

»Dein Korpus ist mein.«

Lyrian stockte. Die Hände auf seinen Schultern schmolzen zu schwarzen Klauen und bohrten sich in seine Haut.

»Dein Korpus ist mein!«, sagte er leise.

»*So sei der Bund, so sei es!*«

Der Otter zuckte. Die Priester zogen seinen Kopf zurück. Die Füchse fauchten und winselten im Hintergrund. Lyrian wollte sich zu ihnen umsehen, doch der Priester hielt ihn fest. Dann legte er Lyrian einen langen Dolch in die Hand.

»Og Siah Gho Nyx … wiederholt es.«

Zitternd hielt Lyrian den Dolch. »… Og Siah Gho Nyx.«

»Du bist mein.«

»Du bist mein.«

»*So sei der Bund, so sei es!*«

»Schneidet … von links … nach rechts«, zischte der Priester ihm ins Ohr.

Lyrian erstarrte. »Was?«

Die Klauen gruben sich tiefer in seine Schultern. »Die Kehle!«

»Ich –« Lyrian wollte zurücktreten, doch die Klauen hielten ihn eisern. Eine packte seine Hand und den Dolch, und Lyrian stieß einen Schrei aus, als die Klinge dem Otter von links nach rechts die Kehle aufschnitt.

Nebel fiel über ihn. Die Luft pulsierte vor ungesagten Zauberformeln. Versteinert stand er da, während die Priester den Otter um den Kreis trugen und sein Blut über den Boden gossen. Dann legten sie das sterbende Tier vor ihn auf den Steintisch. Die großen dunklen Augen starrten Lyrian an. Er starrte zurück, langsam ertrinkend in der Schwärze des Tierblicks.

Og… Siah… Gho… Nyx…

Lyrian wusste nicht, ob er die Runen mitgeflüstert hatte. Der Klang kam von überall, pochte aus dem Boden und kochte in seinem Kopf. Seine Finger berührten das Blut, das aus der Wunde strömte. Er wollte sich gegen die Klaue wehren, die ihn führte, aber der Priester war stärker. Er konnte nichts tun, war hilflos, war zu feige, um sich der Bosheit zu widersetzen.

Og Siah Gho Nyx!

Sein Verstand zerfiel in wolkige Schatten. Nichts war mehr da, nur Entsetzen. Seine Finger zuckten, als sie das warme Blut berührten. Die Klaue führte seine Hand zu seiner Stirn. Er malte sich ein Zeichen aus Blut auf die Haut, das er nicht kannte.

Og zischte, brannte in seinem Kopf.

Er malte sich ein Zeichen auf die linke Schulter. Glühender Schmerz durchfuhr ihn. Alles hauchte *Siah*.

Und er malte sich mit Blut *Gho* auf die rechte Schulter und derselbe Schmerz von Verzweiflung und Macht durchdrang ihn. Dann glitten seine zitternden Finger zu seinem Herzen hinab und schrieben *Nyx*.

Deine Seele ist mein, so sei der Bund, so sei es!
Dein Körper ist mein, so sei der Bund, so sei es!
Bei Og, dem Tod,
Und Siah, Jenseits,
Gho, dem Nebel,
Nyx, dem Ewigen.
Bist du mein, so sei der Bund, so sei es!
Bist mein, bist mein, so sei es.

Hatte er die Worte gesagt? Hatten die Priester sie geflüstert? Helle, unhörbare Schreie klirrten. Der *Atem* des sterbenden Wesens wollte weichen und fand keinen Ausweg aus dem Kreis.

Dein Körper für die Freiheit deiner Seele. So sei der Bund, so sei es… Zwölf Monde lang.

Der Priester zog ihn rückwärts um den Kreis. Seine Füße traten durch das Blut. *Korpus gegen Atem, zwölf Monde lang.*

Mit jedem Schritt brannten die vier Runen sich in ihn. Der Kreis war eine schwarze Blase geworden, der *Atem* des sterbenden Wesens begehrte gegen die unsichtbaren Wände auf und drängte gegen Lyrian. Mit jedem Schritt wurde der Druck stärker.

Die Freiheit deiner Seele für deinen Körper, zwölf Monde lang.

So sei der Bund, so sei es! So sei der Bund, so sei es…!

Der *Atem* schrie um Einverständnis.

Lyrian ging das zwölfte Mal um den Kreis. Die Blutrunen zerrissen ihn. Er kniff die Augen zu und schrie und starb und lebte.

Der *Atem* rauschte durch ihn hindurch ins Jenseits. Er hinterließ eine Spur aus weißem, glühendem Feuer und versengte sein Innerstes. Dann zogen sich die Runen zusammen, leuchtend rot wie Blut, und fügten ihn wieder ineinander. Der leblose Körper des Otters zerfiel in Nebelscherben. Langsam schwebten sie auf Lyrian zu, der ihnen aus blanken Augen entgegenstarrte. Sie strömten in die Blutrunen, erfüllten ihn und fraßen ihn zugleich. Dann war er leer und besaß den Korpus des toten Wesens.

So sei der Bund, so sei es, zischten die Priester. Die Runen schmatzten und fauchten. *So sei der Bund, so sei es. So sei es…*

Sie saßen zusammengekauert auf dem Boden und hielten sich, während die Schatten sie schluckten. Es war draußen so dunkel geworden, dass Mion nicht sehen konnte, ob ihm Tränen über das Gesicht liefen. Und er sah nicht, wie blass sie geworden war.

»Nun weißt du es«, flüsterte er gebrochen.

Er stützte die Handballen gegen seine Augen und jetzt begannen seine Schultern zu beben.

»Es war nicht deine Schuld. Du musstest es tun.« Mion berührte seine Arme, atmete flach ein.

»Deine Vergehen … sind meinen ähnlicher, als du denkst. Wenn du ein Feigling bist, dann bin ich es umso mehr.« Sie konnte ihn nicht länger belügen. Aber sie schaffte es auch nicht, die Wahrheit auszusprechen. Sie hatte immer gedacht, nur sie sei schlecht, aber jetzt gab es nichts mehr, an das sie glauben konnte.

Lyrian hob den Kopf. »Komm mit mir! Wir verlassen Wynter, hier gibt es nichts Gutes. Es ist ein Reich der Lügen.«

Sie klammerte sich eine Weile an ihn und gab sich der Vorstellung hin, sie könnte alles hinter sich lassen. Aber schließlich schniefte sie und murmelte: »Ich kann nicht.« Sie gehörte hierher. Hier war ihr Leben … aber ach, wieso versuchte sie, sich selbst zu belügen? Der Grund, der *einzige* Grund war Jagu. Niemals konnte sie ihn zurücklassen. Er brauchte sie.

»Ich«, stammelte sie, »ich sage dir jetzt die Wahrheit. Alles … Du weißt nicht, wer ich bin. Als ich damals den Fuchs erschossen habe … das war, weil …«

Plötzlich schallte ein lautes Klingeln durch das Haus. Mion zuckte zusammen. Es war Osirils Glocke. Aber sie war viel näher als sonst. Alarmiert fuhren sie auf.

»Was ist das?«

»Warte hier.« Eilig lief sie zur Tür und wischte sich die

Tränen weg. Dann atmete sie tief durch und trat hinaus. Ihr Herz blieb stehen.

Jagu stand im Korridor. Er hielt Osirils Klingel in der Hand. Als Mion ihn sah, zog er leise die Tür zu ihrem Zimmer zu. Dann fasste er sie am Arm und führte sie lautlos durch den Gang.

Mechanisch machte Mion einen Schritt nach dem anderen. Jagu hatte sie gehört. Hatte er mitbekommen, was sie zuletzt gesagt hatte – zu sagen vorgehabt hatte?

»Ich dachte, es sei an der Zeit, eurem kleinen Theater ein Ende zu setzen«, flüsterte er. »Entschuldige, wenn ich den falschen Augenblick gewählt habe.«

Er brachte Mion in ein leeres Zimmer und schloss die Tür. Als sie zu ihm aufblickte, spielte ein eisiges Lächeln um seinen Mund.

»Ich wusste nicht, dass er kommen würde«, sagte sie mühsam.

»Ein gefährliches Unterfangen, bestimmt«, erwiderte Jagu und nickte. »Aber ich weiß, wann ihr euch unbehelligt wiedersehen könnt. Sag unserem Prinzen, er soll nach Kossum ziehen, wie die Kaiserin befohlen hat. Wenn er in drei Monaten wiederkommt, wirst du ihn bei der Theaternacht treffen, die ich veranstalte. Alle Gildenmitglieder werden geladen sein, und ich gehe davon aus, dass die Drachen ein Dutzend Raben als Spione schicken. Nicht aber, wenn der Prinz erklärt, das Gildentreffen höchstpersönlich zu überwachen – nach seiner Zeit in Iwyndell sollte er schließlich geübt darin sein. So ist er der einzige anwesende Drache und du eine von vielen Gildenmitgliedern. Niemand wird wissen, dass er deinetwegen gekommen ist, und ihr habt ein ungestörtes Wiedersehen, bevor er dich zur Wintersonnenwende mitnimmt.«

Mion starrte ihm in die Augen, die unergründlich waren

wie graue Eisschluchten. »Er hat mir … er hat mir das Geheimnis der Gestaltenwandlung verra–«

»Ja, erstaunlich nicht?«, sagte Jagu unbeschwert. »Die Laster der Armen sind denen der Mächtigen ähnlicher, als man glaubt. Doch Aufrichtigkeit kann sich keiner von beiden erlauben.«

In der Stille sahen sie sich an. Mion fröstelte. Sie begriff, dass er sie gehört hatte. Auch das Letzte.

»Geh jetzt«, befahl Jagu leise.

»Er wird Wynter verlassen.«

»Wenn du ihn bittest, wird er wiederkommen.« Er streckte die Hand aus und wischte ihr eine Träne aus den Augenwinkeln. »Eine so gute Schauspielerin wie du …« Ohne den Blick von ihr zu wenden, öffnete er ihr die Tür.

Mion ging. Sie presste die Augen zu.

»Reiß dich zusammen«, murmelte sie.

Sie erlaubte sich nicht, vor ihrem Zimmer stehen zu bleiben, Luft zu holen und sich zu sammeln – stattdessen öffnete sie die Tür schwungvoll und trat geradewegs ein.

Inzwischen war es so dunkel geworden, dass sie kaum mehr als eine Silhouette von Lyrian ausmachen konnte.

»Du musst jetzt gehen.« Ihre Stimme brach ab. Sie biss sich auf die Lippen. Was tat sie nur. Auf wessen Seite stand sie überhaupt, was *wollte* sie?

»Ich kann Wynter nicht verlassen. Noch nicht … und Ihr auch nicht. Geht nach Kossum und erfüllt Eure Pflicht, dann kommt wieder und … trefft mich bei dem Theaterfest, das mein Meister veranstaltet. Ich werde da sein und so viele andere Menschen auch, dass ich nicht …«

Verwirrt sah er sie an. »Wovon redest du?«

»Ich kann jetzt noch nicht gehen! Ich kann nicht … ich … kann meinen Meister nicht alleine lassen. Er braucht mich, verstehst du? Er hat nur mich. Und ich habe nur ihn.«

Leise sagte er: »Das stimmt nicht.«

»Versprich mir, dass wir uns in der Theaternacht sehen. In drei Monaten … ja? Lass mir drei Monate. Dann kann ich gehen.«

»Ich verstehe dich nicht.« Seine Stirn berührte ihre. Ehe sie seinen Atem auf den Lippen spüren konnte, war er zurückgetreten, und im nächsten Moment flog eine Schwalbe aus dem Fenster. Zitternd stand Mion da und lauschte in die Regennacht.

Vergangenheit

Baltibb konnte nicht schlafen. Nach dem Abendessen waren alle Rebellen außer Nethustra zu den Türmen zurückgekehrt – der Führer von Albathuris hatte seine Schlafkammer im großen Ratsgebäude. Baltibb war in einen Raum gebracht worden, in dem fast zwei Dutzend Frauen schliefen. Sie bezog die Pritsche neben Kasamé, die seit dem Gespräch an der Tafel nicht mehr mit ihr geredet hatte. Ihr war klar, dass Kasamé ein Todesurteil ebenso stillschweigend hingenommen hätte. Aber sie konnte der Bogenschützin nicht böse sein. Sie hatte allen Grund gehabt, ihr zu misstrauen – dass sie sie nicht gleich umgebracht hatte, war erstaunlich genug.

Nachdenklich blickte sie zur Fensternische auf. Sie hörte das leise Prasseln des Regens und hatte das Gefühl, in das Leben einer anderen geraten zu sein. Die Sommer im Palast, Lyrian, die Tiere, ihr Vater … alles war irgendwo in einem wirren Strudel der Zeit zurückgeblieben. Selbst als sie mit Lyrian auf der Flucht gewesen war, hatte das Leben im Palast seine Wirklichkeit nicht so verloren wie jetzt. Nun spürte sie, dass es endgültig hinter ihr lag, verloren in ungreifbarem Nebel.

Frühmorgens wachten die Rebellen auf. Baltibb, die einen leichten Schlaf hatte, fuhr bei den ersten Geräuschen hoch, rieb sich die Augen und zog sich das Wams über, das sie über Nacht zum Trocknen ans Bettende gehängt hatte. Auch Kasamé wachte auf. Sie trug ihren Köcher und Bogen, noch bevor sie ihre Stiefel gebunden hatte.

»Hast du Hunger?«, fragte sie, ohne Baltibb anzusehen.

»Ja«, erwiderte sie, obwohl es eigentlich nicht stimmte. Aber sie wollte Kasamé zeigen, dass sie nicht wütend auf sie war. Die Bogenschützin schien nach dem Gericht von gestern etwas anderes zu erwarten, beschämt, wie sie sich nun verhielt.

Baltibb folgte ihr aus dem Schlafraum und eine runde Treppe hinab. Sie kamen in einen Flur. Hohe Fenster mit zerbrochenen oder gänzlich fehlenden Scheiben ließen Licht und Luft herein. Baltibb hörte Lärm und spähte im Vorbeigehen hinaus. Auf einem offenen Platz zwischen den Ruinen war eine Menschenansammlung. Schneebüffel, Pferde, Karren und große Kisten standen herum. Es wurde gefeilscht.

»Ruinenräuber«, erklärte Kasamé, als sie Baltibbs Blick bemerkte. »Wir handeln hin und wieder mit vorbeiziehenden Karawanen. Ah, sieht so aus, als hätten sie auch Lebensmittel dabei. Wenn wir Glück haben, gibt es heute ein gutes Abendessen!«

Baltibb runzelte nachdenklich die Stirn. »Habt ihr keine Angst, dass sie euch verraten könnten? Immerhin sind es Ruinenräuber. Die verkaufen doch alles, auch Informationen.«

»Die Ruinenräuber wissen nicht, dass das hier Albathuris ist. Sie denken, wir wären eine Bande wie sie, die sich einfach niedergelassen hat.«

»Und die ganzen Waffen?«

»Die überraschen niemanden. Man kann sich schließlich nie genug schützen.«

Die Speisehalle war ein dunkler, langer Raum mit Holzbänken. Die kunstvollen Mosaike an den Wänden waren längst zerbröckelt, nur hier und da ließ sich noch ein Fabelwesen, ein Gesicht erkennen. Baltibb fragte sich, ob die Bilder Drachen darstellten. Um eine große Feuerstelle am Ende des Raumes scharten sich müde wirkende Rebellen und aßen Haferschleim aus einem großen Kessel.

»Hat jemand eine Schüssel für Baltibb?«, rief Kasamé laut. Irgendjemand reichte ihr eine Schale aus Holz. »Danke, Tirus.« Sie gab zwei große Kellen Haferschleim hinein und überreichte Baltibb die randvolle Schüssel. Baltibb dankte und setzte sich mit ihr an die Tafel. Sie aß die Hälfte, den Rest überließ sie Mond, der sein ungewohntes Frühstück mit einem Murren annahm.

»Also?«, fragte Baltibb. »Was tun Rebellen so?«

»Arbeiten. Kartoffeln und Kräuter anbauen.« Sie warf Baltibb einen eingehenden Blick zu. »Und wenn Zeit bleibt, planen wir die Revolution der Menschen.«

Baltibb lächelte schief, obwohl sie wusste, dass Kasamé im Ernst sprach. Auch Kasamé grinste. »Ich denke, Nethustra wird mit dir sprechen wollen. Du hast noch viel zu erfahren.«

Nach dem Frühstück führte Kasamé Baltibb durch Albathuris. Die gesamte Rebellenstadt war von einem Schutzwall umgeben, der Tag und Nacht bewacht wurde. An manchen Stellen war die Mauer doppelt so hoch wie anderswo, teils bestand sie nur aus Geröll und Schutt. Risse und Lücken im Wall hatte man mit spitzen Holzpflöcken ausgebessert. Es gab Ställe mit Schneebüffeln, Pferden, Hühnern und Ziegen. Auf dem großen umzäunten Platz, den sie schon gestern Nacht gesehen hatten, übten sich Krieger im Schwertkampf, Speerwurf und Bogenschießen. Der Nieselregen schien der Geschäftigkeit keinen Abbruch tun zu können.

Zuletzt steuerte Kasamé den kleinen Turm an, vor dem zwei Wachen in einer Hütte saßen: die Bücherei. Die Männer und Kasamé grüßten sich, als sie die eisenbeschlagene Holztür aufschob.

Ein intensiver Geruch von Leder, Papier und Holz schlug Baltibb entgegen, als sie ins dämmrige Innere traten. Die Luft war so trocken und staubig, als würden sie Sand atmen. Sie blickte auf. Eine steile, nicht sehr robust wirkende Treppe schraubte sich in die Höhe. Die Wände waren voller Bücher.

Im Zwielicht konnte Baltibb nicht erahnen, wie viele es waren. Weiter unten herrschte undurchschaubares Chaos – Schriftrollen, Stapel vergilbter Papiere und zerfledderte Bände türmten sich, als wären die Regale kräftig durchgeschüttelt worden. Kasamé bedeutete Baltibb, ihr die Treppe hinaufzufolgen. Weit oben erklangen Schritte auf knarrendem Boden, gedämpftes Hüsteln und das Rascheln von Seiten. Irgendwo waren auch Stimmen, aber die Kugellaternen, die am Treppengeländer hingen, glommen nur schwach und verrieten die Sprechenden nicht. Schließlich trat Kasamé von der Treppe auf einen schmalen Brettersteg und führte Baltibb in einen Rundgang, der ganz und gar mit Bücherregalen tapeziert war. Hier herrschte sorgfältige Ordnung: Die Folianten waren sauber beschriftet, auch die Regale wiesen Markierungen auf. Holzschatullen bargen kostbar wirkende Schriftrollen.

Im Näherkommen sah Baltibb, dass der Gang sich zu einem Erker öffnete. Fensterschlitze in der Steinmauer ließen Streifen leichenhaften Tageslichts ein. Auf dem Boden saß eine Gruppe, in der Baltibb Nethustra entdeckte. Als er ihre Schritte hörte, hob er die Brauen.

»Kasamé und die Prinzfreundin«, murmelte jemand neben ihm.

Ein Lächeln breitete sich auf Nethustras Gesicht aus. »Ich habe auf euch gewartet. Bitte, setzt euch zu uns.«

Die Rebellen hatten bereits Platz gemacht und Baltibb und Kasamé ließen sich nieder. Leises Murmeln lief durch die

Menge. Baltibb hörte ihren Namen und *Drachen* und *Prinz*. Alle sahen sie an.

»Wir besprechen gerade die Schriften, die unsere Freunde aus Modos mitgebracht haben. Höchst interessant. Nun müssen wir uns nur noch überlegen, wie wir diese Gedanken der ungebildeten Welt verständlich machen.«

Gutmütiges Lachen erscholl. Dann hob Nethustra die Hand, es wurde ruhig. »Baltibb, ist dies das erste Mal, dass du Bücher siehst?«

»Ich habe schon mal eins gelesen.«

Nethustra runzelte die Stirn – er war nicht der Einzige.

»Der Prinz hat mir eines gegeben. Über Bauarbeiten im Palast.«

»Du hast einen großen Vorteil. Wenn du lesen kannst, kannst du lernen. Das ist die mächtigste Waffe gegen Lüge und Ungerechtigkeit. Nun sieh dich um.«

Baltibb gehorchte. Sie erkannte ein paar Leute von gestern Abend wieder. Manche trugen Gewänder aus Samt, andere waren in alte Lumpen gehüllt und hatten zerfurchte Gesichter, die von einem Leben harter Arbeit erzählten.

»Die Männer und Frauen, die neben dir sitzen, sind Gildenmitglieder, Bauern, Ruinenleute, Wildsammler und entflohene Krieger. Die Privilegierten unter ihnen hatten seit jeher Zugriff auf Bücher. Trotzdem haben wir alle, Gildenmitglied wie Ruinenarbeiter, erst hier echte Bildung erfahren, denn die Drachen sind gut darin, den Geist der Menschen gefangen zu halten. Wir sind alle gleich, geeint durch den Mut, nach der Wahrheit zu suchen. Willst du die Wahrheit finden?«

Baltibb hatte in ihrem Leben vieles nicht verstanden und einfach hingenommen. Aber schließlich war sie hier, weil dieses Leben gescheitert war. Wenn sie nicht mehr an die

Führung der Drachen glaubte, konnte sie ebenso gut versuchen, an irgendetwas anderes zu glauben – die alten Bücher, den blinden Rebellenführer, sich selbst.

»Ja«, sagte sie.

Nethustra legte den Kopf leicht zurück. Fast konnte man meinen, er spürte das fahle Licht auf seinem Gesicht. »Das ist gut. Die unter euch, die lesen können, werden hier viele Bücher finden, die das bestätigen, was ich euch nun erzählen werde. Ich erwarte, dass ihr meine Worte anzweifelt und nach Beweisen sucht. Von nun an sollt ihr nie wieder glauben. Ihr sollt wissen. Wenn ihr das Lesen erst erlernen müsst, verzagt nicht: Wir werden gemeinsam Bücher lesen und besprechen. Welche Fragen ihr auch haben werdet, die Antworten sind in greifbarer Nähe.

Lasst mich so beginnen: Was ihr gelernt habt über die Drachen, was ihr über Wynter zu wissen meint, es ist eine Lüge.«

Baltibb warf einen Blick in die Runde. Die meisten sahen Nethustra an, aber manche starrten dumpf auf den Boden. Jeder Einzelne von ihnen hatte eine Geschichte, einen Grund, warum er hier war. Was mochte ihnen zugestoßen sein? Was erhofften sie sich von Albathuris? Baltibb konnte es nicht mal über sich selbst sagen.

»Die Geschichte der Menschheit lässt sich mit den Fundstücken, die wir haben, nur ein paar Jahrhunderte zurückverfolgen. Aber dahinter liegen Jahrtausende, die für uns verloren sind und von denen jeden Tag, an dem die Drachen regieren, eine Spur mehr verschwindet. Eines wissen wir mit Sicherheit, denn in den freien Staaten der Menschen ist die Geschichte unserer Vorfahren leichter nachzuverfolgen: Es gab einen großen Krieg, der die Welt beinahe vernichtet hätte. Alles, was sich davor ereignete, ist im Dunkel der Vergangenheit versunken. Manche Bücher machen Andeutungen über eine gänzlich andere Welt voller geheimnisvoller Zauber und einer Fülle an Wissen und Erfindungen. Nur die Fantasie kann uns eine Vorstellung davon geben, wie sie ausgesehen haben mag.

Der große Krieg verwischt alles. Nur Ruinen sind von der Welt unserer Vorväter geblieben. Der gesamte Kontinent war von Städten bedeckt, es muss damals Millionen von Menschen gegeben haben und nur ein Bruchteil von ihnen überlebte. Die Überlebenden bildeten die neuen Staaten, die wir heute kennen: Modos und Ghoroma, Wynter, Whalentida … doch sie alle stammen von kleinen Stämmen und Sippschaften ab, die sich unaufhörlich bildeten und auflösten. Das war die Zeit der Räuberbänden und ihrer Reiche, die den gesamten Kontinent überzogen. Sie führten das Prinzip der Volksherrschaft fort, das noch aus der Zeit vor dem großen Krieg stammte. Auch Wynter war ein solches Kleinreich.

Wann genau Wynter gegründet wurde, kann niemand sagen. Wenn man allerdings die Ruinen betrachtet, ist davon auszugehen, dass die Stadt vor dem großen Krieg schon existierte und schließlich zerstört wurde. In der Zeit der Bandenreiche wurde eine neue, engere Stadtmauer gezogen, weil es viel weniger Bewohner gab. Jeder war in die Entscheidungen der Stadt mit einbezogen. Als die Zahl der Bürger wuchs, mussten Volksvertreter gewählt werden. So bildete sich eine Regierung, in der die weisesten Stadtbewohner von der Mehrheit erwählt wurden und Entscheidungen fällten.

Aber so sollte es natürlich nicht bleiben. Die Geschichte der Menschen ist stets in Bewegung, nichts ist beständig. Die Weisen von Wynter gerieten in Streit. Weil niemand mehr Entscheidungsmacht hatte als der andere, konnte man keine Lösung finden. So kam es, dass man einen Vorsitzenden wählte; eine einzige Person, die im Falle der Uneinigkeit das letzte Wort hatte.

Lange Zeit wurde Wynter von einem mächtigen Anführer regiert, ähnlich wie ein König, nur dass er von seinen Beratern bestimmt wurde, die wiederum vom Volk erwählt wurden. Modos und Ghoroma funktionieren heute so, und ich denke, es ist die gerechteste Regierungsform, zu der die Menschen fähig sind. Gewiss werden einige von euch anderer Meinung sein und das ist gut so. Hier wollen wir einander ermutigen, eigene Gedanken zu entwickeln.

Wynter wuchs, das Zeitalter der Banden verblasste, große Königreiche und Staaten bildeten sich. Naturgemäß führten einige Krieg miteinander, so auch Wynter. Das Reich befand sich in einem erbitterten Kampf gegen ein Land, das es heute nicht mehr gibt – es schloss die südlich gelegenen Wälder Wynters ein und hatte eine Hauptstadt, wo heute die Grenze liegt, aber sie wurde bis auf ihre Grundfesten zerstört. In jenen Tagen ging es den Bürgern von Wynter sehr schlecht. Und wie es in schlechten Zeiten üblich ist, sehnten die Menschen sich nach einem Retter, einem Held, der sie zum Sieg führen konnte. Und er kam. Sein Name war Albathuris. Er war der letzte Herrscher von Wynter, der durch und für das Volk regierte. Er besiegte die Feinde und machte Wynter zu einem ruhmreichen Land. Das Volk liebte ihn so sehr, dass er zeit seines Lebens nicht abgewählt wurde. Als er starb, machte er seine Tochter Jegemäa zur Nachfolgerin. Das war der erste Schritt in die Tyrannei, aber niemand unternahm etwas dagegen.

Was sich in jenen Tagen genau ereignete, weiß niemand mehr. Die Bücher von damals sind sich uneins darüber, ob Jegemäa, Tochter von Albathuris, eine gute oder schlechte Herrscherin war. Manche Schriften deuten darauf hin, dass ein Geliebter sie stürzte und den Thron an sich riss, andere behaupten, ihr Sohn wurde ihr Nachfolger. Wie dem auch sei, nach ihr tauchten zahlreiche Herrscher auf, die mit Gewalt an die Macht kamen. Wir nennen diese Zeit, die sich fast ein Jahrhundert lang hinzog, die Zeit der Falschen Fürsten. Es waren dunkle Tage für Wynter. Viel Blut wurde vergossen, das Blut von Bürgern. Schließlich tauchte ein Kriegsherr auf. Es hieß, seine Männer besäßen geheimes Wissen aus der Vergangenheit. Gefährliches Wissen. Sie hatten einen Weg ins Jenseits entdeckt und konnten Sterbenden ihre Seele rauben. Dadurch erhielten sie eine finstere Gabe: die Gabe des Gestaltenwandels. Der König selbst fürchtete die dunkle Magie, weil er glaubte, dabei seine eigene Seele zu verlieren. Seinen Bestien aber gab er einen stolzen Namen: Er nannte sie Drachen.

Was dann geschah, kann man sich denken. Mit ihrer neuen Macht verschworen die Drachen sich gegen ihren Herrn. Sie stürzten ihn, um die ›Menschen von dem Menschen zu befreien‹, und so triumphierte eine neue Elite über Volksherrschaft und Diktatur. Der Palast des letzten Menschenkönigs wurde von den Drachen über die Dekaden zu einer gigantischen verbotenen Stadt ausgebaut. Hier kapselten sie sich vom Volk ab, um sich zu schützen, und vor allem um einen Mythos aus sich zu machen. Ihre Zauberkräfte stellten sie als Beweis für ihre Überlegenheit dar. Mit der Zeit erfanden sie immer mehr und immer fantastischere Lügen. Sie verwischten die Wahrheit ihres Ursprungs so erfolgreich, dass die Drachen heute wahrscheinlich selbst nichts mehr davon wissen.«

Baltibb starrte den blinden Führer ungläubig an. Nicht nur sie rang um Fassung. Auch die übrigen Männer und Frauen, die diese Geschichte zum ersten Mal hörten, wirkten sprachlos.

»Wir alle«, fuhr Nethustra fort, »sind in dem Glauben aufgewachsen, dass unsere Welt beständig ist, solange die Drachen über uns wachen. ›Was war, das ist und wird sein‹ steht in den Steinwällen des Drachenpalasts – und ich möchte behaupten, es ist die einzige Wahrheit, die je in diesen Mauern zugelassen wurde, auch wenn die Drachen sie selbst nicht begriffen haben. Sie meinen, ihre Herrschaft war, ist und wird für immer sein. Dabei ist die Geschichte der Menschheit bestimmt von Zerfall und Wiederauferstehung. Und genau das, der ewige Wechsel der Macht, war, ist und wird immer sein. Die Freiheit der Volksherrschaft wird der Effizienz des Königtums geopfert, das Königtum fällt in Tyrannei um und wird von einer Elite gestürzt. Die Revolution bringt eine neue Volksherrschaft und alles beginnt von vorne. So setzt sich der Kampf um die Macht fort, Lügen werden zur Wahrheit und die Wahrheit wird zur Lüge, Menschen schlachten einander für die immer gleichen Vorstellungen von einer besseren Welt ab. Das ist der geheime Bund, den wir alle miteinander eingehen. Der Pakt von Natur und Verstand, der unsere Geschichte vorantreibt wie ein rollendes Rad, und was heute oben ist, ist morgen unten.«

Nethustras Anhänger kamen und gingen, während er seine Erzählung fortsetzte. Baltibb sah einen kräftigen, düster dreinblickenden Bauern mitten im Gespräch aufstehen, weil ihm Tränen über die Wangen liefen. Jungen und auch ein paar Mädchen, die kaum älter waren als sie, gesellten sich zu ihnen, lauschten eine Weile und zogen sich bald mit Büchern und Schriftrollen unter den Armen in die Winkel der Bibliothek zurück. Baltibb blieb. Auch Kasamé lauschte Nethustra andächtig, wobei sie Baltibb immer wieder prüfende Blicke zuwarf.

Es musste bereits Mittag sein, da erschien der Junge, der Baltibb gestern Abend nach dem Namen des Prinzen gefragt hatte. Er trug ein Wams aus dunkelblauem Samt, das seine Schmächtigkeit gut kaschierte. In seiner Begleitung war ein blondes Mädchen, bei dessen Anblick sich etwas in Baltibb verkrampfte. Sie war schön und kühl wie der Frühling, mit hellgrünen Augen, die einen erfrieren ließen. Baltibb spürte eine sehnsüchtige, dunkle Abneigung gegen sie wie gegen alle hübschen Menschen.

Die beiden nahmen in der Runde Platz und der Junge nickte Baltibb zum Gruß zu; die junge Frau schien alles um sie herum zu übersehen.

»Wer hat sich dazugesetzt?«, fragte Nethustra freundlich, dem noch kein Neuankömmling entgangen war.

Der Junge beugte sich zu ihm vor. »Atlas und Faunia.«

Baltibb erstarrte. »Was?«

Alle sahen sie an. »Du … heißt Faunia?«

Der Blick des Mädchens streifte sie. »Und wer bist *du*?«

»Baltibb.« Sie spürte, dass man eine Erklärung von ihr erwartete. Mühsam fuhr sie fort: »Ich kannte eine Faunia. Sie war ein Malerlehrling der Gilden.«

Das Mädchen und der Junge tauschten einen Blick.

»Dann kennst du Faunia also«, sagte Atlas. »Sie gehörte der Malergilde an, ehe wir geflohen sind.«

Verwirrt starrte Baltibb die beiden an. Allmählich begann sie zu begreifen … ein albernes Grinsen huschte über ihr Gesicht. »Entschuldigt mich«, murmelte sie und stand auf.

»Soll ich mitkommen?« Kasamé machte Anstalten, ihr zu folgen, doch sie schüttelte hastig den Kopf.

»Ich brauche nur ein bisschen frische Luft.«

Nethustra nickte verständnisvoll. »Komm zurück, wann immer du willst.«

»Das werde ich.« Baltibb lief den Gang zurück und die Treppen hinab. Als sie die Tür aufstieß und in den kühlen Nieselregen trat, atmete sie tief durch. Mond lief aufgeregt um sie herum, froh, sich endlich wieder zu bewegen.

Eine Weile liefen sie ziellos durch Albathuris. Auf einem

offenen Platz feilschten noch immer die Karawanenhändler mit den Rebellen um Tiere, Lebensmittel und Waffen. Baltibb machte einen weiten Bogen um sie. Als sie allein und ungesehen im dampfenden Herbstregen war, begann sie, in sich hineinzugrinsen. Faunia… das Mädchen, das Lyrian umgarnte, war noch viel gefährlicher, als sie angenommen hatte. Offenbar gab sie sich als eine andere aus.

Lyrian tappte in eine Falle und Baltibb konnte ihn nicht einmal warnen. Es war eine schicksalhafte Strafe dafür, dass er sie im Stich gelassen hatte. Sie alle würden bestraft werden, die höchsten Drachen von den niedrigsten Dienern!

Eiligen Schrittes ging Baltibb durch den Matsch, verwirrt und erregt, weil die Welt auf dem Kopf stand und sie, wie Nethustra gesagt hatte, endlich oben war.

In der Ferne

Seit Lyrian bei ihr gewesen war, hatte Mion nichts mehr von ihm gehört. Noch Tage danach schlich sie erwartungsvoll durchs Haus und spähte aus den Fenstern – draußen glaubte sie, herumschleichende Füchse zu sehen, und jeden Raben, der vorbeiflog, verwechselte sie hoffnungsvoll mit einer Schwalbe.

An grauen Vormittagen, wenn sie mit Osiril Tee trank und beide dem leisen Regenprasseln lauschten, zählte sie die Tage bis zur Theaternacht, gewiss, dass Lyrian kommen würde, dass es gar nicht anders sein konnte. Doch wenn sie abends im Bett lag, überfielen sie Zweifel. Er war wahrscheinlich längst auf dem Weg nach Kossum und würde von dort aus nach Whalentida reisen. Sie stellte sich vor, wie er eines Morgens in Gestalt der Schwalbe davonfliegen würde, dem südlichen Himmel entgegen, um mit einem Windrausch für immer zu verschwinden. Dabei wusste sie nicht, wer ihr einsamer vorkam, er oder sie.

Sie ging zu Morizius und bat ihn um Kriegsberichte über Kossum. Der alte Hausverwalter musterte sie so herablassend, als hätte sie ihn nach einer Rüstung gefragt, die sie zu einem Ball tragen wollte. Doch schließlich rückte er zwei Bände heraus, einen über das »südöstliche Menschenproblem« und einen mit dem Titel *Die Pflicht des Kaiserlichen Drachentums im In- und Ausland*. Mion schaffte es sogar, Morizius den letzten Rundbrief der Drachen zu entlocken, der die Gilden über die Kriegslage informierte und den Morizius klammheimlich in der Bibliothek versteckt hatte, bevor Jagu ihn wie üblich verbrennen konnte. Ein paar Tage verbrachte Mion mit den Schriften, doch wie es Lyrian ging, erfuhr sie dadurch natürlich nicht.

Wenn er tatsächlich zurückkehrte, würde sie dann mit ihm fortgehen? Sie konnte nicht sagen, ob sie ehrlich gewesen war, als sie ihm dieses Versprechen gegeben hatte … und sie konnte nicht aufhören, sich vorzustellen, dass ihre Zeit mit Jagu ablief. Sie beobachtete ihn schweren Herzens, als vermisste sie ihn jetzt schon. Dabei war das alles natürlich Unsinn. Sie würde ihn nicht verlassen. Aber ganz gleich, wie oft ihr Verstand das sagte, das Gefühl von Abschied und Endgültigkeit blieb.

»Was ist denn?«, fragte Jagu eines Abends, als sie lustlos in ihrem Gemüse herumstocherte, ohne zu merken, dass alle anderen bereits aufgegessen hatten. Sie sah ihm in die Augen und fragte sich, warum er diesen unbeschwerten Ton anschlug, wo doch seine eigene Schwermut kaum zu übersehen war. Unauffällig stand die Köchin auf und räumte den Tisch ab. Auch Morizius zog sich in seine Kammern zurück, ausnahmsweise spürend, dass er unerwünscht war. Mion und Jagu blieben allein im Esszimmer. Eine Weile musterten sie einander.

»Er wird wiederkommen. Ganz alleine läuft er nicht davon.«

Es störte sie plötzlich, dass Jagu tat, als würde er ihn kennen. Jagu schien ihre Gedanken zu erraten und lächelte trocken.

»Mach dir keine Sorgen um deinen Prinzen. Er wird gewiss von so vielen Drachen und Darauden bewacht, dass er vor lauter Leibwächtern keinen einzigen Menschen zu Gesicht bekommt.«

»Ich mache mir keine Sorgen um ihn.« Wie so oft hatte Mion das Gefühl, dass es keine Geheimnisse zwischen ihnen gab – er wusste, was in ihr vorging, und sie wusste, dass er es wusste. Trotzdem war er ihr fremder denn je.

»Ich bin so stolz auf dich«, sagte er leise. »Du hast Unglaubliches vollbracht.«

Mion fühlte ein Prickeln in der Wirbelsäule, und zugleich wurde ihr Herz so schwer, als würden Jagus Worte Blei darüberträufeln. In seiner Gegenwart schien alles, was ihr ein schlechtes Gewissen bereitete, richtig zu werden. Dabei ahnte sie manchmal, dass er auch an ihrem schlechten Gewissen Schuld trug… wie ein Heilmittel, das zugleich die Krankheit verursachte. Sie seufzte tief. Egal was sie über Jagu dachte, das Gegenteil war immer auch zutreffend.

Ein Heer von zweitausend Menschenkriegern, fünfzig Sphinxen, zwanzig Darauden und dreizehn Drachen reiste mit Lyrian gen Süden, zur letzten von Wynter beherrschten Stadt Kossums: Iwyndell.

Während der Reise sagte er kaum ein Wort. Scarabah machte mehrmals den Versuch, ein Gespräch anzufangen, doch er sah sie nicht einmal an. Sie musste der Kaiserin von Baltibb erzählt haben, als sie sie bei der Pagode beobachtet hatte. Ihretwegen hatte die Kaiserin den Haftbefehl gegen Baltibb und ihren Vater erlassen. Hätte er sich nicht selbst für Baltibbs Tod verantwortlich gemacht, wäre alles Scarabahs Schuld. Er verabscheute sie.

Zwei Wochen reisten sie durch den Regen, hörten, fühlten, sahen nichts anderes als Wasser. Sie durchquerten Jegäa in fünf Tagen, dreimal schneller als Lyrian einst mit Baltibb. Dann erreichten sie die Grenze von Kossum. Das Land erstreckte sich unendlich wie ein Ozean aus Wiesen vor ihnen; die gelegentlichen Waldabschnitte und Hügel wirkten wie aufschäumende Fluten, für die die Zeit stehen geblieben war. Am Horizont konnte Lyrian Rauchfahnen ausmachen.

Im Verlauf des Tages kamen sie an brennenden Feldern vorbei, in deren tiefroter Glut die Grundfesten von Häusern und Hütten flackerten. Für Sekunden war das Heer in einen Wirbelsturm aus Ascheflocken gehüllt, dann war alles zu Staub zerfallen wie ein unheimlicher Albtraum.

Nachts schlugen sie ihr Lager am Rand eines Waldes auf. Alle Zelte wurden rings um Lyrians errichtet, sodass seine Bettstatt das Herz des Heeres bildete. Im Wachschlaf wälzte er sich hin und her, geplagt von wirren Träumen und Sorgen. Wenn irgendjemand erfuhr, wie viel Faunia ihm bedeutete … wenn sie ins Visier der Drachen geriet, während er weit entfernt war, ohne etwas dagegen tun zu können … Immer wieder sah er die langen Listen der Verhaftungen vor sich, die in der letzten Woche vor seiner Abreise vorgenommen worden waren … Als er Schreie hörte, hielt er sie zuerst für Einbildung.

Draußen glommen Lichter auf. Lyrian wollte hinaus und wurde sofort von zwei Darauden zurück ins Zelt geschoben.

»Ein Angriff«, knurrten sie.

»Von wem?« Lyrian merkte, dass seine Frage überflüssig war. Die Nacht war erfüllt von Kriegsgeschrei und dem Brüllen der Löwen. Es mussten Krieger der Geschwisterstaaten sein, die ihnen im Wald aufgelauert hatten.

Mehrere Minuten lauschte Lyrian angespannt in die Nacht hinaus, zitternd bei jedem qualvollen Aufschrei. Dann verhallte der Kampflärm allmählich. Hörner wurden geblasen, die den Sieg verkündeten. Die beiden Darauden warfen sich überraschte Blicke zu. Normalerweise dauerte ein Kampf länger.

Als Lyrian bei Anbruch des Tages hinaustrat, wurde seine Vermutung bestätigt. Rings um das Lager lagen tote Menschen im Gras – Männer, Frauen und Kinder in Lumpenkleidern und Rüstzeug und Waffen, die von allen Schlachtfeldern Kossums zu stammen schienen. Fleckige Fahnen aus Modos und Ghoroma, vor allem aber Kossum flatterten im Wind. Alles deutete darauf hin, dass die Angreifer eine Horde Rebellen gewesen waren. Vielleicht die Überlebenden der verbrannten Dörfer. Lyrian wandte sich ab, als die Sphinxe und Darauden die Leichen fraßen. Feige wünschte er, nicht hier sein zu müssen, nicht zu wissen, was in Kossum passierte.

Zwei Tage später erreichten sie Iwyndell ohne weitere Zwischenfälle. Stolz ragte die Hochburg aus dem Dickicht der Häuser und Hütten. Wie Wynter war Iwyndell eine Ruinenstadt, doch sie war kleiner. Dafür flatterten die Banner der Drachen an allen Giebeln und Türmen, wie um vom Zerfall der Gebäude abzulenken.

Die Fußsoldaten blieben vor den Stadtmauern und schlugen ihr Lager auf; die Drachen wählten ihre beeindruckendsten Erscheinungen, bevor sie einmarschierten. Lyrian nahm in der kaiserlichen Sänfte Platz, die von sechs Sphinxen getragen wurde. Seidene Vorhänge schützten ihn vor den Blicken der Menschen, während sie durch die Straßen zur Burg marschierten. Trommeln und Hörner brachten das Pflaster zum Vibrieren und Kinder bestreuten ihren Weg mit Blumen. Was für ein absurdes Theater, dachte Lyrian. Doch für wen wurde es gespielt? Die Menschen, die ihnen aus den Fenstern zujubelten, rochen doch das brennende Fleisch, das frische Blut im Steppenwind – sie wussten, dass ihre Stadt eine Insel auf einem Vulkan war. Und die Drachen waren hier, weil die applaudierenden Massen kurz vor einer Revolte gegen sie standen.

In der Hochburg wurden Lyrian und sein Gefolge von den Generälen empfangen, die Iwyndell kontrollierten. Sie sprachen ihre Erleichterung darüber aus, endlich Unterstützung zu erhalten, und wirkten zugleich so angespannt, als sei Lyrian gekommen, um ihr Regiment und nicht die Menschen zu überwachen.

Bei einem Festmahl besprachen sie die Situation der Stadt. Die Generäle beteuerten, dass die Sicherheitskontrollen nichts zu wünschen übrig ließen, doch in letzter Zeit hätte sich, wie in allen Bereichen Kossums, die Blasphemie der Geschwisterstaaten wie ein Geschwür ausgebreitet. Es hatte mehr Verhaftungen, mehr verbotene Schriften, mehr öffentliche Versammlungsversuche gegeben als in den vergangenen zehn Jahren. Die Menschen, schloss der führende General, müssten an die Allmacht und Allgegenwart Wynters erinnert werden. Das war Lyrians Aufgabe.

Rasch stellte sich heraus, dass sein Aufenthalt in Iwyndell nicht so ruhig werden würde wie angenommen. Gleich am ersten Tag musste er einer Versammlung nach der anderen vorsitzen, und da er nun die oberste Autorität der Stadt war, wurde beinahe keine Entscheidung ohne seinen Segen getroffen.

Die Drachen behandelten ihn mit Unterwürfigkeit und lauerndem Argwohn. Keins von beiden konnte sein Verhalten beeinflussen; er blieb unverändert distanziert und höflich. Entscheidungen traf er nach sorgfältigem Bedenken und ließ niemanden spüren, wie sehr er an sich zweifelte. Sein Desinteresse an höfischen Angelegenheiten, seine Zurückgezogenheit und sein Ernst bei allen Urteilen brachten ihm einen verhaltenen Respekt ein, von dem nur Lyrian wusste, dass er unverdient war. Denn je beherrschter er nach außen schien, umso größer wurde das Chaos in ihm.

Nicht lange nach seiner Ankunft wurde der erste Rebell vor sein Gericht gestellt. Es war ein alter Mann, der auf krummen kalkweißen Beinen vor Lyrian und die Reihen der Drachen stakste. Angeblich hatte er Pflastersteine gehortet, um sich und andere für eine Rebellion zu wappnen. Mit zusammengebissenen Zähnen hörte Lyrian die Beschuldigungen an, aufgrund derer man die Enthauptung des Mannes forderte. Der Greis stand da und starrte von einem Drachen zum anderen. Als er Lyrian ansah, versetzte ihm einer der Sphinxe einen Schlag, sodass er den Kopf rasch wieder senkte.

»Genug«, sagte Lyrian, und der Sphinx, der die Anklage verlas, hielt inne. »Stimmen die Dinge, die vorgebracht wurden?«, fragte er den Alten. Die Drachen hielten den Atem an. Auch der Angeklagte schien fassungslos darüber, dass man ihn befragte. Erschrocken starrte er um sich, wagte den Blick aber nicht mehr zu Lyrian zu heben.

»Du darfst sprechen«, ermutigte Lyrian ihn.

»Ich … wollte mich schützen, nur schützen.«

»Aber dir ist bewusst, dass die Pflastersteine Eigentum der Stadt sind und du sie unrechtmäßig entwendet hast.«

Der Alte zwang sich zu einem scheuen Nicken, dann schüttelte er hastig den Kopf.

»Gut. In Zukunft musst du unbesorgt um deine Sicherheit sein. Als Prinz der Drachen bürge ich für den Schutz aller Menschen, hier in Kossum wie in Wynter.« Er gab den Sphinxen ein Zeichen. »Holt die Pflastersteine zurück und lasst den Mann frei.«

Es war nicht der einzige Rebell, dessen Unschuld Lyrian im Verhör feststellte. Er begann, den Anschuldigungen nur noch mit halbem Ohr zuzuhören, und stellte stattdessen den Verbrechern Fragen. Dabei bestätigte Lyrians Befürchtung sich jedes Mal: Es waren gar keine Aufrührer – sie machten sich um Politik nicht halb so viele Gedanken wie um ihr täglich Brot.

Lyrians Nachsicht mit den Menschen sprach sich rasch

herum und sorgte bei den Drachen für Verwunderung. Doch niemand kritisierte ihn, im Gegenteil: Die Sphinxe schienen seine Abneigung, Rebellen zu verurteilen, für eine Herausforderung zu halten. Je öfter Lyrian Milde walten ließ, umso mehr Aufständische führte man ihm vor – als *wollte* man sehen, wie er ein Todesurteil besiegelte.

Eines Tages brachte man einen jungen Mann zu ihm, der auf offener Straße gegen die Drachen gesprochen hatte. Als Lyrian ihn fragte, ob die Beschuldigung stimmte, reckte er den Kopf und sagte: »Ja.«

Lyrian musterte ihn mit gerunzelter Stirn. »Wieso?«

»Weil es die Wahrheit ist. Weil die Wahrheit verlangt, gesagt zu werden.« Ausdruckslos blickte der Mann ihm auf die Brust, gerade so hoch, dass er nicht den Zorn der Sphinxe auf sich lud.

»Du hast recht, die Wahrheit soll ausgesprochen werden. Das ist kein Vergehen. Aber wie kommst du darauf, dass ausgerechnet du die Wahrheit kennst?«

Der Mann schien verdutzt. Bis jetzt hatten seine Antworten geklungen, als hätte er sie sich schon lange zurechtgelegt, nun schluckte er. »Ich habe Augen … und Ohren. Eure Tyrannei ist offensichtlich.«

Einer der Sphinxe holte aus und versetzte ihm einen so heftigen Prankenhieb, dass er auf die Knie stürzte. Die Krallen zerrissen sein Hemd.

»Nicht!« Lyrian atmete tief durch. »Dieser Mann erlag seinen Sinnen. Er hat so gehandelt, wie seine Gefühle es ihm vorschrieben. Dafür können wir ihn nicht bestrafen.«

Nun sprang einer der Generäle auf. »Euer Majestät! Verzeiht, dass ich widersprechen muss. Aber ich sehe mich gezwungen … zu widersprechen.« Er biss die Zähne zusammen und bewahrte nur mit Mühe seine Beherrschung. »Dieser Mann ist ein Revolutionär und stellt eine Gefahr für seine

Mitmenschen dar. Ihn zu verschonen, hieße, alle anderen Menschen zu bestrafen.«

Lyrian ließ sich nicht beirren. »Sein Unwissen ist eine Gefahr, nicht er selbst. Er ist ein Mensch und hat sich wie ein Mensch verhalten, das ist kein Verbrechen. Ich beschließe, dass er verschont und in die Armee eingezogen wird, damit er sich im Krieg selbst davon überzeugen kann, welche Grausamkeit die Menschenfreiheit bewirkt. Wem die Wahrheit so wichtig ist, der soll sie bekommen.«

Der General presste die Lippen zusammen und nahm wortlos Platz. Die Drachen starrten Lyrian ungläubig an. Er ahnte, dass er zu weit gegangen war … aber das war ihm das Leben des Mannes wert.

Doch als die Sphinxe den Rebellen aus der Halle führen wollten, riss er sich los. Seine Augen waren direkt auf Lyrian gerichtet und durchdrangen ihn mit brennendem Hass. »Heuchler!«, schrie er. »Verdammte Heuchler, verflucht seid ihr alle!«

Die Sphinxe zerrten ihn zurück, doch der Mann strampelte und wehrte sich, ohne seinen glühenden Blick von Lyrian zu wenden. Starr klammerte er sich an die Lehnen des Throns.

»Ihr tötet doch Unschuldige, also tötet mich! Zeigt euer wahres Gesicht! Los, zeigt der Welt euer Gesicht!« Ein Prankenhieb ließ ihn bewusstlos zusammenbrechen. Nur das Klirren der Fesseln war zu hören, als die Sphinxe ihn aus der Halle schleiften. Dann schlossen sich die Türen, lähmende Stille machte sich breit. Noch immer hielt Lyrian sich an den Lehnen fest.

Schließlich erhob sich ein junger Drachengeneral und verneigte sich. »Euer Majestät. Ich bin … verblüfft.«

Lyrian war drauf und dran, ihn zu unterbrechen, als der Drache fortfuhr: »Für die Rebellen ist der Tod nicht die schlimmste und folglich nicht die angemessene Strafe; man muss ihren Willen brechen. Wir müssen sie zum Umdenken zwingen! Ein Meisterstück, Euer Majestät!« Er stieß die Faust auf die Tischplatte, einmal, zweimal. Allmählich stimmten die anderen Drachen mit ein, bis die Halle vor Applaus bebte. Lyrian fühlte, wie Übelkeit in ihm aufstieg. Er hob die Hand, um den Drachen Einhalt zu gebieten, doch sie verkannten die Geste und trommelten noch heftiger. Lyrian stemmte sich aus seinem Thron und lief aus der Halle.

Die Morgendämmerung war die schönste Zeit im herbstlichen Kossum. Alles wirkte so rein, so unschuldig ... Die zartesten rosafarbenen Wolken vermählten sich mit dem Himmelsblau und gebaren alle Farben der Welt im ersten Hauch des Tages. Lyrian beobachtete den strahlenden Himmel und das dunkle Land von seinen Gemächern aus und fühlte sich an Dinge erinnert, die unter dem Strom seines Bewusstseins blieben, ungreifbar und doch gegenwärtig. Dann tat er etwas, was gegen alle Regeln der kaiserlichen Sicherheit verstieß: Er ließ sich aus dem Fenster fallen und verwandelte sich in die Schwalbe, flog fort von der Hochburg, fort von Iwyndell, bis nichts unter und nichts über ihm war als Himmel und Land, Licht und Dunkelheit.

Er drehte bei, flog den Wolken entgegen, die die Farbe von Faunias Mund hatten, ihren Wangen, ihren Augen ... alles war *sie*, ihre Schönheit, riesenhaft von der Welt reflektiert und nur für ihn sichtbar.

Er atmete die trockene Herbstluft, ergab sich dem Wind, und für einen Moment spielte er mit dem Gedanken, einfach weiterzufliegen. Für immer ... bis er die Häfen Whalentidas und das Meer erreichte. Niemals zurückblickend, sich niemals erinnernd, bis er alles vergaß und nur noch den kühlen Wind in seinem Gefieder und die Weiten des Himmels kannte.

Krieg

Aber das ist natürlich der Grund, warum es überhaupt Regierungen gibt: Krieg oder die Angst davor, genauer gesagt. Daraus formen sich Staaten. Folglich ist die Hauptaufgabe eines Staates der Schutz des Volkes.« Entschieden schlug der Mann seine Faust in die Hand. Baltibb hatte vergessen, wie er hieß, doch er war ein Bauer gewesen, bevor er zu den Rebellen übergelaufen war. Seine Frau und seine Kinder wohnten ebenfalls in Albathuris, doch sie blieben den politischen Gesprächen fern – wie so viele Angehörige, die nicht aus Überzeugung, sondern Mittellosigkeit gekommen waren. Nethustra akzeptierte das. Er öffnete jedem die Tore seiner Stadt, dem die Drachen Hilfe verweigert hatten.

»Da hast du recht«, erwiderte er und wirkte erfreut. »Es ist immer die Angst, die die Menschen zusammenführt. Doch dabei droht die größte Gefahr nicht von außen, sondern innen: Dafür gibt es schließlich das Gesetz, und was sonst macht eine Gesellschaft aus, wenn nicht der Entschluss, nach denselben Regeln zu leben?« Er klopfte liebevoll auf den Folianten in seinen Armen. »Aber wie die Denker der Vorzeit uns erklärt haben, kann ein Gesetz nur legitim sein, wenn das Volk seine Richtigkeit anerkennt. Ein Gesetz, das blinden Gehorsam verlangt und nicht nachvollziehbar ist, kann nicht recht sein. Was ist also ein Staat wie Wynter, in dem das Gesetz von den einen nicht verstanden und von den anderen missachtet wird? Das Gesetz der Drachen ist Willkür.«

Nethustra erntete Zustimmung von allen Seiten. Doch er

schien erst zufrieden, als eine junge Frau einwarf: »Die Drachen behaupten aber, unsere Gefühle verhindern, dass wir das Gesetz verstehen. Und die meisten Menschen befolgen die Regeln wirklich nur, weil sie Bestrafung fürchten. Nicht Verstand, sondern Angst macht sie zu guten Bürgern.«

Reger Protest wurde laut. »Aber das liegt daran, dass die Gesetze der Drachen nicht vernünftig sind! Sie dienen ihrer Machterhaltung und nicht dem Volk!«

Aufmerksam folgte Baltibb der Diskussion, ohne selbst mitzureden. Sie sah keinen Grund, ihre Gedanken zu teilen, solange sie die Meinungen der anderen hörte.

Seit ihrer Ankunft in Albathuris hatte sie viel erfahren. Sie hätte nie gedacht, dass sie die Welt einmal so anders betrachten würde. Alles, was im Nebel der Ahnung gewesen war, trat nun ins Licht, von Nethustra, seinen Büchern und den Rebellen in Worte gefasst.

In den ersten Tagen hatte sie den Gesprächen noch mit ängstlicher Faszination gelauscht wie ein Kind dunklen Schauermärchen. Mit der Zeit gewöhnte sie sich an Worte wie »Volksherrschaft«, »Menschenverstand« und »Tyrannei«, an die sie früher nicht einmal zu denken gewagt hätte. Doch hier waren Gedanken etwas Hochgeschätztes; für sie gab es keine Grenzen. Viele Anhänger Nethustras – wie der alte Führer selbst – verbrachten ihr Leben damit, Ideen und Theorien zu kosten wie süße Früchte, aber Baltibb gehörte nicht dazu. Sie begriff, dass die Herrschaft der Drachen schlecht war, und mehr musste sie nicht wissen. Nun ging es darum, etwas dagegen zu unternehmen.

Die Regenschauer waren allmählich zurückgegangen, dafür fegte heftiger Wind durch das Land und viele Nächte lang tobten Herbstgewitter. Baltibb lag oft wach und lauschte dem Sturm. Mond, der mit ihr im Bett schlief, zuckte bei jedem Donnerschlag zusammen und wimmerte in seinen Träumen – dann flüsterte Baltibb ihm beruhigend zu. Aber sie flüsterte auch andere Dinge … Dinge, die sie nie einem Menschen gesagt hätte und nicht wagte, unausgesprochen in ihrem Kopf kreisen zu lassen.

Wo er wohl war und woran er dachte? Die Antwort zu beiden Fragen war dieselbe – Faunia. Oder das Mädchen, das sich als Faunia ausgab. Baltibb wurde kalt und heiß vor Sehnsucht und Zorn, Hass und Trauer. Sie wusste nun, dass die Drachen an all ihrem Leid Schuld trugen, und sie war entschlossen, sich zu rächen. Aber trotz allem … trotz allem schrak sie vor dem Gedanken zurück, Lyrian etwas anzutun. Er wusste nicht, dass er grausam war. Sie würde ihm die Augen öffnen, indem sie alles um ihn herunterriss wie eine Fassade, alles Übel zerstörte. Und dann, wenn nichts mehr existierte außer ihm und ihr, würde er sie erkennen, und sie würde ihm vergeben.

Nur nachts gab sie diese Wünsche vor sich zu, aber wenn es Tag wurde, versanken die Gefühle in ihr wie in einem Brunnen, ohne die stille Oberfläche zu erschüttern. Sie arbeitete, wo Arbeit gebraucht wurde: Mal grub sie die Gemüsebeete um, kratzte Kartoffeln aus der Erde und wusch Möhren, mal mistete sie Ställe aus und striegelte die Pferde. Einmal brachten die Rebellen Ruinenschätze nach Albathuris, die sie in der Nähe ausgegraben hatten, und Baltibb half, sie zu reinigen. Unter Erde und Staub kamen wundersame Gerätschaften ans Tageslicht … metallene Räder, schimmernde Platten und Scheiben … was sich nicht zu Waffen verarbeiten ließ, wurde im Versammlungshaus aufbewahrt, zu Ehren der schweigenden Vergangenheit.

Wenn Baltibb nichts zu tun hatte, ging sie zu Nethustra in die Bibliothek. Oft beobachtete sie auf dem Weg die Krieger, die unermüdlich auf dem Platz übten. Nethustra sagte, dass das Wissen ihre größte Waffe im Kampf gegen die Drachen sei. Aber Baltibb hatte insgeheim ihre Zweifel. Was nutzte es, Redner in die Dörfer zu schicken, um die Menschen zu bekehren, wenn die Menschen schwach, dumm oder feige waren? Am Ende ging es doch in jedem Gefecht darum, wer am stärksten war. Ein Krieg wurde mit Blut bezahlt, nicht mit klugen Worten.

Eines Tages fasste Baltibb Mut und betrat den Kampfplatz. Unter den Männern erkannte sie Beron wieder, den Kommandanten der Krieger, sowie einige Ausbilder aus Modos und Ghoroma. Als sie Baltibb bemerkten, senkten sie die Waffen. Ein paar Schritte entfernt blieb sie stehen und zog die Schultern hoch. Der Wind heulte in den Ruinen und jagte die Wolken durch den Himmel, sodass sich das Tageslicht ständig veränderte.

»Ich würde gerne auch üben«, sagte Baltibb.

Beron war der Erste, der reagierte. »Schön, was willst du üben?«

Sie ließ den Blick über den Platz schweifen und merkte, dass ausschließlich Männer da waren. Nur eine Frau stand bei den Bogenschützen. Zwei … drei Frauen. Drei Frauen unter mehr als dreißig Männern.

»Schwerter«, sagte Baltibb. »Ich hatte schon mal einen Säbel.«

Die Männer runzelten die Stirn. »Also gut. Also dann … such dir einen Partner. Warte, ich hole dir jemanden.« Beron drehte sich um und packte den nächsten Krieger an der Schulter. Es war ein schlaksiger Junge mit finsteren Augen und dichtem, struppigem Haar.

»Matis, das ist Baltibb – Baltibb, Matis. Sie möchte gerne mit uns trainieren. Ich hole ein Schwert.« Er eilte zu einem Bretterverschlag am Rande des Platzes und kehrte mit einem zerfurchten Holzschwert und einem Harnisch zurück.

»Hier, leg das an«, sagte er zu Baltibb. Gehorsam zog sie den Harnisch über, er roch nach Heu und altem Schweiß und lag schwer auf ihren Schultern. Sie band die Schnüre an ihrer Seite so fest, wie es ging, dann nahm sie das Holzschwert entgegen.

»Los!« Beron und die anderen Männer traten zurück, um ihren Kampf zu beobachten. Eine Weile umkreisten Baltibb und der Junge einander. Er wirkte gelangweilt und musterte Baltibb auf eine Art, die sie verunsicherte. Sie umklammerte den Schwertgriff und holte zum Schlag aus. Der Junge wehrte geschickt ab und glitt zur Seite. Dann ließ er mit offensichtlicher Absicht einige Augenblicke verstreichen, ehe er zum Angriff überging. Baltibb parierte seinen Schlag und spürte, dass nicht seine ganze Kraft dahintersteckte. Er nimmt mich nicht ernst, dachte sie bitter. Sie trat nach seinem Schwert, drehte sich und traf ihn unter die Brust.

Beron klatschte, die anderen stimmten mit ein. Baltibb warf ihnen einen kurzen Blick zu und war sich nicht sicher, ob ihr Lächeln spöttisch war.

Grimmig rieb der Junge sich die Stelle, wo sie ihn getroffen hatte. Dann packte er seine Waffe und griff an. Diesmal gab er ihr keine Zeit, sich vorzubereiten. Sein Schwert sauste von unten auf sie zu, doch Baltibb sprang zur Seite und holte aus. Blitzschnell wirbelte er herum, und ehe sie sichs versah, traf sie die Holzklinge hart gegen den linken Arm. Mit einem Aufstöhnen ließ sie ihr Schwert fallen.

»Gut gekämpft!«, rief Beron ermutigend und klatschte, doch Baltibb hatte noch immer das Gefühl, dass man sie belächelte. Sie hob ihr Schwert auf und warf einen raschen Blick von Krieger zu Krieger. »Könnt ihr mir ein paar Tricks zeigen? Dann würde ich gerne noch mal antreten.«

Matis runzelte überrascht die Stirn. Beron lachte.

Von nun an verbrachte Baltibb jede freie Minute auf dem Kampfplatz. Die Flüchtlinge aus den Gilden und die Gelehrten mochten reden, aber zuletzt würde das Schwert über den Sieg entscheiden. Sagte Nethustra nicht selbst, dass die Geschichte der Menschen von Gewalt vorangetrieben wurde? Kein Kaisertum war je gestürzt, keine Revolution geführt worden ohne Blutvergießen.

Von den Kriegern wurde Baltibb lange nicht so ernst genommen wie von Nethustras Debattierrunde. Sie spürte sehr wohl, dass niemand gegen sie antreten wollte, weil sie es als Zeitverschwendung betrachteten, sich mit ihr zu schlagen. Das machte sie nur noch verbissener. Vielleicht fehlte ihr die Erfahrung und auch die Körperkraft, aber ihr Wille war stärker als der aller anderen. Sie wollte niemanden beeindrucken, aber sie wollte ernst genommen werden.

Das erste Mal in ihrem Leben wurde sie in der Art, wie man sie behandelte, daran erinnert, ein Mädchen zu sein. Hatte sie sich im Sommer noch danach gesehnt, so erkannte sie jetzt, wie lästig es war.

Natürlich gab es Frauen, die sich wie Krieger kleideten und nicht anders behandelt wurden als ihre männlichen Kameraden. Aber die jüngeren von ihnen, die aus Dörfern geflohen waren oder den Gilden entstammten, behielten oft ihre alten Gewohnheiten bei, flochten sich die Haare zu Kränzen und trugen Kleider. Baltibb beobachtete sie mit einer Mischung aus Verachtung und Neid. Sie wollte nicht wie sie sein, zugleich war ihr bewusst, dass sie es auch gar nicht gekonnt hätte.

Manchmal sah sie Faunia, die durch die Ruinen schlich: das Haar wirr, die Kleider mit Schlamm bespritzt und doch so schön wie von einem Sonnenstrahl verfolgt. Ihre Gegenwart erdrückte Baltibb und das lag nicht nur an ihrem Namen. Alles an dem Mädchen erinnerte sie daran, wer sie war und nie sein konnte.

Eines Morgens, als Baltibb früher aufgestanden war und Wasser aus dem Brunnen holte, sah sie Faunia mit einem großen Bündel die Stadtmauer entlanglaufen. Sie schien auf dem Weg zum Tor. Dann entdeckte sie Atlas, der ihr nachrannte. Schließlich erreichte er sie und hielt sie fest.

Die beiden rangen eine Weile miteinander und er redete eindringlich auf sie ein. Am Ende senkte Faunia ihr Bündel und folgte Atlas, der ihr noch immer zuredete, mit versteinerter Miene zurück zum Turm.

»Eigenartiges Mädchen«, meinte Sethur, der ebenfalls am Brunnen stand und die Szene beobachtet hatte. »Beschließt jeden zweiten Tag zu gehen. Wenn du mich fragst, gehört sie auch nicht hierher.«

Nachdenklich beobachtete Baltibb, wie die zwei in der Dämmerung verschwanden.

Nach ein paar Tagen erschien Atlas alleine in der Bibliothek und bei den Mahlzeiten. Faunia hatte Albathuris offenbar verlassen, und auch wenn niemand es erwähnte, war Baltibb nicht die Einzige, die eine Weile verstohlen nach ihr Ausschau hielt.

Eines Abends traf sie sich mit Kasamé in einem leer stehenden Zimmer im Turm, um Messer zu werfen. Die Holzwand zierten die Narben früherer Übungen, und der Boden war voller Wachs, wo in einsamen Nächten Kerzen heruntergebrannt waren.

»Es ist immer besser, einem direkten Kampf auszuweichen… für uns«, sagte Kasamé plötzlich, während sie sich im Werfen abwechselten. Sie sahen sich nicht an, denn sie wussten beide, dass Kasamé mit »uns« Frauen meinte. Als wäre es eine schmachvolle Schwäche, die sie sich nicht eingestehen wollten, wichen sie dem Wort aus.

»Bogenschießen, Messer werfen, so was können wir besser

als sie. Nur wenn es zu einem Kräftemessen kommt …« Sie verkniff den Mund, während sie ihre Messer schleuderte und ihr Ziel kein einziges Mal verfehlte. »Aber sie unterschätzen uns auch. Das ist unser Vorteil.«

»Ich will nicht unterschätzt werden«, erwiderte Baltibb fest. Kasamé sah sie an. Baltibb nahm ihr die Messer ab und begann zu werfen. Sie war nicht schlecht, obwohl Kasamé es ihr erst vor Kurzem beigebracht hatte. »Ich brauche keine Vorteile.«

Darauf schwieg Kasamé. Aber Baltibb wusste, dass die Bogenschützin genau das hatte hören wollen.

Später in der Nacht lag Baltibb wach und drehte eins der Wurfmesser in der Hand, während sie über ihr Gespräch mit Kasamé nachdachte. Ihre Gedanken wanderten zu Matis und den anderen jungen Kriegern. Wenn sie gegen sie antrat, warfen sie ihr Blicke zu, als gäbe es etwas, dessen sie sich schämen müsste.

Im Mondlicht, das durch die Fensterscharte fiel, betrachtete Baltibb ihr Spiegelbild auf der Klinge. Kurzerhand richtete sie sich auf und schnitt ihren Zopf ab, den sie ihr ganzes Leben lang getragen hatte. Da lag er plötzlich in ihrer Hand wie ein abgetrenntes Körperteil. Sie betastete ihr kurzes Haar. Wie komisch! Mit dem abgeschnittenen Zopf trat sie vor den Kamin. Eine Weile blickte sie in die Flammen, dann ließ sie ihr Haar hineinhängen. Es knisterte, rauchte und verströmte beißenden Gestank. Der Stoff, mit dem der Zopf umwickelt war, fing Feuer. Baltibb hielt ihn, so lange wie sie konnte, ohne sich zu verbrennen. Schließlich ließ sie ihn fallen und sah zu, wie er in Rauch und Funken aufging. Stockend griff sie die Haarbüschel an ihrem Hinterkopf und säbelte sie ab. Sie schnitt, so viel wie sie konnte, bis ihr Kopf nur noch von fingerlangen Stoppeln bedeckt war. Immer wieder strich sie darüber, fasziniert und entsetzt davon, was sie geworden war.

Wenn Lyrian mich nur sehen könnte, dachte sie.

Als sie am nächsten Morgen auf dem Kampfplatz erschien, erntete sie erstaunte Blicke. Der Wind blies ihr um den Nacken und sie sah sich herausfordernd um. Als sie gegen die Krieger antrat, spürte sie nichts mehr von dem früheren Spott – sie wurde nicht begünstigt, nicht geschont und nicht belächelt.

An dem Tag verlangte sie ein echtes Schwert, das sie stets tragen konnte. Beron gab ihr eines. Sie wurde nicht mehr zum Gemüseputzen, Gärtnern und Stallausmisten gerufen, sondern hielt stattdessen im Wald oder auf den Schutzwall Wache. Man weihte sie ein, wenn Angriffe auf vorbeireisende Drachentruppen geplant oder Ruinenschätze von nahen Ausgrabungsstätten gestohlen wurden. Solche Vorhaben wurden in der Bibliothek besprochen, und bald waren dies die einzigen Gelegenheiten, bei denen sie die Welt der Worte und großen Reden aufsuchte. Entschlossen wartete sie auf den Tag, an dem sie sich beweisen konnte. Und er sollte kommen.

Wahrheit oder Tod

Mion hatte fast vergessen, worauf sie wartete, so lange wartete sie schon, und dann kam er: der erste Schnee.

Träge fielen die Flocken aus dem grauen Himmel. Ihre Fenster waren dick mit Frost überkrustet, und die Bäume im Hof, die ihr Laub noch nicht ganz verloren hatten, wirkten wie mit Kreide bestäubt. Beklommen dachte Mion an Ritus. Sie spielte schon lange nicht mehr, auch wenn keine Stunde verging, in der sie nicht drauf und dran war, in Jagus Zimmer zu laufen und den Kreidekreis zu ziehen. Aber dann fiel ihr ein, was Lyrian ihr über das Ritual der Drachen anvertraut hatte, und sie konnte nicht mehr. Sie wollte kein Tier mehr töten, nie wieder. Wenn Lyrian ein schlechtes Gewissen empfinden konnte, sollte sie als Mensch doch noch viel mehr Mitgefühl für die Tiere haben. Von nun an würde sie ihrem Gewissen folgen.

Jagu merkte, dass Lyrians letzter Besuch einen Wandel in ihr ausgelöst hatte. Auch wenn sie nie über Ritus sprachen, begegnete sie in seinem Blick derselben quälenden Sehnsucht, die sie verspürte: Ohne sie spielte auch er nicht mehr.

Er gab sich alle Mühe, sie zu unterhalten, und zeigte sich so fröhlich und gut gelaunt wie nie. Sie gingen zu Gildentreffen, doch dort herrschte noch schlechtere Stimmung als zu Hause: Bekannte Gesichter fehlten, und wenn man nach ihnen fragte, wagte niemand, Antwort zu geben. Es war erschreckend zu sehen, wie viele Gildenmitglieder tatsächlich vor den Drachen geflohen oder von ihnen festgenommen worden waren. Zumeist war nicht einmal klar, ob das eine oder das andere zutraf. Bei Banketten und Teerunden huschten immer wieder verstohlene Blicke zu den Fenstern, wo Raben landeten und sie aus blanken Augen beobachteten.

Mion erwartete bei jedem Treffen, Atlas zu begegnen, aber sie sah ihn nie. Auch sein Vater und einige Lehrlinge fehlten, die mit ihm befreundet waren. Mion wagte nicht, nach ihm zu fragen, aus Angst, die endgültigen Blicke zu ernten, die das Schicksal so vieler anderer Gildenleute verrieten. Stattdessen beruhigte sie sich mit halbherzigen Erklärungen – wahrscheinlich hatte er viel zu tun und blieb deshalb zu Hause – ja vielleicht ging er ihr auch absichtlich aus dem Weg.

Eines Abends hielt Mion die Ungewissheit nicht mehr aus und machte sich auf den Weg zu ihm. Der Frost knirschte unter ihren Schuhen, als sie die Straßen entlanglief, und jeder Atemzug fühlte sich an wie ein Schluck Wasser. Es tat gut, draußen zu sein und sich zu bewegen. Sie wünschte bloß, ihr Spaziergang hätte einen erfreulicheren Grund. Als das Anwesen des Schneidermeisters im blassen Abendlicht auftauchte, wurden ihre Knie weich. Nein, dachte sie, nein, nein, bitte nicht … Das Tor war aufgestoßen und verbogen. Im Erdgeschoss hatte jemand die Fenster eingeschlagen.

Mion drehte sich um, weil sie nicht hinsehen konnte. Wankend stand sie da und versuchte, tief zu atmen. Atlas!

Als sie wahrnahm, wie ein Rabe auf der nächsten Straßenlaterne landete, sammelte sie sich, zog sich die Kapuze ins Gesicht und ging mit zittrigen Schritten davon.

»Sie haben Angst«, sagte Jagu, als sie am Abend im Atelier saßen, und schenkte Mion Tee ein. Er selbst ließ sich in den alten Polstersessel sinken und stopfte seine Pfeife. »Die Drachen wissen ganz genau, dass das Land vor einer Rebellion steht, und wenn die Gilden sich als neue Führer hervortun, könnte sie sogar gelingen. Deshalb bringen sie einen nach dem anderen um. Es zeigt nur, wie ernst die Gefahr für die Drachen tatsächlich ist.«

Nachdenklich blickte Mion in ihren Tee. »Ich hoffe bloß … dass Atlas geflohen ist.«

Jagu sah sie mitfühlend an. »Wenn wir erst das Ritual der Wintersonnenwende mitgemacht haben, können wir etwas bewirken. Dann bereiten wir den willkürlichen Verhaftungen ein Ende.«

»Und was ist damit, dass die Gilden sich gegen die Drachen erheben wollen? Wir stehen dann nicht mehr auf der Seite der Menschen, Jagu!«

Er lächelte mit hilfloser Zärtlichkeit. »Du bist zu klug, als dass ich dich aufmuntern könnte.«

»Du musst mich nicht aufmuntern. Ich will … ich weiß nicht.«

»Egal was passiert«, sagte er und berührte ihre Hand. »Wir beide gegen den Rest der Welt.«

Sechs Tage vor der Theaternacht hörte Mion auf zu schlafen. Sie war einfach zu aufgeregt. Ob Lyrian kam? Was, wenn nicht? Und wenn doch? Sie verlor über ihren Grübeleien fast den Verstand und hätte sich am liebsten jedes Mal dafür geohrfeigt, diese dummen Fragen zu wiederholen, aber sie konnte es nicht verhindern.

Dann war der Tag gekommen. Nach all den Wochen war sie noch immer so unsicher wie in jenem Moment, da Lyrian aus dem Fenster geflogen war. Sie schloss die Augen und presste sich beide Hände gegen den Bauch. Sie hatte eine furchtbare Vorahnung.

Vormittags nahm sie ein langes Bad. Nachdem sie ein paar Bissen von ihrem Mittagessen hinuntergebracht hatte, kleidete sie sich für den Abend. Nervös wartete sie die Stunden ab. Als sie Osirils Glocke vernahm, war sie beinahe erleichtert, sich mit etwas ablenken zu können. Sie brachte der alten Meisterin ihren Nachmittagstee und ihr Lieblingsgebäck und blieb fast zwei Stunden bei ihr, um Geschichten aus ihrem Leben anzuhören, die Mion schon auswendig kannte.

Endlich wurde es dunkel. Sie servierte Osiril noch das Abendessen, dann legte sie ihren Umhang an und wartete auf Jagu. Er erschien in einem grauen Wams und trug das Schaltuch und den Umhang wie damals, als sie ihn zum ersten Mal getroffen hatte. Der kaum wahrnehmbare Tabakgeruch versetzte sie für Sekundenbruchteile in die Vergangenheit zurück, in eine andere Zeit, ein fast anderes Leben.

»Bist du bereit?«, fragte er mit einer Ruhe, die dem harten Funkeln in seinen Augen widersprach. Mion nickte und hakte sich bei ihm unter. Draußen wartete bereits ein Wagenjunge.

Als das Theaterhaus in der Dunkelheit erschien, wurde Mion schwindelig vor Aufregung. Beim Eingangstor tummelten sich Gestalten in prachtvoller Kleidung.

»Keine Raben«, murmelte Jagu nach einem Blick in den Himmel. »Er ist hier.«

Mions Herz raste. Gildenleute grüßten sie, aber sie nahm alles nur wie im Traum wahr. Im nächsten Moment saß sie in der vordersten Reihe des Theatersaals. Die Lichter waren gedämpft, Stimmen und Kleiderrauschen füllten die Luft wie Watte. Jagu war hinter die Bühne gegangen, um nach dem Rechten zu sehen. Mion wusste gar nicht, wie das heutige Stück hieß. Bestimmt hatte Jagu es ihr schon ein Dutzend Mal erzählt und sie hatte es wieder vergessen.

Schließlich wurden die Lampen von Dienern gelöscht und alle Geräusche erstarben. Allein die Bühne blieb erhellt. Mion fragte sich, wo Jagu blieb, und reckte sich auf ihrem Sessel. Plötzlich sah sie, dass es kein Orchester gab. Tatsächlich – kein einziger Musiker!

Die Vorhänge bewegten sich und Jagu trat auf die Bühne. Höflicher Applaus erscholl.

»Meine lieben Freunde!«, rief er und breitete die Arme aus. »Ich heiße euch herzlich willkommen zur heutigen Theaternacht. Wie ihr alle wisst, habe ich diesmal aus der Vorstellung ein großes Geheimnis gemacht. Nun, bevor ich das Geheimnis lüfte, möchte ich eine besondere junge Dame auf die Bühne bitten, ohne die der heutige Abend gewiss anders verlaufen würde: meine Schülerin. Los, komm hoch!«

Verdutzt sah Mion ihn an. Wieder applaudierte das Publikum. Sie erhob sich stockend, strich sich über den Rock und zwang sich zu einem Lächeln.

»Na komm! Keine Scheu.« Jagu lächelte und klatschte.

»Was hast du vor?«, murmelte sie, als Jagu ihre Hand nahm und sie auf die Mitte der Bühne führte. Er antwortete nicht, sah sie nicht einmal an. Mion folgte seinem Blick zum Eingang, der über einer breiten Treppe am Ende des Saales lag.

Eine Gestalt tauchte auf. In der Dunkelheit war sie kaum auszumachen. Sie hielt sich dicht an der Wand und trug einen langen nachtblauen Umhang. Alles in Mion zog sich zusammen.

Er war da.

Er war tatsächlich gekommen.

»Viele von euch haben gerätselt, wer der Verfasser des heutigen Stückes sein wird. Nun kann ich verraten, dass jeder von euch seinen Namen kennt – und ihn noch nie gesehen hat.«

Erstauntes, belustigtes Raunen ging durch die Reihen der Zuschauer.

»Er heißt Wahrheit.«

Mion riss sich von der Gestalt los und blinzelte Jagu überrascht an. Er löste den Griff um ihre Hand.

»Und die Wahrheit kennt keine Scham und keine Tabus.

Meine Damen und Herren, ich präsentiere das heutige Schauspiel, geschrieben von der Wahrheit, aufgeführt vom Leben: Der Prinz der Drachen liebt ein Menschenmädchen!«

Stille. Irgendwo ängstliches Luftschnappen. Für Mion versank die Welt in tauber Leere. Fassungslos starrte sie Jagu an – sein Blick traf ihren für eine endlose Sekunde. Dann stieg er von der Bühne und schritt langsam an den Sitzreihen entlang.

»Wir haben viel ertragen, liebe Freunde. Wir sind mit gebeugtem Rücken und gesenktem Haupt durchs Leben geschlichen, mit dem festen Glauben an das Höhere. Menschen sind schlecht, das wissen wir alle – jeder von uns wird von niederen Gefühlen getrieben, Gier, Neid, Zorn – alles von Menschen Gelenkte endet früher oder später in Chaos. Die Drachen sind unsere Rettung! Nicht wahr? Die Drachen führen einen glorreichen Krieg gegen die Geschwisterstaaten! Die Drachen beschützen unsere Handelswege und unser Land! Ist es nicht so?« Er lachte humorlos und brach abrupt ab. »Aber wenn Drachen nun doch Gefühle hätten wie Menschen, wären sie nicht besser als jeder Einzelne von uns.«

Panik brach aus. Gildenleute sprangen von ihren Plätzen auf und versuchten, den Saal zu verlassen, bevor die Sphinxe kamen und alle verhafteten. Jagu drehte sich zur Bühne um und streckte die Hand aus.

»Hier ist das Mädchen, das der Prinz der Drachen liebt«, schrie er. »Faunia!«

Mion schluchzte auf. Aus den Augenwinkeln sah sie, wie eine zierliche Gestalt die Bühne betrat.

Langsam kam Faunia auf sie zu. Ein Grinsen flackerte auf ihrem Mund. Plötzlich zog sie einen langen Ritusdolch hinter dem Rücken hervor, riss Mion zu sich heran und legte ihr die Klinge an die Kehle.

Sie fühlte ihr keuchendes Lachen am Ohr. Ihr Arm drückte ihr gegen die Brust, dass sie keine Luft bekam. »Du hast das Herz eines Drachen gestohlen. Ich sage, wir schneiden es heraus!« Der Dolch blitzte über ihr auf.

»Nein!«

Schreie wogten durch die Menge. Diejenigen, die sich bereits auf den Weg nach draußen gemacht hatten, stürzten entsetzt zurück, denn auf der Treppe stand ein Drache.

Schwingen sprossen ihm aus dem Rücken. Fangzähne blitzten zwischen seinen Lippen. Laut befahl er: »Lass sie los.«

Faunia drückte Mion wieder die Klinge an den Hals. Das scharfe Metall schnitt in ihre Haut.

»Unser Held«, rief Jagu, »der Prinz der Drachen!« Und er verbeugte sich galant vor Lyrian.

»Ich befehle, dass sie losgelassen wird.«

Jagu wandte sich zur Bühne um. Mion rang nach Atem. Sie erkannte ihn nicht wieder.

»Ihr wird nichts geschehen«, sagte Jagu ruhig, »wenn Ihr zugebt, dass Ihr sie liebt. Sonst stirbt sie.«

Mion spürte, wie etwas in ihr erlosch.

»Drachen kennen kein Mitleid!« Jagus Stimme donnerte erbarmungslos durch den Saal. »Lasst sie sterben, Drachenprinz! Ihr Leben ist wertlos. Es sei denn, Ihr liebt sie.«

Sie würgte, als der Dolch ihr die Luft abschnürte. Lyrian starrte sie an.

Die Drachen oder sie.

Die Wahrheit oder die Lügen, auf denen die Welt erbaut war.

Sein Verstand oder sein Herz.

Verstand oder Herz.

Lyrian öffnete die Fäuste. Das Haar fiel ihm über die Augen und legte sein Gesicht in Schatten. »Ich liebe sie.«

Samt und Federn

Chaos brach aus.

»Der Prinz der Drachen liebt ein Mädchen!«, schrie Jagu. Forschen Schrittes kam er auf Lyrian zu und zeigte mit dem Finger auf ihn. »Die Drachen sind Menschen. Sie sind Menschen! Sie können sich in Tiere verwandeln, weil sie einen dunklen Zauber durchführen. Ich kenne das Geheimnis des Gestaltenwandels, denn der Prinz hat es dem Mädchen verraten!« Er drehte sich im Kreis, sah die Gildenmitglieder an. »Zur Wintersonnenwende töten die Drachen Tiere, rauben ihnen den *Atem* und entlassen ihn erst im Tausch gegen den Korpus ins Jenseits. Jeder von uns kann das Ritual durchführen. Man zieht einen Kreidekreis und spricht *Og, Siah, Gho, Nyx.*«

Auf ein Zeichen hin stieß Faunia Mion zu Boden und zerschnitt ein Bühnenseil. Die Vorhänge fielen herab und enthüllten eine riesige Leinwand, auf der die Runen gezeichnet waren.

»Wenn wir zur Wintersonnenwende aufmarschieren, werdet ihr es alle sehen: Ohne das Ritual sind die Drachen machtlos!«

Alle starrten Lyrian an. Er schien es nicht zu bemerken. Sah nur Mion. Dann war er verschwunden. Erneute Ausrufe erklangen, als eine Schwalbe aus dem Saal schoss.

»Er flieht!«

»Jetzt ruft er die Sphinxe!«

Eine Gildendame stieg auf ihren Stuhl und rief: »Wir müssen uns sofort trennen! Schreibt Briefe an alle Bekannten, schickt eure Dienstboten los und geht zu jedem Haus. Die Wahrheit muss sich in ganz Wynter verbreiten – solange wir die Einzigen sind, die davon wissen, schweben wir in Lebensgefahr!«

»Sie hat recht«, stimmte man ihr zu. »Die Drachen können nicht alle Bürger von Wynter töten. Die Nachricht muss sich verbreiten!«

Alle stürmten aus dem Saal. Jagu stand in der Menge und lächelte. Er badete in der Panik. Unaufhörlich rollten Mion Tränen aus den Augen, als versuchten sie wegzuwischen, was sie sah.

In Windeseile leerte sich das Theater. Die tobenden Stimmen und Schritte, das Rattern der Wagen verloren sich in der Nacht. Bald waren Jagu, Faunia und Mion allein.

Mit einem tückischen Grinsen ging Faunia an ihr vorbei und stieg von der Bühne. Jagu nahm ihr den Dolch weg.

»Sollten wir nicht gehen, bevor die Sphinxe kommen?«, fragte Faunia so unterwürfig, dass Mion fast schlecht wurde.

»Wir gehen nirgendwohin.« Er zog Mion am Arm hoch. Grob führte er sie eine Treppe hinauf, die in einen dunklen Steinflur mündete. Am Ende hing ein lebensgroßes Porträt von einem Jaguar. Jagu schob es zur Seite: Dahinter führte eine zweite, schmale Treppe in die Höhe. »Nun wollen wir mal sehen, wie lange die Liebe des Prinzen währt. Was meinst du? Ich gebe ihm eine halbe Stunde, bis die Sphinxe kommen.«

Eine Tür erschien über der Treppe. Jagu machte sie auf.

Sie betraten ein Zimmer mit einem riesigen Kronleuchter, auf dem unzählige dicke Wachskerzen klebten. Die Fenster, der Boden, die Möbel und Leinwände waren fingerdick mit Staub überzogen. Und Federn: Überall waren braune, schwarze und weiße Federn, die von Jagus Schritten aufgewirbelt wurden und durch den Raum schwebten wie Herbstlaub. In der Mitte stand ein mächtiges Himmelbett voller mottenzerfressener Decken und Seidenkissen. Die durchsichtigen Vorhänge hingen in Fetzen herab. Im Holz waren kleine Zeichen und Namen eingeritzt … Auch die Gemälde an den Wänden hatte jemand mit Sprüchen, Sätzen, ganzen Briefen vollgeschrieben. *Arahil* stand in großen, kantigen Buchstaben und in winzigen, fein geschwungenen Lettern, fast in Kinderschrift *Arahil und Holypta*.

Jagu ließ Mion los und zerschlitzte im Vorbeigehen nachlässig mit dem Dolch ein Gemälde. Dann ließ er sich in einen Polstersessel sinken, dass Wolken von Staub aufwirbelten, bohrte die Klinge in die Armlehne und seufzte. Faunia ließ sich unschlüssig auf den Boden sinken.

Wie versteinert sah Mion sich im Zimmer um. Die Wände schienen enger an sie heranzurücken, als ihr klar wurde, dass der Raum ein Monument des Wahnsinns war. Bilder an den Wänden waren nur halb fertig gemalt, zerkratzt, hatten Brandlöcher oder Farbkleckse. Und sie zeigten alle dieselbe Frau.

Einmal lag sie in den Kissen, dann stand sie an einem Fenster und blickte in die Ferne. Unter Staub und Kratzspuren erkannte Mion ein dunkles Gemälde, auf dem sie einen Zepter hielt und ein prunkvolles Kleid trug … *war* es ein Kleid? Mion kniff die Augen zusammen. Nein, es war – es waren Flügel.

Sie sah Jagu in die Augen und fand nichts Vertrautes mehr in ihnen. Wie graue Spiegel erwiderten sie ihren Blick.

»Wer …« Weiter konnte sie nicht sprechen. Er hatte sie die ganze Zeit belogen. Die ganze Zeit. Und dass sie es geahnt hatte und freiwillig auf ihn hereingefallen war, machte es noch unerträglicher.

Sie versuchte, sich zu fassen. Trotz allem wollte sie immer

noch einen Sinn in seinem Verrat erkennen, eine Rechtfertigung für ihn finden. »Gehörst du zu den Rebellen von Albathuris?«

Jagus Lächeln wurde beinahe zärtlich. »Unsinn. Fünfzehn Jahre habe ich auf den Untergang der Drachen hingearbeitet, da lasse ich mir meinen Triumph von keinen dahergelaufenen Aufrührern stehlen. Hin und wieder musste ich den Drachen ein paar Hinweise geben, damit die Dummköpfe von Albathuris mir nicht zuvorkommen. Ihr Leid soll mein Verdienst sein, meiner allein.« Er hielt inne. »Aber du hast natürlich eine tragende Rolle gespielt. Ohne dich hätten wir nie ihren Sohn bekommen.« An Faunia gewandt, befahl er: »Hol eine Schlange und Kreide.«

Sie nickte und lief aus dem Zimmer.

»Wer ist die Frau auf den Bildern?«, fragte Mion leise.

Er lehnte sich in seinem Sessel zurück wie jemand, der sich nach getaner Arbeit Ruhe gönnt. »Du wirst sie gleich kennenlernen. Sie wird kommen, um uns zu töten.«

Mion fühlte sich wie von einem Schlag getroffen. Sie starrte den Mann an, der vor ihr saß, ein Fremder, ein Wahnsinniger. Es konnte nicht wahr sein. *Er* konnte nicht wahr sein.

Nach einer Weile sagte er beinahe fürsorglich: »Du sollst den Grund für deinen Tod erfahren, damit er dir nicht zu ungerecht vorkommt. Vor vielen Jahren, ich war etwas älter als du, erhielt ich meine ersten Aufträge. Ich hatte nie zuvor Drachen gesehen, und ich muss gestehen, sie faszinierten mich. Ich glaubte an sie … glaubte an Verstand und das Höhere, für uns Menschen Unbegreifliche. Ich war glücklich damit, den Drachen mit meiner Arbeit zu dienen und dabei meinem menschlichen Verlangen nach Ruhm und Ehre nachzugehen. Aber … ein Name … Damit hat alles aufgehört, alles angefangen, mit einem Namen.« Er schloss den Mund, als könne er ihn nicht aussprechen, und lächelte bitter. »Ich porträtierte sie. Sie trat vor mich und flüsterte: Ich heiße Holypta.« Er brach in verzweifeltes Gelächter aus. Eine Ader trat an seiner Stirn vor, die Mion noch nie gesehen hatte. Vielleicht weil er noch nie wirklich vor ihr gelacht hatte. »Ich war so dumm, ich wusste nicht einmal, dass Drachen Namen haben. Und sie fragte, wie alt ich sei, und verriet, dass sie nur zwei Jahre älter war. Ich konnte es nicht fassen. Davor hätte ich sie für zweitausend statt für neunzehn halten können. Ich dachte, Drachen seien so etwas wie unsterbliche Wesen, für die Zeit und Alter nichts bedeutet. Aber nun stand sie vor mir, ein Drache und zugleich eine junge Frau.« Seine Stimme erstarb. Lange saß er reglos da, den Blick getrübt, als hätte er sich in seinen eigenen Erinnerungen verloren.

»Drachen, Menschen, Verstand, Gefühle – nichts war mehr echt, nur sie. Nur sie. Mein Herz im Tausch gegen das ihre.« Seine Wimpern zitterten, doch ein Ausdruck von Spott trat in sein Gesicht. »Mir ist bewusst, wie gewöhnlich es klingt, dass ein Junge von siebzehn Jahren sich verliebt. Auch dem größten Tölpel läuft irgendwann ein Mädchen über den Weg, der sein Erlebnis für einmalig hält. Jeder kann sich verlieben, selbst ein Hund – selbst Faunia. Es kommt und geht und hat nichts mit der Wahrheit und noch weniger mit einer echten Person zu tun. Aber Liebe … nur ein Bruchteil der Menschen wird jemals Liebe erfahren. Denn zu lieben ist eine Gabe, die wenige Seelen besitzen. Sie setzt ein gutes Herz und klaren Verstand voraus. Ich habe Holypta geliebt. Und sie mich. Wenn man jemanden liebt, hat man Freiheit gefunden. Man braucht und bittet um nichts.«

Mion biss die Zähne zusammen. Egal was er sagte, seine Augen waren dabei so kalt und fern, als würde er den Sinn seiner Worte schon lange nicht mehr kennen.

»Selbst als Holypta den Kaiser heiraten sollte, hatte ich

nichts einzuwenden. Der Himmel ist nicht eifersüchtig auf die Erde, nur weil das Licht seiner Sonne darauf niederfällt. Ich bat Holypta auch nicht, mir zu verraten, wie man sich unsterblich macht. Ich musste nicht dieselbe Macht besitzen, all diesen niedrigen Regungen der Eifersucht war das, was uns verband, überlegen. Was ich wollte, war die Wahrheit. Wenn sie gesagt hätte, dass wir beide echter waren als die ganzen elenden Lügen über Drachen und Menschen. Ich wollte nur, dass sie zugab, dass sie mich liebt.« Er lächelte vage. »Sie sagte, sie sei ein Drache. Drachen könnten nicht lieben. Warum bist du dann hier, fragte ich, in meinen Armen? Und wie kannst du mich so ansehen, wenn du nichts empfindest? Darauf schwieg sie. Ich wollte es von ihr hören, ich… Sollte sie doch einen anderen heiraten, um Kaiserin zu werden, das alles war mir egal, solange sie einsah, dass es unwirklicher war als wir! Ich bin ein Drache, sagte sie nur. Drachen lieben nicht. Wie ich es wagen könne, Drachen der Liebe zu bezichtigen. Und dabei hatte sie die ganze Zeit Tränen in ihren verdammten Augen.« Sein Lächeln zuckte, wurde zu einem Zähnefletschen. »Ich sagte, ich würde es ihr beweisen. Um ihretwillen. Wenn sie es anders nicht einsehen konnte, dann würde ich sie dazu bringen, mich zu hassen!

Ich breche ihr das Herz, um zu zeigen, dass sie eins hat. Ich vernichte alle Drachen, damit sie sieht, dass sie nichts bedeuteten. Ich – ich reiße die Welt nieder, um zu beweisen, dass sie nur Fassade ist.« Er brach ab, schluckte. »Ich werde ihr alles nehmen, und wenn sie nichts mehr hat, werde ich vor ihr stehen, und sie wird mich hassen und erkennen, dass sie Gefühle hat.«

Mion starrte ihn an und merkte kaum, wie sie den Kopf schüttelte. Ihr schwindelte. Holypta… die Kaiserin. Lyrians Mutter. Das gebrochene Herz eines Siebzehnjährigen war der Grund, weshalb Wynter im Bürgerkrieg enden sollte.

Das war Jagus Geheimnis. Das war der verlorene Schatz auf dem Grund seiner Seele: der verletzte Stolz eines Jungen.

»Wenn du sie lieben würdest, würdest du das nicht tun«, brachte sie hervor. Seine Augen verwandelten sich in Abgründe. Sie wusste nicht, ob er im nächsten Moment lachen oder ihr den Dolch in die Brust rammen würde. Er war unberechenbar.

»Natürlich verstehst du das nicht. Ihr zu zeigen, dass sie lieben kann, ist den Untergang einer Welt wert.«

»Und was ist mit Lyrian?«, keuchte sie. Er hatte niemandem etwas getan und musste leiden, nur weil seine Mutter vor fünfzehn Jahren nicht den Mut zu einem einfachen Satz gehabt hatte.

»Er hat dir also seinen Namen verraten! Dieser Narr. Und doch war er ehrenhaft genug, um dich zu retten. Ist es nicht eine Ironie, dass er gestanden hat zu lieben, obwohl er nur vernarrt war – und Holypta ihre echte Liebe nicht zugeben konnte? Wer von beiden ist wohl am Untergang des Drachentums schuld?«

Die Tür ging auf. Jagu fuhr aus dem Sessel hoch, doch als er Faunia erkannte, stieß er wütend die Luft aus. Sie trug einen Krug im Arm.

»Ich habe Kreide gefunden. Und die Schlangen –«

»Glaubst du, *hier* spiele ich Ritus? Geh runter damit und bleib da.«

Faunia blinzelte, als hätte er ihr eine Ohrfeige gegeben. Stumm drehte sie sich um und ging.

Mion presste die Lippen aufeinander, weil es sie krank machte, wie Jagu mit Faunia umsprang. Doch egal wie abscheulich er zu ihr war, sie glaubte fest an irgendein verzerrtes Traumbild von ihm. Sie musste einfach aufgehört haben, die Wahrheit zu sehen … Wie weit war Mion denselben Weg gegangen?

All die Zärtlichkeit, die sie in Jagu gesehen hatte, war Trug gewesen. Er verfolgte kein nobles Ziel, er scherte sich nicht um Gerechtigkeit. Er war ein Junge, den die Liebe verstoßen und der Wahnsinn umarmt hatte. Mehr nicht.

Mion ließ sich auf den Boden sinken, verbarg das Gesicht in den Händen und weinte.

Aufmarsch

Die Nachricht aus dem Theaterhaus verbreitete sich wie ein Lauffeuer. Noch ehe der Morgen graute, war ganz Wynter auf den Beinen und hatte vom Geständnis des Prinzen gehört. Aufgebrachte Menschenmassen zogen durch die Straßen, klopften an alle Türen und riefen zum Protest auf. Andere Stadtviertel blieben an diesem Morgen wie ausgestorben, niemand verließ sein Haus und keine Arbeit wurde getan. Ängstlich hielt man die Gassen im Blick, in denen jeden Augenblick Sphinxe auftauchen konnten.

Die Häuser der Gilden lagen still und ruhig im bleichen Licht des Wintermorgens. Doch die ganze Nacht waren Diener von Garten zu Garten geschickt worden: In den Hecken flüsterten nervöse Stimmen, über Mauern wurden Briefe gereicht. Kein Gildenmitglied tat an diesem Tag im Palast seinen Dienst.

Zwei Tage später erreichten die aufregenden Neuigkeiten Albathuris. Baltibb und die anderen waren gerade dabei, Holzlanzen zu spitzen, als zwei Reiter in die Stadt preschten und schrien: »Die Drachen fallen! Die Drachen fallen! Es ist so weit, die Revolution ist da!«

Rebellen kamen von überall angelaufen und sammelten sich um die Reiter. Auch Baltibb ließ die Arbeit liegen und hörte fassungslos zu, was geschehen war.

»Der Prinz der Drachen liebt ein Menschenmädchen, er hat es gestanden! Nun weiß die ganze Welt, dass die Herrschaft der Drachen auf Lügen beruht. Zudem hat er dem

Mädchen verraten, dass die Drachen zur Wintersonnenwende ein Ritual durchführen, bei dem …«

Während Tumult um Baltibb ausbrach, lächelte sie dünn. So hatte Lyrian alles für das Gildenmädchen geopfert. Ausgerechnet das Gildenmädchen.

»Unsere Zeit ist gekommen!«, rief Nethustra. »Auf nach Wynter! Unterstützt die Kämpfenden, gebt Schwerter, wo die Waffen fehlen, und Mut, wo Zweifel ist! Freiheit! Wahrheit!«

Als alle die Fäuste in die Luft stießen, machte Baltibb mit. Erst leise, dann immer lauter stimmte sie mit ein: »Freiheit! Wahrheit! Freiheit! Wahrheit …«

Es wurde keine Zeit verloren. Schnelligkeit würde ihren Kampf gegen die Drachen entscheiden. Von einer Stunde zur anderen verwandelten sich Flüchtlinge und Bauern in Krieger. Baltibb sah zu, wie sie Schaufeln gegen Speere eintauschten und Rüstzeug anlegten. Selbst ein paar der Mädchen, von denen sie es nie erwartet hätte, bewaffneten sich – auch wenn sie damit nicht viel anfangen würden, dachte sie im Stillen.

Ausgerechnet bei den Flüchtlingen der Gilden fehlte die Bereitschaft zu kämpfen. Aber Baltibb war nicht allzu überrascht, dass gerade diejenigen, die ständig über die Revolution debattierten, im entscheidenden Augenblick tatenlos blieben.

»Ein paar kluge Köpfe müssen schließlich übrig bleiben, um nach der Revolution eine neue Regierung zu gründen«, meinte Atlas ohne viel Bescheidenheit. »Jeder gibt sein Bestes. Ich diene Wynter mehr, indem ich überlebe, als dass ich im Kampf gegen einen Sphinx falle.«

Nethustra akzeptierte, wenn jemand zurückbleiben wollte, und Baltibb nahm es ihm beinahe übel. Sie fand die Gildenleute feige. Wenn sie im Kampf gegen die Drachen tatsächlich gewannen, dann würde sie verhindern, dass diese Leute die neue Führung übernahmen – Krieger würden die Macht erlangen, Krieger, die ihr Leben dafür riskierten wie sie.

»Nun, da wir ihr Geheimnis kennen, können wir sie schlagen«, sagte Nethustra zuversichtlich. »In der Nacht der Wintersonnenwende, bevor sie sich ihre neuen Tierkorpusse aneignen, sind sie nur Menschen, verwundbar wie jeder von uns. Das ist der Moment, in dem wir angreifen müssen.«

Der Reiter aus Wynter nickte. »Das denken alle. Aber uns bleibt nur noch eine Woche bis zur Wintersonnenwende. Bis dahin müssen wir die Menschen mobilisieren.«

Noch am selben Tag brachen die Rebellen nach Wynter auf. Die Gesandten aus Modos und Ghoroma nahmen sich Pferde und jagten gen Süden, um die Botschaft in ihre Länder zu tragen.

»Die Geschwisterstaaten werden angreifen«, versicherte der alte Abgeordnete Peramon, als er von Nethustra Abschied nahm. »Schürt das Feuer in den Herzen der Menschen, lasst sie für die Wahrheit kämpfen und die Freien Länder werden zu Hilfe eilen.«

Nethustra drückte seine Hand in Dank und Annahme des Versprechens.

Im Laufschritt traten sie ihre Reise an. Schneebüffel und Pferde zogen Wagen voller Waffen. Wenn eines der Räder im verschneiten Unterholz stecken blieb, waren sofort zehn Hände da, um es wieder herauszuheben. Nachts setzten sie ihren Weg im Schein der Fackeln fort, schliefen nur drei Stunden. Sethur, der die Rebellen durch die Wildnis führte, kannte alte Steinpfade und Ruinenstraßen, auf denen sie rasch vorankamen. Zwei Tage waren sie unterwegs, dann erreichten sie den Fluss, der von Wynter fortführte. Sie wanderten an seinen Ufern entlang, durch einen kahlen Birkenwald, und kamen an Dörfern und Ruinensiedlungen vorbei. Die Redner von Albathuris gaben kund, was sich in Wynter zugetragen hatte, und ihre Ansprachen waren so ergreifend, dass Baltibb ihnen mit geballten Fäusten und klopfendem Herz lauschte. Hatte der Wille zu kämpfen zuvor in ihr geglüht, so brannte er nun lichterloh. Vielen anderen schien es ähnlich zu gehen, denn aus den Siedlungen schlossen sich ihnen mehr Menschen an, als sie gehofft hatten.

Dann, zur Dämmerung des dritten Tages, lichtete sich der Wald, und aus dem Horizont erhob sich die rauchende, spitztürmige Stadt. Baltibb betrachtete ihre einstige Heimat. Wynter war ein Dornengestrüpp, in deren Mitte der Palast lag wie eine Bärenfalle, die jeden Augenblick zuschnappen konnte. Die Sonne ging unter und zog blutige Spuren über den Himmel.

»Vom Waldrand bis zu den Ruinen müssen wir über offene Hügel«, sagte Sethur zu Nethustra. »Am Stadtrand kreisen Raben. Wir könnten uns trennen und uns als Holzfäller und Händler ausgeben. Oder wir riskieren es, überqueren das letzte Stück, so schnell wir können, und verstecken uns in den Ruinen.«

Nethustra atmete tief ein und dachte nach. »Wir gehen alle zusammen. Lasst uns warten, bis es dunkel wird. Fünf Mann laufen vor und suchen leer stehende Ruinen, die wir sofort beziehen können.«

Einer der Reiter erwiderte: »In meinem Haus sind wir sicher, ich kann euch hinführen, wenn wir in den Ruinen sind.«

Nethustra nickte. »Ich nehme dein Angebot gerne an. Aber wir brauchen Unterschlupf für alle. Also, fünf Mann suchen leere Ruinen. Hängt zum Zeichen ein rotes Tuch an die Mauer.«

Sofort meldeten sich fünf Freiwillige und liefen zur Stadt. Der Rest der Gruppe wartete auf die Nacht.

Die Sonne verschwand hinter den westlichen Wäldern, ihr Licht erlosch in kaltem Violett. Schnee rieselte aus den Baumkronen. Baltibb schloss die Augen. Nun begriff sie, warum Lyrian ihr damals nicht verraten hatte, was beim Ritual der Wintersonnenwende geschah. Sie versuchte, sich vorzustellen, wie er seine Tiere opferte – die Tiere, die er so innig gepflegt hatte und zu denen er nicht minder zärtlich gewesen war als zu ihr … Wenn er seine Tiere für die Drachen hatte opfern können, wenn er sie im Stich gelassen hatte, wieso dann nicht auch das Gildenmädchen? Was war so besonders an *ihr*? Sie biss die Zähne zusammen. Natürlich wusste sie schon, dass es an ihrer Schönheit lag. Nur daran. Er war so dumm, so dumm …

»Nun ist es dunkel genug«, sagte Sethur, und Baltibb öffnete die Augen. Im Leuchten der abertausend Stadtlichter verblassten Mond und Sterne, sodass Wynter in der weiten Finsternis zu schweben schien wie eine Lichtinsel.

»Sind alle bereit?«, fragte Nethustra. Waffen wurden gezogen, Kapuzen aufgesetzt, die Tiere bei den Zügeln genommen. »Dann los, Freunde!«

Sie verließen den schützenden Wald. Baltibb lief hinter dem Wagen, auf dem Nethustra saß, bereit, anzuschieben, falls ein Rad stecken blieb. Ihre Füße versanken bis zu den Knöcheln im Schnee. Die Tiere schnaubten, Peitschen knallten. Baltibb konnte kaum den Umriss ihres Vordermanns ausmachen. Nur die Stadt war zu sehen, gigantisch und blendend wie das Hirngespinst eines Ertrinkenden. Für einen Moment kam es Baltibb wie Wahnsinn vor, dass sie alle darauf zuliefen. Der Wagen vor ihr holperte, die Schneebüffel schnaubten. Baltibb hatte sofort das Rad gepackt und stemmte es mithilfe der anderen aus dem Schnee. Im nächsten Moment rannten sie weiter. Metall klirrte. Trotz der Kälte brach ihr der Schweiß aus. Nun kamen die zerfallenen Hütten der Ruinen immer näher. Baltibb sah bereits ein rotes Stoffstück, das unter einer Fackel festgeklemmt war, und hier noch eins, und dort in der Ferne ein drittes …

Ein Schatten fegte über sie hinweg. Schon sprang einer der Krieger auf den Wagen und riss sein Schwert durch die Luft. Ein entsetzliches Kreischen war zu hören – das Kreischen eines Raben. Federn segelten durch die Luft.

»Weiter!«, brüllte jemand. Sie rannten das letzte Stück. Der Vogel schoss krächzend über sie hinweg, sein Lärm schien die ganze Stadt zu wecken. Nun war es eine Frage von Minuten, bis die Sphinxe kamen.

»Aufteilen!«, rief Sethur. Im nächsten Moment strömten die Krieger auseinander. Baltibb blieb hinter Nethustras Wagen. Aus den Augenwinkeln sah sie, wie die anderen Rebellen in Häuser liefen und die roten Tücher von der Wand rissen. Wagen, die nicht in die Ruinen passten, wurden umgekippt und mit Schnee bedeckt.

»Hier!«

Baltibb sah nicht, wer sie führte, doch dann hatten sie ein großes, dunkles Haus erreicht, das wie eine Scheune aussah. Sobald der Wagen mit den Waffen hineingerollt war, wurden die Brettertüren zugeschoben und Steinbrocken davorgeworfen.

»Sind alle da?«, flüsterte jemand.

»Still jetzt.«

Baltibb fand im Halbdunkel die Schneebüffel und streichelte ihnen besänftigend die Stirn. Als sie ruhig dastanden, ging sie in die Knie und legte einen Arm um Mond. Klopfenden Herzens lauschten sie in die Nacht hinaus.

In der Nähe waren Stimmen, jemand hustete, ein Säugling schrie. Dann verstummten alle Geräusche abrupt – nur das

Baby war noch zu hören. Schritte im Schnee. Rasche, leichte, *viele* Schritte.

Durch die Ritzen in der Steinmauer fielen Schatten. Das Knurren der Löwen zitterte in der Luft, Baltibb spürte beinahe die Hitze ihres Atems. Einer der Schneebüffel warf nervös den Kopf zurück, das Geschirr klirrte – Baltibb glaubte zu sterben vor Schreck. Sekundenlang erwartete sie, dass die Brettertüren eingetreten wurden und ein Dutzend Sphinxe über sie herfiel. Der Griff des Schwertes lag rutschig in ihrer Faust. Doch nichts geschah.

Sie harrten fast eine halbe Stunde unbewegt in der Dunkelheit aus, bis Nethustra schließlich flüsterte: »Heute Nacht bleiben wir hier. Morgen kommen unsere Freunde aus den Gilden und helfen uns in die Stadt. Wer müde ist, kann jetzt schlafen, ich werde wach bleiben.«

Baltibb lehnte den Kopf gegen die Mauer und zog Mond auf ihren Schoß. Sie war todmüde. Aber schlafen konnte diese Nacht keiner von ihnen.

Der Plan, in die Stadt zu gelangen, stellte sich als undurchführbar heraus. Am nächsten Morgen holte sie ein Verbündeter ab und leitete sie durch die finsteren Gassenlabyrinthe der Ruinen, bis sie ein zerfallenes Haus erreichten, in dem eine versteckte Bodenklappe in einen Keller führte. Die Rebellen aus Albathuris und ihre Anhänger waren bereits versammelt, aber auch Unbekannte drängten sich in den Fackelschein, die Baltibb nie gesehen hatte. An einer Seite des niedrigen Raumes lag ein Stapel Bretter, auf den eine Frau in einem langen Umhang stieg. Das Gemurmel erstarb. Die Frau schob ihre Kapuze zurück, und Baltibb erkannte an dem perlenbesetzten Kragen ihres Kleides, dass es sich um ein Mitglied der Gilden handeln musste.

»Seid gegrüßt, Brüder und Schwestern«, sagte sie, fand

Nethustra in der Menge und verneigte sich. »Willkommen in Wynter, ehrenwerter Nethustra. Auch deine Gefolgsleute heiße ich willkommen. Leider kann ich euch nicht in die Stadt bringen. Die Tore werden schärfer bewacht denn je, unsere Gildenringe können gegen das Misstrauen der Sphinxe nichts mehr ausrichten. Im Gegenteil. Selbst wenn ich alleine das Tor passiere, durchsuchen sie meine Sachen. Aber seid unbesorgt! Die Bürger der Stadt und die Gilden sind auf eurer Seite. Wir warten nur darauf, dass die Ruinenleute rebellieren und die Stadt stürmen, dann schließen wir uns an.«

»Feiglinge!«, rief jemand, aus der Dunkelheit erntete er grimmige Zustimmung. »Über die Leichen der Mutigen ins Ziel laufen, das sieht den Gilden ähnlich!«

Die Frau wurde kreidebleich.

»Beruhigt euch, Freunde!«, rief Nethustra. »Hier in den Ruinen sind wir ohnehin sicherer als in der Stadt. Gassen und Häuser entstehen und verschwinden über Nacht, die Drachen kennen sich nicht aus, es gibt genug Verstecke für uns. Und hier sind die Menschen, die uns am meisten brauchen. Die Menschen, die mehr als alle Bürger bereit sind zu kämpfen. Lasst den Krieg gegen die Drachen nicht zu einem Krieg zwischen Bürgern und Ruinenleuten werden!«

»Er hat recht«, meldete sich ein Rebell. »Bis zur Wintersonnenwende müssen die Ruinenleute an unserer Seite sein und die Stadt stürmen, dann schließen sich die Bürger und Gildenleute an und wir erobern den Palast!«

Schweigend verfolgte Baltibb die Diskussion. Es wunderte sie nicht, dass die Bürger es den Ruinenleuten überließen, die Revolution zu machen. Je mehr die Menschen zu verlieren hatten, umso geringer war ihr Mut.

»Schürt den Zorn der Ruinenleute«, rief die Gildenfrau, »und die Bürger werden euch die Tore öffnen. Aber in diesem Kampf brauchen wir Soldaten. Und die werdet ihr hier leichter finden als in den Straßen der Stadt, wo die Sphinxe wachen.«

Nethustra nickte. »Seid bereit für uns, wenn wir die Stadt stürmen. In der Nacht der Wintersonnenwende werden die Drachen fallen. Diese Nacht oder nie!«

So begann ihr Kreuzzug in den Gassen der Ruinen.

Die Redner von Albathuris zogen die Ärmsten der Armen an und riefen zum Kampf auf. Danach wurden Waffen verteilt: Die Schwerter, Lanzen, Bogen und Pfeile der Rebellen reichten lange nicht aus, darum gab man Pflastersteine, Glasscherben, Holzpflöcke – alles, was im Gefecht verwendet werden konnte. Männer, Frauen und Kinder zogen so bewaffnet durch die Gassen, riefen: »Freiheit! Wahrheit!«, und brachen in Häuser ein, um Äxte, Messer, Dolche, ja jeden Gegenstand, der scharf und spitz war, zu beschlagnahmen. Baltibb und die anderen begleiteten oft die Horden, um sicherzugehen, dass ihnen niemand Widerstand leistete. Hin und wieder weigerte ein Holzfäller sich, seine Axt herzugeben, aber die Revolutionäre ließen sich nicht vom Starrsinn der Ängstlichen aufhalten.

Die Protestmärsche lösten sich erst auf, wenn jemand »Sphinxe!« schrie. Der Ruf erreichte sie zumeist von fünf Straßen weiter und wurde von Fenster zu Fenster gerufen, sodass die Rebellen flüchten konnten, ehe die Löwenrudel erschienen. Selbst die, die sich nicht trauten, mit den Banden durch die Straßen zu ziehen, kamen den Aufständischen im Notfall zu Hilfe. Türen öffneten sich, sobald ein Flüchtling vorbeilief, und Hände zogen ihn in schmale Verstecke. Die Ruinen hatten sich in einen Wald voller Schlupflöcher für die Menschen und ein undurchdringliches Dickicht für die Sphinxe verwandelt.

Als die Schergen der Drachen merkten, dass zwischen

Rebellen und Ruinenleuten kaum ein Unterschied bestand, begannen sie, wahllos in Häuser einzubrechen. Wer Steine aufhob, wurde getötet. Wer nachts die Tür öffnete, wurde getötet. Die Willkür der Sphinxe verwandelte mehr Ruinenleute in Krieger als alle Reden und Parolen der Aufständischen. Leute baten um Waffen, nur um sich zu schützen.

Die Zusammenstöße zwischen Sphinxen und Menschen fielen immer blutiger aus. Längst flohen die Rebellen nicht mehr, wenn die Löwen kamen – dafür waren sie zu viele geworden. Baltibb erlebte, wie zwanzig Menschen einen Sphinx erstachen, der dabei drei Männer verletzte und ein Kind zerriss. Zuletzt lag der Sphinx in Menschengestalt im Schnee, der Umhang zerfetzt, das graue Gesicht verzerrt wie eine Maske. Die Menge jubelte und trug die Leiche durch die Ruinen, hängte sie auf einem offenen Platz auf und legte Feuer darum. Die ganze Nacht brannten die Fackeln und die Siegeslieder hallten durch die Ruinen wider wie ein Chor des Hasses. Bald steckten an jeder Straßenecke aufgespießte Löwenköpfe. Über Dächern flatterten blutige gelbe Umhänge. Rebellentrupps trugen Pfähle mit sich, an die tote Raben gebunden waren.

Baltibb und ihre Mitstreiter töteten zu siebt eine Daraude – sie mussten sie neunmal erschießen, ehe sie in ihrer Menschengestalt fiel. Jeder von ihnen hängte sich eine schwarze Feder um den Hals.

Dann stand die Wintersonnenwende bevor. In der letzten Nacht versammelten sie sich in einem unterirdischen Versteck, um den morgigen Tag zu besprechen. Es war so eng und voll, dass man kaum stehen konnte. Die Luft schmeckte nach Schweiß, nach Angst und Mordlust. Baltibb stand in der heißen Flut aus Leibern und stellte sich vor, wie sie morgen durch die Tore der Stadt brechen würde, alle Straßen überschwemmte, in den Palast eindrang. Sie fühlte sich so mächtig wie noch nie, denn sie war ein Teil der monströsen Masse, und die Masse war die Verkörperung ihres Zorns, ihres Willens.

»Die Bürger haben bestätigt«, rief Nethustra über den wogenden Lärm hinweg, »dass sie sich uns anschließen! Sobald wir die Tore der Stadt angreifen, werden sie uns zu Hilfe kommen. Dann ziehen wir gemeinsam in den Palast!«

Baltibb drängte sich durch die jubelnde Menge nach vorne und trat auf das Podest neben Nethustra.

»Ich bin es, Baltibb«, murmelte sie ihm zu und wandte sich dann an die Masse. Die Gesichter, die zu ihr aufblickten, wirkten im Flackern des Feuers wie Totenköpfe. Viele werden sterben, dachte sie und schauderte. Aber wenn ihr Tod für den Sieg nötig war, dann sollte es so sein. »Ich weiß, wo die Gehege der Tiere im Palast sind«, rief sie laut. »Wenn wir die Tiere befreien, können die Drachen sich nicht verwandeln. Ich brauche eine Truppe, die mir morgen hilft, die Käfigtüren zu öffnen.«

Sofort meldeten sich Freiwillige. Auch Kasamé und Sethur traten vor.

»Jetzt bist du ihr Hauptmann«, sagte Nethustra und legte ihr eine Hand auf die Schulter. »Sag ihnen deinen Namen.«

Mit feurigem Blick sah sie sich ihre Krieger an. »Baltibb.«

Da erst erkannten die Krieger, dass in dem schweren Waffenrock ein Mädchen steckte. Einen Unterschied machte es nicht. Sie alle hatten Frauen, Greise, Kinder gegen Sphinxe kämpfen sehen. Und war selbst ihr Führer nicht ein Blinder? Der Mut machte sie zu Helden. Sie waren das Volk.

In dem Moment stürzte ein Junge herein. Schweiß hatte ihm Streifen über das schmutzige Gesicht gezogen. »Drachen! Die Drachen kommen!«

Alle zogen ihre Waffen, doch der Junge deutete aufgeregt nach draußen. »Sie kommen von der Grenze!«

Verwirrt folgten ihm die Rebellen. In den Gassen herrschte Aufruhr. Menschen rannten aus ihren Häusern oder verbarrikadierten sich darin.

»Die Legionen!«, schrie jemand. »Jetzt bringen sie uns alle um!«

Baltibb folgte der Menge an den Rand der Ruinen. Bei den letzten Hütten blieben sie stehen und sahen es selbst: Dort, wo der Horizont Land und Himmel trennte, funkelte eine endlose Lichterkette. Ein Beben durchlief Baltibbs Knie. Der Boden wackelte, als Kriegshörner erschollen. Über den bleichen Vollmond glitten die Schatten von Darauden. Baltibb umschloss den Griff ihres Schwertes so fest, dass das Leder knirschte. Das gesamte Heer der Drachen war aus Kossum gekommen.

Kaum eine Stunde blieb den Ruinenleuten, ehe das Heer kam. Es war aussichtslos. Panische Menschenmassen verstopften die Gassen, und dann, wie auf einen Schlag, war die Nacht so leer und still, als hätte das Schlachten der Drachen bereits stattgefunden. Nur Kinder blieben zurück, die ihre Eltern verloren hatten. Baltibb hörte ihr Weinen, während sie sich mit einem Dutzend Rebellen in ein enges Kellerloch drängte.

»Verdammt, wieso holt sie keiner weg?«, zischte Kasamé, blieb aber selbst stehen, denn die Luke nach draußen war bereits verschlossen. Angespannt blickten sie durch die Ritzen der Bretter über sich.

Ein tiefes, alles erschütterndes Kriegshorn hallte durch die Ruinen. Die Erde zitterte, Baltibb spürte es in der Magengrube. Durch die Ritzen sah sie den Mond herabstrahlen wie ein blankes Auge. Raben kreisten darum, sammelten sich zu einem flatternden Strudel – und stießen herunter. Baltibb glaubte zu sehen, wie die Vögel zu größeren Gestalten wurden, als sie in die Ruinen abtauchten.

Jähe Schreie zerrissen die Nacht. Steine krachten. Dann erschollen wieder die Hörner, schluckten den entsetzlichen Lärm, als könnten sie das Grauen einfach wegwischen. Wieder sammelten sich Raben unter dem Mond, kreisten, warteten auf ihren nächsten Angriff.

»Jetzt!« Kasamé feuerte ihren ersten Pfeil und traf eines der riesenhaften Wesen im Unterleib. Es fauchte auf, geriet ins Wanken und verschwand außer Sicht. Kasamé legte sofort den nächsten Pfeil auf. Noch eine Daraude flog über sie hinweg, diesmal trafen sie gleich vier Bogenschützen auf einmal. Der massige Leib verschwand für Sekundenbruchteile, nur um gleich wieder aus dem Nichts zu erscheinen. Mit einem Zischen, als würde Feuer aus seinem Schlangenmaul schießen, stürzte die Daraude sich auf die Bretter.

»Pfeile!«, schrie jemand. Ein Dutzend Geschosse bohrten sich in das Ungetüm. Keifend riss es zwei Bretter weg, sodass die Hälfte der Rebellen ungeschützt war. Der riesige Schlangenkopf schnellte auf sie zu und zerrte einen Mann aus der Menge. Augenblicklich sausten Schwertklingen und Säbel auf die Schlange nieder, hackten ihr ein erstes, ein zweites Mal den Hals durch. Schließlich taumelte eine menschliche Gestalt in einem schwarzen Umhang zurück, im Rücken noch Flügel. Ehe sie sich in einen Raben verwandeln und flüchten konnte, packten die Rebellen sie und stachen zu, bis der Menschenleib reglos in ihrer Mitte lag.

Inzwischen waren die Hörner so nah, dass die Ruinen zu bröckeln begannen. Schornsteine fielen ein, Gemäuer knirschten. Schritte trommelten dumpf im Schnee. Der Wind trug das Knurren von Löwen und Drachen heran. Dann Schreie. Menschenschreie. Entsetzen rann über Baltibbs Körper wie ein Blitzschlag.

Es begann.

»Raus hier«, brüllte Kasamé und sprang als Erste aus dem

Loch. »Sterben werden wir sowieso. Aber ich sage, wir nehmen ein paar Bestien mit!«

In fiebriger Erwartung hoben die Rebellen ihre Waffen. Doch nicht die Krieger der Drachen kamen ihnen entgegen, sondern eine Flut von Flüchtlingen – all jene, die rechtzeitig vor den Sphinxen hatten fortlaufen können. Menschen schlossen sich ihnen von überall an, sprangen aus Fenstern und verließen ihre Häuser wieder, solange sie noch konnten. Wenn überhaupt einer von ihnen überleben würde, dann indem sie die Tore stürmten und sich in der Stadt versteckten. Vorausgesetzt, die Drachen verschonten die Bürger.

Darauden tauchten über der Flüchtlingsmasse auf und griffen an. Kasamé und die Bogenschützen schossen. Mehr als zwanzig Pfeile überlebte das erste Biest und mehr als zehn Menschen fielen ihm zum Opfer. Sie flohen in engere Gassen, wo die nächsten Darauden nicht landen konnten, und bewarfen sie aus den Fenstern mit Steinen. Sphinxe sprangen über Trümmer und Leichen hinweg und stürzten sich auf alles, was lebte. Baltibb schnitt einem Löwen die Kehle durch und rettete damit Sethur. Als der Sphinx taumelnd zum Menschen wechselte, traf ihn ein schwerer Pflasterstein aus einer Hütte und streckte ihn nieder.

Dann kamen die Drachen.

Am Ende der Gasse trat ein mächtiges Schlachtross aus der Finsternis, das Maul voller Raubtierfänge. Baltibb floh in eine Hütte, in die das Pferd nicht passte – doch kaum war sie in den dunklen Raum gestolpert, glitt eine riesige Schlange herein. Baltibb warf ihr einen Stuhl ins offene Maul und entging knapp dem ersten Angriff. Sie hörte das Holz zersplittern, kletterte eine Leiter hoch, rannte durch die Dachkammer und fand eine Öllampe. Als eine Hyäne zu ihr hochsprang, warf sie das Licht. Öl spritzte auf und setzte die Hyäne in Flammen.

Verzerrte Schreie drangen aus dem Feuer, während der Drache sich in verschiedene Gestalten verwandelte. Baltibb holte aus und schlug mit dem Schwert auf ihn ein. Ein riesiger Pferdekopf stieß hervor, das Maul schnappte mit fingerlangen Zähnen nach ihr. Schreiend fiel Baltibb zurück. Sie sah das Gebiss vor sich aufreißen – und dann brach der Boden unter dem Drachen ein und er fiel mitsamt den lodernden Flammen in die Tiefe. Panisch kam Baltibb auf die Füße und sprang gerade rechtzeitig aus einer Dachluke, ehe die Hütte einstürzte.

Sie landete auf dem Strohdach der Nachbarhütte, machte eine Rolle und verlor ihr Schwert. Entfernt hörte sie, wie es auf die Straße klapperte. Mit einem Keuchen drehte sie sich zum Haus um. Kleine Flammen hüpften im Nachtwind und ließen nichts als einen Trümmerhaufen erkennen. Von dem Drachen war keine Spur.

Schließlich kletterte sie mit wankenden Beinen auf die Straße zurück. Sie hob ihr Schwert auf und näherte sich den Trümmern. Nichts regte sich. Der Drache musste tot sein.

Nahe Schreie ließen sie zusammenzucken; sie packte ihr Schwert mit beiden Händen und sah sich aufmerksam um. Kaum ein paar Schritte entfernt wurde ein Mann von einem Tiger zu Boden geworfen. Baltibb stürmte von hinten auf ihn zu. Aus der Dunkelheit schlossen sich ihr Rebellen an. Der Drache musste bereits viele seiner Korpusse verloren haben, denn nach nur drei Wandlungen erschien er in seiner menschlichen Gestalt. Es war ein weißhaariger Greis. Mitleidlos stießen die Rebellen ihm ihre Klingen in den Leib, und er starb mit Augen voller Entsetzen, wie die vielen Menschen, die er davor getötet hatte.

In dieser Nacht starben fast zwei Drittel der Ruinenbewohner.

Nur an einem der vier Stadttore kamen die Bürger den Flüchtlingen zu Hilfe und überwältigten gemeinsam die Löwenrudel. Anderorts brachen die verzweifelten Ruinenleute das Flussgitter auf und versuchten auf diesem Weg, nach Wynter zu gelangen.

Baltibb und die Rebellen blieben. In finsteren Ruinenvierteln stürzten sie sich zu dreißig Mann auf einen Sphinx; Augenblicke später musste jeder um sein Leben rennen, weil ein Dutzend Drachen hundert Menschen auf einen Schlag auslöschten. Hier bejubelte man die Vernichtung einer Daraude, zwei Straßen weiter erschollen die Todesschreie ganzer Familien. Feuer breitete sich aus. Peitschende Flammen tauchten die Nacht in zuckendes Rot, verwischten Sterbende und Kämpfende zu Gespenstern des Wahnsinns. Häuser stürzten ein, begruben Menschen und Drachen in Massengräbern.

Wie durch ein Wunder blieb Baltibb unverletzt. Sie, Kasamé, Sethur und zwei Dutzend weitere Rebellen aus Albathuris wichen sich nicht von der Seite und retteten einander zahllose Male das Leben. Gemeinsam töteten sie so viele Bestien, dass Baltibb irgendwann kein Entsetzen mehr empfand, wenn ein monströser Adler auftauchte, eine Riesenschlange oder ein Bär, der fast so groß war wie eine Hütte. Auch an die verletzlichen Menschenkörper gewöhnte sie sich, die am Ende von den Ungeheuern übrig blieben. Jungen und Mädchen, kaum älter als sie selbst, steckten dahinter und schrien wie Kinder, wenn sie das letzte Schwert durchbohrte. All das Grauen zerrann zu Unwirklichkeit. Baltibb sah Dinge, *tat* Dinge, die den Verstand kosteten.

Einmal stürzte ein Mann mit einer Axt auf Mond zu, weil er ihn für einen Drachen hielt – Baltibb trat dazwischen und durchbohrte ihn mit dem Schwert, bevor sie recht wusste, was sie tat. Kasamé, die neben ihr focht, ließ die Waffe sinken. Für Sekunden sahen sie sich an. In Kasamés Augen war keine Spur von Anklage und in Baltibbs keine Reue. Sie hätte den Mann wieder umgebracht, um Mond zu schützen. Sie hätte zwei Männer für ihn getötet. Kasamé wusste das. Und was war ein Menschenleben in dieser Nacht, dieser Welt schon? Gewiss nicht mehr als das eines Hundes.

Die Stunden krochen dahin. Baltibb sah dieselben Menschen von Ungetümen zerrissen werden, tötete dieselben Monster wieder und wieder, als wären sie alle in einem elenden Albtraum gefangen. Dann endlich wob sich Grau in die tiefe Finsternis und blich den Mond aus. Baltibb und die Rebellen hatten eines der Stadttore erreicht und kämpften erbittert gegen die Sphinxe an, die sich ihnen in den Weg stellten. Der Boden war von Leichen übersät. Der Schnee hatte sich mit dem Blut zu einem klumpigen Schorf vermengt und überkrustete die Straßen.

Am Ende ihrer Kräfte sank Baltibb gegen eine Mauer. Plötzlich nahm sie die weißen Punkte wahr, die vor ihren Augen flimmerten. Sie konnte nicht mehr … und es machte auch nichts mehr. Sie würden alle sterben, noch bevor die Sonne aufging. Es war bemerkenswert, dass sie sich den Drachen so viele Stunden hatten entgegenstellen können … aber vielleicht lag das auch nur an der schieren Masse der Menschen, die sie töten mussten.

Sie schloss die Augen. Ihre Finger tasteten nach Mond und streichelten ihn erschöpft. Sein Fell war blutverklebt, so wie ihre eigenen Kleider. Hätten sie nur einen Tag länger durchgehalten, einen Tag … die Revolution war an ein paar Stunden gescheitert.

Träge kroch die Helligkeit hinter den Ruinen empor und verlieh der Zerstörung Umrisse. Die Drachen hatten den Rest der Menschen vor dem Tor eingekreist und schlachteten sie wie Vieh. Rauch fegte vorüber und ersparte Baltibb den Anblick. Eine Frage von Minuten, vielleicht Sekunden, bis ein Drache sie entdeckte. Sie wusste nicht, ob sie noch die Kraft hatte, sich zur Wehr zu setzen.

Im bleiernen Dämmerschlaf hörte Baltibb Rufe, die nicht von Schmerz herrührten. Und dann … erschollen Trommeln. Kriegstrommeln. Baltibb begriff nicht. Die Hörner der Drachen waren doch schon lange verstummt, die Schlacht war fast zu Ende. Aber die Rufe schwollen an. Schließlich öffnete Baltibb die Augen. Zwischen Feuer, Rauch und Trümmern glommen Farbflecken auf … es waren Banner. Grün und blau, mit zwei Tauben darauf, die um eine geöffnete Hand kreisten.

»Freiheit! Wahrheit!«, hallte es von allen Gassen wider. Eisen blitzte in den ersten Lichtern der Dämmerung. Zitternd zog Baltibb sich an der Mauer hoch. Soldaten stürmten durch die Ruinen … die Soldaten der Geschwisterstaaten!

»Freiheit! Wahrheit! Freiheit!«

Der Ruf wurde von überall erwidert. Pfeile zischten durch die Luft, und im nächsten Augenblick stürzte eine kreischende Daraude direkt vor Baltibbs Füße, von Geschossen durchbohrt.

Die Drachen waren nicht nur von der Grenze gekommen, um die Unruhen zu unterdrücken. Sie waren hier, um sich in der Stadt zu verschanzen – vor den Geschwisterstaaten! Der Krieg hatte viele von ihnen die Korpusse gekostet, nun waren sie hier, um das Ritual erneut durchzuführen.

Reihe um Reihe stürmten die Soldaten in den grünen und blauen Uniformen den Ungeheuern entgegen. Sobald ein Krieger fiel, waren zwei Ruinenleute zur Stelle, um mit seinen Waffen weiterzukämpfen.

Die Hoffnung packte Baltibb und flößte ihr neue Kraft ein. Sie verließ ihr Versteck, fand im Gefecht Kasamé und die Krieger von Albathuris wieder und kämpfte an ihrer Seite. Das Trommeln der Geschwisterstaaten trieb ihre Hiebe an, wurde ihr Herzschlag, zählte die Drachen, die sie besiegte. Dann fiel das Tor, und die aufgebrachten Massen drangen in Wynter ein, hier als Angreifer, dort als Flüchtlinge, wie die aufgepeitschten Wirbel eines Schneesturms.

Jaguar und Kaiserin

Vom Fenster des geheimen Zimmers aus beobachtete Mion, wie die Stadt unterging.

Die Bürger zogen in Protestmärschen durch die Straßen, griffen die Sphinxe an, flohen vor ihnen, töteten und wurden getötet ohne Sinn. Mion hätte ihren Augen nicht getraut, wäre sie noch zu Bestürzung fähig gewesen.

All die Tage, die Jagu spurlos verschwunden war, musste er hier verbracht haben: Wenn er seine Maske nicht mehr hatte tragen können, war er in das Versteck zurückgekehrt wie in die Höhle seines Herzens.

Stundenlang lag er reglos in dem mottenzerfressenen Himmelbett, murmelte Worte, führte Gespräche mit Erinnerungen, die längst zu überirdischen Träumen verwischt waren. Die Leichen der Vergangenheit waren die einzige Gesellschaft, die er liebte; sie sahen seinen Wahn nicht und er war blind für ihre Verwesung. Doch die Sphinxe oder die Kaiserin, die Jagu erwartete, kamen nicht.

»Warum lässt dein Prinz sich so viel Zeit?«, fragte er anfangs noch mit hartem Spott. »Er hat doch nicht etwa vergessen, dass du ihn in eine Falle gelockt hast.«

Dass niemand kam, konnte nur bedeuten, dass Lyrian sie nicht festnehmen lassen wollte. Nach allem, was geschehen war, verschonte er sie immer noch.

Als die Sphinxe am ersten Tag nicht kamen, nicht in der Nacht, nicht am nächsten Morgen, hörte Jagu mit seinen höhnischen Bemerkungen auf. Stumm wartete er die verbleibende Zeit seines Lebens ab. Denn dass er den Raum zu seiner Grabkammer erkoren hatte, daran zweifelte Mion nicht mehr. Seite an Seite mit seinen toten Träumen würde auch er sterben, im Haus, wo er alles verloren hatte: seine Mutter, seinen Vater und schließlich Holypta.

Nach zwei Tagen erlaubte er Faunia doch, die Schlangen und die Kreide hereinzubringen, damit sie Ritus spielen konnten.

»Komm her«, befahl Jagu Mion, als Faunia den Kreidekreis zog. Sie sah weg. Er konnte sie zu nichts mehr zwingen. Als Jagu sie am Arm hochzog, kamen brennende Tränen in ihr auf.

»Nachdem du den Prinzen getäuscht und das Reich in den Krieg gestürzt hast, sollte Ritus dir wirklich kein schlechtes Gewissen mehr bereiten. Los, steh auf.«

Sie zwang sich, ihn anzusehen. »Wieso tust du das?«

Er antwortete nicht. Da begriff Mion, dass es auf seine verrückte Art ein Zeichen der Fürsorge war. Er hatte ihr alles genommen und führte sie in den Tod. Aber er wollte ihr mit Ritus eine Freude bereiten.

Mion versuchte, sich loszumachen.

»Bald ist sowieso alles vorbei, also spiel nicht die Reumütige. Um der alten Zeiten willen!«

»Die gab es nie«, erwiderte sie dumpf.

Ein eisiges Lächeln lag auf Jagus Gesicht, die Grübchen zuckten auf seinen Wangen. »Also schön. Dann eben nicht.« Und er wirkte so hilflos und einsam wie früher. Aber Mion ließ nicht zu, Mitleid mit ihm zu empfinden – sie klammerte sich an ihren Verstand.

Er kehrte zu Faunia in den Kreidekreis zurück, und Mion sah mit Abscheu zu, wie sie Ritus spielten. Tränen rollten über ihre Wangen, als sie die Schlange töteten. Vielleicht verdiene ich alles, dachte sie bitter. Sie hatte sich bereitwillig dem Bösen in die Arme geworfen und nun würde sie in der Umarmung ersticken. Es geschah ihr nur recht.

Als Jagu schwebte, weinte und lachte er. Mion hörte ihn von Sommertagen sprechen, von wogenden Gräsern … er flüsterte Liebesschwüre und so schreckliche Verwünschungen, dass sie schauderte. Faunia saß stumm da und beobachtete ihn. Sie musste wissen, wer Holypta war, und sie ertrug es, indem sie ihren Hass auf alles rings um Jagu richtete, nur nicht auf ihn.

Mion fuhr zusammen, als sie unten im Haus lautes Krachen und Poltern hörte. Erschrocken spähte sie aus dem Fenster und sah, wie ein Löwenrudel ins Haus eindrang. Jagu stieg taumelnd aus dem Kreidekreis, stützte sich an den Bettpfosten und starrte in fiebriger Erwartung zur Tür.

Unten klirrte Glas. Jeden Moment erwartete sie, Tatzen auf der Treppe zu hören, doch stattdessen verstummten die Geräusche. Die Stille pochte ihr in den Ohren.

»Sie weiß, wo sie mich findet«, murmelte Jagu. »Wo bleibst du? Du weißt, wo du mich findest …«

Draußen wurde es dunkel. Fackeln glommen in den Straßen auf, aufgebrachte Stimmen hallten durch die Dämmerung.

Die Sphinxe, die das Haus durchsucht hatten, preschten nach draußen und griffen die Menschen an. Ein entsetzliches Gefecht brach aus. Mion presste sich die Hände auf die Ohren, aber die Schreie ließen sich nicht ausschließen. Als endlich Stille eintrat, schien die ganze Welt in der Dunkelheit verschwunden zu sein. Kein Geräusch war weit und breit, weder auf der Straße noch im Haus. Mit hängenden Schultern lehnte Jagu an der Tür.

Im Morgengrauen sah Mion die Spuren des Gefechts: Der neue Schnee hatte das Blut und die Leichen nicht ganz überdecken können. Ihr wurde übel bei dem Anblick. Und sie begriff, dass der Tod sie wahrscheinlich so oder so erwartete, ob Jagu sie hier festhielt oder ob sie draußen war.

In der Nacht vor der Wintersonnenwende schrak Mion aus dem Dämmerschlaf, weil sie das Tosen ferner Kämpfe hörte. In der Dunkelheit gingen Flammen auf, Rauchschwaden stiegen geisterhaft in den rotfleckigen Himmel. Kriegshörner erschollen wie Donner. Mion begann zu zittern. Die Menschen dort draußen starben wegen ihr.

Die ganze Nacht lang dauerten die Gefechte. Mion tat kein Auge zu. Faunia zuckte zusammen, wenn der Wind die Schreie zu ihnen herantrug, nur Jagu wirkte so unberührt, als seien die Kämpfe nichts als ein Bühnenspiel.

In der Früh vernahmen sie Trommeln. Der Kriegslärm schwoll an und dann war er plötzlich ganz nah und Mion hörte das Klirren der Waffen und die Parolen der Rebellen: »Freiheit! Wahrheit …«

»Jetzt sind sie in der Stadt«, rief Faunia und lief zum Fenster. Ob sie überhaupt begriff, dass sie mitverantwortlich war für das Massensterben? Wahrscheinlich nicht – sie hatte Jagu gehorcht, das war alles, was sie wusste.

»Die Geschwisterstaaten«, murmelte sie atemlos. Auch Mion sah nun die blauen und grünen Banner in der Menschenschar, die die Straßen überflutete. Der Wind trug den Rauch aus den Ruinen heran und legte ihn wie einen bleiernen Nebel über die Stadt. Die Kämpfe hielten den ganzen Tag an. Bald würden die Drachen, Darauden und Sphinxe ihre Korpusse verlieren. Und wenn sie die Rebellen und Menschenstaaten bis dahin nicht besiegten …

Mion war schlecht. Lyrian! Hoffentlich, hoffentlich hatte er Wynter verlassen. Sie hatte keinen Zweifel mehr daran, dass die Menschen den Palast stürmen und das Ritual verhindern würden. Die Drachen fielen diese Nacht.

Vom Fenster aus sah sie, wie mächtige Ungeheuer von der

Masse begraben wurden und verschwanden – zurück blieben furchtbar zugerichtete Menschenkörper. Bangend hielt sie Ausschau nach einem Fuchs, einer Schwalbe oder einem Otter, bis es Abend wurde und die Stadt sich erneut in Dunkelheit und Schneewogen hüllte.

Dann, fast lautlos, öffnete sich die Tür, und eine Gestalt glitt in den zitternden Kerzenschein. Faunia stieß scharf die Luft aus – Mion erkannte die Frau und wich instinktiv weiter hinter die Fenstervorhänge.

Sie sah älter aus als auf den Bildern. Die Falten zwischen ihren dichten Brauen und um ihren Mund waren Narben, die das Unglück über Jahre hinweg in ihr Gesicht gekratzt hatte. Doch ihre Augen, leuchtend wie Sonnen des Zorns, waren jung: Das Alter hatte ihnen keine Weisheit gegeben. Es waren Lyrians Augen, dachte Mion schaudernd, aber mit einer anderen Seele dahinter. Was bei ihm Wärme war, war hier gefährliche Hitze.

Jagu trat um das Himmelbett herum und blieb vor Holypta stehen. Ihr prachtvolles schwarzes Kleid war am Saum versengt, Strähnen hatten sich aus ihrer Frisur gelöst und hingen um das herzförmige Gesicht wie Spinnweben. Ihr Blick irrte zu Faunia, die geduckt hinter Jagu stand.

»Bist du Faunia?« Mion hatte nie eine Stimme gehört, die so kalt und zugleich so voller Hass war.

Faunia schluckte. »Ja, und Ihr –«

Plötzlich war die Frau verschwunden. Ein schwarzer Panther stürzte sich auf Faunia und riss sie nieder.

Mion stieß einen Schreckenslaut aus, doch er wurde von Jagus Aufschrei übertönt. Er versuchte, den Panther wegzustoßen, aber es war zu spät. Das Raubtier war schon fort; taumelnd wich die Kaiserin zurück. Blut troff aus ihrem Mund.

Jagu sank neben Faunia und nahm sie behutsam in die

Arme. Ihr Hals war eine offene Wunde. Leise rang sie nach Luft, doch vergebens. Sie starrte Jagu an. Wollte etwas sagen. Zitternd strich er ihr das Haar aus dem Gesicht. Sie lächelte über die Berührung, und ihr Blick erstrahlte, dass alle Schleier des Wahns zerfielen.

Im nächsten Moment war das Leben aus ihr gewichen, leicht wie ein Atemhauch.

Stockend legte Jagu sie auf den Boden. Er wischte ihr Kinn ab, streichelte ihre Wange. Mion sah, wie die Ader auf seiner Stirn erschien, doch seine Augen blieben eisig und trocken wie alter Schnee.

Die Kaiserin spuckte Blut aus. Mit geballten Fäusten stand sie da und starrte Jagu an.

»Du hast alles zerstört«, hauchte sie. Ihre Stimme bebte vor Tränen. »Lyrian ... die Drachen wollten ihn töten, der Kaiser hat zugestimmt, wenn ich Lyrian nicht vor ihnen versteckt hätte – sie hätten ihn zerrissen wie einen gemeinen Verbrecher –« Sie brach ab, verschluckte sich und presste sich die Hand auf die Lippen.

Ruhig erwiderte Jagu: »Ich habe die Wahrheit aufgedeckt. Dass sie die Drachen vernichtet, liegt nicht an mir.«

Die Kaiserin stieß ein Fauchen aus, und für einen Augenblick glaubte Mion, dass sie sich in den Panther verwandeln und Jagu töten würde wie Faunia. »Menschen ... die *Wahrheit*! Ein Fluch ist es, der auf euch lastet – eure Sehnsucht nach Wahrheit! Als ob es so etwas überhaupt gäbe! Nichts ist das, nur ein Gedanke, nicht besser oder schlechter als jede Lüge!«

Langsam erhob Jagu sich und blickte ihr in die Augen. »Es ist keine Lüge, dass Drachen Menschen sind. Du kannst die Wahrheit nicht als Erfindung abtun.«

»Und was nützt sie dir, die Wahrheit?!«, schrie sie. Ihr

Körper bebte in dem großen Kleid, der Stoff raschelte mit jedem Atemzug. »Wie das Licht die Motten zieht die Wahrheit euch an, wie sie werft ihr euch dem Elend in die Arme … Dabei ist gerade das, was ihr am nötigsten habt, ein Traum, an den ihr glauben könnt: etwas Höheres, das nicht wie ihr in Dreck geboren und in Dreck enden wird. Einen Traum haben die Drachen euch gegeben. Hoffnung in der nackten Hässlichkeit der Welt. Jetzt hast du die Hoffnung gegen die Wahrheit eingetauscht. Geht es irgendwem besser? Du hast alles zerstört!«

»Ich habe die Menschen aus der ewigen Kindheit geführt. Jetzt können sie Erwachsene sein und mit ungetrübtem Blick die Welt sehen.«

»Sie können sehen, wie scheußlich sie ist!«

»Das ist sie nicht«, sagte Jagu leise. »Wer richtig hinsieht, mit weisen Augen, entdeckt eine Schönheit, die sich kein Kinderauge erträumen könnte. Niemand braucht einen Retter, Holypta. Die Menschen müssen an nichts Höheres glauben. Wenn sie an sich selbst glauben können. Und aneinander.« Er machte einen Schritt auf sie zu. Streckte die Hände aus, doch er wagte nicht, sie anzufassen, als könne sie zerfallen, sobald er sich ihrer Echtheit versichern wollte. »Du hast mich einst von den tröstenden Lügen befreit. Du hast angefangen. Als ich mich in dir wiedererkannt habe, war ich allein, mit nichts als einem Spiegelbild. Wenn du mir das Höhere nimmst, dann gib mir wenigstens das Ebenbürtige. Ich will nicht die Drachen … ich will dich.«

Mit einem heiseren Laut schmiegte sie die Wange in seine Hand.

»Sie haben den Palast gestürmt«, wimmerte sie. »Alle Tiere sind aus den Gehegen gejagt worden. Lyrian … ist verschwunden. Ich weiß nicht, ob die Rebellen oder die Drachen ihn haben! Du hast ihn umgebracht!« Sie schlug ihm gegen die Brust und fiel ihm in die Arme. »Du hast ihn ermordet … du bist nicht besser als dein Vater, du Mörder!«

Er packte ihre Arme so fest, dass sie ächzte. »Dann haben wir beide die Verbrechen unserer Familien wiederholt. Wenigstens bleibt Lyrian dasselbe Schicksal erspart. Jetzt hat das ganze Elend ein Ende.«

Lange sah sie ihm in die Augen. »Ich bin gekommen, um dich zu töten, Arahil«, flüsterte sie.

Jagu nickte. Sie presste die Augen zu und legte den Kopf an seine Schulter. Bebend klammerten sie sich aneinander und waren dabei so untrennbar und einsam wie eine Person, die sich selbst umschlingt. Die bleichen Hände an Jagus Rücken verwandelten sich in schwarze Pranken … die Krallen gruben sich durch sein Wams. Mions Herz trommelte gegen ihren Hals, während sie wie erstarrt in den Schatten der Vorhänge stand.

Holypta stieß ein schmerzvolles Stöhnen aus, und dann waren die Pranken verschwunden, sie war wieder ein Mensch. Hatte sie ihre Korpusse in diesem Augenblick verloren? Oder brachte sie es nicht über sich, ihn umzubringen?

»Gut«, schniefte Jagu und legte die Hände um ihren Nacken. »Alles gut. Das ist ein gutes Ende.«

Er sank auf den Boden, sie auf seinen Schoß, und sie hielten sich im nebelhaften Frieden des Augenblicks. Mion begriff, dass das Glück selbst zwischen Verzweiflung und Tod erscheinen konnte, aller Vernunft zum Trotz – dass es vielleicht das einzig echte Glück überhaupt war.

Die Kerzen brannten nieder. Ein Licht ums andere erlosch, während sie ihre Tränen weinten. Schließlich verstummte Jagu. Schlaff lag er in Holyptas Armen, bis sie seinen Kopf hob. Er war bleich wie Wachs. Erstarrt tastete Holypta nach seinem Arm, blickte hinab und schluchzte.

Jagu streichelte ihr Haar und flüsterte ihr Dinge zu, die

Mion nicht hörte. Holypta sah ihm in die Augen. Dann beugte sie sich zu seinem Arm hinunter und schien das Gesicht in seiner Hand zu vergraben. Als sie sich erhob, seufzte Jagu tief. Neben Faunias leblosem Körper sank er zu Boden und schloss die Augen. Holypta glitt zurück wie ein Schatten, den Handrücken vor den Mund gepresst. Dann ging sie rückwärts um den Kreidekreis, in dem er lag.

Mion beobachtete die Kaiserin, und doch weigerte sich ihr Verstand, die Dinge zu erfassen.

Nach dreiundzwanzig Schritten sank sie über Jagu zusammen und küsste seine geschlossenen Augen.

»Ich liebe dich.« Sie zog den Ritusdolch aus seiner rechten Hand, den Mion gar nicht bemerkt hatte – und das dunkle Blut daran hatte sie auch nicht bemerkt –, und Holypta stach sich in den Ringfinger und streichelte Jagu über die Wange, dass ihr Blut in seinem Haar versickerte.

Endlich fand Mion die Kraft, sich zu bewegen. Sie taumelte vor, ohne Boden unter ihren Füßen zu spüren. Alles sank fort.

Holypta stieß ein zittriges Keuchen aus, dann verdrehte sie die Augen und brach über ihm zusammen. Einmal, zweimal zog sie scharf die Luft ein. Dann atmete sie nicht mehr.

Im Kreidekreis lagen Faunia, Jagu und Holypta wie Schläfer, die im Jenseits schweben. Nur dass sie nicht zurückkehren würden.

Über Jagus linken Unterarm zog sich ein langer Schnitt. Der ganze Boden unter ihm war verdunkelt; er musste sich die Pulsader aufgeschnitten haben. War verblutet, im Stillen, ohne ein Wort. Ein trockener Schrei stieg Mion in die Kehle, würgte sie. Sie schüttelte den Kopf. Sie glaubte es nicht, sie *weigerte* sich, es zu glauben.

Ihr größter Feind, ihr bester Freund. Ihr Traum, ihr Trugbild. Ihr Alles. War tot.

Abschied

Eine Flamme nach der anderen versiegte in den Wachspfützen. Reglos stand Mion in Federn, Staub und Dunkelheit, unfähig, den Blick von den dreien loszureißen.

Nach einem Leben des Hasses waren sie zusammen gestorben. In dem Glauben, sich zu lieben. Ob das die Wahrheit gewesen war oder doch nur die Verherrlichung einer Erinnerung – einen Unterschied machte es nicht mehr. Lüge und Wirklichkeit schienen nur noch eine Frage der Zeit… des Augenblicks… Und Mion? Konnte sie ihn denn geliebt haben, obwohl sie ihn nie gekannt hatte?

Aber vielleicht stimmte das nicht – vielleicht war nicht alles an Jagu Schein gewesen. Sein wahres Gesicht war nicht hinter den Masken von Zärtlichkeit und Bosheit verborgen gewesen, sondern hatte sich wie ein flüchtiges Lächeln auf beiden gezeigt.

Mion fröstelte. *Sie* hätte an Faunias Stelle sein sollen – sie war es, die Holypta hatte töten wollen. Aber sie war noch nicht bereit zu sterben; noch gab es etwas, an das sie sich klammern konnte. Die Kaiserin hatte gesagt, Lyrian sei verschwunden, womöglich in der Gewalt der Drachen oder Rebellen… oder er war allein, in Sicherheit. Es war eine armselige Hoffnung, gewiss, aber es war alles, was Mion hatte.

Sie wischte sich die Tränen vom Gesicht. Draußen erscholl ein markerschütterndes Krachen, als ein brennendes Gildenhaus einstürzte. Der Raum bebte. Federn wirbelten auf und fielen sanft wie Schneeflocken auf die Toten.

Sie fasste Mut und ging. Sie tastete sich die finstere Geheimtreppe hinab, schob das Gemälde zur Seite und durchquerte den Korridor. Helligkeit hauchte ihr entgegen, als sie den leeren Theatersaal erreichte.

Alles war verwüstet. Eine Säule war umgestürzt, die Polsterstühle lagen zertrümmert da. Zwei Diener waren auf der Treppe nach draußen von Löwenpranken niedergestreckt worden.

In der Eingangshalle fand Mion eine furchtbar zugerichtete Frau, deren gelber Umhang kaum die Wunden verbergen konnte, an denen sie gestorben war – es musste eine Sphinx gewesen sein. Mion wandte rasch den Blick ab und schob die Tür nach draußen auf.

Ein eisiger Windstoß trieb ihr Schneekörner ins Gesicht. Sie bibberte in ihrem dünnen Kleid. Die Arme fest um sich geschlungen, stapfte sie die verschneite Straße hinauf. Mühevoll versuchte sie, sich vorzustellen, dass das, worüber sie stolperte, nur Eisbrocken waren.

Jagu im Kreidekreis.

Sie schluchzte. Das Bild kehrte immer wieder zurück.

In der Ferne ragte der Palast aus roten Aschewogen auf. Mion blieb stehen, weil der Anblick sie für einen Moment vor Furcht erstarren ließ. Die weißen Gemäuer hatten sich in ein Vulkangebirge verwandelt. Irgendwo zwischen Turmzähnen und Feuerschluchten war Lyrian.

Bald konnte sie sich nicht mehr einreden, dass nur Eisbrocken in den Straßen lagen. Das Wimmern der Verwundeten schwoll an. Wo Feuerschein aus brennenden Häusern schwappte, begann Mion zu rennen, damit sie das Grauen ringsum nicht sehen musste. Wenigstens wurde hier nicht mehr gekämpft; längst waren die Menschen tiefer ins Reich der Drachen vorgedrungen und hatten den Palast gestürmt.

Einmal kam eine wilde Horde auf sie zugelaufen und Mion blieb fast das Herz stehen vor Schreck; aber es waren nur Flüchtlinge, die nicht auf den Sieg der Rebellen warten wollten, um Wynter zu verlassen. Mit angsterfüllten Augen hetzten sie an Mion vorbei und übersahen sie ebenso stur wie die Körper auf dem Boden.

Immer wieder kreuzten Menschen auf der Flucht ihren Weg, manchmal Familien, manchmal ganze Nachbarschaften. Auch einzelne Männer und Frauen, die verwundet waren oder unter der Last ihrer Bündel taumelten, teilten sich mit ihr die Nacht wie Geister. Nur eine ältere Frau mit zwei Kindern murmelte ihr zu: »Du läufst in die falsche Richtung, Mädchen!«

»Ich bleibe«, flüsterte Mion erstickt. Die Alte war schon weitergeeilt, schüttelte den Kopf und wiederholte: »In die falsche Richtung!«

Mion erreichte die Palastmauern. Keine Sphinxe hielten mehr Wache. Wenn sie nicht alle umgebracht worden waren, hatten sie ihre Korpusse inzwischen bestimmt verloren. Es war längst nach Mitternacht.

Sie beschleunigte ihren Schritt, lief durch das erste Tor, begann zu rennen. Der Wind, der zwischen den Mauerringen heulte, trug abwechselnd Schlachtenlärm heran oder verschluckte alle Geräusche, als mache er sich einen Spaß daraus, die Wirklichkeit zu verwischen.

Klaffend wie ein Schlund erschien das letzte Tor vor ihr. Sie hörte das Rauschen des Flusses, das von so vielen Erinnerungen erzählte – Geschichten aus einer fernen, anderen Realität. Das Gittertor aber war niedergerissen, die Wellen brachen sich laut und wütend am herausragenden Eisen.

Mion lief am Ufer entlang, stolperte durch die Dunkelheit der Bäume. Ihr wurde bewusst, wie absurd die Hoffnung war, Lyrian zu finden… selbst wenn es nicht vor Kämpfenden wimmeln würde, hätte sie Tage, ja Wochen in den unendlichen Labyrinthen des Palasts umherirren können, ohne auf eine Spur von ihm zu stoßen. Ganz zu schweigen von den weiten Gärten … die Gärten. Plötzlich wurde ihr klar, dass er hier sein würde, wenn er noch frei und am Leben war. Er hatte es selbst oft genug gesagt, die Gärten waren mehr seine Heimat als die Hallen des Palasts. Hier kannte er sich besser aus als jeder andere Drache. Er kannte Verstecke.

Männer und Frauen mit Fackeln und blitzenden Waffen schälten sich aus der Finsternis und rannten direkt auf Mion zu. Für eine entsetzliche Sekunde glaubte sie, man wollte sie angreifen – dann sah sie, dass eine Gestalt vor der Gruppe herstolperte, offenbar auf der Flucht. Mion ließ sich flach ins Ufergestrüpp sinken. Dass sie ein Mensch war, schützte sie längst nicht mehr vor dem Zorn der Rebellen, schließlich waren auch die Drachen nichts anderes mehr. Ihr feines Gewand mochte ausreichen, dass man sie für eine vom Hohen Volk hielt.

Der Trupp rannte an ihr vorüber. Mion hörte, wie sie den Flüchtling nur ein paar Meter hinter ihr einholten, aber sie sah nicht zurück. Leise kroch sie durch den Schnee. Hinter den Bäumen erschienen noch mehr Fackeln. Sie kamen rasch näher.

Mion erreichte einen umgestürzten Baumstamm, der über dem Fluss lag. Eine Barke hatte sich im Geäst verfangen. Vorsichtig kletterte Mion auf den Baumstamm und schob sich mit Händen und Knien voran, bis sie die Barke erreichte. Das Boot schwankte und platschte unter ihrem Gewicht. Mit einem Sprung schaffte sie es ans andere Ufer und fiel in die Büsche, gerade als die Gestalten vorübereilten.

Sie war nass vor Schnee und Angstschweiß. Zitternd stand sie auf und tastete sich durch die Dunkelheit. Von irgendwo drang ein schmutzig roter Schimmer durch die Bäume, doch er reichte kaum aus, um etwas zu erkennen. Stimmen schwollen an und verloren sich im Klirren der Waffen. Immer wieder glaubte Mion, Schritte hinter sich zu hören, aber es waren nur ihre eigenen. Dann lichteten sich die Bäume und der Vollmond goss sein kaltes Licht in ein Tal. Ihr Herz sank. Verträumt wie eine Glocke aus Eis lag die geheime Pagode im Mondlicht, so unberührt und schön, dass sie unmöglich Teil dieser Nacht sein konnte.

Ihre Füße stolperten über die Federgräser, die nun geknickt unter dem Schnee lagen. Weiß tanzte ihr Atem vor ihr her.

Sommer. Sein Lachen. Wilde Erdbeeren und –

Der erste Regentag –

Ganz nah erscholl Kampfgebrüll, das Fauchen von Tieren war zu hören. Fackeln schwebten vorüber.

Er war nicht hier. Natürlich nicht. Es war nur Wunschdenken gewesen, das Mion hergetrieben hatte. Nun, wo sie der Pagode gegenüberstand, Vergangenheit und Gegenwart untrennbar ineinanderliefen, senkte sie die Schultern und legte alle Hoffnung ab. Sie ergab sich. Lyrian war verloren, so wie Jagu verloren war. Und Wynter. Und sie.

Zittrig holte sie Luft. Der Tod hatte alle gefunden, nur sie nicht. Noch nicht.

»Ich habe gedacht, dass du mich hier finden würdest.«

Sie fuhr zusammen, als ein Schatten aus der Pagode trat.

Und dann stand er vor ihr, stand da wie ein Geist. Sein Umhang war zerfetzt und sein Haar wirr, das bleiche Gesicht voller Asche.

Über dem Tal lief eine johlende Rebellenschar vorüber, die etwas – jemanden – an einem Seil hinter sich herzog. Weder Mion noch Lyrian achtete darauf.

»Willst du deine Freunde nicht rufen?«, sagte er kaum hörbar. »Ich ergebe mich.«

»Ich bin hier, um dich zu retten.« Sie merkte selbst, wie abwegig das klang. Lyrian sah zur Pagode hinüber, ohne auf sie einzugehen. Vielleicht hatte er sie nicht verstanden. Vielleicht glaubte er, sie spiele ihm noch immer etwas vor.

»Meine Korpusse sind weg … ich glaube, inzwischen haben alle sie verloren. Nur ein paar Priester haben das Ritual noch durchgeführt. Aber sterben werden sie doch.« Nachdenklich streckte er die Hand nach den Schneeflocken aus, die von den Bäumen schwebten, als hätte alles andere nichts mehr mit ihm zu tun. Ein Lächeln zog über sein Gesicht. »Letztes Jahr habe ich mir geschworen, dass diese Wintersonnenwende keiner für mich sterben wird.«

Aus der Dunkelheit kam ein Löwe, rannte quer durch das Tal und verschwand wieder im Dickicht. Mion begriff, dass es ein befreites Tier gewesen war.

Mit allem Mut, den sie noch aufbringen konnte, trat sie einen Schritt auf Lyrian zu und stotterte: »Ich … ich habe dich nicht nur belogen. Nicht alles war … Es tut mir leid! Alles, was ich habe, sind diese dummen Worte und … sie können nicht einmal ausdrücken, wie …«

Er beobachtete ihre Tränen.

»Du darfst nicht sterben«, sagte sie hilflos. »Lauf weg! Es ist noch nicht zu spät –«

»Glaubst du, ich könnte gehen, wenn so viel Schuld auf mir lastet?«, erwiderte er leise.

Sie schüttelte den Kopf, versuchte, sich zu fassen. »Deine Eltern haben mit dem Leben dafür bezahlt, damit du es besser machen kannst. Verstehst du nicht?« Alles, was sie ihm so dringend sagen wollte, versank in wortloser Verzweiflung. Wie kam sie darauf, ihm helfen zu wollen? Sie war es doch, die die ganze Katastrophe bewirkt hatte. Es gab keine Entschuldigung dafür.

Zögernd hob er die Hand und berührte ihr Gesicht. Da

spürte sie, wie alles andere seine Bedeutung verlor. Ganz einfach. Das hier war stärker als Gerechtigkeit, viel stärker als Vernunft.

In der Nähe brach erneut Lärm aus, Lichter zitterten in der Finsternis. Ein brennender Pfeil landete zischend neben der Pagode und warf Licht auf eine bleiche Gestalt, die Lyrian und Mion beobachtete.

Baltibb rührte sich nicht.

Als Lyrian sie wahrnahm und zusammenzuckte, bewegte sie keinen Muskel. Erst als er sich schützend vor Mion schob, flackerte ein Grinsen auf ihrem Gesicht auf. Er erkannte sie nicht … natürlich nicht. Sie sah aus wie ein Junge.

Mond begann, mit dem Schwanz zu wedeln, und bellte. Als er auf Lyrian zulief, weiteten sich seine Augen. Ungläubig starrte er sie an.

»… *Tibb*?«

Sie konnte nichts erwidern. Konnte nur lächeln. Sie hatte heute Nacht Ungeheuer geschlachtet, den Tod und noch Schlimmeres gesehen. Aber der Anblick von Lyrian und dem Gildenmädchen war entsetzlicher.

»Ich dachte …«

Baltibb nickte, ohne etwas gegen ihr Lächeln tun zu können; es hatte sich in ihrem Gesicht festgebissen. »Ich weiß«, sagte sie, mit einer Stimme, so sanft und kalt wie Schnee. »Aber ich bin nicht tot, ich bin hier. Wenn die Sonne aufgeht, werden wir die neuen Herren des Palasts sein – die Rebellen und *ich*.« Sie kam einen Schritt näher und richtete ihr Schwert auf Mion. »Zur Seite.«

Lyrian schluckte. »Tibb –«

»Ihr habt Euch nicht verändert«, stellte Baltibb fest. »Aber jetzt geht es nicht mehr nur um Euch. Das Mädchen ist ein Feind Wynters. Es tut mir leid … ich muss sie bestrafen.«

»Hast du den Verstand verloren?«, keuchte er, doch die Angst sprach deutlich aus seinen Augen.

»O nein. Im Gegenteil, ich habe meinen Verstand gerade erst gefunden.« Sie presste die Lippen aufeinander. »Ich kann dich retten. Ich habe jetzt Macht. Niemand wird wissen, wer du warst.«

Vergeblich suchte sie nach Dankbarkeit, nach Reue in seinen Augen.

»Ich will, dass du *ihr* nichts tust«, sagte Lyrian kaum hörbar.

Baltibb brach in trockenes Gelächter aus. »Ich weiß nicht, wer der größere Narr von uns beiden ist – Ihr, weil Ihr ihrer Schönheit alles verzeiht, oder ich, weil ich immer noch versuche, Euch die Augen zu öffnen.«

Er schüttelte den Kopf. »Du verstehst das nicht.«

»Doch«, sagte sie erbost, »aber das ist jetzt egal. Jetzt sind andere an der Macht … ich kann dich retten.« Sie verstummte, als ihr klar wurde, dass sie sich wiederholte und Lyrian noch immer vor dem Gildenmädchen stand. Sie sog scharf die Luft ein, bevor sie ihren Stolz aufgab: »Ich … könnte auch schön werden. Es ist die Nacht der Wintersonnenwende, wenn ich mir die Korpusse von drei Mädchen nehme, die –«

»*Was?*«

Baltibb zitterte unkontrolliert. Sie wollte sterben. Nein – nicht sie. Nicht sie.

»Mal sehen, wie sie dir gefällt, wenn sie hässlich ist!«, schrie sie, hob das Schwert und ließ es auf Mion niedersausen. Lyrian stieß sie zur Seite, aber zu spät. Mit einem Schmerzenslaut fiel Mion in den Schnee.

Baltibb stürzte sich erneut auf sie – Lyrian trat dazwischen – Mond bellte, sprang ihn an, als er Baltibb am Arm packte, sie stach mit dem Schwert zu – und traf ihn mitten ins Herz.

Baltibb stieß einen gellenden Schrei aus. Sein Körper verkrampfte sich, sein Atem schlug ihr heiß ins Gesicht; dann war er tot. Entsetzt ließ sie das Schwert los. Mond sank zu Boden, die Klinge bis zum Heft in der Brust.

»Nein, nein, nein… nein! Nein!« Sie sah ihre eigene Spiegelung in seinen schwarzen Augen. Sonst regte sich nichts mehr darin.

Taumelnd wich Lyrian zurück. Durch Tränen sah Baltibb, wie er Mion in die Arme nahm.

»Hier!«, schrie sie schrill. »Hier ist ein Drache! Hier ist ein Drache!« Schon näherten sich die Fackeln aus der Dunkelheit.

Lyrian ging rückwärts und schwankte unter dem Gewicht des Mädchens. Das war das Letzte, was Baltibb von ihm sah. Die Welt verschwamm in Tränen.

Schluchzend vergrub sie das Gesicht in Monds Fell.

Wynter gehörte ihr. Sie hatte alles verloren.

Wohin die Wellen führen

Ein gewonnener Krieg ist immer auch ein verlorener. Was am Ende von Parolen blieb, von bunten Bannern und Träumen, waren Menschen – Menschen, wie zu Beginn.

Wölfe der Nacht und Löwen des Kampfes verwandelten sich wieder in Männer und Frauen, so wie sie es immer gewesen waren, immer sein würden.

Die längste Nacht des Jahres endete mit Rauch und einem grauen Dunstschleier. Zögernd näherte sich der Tag, als fürchte er, der Welt zu zeigen, was aus ihr geworden war. Als die blauen, weißen und grünen Fahnen der Freiheit über dem Palast gehisst wurden, verließen Scharen von Flüchtlingen die Stadt. Das war die Freiheit, die die Menschen sich nahmen.

Familien, Waisen, Verletzte, Alte zogen schweigend in eine unbekannte Zukunft. Und gewiss war der eine oder andere Drache unter ihnen, der sich nicht mehr vom Rest des Volkes unterschied.

Auf dem Fluss trieben Trümmerstücke aus Wynter: Teile von Hausdächern, Kisten, halb verkohlte Holzbalken – als würden die Gegenstände ihren fliehenden Besitzern nachreisen. Eins nach dem anderen ging in den grauen Wellen unter oder wurde ans Ufer gespült, um bald Bibern und Dachsen als Unterschlupf zu dienen.

Zwischen den Trümmern glitt still eine Barke dahin. Die Holzwände waren kunstvoll verziert, im Bug lag ein eingerolltes buntes Segel; das Boot war den langen Weg aus dem

Palast gekommen und trieb zum ersten Mal in wildem Gewässer. Als nach und nach das Strandgut unterging, fuhr die Barke allein weiter, so wie ein Herbstblatt, das den ersten Schnee überdauert, indem es mit den Flocken tanzt.

Ein Junge lag darin und hielt ein Mädchen in den Armen. Er hielt sie schon sehr lange so, ihr Kopf an seiner Schulter. Von Zeit zu Zeit nahm er seinen Umhang und tupfte ihr das Blut vom Gesicht. Ein tiefer Schnitt ging quer von ihrer Stirn bis zum Nacken.

Als Mion zu sich kam, glaubte sie sich im Jenseits. Alles war sehr weiß, nur die Zweige der Bäume, die träge über sie hinwegglitten, hoben sich davon ab. Ein schrecklicher Schmerz spaltete ihren Schädel und brach jeden Gedanken in der Mitte entzwei. Sie konnte nicht durch die Nase atmen und die Augen nur halb öffnen. Zitternd tastete sie nach ihrer Stirn und stöhnte auf, als sie ins Blut fasste.

»Nicht«, murmelte Lyrian und schloss ihre Hand behutsam in seine. Schweigend fuhren sie weiter durch das weiße Nichts.

»Das war meine Vision«, hauchte Mion irgendwann. Blut sickerte von ihrer Wange in ihren Mund, wenn sie sprach. Aber das musste sie Lyrian sagen: »Beim Schweben sieht man, was nach dem Tod kommt… und wir sind gestorben. Ein neues Leben…« Sie hielt inne, bis das Brennen nachließ und ihre Tränen versiegten. Alles war, wie sie es so oft im Jenseits gesehen hatte. Nun war sie nicht mehr Mion, sie war auch nicht mehr schön und Lyrian war nur noch ein Menschenjunge. Aber in den Augen des anderen waren sie mehr denn je. Ohne dass sie es merkte, verlor sie das Bewusstsein.

Als sie wieder zu sich kam, bedeckte kalter Schweiß ihren Körper, und alles drehte sich. Am Ufer entdeckte sie eine lange Flüchtlingskarawane. Gesichter blickten ihnen durch den Schneefall entgegen. Sie hatten schwer beladene Karren und Wagen dabei, in denen Verwundete lagen. Kinder liefen dem Zug voraus. Irgendwo sang ein Junge ein Lied aus den Ruinen … seine Stimme schwebte über den Fluss, eine geisterhafte Erscheinung der Vergangenheit, eine vage Hoffnung an die Zukunft. Mions Herz verkrampfte sich, als sie das Lied – und die Stimme – erkannte.

»Mirim«, hauchte sie fiebrig. Sie klammerte sich an den Barkenrand. »Mirim, mein – das ist mein Bruder! Oh!« Sie versuchte, ihn in der Menge zu erspähen. Schmerz flammte hinter ihrem Gesicht auf, als sie die Augen aufriss. »Sie sind da … aber er wird mich nicht erkennen …«

Lyrian lächelte und schniefte. »Du hast einen Bruder?«

Behutsam half er ihr, sich aufzurichten. Dann griff er nach dem Ruder unter der Bank und ließ es ins Wasser. »Wieso sollte er dich nicht erkennen? Du bist seine Schwester.«

Mion seufzte. Die Aufregung hatte sie erschöpft; nun flimmerten dunkle Löcher vor ihren Augen. Der Schmerz pulsierte … Klamm tastete sie nach Lyrians Hand. Wie schön es war, ihn zu halten. Er wartete, bis sie sich nicht mehr regte. Dann zog er vorsichtig die Finger weg, wischte sich die Tränen aus den Augen und ruderte ans Ufer, um sich den Menschen anzuschließen.